[redacted]

HEYNE

DAS BUCH

Mailand im Jahr 1162. Endlich ist es soweit – nach scheinbar endloser Belagerung fällt die Hauptstadt der Lombardei in die Hände Friedrich Barbarossas. Und mit ihr auch der wertvollste Schatz der Christenheit: die Gebeine der Heiligen Drei Könige. Rainald von Dassel, Erzbischof von Köln und rechte Hand des Kaisers, wähnt sich am Ziel seiner Wünsche: Die heiligen Überreste der Weisen aus dem Morgenland sollen im Kölner Dom ihre letzte Ruhestätte finden. Zahllose Gläubige aus aller Herren Länder würden in die Stadt am Rhein kommen und sie zur bedeutendsten Pilgerstätte des Abendlandes machen. Doch dann entdeckt Rainald ein ungeheuerliches Geheimnis, das all seine Pläne zunichte zu machen droht: Bei einem der Könige handelt es sich um eine Fälschung! Der mächtige Erzbischof ist jedoch fest entschlossen, alle drei Könige nach Köln zu bringen und so werden in einer dunklen Nacht vier Ritter aus dem Gefolge Barbarossas ausgesandt, um den dritten König zu finden. Eine abenteuerliche Reise beginnt und führt sie über Konstantinopel bis ins heilige Land. Auf ihrem Weg begegnen sie geheimnisvollen Frauen, weisen Mönchen und tödlichen Gefahren, denn nicht nur Rainald von Dassel, sondern auch der Papst ist hinter der kostbaren Reliquie her. Denn wer sie findet, kann den Lauf der Welt für immer verändern …

DER AUTOR

Bernhard Hennen, 1966 geboren, studierte Germanistik, Geschichte und Vorderasiatische Altertumskunde. Als Journalist bereiste er den Orient und Mittelamerika, bevor er sich ganz dem Schreiben phantastischer und historischer Romane widmete. Mit seinen Elfen-Romanen stürmte er alle Bestsellerlisten. Der Autor lebt mit seiner Familie in Krefeld.

BERNHARD HENNEN

KÖNIGE DER ERSTEN NACHT

Historischer Roman

WILHELM HEYNE VERLAG
MÜNCHEN

MIX
Papier aus verantwortungsvollen Quellen
FSC® C014496

Verlagsgruppe Random House FSC-DEU-0100
Das für dieses Buch verwendete FSC®-zertifizierte Papier
Holmen Book Cream
liefert Holmen Paper, Hallstavik, Schweden.

Überarbeitete Neuausgabe 12/2010
Redaktion: Angela Kuepper

Printed in Germany 2010
Umschlagbild: Nele Schütz Design, München
Karte: Andreas Hancock
Satz: Buch-Werkstatt GmbH, Bad Aibling
Druck und Bindung: GGP Media GmbH, Pößneck

ISBN: 978-3-453-53361-5

www.heyne-magische-bestseller.de

Der Religion ist nur das Heilige wahr,
der Philosophie nur das Wahre heilig.

Ludwig Feuerbach (1804–1872)

Venedig
Mailand
Zara
M i t t e l m e

Schwarzes
Meer
Konstantinopel
Rhodos
Famagusta
Galiläa
Akkon
Jerusalem
Eskalon
Bethlehem
Aila
Katharinenkloster

PROLOG

Das Richtschwert funkelte in der Frühlingssonne. Alles hielt den Atem an. Sie warteten auf ihn. Eine flüchtige Handbewegung, ein Nicken, würde über Leben oder Tod entscheiden. Der alte König genoss diesen Augenblick. Sein eigenes Leben würde nicht mehr lange währen. Ein paar Tage vielleicht noch … Er konnte spüren, wie nah der Tod ihm war. Und keine Macht der Welt vermochte ihn abzuwenden.

Der Alte nickte dem Henker zu. In blitzendem Bogen fuhr die Klinge nieder. Der Hieb war mit solcher Kraft geführt, dass der Hals glatt durchtrennt wurde und das Schwert knirschend auf den Marmorboden der Terrasse traf. Blut sprudelte über das blendende Weiß der Platten. Der König tat einen tiefen Seufzer. Gewöhnlich fühlte er sich belebt, wenn er einer Hinrichtung zusah. Doch diesmal war es anders … Seine Hände krampften sich um die Lehnen des Thronsessels.

»Bring mir den Kopf!«, befahl er mit müder Stimme. In den letzten Jahren war sein Augenlicht schwächer geworden, und er musste ganz sicher wissen, dass man den Richtigen getötet hatte. Er blickte zu seiner Schwester Salome, die der Hinrichtung ungerührt zugesehen hatte. Sie hatte ihn auf die Spur der Verschwörer gebracht. Doch nicht einmal ihr mochte er noch trauen! Er wusste, dass sein Thron von Verrätern und Aasgeiern umringt war, die es nicht abwarten konnten, dass er endlich den letzten Atemzug tat.

Der Henker hatte den Kopf bei den dichten, schwarzgelockten Haaren gepackt und trug ihn zu ihm hinüber. Ein treuer Mann, dieser Gallier mit den Haaren aus Gold. Einst hatte sein Henker in der Leibgarde Kleopatras gedient. Nach dem Tod der Herrscherin am Nil hatte Octavian ihm den Gallier und dessen vierhundert Kameraden als Lohn für treue Dienste geschenkt.

Der Alte lächelte bei seinen Gedanken an die Vergangenheit und blickte in die dunklen Augen des Toten. Warmes Blut tropfte aus dem Halsstumpf auf seinen Schoß. Der König tastete über die unrasierten Wangen. Die Haut des Toten war wärmer als seine gichtkrummen Finger. »Und ich hatte dich für den Klügsten aus meiner Brut gehalten, Antipater, mein Sohn.« Er lächelte bitter und dachte an den kleinen Jungen, der vor so langen Jahren auf seinen Schoß gekrochen war, um ihn frech am Bart zu zupfen. »Du Narr! Du wusstest doch, dass ich dir den Thron überlassen würde! Hättest du nicht die paar Tage noch warten können … Meine Wunderheiler haben dir doch sicherlich verraten, wie es um mich steht.« Der Alte machte eine ärgerliche Geste. »Weg mit dem Aas!« Es war nicht das erste Mal, dass der König der Hinrichtung eines seiner Söhne beigewohnt hatte. Doch diesmal empfand er keine Befriedigung. Zu nah war sein eigener Tod.

Er blickte über den Palastgarten unterhalb der Terrasse. Er war immer gern hier in Jericho gewesen. Dafür, dass der Frühling gerade erst begonnen hatte, war es bereits angenehm warm.

Der Alte presste sich die Rechte auf den Leib. Die Schmerzen waren zurückgekehrt. Es war, als hause eine Ratte in seinem Gedärm, die ihm bei lebendigem Leib die Eingeweide auffraß.

Salome stand auf und trat an seine Seite. »Kann ich etwas für dich tun, Bruder? Dir einen …«

»Setz dich«, fauchte er ungehalten. Diese Kriecherei widerte ihn so an! Sie warteten doch alle nur darauf, dass es endlich vorbei war! Geier! Sie sollten sich vorsehen! Ein Wort von ihm, und sie alle lägen vor ihm im Grab.

Stille! Sie ahnten wohl seine Gedanken. Recht so! Elende Brut. Ein Leben lang hatte er für dieses Königreich gekämpft. Es mit List und seinem eigenen Blute erschaffen und verteidigt. Und diesen Geiern würde es einfach in den Schoß fallen. Was würden sie damit anfangen? Was würde von seinem Lebenswerk in siebzig Jahren noch bestehen?

Der alte König sah zum strahlend blauen Himmel hinauf. Irgendwo in den Gärten jenseits der Terrasse erklang helles Frauenlachen. Sie hatten keinen Respekt mehr vor ihm. Nicht einmal in seinem eigenen Palast. Zu lachen, während er sich vor Qualen wand!! Und nicht nur hier lachten sie. Sein Siechtum wurde überall mit Freuden begrüßt. Er wusste das! Wütend ballte er die Fäuste und sah im Geiste, wie man in ganz Judäa feiern würde, wenn er endlich verreckt sein würde! Den edomitischen Sklaven Roms nannten sie ihn … Aber noch war dieser Sklave König! Und alle, die seinen Tod so sehr herbeisehnten, sollten noch einmal seine Macht zu spüren bekommen. Hatte er ihnen nicht den Tempel in Jerusalem geschenkt und den Hafen Caesarea? Hatte er nicht von seinem Golde Getreide in Ägypten gekauft und unter den Bedürftigen verschenken lassen, als Hungersnot herrschte? Hatte er nicht in schlechten Zeiten die Last der Abgaben gesenkt und das gierige Rom ferngehalten? Und hatten sie es ihm gedankt? Nein! Einen König wie ihn hatten sie nicht verdient.

Ein neuerlicher Krampf peinigte ihn. Verfluchter Schmerz! Nur Opium vermochte ihn zu lindern. Aber das wagte er nicht zu nehmen! Er musste bei klarem Verstand bleiben. Wieder überkamen ihn Zorn und Bitternis. Seine Güte hatten sie ihm mit Missgunst und Aufständen vergolten, die Judäer, Galiläer und Samariter. Nun sollten sie zu spüren bekommen, was es hieß, einen ungnädigen König zu haben.

»Dumnorix!«

»Ja, Herr!« Der Kommandant seiner gallischen Leibwache trat vor sein Lager. »Ich wünsche, dass aus jedem Dorf, nein, aus jeder Sippe in Judäa jemand verhaftet wird. Männer, Frauen, Kinder, wer immer euch als Erstes begegnet, wenn ihr ein Haus betretet, den nehmt ihr mit. Schafft sie alle hierher nach Jericho in das Hippodrom, und postiert auf den Besucherrängen Bogenschützen, auf dass keiner davonläuft.«

Der Offizier nickte knapp und verließ dann eiligen Schrittes die Terrasse. Gute Gallier! Sie dienten allein dem Gold. Bei ihnen konnte er sich ganz sicher sein, dass seine Befehle ausgeführt wurden.

Der König musterte die Gesichter seiner Frauen und Kinder, die um ihn herumstanden. Eine große Familie hatte er … Groß genug, um jederzeit auf einige von ihnen verzichten zu können. Sie wussten das! Alle wichen sie seinem Blick aus. Ihnen war klar, was diese Verhaftungen für seine Nachfolger bedeuten mochten. Es könnte einen neuen Aufstand geben. Vielleicht schritt auch der verdammte Augustus ein und nahm dies Unrecht zum Anlass, das Königreich endgültig unter römische Herrschaft zu stellen. Aber was scherte ihn das, wenn er im Grab lag. Sollten doch die Römer herrschen! Dann würden die Völker Israels ihm schon sehr bald nachtrauern. Die Römer würden ihnen keinen Tempel bauen. Und das bisschen Blut, das er vergossen hatte … Wenn sie die Römer so reizten wie ihn, dann würden wahre Ströme von Blut fließen.

»Bitte, Bruder«, flüsterte Salome. »Sei gnädig. Ruf die Gallier zurück. Beende deine Herrschaft mit einem Unrecht, und all dein Ruhm wird verblassen!«

Sie hat mehr Mut als meine verdammten Söhne. Ob sie wohl die Herrschaft an sich reißen würde? Hatte sie vielleicht falsches Zeugnis über Antipater abgelegt, damit sein ältester Sohn aus dem Weg war? »Noch bin ich der Herrscher!«, fuhr er sie an.

Wieder ertönte weit entfernt im Garten helles Gelächter. Seine Gallier sollten diese Weiber greifen und ihnen die Zungen herausreißen! Kein Respekt! Er rang mit dem Tod, und ganz Judäa frohlockte! Aber ihr Lachen würde ihnen noch vergehen. Er war der König! Und es lag in seiner Macht, sein Volk lachen oder weinen zu lassen! Und das sollten sie spüren! »An dem Tag, an dem ich sterbe, soll in jedem Haus in diesem Land geweint werden, so wie es sich gehört, wenn ein König stirbt! Deshalb sollen noch in der Stunde meines Todes alle hingerichtet werden, die ins Hippodrom geschafft wurden!« Er klatschte in die Hände. »Und nun macht euch davon, oder ich lasse auch euch in das Hippodrom schicken und vererbe mein Königreich dem Augustus! Hinweg mit euch allen!«

Endlich allein, genoss er den Anblick des Gartens. Überall blühten nun Blumen. Alles wuchs und gedieh. Nur er würde vergehen … Doch wenigstens sein Name würde bleiben. Niemals würde man Herodes, den König von Judäa, vergessen!

Dies alles geschah – genau genommen – vier Jahre, bevor der Stern über Bethlehem leuchtete … Herodes war vor allem der Mörder seiner eigenen Kinder. Die Bluttat, die ihm das Matthäus-Evangelium andichtete, hat er nicht begangen. Doch sind nicht jene ketzerische Narren, welche die Jahre an den Fingern abzählen und dann die Köpfe schütteln? Was zählt schon Genauigkeit, wenn es gilt, eine Geschichte zu erzählen, die den Lauf der Welt verändern soll. Wird die Wahrheit nur konsequent unterdrückt, so werden sich Lügen zur Wahrheit erheben. So dachte auch ein anderer Fürst zwölfhundert Jahre später …

Xanten am Niederrhein, der zweite Januar 1189

»… und als zur Mitternacht kam angeritten,
der Teufel aus dem glüh'nden Höllenreich,
da hat man sie vom Galgen abgeschnitten
und warf die Schurken in den Mühlenteich.«

Mit einem dramatischen Akkord beendete Hartmann die Ballade und griff nach seinem Humpen. Das Bier war dünn und bitter, aber dafür kostete es ihn nichts. Ein Mittagsmahl für ein paar Lieder, das war stets ein gutes Geschäft.

Zufrieden betrachtete der junge Ritter seine Zuhörer: Handwerker und ein paar Bauern, die an diesem grauen Wintertag zum Zechen in die kleine Stadt gekommen waren. Kaum war das Lied verklungen, tuschelten sie miteinander und erzählten sich von Kälbern mit zwei Köpfen, unheimlichen Spuren im Schnee oder dem Hexenspuk an einem einsamen Wegkreuz auf den Feldern. So war es stets, wenn er ein Lied vom Teufel sang.

Mit dem letzten Stück Brot wischte Hartmann das Bratenfett aus seiner Holzschüssel und schob genüsslich kauend seine Laute in die lederne Hülle. Wenn er sich beeilte, würde er noch vor Einbruch der Nacht bis zum nächsten Dorf kommen. Einen ganzen Nachmittag in einer Schenke zu vertrödeln, konnte er sich nicht leisten. Er hatte sich geschworen, bis zum Dreikönigsfest in Cöln zu sein und dort das Kreuz zu nehmen, um sich alsbald dem Heerzug des Kaisers anzuschließen. An der Seite der edelsten Ritter des Reiches würde er reiten, um das Heilige Jerusalem zu befreien!

»Ihr junges Volk habt gut reden, wenn ihr vom Teufel singt und eure Späße über den Leibhaftigen macht«, ereiferte sich ein kahlköpfiger Bauer. »Aber wenn ihr vor ihm steht, dann rutscht auch euch das Herz in die Hose, und plötzlich seid ihr dann so maulfaul wie ein toter Fisch! Und du«, der Alte sah den jungen Ritter an, »auch du, der du so lang wie ein Baum bist, wirst dir wünschen, ein Mäuschen zu sein, das sich noch im kleinsten Loch verstecken kann, wenn du ihm wahrhaftig begegnest!«

Hartmann nahm seinen Umhang von einem Stuhl, der dicht vor dem offenen Kamin stand. »Wir sind doch hier unter guten Christenmenschen, Alter. Wollen wir hoffen, dass keiner zum Teufel fährt und eines Tages hören muss, ob deine Worte wahr sind.« Der junge Ritter lachte, doch keiner der anderen Gäste fiel in sein Lachen ein.

»Hier muss man nicht bis zur Hölle hinabsteigen, um einem Schergen des Gottseibeiuns zu begegnen«, murmelte der Glatzkopf finster. »Seit den Zeiten des Erzbischofs Rainald von Dassel haust ein Unhold, den die Hölle ausgespien hat, keine zwei Stunden von hier. Wenn du Mumm hast, dann spiel dort einmal auf. Solltest du aber Verstand haben, dann nimm die Straße nach Cöln und sieh zu, dass du deiner Wege kommst.«

Der Wind, der über den Rhein herüberwehte, und die tanzenden Schneeflocken hatten die Wegspur vor dem einsamen Reiter fast ausgelöscht. Seine lange und hagere Gestalt wurde durch die schwere Winterkleidung verborgen. Wie ein Stecken auf einem Pferd sähe er aus, so hatte man ihn oft verhöhnt, seine lange Nase mit einem Rabenschnabel verglichen und das dicke, strähnige Haar mit Rattenschwänzen. Aber mit den Jahren hatte er gelernt, sich zu wehren!

Hartmann sah über die Schulter zu den schwarzen Wolkengebirgen, die von Norden her über das Land krochen, das unter einem eisigen Leichentuch lag. Er hätte in Xanten, in *Ad Sanctos* bleiben sollen, dachte der junge Ritter reumütig. *Bei den Heiligen*, dieser Stadtname war ein Omen gewesen! Jetzt umzukehren hieße allerdings, dem Sturm entgegenzureiten. Das Städtchen lag schon mehr als zwei Meilen hinter ihm. Sollte er es wagen? Oder doch lieber nach dem Gehöft suchen? Weit konnte es ja nicht mehr sein.

Knirschend schoben sich Eisplatten auf dem Fluss übereinander. Seine Stute schnaubte unruhig. Er streichelte sie zwischen den Ohren. »Ruhig, Esseilte. Wir werden schon einen hübschen, warmen Stall für dich finden.«

Mit leichtem Schenkeldruck trieb er das Pferd voran. Es gab kein Zurück! Es blieb ihm nur noch wenig Zeit, das Ziel seiner Pilgerfahrt zu erreichen. In vier Tagen schon war das Dreikönigsfest, und er hatte noch fast hundert Meilen vor sich.

Hartmann nahm den Zügel in die Linke und rieb die steifgefrorene Rechte über seine wollene Hose, bis mit stechendem Schmerz Wärme und Leben in seine Finger zurückkehrten. Schon vor dem Weihnachtsfest hätte er seine Reise beginnen sollen, und zwar zu Fuß, wie es sich für einen ordentlichen Pilger gehörte! Als ahne sie seine Gedanken, schnaubte die Stute.

»Dir steht es nicht zu, mich zu maßregeln«, brummte der junge Ritter ärgerlich. »Wenn ich Esel mit mir selbst ins Gericht gehe, dann heißt das noch lange nicht, dass ich es den Pferden zugestehe.«

Esseilte warf den Kopf in den Nacken und wieherte. Hartmann zog die Zügel straff und hielt inne. Es roch nach Rauch. Der Wind war schärfer geworden und schnitt wie mit Messern durch seinen Umhang. Das Schneetreiben nahm ihm fast jede Sicht. Undeutlich erkannte er einen bewaldeten Hügel, der abseits des Weges direkt am Ufer des Rheins lag.

Hartmann verließ den Weg und blickte noch einmal zurück. Finsternis hatte den Horizont verschlungen. Bald würde der Sturm sie erreicht haben. Mühsam kämpfte sich die Stute den Hang hinauf. Über ihnen heulte der Wind in den Baumwipfeln.

Vage konnte er die Umrisse eines Turms erkennen. Auf der Kuppe des Hügels lag ein großes, befestigtes Gehöft. Doch das hohe Tor war versperrt.

Hartmann sprang aus dem Sattel, zog seinen Dolch und hämmerte mit dem Knauf gegen die verschlossene Mannpforte. »He!« Seine Stimme ging im Getöse des Sturms fast unter. »Hört mich denn keiner? Ich bin ein Reisender und fordere das Gastrecht!«

Er presste die Wange gegen das gefrorene Holz und spähte durch den Spalt zwischen den beiden Flügeltüren. Sollte es keine Torwache geben? Esseilte riss ihm die Zügel aus der Hand und wieherte.

Eine Windböe fuhr heulend durch die Dachsparren des

Turms. Hartmann fluchte. Hätte er nur ein Horn! In diesem Sturm würde man ihn niemals hören. Wieder begann er mit dem Knauf der Waffe gegen das Tor zu hämmern.

Als seine Faust von den Schlägen schon ganz taub geworden war, gab er endlich auf. Kalter Schweiß rann ihm von der Stirn. Es musste einen anderen Weg geben! Er spähte durch den Spalt zwischen den beiden großen Torflügeln. Wenn sie nicht mit einem zu schweren Balken versperrt waren, könnte er den Riegel vielleicht mit seinem Schwert hochdrücken.

Die Stute schnaubte unruhig und scharrte mit den Hufen im Schnee. Hatte sich am Fenster des Turms etwas bewegt? Hartmann kniff die Augen zusammen und spähte hinauf. Dort war nichts zu sehen.

»Was für ein ungastliches Haus!«, fluchte er und zog sein Schwert. Konnte es denn sein, dass so früh am Abend schon alle schliefen? Die Sonne war doch kaum hinter dem Horizont verschwunden!

Gerade wollte er sein Schwert durch den Spalt zwischen den Torflügeln schieben, als im Hof ein blasses Licht erschien. Ein Knecht mit einer Laterne hastete zum Tor. Die Mannpforte öffnete sich.

Hartmann trat einen Schritt zurück. Sein Gegenüber hielt die Laterne so hoch, dass ihr Licht ihn blendete.

»Wer seid Ihr?«, fragte der Pförtner barsch.

»Ein Ritter und Dichter, Hartmann von Ouwe geheißen. Ich bitte um das Gastrecht und um einen Platz am Feuer für diese Nacht. Morgen schon werde ich weiterreisen und …« Nun, wo sich seine Augen an das Licht gewöhnt hatten, konnte Hartmann sein Gegenüber erkennen. Es war ein kleiner Mann mit faltigem Gesicht und tiefliegenden blassen Augen. Er schien ängstlich, so als fürchte er, einem Halsabschneider das Tor geöffnet zu haben.

»Bittet mich nicht, Euch diese Schwelle überschreiten zu lassen, Herr. Dies Haus ist verflucht, und alle, die …« Er schüttelte den Kopf. »Versucht es eine Meile flussaufwärts. Dort wird man Euch …«

»Bist du toll? Hörst du denn den Sturm nicht? Außerdem ist es finster. Ich würde nicht einmal den Weg von diesem Hügel hinunterfinden!«

»Gero!« Eine tiefe Stimme übertönte den heulenden Wind.

Der Knecht zuckte zusammen und drehte sich um.

Die Mannpforte schwang nun ganz auf. Hartmann musste sich ducken, um die niedrige Tür zu durchschreiten.

»Ich habe Euch gewarnt, Herr«, flüsterte der Knecht und blickte dabei ängstlich über die Schulter. »Viel gibt's hier nicht zu beißen. Wir hatten eine schlechte Ernte dieses Jahr, und unser Herr …« Gero schüttelte den Kopf. »Das ist einer, den keiner freiwillig besuchen kommt.«

»Wie meinst du das?«

»Das werdet Ihr schon sehen, Herr.« Der Knecht griff nach Esseiltes Zügeln.

»Wie heißt dein Herr?«, fragte Hartmann ungeduldig.

»Ingerimm von Waldeck. Aber keiner hier glaubt, dass dies sein richtiger Name ist. Er hat … Aber was zerreiß ich mir das Maul. Geht nur in die Halle! Ihr habt ja Augen zu sehen.«

Als Gero keine Anstalten machte, noch irgendetwas zu sagen, nahm der junge Ritter seine Decke und die in Leder eingeschlagene Laute vom Sattel. Wie ein Blinder tastete er sich in dem immer stärker werdenden Schneetreiben über den Hof, bis er die Tür zum Langhaus fand. Er betrat eine winzige Kammer, in der eine flackernde Kerze brannte. Ein Vorhang aus dichter Wolle trennte die Türkammer vom Hauptraum. Hartmann klopfte sich den Schnee von den Kleidern und achtete darauf, nicht in den Fettnapf zu treten, der dicht bei der Schwelle stand. Entlang der Wände waren bis zur niedrigen Decke hinauf Holzscheite gestapelt. Der Geruch des abgelagerten Holzes mischte sich mit dem Rauch, der durch den Vorhang drang. Er hörte Stimmenraunen im Hauptraum.

Hartmann tastete nach dem Schabeisen und kratzte sich den festgebackenen Schnee von den Stiefeln. Er war ein wenig unruhig. Was hatte der Pförtner gemeint … Was erwartete ihn hier? Als er sich aufrichtete, stieß er mit der Laute gegen einen der Holzstapel. Ein dissonanter Ton drang durch das Lederfutter. Hartmann lächelte. Von solchem Geschwätz würde er sich nicht ins Bockshorn jagen lassen! Entschlossen zog er den Vorhang zur Seite und trat in den Hauptraum.

Eine junge Frau in einem grünen Kleid mit perlenbesticktem Gürtel kam ihm entgegen. »Willkommen auf Burg Waldeck, Fremder.« Wie zufällig ließ sie bei der Begrüßung ihren Umhang aus verfilztem Wolfsfell halb von den Schultern gleiten.

»Ich danke für die Gnade, in einer solchen Nacht ein Dach über dem Kopf haben zu dürfen.« Hartmann deutete eine Verbeugung an und musterte die Frau dabei aus den Augenwinkeln. Sie war nicht im landläufigen Sinne hübsch, doch hatte sie etwas an sich, das einem Mann auf den ersten Blick die Glut zwischen die Schenkel trieb. Sie trug das lange rote Haar offen. Ihre Augen waren grün und von buschigen Brauen überschattet. Die kleine Nase zierten halb verblasste Sommersprossen, und ihr Mund … Der junge Ritter räusperte sich nervös. »Ich danke dem Schicksal, das mich in das Haus einer solch gnädigen Herrin geführt hat.« Er setzte sein charmantestes Lächeln auf. »In Euren Augen lebt selbst in der kältesten Winternacht die Erinnerung an das wunderbare Grün der Frühlingswiesen weiter.«

Sie erwiderte sein Lächeln. »Ihr sprecht wie ein Dichter, doch ich bin keine Herrin. Ich bin lediglich die Kebse des Herrn von Waldeck, und jeder hier im Saale redet schlecht von mir, weil ich meinen Mann verlassen habe, als der Herr mir befahl, hierherzukommen, um für ihn die Beine breit zu machen.« Sie warf einen verächtlichen Blick zu den übrigen Bediensteten, die an der langen Tafel des Saals saßen und mit unverhohlener Neugier zu Hartmann herüberstarrten.

»Und Euer Herr?«, fragte der Ritter verwirrt.

»Er ist oben in seiner Turmkammer.« Sie deutete auf eine niedrige Tür nicht weit vom Ende der Tafel. »Die meiste Zeit schließt er sich dort oben ein, und wir alle sind ihm dankbar dafür. Er … Aber Ihr müsst ja völlig durchgefroren sein. Kommt zum Feuer! Nehmt im Stuhl des Herrn Platz. Er hat befohlen, Euch gut zu behandeln.«

Der Ritter nickte verlegen. Er hatte gehofft, sie hätte ihn um seinetwillen so freundlich aufgenommen.

»Man wird heute Abend vom Besten auftragen, was dieses Gut zu bieten hat, aber erhofft Euch nicht zu viel, Herr …«

Hartmann ließ sich zu dem hohen Lehnstuhl vor dem Kamin führen. Sein Blick wanderte durch den Saal, der von einem langen Tisch, flankiert von Holzbänken, beherrscht wurde. Zwei Frauen kneteten Teig, eine dritte rupfte ein

Huhn. Neben ihr hockte ein Mann und setzte beschädigtes Zaumzeug instand. Ein anderer war mit einer Holzarbeit beschäftigt. Niemand außer der Rothaarigen hatte das Wort an ihn gerichtet, als er eingetreten war. Die Diener wagten nicht einmal, zu ihm aufzublicken. So kühl war er schon lange nicht mehr empfangen worden.

Der große Kamin am Ende der Halle zog schlecht. Ein Teil des Rauchs trieb in den Saal und sammelte sich unter den schwarzen Deckenbalken. Entlang der Wände reihten sich die Schlafstellen der Bediensteten. Sie sahen ein wenig aus wie Beichtstühle, nur dass sie nicht mit prächtigen Schnitzereien geschmückt waren. Dünne Holzwände trennten sie voneinander, und an den Vorderseiten hingen schwere Vorhänge herab.

Die Hitze des Feuers schmolz das Eis in Hartmanns Haar. Wasser tropfte auf sein Gesicht. Die junge Frau war neben ihm niedergekniet, rieb seine Schuhe mit Fett ein und streifte dann die Lederbänder um seine Wickelgamaschen aus Schafsfell ab. Hartmann war ein wenig verlegen. Seine Waden waren dürr wie Ziegenbeine, und wenn er erst einmal seinen schweren Umhang ablegte, dann würde man auch sehen, dass er nicht halb so stattlich war, wie er auf den ersten Blick wirken mochte. Er zögerte es ein wenig hinaus. Nestelte an der schweren Bronzefibel, die den Umhang schloss, herum. Er atmete noch einmal tief ein, dann stellte er sich dem Unausweichlichen. Mit lang einstudierter, galanter Geste warf er den Umhang ab. Er breitete ihn über die Stuhllehne zum Trocknen. Keine verstohlenen Blicke! Niemand belächelte seine Gestalt! Erleichtert wischte er sich das nasse lange Haar aus der Stirn und nahm im Lehnstuhl Platz. Es tat gut, vor dem Feuer zu sitzen und von kräftigen Frauenhänden die Waden massiert zu bekommen, bis die Wärme auch dorthin zurückkehrte. »Verzeiht, doch wäre es zu kühn, nach Eurem Namen zu fragen, *Herrin?*«

»Ich heiße Gudrun.« Sie lächelte kokett, bevor sie wieder den Blick senkte und ihm nun auch seine feuchten Schuhe auszog.

Hartmann sah in das Feuer. Das Schweigen in der Halle war bedrückend. Gudrun … Er dachte an die Gudrun-Saga. An das traurige Los der Heldin. Der Name passte zu seiner Gastgeberin!

Dicht beim Feuer saßen fünf Kinder und spielten stumm mit Puppen aus geflochtenem Stroh. Nicht einmal sie wagten es, zu ihm herüberzusehen. Was, zum Henker, mochte das für ein Hausherr sein, der unter seinem Gesinde solche Angst verbreitete?

Der junge Ritter öffnete die Lederhülle seiner Laute und strich spielerisch über die Saiten des Instruments. Mit kundiger Hand entriss er es dem stummen Schlaf. Und die düstere Halle schien wie von einem Zauber berührt.

Eines der Mädchen am Kamin blickte von seiner Puppe auf. Es hatte flachsfarbenes Haar. Hartmann lächelte ihm zu.

»Seid Ihr ein Spielmann, Herr?«, fragte Gudrun leise.

»Ich beherrsche die Kunst des Lautenspiels nicht gut genug, um mich einen fahrenden Sänger zu nennen.« Er winkte der Kleinen. Zögernd stand sie auf. Hartmann wusste, dass es am leichtesten war, Kinderherzen zu gewinnen, und wenn die Kinder ihm erst einmal zuhörten, dann würden auch die anderen bald dichter ans Feuer rücken. Wieder glitten seine Finger über die Saiten. Nun lächelte auch das Mädchen. Mit großen Augen musterte sie das Instrument.

»Hol deine Kameraden, kleine Prinzessin, und wir beraten, was für eine Geschichte ich euch vortrage.« Sie sah ihn mit ihren großen braunen Augen an und nickte dann schüchtern.

»Habt Ihr Kinder?«, fragte Gudrun. Sie saß vor ihm, hatte die Beine angezogen und mit den Armen umschlungen. Ihr Kinn stützte sie auf die Knie. Im Licht des Feuers schimmerten ihre Haare wie dunkles Kupfer.

Hartmann schüttelte den Kopf. »Ich habe keine Kinder. Aber sie sind stets meine aufmerksamsten Zuhörer. Die Geschichtenerzähler und die Kinder, sie sind durch ein unsichtbares Band miteinander verbunden.«

»So wie die Dichter und die Frauen?«

Der junge Ritter lachte leise. »Nein, Gudrun, dies ist ein anderes Band.« Er blickte tief in ihre grünen Augen. »Das weißt du, nicht wahr?«

Statt einer Antwort lächelte sie auf eine Weise, die Hartmann das Blut in die Wangen schießen ließ.

Jemand zupfte sacht an seinem Ärmel. Das kleine Mädchen war zurückgekommen und hatte seine Spielgefährten mitgebracht. Erwartungsvoll blickten fünf Augenpaare zu ihm auf.

»Nun, was für eine Geschichte wollt ihr hören?«

Ein Junge mit verkrusteter Nase schob das Mädchen mit dem Flachshaar vor. Es schaute verlegen zu Boden. »Von einer Prinzessin«, flüsterte es leise. Ein dunkelhaariges Mädchen nickte begeistert, während der Junge, der seine Kameradin vorgeschoben hatte, verzweifelt mit den Augen rollte.

»Und was will der junge Mann hören?«, fragte Hartmann freundlich.

»Von Rittern … und einer Schlacht …«, stotterte der Junge verlegen.

»Und von Drachen oder besser einem Ungeheuer und dem wilden Meer!«, mischte sich ein anderer ein, der Mut gefasst hatte zu sprechen.

Hartmann strich sich nachdenklich über das Kinn. »Das ist wahrlich keine leichte Aufgabe, die ihr mir hier stellt.«

»Belästigt unseren Gast nicht mit euren unmöglichen Wünschen«, warf Gudrun ein. »Ihr solltet euch zum …«

»Nicht«, unterbrach der Ritter die Kebse. »Ihr könnt sie nicht dafür tadeln, dass sie getan haben, wozu ich sie aufgefordert habe. Ich fürchte, ich muss nun die Suppe auslöffeln, die ich mir in meinem Hochmut eingebrockt habe.« Er lächelte und nickte den Kindern zu. So überraschend und ungewöhnlich waren ihre Wünsche nicht. Aber er würde sich hüten, den Zauber des Augenblicks zu zerstören, indem er dies Geheimnis mit ihnen teilte. »Kommt, setzt euch zu meinen Füßen.« Hartmann strich über die Saiten der Laute und entlockte ihr ein paar wohlklingende Akkorde.

»Ich werde euch eine Geschichte erzählen, die mir vor einigen Jahren ein Kaufmann aus dem hohen Norden mitgebracht hat. Er war ein Mann mit einem wilden schwarzen Bart und funkelnden Augen. Seine Reisen hatten ihn einmal auf ein Meer geführt, auf dem Berge aus Schnee und Eis schwammen, und wo es Fische gab, die größer als jedes Schiff waren. Dort hat er in einer Nacht, in der unheimliche Feenfeuer unter dem Himmelszelt tanzten, jene Geschichte gehört, die ich euch erzählen möchte. Es ist die Geschichte der Prinzessin Kudrun, die entführt wurde und die man zwang, niederste Dienste zu tun, bis ein Heer stolzer Ritter auszog, sie zu befreien.« Gudruns Augen leuchteten, während einer der Jungen ein langes Gesicht zog. »Ein richtiger Drache kommt in der Geschichte zwar nicht vor.« Hartmann schmunzelte. »Aber ich denke, ich kann es einrichten, dass den Helden auf ihrer Fahrt nach Norwegen noch eine gefährliche Seeschlange begegnet.«

Die Kinder tuschelten aufgeregt miteinander und stritten leise um den besten Platz zu seinen Füßen. »Ich wette, es ist ein Prinz unter den Helden«, raunte das Mädchen mit dem Flachshaar.

»Und ich wette, den wird die Seeschlange fressen. Prinzen sind langweilig, sie …« Ein grober Stoß mit dem Ellenbogen brachte den Jungen mit der Rotznase zum Verstummen. Dann sahen sie alle erwartungsvoll zu ihm auf. Und in ihrer aller Augen lag jener Glanz, der der kostbarste Lohn der Geschichtenerzähler ist, vorausgesetzt man ist nicht allzu hungrig.

Hartmann wollte gerade beginnen, als Türangeln ächzten und die Stimmung im Saal umschlug. Die Kinder duckten sich ängstlich. Auch Gudrun wirkte angespannt.

In der Tür, die zum Turm hinaufführte, war eine schattenhafte Gestalt erschienen. Ein Mann, mittelgroß, angetan mit einem Kapuzenmantel aus dunkelgrüner Wolle, dunkler Tunika und zerschlissenen braunen Hosen. Sein Gesicht war hinter einer grob gearbeiteten Maske aus speckigem Leder verborgen, mit ovalen Öffnungen für die Augen und einem runden Loch für den Mund. Das also war der Gutsherr, den der kahlköpfige Bauer in Ad Sanctos für einen Abgesandten Lucifers hielt.

Die Kinder zu Hartmanns Füßen rückten ein wenig dichter an ihn heran. Mit schwerem Schritt trat der Vermummte in den Saal. Jetzt bemerkte der Ritter, dass der unheimliche Gastgeber sogar Handschuhe trug. Kein Zoll seines Fleisches war unverhüllt. Ganz wie bei einem Aussätzigen.

»Bringt mir einen Stuhl ans Feuer«, befahl dieselbe dunkle Stimme, die der Ritter schon im Hof gehört hatte.

Eilig stand einer der Knechte auf und zog seinem Herrn einen schweren Lehnstuhl zum Kamin. Auch Hartmann sprang auf. Er wusste sehr wohl, auf wessen Stuhl er gesessen hatte. Doch der Vermummte bedeutete ihm mit einer Geste, wieder Platz zu nehmen. »Macht weiter, was immer Ihr gerade begonnen habt, doch rate ich Euch, mich nicht zu langweilen. Ich dulde keine Taugenichtse in meinem Haus.«

Hartmann räusperte sich. Warum nur hatte er sich dazu hinreißen lassen, ausgerechnet die Geschichte der Kudrun auszuwählen? Der Hausherr würde seine Gründe gewiss durchschauen. Wenn er wenigstens sein Gesicht sehen könnte, um in seinem Mienenspiel zu lesen! Ingerimm von Waldeck hatte eine angenehme Stimme, doch seine Erscheinung jagte einem mehr als einen Schauer über den Rücken.

Hartmann strich über die Laute, und der vertraute Klang des Instruments machte ihm Mut. »In den alten Geschichten heißt es, Kudrun sei die schönste Frau gewesen, die je unter Gottes Sonne lebte. Ihre Haut war wie Milch, ihr Haar hatte die Farbe von …«

Das Feuer im Kamin war längst herabgebrannt, als Hartmann die Laute zur Seite legte und seine müden Glieder streckte.

Er war zufrieden mit sich. Es hatte lange gedauert, bis das Gesinde näher an den Kamin gerückt war, um seiner Stimme zu lauschen. Nachdem er die Geschichte der Kudrun zu Ende erzählt hatte, waren Speisen aufgetragen worden. Frisch gebackenes Brot, eine fette Suppe, ja sogar zwei verschrumpelte Äpfel aus dem letzten Herbst und ein wenig süßen Honig hatte man ihm gebracht. Zu trinken gab es ein starkes Bier. Diesem bitteren Gebräu war es zu verdanken gewesen, dass Ingerimms Diener es schließlich gewagt hatten, ihm zaghaft Fragen über die Welt jenseits dieses düstren Ritterguts zu stellen. Er hatte vom Reich erzählt, von den Herzögen und Erzbischöfen. Auch von Kaiser Friedrich, dem die Lombarden den Namen Barbarossa gegeben hatten. Bis zum Frühling wollte der Herrscher die tapfersten seiner Ritter um sich scharen und zu einem großen Kriegszug ins Heilige Land aufbrechen. Nichts Geringeres war sein Ziel, als Jerusalem wieder aus der Hand der Heiden zu befreien. Eine Tat, die ihn unbestritten zum ersten Herrscher der Christenheit machen würde!

Zuletzt hatte Hartmann gemeinsam mit dem Gesinde gesungen, bis die Knechte und Mägde sich schließlich zu ihren Schlafnischen zurückzogen. Die Kinder, die schon lange vor dem Kamin eingeschlafen waren, hatten leise gemurrt, als ihre Eltern sie aufhoben und aus ihren Träumen von Jungfern und edlen Recken rissen, um sie mit sich in die nach Stroh und Sommer duftende Dunkelheit zu nehmen.

Gudrun nickte Hartmann zu. Sie war die Letzte, die ging. In ihren Augen spiegelte sich blanke Furcht. Der Ritter hatte das vage Gefühl, dass sie sich auf ein geheimes Zeichen des Alten hin zurückzog. Nur Ingerimm saß ihm noch gegenüber. Von dem Augenblick an, in dem er das Kudrun-Lied angestimmt hatte, war dem Hausherrn kein Wort mehr über die Lippen gekommen.

»Ihr versteht es, Herzen zu fangen, Ritter«, sagte der Hausherr in die düstere Stille hinein. Wie ein Lob klangen seine Worte nicht.

Hartmann rutschte unruhig auf dem Stuhl zurück und starrte Ingerimm an. Nicht einmal die Farbe seiner Augen konnte man hinter der Ledermaske erkennen! Sollte er den Fehdehandschuh aufnehmen, den der Alte ihm hingeworfen hatte? Oder war es klüger, so zu tun, als habe er die kaum verhohlene Anspielung nicht verstanden? »Es freut mich, dass Euch meine bescheidene Kunst gefallen hat«, entgegnete er schließlich.

»Habe ich gesagt, dass sie mir gefallen hat? Kein Richter auf Gottes Erde würde mich verurteilen, wenn ich Euch von meinen Knechten packen ließe, um Euch eigenhändig den Kopf von den Schultern zu hacken.« Ingerimm sprach so gelassen, als unterhielte er sich mit Hartmann über die langweilige Predigt eines Pfaffen. »Meint Ihr, ich hätte nicht gemerkt, wie Ihr meiner Kebse den Hof macht? Ich mag ein Krüppel sein, doch bin ich weder blind noch taub!«

»Herr, Ihr irrt Euch, ich …«, stotterte Hartmann hilflos.

»Glaubt Ihr, ich sei ein Narr, der nicht mehr weiß, was er redet?« Ingerimm richtete sich halb in seinem Stuhl auf, doch seine Stimme klang immer noch ganz ruhig.

»Ich bin doch nur ein Pilger. Wenn ich Euch beleidigt haben sollte, Herr, dann tut …«

»Ein Pilger!« Der Maskierte hatte sich nun vollends aufgerichtet und brach in schallendes Gelächter aus. »Gesindel von Eurem Schlag kenne ich! Haltet mich nicht für dumm! Ich wette, jemand hat Euch erzählt, dass hier auf dem Rittergut ein Unhold haust, und weil es auf Eurem

Weg lag, wolltet Ihr die Gelegenheit beim Schopfe packen und Euch dieses Ungeheuer einmal näher ansehen.« Er schnaubte wie ein zorniger Stier und beugte sich vor, so als wolle er Hartmann geradewegs in die Augen starren. Sein Atem stank nach Zwiebeln und säuerlichem Wein.

Hartmann schluckte. Konnte der Kerl etwa in seinen Gedanken lesen?

»Dabei seid Ihr es, der Gottes Heiligkeit lästern wird ...« Überraschend ließ sich der Burgherr in seinen Stuhl zurücksinken. »Ihr seid doch auf dem Weg zum Dreikönigsfest in Cöln, oder?«

Hartmann nickte verwirrt.

»Dann seid Ihr auf dem besten Wege, Eure unsterbliche Seele zu besudeln und den Dienern des Antichristen zu huldigen.«

Der Alte war verrückt, daran konnte kein Zweifel bestehen. »Wie meint Ihr das, Herr?« Für einen Augenblick glaubte Hartmann, Ingerimms Augen hinter der Maske spöttisch funkeln zu sehen.

»Wollt Ihr das wirklich wissen, Ritter? Es gibt Weise, die behaupten, am glücklichsten sei der, dem Gott die Gnade schenkt, in seliger Unwissenheit zu leben. Ohne Zweifel gehört Ihr zu diesen Günstlingen des Herrn! Nach Cöln pilgern ...« Der Alte lachte bitter. »Und dort das Kreuz nehmen! Ihr erinnert mich an einen jungen Ritter. Auch er war sich seines Glaubens so sicher.«

Hartmann richtete sich auf. »Auch wenn Ihr augenscheinlich nicht in guter Verfassung seid, Herr, kann ich nicht dulden, dass Ihr meine Ehre weiterhin mit solchen Reden beschmutzt. Ich werde Euer Haus verlassen und ...«

»Und draußen erfrieren. Setzt Euch! Ihr wart es, der mit

meiner Kebse getändelt und damit gegen das Gastrecht verstoßen hat. Und dafür werdet Ihr nun büßen.«

Hartmann spannte sich, bereit, zum Schwert zu greifen. Sein Gegenüber blieb jedoch unbeeindruckt.

»Ihr habt mich einen Lügner gescholten. Ich verurteile Euch hiermit dazu, mir eine Nacht lang zuzuhören. Ihr werdet erfahren, warum ein jeder Dreikönigspilger sich zum Spießgesellen gottloser Halunken macht.«

Hartmann starrte den Alten an. Ihn mit einer Geschichte *bestrafen!* Er hatte in seinem Leben schon viele Arten von Strafen erduldet, doch solch eine noch nie. Der Vermummte mochte ein Scherge des Teufels sein, ein gottloser Geselle, aber man konnte ihm nicht vorwerfen, langweilig zu sein.

Knirschend zerbrach ein glühendes Holzscheit, und Funken, hell wie Sterne am Winterhimmel, stiegen in den dunklen Schlot empor. »Seid Ihr bereit, Eure Strafe anzunehmen?«, fragte der Alte gefährlich leise.

Hartmann griff nach dem Becher mit dem dunklen Bier, den er neben sich auf den Boden gestellt hatte, und drehte ihn unschlüssig zwischen den Fingern. »Nun?«

Der junge Ritter zwang sich zu einem Lächeln. »Ich füge mich in mein Schicksal.«

Eine Stichflamme schoss aus einem der halb verglühten Holzscheite. Für einen Herzschlag lang konnte Hartmann überdeutlich die Augen hinter der Maske sehen. Kalte, lauernde Augen. Ein Schauder überlief den Spielmann. Hatte er sich am Ende gar auf ein Spiel mit dem Leibhaftigen selbst eingelassen?

Ingerimm atmete schwer. »So sei es! Ich versichere Euch, alles, was man über mich erzählt, ist wahr. Ja, ich bin in die

Hölle gefahren und habe den Satan geschaut. Und deshalb trage ich meine Maske. Mein Antlitz ist das Antlitz des Teufels … auf eine gewisse Weise jedenfalls.« Der Hausherr schwieg einen Moment lang und starrte Hartmann an, als wolle er die Wirkung seiner Worte von dessen Gesicht ablesen.

»Wie Ihr vielleicht schon geahnt habt«, fuhr er schließlich fort, »ist es die Geschichte jenes jungen Ritters, an den Ihr mich erinnert. Obwohl … wenn man es genau nimmt, ist es eher die Geschichte von vier Rittern, deren Geschicke das Schicksal untrennbar miteinander verwoben hatte.« Ingerimm räusperte sich leise. Sein Blick war nun auf den Kamin gerichtet, so als läge die Vergangenheit, auf die er sich besinnen wollte, dicht hinter dem Schleier aus roter Glut …

ROTHER

»Es begab sich in jenem Jahr, in dem sich die lombardischen Städte gegen den Kaiser empörten, dass die Gesandten Friedrichs in aller Eile Mailand verließen, weil sie dort um ihr Leben fürchten mussten. Nur einer schaffte es nicht mehr zu entweichen, bevor der Pöbel die Tore besetzte. Es war jener, den die Lombarden später den Henker des Rotbart nennen würden und dem es bestimmt war, als Kanzler des Reiches auch über die Geschicke der italischen Untertanen zu gebieten, Rainald von Dassel, Erzbischof zu Cöln. An jenem Tag jedoch verbarg er sich, das Herz voller Furcht, bei einem der wenigen Getreuen, die dem Kaiser in Mailand noch verblieben waren. Erst am nächsten Morgen vermochte er, gekleidet wie ein Weib, den Häschern an den Stadttoren zu entgehen. Dies war der Tag, an dem im Erzbischof jener unnachgiebige, alles verschlingende Zorn gegen die Mailänder begründet wurde.

Es sollte nicht lange dauern, bis die Lombarden erfahren mussten, was es hieß, einen Günstling unseres Kaisers zum Feinde zu haben. Friedrich zog mit großer Heeresmacht gen Italien. Dort fand er seine Feinde wohlverschanzt, und als der Krieg keine Fortschritte machen wollte, bat er die Fürsten des Reiches, ihm zu Hilfe zu eilen. So rief denn nun der Erzbischof Rainald von Dassel sein Kriegsvolk zu den Waffen. Es war das Jahr des Herrn 1161 … Ein gutes Jahr, das im Moseltal einen starken Wein hervorbringen sollte und in Italien zwei Päpste, die einander spinnefeind waren. Es war zugleich das Jahr, in dem die Geschichte jener vier Ritter begann, von denen einer Euch im Wesen so glich, als wäret ihr beide vom Leibe einer Mutter geboren.«

1

Rother gab seiner Stute die Sporen und preschte den Weg zur Hügelkuppe hinauf. Jeder Schritt nach Süden brachte den Heerzug des Erzbischofs von Cöln weiter dem Frühling entgegen. Die mehr als eine Meile lange Kolonne aus Reitern und Tross war in den Hügeln hinter Rother verschwunden.

Er war jung und verschwendete keinen Gedanken daran, dass er mitten in Feindesland womöglich gerade seinem Tod entgegenritt. Über ihm wölbten sich die Äste weiß blühender Apfelbäume in spitzem Bogen wie die Decke einer Kathedrale, von Gottes eigener Hand gestaltet. Ein Windstoß ließ Blütenblätter gleich tanzenden Schneeflocken durch die Luft wirbeln. Einen Moment lang fröstelte es den Jungen. Zu frisch noch waren die Erinnerungen an die eisigen Alpenpässe, die sie erst vor wenigen Tagen hinter sich gelassen hatten. Wieder klang das Donnern der Lawine in seinen Ohren, die den halben Tross und mit den Maultieren auch drei seiner Kameraden in die Tiefe gerissen hatte. Kaum mehr als eine Woche war seitdem vergangen.

Staunend blickte Rother zu den blühenden Ästen hinauf. Er zupfte einige der Blütenblätter aus der Mähne seiner Stute, zerrieb sie zwischen den Fingern und schnupperte dann an seiner Hand wie ein Jagdhund, der sich vergewissern wollte, seine Fährte nicht verloren zu haben. Es war der Duft des Frühlings! Noch nie hatte er gesehen, dass der Winter so schnell wich. Das verlorene Paradies, das die Bibel beschrieb, konnte nicht prachtvoller gewesen sein als dieses Land mit seinen weiten Feldern, den endlosen Obstgärten und sanften Hügeln, an deren Flanken die Rebstöcke Spalier standen wie ein Heer, das aufmarschiert war, seinen Herrn zu grüßen. Wie konnte so ein wundervolles Land nur des Kaisers aufsässigste Untertanen hervorbringen?

Ob er jemals zu den Rittern gehören würde, die für Friedrich *Rotbart* kämpften? Obwohl Rother gar nicht der Jüngste und Kleinste unter den Knappen des Heeres war, hatten seine Kameraden ihm den abfälligen Titel Zwergenritter verliehen. Zu dünn und schwächlich hatte auch Wibald, der Waffenmeister seines Vaters, ihn immer gescholten. Doch danach hatte der alte Krieger ihm stets das blonde Haar zerzaust und erklärt, er solle sich nur ein wenig gedulden, wachsen würde er gewiss noch.

Rother hörte hinter sich die Rufe seiner Gefährten. Kurz blickte er über die Schulter. An der Spitze der kleinen Schar ritt der hünenhafte Anno und winkte ihm. Dichtauf folgten Heinrich und Ludwig. Die drei Ritter waren am Morgen vom Erzbischof als Vorhut ausgewählt worden, und Anno hatte es Rother gestattet, mit ihnen zu reiten. Wie eine Glucke ihr Küken, so hüteten ihn die Ritter. Manchmal hatte Rother das Gefühl, in ihrer Gegenwart kaum noch atmen zu können. Trotzig hieb er seiner Stute die Fersen in die Flanken. Man würde ihn ohnehin schon schelten, weil er so weit vorausgeritten war. Was spielte es da für eine Rolle, wenn er noch ein Stück dahinpreschte, um als Erster zu sehen, was auf der anderen Seite des Hügels lag?

Als Anno seinen Hengst vor der Scheune zügelte, hätte er Rother am liebsten am Ohr gepackt und auf den Hof gezerrt, um ihm eine gehörige Tracht Prügel zu versetzen. Anno verfluchte den Tag, an dem er sich vom alten Reuschenberger hatte überreden lassen, dessen Sohn mit auf den Kriegszug nach Italien zu nehmen.

Der große, vierschrötige Ritter streckte sich. Das Gewicht von Waffen und Rüstung war noch ungewohnt. Erst seit sie vor ein paar Tagen lombardischen Boden betreten hatten, ritten die Gefolgsleute des Erzbischofs in voller Rüstung.

Mürrisch schwang Anno sich aus dem Sattel, als er bemerkte, warum Rother wie angewurzelt bei der Scheune stehen geblieben war. An einen Pfahl gefesselt hing ein Mann, halb in die Knie gesunken. Ein Dutzend Pfeile ragten aus seiner Brust. Das Blut auf seinen Kleidern war noch nicht ganz eingetrocknet. Vor ein paar Stunden hatte der Kerl noch gelebt.

Rother begann vor Ekel und Entsetzen zu würgen. Hinter dem Jungen erschienen die Schatten seiner beiden Kameraden im Scheunentor. Der bärtige, sonst so zurückhaltende Heinrich legte ihm den Arm um die Schulter und brachte den Knappen fort.

»Haben wir also das Ziel unserer Reise schon erreicht …«, sagte Ludwig leise. Er war neben den Toten getreten und berührte ihn sanft mit den Fingern.

Für Anno war Ludwig von Firneburg nichts als ein Stutzer. Der dunkelhaarige Ritter kleidete sich stets, als würde er in der nächsten Stunde zu einer Audienz beim Kaiser erwartet. Auch verstand er es wie kein anderer, den Weibsbildern mit schönen Worten den Kopf zu verdrehen.

»Welches Ziel haben wir erreicht?«

Ludwig nickte knapp in Richtung des Toten. »Sieht ganz so aus, als hätten wir nach tausend Meilen endlich den Krieg des Kaisers eingeholt. Was meinst du, wer das war? Ein lombardischer Plünderer?«

Statt einer Antwort packte Anno den Kopf des Toten bei den Haaren und hob ihn an, so dass das Wappen auf dem Waffenrock zu sehen war.

»Der rote Löwe!« Ludwig trat einen Schritt zurück und blickte zum Scheunentor.

»Das Wappen des Herzogs von Berg«, bestätigte Anno. »Einer seiner Kriegsknechte, vielleicht ein Botenreiter … Wir sollten sehen, dass wir von hier fortkommen.«

Rother war es so schwindelig, dass Heinrich ihm in den Sattel helfen musste. Er schämte sich für seine Schwäche. Seit Beginn der Reise hatten die anderen Knappen ihn wegen seiner geringen Größe verspottet und ihn stets die schmutzigsten Arbeiten erledigen lassen. Wenn sich auch noch herumsprach, wie er sich beim Anblick des ersten Toten dieses Feldzuges angestellt hatte, würde man ihn womöglich zurück an den Hof seines Vaters schicken. Diese Schande würde ein Leben lang an ihm haften!

In den Liedern der Spielleute hatte der Krieg ein anderes Gesicht gehabt; nie war da einem Recken übel geworden. Verzweifelt blickte Rother zum Himmel, über den behäbige weiße Wolkentürme trieben. Der Waffenmeister seines Vaters hatte ihn in dem Gebrauch von Schwert und Lanze unterwiesen und ihm beigebracht, wie man einen Gegner vom Pferd stieß. Doch wie besiegte man sich selbst?

Ein Pfeil schlug neben ihm gegen die Hauswand und zersplitterte. Rother fühlte sich seltsam entrückt. Die Zeit schien langsamer zu fließen, so wie während der endlosen Predigten des Hauspfaffen in der Kapelle seines Vaters.

Seine drei Gefährten reagierten wortlos. Sie ließen die Schilde an den breiten Lederriemen von der Schulter rutschen und griffen nach den schweren Helmen, die von ihren Sätteln hingen. Er sollte auch etwas tun, dachte Rother, und vermochte doch nur gebannt zuzuschauen.

Anno hob seinen wuchtigen Helm mit dem gewölbten Gesichtsschutz über den Kopf, als ein Pfeil ihn ihm aus den Händen riss. Der Ritter fluchte wie ein Maultiertreiber und deutete auf die Hügelkuppe, hinter der irgendwo, Meilen entfernt, die Reiterkolonne des Erzbischofs nahte. Eine Gruppe von Bogenschützen und Speerträgern stand zwischen ihnen und dem Heer des Erzbischofs.

Scharfer Schmerz brannte auf Rothers Wange. Die Welt veränderte sich, war ihm gerade noch alles entfernt wie in einem Traum erschienen, so schlug nun die Wirklichkeit über ihm zusammen. Lärm brandete auf ihn ein. »Auf den Gaul mit dir, Junge! Nimm die Zügel!«, schrie Heinrich ihn an. Er gehorchte.

Dann tastete er über seine Wange. Warmes Blut rann hinab. Zwei Finger breit, und der Pfeil wäre in sein Auge geschlagen. Zwei Finger zwischen Leben und Tod.

Anno führte ihre Gruppe um die Scheune herum und dann seitlich auf den Weinberg. Die Rebstöcke gaben ihnen ein wenig Deckung. Auf diesem Wege mochten sie in einem weiten Bogen zur Hauptkolonne zurückgelangen. Rothers Magen schmerzte, als habe sich dort ein Igel eingenistet, um ihn mit seinen tausend Stacheln zu peinigen. Die vier Reiter fächerten aus. Binnen weniger Augenblicke waren sie außerhalb der Reichweite der Schützen.

Rother sah, wie die Bogenschützen ihre Waffen senkten. Ein mulmiges Gefühl überkam ihn. Wie ein gaffender Trottel hatte er bei der Scheune gestanden. Nie wieder würden ihn die drei Ritter mitnehmen. Ihn an seiner Seite zu haben, war eine Gefahr. Er war … Mit schrillem Wiehern bäumte sich seine Stute auf. Seine Finger krallten sich ins Zaumzeug. Wild mit den Flügeln schlagend, stieß vor ihnen ein Rebhuhn in den Himmel empor. Erschrocken brach die Stute zur Seite aus. Rother zerrte an den Zügeln, doch die Stute gehorchte ihm nicht mehr. Voller Panik stürmte sie fort von dem Vogel den Hang hinauf, auf den Bogenschützen zu. Weinranken peitschten dem Jungen gegen die Beine. Schon konnte Rother undeutlich die Gesichter der Lombarden sehen. Sie waren dunkel von der Sonne. Weiß blitzten ihre Zähne. Die Männer lachten!

Ein Schattenstrich zischte an Rothers Gesicht vorbei. Der Knappe duckte sich flach über die Mähne seiner Stute. Seinen Schild hielt er leicht schräg, damit die Pfeile besser abgleiten konnten. Wie schillernde, zu groß geratene Libellen sirrten die bunt gefiederten Geschosse um ihn herum. Hinter sich hörte Rother seine Gefährten rufen. Er blickte über die Schulter und sah, wie Heinrich ihm folgte. Einen Herzschlag später wendeten auch die anderen beiden ihre Rosse. Rother hätte heulen mögen vor Wut! Weil er seine Stute nicht zügeln konnte, brachte er die drei in tödliche Gefahr.

Dumpf knirschend schlug ein Pfeil in seinen Schild. Nur zwei Fingerbreit über seinem Arm hatte die Spitze das Holz durchbohrt. Wie ein eiserner Fangzahn sah sie aus, geschaffen, ihm das Leben aus seinem Leib zu reißen. Die Zügel entglitten Rothers zitternden Händen. Er krallte sich mit der Rechten in die Mähne der Stute.

Durch das wehende Rosshaar blinzelnd, sah Rother, wie nah er den Bogenschützen jetzt war. Keine zwanzig Schritt trennten ihn mehr von ihnen. Die Männer lachten nicht mehr. In ihren Zügen spiegelte sich die kalte Entschlossenheit, ihn zu töten. Rother fluchte in hilfloser Wut. Er ließ die Mähne seines Pferdes los und tastete unsicher nach dem Schwert an seiner Seite. Wenn er schon sterben sollte, dann wollte er wenigstens noch einen dieser verfluchten Rebellen mit sich in den Tod reißen!

Zischend fuhr seine Klinge aus der Scheide. Er wollte den lombardischen Bastarden einen kühnen Schlachtruf entgegenschmettern, doch statt des Kaisernamens brachte er nur ein klägliches Röcheln hervor. Sein Mund war so trocken, als habe er ein Fuder Mehl geschluckt. Die Wirkung seines heiseren Krächzens jedoch war erstaunlich. Die Lombarden, die eben noch so entschlossen gewesen waren, ihn in Stücke zu reißen, liefen davon.

Schnaubend kam die Stute auf dem Hügelkamm zum Stehen. Geduckt rannten die Bogenschützen zwischen den Rebstöcken auf der anderen Seite des Hügels hinab. Rothers Zorn war verraucht. Sein Herz schlug wie eine Trommel, und seine Rechte zitterte so sehr, dass er es nicht schaffte, sein Schwert in die Scheide zurückzuschieben.

»Bei allen Heiligen, was ist nur in dich gefahren, Junge!«, erklang die atemlose Stimme Heinrichs hinter ihm. »Du solltest Gott auf Knien danken, dass du noch lebst! Wenn nicht ein Wunder geschehen wäre, hätten sie dich jetzt auf ihren Speeren aufgespießt wie einen Eber bei der Sauhatz!«

»Ein Wunder …« Rother drehte sich im Sattel um. Aus Heinrichs Arm ragte der Schaft eines abgebrochenen Pfeils. Dunkles Blut sickerte durch die Ringe seines Kettenhemds. »Ihr … Ihr seid verletzt, Herr. Ich … Es tut mir leid …«

Heinrich machte eine wegwerfende Handbewegung. »Der Pfeil hat kaum meinen Gambeson durchschlagen.«

Der Ritter stieß sein Schwert in die Scheide. Mit einem Anflug von Neid bemerkte Rother, dass Heinrichs Hand völlig ruhig war, und dann sah er, wie sein Kamerad seinen Ausspruch über das Wunder gemeint hatte. Auf dem Weg neben der Scheune kam eine Kolonne von Reitern unter dem Löwenbanner des Herzogs von Berg den Hügel herauf. Vor ihnen waren die Bogenschützen geflohen!

2

Anno fühlte sich unwohl, als er vor dem großen Zelt Rainald von Dassels stand. Der Fürsterzbischof von Cöln und Erzkanzler des Kaisers war nach dem Herrscher gewiss der mächtigste Mann im Reich. Seine Exzellenz hatte nach ihm geschickt; und so, wie es aussah, wollte von Dassel ihn allein sprechen. Noch nie zuvor war Anno seinem Lehnsherrn allein von Angesicht zu Angesicht gegenübergetreten.

Die Plane am Eingang des Zeltes wurde zurückgeschlagen. Ein hagerer Mönch winkte ihn herein. »Seine Exzellenz erwartet Euch.«

Anno zupfte verlegen an seinem verschlissenen Waffenrock. Die Farbe des Obergewands war in vielen Sommern verblichen, doch wenn man es nicht allzu aufmerksam betrachtete, sah es noch halbwegs passabel aus.

Die Abendsonne, deren Schein nur gedämpft durch den roten Stoff fiel, tauchte das Innere des Zeltes in bedrückendes Zwielicht. Es roch nach feuchten Kleidern, saurem Wein und Weihrauch. Der Erzbischof, ein Mann in mittleren Jahren, saß auf einem Klappsessel, auf dessen Armlehnen sich kunstfertig geschnitzte, gestreckte Löwen räkelten. Er war ganz versunken in das Studium eines Pergaments, das auf seinen Knien lag. Von Dassel war in einen Gambeson gekleidet, der vom Waffenfett des Kettenhemdes grau und speckig geworden war. Die ausgefransten Säume waren mit scharlachroter Seide eingefasst. Dazu trug der Fürst staubbedeckte braune Reitstiefel. Man sah ihm an, dass er den Umgang mit dem Schwert gewohnt war, und sein braun gebranntes Gesicht verriet auf den ersten Blick, dass er mehr Zeit auf den Straßen des Reiches als in den Gewölben von Skriptorien und Kanzleien verbracht hatte. Seine dunklen grauen Augen huschten aufmerksam über die Zeilen der Urkunde. Er hatte die Stirn in Falten gelegt, so als sei er über den Inhalt des Schreibens verärgert.

Anno kniete vor seinem Fürsten nieder. Als der Erzbischof immer noch nicht aufblickte, räusperte er sich leise.

»Ah, der Herr von Sennberg.« Rainald legte das Dokument zur Seite, stand auf und streckte seine Rechte vor.

Der Ritter küsste ehrerbietig den Bischofsring, dann wies der Erzbischof auf einen zweiten Klappstuhl, der neben einem niedrigen Tisch stand. »Nimm Platz, Anno. Hast du schon gegessen?«

»Ja, Exzellenz. Ein Stück Brot, das frisch vom Ofen kam.« Anno verstummte abrupt. Was erzählte er dem Kanzler des Reiches von seinem Abendessen? Rainald hatte die Geschäfte des Kaisers wahrzunehmen und konnte seine Zeit nicht mit solchem Gewäsch vergeuden!

»Der Herzog von Berg hat mir von deinem Knappen erzählt. Ist er dem Kaiser treu ergeben?«

»Unbedingt, Euer Exzellenz!«

»Und er steht auch treu zu seinem Lehnsherren und Erzbischof?«

»Ich würde meine Hand für ihn ins Feuer legen!«

Der Erzbischof starrte auf das Dokument, das auf dem Tisch lag. »Du bist mir vor zwei Jahren aufgefallen, Anno, bei den Kämpfen um Crema. Du warst einer der Ersten, die beim großen Sturmangriff auf den Mauern standen. Ich habe auch gesehen, wie du unverzagt weitergestiegen bist, als die Leitern rechts und links neben dir niedergerissen wurden. Ohne Zweifel bist du ein Mann von Mut; und wie es scheint, ist sogar dein Knappe tapferer als die meisten Ritter, die unter dem Banner des Kaisers reiten. Ich suche vier Männer, denen ich unbedingt vertrauen kann und die für mich sogar zu den Pforten der Hölle hinabsteigen würden, wenn ich es ihnen befehle. Bist du ein solcher Mann, Anno?«

Der Ritter leckte sich nervös über die Lippen. »Ich habe noch nie gezögert, einen Befehl des Kaiser oder von Euch, Exzellenz, auszuführen.«

Rainald lächelte matt, gerade so, als begänne ihn diese Unterredung schon zu ermüden. »Gut, dann suche mir noch drei, die von deiner Art sind, Anno. Und achte darauf, dass es Männer sind, die von etwas getrieben werden. Der Liebe zu Gott, dem Streben nach Ruhm … so wie dein Knappe, der ganz allein einen Hügel voller Bogenschützen angegriffen hat. Sie sollen mir helfen, jenen Alb zu bezwingen, der mir Nacht für Nacht den Schlaf raubt. Ich werde euch an dem Tag rufen, an dem Mailand fällt. Ihr werdet für mich etwas aus dem Dom holen, bevor die Stadt ein Raub der Flammen wird. Allerdings werdet ihr nicht unter meinem Banner reiten können.«

»Aber wer sollte es wagen, den Dom anzuzünden? Das Haus Gottes!«

»Scher dich nicht um Politik, Anno. Mailand wird geplündert und dem Erdboden gleichgemacht werden! Das Schicksal der Stadt ist schon jetzt besiegelt!« Der Erzbischof hatte die Hände so fest zu Fäusten geballt, dass sich seine Knöchel weiß unter der Haut abzeichneten. »Und nun geh, und mach dich auf die Suche nach den Männern, die ich dir beschrieben habe. Nach der Heerschau in Pavia erwarte ich deinen Bericht! Möge Gott dabei an deiner Seite sein! Euch wird es bestimmt sein, den Willen des Herrn zu vollziehen. Und es ist auch sein Wille, dass Cöln eine heilige Stadt werden wird.«

Wie ein geprügelter Hund strich Rother durch das Feldlager. Die Geschichte über seinen Angriff auf die Lombarden hatte sich schon überall herumgesprochen. Manche der Männer nickten ihm anerkennend zu, wenn er vorbeiritt. Männer, die ihn am Abend zuvor nicht einmal wahrgenommen hatten. Doch all ihr Respekt beruhte auf einer Lüge! Und was für ein Ritter würde er werden, wenn schon sein Ritterschlag auf falschem Zeugnis beruhte?

Für den Abend war er an die Tafel des Erzbischofs geladen. Noch nie hatte ein Knappe zwischen den Fürsten des Reichs gesessen. Sie würden ihn gewiss nur ansehen müssen, um in ihm den Lügner zu erkennen.

Ängstlich blickte Rother zu den anderen Knappen, die soeben die Pferde ihrer Herren zur Tränke trieben. Vielleicht sollte er fliehen? Bei den Küchenzelten sah er einen dürren Mönch mit dem Mundschenk des Erzbischofs streiten. Rother kannte ihn. Der Mönch genoss das besondere Vertrauen Rainalds. Keiner wagte es, in Gegenwart des Erzbischofs so zu sprechen wie sein Dichter, der Erzpoet. Mit seiner Hilfe könnte Rother in das Zelt des Bischofs gelangen und dem Fürsten alles beichten. Wenn der hohe Herr von Dassel rechtzeitig erfuhr, was sich in Wahrheit bei dem Hügel zugetragen hatte, mochten ihm das Essen und die Schmach, als falscher Held entlarvt zu werden, vielleicht erspart bleiben.

Entschlossen ging der Knappe auf den Mönch zu, der sich mit einem Krug Wein im Arm vom mürrisch dreinblickenden Mundschenk verabschiedete. »Pater, helft mir! Ich muss vor Euren Herrn treten. Noch in dieser Stunde!«

Der Mönch sah ihn einen Augenblick verwundert an, dann verzog er den Mund zu einem breiten Grinsen. »Der Herr Fürchtenichts, nicht wahr? Nun, um noch in dieser Stunde vor meinen Herrn zu treten, siehst du entschieden zu gesund aus.«

Rother starrte ihn mit offenem Mund an. »Was sagt Ihr?«

Sein Gegenüber lachte und nahm einen Schluck aus dem Weinkrug. »Wie du siehst, trage ich das Gewand eines Dieners Gottes. Ich diene nur einem Herrn, und bei allem Respekt vor deinen Heldentaten glaube ich nicht, dass er sich heute Abend in diesem Feldlager blicken lassen wird.« Der Mönch schlug ein Kreuzzeichen und verdrehte die Augen zum Himmel. »Verzeih mir, Herr, aber wenn ich von diesem wunderbaren, lombardischen Wein koste, fällt es mir mitunter schwer, meine Zunge im Zaum zu halten.«

Rother schlug unwillkürlich auch ein Kreuzzeichen. »Ich muss zum Erzbischof, bitte helft mir, Pater.«

»Der Herr von Dassel will niemanden mehr sehen, bevor seine Tafel aufgetragen wird.«

»Aber ich habe ihm zu beichten …«

Der hagere Mönch sah mitleidig zu ihm hinab. »Er würde dir niemals die Beichte abnehmen, ganz gleich, ob du ein Held oder nur ein Küchenjunge bist. Täte er es, verstieße er damit gegen die Gesetze der Kirche!«

»Aber meine Seele ist in Not!«

Der Mönch schnitt ihm mit einer abrupten Geste das Wort ab. »Weißt du denn gar nichts über deinen Lehnsherrn? Er ist nach dem Papst und dem Kaiser als Erzkanzler der drittmächtigste Mann auf Gottes Erde. Doch obwohl er das Amt des Erzbischofs von Cöln bekleidet, ist er eins nicht: ein geweihter Priester! Er darf dir die Beichte nicht abnehmen!« Der Mönch legte dem Knappen den Arm um die Schulter. »Komm, lass uns zum Fluss gehen. Wenn es denn sein muss, kannst du mir dort dein Herz ausschütten.«

Anno fand Ludwig allein an einem Feuer. Sein Kamerad hockte auf seinen Fersen und stocherte mit einem langen Stock in der Glut. Er sprach kein Wort, und Anno war sich nicht sicher, ob er ihn nicht bemerkt hatte oder einfach nicht mit ihm reden wollte. Die Flammen tauchten Ludwigs Gesicht in rotes Licht und tiefe Schatten.

Wenn er ihn so betrachtete, fragte Anno sich, warum sein Gefährte einen solchen Ruf bei den Weibern hatte. Ludwig war weder sonderlich stattlich gebaut noch von bedeutender Herkunft. Seine schlanken Finger schienen kaum dazu geschaffen, ein Schwert zu halten. Der Stutzer trug sein schwarzes Haar mehr als schulterlang. Jeden

Morgen verschwendete er fast eine halbe Stunde darauf, es mit einem feinen Elfenbeinkamm zu bearbeiten. Konnte man einen solchen Weiberhelden überhaupt für die Truppe gebrauchen, die der Erzbischof suchte?

Anno wollte schon aufstehen und gehen, als sein Gegenüber endlich das Schweigen brach. »Gefällt es dir, in meiner Gegenwart Zeit totzuschlagen, oder warum starrst du mich so an?«

»Warum bist du dem Jungen heute Morgen nachgeritten?«

»Vielleicht weil er zu anständig ist, um als dein Knappe zu sterben.«

Anno ballte die Fäuste und versagte sich eine passende Antwort auf diese Frechheit. »Würdest du es wieder tun?«, fragte er stattdessen mit betont ruhiger Stimme.

»Ist er mein Knappe? Muss *ich* ihm den Unterschied zwischen Heldenmut und Narretei beibringen?« Ludwig schob ein Scheit ins Feuer und blickte den Funken nach, die in den Himmel tanzten.

»Hast du an deine Stiefschwester gedacht?«, fragte Anno, scheinbar beiläufig und ohne Ludwig weiter anzusehen. »Du hast nie davon erzählt, warum sie ins Kloster gegangen ist. Hat dein Vater sie geschickt? Ich kann mich gut an sie erinnern. Hübsch war sie.«

»Was weißt du von dem Kloster?«

Anno lächelte. »Nur so viel, wie du mir einmal im Suff erzählt hast. Du hast keine Ahnung, in welchem Kloster sie ist, nicht wahr?«

Ludwig zerbrach den Stock, den er in Händen hielt, und warf die Stücke ins Feuer. »Ich glaube nicht, dass ich mit dir darüber reden möchte.«

»Und wenn es jemanden gäbe, der sie für dich finden könnte?«

»Wer sollte das sein?« Der Ritter zögerte. »Und was wäre sein Preis?«

»Seinen Namen wirst du zu gegebener Zeit erfahren. Und was deine zweite Frage angeht ... Vielleicht wünscht er, dass du einen Ritt wie heute Morgen auch für ihn wagen würdest.«

Ludwig schüttelte nachdenklich den Kopf. »Warum sollte ihm gelingen, was mir nicht geglückt ist? Es gibt viele Klöster im Rheinland.«

»Glaube mir, er hat die Macht, es zu tun!« Anno blickte zu den benachbarten Feuern, um sicherzugehen, dass niemand sie belauschte. »Bist du mein Mann?«

»Ich stelle mein Schwert nicht in den Dienst eines Namenlosen.«

»Wie du willst!« Anno wandte sich zum Gehen. Er war sich sicher, dass Ludwig ihm nacheilen würde. Er machte ein paar Schritt und beobachtete den Ritter dabei aus den Augenwinkeln. Doch dieser Bastard rührte sich nicht von der Stelle.

Anno war in ausgesprochen übler Stimmung, als er sein Zelt betrat. Wütend schnallte er das Schwert ab und warf es auf sein Lager. Was für ein Abend! Der Erzbischof bestellte ihn zu sich und erging sich dann in geheimnisvollen Reden. War es tatsächlich Rainalds Absicht, etwas aus dem Dom zu Mailand zu stehlen, oder hatte er den Erzbischof nur falsch verstanden?

Verärgert betrachtete der Ritter sein karges Nachtmahl. Während sein Knappe am reich gedeckten Tisch des Kirchenfürsten saß, wurde ihm ein solcher Fraß vorgesetzt. Ein

Stück trockenes Brot, etwas Käse und dazu noch ein Schälchen mit diesen widerwärtigen, öligen Früchten!

»Maria!« Wann würde die Amme seiner Tochter endlich lernen, dass er diesen Lombardenfraß verabscheute!

Eine kleine Frau mit faltigem Gesicht schob sich durch den Zelteingang. Anno warf ihr die Schale vor die Füße. »Damit kannst du Schweine füttern gehen! Warum habe ich kein Fleisch auf dem Tisch, Weib?«

Die Alte krümmte sich, als fürchte sie, Anno würde noch weitere Dinge nach ihr werfen. »Es gab kein Fleisch, Herr. Ich habe mir die Füße wundgelaufen, aber es war nichts zu bekommen. Weil der Krieg schon so lange dauert. Alle Herden in dieser Gegend sind längst in die Bäuche der Ritter und ihrer Waffenknechte gewandert.«

Seufzend ließ sich Anno auf der Bettstatt nieder. »Dann bring mir einen Krug Bier, und schick mir Clara.« Das aufgeregte Geschnatter seiner Tochter würde seine trüben Gedanken vertreiben.

»Ich fürchte, sie ruht schon, Herr.« Anno hatte den Eindruck, dass das Gesicht der Amme unter ihrer Haube verschwand wie eine Schnecke in ihrem Haus. »Soll ich sie wecken?«

Der Ritter schüttelte müde den Kopf. »Nein, lass sie schlafen! Du kannst dich auch zur Ruhe begeben.«

Als die Alte das Zelt verlassen hatte, sank Anno erschöpft auf sein Lager. Er starrte zur Zeltdecke aus bleichem roten Stoff und versuchte sich an das Gesicht seiner Frau zu erinnern. Sie war vor sieben Jahren im Kindbett gestorben, und der Sohn, den sie ihm geboren hatte, war ihr schon nach drei Tagen gefolgt. Ihre Züge verblassten in seiner Erinnerung mehr und mehr. Nur ihr Lachen klang ihm noch immer im Ohr. Es war das schönste Lachen, das er jemals gehört hatte, und keine Musik, keine Gesänge hatten in seinen Ohren jemals so wunderbar geklungen. Bei einer Eberjagd, mitten im Regen, hatte er Magdalena zum ersten Mal gesehen. Wie eine Fee war sie ihm vorgekommen, die sich aus irgendeinem Grund unter die Menschen gewagt hatte.

Wann immer ihn die sehnsüchtigen Erinnerungen an seine tote Frau heimsuchten, wurde ihm zugleich bewusst, dass er alt wurde. Auch wenn er es vor den anderen Rittern niemals eingestanden hätte, solche Feldzüge waren nichts mehr für ihn. Aber diesmal hatte er seine Tochter Clara dabei. Wenn es ihm gelang, dass sie in das Gefolge der Kaiserin aufgenommen wurde, konnte er beruhigt sein und sich für immer auf sein Gut zurückziehen.

Als Rother seine Beichte beendet hatte, war es dunkel geworden. Gespannt starrte er den Mönch an und wartete auf seine Buße. Doch statt mit ihm ins Gericht zu gehen, räkelte sich der Archipoeta nur und ließ den leeren Weinkrug neben sich ins Gras rollen.

»Das war alles?« Er schüttelte den Kopf. »Wenn du wüsstest, was ich schon alles zu hören bekommen habe!«

»Aber ich bin doch kein Held. Ich habe es nicht verdient …«

Der Mönch gebot ihm mit einer herrischen Geste zu schweigen. »Ich bin der Priester, und ich bemesse deine Schuld und verantworte mein Urteil vor dem Herrn.« Er schlug nachlässig ein Kreuz und streckte dann die Arme aus, als wolle er das ganze Heerlager umarmen. »Mehr als fünfhundert Ritter lagern hier. Ich wette um meine Kutte, dass fast alle von ihnen für Geringeres in den Ritterstand erhoben wurden. Die meisten von ihnen haben lediglich das Glück gehabt, den richtigen Vater zu haben und eine Geburt von Stand. Du hast heute dem Tod ins Auge gesehen und dich sehr mutig verhalten. Willst du sie alle zu Lügnern machen, indem du dich nun selbst einen Feigling nennst? Du sagst, du hättest heute Morgen Angst gehabt? Dann lösche diesen Makel aus, indem du jetzt Mut zeigst!«

Die Worte des Mönchs machten Rother schwindelig. Und sie ängstigten ihn. Alles, was der Priester sagte, erschien richtig, und doch … »Aber wenn ich mich als ein Held ausgebe, muss ich doch lügen. Damit verstoße ich gegen ein Gebot Gottes.«

Der Archipoeta blickte wie ein Habicht auf ihn hinab. »Willst du behaupten, ich hätte dich im Namen Gottes zur Lüge angestiftet?«

»Nein, aber …«

»Schweig, du unbedarfter Knabe!« Der Mönch kratzte sich am Kopf und lächelte plötzlich. »Ja, sage am besten gar nichts. Das Reden werden schon die anderen für dich erledigen. So verstößt du gegen kein Gebot und behältst ein reines Gewissen. Und nun beeile dich! Ich bin sicher, man wartet im Zelt des Erzbischofs schon auf dich. Erdulde, dass man dort gut von dir reden wird!« Er lachte. »Schließlich können sie nicht dein Pferd für seinen Mut zum Ritter machen.«

Rother erhob sich und blickte unsicher zu dem Mönch auf, der beinahe einen ganzen Kopf größer war als er. »Und meine Buße?«

Der Archipoeta seufzte. »Wie du willst.« Er schlug ein Kreuz über dem Haupt des Jungen und murmelte feierlich.

»Ego te absolvo. Du wirst hundert Vaterunser beten und die nächsten drei Wochen jeden Abend mein Pferd striegeln und zur Tränke führen.«

Rother starrte den Mönch mit großen Augen an. »Von so einer Buße habe ich noch nie gehört.«

»Für dich bin ich der Mund Gottes«, ermahnte ihn der Archipoeta streng. »Buße, das kommt von büßen! Ist es vielleicht so, dass du gerne Pferde striegelst?«

Der Junge blickte verlegen zu Boden. »Ich war nur verwundert.«

»Dann wirst du mein Pferd striegeln und versorgen, bis dieser Feldzug zu Ende ist.«

»Aber eben habt Ihr doch noch gesagt …«

»Indem du mit einem Mönch über Buße und Absolution feilschst, versündigst du dich! Dir tut Buße not, mein Junge! Und jetzt mach dich auf zum Zelt des Erzbischofs. Ich möchte nicht, dass ihm am Ende noch jemand steckt, die ganze Gesellschaft hätte warten müssen, weil du mit mir ein Schwätzchen gehalten hast!«

»Herr, seht, was wir in den Büschen gefunden haben!«

Heinrich lief mit langen Schritten den Hügel zu den Vorposten hinab. Die zwei Wachen hatten ein Mädchen aufgegriffen, das sich fluchend gegen sie zur Wehr setzte.

»Eine rechte Wildkatze haben wir hier!«

Die Gefangene trug ein fein besticktes Gewand. Unter der Haube quollen lange Haare hervor. Sie war nicht sehr groß, aber dafür umso temperamentvoller.

»Lasst sie los, ihr Trottel! Selbst im Mondlicht kann man erkennen, dass sie kein Bauernmädchen ist.«

Heinrich winkte den beiden Waffenknechten, wieder auf

Posten zu gehen, dann wandte er sich an das Mädchen. »Ich werde dich ins Lager zurückbringen.«

Ihr Gesicht war in der Dunkelheit kaum zu erkennen, doch er wusste auch so, wen er hier vor sich hatte. Schon mehrfach war ihm aufgefallen, wie Annos Tochter sich davonstahl, um an einem stillen Ort zu den Sternen zu blicken und dem Flüstern des Windes zu lauschen. Das Auftauchen der Bogenschützen am Morgen hatte jedoch allzu deutlich gezeigt, dass die Zeiten des friedlichen Reisens vorbei waren.

»Du solltest dich nach Einbruch der Dämmerung nicht so weit aus dem Lager hinauswagen, Clara. Was hast du dort unten im Gebüsch gemacht?«

»Ich war spazieren«, entgegnete sie knapp.

»Dein Vater weiß gewiss davon.«

»Gewiss, aber …« Ihre Stimme klang nun ein wenig unsicher. »Aber es wäre nicht gut, wenn Ihr ihn heute noch wecken würdet, nur weil ich zu seinen Zelten zurückkehre. Er hatte einen sehr schweren Tag und …«

»Ich weiß«, entgegnete Heinrich lächelnd. »Ich war dabei.«

»Verzeiht, Herr«, flüsterte sie hastig. »Wie unbedacht von mir.«

Sie hatten die Kuppe eines kleinen Hügels erreicht. Heinrich blieb stehen und blickte über das Heerlager, das sich zu ihren Füßen entlang einem seichten Fluss erstreckte. Fast wie Sterne, die vom Himmel gestürzt waren, funkelten Hunderte von Lagerfeuern in der Ebene. Kerzenlicht ließ die bunten Zelte der Fürsten wie riesige Festlaternen erstrahlen. Gedämpftes Lachen klang in der Ferne und trauriges Lautenspiel. Man mochte meinen, die rheinische Ritterschaft habe sich zum Turnierspiel und nicht zum Krieg um ihren Erzbischof gesammelt. Heinrich spürte, dass Clara ihn anschaute.

»Ihr seid der einzige Ritter, der einen Bart trägt. Und Ihr wirkt immer so entrückt, als wolle ein alter Kummer Euch nicht aus den Gedanken gehen. Mein Vater sagt auch, dass Ihr Euch jeden Abend zur Wache meldet und Ihr die Gesellschaft der anderen flieht. Warum?«

»Du verstehst es, einen Mann mit Fragen härter zu bedrängen, als mancher Krieger im Felde es mit dem Schwert vermag.« Heinrich schüttelte den Kopf und zögerte einige Herzschläge lang. Warum sollte er sich einem Mädchen anvertrauen, das keine vierzehn Sommer gesehen hatte?

»Wollt Ihr mir nicht antworten?«, klang ihre Stimme aus der Dunkelheit.

»Den Bart trage ich aus Respekt vor den Schriften eines Abtes, deren Inhalt mich tief berührt hat.«

»Ihr vermögt es, in Büchern zu lesen? Mein Vater sagt, das mache einem Mann die Augen trübe und verwirre seinen Verstand.«

Heinrich lachte. »Sehe ich denn aus wie ein triefäugiger Narr?«

»Gewiss nicht, Herr, doch – verzeiht mir – vermag ich nicht zu erkennen, was die Worte eines Abtes damit zu tun haben, dass Ihr einen Bart tragt.«

Der Ritter sah sie durchdringend an. »Deine Sturheit ist wohl das Erbe deines Vaters.« Gleich darauf taten ihm seine harschen Worte leid. »Der Abt, von dem ich sprach, kam aus den Landen des Königs von Frankreich, Bernhard von Clairvaux lautete sein Name. Er predigte mit flammenden Worten das Lob der neuen Ritterschaft. Er war es auch, der

Konrad, den Vater des Kaisers, dazu brachte, einen Kreuzzug ins Heilige Land zu unternehmen.«

»Und die Bärte?«

»Nun, Bernhard von Clairvaux prangert das allzu vergnügungssüchtige Rittertum an. All die Edlen, die von Turnier zu Turnier ziehen und sich nach der neuesten Mode der Höfe in Frankreich kleiden. Der Abt Bernhard hat das Heilige Land bereist und ist dort Rittern begegnet, die wie Mönche leben. Es heißt, sie seien nie gekämmt, selten gewaschen, mit wildem Bartwuchs, stinkend und schweißbedeckt, geschwärzt von ihren Harnischen und der Hitze.«

Clara runzelte die Stirn. »Sie stinken noch mehr als die Ritter in diesem Heerlager? Daran kann ich nichts Heiliges finden! Und wie kann ein Mönch ein Schwert in die Hand nehmen?«

»Zieht dein Vater in den Krieg, um deinen Fragen zu entgehen?« Heinrich begann die Geduld zu verlieren. »Wenn ich dich noch einmal draußen am Rand des Lagers sehe, werde ich es ihm sagen müssen!«

»Kann ich Euch denn nicht auf Euren Wachen Gesellschaft leisten? Bei Euch wäre ich doch nicht in Gefahr.«

Der Ritter seufzte. Ein junges Mädchen als Gesellschaft, das würde ihm noch mehr Spott einbringen, als er ohnehin schon ertragen musste. »Es würde nur törichtes Gerede geben, wenn man sieht, dass du Abend für Abend mit mir auf einsame Hügel steigst. Dein Vater hat dich mitgenommen, weil er dich an den Hof der Kaiserin bringen will.«

Clara nickte niedergeschlagen. »Er hofft, mich besser verheiraten zu können, wenn ich zu den Kammerfrauen der Kaiserin gehöre. Wahrscheinlich an irgendeinen alten Baron, der nur noch Suppe essen kann, weil ihm schon längst alle Zähne ausgefallen sind.«

Sie hatten Annos Zelte erreicht, aus dem kein Lichtschein mehr drang. Clara wollte schon leise hineinschleichen, als Heinrich sie zurückhielt. »Was den Bart angeht …«

»Ja?«

»Er ist ein Zeichen dafür, dass ich mich von weltlicher Eitelkeit abgewandt habe und künftig mein Schwert allein in den Dienst des Herrn stellen werde.«

3

Clara war so vertieft darin, Heinrich zu beobachten, der nicht weit von ihrem Wagen in der Marschkolonne ritt, dass sie gar nicht bemerkt hatte, wie ihr Vater näher gekommen war.

»Wenn du dich noch weiter vorlehnst, wirst du aus der Kutsche fallen!« Anno lachte. Augenscheinlich hatte er nicht bemerkt, wem ihre Aufmerksamkeit galt.

Clara setzte sich aufrecht, wenn sie auch bedauerte, dass Heinrich damit aus ihrem Blickfeld verschwand.

»Du solltest die Vorhänge des Wagens besser schließen, Clara.«

»Warum? Es gefällt mir, hinauszuschauen und das Land vorbeifliegen zu sehen.«

»Du musst dich besser vor der Sonne in Acht nehmen. Sie wird deine Haut verbrennen, bis du so dunkel bist wie ein Bauersweib nach der Erntezeit. So ein Mädchen wird die Kaiserin niemals in ihrer Nähe dulden.«

Zu ihrem Leidwesen setzte ihr Vater alles daran, dass Clara ins Gefolge von Kaiserin Beatrix aufgenommen wurde. Töchter, die am Hof aufwuchsen, wurden in bedeutende Familien verheiratet. Der Preis dafür war allerdings ein Leben, das sich um Webarbeiten, Stickereien und kleinliche Hofintrigen drehte. Nichts würde Clara mehr langweilen! Sie schwor sich auszusteigen, sobald ihr Vater ein Stück weit voranritt, und neben dem Wagen zu laufen, damit die Sonne reichlich Gelegenheit hätte, ihr die Haut zu verbrennen.

»Maria!«

Die Amme, die bislang schweigend dem Gespräch gelauscht hatte, beugte sich vor, damit sie den Herrn von Sennberg besser sehen konnte.

»Du sorgst mir dafür, dass meine Tochter sich an meine Befehle hält. Ich will keine kleine Mohrin nach Pavia bringen.«

Ihr Vater lächelte, als habe er ihre Gedanken lesen können. Es war am klügsten, das Thema zu wechseln. Sonst würden sie noch in Streit geraten. »Wie gut kennst du den Herrn Heinrich von Friesheim, Vater?«, fragte sie im unschuldigsten Tonfall.

»Er war vor zwei Jahren auf dem Kriegszug gegen Crema noch nicht dabei. Vor den Mauern der Stadt sind damals zwei seiner Brüder gefallen. Nun ist er der Letztgeborene von fünf oder sechs Söhnen. Sein Vater hat ihn geschickt, weil er wohl lieber Heinrich verlieren möchte, als noch einmal die Nachricht zu erhalten, dass sein auserkorener Erbe tot ist. Ich glaube, man hat ihn sogar aus einem Zisterzienserkloster geholt, damit er für seine Familie das Schwert führt.« Anno beugte sich über den Hals seines Hengstes und musterte Clara misstrauisch. »Warum interessierst du dich für ihn?«

Clara lehnte sich ein Stück in den Wagen zurück, damit ihr Vater nicht sehen konnte, wie ihr das Blut in die Wangen schoss. »Er sieht so merkwürdig aus, mit seinem Bart und dem wirren Haar.«

Anno lachte auf. »Bei Gott, einer wie er wird nie auch nur in die Nähe des Kaiserhofes kommen. Er sieht aus wie ein Heide, der zum Julfest nackt um ein Feuer tanzt!«

»Herr, so könnt Ihr doch nicht in Gegenwart Eurer Tochter reden«, protestierte Maria und bekreuzigte sich. »Es bringt Unglück, von den Heiden, ihren Götzen und Festen zu sprechen.«

»Hab dich nicht so, Alte. Meine Tochter lässt sich doch nicht von einem bisschen Geschwätz über Heiden oder den Teufel ins Bockshorn jagen!«

Die alte Amme schlug erneut ein Kreuz. »Nennt seinen Namen nicht, Herr, so ruft Ihr noch den Gottseibeiuns herbei!«

»Ha, du glaubst doch wohl nicht, dass der Satan eine Seele hier aus der Mitte von fünfhundert Christenrittern unter der Führung unseres Erzbischofs stehlen würde! Und wenn, so würde der Herr von Dassel ihn bis an die Pforten der Hölle verfolgen, um dem Schwarzen das Fell zu klopfen.«

Maria starrte ihren Vater mit angstweiten Augen an. Clara bemerkte, wie ihr Vater sie aufmerksam musterte. Sie hatten seine Flüche nicht sonderlich beeindruckt. So war er immer. Da lag noch etwas anderes in seinem Blick. Trauer … Oder dachte er wieder daran, warum ihm kein Sohn geboren worden war? Sie wäre auch lieber ein Junge! Dann würde sie Ritter werden, statt ins schnatternde Gefolge der Kaiserin gesteckt zu werden. »Herr von Sennberg? Auf ein Wort!« Ludwig, der Stutzer, drängte an die Seite ihres Vaters. »Man sagt, du bist gestern im Zelt des Fürsterzbischofs gewesen. Steht dein Angebot noch?«

Anno bedachte Ludwig mit einem flüchtigen Blick. Dann nickte er ihr bedauernd zu. »Hilf Maria beim Beten, damit eure frommen Worte meine Seele vor Meister Lucifer schützen.« Ohne sich noch einmal nach ihr oder der Amme umzusehen, ritt er davon.

Was für Geheimnisse Ludwig und ihr Vater wohl haben, dachte Clara. Intrigen zu spinnen war gar nicht seine Art. Oft hatte sie sich gefragt, wie er und ihre Mutter zusammengekommen waren. Ihr Leben würde einmal anders werden! Sie kannte alle Lieder der Sänger und Fahrenden. Ludwig mochte ein Stutzer sein, aber wenn er abends am Lagerfeuer zur Laute sang, hörte sie ihm gerne zu. Keine Woche war es her, dass er ihr die Geschichte von Tristan und Isolde erzählt hatte. So sollte die Liebe zwischen Rittern und Edeldamen sein! Nur das Ende der Geschichte hatte ihr nicht gefallen.

Der alten Amme waren die Augen zugefallen. Sie seufzte leise im Schlaf. Clara beobachtete sie eine Weile, um sicher zu sein, dass sie nicht so schnell erwachen würde, dann beugte sich wieder aus dem Fenster der Kutsche. Heinrich hatte nicht so breite Schultern wie andere Ritter. Aber er war freundlich. Wenn nur sein Bart nicht wäre! Mit rasiertem Gesicht würde er bestimmt besser aussehen!

Wieder dachte sie an die Geschichte von Tristan und Isolde. Es gab viele Wege, das Herz eines Ritters zu gewinnen. Vielleicht sollte sie … Clara betrachtete ihre Amme. Das faltige, müde Gesicht. Die teigige Haut. Maria hatte es sicher nie leicht gehabt bei den Männern. Sie müsste wissen … »Maria?« Sie zupfte der Amme am Kleid. »Maria! Weißt du etwas über Liebestränke?«

Die Alte schreckte auf und blinzelte benommen. »Liebestränke«, wiederholte sie schlaftrunken. Dann riss sie die Augen weit auf. »Liebestränke! Bei allen Heiligen, wovon sprichst du da, Kind? Sehe ich vielleicht aus wie eine Hexe? Und warum hast du den Vorhang wieder zurückgezogen?« Sie beugte sich an ihr vorbei und blickte aus dem Kutschfenster. »Ach, es geht um den Herrn Ritter dort drüben … Vergiss das, Kind!! Solange ich lebe, wirst du auf so schändliche Weise keinem Mannsbild den Kopf verdrehen!«

Ein Schatten fiel neben Heinrich auf das spiegelnde Wasser der Pferdetränke.

»Man sagt, dein Herz gehört denen, die unter dem Zeichen des Kreuzes kämpfen.«

Überrascht drehte sich der Ritter um. Anno hatte neben ihm angehalten. Er war vom Staub der Landstraße bedeckt, und seine Wangen glänzten rot und verbrannt in der Mittagssonne.

»Mein Herz gehört dem Ideal der neuen Ritterschaft. Doch warum fragt Ihr, Herr von Sennberg?«

»Müsstest du dann nicht in Outremer das Schwert führen?«

»Meine Familie hat vom Fürsterzbischof ihr Lehen empfangen und ihm Treue gelobt. Man hat mich ausgewählt, den Eid zu halten und an der Seite unseres Fürsten in den Händeln des Kaisers zu fechten.« Heinrich wollte sich abwenden. Es ging niemanden etwas an, dass er nur mit halbem Herzen in diesem Krieg zwischen Christen focht. Doch Anno packte ihn beim Arm und hielt ihn zurück.

»Warum bist *du* hier, Heinrich? Ich weiß, dass du noch drei Brüder hast. Und ich kannte deine beiden Brüder Hermann und Konrad gut, die bei der Belagerung von Crema ihr Leben gelassen haben. Bist du hier, um sie zu rächen?«

Heinrich sah sich um. Die anderen Reiter an der Tränke schienen sich nicht weiter für ihr Gespräch zu interessieren. »Ich bin hier, weil mein Vater mich für den entbehrlichsten Spross seiner Lenden hält. Es hat ihn tief getroffen, seinen Erben und Lieblingssohn zu verlieren. Deshalb hat er mich aus dem Kloster geholt, in das man mich gesteckt hatte. Seht mich an! Kein Teil meiner Ausrüstung ist neu. Das Zaumzeug meines Pferdes hat schon zusammen mit meinem Vater und dem Kaiser Konrad das Heilige Land gesehen, und den verbeulten Helm hier trug bereits mein Großvater, als Konrad noch gegen Lothar um sein Thronrecht kämpfte. Doch ich werde hier treu meine Pflicht erfüllen. Auch wenn ich nicht glaube, dass es dem Kaiser zusteht, nach seinem Gutdünken den Obersten Herrn der Christenheit auszuwählen, als sei der Papst nicht mehr als der Bischof irgendeiner Stadt. Wie der Patriarch von Jerusalem, die Großmeister der Ritterorden und die Könige von England und Frankreich stehe ich zu Papst Alexander und nicht zu Victor, der doch nur eine Marionette des Kaisers ist.«

Nun sah auch Anno sich besorgt um. Noch schien keiner der anderen Ritter und Pferdeknechte auf sie aufmerksam geworden zu sein.

»Habt Ihr Angst vor meiner Aufrichtigkeit?«, fragte Heinrich und hob dabei die Stimme.

Anno schüttelte den Kopf. »Offenbar habe ich in dir den falschen Mann gesehen.«

»Den falschen? Wofür?«

»Ich sehe den Zwiestreit, in dem du stehst, Heinrich, und möchte ihn nicht verschärfen. Du bist hier aus Treue zu deiner Familie und nicht, weil dein Lehnsherr dich rief.«

Heinrich sah abrupt auf. Wollte der Sennberger etwa seine Treue zum Lehnseid seiner Familie infrage stellen? »Ich diene dem Eid meines Vaters. Hier ist mein Schwertarm und nicht mein Herz gefragt.«

»Sagtest du nicht, dass dein Vater dich schickte, weil er dich für entbehrlich hält? War das nicht auch der Grund, warum man dich ins Kloster steckte?«

Der bärtige Ritter ließ die Zügel seiner Stute fahren. »Wenn Ihr glaubt, als Klosterschüler sei ich es nicht wert, unter Rittern zu reiten, bin ich gern bereit, hier und jetzt Zeugnis von meiner Schwertkunst abzulegen.«

Anno hob abwehrend die Hände. »Ich bezweifle weder deinen Mut noch die Kraft deines Schwertarms. Im Gegenteil, du hast mich tief beeindruckt. Ohne zu zögern, bist du als Erster Rother gefolgt, obschon du glauben musstest, dass unser Kampf aussichtslos war.«

Heinrich bückte sich nach den Zügeln der Stute und strich dem Tier beruhigend über den Hals. »Kommt zur Sache, Sennberger! Was wollt Ihr von mir?«

»Der Erzbischof sucht einige Ritter, die sich durch außergewöhnlichen Mut auszeichnen. Er wäre auch bereit, unsere Treue auf besondere Art zu vergelten. Sein Wort dürfte genügen, deinen Vater zu überzeugen, dass du dazu berufen bist, im Kloster zu dienen oder dich den Mönchsrittern im Heiligen Land anzuschließen.«

Heinrich runzelte die Stirn. Dies Angebot stank wie ein alter Fisch in der Mittagssonne. »Ich bin durch den Lehnseid meines Vaters bereits zur Treue verpflichtet. Warum sollte der Fürsterzbischof wohl für etwas zahlen, das ihm ohnehin schon gehört?«

»Vielleicht weil er etwas erwartet, das nicht selbstverständlich ist? Er hat große Pläne, und er braucht Männer, auf deren Treue er sich bedingungslos verlassen kann. Ich bin zu dir gekommen, weil mir unser Ritt gestern früh als ein gutes Omen erschienen ist. Gottes Hand lag schützend über uns!«

»Gottes Wille ist für uns Sterbliche unergründlich«, entgegnete Heinrich kühl.

Anno nickte in einer Beiläufigkeit, die Heinrich nicht gefiel. Der Sennberger war ein Mann, dem nicht Gottesfurcht sein Ansporn war, sondern die Jagd nach irdischen Besitztümern. Er war kaum besser als ein Söldner. Und doch war sein Angebot verlockend! Heinrich atmete tief durch. Mochte es sein, dass der Herr ihn auf die Probe stellte? Nie hätte er gewagt, sich gegen seinen Vater aufzulehnen und ihm seine Treue als Sohn zu verweigern. Aber er träumte schon so lange davon, zu den Rittern des Herrn zu zählen. Den Templern, die lebten wie Mönche und doch so machtvoll für Gott stritten, dass die Waffentaten ihres Ordens in aller Munde waren. Seit er zum ersten Mal unter der Aufsicht seines Vaters mit seinen Brüdern gefochten hatte, loderte in ihm ein wildes Feuer. Lange hatte Heinrich sich im Kloster gesträubt, ein bußfertiger Mönch zu werden. Mit den Jahren jedoch hatte er die stillen Stunden im Scriptorium schätzen gelernt. Doch kaum hatte er seinen Frieden gefunden, hatte seine Familie ihn in ein neues Leben geworfen. Was schuldete er ihnen? Er hatte sein Wort gegeben, an Stelle seiner Brüder für den Kaiser zu kämpfen. Aber sein Schwur galt nur für diesen Feldzug. Seit er im Scriptorium die Ordensregel der Tempelritter abgeschrieben hatte, verging kein Tag, an dem er nicht sehnsuchtsvoll an Outremer dachte.

»Ich bin Euer Mann, Anno!«

»Schlag ein darauf, Freund!« Der Sennberger lächelte und streckte ihm seine mächtige Hand entgegen. »Ich weiß, dass uns Großes bestimmt ist!«

»Er hat zehn Meilen rund um die Stadt zu einer Wüste gemacht«, rief Obert, der Erzbischof von Mailand. Er war ein Mann von beträchtlicher Leibesfülle; während er umherstampfte, erzitterte der hölzerne Boden unter seinen schweren Schritten. Rote Flecken malten sich auf seinen Wangen ab, und seine Augen hätten einem Mosesbildnis wohlangestanden, das den Unverzagten in dem Moment zeigte, in dem er im Zorn die Gesetzestafeln zerschmetterte.

Papst Alexander hingegen stand ruhig am Fenster und blickte auf den Hafen Genuas hinab, während er darauf wartete, dass die Wut des Erzbischofs verflog. Ihm ging das Ungestüm Oberts ab. Doch seine Besonnenheit hielten manche in diesen unruhigen Zeiten für Schwäche. Hochgewachsen und dürr, mit einem Antlitz, das ihm den Spottnamen *Pferdegesicht* eingebracht hatte, war er kein Mann, der die Massen begeisterte. Wenn sich dennoch der größere Teil der Christenheit hinter ihn stellte, dann nicht um seinetwillen, sondern weil es gegen den Kaiser ging.

»Wie es scheint, will Barbarossa seinen Bart mit dem Blut der Lombarden färben«, fluchte Obert. »Und nun, wo er sich in Pavia mit diesem Teufel von Erzbischof und dessen Heer vereint hat, wird er noch kühner werden. Was also ist zu tun, Euer Heiligkeit?«

Alexander faltete die Hände und blickte zum Himmel auf. »Wir werden abwarten. Auch wenn sich auf dem Konzil von Toulouse zwei Könige, der Patriarch von Jerusalem und die Mehrheit der Erzbischöfe hinter mich gestellt haben, gebiete ich dennoch über keine bewaffneten Heerscharen. Ich bin nicht wie dieser Rainald aus Cöln. Ein Geistlicher gehört nicht in ein Kettenhemd und an die Spitze eines Heeres! Wir werden beten und hoffen, dass Gott uns hilft, im Angesicht der Feinde stark zu sein.«

»Beten allein wird Mailand nicht retten«, schnaubte Obert.

Der Papst machte eine beschwichtigende Geste. »Die Kaiserlichen sind nicht stark genug, um eure Mauern zu stürmen. Sag deinen Konsuln, sie sollten das tun, was sie am besten können: die Sache wie ein Geschäft betrachten! Barbarossa und selbst sein verfluchter Erzkanzler wissen, dass sie die Stadt nicht nehmen können. Am Ende wird es einen Handel geben, und alles ist vorbei.«

Obert lächelte höhnisch. »Aber das Wort, das ein aufrechter Christ einem Kaiser gibt, den Ihr, Euer Heiligkeit, mit dem Kirchenbann belegt habt, wiegt so schwer wie eine Daunenfeder im Wind.«

Der Papst nickte zustimmend. In Wahrheit jedoch wusste er, dass es keine Verhandlungen geben würde. Dieser Hund von einem Erzbischof wollte Mailand auf den Knien sehen. Und es ging ihm um mehr als nur darum, ein Exempel zu statuieren. Von Dassel war kein Mann, der sich allein von blinder Rachsucht treiben ließ. Alexander wusste, dass er nicht einmal hier in Genua sicher war. Noch standen die Genuesen fest im Bündnis gegen den Kaiser, doch wenn Mailand tatsächlich fallen sollte, dann wären sie wahrscheinlich die Ersten, die sich reumütig auf die Seite des Siegers schlagen würden. Seine Tage hier in der Stadt waren gezählt. Er sollte nach Frankreich oder England flüchten. Zweifelnd sah er an sich herab. Klein und von zierlicher Gestalt war er. Kein Mann des Krieges! Aber auch kein Feigling! Und er war im Recht, wenn er den Titel des Papstes beanspruchte! Dieser Emporkömmling Victor, der sich gleichfalls Papst nannte, war nichts als eine Marionette des Kaisers. Doch Gott würde den Staufer dafür bestrafen, dass er sich anmaßte, den Papst als Ersten der Bischöfe zu bezeichnen und daraus das Recht abzuleiten, den Stuhl Petri wie jeden anderen Bischofssitz im Reich nach Gutdünken zu vergeben.

»Euer Heiligkeit?« Obert trat näher an den Papst heran. »Was also ist Euer Rat?«

Alexander seufzte leise. War es denn wirklich Gottes Wille, dass er Kriege lenken sollte? »Haltet euch hinter den Mauern verschanzt und seht zu, dass mindestens zwei der Wege nach Mailand offen bleiben. Die Teutschen sind zu wenige, um einen geschlossenen Belagerungsring um die Stadt zu legen. Haltet durch und vertraut darauf, dass der Kaiser seine Vasallen nicht unbegrenzt hier im Felde behalten kann. Am Ende wird er es sein, der euch einen Frieden anbieten muss.«

Der Erzbischof nickte. Doch Alexander hatte den Eindruck, Obert tue dies allein aus Höflichkeit. Zu deutlich konnte man an seinem Gesicht ablesen, wie enttäuscht er war, mit nichts als Worten nach Mailand zurückzukehren.

Einen Moment lang überlegte Alexander, ob er ihm anvertrauen solle, dass er einen Spitzel unter jenen Männern hatte, die dem Erzbischof Rainald am nächsten standen. Doch sofort verwarf er den Gedanken wieder. Es wäre leichtfertig, einem Verzweifelten, der in eine belagerte Stadt zurückkehrte, sein kostbarstes Geheimnis anzuvertrauen.

»Wir haben uns verstanden, Lupo? Fünf Silbermark für jeden Ritter, den du tötest, und fünfhundert Silbermark, wenn du es schaffst, diesen Teufel Rainald von Dassel zu töten. Das hier ist ein kleiner Vorschuss, um deine ersten Kosten zu begleichen.« Erzbischof Obert zog einen Lederbeutel aus den Falten seines Ornats und ließ ihn auf den Tisch fallen. Mit bedächtiger Geste schlug er ein Kreuzzeichen über der Hand des Mannes, der nach dem Beutel griff. »Für alles, was du gegen die Henkersknechte des Kaisers unternimmst, erteile ich dir schon jetzt Absolution.«

Lupo der Falkner zog die rechte Augenbraue hoch. Er war ein drahtiger Mann in mittleren Jahren, mit kurzgeschorenem schwarzen Haar, das an den Schläfen bereits ergraut war. »Absolution? Die brauche ich nicht! Heißt es nicht in der Bibel *Auge um Auge, Zahn um Zahn?* Ich bin frei von Sünde, wenn ich diese Mörder zur Hölle schicke!«

Der Erzbischof faltete bedächtig die Hände vor seinem mächtigen Bauch. »Du kommst aus Crema, nicht wahr, Lupo?«

Der Falkner schob sich den Geldbeutel hinter den breiten Gürtel, dann nickte er knapp. »Ja, Euer Exzellenz, ich komme aus der toten Stadt ...«

Lupo starrte ihn auf eine Weise an, die Obert langsam unangenehm wurde. Der Erzbischof zupfte einige Falten seines

Gewandes glatt und sah zu Boden. »Natürlich bist du niemals in diesem Palazzo gewesen, und du hast auch kein Geld von mir oder den Konsuln der Stadt bekommen.«

Ein Anflug eines Lächelns spielte um die schmalen Lippen des gedungenen Meuchlers. »Gewiss war ich nie hier. Nicht einmal in der Stadt. Es riecht doch schon auf Meilen um Mailand nach Tod und Verderben. Kein gescheiter Mensch käme in eine Stadt, die dem Tod geweiht ist, Euer Exzellenz.«

Anno blickte sich nervös um. Die laute, völlig überfüllte Stadt beunruhigte ihn. Erst vor drei Tagen waren sie in Pavia eingetroffen, doch es kam ihm jetzt schon so vor, als sei er eine Ewigkeit im Schatten der schlanken Türme der Stadt gefangen. Hier war Friedrich vor sechs Jahren gekrönt worden, und Pavia zählte zu den treuesten Verbündeten des Kaisers. Aber was bedeutete schon der Treueschwur eines Lombarden!

Hinter Anno drängten einige grölende Waffenknechte durch die Tür einer Taverne. Der Sennberger beschleunigte seine Schritte. Sein Herz hämmerte wie die Hufe eines trabenden Hengstes. Während des Feldzugs vor Crema hatte es zwei Versuche gegeben, den Kaiser durch gedungene Meuchler ermorden zu lassen. Doch Gottes schützende Hand ruhte auf dem Herrscher. Einige seiner Ritter hatten weniger Glück gehabt. Erst vor zwei Tagen hatten sie einen aus dem Stadtgraben gezogen, einen Dolch im Rücken.

Anno bog um eine Ecke und sah keine zwanzig Schritte vor sich die hoch aufragende Masse der Basilika San Michele. Misstrauisch musterte er die Eingänge zu den Gassen und Hinterhöfen, die das letzte Stück Wegs vor ihm säumten.

Von Norden zogen Wolken auf, die im letzten Abendlicht rötlich glühten. Mit jedem Augenblick wurden die Schatten in den Gassen länger.

Der Sennberger zwang sich zur Ruhe. Wie würde es aussehen, wenn er im Eilschritt auf das Portal der Kirche zuhielt? Seine Linke senkte sich auf den Knauf seines Schwertes. Über ihm flog ein Fensterladen auf. Mit einem Satz war der Ritter bei der Hauswand und drückte sich gegen den bröckelnden Putz.

Eine schrille Frauenstimme rief etwas über die Gasse hinweg und erhielt Antwort aus einem gegenüberliegenden Giebelfenster. Schwatzende Weiber! Anno lachte freudlos. Was für ein Hasenherz er doch war! Er sollte nicht so viel auf die Worte des verdammten Mönchs geben! Vor einer Stunde hatte der Archipoeta ihn im Heerlager vor der Stadt aufgesucht und ihm mitgeteilt, der Erzbischof wünsche ihn nach der Abendmesse in der Basilika zu empfangen. Gleichzeitig hatte der Mönch ihn gewarnt, darauf zu achten, dass ihm niemand auf dem Weg zur Basilika folge. Der Fürsterzbischof erwarte ihn auf der Empore des Chors.

Mit langen Schritten hielt Anno auf das Portal zu. Hunderte von steinernen Figuren kauerten in den Nischen an der Vorderfront der Basilika. Das Abendlicht ließ die gehörnten Gestalten mit Teufelsfratzen und die Heiligen mit ihren bärtigen Gesichtern noch bedrückender erscheinen. Mit gehetztem Blick trat er durch das weite Tor.

Im Innern empfingen ihn Dunkelheit und Kühle. Anno vermochte niemanden zu erkennen, keinen Geistlichen, keinen Ritter aus dem Tross des Erzbischofs, der ihn erwartete. Sein Herz schlug noch ein paar Takte heftiger in seiner

Brust, doch da nahm er hoch auf der Empore einen mächtigen Schatten wahr. Eilig schritt er die hölzernen Stufen hinauf.

Rainald von Dassel trat ihm lächelnd entgegen und bedeutete ihm mit einer beiläufigen Geste, diesmal nicht vor ihm niederzuknien. »Wir haben wenig Zeit, Anno«, sagte er dann. »Hast du deine drei Ritter gefunden?«

Anno nickte. »Heinrich und Ludwig stehen Euch zu Diensten, Exzellenz.«

»Und der vierte Ritter?«, fragte der Erzbischof, aber es war keine wirkliche Frage, die er gestellt hatte, denn als Anno etwas erwidern wollte, hob er rasch die Hand. »Ich habe schon meine Wahl für den vierten Ritter getroffen. Es soll dein Knappe Rother sein.«

»Aber Rother ist noch ein halbes Kind!« Erst als er die Worte ausgesprochen hatte, begriff Anno, dass ihm eine Ungeheuerlichkeit unterlaufen war. Er hatte Rainald, dem zweitmächtigsten Mann des Reiches, widersprochen.

Der Erzbischof schien sich nicht daran zu stören. Er wandte sich um und hob die Stimme, als befände sich noch eine dritte Person auf der Empore. »Der Kaiser findet Gefallen daran, sich mit jungen Helden zu umgeben. Dein Knappe scheint mir auch überaus bescheiden zu sein. Eine Tugend, die ich besonders schätze, weil man sie kaum noch findet. Als der Junge an meiner Tafel saß, war er zu zurückhaltend, um auch nur ein Wort über seine Heldentat zu verlieren. Doch ich bin sicher, die Kunde von seinem verwegenen Ritt ist sogar schon zum Kaiser gedrungen.«

Der Sennberger sah immer noch verwirrt aus. »Aber es dürfte Euch doch ein Leichtes sein, die Aufmerksamkeit des Herrschers auf Rother zu lenken, wenn Ihr es wünscht.«

Der Erzbischof drehte sich wieder zu Anno um. Diesmal klang seine Stimme barsch und bestimmt. »Du verstehst mich nicht, Anno von Sennberg. Es geht darum, dass Rother ohne mich an den Hof gelangt. Nur dann wird er vielleicht Gelegenheit haben, Dinge zu hören, die nicht für meine Ohren bestimmt sind. Ich bin viel zu oft nicht in der Nähe des Kaisers. Schon übermorgen werde ich nach Lodi reisen müssen, um das Konzil vorzubereiten, das dort abgehalten werden soll. Also, es ist beschlossen, dein Knappe wird der vierte Ritter sein. Und eure große Aufgabe wartet bereits auf euch.«

4

Rother streckte sich im Sattel. Nie zuvor hatte er so etwas gesehen. Er konnte es kaum fassen ... Es war ein Anblick, der ihm schier das Herz zerreißen wollte. Der Hang jenseits der Hügelkuppe war nur noch ein schwarzes Feld, das aus verkohlten Baumstümpfen bestand. Ein ganzer Wald war vom Krieg verschlungen. Weiter unten im Tal stieg dichter Rauch aus den Kornfeldern auf. Bis zum Horizont, wo sich die hellen Mauern Mailands erhoben, war das Land zur schwarzen Wüste geworden. Die einzigen Farbtupfer in der Aschenebene waren die Waffenröcke der Fußknechte und Ritter, die ungerührt das Werk der Zerstörung vollendeten.

Wie konnten sie Gottes Gaben nur so mit Füßen treten?

So viele Jahre an Arbeit sinnlos vernichten! Zu oft hatte Rother bei der Ernte geholfen, um nicht zu wissen, was diese Zerstörung bedeutete. Hunger und Armut für eine ganze Generation!

»Lasst uns hier eine Rast einlegen«, ertönte die dunkle Stimme Annos hinter ihm. »Wir werden erst bei Einbruch der Dämmerung weiterreiten.«

Der Knappe glitt aus dem Sattel und stieg ein Stück den Hügel hinab, während seine Kameraden sich im Schatten einer verfallenen Mauer niederließen. Keiner von ihnen machte Anstalten, ihn zurückzurufen. Seit er an der Tafel des Fürsterzbischofs gesessen hatte, wurde er von allen mit mehr Respekt behandelt, und man ließ ihn ziehen, wenn er allein sein wollte. Jedenfalls solange er seine Pflichten nicht vernachlässigte.

Ohne darauf zu achten, dass er seinen Waffenrock mit kaltem Ruß verschmierte, lehnte Rother sich an einen der verkohlten Stämme. Von einem anderen Hügel, knapp eine Meile entfernt, hallten dumpfe Axtschläge herüber. Soldaten schlugen dort die Rebstöcke eines Weinbergs nieder. Bisher hatte Rother nur Gerüchte darüber gehört, dass Gutshöfe verbrannt worden waren und man Herden fortgetrieben hatte. Er hatte das als den Alltag des Krieges hingenommen. Doch das, was hier geschah, übertraf seine Vorstellung bei weitem. Er erinnerte sich, wie er einen Wandermönch einmal von den sieben Plagen hatte reden hören, die Ägypten heimsuchten. So musste das Land nach dem göttlichen Strafgericht ausgesehen haben. Rother dachte an den Kaiser, jenen hochgewachsenen, rotbärtigen Mann, den er in Pavia von Ferne gesehen hatte. Gewiss wusste Friedrich gar nicht, was hier in seinem Namen geschah. Sonst hätte er diese sinnlose Zerstörung sofort beendet. Es war doch sein Land, auch wenn die Lombarden rebellierten. Niemand wütete so auf seinem eigenen Boden! Man musste ihm berichten, was hier geschah!

Rother vernahm Schritte hinter sich. »Alles in Ordnung?« Heinrich lehnte sich neben ihm an den Baum.

»Der Kaiser muss wissen, was hier vor sich geht!«, stieß der Junge aufgeregt hervor. »Die Waffenknechte da unten stehlen ihm sein Land und die Einkünfte, die er daraus erhalten wird, wenn erst wieder Frieden ist. Wir müssen sie aufhalten. Wir können doch nicht ...« Rother hielt inne, als er Heinrichs traurigen Blick bemerkte.

Der bärtige Ritter schüttelte langsam den Kopf. »Der Kaiser *weiß*, was hier geschieht. Er hat Pavia verlassen und mit den Reichsfürsten nur zwei Meilen von hier ein Lager aufgeschlagen. Das ist nah genug, um den Geruch der Feuer zu riechen.«

»Aber welchen Sinn hat das alles?«

»Mailand muss dafür büßen, dass es dem Kaiser an Stärke fehlt.«

Rother blickte Heinrich verwundert an. »Friedrich ist der mächtigste Herrscher der Christenheit. Er ist ...«

»... er ist ein Mann, der mindestens fünftausend Bewaffnete zu wenig ins Feld geführt hat, um eine Stadt wie Mailand zu bezwingen. Deshalb verwüstet er das Land und besetzt alle Straßen, die zur Stadt führen. Er wird Mailand aushungern. Er ist entschlossen, die Stadt zu vernichten, weil sie schon zum zweiten Mal gegen ihn rebelliert. Einer der Reichsfürsten hat dazu gesagt: Wenn deine Hand verwundet ist und sie brandig wird, dann musst du die Hand abschlagen, selbst wenn es die Hand sein sollte, mit der du dein Schwert führst! Tust du es nicht, so wird es dich den ganzen Arm oder vielleicht sogar das Leben kosten.«

Für eine Weile sahen die beiden schweigend zu den brennenden Feldern hinab. Das Beispiel, das Heinrich genannt hatte, schien einleuchtend. Doch konnte man es auf eine ganze Stadt anwenden? Es hieß doch, das Land und der Kaiser seien eins. Wenn es dem Kaiser schlecht ginge, so müsse auch das Land leiden. War der Kaiser aber stark und gut, dann würde auch das Land reiche Frucht tragen. War Barbarossa vielleicht krank, wenn solche Dinge in seinem Land geschehen konnten? Bereiteten ihm die brennenden Felder Schmerzen? Oder war das nur heidnisches Geschwätz?

Rother blickte zu Heinrich. »Und was denkt Ihr? Ist es besser, die brandige Hand beizeiten abzuschlagen?«

Der Ritter strich sich über den Bart. Es schien, als wöge er jedes seiner Worte sorgsam in Gedanken, bevor er antwortete: »Meiner Meinung nach wäre es das Klügste gewesen, sich zur rechten Zeit an einen guten Wundarzt zu wenden. So hätte man die Hand vielleicht retten können.«

Das letzte Rot der Sonne verblasste am Abendhimmel. Die Pferde waren bei einem Vorposten nahe eines verfallenen Bauernhauses zurückgeblieben. Geduckt folgten die vier Ritter dem Graben neben der Straße. Gleich Grabsteinen ragten neben dem Graben die Stümpfe abgeschlagener Pappeln auf.

Wie gebannt hielt Rother die Augen auf das Tor gerichtet, das die graue Linie der Stadtmauer unterbrach. Eine klaffende Wunde im Stein, aus der sich jeden Augenblick Tod und Verderben auf die Straße ergießen konnten. Vor allem bei Nacht schickten die Mailänder Reitertrupps aus ihrer Stadt, um sich mit den Vorposten des kaiserlichen Heeres kleine Scharmützel zu liefern. Kalter Schweiß rann Rother den Nacken hinab und tränkte seinen Gambeson.

Anno, der an der Spitze ging, hob die Hand und deutete auf die kleine Kirche, die nicht weit von der Straße lag. Vierhundert Schritt mochten es noch bis dorthin sein. Rother spähte über die verwüsteten Äcker. Das Gotteshaus lag in Schussweite der Stadtmauer. Warum, bei allen Heiligen, mussten sie sich zu dieser Kirche schleichen?

Sie folgten dem Sennberger aus dem Straßengraben und huschten entlang des schmalen Weges von Baumstumpf zu Baumstumpf. Wenn man sein Leben riskierte, ging es Rother durch den Kopf, hatte man dann nicht wenigstens das Recht zu wissen, wofür? Er stieß mit dem Knie gegen einen vorspringenden Stein. Grimmig presste er die Lippen zusammen und fluchte stumm. Sie verließen die verbrannten Felder und stiegen über eine niedrige Mauer. Eine Wüstenei aus Stein umgab sie nun. Ein alter Friedhof. Rother erkannte es vor allem am Geruch. Faulige Pflanzen, abgestandenes Wasser und ganz schwach ein Verwesungsduft. Das war wie zu Hause. Alles andere war fremd. Der Gottesacker nah der Burg seines Vaters war genau das, was das Wort besagte. Ein Acker. Die Gruben, die man dort in der Erde aushub, verschwanden bald wieder. Steine gab es wenige. Aber hier … Hier war alles aus Stein. Alter Stein, an dem schwarze Schmutzschlieren herabliefen. Hier und da hatte man Buchstaben in die Grabsteine geschnitten. Manche zeigten sogar Bilder. Die Gesichter waren oft eingeschlagen. Nasen abgesplittert. Aber dennoch war unverkennbar, wie kunstfertig die Bildhauer gewesen waren, die ein letztes Gedenken an die Toten zu Stein werden ließen.

Rother gaffte mit offenem Mund all die Wunder an, die es hier zu sehen gab. Sie hatten sogar Häuser für die Toten gebaut. Aus Stein! Diese Leichen hausten besser als die meisten Leibeigenen seines Vaters. Die meisten Türen der Totenhäuser waren eingeschlagen. Vor manchen lagen Gebeine und zerfetzte Totenhemden. Einmal sah Rother eine junge Frau, die nicht allzu lange tot sein konnte. Ihre Haare, die man zur Bestattung geflochten hatte, waren zerzaust. Die Lippen dunkel. Eines der Augen war geöffnet und starrte auf die aufgebrochene Tür des Totenhauses. Ihr Leichenhemd war bis weit den Rücken hinauf hochgeschoben. Beschämt wandte Rother den Blick ab. Wie konnte der Kaiser so etwas zulassen? Sie waren doch die Guten! Vielleicht waren es ja nicht seine Ritter gewesen, die hierhergekommen waren, um die Gräber zu plündern … Von all dem ungerührt, schritt Anno ihnen voran auf das Portal einer kleinen Kirche zu, die sich inmitten des Gräberfelds erhob. Rother beeilte sich, mit den anderen Schritt zu halten.

Der Sennberger öffnete das Tor der Kirche, dessen Angeln krächzend gegen die nächtliche Störung aufbegehrten.

Rother schlug das Kreuzzeichen und kniete kurz im Mittelgang nieder. Es herrschte eine unheimliche Stille. Nur das Geräusch ihres Atems war zu hören. In der Dunkelheit konnte man kaum den Altar am Ende des Mittelschiffs sehen.

»Wo sind wir hier?«, erklang Ludwigs Stimme. Obwohl er leise gesprochen hatte, hallten seine Worte von den Wänden wider.

»Sankt Eustorgio«, entgegnete Anno.

»Und was wollen wir hier? Findest du nicht, dass es langsam an der Zeit wäre, uns zu erklären, was wir hier suchen?«

Statt einer Antwort erklang das Geräusch von Feuerstein und Stahl. Winzige Funken leuchteten in der Finsternis und verblassten, bis endlich der ölgetränkte Docht einer Laterne aufflammte. Im warmen Licht der kleinen Flamme konnte Rother seine Gefährten nun deutlicher erkennen. Heinrich kniete noch immer im Gebet versunken, während Ludwig vor Anno stand und den Sennberger mit stechendem Blick musterte. »Warum hast du uns hierhergeführt?«

Anno richtete sich auf und hielt die Laterne hoch. »Wir sollen nachsehen, ob die Mailänder sich des Frevels der Kirchenschändung strafbar gemacht haben. Der Fürsterzbischof hat den Verdacht, dass etwas aus diesem Gotteshaus gestohlen wurde.«

»Warum sollten die Mailänder eine Kirche bestehlen, die ihnen gehört?«, erklang Heinrichs ruhige Stimme.

»Befehle bespricht man nicht, man führt sie aus«, entgegnete Anno barsch und schritt den schmalen Gang auf den Altar zu. Seitlich davon lag eine Nische, in der ein großer, steinerner Sarkophag stand. Der Sennberger sah sich noch einmal kurz um und eilte dann zu der Grabnische hinüber. Vorsichtig glitten seine Finger über den hellen Stein. Er kniete abrupt nieder und – Rother traute seinen Augen nicht – küsste den Sockel des Sarkophags, als sei dort seine Liebste zur letzten Ruhe gebettet worden. »Hier ist es!«, flüsterte Anno kaum hörbar.

»Was ist hier?« Ludwigs Stimme klang nun eher unsicher als drängend.

»Wir knien vor dem Grab jener drei Könige, die in der heiligsten aller Nächte das Knie vor unserem Herren Jesus Christus beugten.«

»Die Drei Könige«, hauchte Rother ergriffen. Die Zeugen

Christi Geburt! Voller Ehrfurcht fiel er auf die Knie. Auch Heinrich warf sich auf den Boden und streckte die Arme aus, so dass er wie ein lebendiges Kreuz aussah.

Gebannt starrte Rother auf den Sarkophag. Er war aus hellem Stein geschnitten, schlicht und ohne jeden Schmuck. Nicht einmal eine Inschrift wies darauf hin, welche gesegneten Leiber in seinem Inneren ruhten.

Bitte, ihr Heiligen, verleiht mir Kraft, dachte Rother. Lasst mich aussehen wie ein Ritter und nicht wie ein Kind. Alles würde ich dafür tun …

Anno richtete sich auf. Sein Schatten verdunkelte den Stein. Bedächtig strich seine Hand über die Fuge unterhalb des hochgewölbten Sargdeckels.

»Man hat ihn geöffnet!« Seine Worte fielen in die Stille wie ein Schwerthieb. »Es ist kein Mörtel mehr zwischen Sarg und Deckstein!« Er zog einen Meißel aus seinem Gürtel und setzte ihn an die Fuge. Rother sah ihn fassungslos an. Er konnte doch nicht Hand an diesen geweihten Sarkophag legen!

Heinrich war mit einem Satz auf den Beinen. Er packte Annos Arm und zerrte den Sennberger herum. »Kennst du keine Ehrfurcht vor Gott und seinen Heiligen?«

Anno riss sich los. »Ich muss Gewissheit haben! Deshalb sind wir hier!«

Heinrichs Hand glitt zum Griff seines Schwertes. »Du wirst kein Sakrileg begehen, solange ich …«

»Und du? Würdest du in einer Kirche dein Schwert ziehen, um Blut vor dem Altar Gottes zu vergießen?« Ludwig schob sich langsam zwischen die beiden Kontrahenten. Stumm maßen Heinrich und Anno sich mit Blicken.

»Die verdammten Mailänder haben sie Jahrhunderte versteckt. Warum ruhen die Drei Könige in einer kleinen Kirche vor den Mauern einer der reichsten Städte der Christenheit? Sie haben kein Recht mehr auf sie«, sagte Anno kalt. »Der Erzbischof hat uns geschickt, um die Heiligen zu holen. Ganz in der Nähe steht ein Wagen!«

»Das ist Raub!« Heinrich hob sein Schwert, bereit zuzuschlagen.

»Nicht!« Ludwig fiel ihm in den Arm. »Wenn es stimmt, was Anno sagt, dann ist es nur gerecht, sie zu holen. Die Mailänder durften sie nicht verstecken! Das ist keine Tat von Christenmenschen. Und warum liegen die Könige in dieser verfallenen kleinen Kirche? Ein eigenes Gotteshaus sollte man ihnen errichten.« Er bekreuzigte sich.

»Rother, Ludwig!« Der Sennberger machte ihnen ein Zeichen. »Helft mir! Wir müssen den Deckel heben!«

Zweifelnd blickte Rother zu Heinrich. Der bärtige Ritter hatte sein Schwert sinken lassen. Die Klinge zitterte in seiner Faust, so aufgebracht war er.

Aber hatte Anno nicht Recht! Die Mailänder hätten die Heiligen nicht in dieser armseligen kleinen Kirche verstecken dürfen. Rother entschied sich für den Sennberger. Immerhin war er mit dem Segen des Fürsterzbischofs hierhergekommen! Knirschend fuhr der Meißel in die Fuge. Zu dritt stemmten sie sich gegen den schweren Sargdeckel. Ihr Keuchen und das leise Knirschen von Stein hallten in der kleinen Kirche wider. Heinrich hatte sich zurückgezogen. Breitbeinig stand er im Mittelgang, nicht weit vor dem halb geöffneten Portal. Hatte er sich entschlossen, ihnen den Weg nach draußen zu verwehren?

»Endlich!«, keuchte Ludwig. Die Platte bewegte sich um einige Zoll. Ein Spalt aus Finsternis, kaum breiter als ein

Finger, öffnete sich. Rother kam es so vor, als läge plötzlich ein Duft von Rosenholz und Weihrauch in der Luft. Es hieß, dass die Leiber von Heiligen nicht verfaulten so wie gewöhnliche Menschen. Ihr Fleisch behielt eine rosige Farbe, und Wohlgeruch entströmte ihren Körpern.

Anno hob die Laterne vom Boden auf, um in den Spalt zu leuchten.

»Das Licht aus!« Mit langen Schritten eilte Heinrich den Mittelgang hinauf. »Hinter den Altar!«

»Wir werden uns nicht länger …«

»Schweig!« Heinrich deutete auf das Portal. »Es kommt jemand! Löscht das Licht!«

Anno zerdrückte den Docht zwischen den Fingern. »In die Nische hinter den Sarg«, befahl er flüsternd. »Das Versteck ist sicherer!«

Die plötzliche Finsternis vertiefte in Rother das Gefühl für die Heiligkeit dieses Ortes. Er schloss die Augen und konnte drei Gesichter sehen. Einen jungen Mann, einen reifen Krieger und einen ehrwürdigen Greis. Sein Herz schlug schneller. Die Drei Könige! Sie sahen ihn an und lächelten milde. Die Heiligen hatten ihn erwartet! Der Alte winkte ihm zu und wollte etwas sagen … Eine Hand packte Rother grob am Arm. Ludwig zerrte ihn hinter den Sarkophag. »Trödel nicht herum, du Mondkalb«, flüsterte er barsch.

Leise Schritte erklangen vom Portal. Ein Schatten erschien in der Tür. Rother kniff die Augen zusammen und blinzelte in die Finsternis. Der Eindringling war nicht größer als er! Ein Kind hatte das Gotteshaus betreten!

Einige Herzschläge lang verharrte die Gestalt im Eingang. Dann hob sie den Arm, gab ein Zeichen und trat in den

Mittelgang. Im Dunkel der Kirche verlor Rother sie aus den Augen. Er hörte leise, tastende Schritte. Es folgte ein Murmeln, wie ein Gebet. Weitere Schatten huschten durch die Tür. Sie waren noch kleiner als der erste.

Der Falkner stieg neben den morschen Resten des umgestürzten Belagerungsturms aus dem Sattel. Er presste die Lippen fest zusammen und streckte vorsichtig die Hand nach dem dunklen Holz aus. Es war von Moos bewachsen. Kühl und pelzig schmiegte es sich an die schwieligen Finger.

Der Mond stand hoch am Himmel. In seinem silbernen Licht sahen die schwarzen Ruinen Cremas malerisch aus. Doch der einsame Reiter hatte keinen Blick dafür. »Du bist nicht vergessen, Amizio«, flüsterte er mit erstickter Stimme. Seine Finger krallten sich in das feuchte Moos. Wieder sah er den kleinen Jungen mit den schwarzen Locken, wie er lachend die Gasse vor ihrem Haus hinauflief, oder wie er zum ersten Mal auf einem Pferd saß und ihn mit großen dunklen Augen ängstlich ansah. »Amizio …«

Als er von dem zerstörten Belagerungsturm abließ, war ihm kalt, trotz der drückenden Wärme, die andere an friedlicheren Orten um den Schlaf bringen mochte. Unter seinen Füßen knirschten die zerbrochenen Steine der Stadtmauer, mit denen der Graben gefüllt worden war. Grillen zirpten in den sonnenverbrannten Grasbüscheln, die zwischen den Ruinen wuchsen. Es war schwer, in der zerstörten Stadt jene Gasse wiederzufinden, in der er einst gewohnt hatte. Verwirrt sah er sich um. Der Mond starrte durch Fenster, hinter denen schon lange kein warmes Kerzenlicht mehr erstrahlt war.

Während Lupo durch die verlassenen Straßen irrte, verfolgten ihn die Bilder der Vergangenheit. Das Heerlager unter den Mauern, wo auf Kreuzen aus schweren Balken die Gefangenen gefesselt waren. Der graue Nachmittag, an dem man den Turm vor die Mauern rollte. Den gnadenlosen Kaiser mit dem fein gestutzten roten Bart, den er einmal zwischen den Kriegern am Fuß der Mauern gesehen hatte. Die Gesichter der Männer, die die Gasse zu seinem Haus hinaufgestürmt waren, als die Mauer fiel; rußgeschwärzt, voller Angst und Mordlust. An sie konnte er sich besser erinnern als an das Gesicht des Erzbischofs Obert, den er erst vorgestern gesehen hatte.

Seine Schritte hatten ihn auf den Platz geführt, auf dem der Dom stand, der nie vollendet worden war. Lupo schlug ein Kreuz. Schon sein Großvater hatte geholfen, an diesem Gotteshaus zu bauen. Nie würde dort das Lob des Herrn gesungen werden. Es war alles vergebens gewesen!

Vom Domplatz aus fand er die schmale Gasse, die er so oft entlanggegangen war. Er zählte die verfallenen Türöffnungen, bis er zuletzt vor dem Haus stand, das einmal sein Heim gewesen war. Wie oft hatte Julia hier gestanden und auf ihn gewartet …

Müde ging er über den Hof und ließ sich auf der Bank nieder. Der Stein hielt noch immer ein wenig von der Wärme der Mittagssonne gefangen. Lupo lehnte sich zurück und betrachtete die kahlen Wände des Hofs. Ob die Steine wohl etwas von jenen Menschen in sich aufnahmen, die hier einmal gelebt hatten? Gab es hier etwas, das sich noch an Julia und Amizio erinnerte? Und war *er* nicht auch nur noch ein Geist? Er, Lupo Cresca, einst stolzer Falkner des Fürsten Anselmus de Bonate.

Er kramte einen Kerzenstumpf aus dem kleinen Beutel

an seinem Gürtel hervor. Es dauerte lange, bis es ihm gelang, eine Flamme zu entzünden. Die tote Stadt schien kein Licht mehr innerhalb ihrer dunklen Mauern dulden zu wollen.

Die Hälfte des Blutgeldes, das er vom Erzbischof erhalten hatte, war schon dahin. Er hatte es ausgegeben, um im Dom zu Mailand eine Messe für Julia und Amizio lesen zu lassen.

Die flackernde Flamme der Kerze riss die verkohlten Reste des Rosenstocks neben der Bank aus der Finsternis. Zwischen dem toten Holz ragte ein einzelner dünner Zweig empor, an dessen Spitze eine kleine blutrote Rosenblüte saß.

Lange starrte er auf die zarte Blüte. Sie gehörte nicht hierher. Langsam zog er sein breites Messer. Die Waffe wog so schwer wie ein Schwert in seiner Hand. Mit einer schnellen Bewegung durchtrennte er den Zweig und schob die Rose unter sein Wams.

Gott hatte es so gefügt, dass er überlebt hatte; und das konnte nur einen Grund haben. Lupo der Falkner erhob sich und blickte zum Mond, dessen vernarbtes Gesicht schon weit über den Himmel gewandert war. Es war an der Zeit, endlich auf die Jagd zu gehen!

Etwa zwanzig Kinder hatten sich beinahe lautlos am Portal von Sankt Eustorgio versammelt. Rother erschienen sie ganz anders als die Kinder des Gesindes, mit denen er auf dem Gut seines Vaters aufgewachsen war. Alle waren sie erschreckend mager.

»Ich weiß nicht, warum wir uns hier noch verstecken«, brummte Anno leise. »Lasst uns die Bälger vertreiben!«

Heinrich hielt ihn am Arm zurück. »Hast du vergessen,

dass wir keine vierhundert Schritt vom nächsten Stadttor entfernt sind? Wenn wir uns die Kleinen greifen, haben wir, ehe wir uns versehen, die Mauerwachen am Hals.«

Unter den Kindern am Portal entstand plötzlich Unruhe. Zwei weitere Schatten zeigten sich im Eingang. Diesmal waren es ohne Zweifel Erwachsene. Flüsternd besprachen sie etwas, und dann folgten die Kinder den Neuankömmlingen hinaus auf den Friedhof.

Als der letzte Schatten durch die Tür verschwunden war, sprang Rother auf und eilte zum Portal. Vor dem Eingang warteten zwei Esel, und die beiden Erwachsenen verteilten Brote an die Kinder, die sie sogleich in großen Leinenbeuteln verstauten. Das Ganze dauerte nur wenige Augenblicke. Sobald eines der Kinder seine Taschen gefüllt hatte, machte es sich davon und verschwand zwischen den Grabsteinen. Als das letzte Brot verteilt war, besprachen die beiden Schmuggler noch kurz etwas mit dem Anführer der Kinder und verschwanden dann ebenso in die Nacht. Der Anführer aber blieb noch einen Atemzug lang stehen und blickte zur Kirche, als habe dort etwas seinen Argwohn erweckt.

Erschrocken duckte sich Rother tiefer in den Schatten des Portals. Hatte man ihn am Ende bemerkt? Doch als er schon meinte, entdeckt worden zu sein, eilte der fremde Junge den Kindern hinterher und verschwand hinter einer Gruft.

Rother überlegte, ob er ihnen folgen sollte. Offenbar schien es abseits des Tors noch einen verborgenen Weg nach Mailand zu geben. Vielleicht könnte man dort einen nächtlichen Überraschungsangriff führen und die Stadt im Handstreich nehmen? Im Geiste sah sich Rother vor dem

Kaiser knien, der ihn zum Lohn dafür, dass er zur Eroberung Mailands beigetragen hatte, zum Ritter schlug.

In der Nische am Sarkophag flammte die Öllampe wieder auf. »Beim Kreuze Christi!«, fluchte Anno. »Sie sind fort!« Er hielt das Licht dicht über den Spalt zwischen dem Sarkophag und dem steinernen Deckel. »Da ist … Verdammt, schiebt die Platte noch ein Stück zur Seite!«

Mit vereinten Kräften zerrten sie an der Steinplatte. Selbst Heinrich legte nun Hand an. Endlich war der Spalt breit genug, dass Anno mit dem Arm in den Sarg hineinlangen konnte. Im nächsten Augenblick hielt er einen schmalen Streifen Stoff hoch. »Ein Stück vom heiligen Mantel eines der Könige!«

Rother bekreuzigte sich hastig. Dann beugte er sich vor, um den Fetzen besser sehen zu können. Der Stoffstreifen war aus zerschlissenem gelbbraunen Gewebe.

»Aber das ist alles! Der Sarg ist leer!« Anno streckte eine Faust in die Höhe. Atemlos sagte er: »Sie haben die Heiligen gestohlen!«

Einen Augenblick lang sprach niemand ein Wort. Schließlich beugte Heinrich sich über den Sarkophag und griff hinein. Rother hörte in der Stille der Kapelle ganz deutlich, wie die schwieligen Hände des Ritters über den Stein tasteten. Doch auch er brachte nichts weiter zum Vorschein. Die Mailänder waren ihnen zuvorgekommen. Die Heiligen Drei Könige ruhten nicht länger in der kleinen Kirche von Sankt Eustorgio.

5

Wütend verließ der Fürsterzbischof das Zelt des Papstes. Ein Regenschauer hatte die Wiesen vor der Kaiserpfalz in tiefsten Sumpf verwandelt; bei jedem Schritt versank er bis zu den Knöcheln im Schlamm. Die Pfalz bei Lodi war erst zur Hälfte fertig gebaut, und selbst die Gemächer für den Kaiser und seine Gemahlin waren mehr Baustelle als Palast. Doch Rainald versuchte seiner Wut Herr zu werden. Er durfte sich keine Blöße geben. Jeder seiner Schritte wurde beobachtet, und für einen Erzbischof ziemte es sich nicht, fluchend durch das Heerlager zu marschieren. So deutlich wollte er seinen Feinden unter den Reichsfürsten nicht zeigen, wie schlecht es im Kampf gegen die aufsässigen Lombarden stand.

Als er sein Zelt betrat, beeilte sich der Archipoeta, aus dem prächtigen Bischofsstuhl aufzuspringen, den einer der Konsuln von Cremona als Geschenk geschickt hatte. Auf seine spöttische Art verneigte sich der Dichtermönch tief. »Schaut mich an, Herr, damit ich Eure Wünsche von Euren Augen ablesen kann!«

Rainald füllte sich einen Becher mit Wein und ließ sich auf einer groben Holzbank nieder. Hätte er nur niemals zugestimmt, diesen Idioten Victor zum Papst wählen zu lassen! Papst Hadrian V. war so plötzlich gestorben, dass nicht viel Zeit geblieben war, einen besseren Kandidaten für den Stuhl Petri auszuwählen. Es bestand nicht der geringste Zweifel daran, dass dieser verfluchte Alexander der fähigere Papst war. Aber er war zu trotzig! Niemals hätte er den Kaiser auch nur als gleichgestellt anerkannt! Wenn es stimmte, was der Pfalzgraf Otto von Wittelsbach erzählte, hatten sich die beiden Kandidaten bei der Wahl vor zwei Jahren in aller Öffentlichkeit keifend um den päpstlichen Mantel gestritten und an dessen Säumen gezerrt wie räudige Gossenhunde, die um einen Knochen stritten. Am Ende waren aus den Kardinälen Octavian und Roland die Päpste Victor IV. und Alexander III. geworden.

Rainald nahm noch einen tiefen Schluck. Was für ein überheblicher Narr Octavian di Montecelli war, zeigte allein schon der Name, den er als Papst annahm. Victor, der Sieger! Rainald verfluchte sich dafür, dass er diesen Trottel nicht davon hatte abhalten können, ein Konzil hierher nach Lodi einzuberufen. Deutlicher konnte man der Christenheit nicht zeigen, wie wenige Kirchenfürsten hinter dem Papst des Kaisers standen. Nur die deutschen Bischöfe waren gekommen! Die meisten anderen hatten sich nicht einmal die Mühe gemacht, eine Ausrede für ihr Fernbleiben zu ersinnen. Zu dem Konzil, das der Empörer Alexander im letzten Herbst in Toulouse abgehalten hatte, waren die Könige von Frankreich und England erschienen und darüber hinaus hundert Bischöfe und Äbte aus der ganzen Christenheit.

Der Dichtermönch hatte seine Laute ergriffen und spielte einige wahllose Akkorde. Was für ein kläglicher Versuch, ihm die Laune aufzuhellen. Dann begann der Bastard auch noch mit einem spöttischen Unterton zu singen:

»Kluge Leute werden ja darauf sorgsam schauen,
dass auf einen festen Fels sie die Wohnung bauen;
doch ich Narr bin wie ein Fluss, dessen Wasser gleiten,
still an keiner Stelle stehn, immer weiterschreiten …«

»Zum Teufel mit dir!« Wütend schleuderte Rainald seinen Pokal nach dem Erzpoeten, der geschickt auswich. »Ich brauche keinen neunmalklugen Taugenichts, der mir singt, dass ich *meine Kirche* auf den falschen Felsen gebaut habe! Das weiß ich auch ohne deine Verse gut genug!«

Der Mönch kauerte sich hinter die breite Lehne des Bischofsstuhls und sang voll falscher Demut:

»Schone, Cölns Erwählter, mich reuevollen Armen,
der von dir Verzeihung fleht, hab mit mir Erbarmen!
Setz mir Buße, der die Schuld nannte unverhohlen!
Willig führ ich alles aus, was du je befohlen …«

»Soll dir deine Zunge im Rachen verfaulen und der Aussatz dir die Finger rauben, gottloser Vagabund! Dir steht es nicht zu, mir den Spiegel hinzuhalten, du falscher Mönch, der du die Huren im Lager besser kennst als selbst der liederlichste unter des Kaisers Rittern!«

»Äußerst mühevoll es ist, die Natur zu zwingen,
bei des Mädels Anblick noch rein sich durchzuringen.
Ach, wir Jungen können nicht hart Gebot beachten,
müssen ihren holden Leib voller Lust betrachten …«

»Wenn du den ganzen Tag mit einem törichten Papst und dickköpfigen Bischöfen verbracht hättest, würden dir die Späße auch nicht mehr so leicht von den Lippen gehen. Solltest du weiter mein Brot essen und vor allem meinen guten Wein trinken wollen, dann rate mir lieber, was ich tun soll, um dieses traurige Konzil zu retten.«

»Wenn ich meinen Fürsten recht verstehe, grämt es ihn,

dass nur so wenige Bischöfe das Loblied des neuen Papstes singen mögen.«

»Es macht kein gutes Bild, wenn aus der ganzen Christenheit nur jene Kirchenfürsten erscheinen, denen der Kaiser zum Amt verholfen hat.«

»Und die Übrigen haben sich nicht einmal für ihr Fernbleiben entschuldigt ...«

Rainald brummte mürrisch.

»Dann seid doch so frei, und setzt ihre Namen unter die Beschlüsse des Konzils!«

»Bist du närrisch!«

Der Erzpoet lachte. »Narrenmund tut Wahrheit kund. In der Tat, närrisch zu sein ist mein täglich Brot. Doch nun ganz im Ernst, mein Fürst. Wenn ein Gast, den Ihr ladet, sich nicht ausdrücklich verweigert, habt Ihr dann nicht das Recht anzunehmen, dass er hätte kommen wollen? Seine Abwesenheit mag ein Indiz für seinen Unwillen sein, aber ist sie ein Beweis? Können ihn nicht widriges Wetter oder hundert andere Fährnisse aufgehalten haben? Es wäre also eine Gunst, wenn Ihr als Kanzler über die Unbilden des Lebens hinwegsehen würdet und Euch die Freiheit nehmt, die Namen all jener, die dem Konzil ferngeblieben sind, ohne sich ausdrücklich gegen Victor zu stellen, einfach auf die Urkunde setzt.«

»Was du sagst, ist infam ...« Rainald massierte nachdenklich seine Augenbrauen. »Geh zu meinem Mundschenk, und lass dir einen Krug Wein geben. Ich kann deinen Narrenrat heute nicht gebrauchen!«

»Lieber mag ich Wirtshauswein als den Wein genießen, dem des Kanzlers Mundschenk pflegt Wasser zuzugießen ...«, spottete der Mönch zu Lautenklängen.

Der Erzbischof kramte eine Münze aus dem Beutel an seinem Gürtel und warf sie dem Dichter zu. »Danke Gott, dass du einen Herrn wie mich gefunden hast, und bring endlich die Hymne auf den Kaiser zuwege. Friedrichs Laune verfinstert sich mit jedem Tag, den Mailand uns trotzt.«

Ohne ein Wort des Dankes verließ der Poet das Zelt. Treuloser Vagabund, dachte Rainald, doch beherrschte er seinen Zorn. Es fröstelte ihn, und er zog seinen Umhang enger um die Schultern. Dann schritt er zu einem Kästchen, das ein Kreuz aus Achaten schmückte. In diesem Reliquiar verwahrte Rainald das Einzige, was von den Drei Königen zurückgeblieben war. Den Stofffetzen, den ihm seine Ritter gebracht hatten.

Die Faust des Erzbischofs schloss sich um das Reliquiar, bis die metallenen Kanten tief in seine Hand schnitten. Verfluchte Mailänder! Wenn er nur wüsste, wohin sie die Heiligen gebracht hatten! Vielleicht waren sie nicht einmal mehr in der Stadt. All seine Pläne würden scheitern, wenn es ihm nicht gelang, die Könige zu finden. Er ließ das Reliquiar fallen. Es klappte auf, und der Fetzen gelblichbrauner Stoff fiel vor seine Füße. Er hob den Fuß, um den brüchigen Stoff zu zertreten. Wie ein Hohn war es ihm erschienen, als die Ritter nichts als diesen mottenzerfressenen Dreck gebracht hatten.

Er hielt inne. Wenn man genau hinsah, konnte man sogar noch einen Hauch verblasstes Purpur auf dem Stoff erkennen. Die Farbe der Könige! Beherrschen sollte er sich! Allzu oft hatte ihm sein Jähzorn schon geschadet. Vorsichtig hob er den Fetzen auf und legte ihn wieder in das Kästchen zurück. Wenn er die Reliquie schändete, würde er den Zorn der Erzengel auf sein Haupt herabrufen.

Rainald wusste, dass er mit der Einmischung in die Papstwahl einen schweren Fehler begangen hatte. Es braute sich Unheil zusammen. Schon gab es Gerüchte, der Basileios Manuel, Kaiser von Byzanz, suche ein Bündnis mit den Engländern und Franzosen. Der Byzantiner betrachtete sich als den einzig wahren Kaiser, als Gesalbten des Herrn, als zweiten Christos.

Nachdenklich strich der Erzbischof über den brüchigen Stoff. Es war das Vorrecht des Cölner Erzbischofs, die deutschen Könige im Dom zu Aachen zu krönen. Um wie viel bedeutender wäre die Zeremonie, wenn es ihm gelingen würde, die Drei Könige nach Cöln zu bringen! Eine höhere Legitimation konnte es nicht geben! Vielleicht würde man künftig sogar die Päpste zwingen können, nach Cöln zu reisen, um am Schrein der Drei Könige die Kaiserkrönung vorzunehmen? Welcher Ort, außer Jerusalem, wäre dann noch heiliger als Cöln?

6

Ängstlich sah Rother sich um, ob ihm jemand folgte. Sechs Wochen hatte er gebraucht, um seinen Entschluss zu fassen. Wochen, in denen die Felder um Mailand so sehr verwüstet worden waren, dass das Heer des Kaisers dort nicht länger lagern konnte, denn es wuchs nicht einmal mehr Gras für die Pferde.

Nächtelang hatte er wachgelegen und mit sich gerungen. Doch heute würde er allen beweisen, dass er wahren Mut besaß. Er würde in die belagerte Stadt eindringen, die schon seit zwei Jahren kein Gefolgsmann des Kaisers mehr betreten hatte. Er würde ausspähen, wie stark ihre Truppen waren und wie schlimm der Hunger wütete. Und er würde nach den Königen suchen! Schon morgen Abend konnte er zurück im Lager bei Lodi sein und dem Fürsterzbischof verkünden, wo die Mailänder die Heiligen versteckt hielten. Dann wäre er wirklich ein Held, und alle Lügen der Vergangenheit wären ausgelöscht. In der Ferne waren die Mauern Mailands zu sehen. Rother verließ die Straße und lenkte sein Pferd in Richtung eines verfallenen Gehöfts, das zwischen den Feldern lag. Von dort ritt er querfeldein zum Friedhof, der die kleine Kirche von Sankt Eustorgio umgab. Zwischen den Gräbern suchte er nach einem Versteck für seine Stute. Wo gab es einen Ort, an dem sie genug zu grasen fand, bis er wiederkehrte? In einer unzugänglichen Ecke zwischen zwei steinernen Monumenten band er sie an den Ästen eines jungen Baumes fest. So konnte sie sich befreien, falls er nicht zurückkam. Aber das würde nicht geschehen! Zärtlich strich er dem Pferd noch einmal über den Hals, bevor er sich in Richtung Kirche davonschlich.

Eine ganze Weile lag er auf der Lauer. Der Himmel war voller schwarzer Wolken, und dann und wann meinte er in der Ferne Stimmen zu hören, aber niemand näherte sich dem Friedhof. Als Rother schon glaubte, die Schmuggler würden in dieser Nacht nicht kommen, vernahm er doch eilige Schritte. Es waren die beiden Erwachsenen, die in jener Nacht, als sie das leere Grab der Könige gefunden hatten, mit dem Brot auf den Friedhof gekommen waren.

Kaum waren die beiden in die Schatten der großen Grabmale eingetaucht, sprang auch eine dritte Gestalt aus einer Gruft hervor. Der Anführer der Kinderbande! Und ihm folgte eine ganze Schar von Kindern.

Rother kauerte sich tiefer in sein Versteck und beobachtete, wie sich die Szene wiederholte, deren Zeuge er schon einmal gewesen war. Zwei Esel wurden aus dem Gebüsch gezerrt, und dann wurde in Windeseile das Brot verteilt. Schon nach wenigen Augenblicken, waren die Kinder wieder verschwunden, als wären sie Geister gewesen, die ihren Gräbern für ein paar Atemzüge entstiegen waren. Die beiden Schmuggler wechselten noch ein paar knappe Worte mit dem Anführer der Kinderbande, bevor auch sie sich mit ihren Eseln in die düstere Nacht davonstahlen. Das Ganze ging so reibungslos vonstatten, als hätten sie es schon hundertmal erprobt.

Der Anführer der Kinder schien indes keine Eile zu haben. Statt auch zu verschwinden, blickte er in Richtung von Rothers Versteck. Der Knappe drückte sich gegen das Mauerwerk und spürte, wie ihm der Schweiß auf die Stirn trat. Der Kerl konnte nicht wissen, dass er hier lauerte! Niemand, der nicht mit dem Teufel im Bunde war, könnte ihn in diesem Versteck aus Mauerwerk und tiefsten Schatten entdecken. Und doch sah der fremde Junge sich um, als suche er nach Spuren.

»Caspar, Melchior und Balthasar, beschützt mich in dieser Nacht!« Rother bekreuzigte sich. Dann lauschte er in die Nacht. Er hatte sich so tief geduckt, dass er den Jungen nicht mehr sehen konnte.

Es war so still auf dem Friedhof, dass Rother sein Blut in den Ohren rauschen hörte. Eine Ewigkeit wagte er kaum zu atmen. In der Ferne jaulte ein Hund. Wieder Stille. Eine der Wachen auf der fernen Mauer rief etwas. Rother blickte zu den treibenden Wolken am Himmel. Dann hielt er es nicht mehr aus. Er richtete sich auf. Der Junge war noch da. Doch gerade, als Rother sich zurücksinken lassen wollte, schlich der Anführer der Kinderbande davon und verschwand hinter einem Grab. Was für ein Glück! Er hatte ihn nicht verpasst!

Rother schulterte seinen Brotbeutel und folgte dem Jungen. Geduckt lief er über den Platz vor der Kirche und kauerte sich hinter den ersten Grabstein. Ein paar Schritt weiter lag eine kleine Senke. Dort wucherte dichtes Dornengestrüpp. Vorsichtig bahnte sich der Schmugglerjunge einen Weg hinab.

Rother kroch aus seinem Versteck, wagte aber nicht, sich aufzurichten. Auf dem Weg zur Senke gab es so gut wie keine Deckung mehr, und wenn sich der andere noch einmal umsah, würde er unweigerlich entdeckt werden. Er konnte den anderen jetzt nicht mehr sehen. Stumm zählte Rother bis zwanzig, dann kroch er weiter vorwärts.

Am Rand der Senke verbarg er sich hinter einer Statue, der man die Hände und Füße abgeschlagen hatte. Bleich schimmerte das marmorne Frauengesicht im Mondlicht. Bewundernd strich Rother über ihre vollkommenen Wangen. Sie waren glatt wie ein Rheinkiesel und … Der Kopf kippte zur Seite! Man hatte ihn nur lose aufgesetzt. Mit einem dumpfen Geräusch fiel er zu Boden. In der Stille kam ihm der Aufprall laut wie ein Paukenschlag vor. Ängstlich drückte sich der Knappe tiefer ins Gestrüpp. Dornen stachen durch seine Hosen und zerrten an seinem Hemd.

Durch die Ranken konnte er sehen, wie der fremde Junge zum Rand der Senke zurückschlich. In seiner Rechten funkelte ein Dolch.

Rother tastete nach seiner Waffe. Hätte er nur sein Schwert mitgenommen!

Vom anderen Ende der Senke erklang ein leises Wiehern. Ein Schatten kam hinter einer Gruft hervor. Seine Stute!

Der Mailänder verharrte. Er war kaum noch drei Schritt von Rother entfernt. Als er das Pferd erspähte, schob er den Dolch in seinen Gürtel zurück. Einen Augenblick sah er sich noch misstrauisch um, dann stieg er wieder in die Senke hinab.

Erleichtert atmete Rother auf. Dafür würde seine Stute einen ganzen Sack Hafer bekommen, wenn er zurückgekehrt war. Kurz überlegte er, ob er sie in das Versteck zurückbringen sollte. Doch sofort verwarf er den Gedanken wieder. Er durfte den Mailänder nicht aus den Augen verlieren. Wenn er ihm nicht bis zum versteckten Eingang in die Stadt folgte, würde er ihn allein niemals finden! Vorsichtig bog er die Äste des Dickichts auseinander und kroch weiter bis zum Rand der Senke. Der Mailänder war verschwunden! War das eine Falle? Hatte der Kerl sich vielleicht irgendwo zwischen die Büsche gekauert und wartete, ob ihm jemand folgte?

Rother blieb reglos liegen. Angespannt lauschte er in die Finsternis. Irgendwo hinter der Stadtmauer Mailands schlug eine Glocke. Dann war es wieder totenstill. Unruhig sah sich Rother nach den Gräbern um. Plötzlich spukten ihm all jene unheimlichen Geschichten im Kopf herum, die man sich zu Hause an den langen Abenden erzählt hatte. Geschichten von Wiedergängern, weißen Frauen und bösen Flussgeistern.

Er ballte die Hände zu Fäusten, damit sie aufhörten zu zittern. Vorsichtig richtete er sich auf. Nichts regte sich. Ob sie in Lodi schon bemerkt hatten, dass er nicht seinen Pflichten nachkam? Bestimmt! Anderthalb Tage war er jetzt schon fort. Er könnte nicht mehr zurück, ohne sein Gesicht zu verlieren. Hatten andere Helden auch Angst? Rother fühlte sich mulmig. Er musste da jetzt durch! Behutsam begann er sich durch das Gestrüpp in die Senke hinab vorzuarbeiten.

Rother war schon fast bis zum Boden der Senke gelangt. Immer noch rührte sich nichts. Dicke Wolken zogen vor den Mond. Bleich wie Skelette schimmerten Grabplatten zwischen dem Gestrüpp. Das Knacken von Ästen ließ Rother herumfahren. Er sah einen Hasen zwischen den Ranken verschwinden.

Er atmete erleichtert auf und schritt weiter voran, als ihm plötzlich der Boden unter den Füßen fortgerissen wurde.

Noch bevor ein Laut über seine Lippen kam, schlug er auf harten Steinplatten auf.

Benommen blickte er sich um. Über ihm war der Nachthimmel zu einem engen, mit Dornenranken verhangenen Quadrat zusammengeschrumpft. Ein Grab? War er etwa in eines der Gräber gestürzt? Rother richtete sich halb auf und sah sich benommen um. Zunächst schien ihm die Finsternis an diesem unheimlichen Ort vollkommen, doch nach einigen Atemzügen gewöhnten sich seine Augen an das Dunkel. Er war in einer Kammer mit langen Nischen an den Wänden, in denen Dinge lagen, die wie dürres Geäst aussahen. Hastig schlug er ein Kreuz und vermied es, genauer in die Nischen zu blicken. Ihm gegenüber lag eine große Türöffnung.

»Heilige Könige, steht mir bei«, flüsterte Rother und ging zögerlich auf den Eingang zu. Neben der dunklen Öffnung stand etwas auf dem Boden. Er bückte sich, und seine Finger ertasteten kleine, aus Ton gefertigte Öllampen. Wenigstens würde er sich nicht im Finstern auf die Suche nach dem Weg in die Stadt machen müssen. Entschlossen zog er den kleinen Beutel mit Feuerstein, Stahl und Zunder unter seinem zerrissenen Hemd hervor. Jetzt war es unmöglich, noch umzukehren! Das Schicksal hatte entschieden, dass er ein Held sein würde!

Angewidert betrachtete Heinrich die Festgesellschaft. Betrunkene Ritter und liederliche Weiber. Sogar der Archipoeta war hier und sang, eine halbnackte Hure im Arm, unsittliche Lieder. Der Anblick bestätigte Heinrich in seinem Entschluss, zu den Templern zu gehen. Wenn dies hier die Blüte der christlichen Ritterschaft war, dann würden die Heiden bald wieder die Herren Jerusalems sein, und es würde nicht mehr lange dauern, bis der Tag des Jüngsten Gerichts anbrach.

Heinrich blickte zu Anno, der ihm stumm zunickte. Offenbar empfand auch der Sennberger keine Freude an diesem Treiben. Vielleicht hatte er sich ja in ihm getäuscht, und sein raubeiniger Gefährte war ein besserer Christenmensch, als er angenommen hatte.

Gemeinsam gingen sie zu Ludwig und packten ihren Kameraden bei beiden Armen. Eine dunkelhaarige Schönheit sprang erschrocken vom Schoß des Ritters, während die übrigen Zechkumpanen lachten und ihren

Kameraden verspotteten, der so unsanft aus dem Zelt gezerrt wurde.

»Was tut ihr da?«, rief Ludwig mit lallender Stimme. »Ihr könnt mich doch nicht einfach …«

»Hast du Rother gesehen?«, fragte Heinrich scharf.

»Den Jungen?« Der Firneburger schüttelte benommen den Kopf. »Seit gestern nicht mehr.«

Anno fluchte und ließ Ludwig los, der daraufhin beinahe das Gleichgewicht verlor. »Was … was soll das?«

»Rother ist nicht mehr im Lager, und sein Pferd ist auch fort. Anno hat herausbekommen, dass sich der Kleine in einem der Küchenzelte gestern früh ein Dutzend Brote geholt hat. Es sieht ganz so aus, als hätte unser junger Freund beschlossen, sich aus dem Staub zu machen«, erklärte Heinrich.

Ludwig wiegte benommen den Kopf. »Du meinst, er will nach Hause zurück?«

»Weiß der Teufel, wohin er will«, fluchte Anno. »Aber wir können ihn nicht einfach ziehen lassen. Der Fürsterzbischof hat Pläne mit dem Kleinen.«

»Und was werden wir jetzt tun?« Ludwig klang plötzlich viel nüchterner.

»Wir werden den Jungen suchen«, brummte Anno wütend. »Und gnade ihm Gott, wenn er mir in die Finger gerät. Ich werde ihn so versohlen, dass er für mindestens eine Woche nicht mehr auf die Idee kommt, seinen Arsch in einen Sattel zu heben. Unsere Pferde sind schon bereit. Rother hat höchstens anderthalb Tage Vorsprung. Wir müssen ihn kriegen, bevor er die Alpenpässe erreicht!«

Ein enger, gemauerter Gang führte Rother zu einem unterirdischen Kanal. Die grob behauenen Felsblöcke waren dick mit Schlamm und Algen besetzt. Neben dem Kanal, der zu einem träge fließenden Rinnsal geschrumpft war, lief ein schmaler Fußweg. Es stank bestialisch nach verrottendem Unrat.

Der Knappe beschleunigte seine Schritte, um der Kloake zu entkommen. Auf dem Pfad vor ihm malten sich deutlich die nackten Fußabdrücke von Kindern im eingetrockneten Schlamm ab. Wenigstens war er auf dem richtigen Weg!

Nach etwa dreihundert Schritten versperrten herabgestürzte Felsblöcke den Kanal. Rother vermutete, dass er schon unter der Stadtmauer hindurch sein musste. Mit jedem Schritt wurde der Gestank unerträglicher. Er zog einen Zipfel seines Hemds vors Gesicht, um noch atmen zu können. Unruhig sah sich Rother nach einem Ausweg um. Lange würde er es hier nicht mehr aushalten. Etwas streifte seine Füße. Als er das Lämpchen hob, sah er zwei fette Ratten zwischen den herabgestürzten Felsblöcken verschwinden.

Vorsichtig stieg er über die zerbrochenen Steine hinweg. Einige knirschten bedenklich unter seinen Füßen. Ein falscher Tritt, und eine Lawine würde in den Kanal donnern und genug Lärm machen, dass man es noch bis zum Domplatz hörte.

Von jenseits des Walls aus Schutt erklang schrilles Fiepen. Ein leichter Luftzug ließ die Flamme von Rothers Öllämpchen erzittern. Doch statt das Atmen zu erleichtern, verdichtete der Lufthauch den miasmatischen Gestank noch. Halb stolpernd, halb springend, bahnte Rother sich einen Weg über die Einsturzstelle und landete mitten unter wild quiekenden Ratten. Mit einem weiten Satz versuchte er, den umherhuschenden Nagern zu entkommen, und trat dabei auf einen seltsam weichen Gegenstand. Sein Fuß knickte um, er verlor vollends das Gleichgewicht und stürzte. Das Öllämpchen glitt ihm aus der Hand, schlug klirrend auf den Boden und erlosch. Beim letzten Aufflackern des Lichtes sah er noch, was die Ratten in den Tunnel gelockt hatte. Rother kauerte am Fuß eines mehr als mannshohen Leichenbergs. Überall auf den Toten sprangen ölig glänzende Ratten herum und blinzelten ihn mit kalten schwarzen Augen an. Mit einem panischen Keuchen versuchte der Knappe, von dem Berg aus Leichen fortzukriechen. Überall um ihn erklang das bedrohliche Fiepen der Ratten. Kleine, scharfe Krallen streiften seine Hände. Hier hauste der Tod! Ja, in dieser Höhle hatte der Sensenmann leibhaftig seine Wohnstatt genommen! Und Gott bestrafte ihn, Rother, für all seine Lügen und den Hochmut, den er an den Tag gelegt hatte, indem er ihn in dieses Höllenloch schleuderte. Ja, ein Höllenloch! Dies konnte kein Ort auf Erden mehr sein.

Auf allen vieren kriechend, schob Rother sich durch die Finsternis, begleitet von einem Chor aus schrillem Rattenquietschen.

Die drei Reiter zügelten die Pferde, als im Osten das erste Morgenrot den Himmel in blasses Rosa tauchte. Anno deutete auf die Stadt am Horizont. »Ich glaube zwar nicht, dass er sich ausgerechnet hier in der Gegend von Mailand verstecken wird, aber trotzdem sollte einer von uns zurückbleiben und sich bei den Posten umhören. Vielleicht ist Rother irgendjemandem aufgefallen.«

Ludwig, der sich fühlte, als habe ein Grobschmied die ganze Nacht über seinen Kopf als Amboss benutzt, räusperte sich leise. »Das ist die rechte Aufgabe für mich.«

Die beiden anderen bedachten ihn mit missmutigen Blicken. Schließlich nickte Anno. »Bleib hier! Du siehst ohnehin so aus, als würdest du gleich aus dem Sattel kippen. Wir werden uns in zwei Tagen bei Sonnenaufgang auf diesem verdammten Hügel treffen. Heinrich, du reitest nach Osten in Richtung Bergamo. Ich selbst werde die Nordstraße nach Varese nehmen.«

Ohne ein Wort des Abschieds ritten Heinrich und Anno davon. Ludwig fluchte stumm vor sich hin. Annos Verhalten war einer Beleidigung gleichgekommen, die er am liebsten mit dem Schwert beantwortet hätte. Aber er sollte sein Temperament besser zügeln. Er brauchte die beiden Ritter noch. Und ihre Mission für den Fürsterzbischof musste ein Erfolg werden!

Traurig blickte er über das verwüstete Land. Ein Spiegel seiner Seele. Nur mit Hilfe des Fürsterzbischofs durfte er hoffen, seine Stiefschwester jemals wiederzufinden und dem Kloster zu entreißen. Ein Wort Rainalds würde genügen, all jene Schranken niederzureißen, die für ihn allein unüberwindlich waren. Wie lange hatte er sie schon vergebens gesucht! Wie oft hatte er vor dunklen Klostermauern ihr Lied gesungen und gehofft, ihr Gesicht in einem der winzigen Fenster zu sehen? Er hatte schon aufgegeben, als Anno zu ihm gekommen war. Auch wenn er noch nicht genau wusste, was sie für den Fürsterzbischof tun sollten, stand für ihn unverrückbar fest, dass er sich mit all seiner Kraft für Rainalds Ziele einsetzen würde. Selbst wenn er dafür morden müsste.

Ludwig hob den Kopf. Endlich gab es wieder Hoffnung. Sein Glück war zum Greifen nahe. Nicht das verbrannte Land war der Spiegel seiner Seele. Er sollte sich von den düsteren Gedanken der letzten Monate trennen. Der Sonnenaufgang! Das war sein Spiegel! Was für ein poetischer Unsinn! Er war ja schlimmer als dieser dichtende Pfaffe, den sich der Erzbischof hielt!

Mit einem Lächeln auf den Lippen lenkte Ludwig sein Pferd den Hügel hinab auf Mailand zu. Im Morgenrot sah die Stadt prächtig aus. Auch wenn das Land ringsherum verwüstet war, so zeigte Mailand selbst nicht die geringsten Anzeichen von Zerstörung. Nicht einen Angriff hatte der Kaiser gegen die Stadt geführt, aus Angst, sein kleines Heer vor den mächtigen Festungsmauern verbluten zu sehen. Aber zuletzt würde er doch siegen. Mit jedem Tag wurde sein Belagerungsring dichter. Bald schon würden kein Wagenzug und kein Schmuggler es mehr schaffen, durch die tödliche Schlinge zu schlüpfen, die sich immer enger um Mailand zog. Es gab sogar Gerüchte, dass der Kaiser mit Hilfe von Eseln nach den unterirdischen Wasseradern suchen ließ, die Mailands Brunnen versorgten. Er wollte das Wasser abgraben lassen. Zuletzt würden Hunger und Durst den Sieg erzwingen, den Schwerter nicht zu erringen vermochten.

Aber was scherte Ludwig der Sieg des Kaisers, wenn er sein eigenes Ziel verfehlte. Er hatte sich dem Fürsterzbischof verschrieben! Er musste Rother finden, damit die Dinge nicht begannen, aus dem Ruder zu laufen.

Lange hatte Lupo der Falkner das rote Zelt beobachtet. Der Erzbischof hatte sich noch immer nicht zur Ruhe begeben. Sein Schatten bewegte sich unruhig hinter dem Tuch. Dich elenden Mörder flieht wohl der Schlaf, dachte er bitter. Er zog das Messer hervor, das er im Ärmel verborgen trug. Es war nicht leicht gewesen, hier im Lager eine Arbeit zu finden. Die Deutschen waren misstrauisch, und zunächst hatte er den Fehler gemacht zu versuchen, in die Nähe des Kaisers zu gelangen. Doch der Stauferbastard hatte schon verschiedene Mordanschläge überlebt und war vorsichtig geworden. Selbst für einen Posten als Pferdeknecht im Heerlager hatte Lupo tagelang beim Quartiermeister betteln müssen. Das war der erste Schritt gewesen. Alles Weitere war leichter, nachdem er erst einmal zum Tross des Heeres gehört hatte. Eine Bestechungssumme von zehn Silbergroschen hatte ihn ein paar Tage später zum Laufburschen beim Mundschenk des Fürsterzbischofs aufsteigen lassen.

Ein letztes Mal musterte Lupo den schlanken Schatten hinter dem roten Tuch. Einen Mann der Kirche zu töten … Hätte ihm vor drei Jahren jemand gesagt, dass er eines Tages einem Wild im Purpur nachstellen würde, er hätte es nie geglaubt. Doch was zählte sein Seelenheil jetzt noch?

Lupo hatte das Zelt lange genug beobachtet, um zu wissen, dass der Erzbischof allein war. Endlich kam der wandernde Schatten zur Ruhe. Rainald hatte sich auf der Bank an dem langen Tisch in seinem Zelt niedergelassen.

Der Falkner sah sich um. Es musste schon gegen Mitternacht sein. Es war still geworden im Heerlager. Und der Erzbischof wandte ihm den Rücken zu. Er würde ihn nicht kommen sehen.

Irgendwo in der Finsternis erklang plötzlich Hufschlag. Lupo verließ seine Deckung. Es würde nur wenige Augenblicke dauern. Geduckt lief er zur Rückwand des Zelts und stieß die Klinge in den zähen, nassen Stoff. Ein Schnitt und drei Schritte trennten ihn noch davon, dem verfluchten Erzbischof das Messer ins Herz zu stoßen!

»Lupo! Wo steckst du, Kerl? Immer, wenn man dich braucht, bist du nicht da!«

Der Falkner zuckte zusammen. Im Zelt erhob sich der Schatten. Der Erzbischof begann erneut seine unruhigen Wanderungen. Eilige Schritte näherten sich. Lupo ließ seinen Dolch wieder im Ärmel verschwinden und trat vom Zelt zurück. Fast im selben Augenblick tauchte der Mundschenk aus dem Dunkel auf.

»Zum Henker, Lupo, was machst du hier? Hast du denn nicht gehört, wie ich dich gerufen habe?«

»Ich war bereits auf dem Weg zu Euch, Herr«, entgegnete er demütig und senkte den Blick. »Und ich habe auf Eure Rufe nicht geantwortet, um nicht die Herren Ritter aufzuwecken, die sich schon zur Ruhe begeben haben.«

Der Mundschenk räusperte sich nervös und sah zu Rainalds Zelt. »Gott sei gesegnet, dass der Fürsterzbischof noch nicht schläft.« Der kleine Mundschenk lächelte, und seine dunklen Augen funkelten. »Ich habe eine besondere Überraschung für unseren Herrn. Eben hat ein Reiter ein Geschenk des Kaisers gebracht. Komm!« Der Mundschenk bedachte den Falkner mit einem verschwörerischen Blick und zog ihn am Ärmel.

Obwohl er eigentlich zu seinen Feinden gehörte, schätzte Lupo den Mundschenk, der nie auch nur einen Augenblick stillstehen konnte und von Sonnenaufgang bis tief in die Nacht das Dutzend Bedienstete auf Trab hielt, die sich um Rainalds leibliches Wohl sorgen sollten. Er führte den königlichen Namen Carolus, und wie ein König gab er sich auch, zumindest was die Küche des Erzbischofs anging.

Im Laufschritt eilten sie zu den Küchenzelten, die nur

einen Steinwurf vom großen roten Zelt Rainalds entfernt lagen. Aufgeregt deutete Carolus auf eine kleine Kiste, die auf dem Tisch stand, auf dem sonst das Fleisch zerteilt wurde. »Mach sie auf!« Er drückte Lupo ein Brecheisen in die Hand. »Sie enthält einen Schatz, fast so kostbar wie Gold!«

Der Falkner machte sich an die Arbeit. Die Kiste fühlte sich unangenehm kühl an. Als er den Deckel aufgehebelt hatte, sah er zunächst nur Stroh. Vorsichtig strich der Mundschenk das Stroh zur Seite und holte einen unförmigen weißen Klumpen heraus.

»Sieh dir das an! Schnee! Mitten im Sommer! Es ist ein Geschenk des Erzbischofs von Fulda an den Kaiser. Seine Männer haben mehrere Kisten mit Schnee aus den Bergen heruntergeholt. Was für Köstlichkeiten man daraus zubereiten kann! Los, hol ein paar von den eingelegten Birnen. Ich werde sie zu Mus quetschen und dann mit dem Schnee vermengen, dann werden wir sie mit einem gekühlten Wein zum Fürsterzbischof bringen.«

Lupo stellte den Tonkrug mit den eingelegten Früchten auf den Tisch. »Wir?«

Der Mundschenk sah nicht einmal von seiner Arbeit auf. »Es wird Zeit, dass der Herr dich kennenlernt. Du sollst künftig zu den Burschen gehören, die an seiner Tafel aufwarten. Mir ist aufgefallen, wie sehr du deine Kleider in Ordnung hältst. Das macht sich gut für den Diener eines großen Fürsten.«

Lupo senkte den Kopf, damit Carolus sein Lächeln nicht sehen konnte. »Ihr seid zu gütig, Herr.« An der Tafel des Erzbischofs aufwarten! Er strich sanft über das Messer in seinem Ärmel. Wenn er sich geschickt anstellte, würde er nicht nur von Dassel in die Hölle schicken, sondern auch noch ein paar Reichsfürsten dazu. Er musste sich nur noch ein wenig in Geduld fassen.

Carolus vermengte den Schnee mit dem Birnenmus und summte dabei leise vor sich hin. »Bring eine von den schönen roten Schüsseln, und dann bereite einen Krug mit Wein vor. Der Herr wünscht, dass auf einen Teil Wein stets drei Teile Wasser kommen. Beeile dich, diese Köstlichkeit hier duldet keine zauderlichen Dienstboten!«

»Ich würde niemals zaudern, wenn es um den Fürsterzbischof geht«, entgegnete Lupo ruhig und malte sich in Gedanken aus, wie er Rainald die Kehle durchschnitt.

Aus irgendeinem Grund hatten die Ratten von ihm abgelassen. Rother wusste nicht zu sagen, wie lange er schon durch die Finsternis irrte. Den Beutel mit den Broten hatte er verloren. Hunger quälte ihn. Konnte man als Toter hungrig sein? War auch das eine der Qualen der Hölle?

Erschöpft versuchte er sich aufzurichten und stieß mit dem Kopf gegen die niedrige Decke. Es war unmöglich, sich hier anders als kriechend fortzubewegen. Vorsichtig tastete er ins Dunkel. Seine Finger streiften eine quadratische Säule aus Ziegelsteinen. Er verharrte. Unsicher tastete er nach der Decke. Sie fühlte sich seltsam an. Als wäre sie mit getrocknetem Öl überzogen. Er zog die Hand zurück und roch daran. Sie duftete schwach nach kaltem Rauch. Wo, im Namen Gottes, war er hier?

Ratlos drehte er sich im Kreis, die Arme ausgestreckt, so wie er es als Kind getan hatte, wenn er auf dem Gut seines Vater mit anderen Kindern Blindekuh spielte. »Ist hier jemand?«, fragte er leise.

»… jemand«, hallte seine eigene Stimme aus der Finsternis zurück. Der Knappe biss sich auf die Lippen. Tränen stiegen ihm in die Augen. Was für ein verdammter Narr war er doch gewesen! Allein in eine Stadt einzudringen, die dem Heer des Kaisers seit mehr als einem Jahr trotzte. Dass er hier gefangen saß, war die Strafe für seinen gottlosen Hochmut. Er streckte sich auf dem Boden aus und betete. Heiße Tränen rannen ihm über die Wangen, als er immer und immer wieder das *Maria voller Gnaden* murmelte.

Als sein Mund so trocken war, dass jedes weitere Wort zur Qual wurde, entschloss er sich weiterzukriechen. Irgendwo musste dieser Gang doch enden! Orientierungslos tastete er sich weiter. Vorbei an Haufen aus bröckelndem Stein. Immer wieder musste er die Richtung wechseln, weil ihm Trümmer den Weg versperrten. Auch wurde die Decke immer niedriger. Rother hatte das Gefühl, kaum noch atmen zu können. Nackte Angst ergriff ihn. Winzig und unbedeutend war er … Gefangen im Fels … Verdammt dazu, auf Knien durch die Hölle zu kriechen! Ja, die Hölle, das war es, wo er gefangen sein musste! Nur Feuer gab es nicht … Aber es musste hier einmal Flammen gegeben haben! Der ölige Film an der Decke war Ruß! Ob er dem Fegefeuer entgegenkroch? Hastig drehte er sich um und krabbelte eilig in die entgegengesetzte Richtung. In blinder Panik stieß er sich den Kopf an einem der zahllosen Backsteinpfeiler. Schließlich wurde die Decke so niedrig, dass sie über seinen Rücken schrammte.

Gab es für jeden Sünder eine ganz eigene Hölle? Rother war zu erschöpft, um noch weiterzukriechen. Müde lauschte er auf seinen Herzschlag und versuchte sich zu erinnern, wann er gestorben war. Er hatte es gar nicht richtig gemerkt. Hatte ihn vielleicht ein Pfeil auf dem Friedhof bei Sankt

Eustorgio getroffen? Nein, es musste der Sturz gewesen sein! Er erinnerte sich, wie er, halb von Dornenranken verdeckt, den Nachthimmel gesehen hatte ... War das der Moment gewesen, als er die Höllenpforte durchschritten hatte? Aber was war mit den kleinen Öllämpchen? Stand für jede Seele am Eingang der Hölle eine Lampe bereit? Vielleicht, damit man die Schrecken, die einen erwarteten, um so deutlicher sehen konnte?

Reiß dich zusammen, schalt er sich. Was für kindische Gedanken! Er wollte ein Ritter sein ... In Wahrheit war er ein Jammerlappen! Rother kniff die Augen zusammen und rieb sich über die geschlossenen Lider. Dann blinzelte er erneut in die Finsternis. Er spürte seinen Atem auf den Händen, vor seinem Gesicht, doch sehen konnte er sie nicht.

Er dachte an das Grab der Drei Könige in der kleinen Kirche, an die letzte Ruhestätte der Zeugen der Geburt des Christuskindes. Wer hatte die Heiligen gestohlen? Die Mailänder? Oder waren es gar jene Grabschänder gewesen, die auch den Friedhof verwüstet hatten?

Heiliger Zorn flammte in Rother auf. Er war nicht tot! Wie nannte man den Höllenfürsten auch? Den Versucher ... Satan wollte ihn von seinem Weg abbringen. Das Labyrinth in der Finsternis, die Ratten, all dies war eine Prüfung. Nur ein Würdiger vermochte die geraubten Könige wiederzufinden! Ein Christ, der fest im Glauben war und den Versuchungen und Fährnissen des Herrn der Finsternis widerstand.

Erschöpft stemmte sich Rother hoch. Er würde nicht aufgeben. Wenn er immer in dieselbe Richtung kroch, würde er irgendwann an eine Wand und dann zu einem Ausgang gelangen. Unablässig betete er zu den Drei Königen und war ein gutes Stück vorangekommen, als ihn etwas im Gesicht streifte. Erschrocken hielt er inne. Er brauchte einige Augenblicke sich zu fassen. Dann streckte er zögerlich seine Hand in die Finsternis. Ein Seil! Es schien sich von einer Säule zur nächsten zu spannen. Eine Falle … Oder vielleicht ein Wegweiser für die Kinder, damit sie sich in diesem Labyrinth nicht verirrten! Er hatte wenig zu verlieren. Er würde dem Seil folgen. Aber in welche Richtung? Vertraue auf Gott, sagte er sich zaghaft. Der Zweifel ist die Saat des Teufels. Wer aufrichtig glaubt, der kann in seinem Weg nicht fehlen! Links, entschied Rother, dort, wo mein Herz schlägt.

Eine Hand am Seil, kroch er weiter. Schon nach kurzer Zeit erreichte er eine Wand mit einem engen, gemauerten Durchbruch. Eine Rampe führte dort schräg nach unten. Halb rutschend, gelangte er in die Tiefe. Es herrschte hier nicht mehr so absolute Finsternis wie in dem Säulenlabyrinth. In undeutlichen Konturen konnte er seine Umgebung wahrnehmen. Er saß in der kalten Asche eines riesigen Kamins!

Zweifelnd blickte er sich um. Der Raum, in dem er sich befand, war nicht groß. Fast die ganze Rückwand wurde von dem Kamin eingenommen. Die Feuerstelle war ungewöhnlich. Es gab keine Haken, um Kessel oder Bratenspieße aufzuhängen. Zum Kochen hatte man diesen Platz gewiss nicht benutzt. Entschlossen wandte der Junge dem Kamin den Rücken zu und streckte sich. Es tat gut, endlich wieder aufrecht stehen zu können!

Gegenüber dem Kamin lag eine halb mit Schutt gefüllte Tür. Von dort kam schwaches Licht. So flink er konnte, kletterte Rother über die Ziegelsteine und gelangte in einen schmalen Gang mit gewölbter Decke. Er spürte einen leichten Luftzug auf dem Gesicht. Doch noch einmal versperrte ein Berg von Schutt den Durchgang. zu seinen Füßen standen zwei Dutzend kleine Öllämpchen. Die Kinder waren also hier gewesen! Mit neuer Kraft erklomm er das Hindernis und fand einen schmalen Durchbruch, der aussah wie ein Kellerloch. Helles Licht fiel auf die Rückseite der Schutthalde. Goldene Staubflocken tanzten über den zerbrochenen Steinen. Rother kniff die Augen zusammen und sank dankbar auf die Knie. Die Drei Könige hatten ihm den Weg aus der Finsternis gewiesen. Voller Inbrunst sprach er ein Gebet. Tränen rannen ihm über die Wangen, als er schließlich nach dem Kellersims griff und sich hochzog. Die Öffnung war nur schmal. Ein erwachsener Mann hätte diesen Weg nicht nehmen können.

Vorsichtig schob Rother sich Stück um Stück vorwärts. Er war schon halb durch das Kellerfenster, als sich eine kalte Klinge an seine Kehle legte und eine Hand in sein Haar griff.

Ludwig war müde. Es hatte wieder zu regnen begonnen, als er in das kleine Zeltlager nahe der Straße ritt. Nur vier Meilen vor Mailand war es einer jener Heeresposten, die an allen großen Straßen zur Stadt lagen. Von hier aus brachen die Spähtrupps auf, die Mailand Tag und Nacht beobachteten. Es war das vierte Lager, das Ludwig aufsuchte. Nirgends hatte man Rother gesehen. Der Junge wäre aufgefallen. Es war schon erstaunlich, wie viele Krieger die Geschichte von seinem Ritt kannten. Der Junge war berühmter, als er erwartet hätte.

Der Regen hatte die Feuer gelöscht, und die Pechfackeln

spien zischend Rauchwolken, ohne recht leuchten zu wollen. Kaum jemand zeigte sich im Lager. Ludwig blickte sehnsüchtig zu einem Zelt, das, von Kerzen erleuchtet, wie eine bunte Laterne aussah. Helles Frauenlachen erklang dort. Dieses Frühjahr war es fünf Jahre her, seit er seine Stiefschwester das letzte Mal gesehen hatte. Sein Vater hatte sie ohne ein Wort, ohne eine Erklärung fortgebracht. Dass sie in einem Kloster war, war alles, was er später aus dem Alten herausbekommen hatte. Anfangs hatte Ludwig darüber gelacht. Für ein romantisches Abenteuer hatte er es gehalten und war von Kloster zu Kloster gezogen. Natürlich hatten die frommen Frauen ihn stets abgewiesen, aber er hatte jedes Mal Mittel und Wege gefunden, doch noch hinter die heiligen Gemäuer zu gelangen. Allerdings immer vergebens. Seine Schwester war wie vom Erdboden verschluckt. Ludwig blickte auf. Ganz in Gedanken versunken, hatte er den verwaisten Feldposten hinter sich gelassen. Auf der Straße voraus näherte sich eine dunkle Gestalt auf einem Pferd.

Der Fremde hob die Schwerthand. »Gott zum Gruße, Kamerad!«

Ludwig nickte ihm zu und erhob gleichfalls seine Hand zum Gruß. Der Reiter war ein blutjunger Kerl, der es offenbar eilig hatte. Kein Wunder bei diesem Regen. Der Bursche hatte ihn bereits passiert, als Ludwig sich noch einmal umwandte. Und da traf es ihn wie ein Blitzschlag. Das Pferd! Die Stirnblesse! Der Kerl saß auf Rothers Stute!

Entschlossen riss Ludwig sein Pferd herum und jagte dem anderen hinterher.

Es dauerte nur Augenblicke, bis er den Fremden eingeholt hatte. Der junge Reiter sah ihn überrascht an, dann lachte er. »Na, auch dazu entschlossen, den Rest der Nacht an einem trockenen Plätzchen zu verbringen? Keine halbe Meile von hier ist das Heerlager.«

Statt einer Antwort versetzte Ludwig dem Mann einen heftigen Stoß mit dem Ellenbogen. Ungelenk, weil er mit allem, nicht jedoch mit einem plötzlichen Angriff gerechnet hatte, stürzte der fremde Ritter aus dem Sattel. Ein Keuchen entrang sich seiner Kehle. Es zeugte eher von Überraschung als von Schmerz.

Ludwig schwang sich aus dem Sattel und zog noch in derselben Bewegung das Schwert. Hastig griff er nach den Zügeln von Rothers Stute. Der andere versuchte sich aufzurichten, aber Ludwig drückte ihn mit dem Fuß in den Schlamm der Straße zurück. »Du wirst mir sofort sagen, wo du dieses Pferd gestohlen hast.« Die Klinge seines Schwertes war keinen Zoll von der Kehle des fremden Ritters entfernt.

Rother schrak auf, als er ein Geräusch an der Tür hörte. Der schwere eiserne Riegel wurde zurückgeschoben. Der Junge mit dem Messer hatte ihn hierhergebracht, in ein großes Haus mit Säulenhof, ganz in der Nähe des Lochs, aus dem er gekrochen war. Jetzt würden sie kommen, um über ihn zu richten! Sie hatten ihn so lange verhört, bis er zum Schluss selbst nicht mehr wusste, was er sagen oder besser verschweigen sollte. Ja schlimmer noch … Er war sich selbst nicht mehr sicher, was er alles während der endlosen quälenden Stunden verraten hatte und was nicht.

Das gelbe Licht einer Laterne blendete Rother. Langsam richtete er sich auf. Jeder Knochen im Leib tat ihm weh. Durch die offene Tür hörte er das Rauschen von Regen. Es waren zwei, die eintraten. Im ersten Moment konnte er sie nur als vage Schatten hinter dem Licht erkennen.

An die Tür gelehnt stand der Junge, der ihn gefangengenommen hatte. Seine Hand ruhte auf dem kurzem Schwert am Gürtel. Rother starrte den Jüngling mit wachsender Verwunderung an. Er war sich sicher, dass es derselbe war, der die Kinder angeführt hatte, die nachts heimlich vor die Stadt kamen, um Brot zu schmuggeln. Doch jetzt trug er die Gewänder eines jungen Adeligen. Enge Hosen, Stiefel aus gutem Leder, ein Hemd mit weiten Ärmeln und einen Gürtel, der mit Silber beschlagen war.

»Wir haben deine Aussagen überprüft, Junge.« Der Mann, der in Begleitung des Jünglings eingetreten war und neben ihm verharrte, richtete das Wort an Rother. Er schien ungefähr so alt wie Anno zu sein. Er war von kräftiger Statur und hatte dunkelblondes Haar. Wie der Jüngling war auch er in reiche Gewänder gekleidet. Um den Hals trug er eine schwere Goldkette.

»Du scheinst uns nicht belogen zu haben, Rother, auch wenn deine Worte mir noch immer sehr unglaubwürdig erscheinen. Mein Sohn Angelo war noch einmal in der kleinen Kirche vor der Stadt und hat den Sarkophag der Heiligen geöffnet gefunden, ganz so, wie du es beschrieben hast. Für mich sieht es allerdings so aus, als hättet ihr Franken die Heiligen gestohlen, um unser Volk zu demütigen.« Die dunklen Augen des Mannes schienen Rother durchbohren zu wollen. »Doch was will man von einem Kaiser, der Frauen und Kinder dahinschlachten lässt, anderes erwarten. Möge seine Seele dereinst die ewige Verdammnis erfahren!«

»Das sind Lügen, Herr!« Rothers Stimme klang nicht

halb so selbstbewusst, wie er es sich gewünscht hätte. »Warum hätte man uns ausschicken sollen, um in der Kirche nach den Heiligen zu suchen, wenn sie schon längst auf Geheiß des Kaisers fortgebracht worden wären?«

»Und warum hätte man sie in aller Heimlichkeit nach Mailand schaffen sollen?«, entgegnete der andere barsch. »Sage mir einen Grund, warum der Erzbischof Obert die Heiligen vor uns verstecken sollte, wo wir doch in Zeiten dieses schrecklichen Krieges ihren Beistand so sehr gebrauchen könnten!«

Rother senkte den Blick. »Ich weiß es nicht, Herr …« Er zögerte einen Herzschlag, bevor er trotzig fortfuhr: »Und doch muss es so geschehen sein!«

Der Mann bedachte ihn mit einem müden Lächeln, dann blickte er zu dem Jungen, den er Angelo genannt hatte. Der lehnte noch immer lässig an der Tür. »Was sollen wir mit ihm tun? Er ist dein Gefangener. Entscheide!«

Angelo sah Rother lange an. Schließlich schüttelte er den Kopf. »Ich weiß es nicht. Gib mir bis morgen Bedenkzeit, Vater.«

Der Ältere runzelte die Stirn. Einen Moment lang schien es so, als wolle er etwas entgegnen, doch dann senkte er nur den Blick. »Wie du meinst.«

Die beiden verließen schweigend die Kammer. Kaum dass die Tür hinter ihnen ins Schloss gefallen war, ließ sich Rother gegen die Wand seines Gefängnisses sinken. Seine Beine zitterten so sehr, dass er nicht mehr stehen konnte. Noch eine Nacht in dieser finstern Zelle! Noch eine Nacht voller Angst und Ungewissheit. Er kannte die Geschichten darüber, was die Mailänder gefangenen Rittern antaten.

»Das ist sein Zelt«, stöhnte der junge Reiter. Er hatte Mühe, sich im Sattel zu halten. Sein Gesicht war aschfahl.

Ludwig musterte den Wappenschild, der an einem der Zeltpflöcke lehnte. Es zeigte einen schwarzen Raben auf rotem Grund.

»Er ist ein Adliger. Ein Freund des Pfalzgrafen Konrad. Ihr könnt dort nicht einfach …«

Der Firneburger achtete nicht weiter auf den eingeschüchterten Burschen. Er nahm den vom Regen schweren Wollmantel von den Schultern und schwang sich aus dem Sattel. Ohne zu zögern, ging er auf das Zelt zu. Eine fast heruntergebrannte Fackel steckte hinter dem Eingang im Boden und tauchte das schäbige Quartier in flackerndes Licht. Auf einem Lager aus Decken und Stroh räkelten sich zwei kaum bekleidete Gestalten. Ein großer Mann mit kurzgeschorenem grauen Haar und ein junges Mädchen, dem kaum die Brüste zu sprießen begonnen hatten. Der Grauhaarige tauchte die Hand in ein Tongefäß. Als er sie zurückzog, troff goldener Honig von seinen Fingern. Vor Geilheit keuchend, strich er dem Mädchen mit dem Honig über Hals und die Brüste. Sie beugte sich zurück und kniff so entschieden die Augen zu, dass ihre Brauen zu einer waagrechten Linie wurden.

Ludwig sah den beiden schweigend zu. Er hätte nicht hier sein sollen. Doch … Plötzlich riss das Mädchen die Augen wieder auf und starrte ihn geradewegs an.

»Was ist?«, keuchte der Alte, als seine Gespielin erstarrter. Das Mädchen antwortete nicht. Abrupt drehte er sich um. Eine rot entzündete Narbe lief über seine Stirn. Für einen Herzschlag lang blickte er Ludwig erstaunt an, dann brüllte er: »Scher dich hier heraus, du Bastard, oder ich werde dich in Streifen schneiden und an die Lagerhunde verfüttern, du …«

»Ihr habt heute Nacht ein gestohlenes Pferd verkauft. Ich möchte, dass Ihr herauskommt und es Euch anschaut.« Ludwig legte die Hand auf sein Schwert.

Der Grauhaarige lachte ihn aus. »Du bist wohl betrunken, Kerl. Ich habe Besseres zu tun, als draußen durch den Regen zu laufen. Ich bin der Baron von Greven! Also scher dich davon!«

Ludwig betrachtete den geilen Alten einen Augenblick lang voller Verachtung, dann trat er gegen die Fackel, die im Boden steckte. Augenblicklich fing das Stroh Feuer. »Jetzt habt Ihr einen Grund, hinaus in den Regen zu gehen.«

Das Mädchen kreischte und war mit einem Satz auf den Beinen. Der Baron hingegen wirkte ein wenig benommen. Vielleicht hatte er zu viel getrunken. Ludwig wandte sich ab und trat aus dem Zelt.

Das Feuer griff vom Stroh auf die Zeltwände über. Ein Alarmhorn wurde geblasen, und Waffenknechte stürmten heran. Im nächsten Augenblick hastete auch von Greven aus dem brennenden Zelt. Er hatte ein Kettenhemd übergestreift und hielt das blanke Schwert in der Rechten. »Packt diesen Brandstifter!« Er wies mit der ausgestreckten Klinge auf Ludwig.

Der Firneburger sah verächtlich zu den Bewaffneten. Einige der Männer hatten drohend ihre Spieße gesenkt. »Im Namen des Fürsterzbischofs Rainald von Dassel fordere ich vom Baron von Greven Rechenschaft.« Ludwig deutete auf Rothers Stute. »Der Baron hat an diesem Abend ein Pferd verkauft, das einem Gesandten Rainalds von Dassel gehört. Einem Gesandten, der seit zwei Tagen verschwunden ist!«

Der Baron machte einen bedrohlichen Schritt auf Ludwig zu. »Ich weiß nicht, wovon du redest! Ich habe das Pferd herrenlos auf einem Gräberfeld vor Mailand gefunden.«

Für einen Moment war Ludwig so überrascht, dass er zu keiner Antwort fähig war. Mochte es sein, dass der Baron die Wahrheit sagte? Ganz gleich! Wenn er hier ungeschoren wieder herauskommen wollte, durfte er jetzt nicht einknicken!

»Ihr habt das Pferd eines Vertrauten des Erzbischofs verkauft, der mit einer wichtigen Mission betraut war und der spurlos verschwunden ist. Ich hoffe, Euch ist klar, was für ein Verdacht unter diesen Umständen auf Euch fällt.«

Von Greven trat noch einen Schritt vor, um einigen Stallburschen und Dienern Platz zu machen, die sich inzwischen bemühten, das Zelt zu löschen. Er stand nun unmittelbar vor Ludwig. »Für deine dreisten Worte wirst du büßen, ganz egal, ob du ein Speichellecker des Erzkanzlers oder gar des Kaisers bist«, zischte er leise. Dann fuhr er lauter fort. »Auf einem Streifritt vor der Stadt habe ich dieses Pferd auf dem Gräberfeld der kleinen Kirche Sankt Eustorgio gefunden. Ein halbes Dutzend Männer hat mich begleitet. Sie sind meine Zeugen!«

»Sankt Eustorgio«, wiederholte er leise. Das war … . Das Dreikönigsgrab! Die Kinder und die Brotschmuggler. Nun verstand er, warum Rother das Brot gestohlen hatte. Dieser verdammte Narr!

»Nehmt das Pferd und geht, Ritter.« Von Greven stieß sein Schwert in den Boden. Der Brand hinter ihm war fast gelöscht. »Ich werde den Bruder des Kaisers zum Richter in unserem Streit anrufen. Es wird Euch noch leidtun, meinen Namen geschmäht zu haben!«

Ludwig hörte dem Baron nicht mehr zu. Er musste Anno und Heinrich finden. Vielleicht lebte Rother noch, irgendwo in Mailand. Sie mussten in die Stadt!

7

Die beiden Bewaffneten, die Rother am Nachmittag aus seiner Zelle geholt hatten, hielten vor einer kleinen Kirche inmitten Mailands. Der Knappe sah sich verwundert um. Er hatte erwartet, zu einem Hinrichtungsplatz geführt zu werden. Oder wollten sie ihm nur Gelegenheit geben, ein letztes Mal zu beten? Einer seiner Bewacher nickte stumm in Richtung des niedrigen Portals.

Zögernd blickte Rother von den Kriegern zur Kirche. Die beiden machten keine Anstalten, ihm zu folgen. Schließlich ging er die wenigen Stufen hinauf und trat in das düstere Kirchenschiff. Es gab nur wenige Fenster, deren buntes Glas mit Staub bedeckt war. Gleich Speeren aus gleißendem Licht stach der Sonnenschein an drei Stellen durch die Finsternis des Mittelschiffs.

Rother bekreuzigte sich hastig. Vor dem Bildnis eines gemarterten Heiligen knieten Mönche in dunklen Kutten und murmelten in frommer Eintönigkeit.

Eine Gestalt löste sich aus dem Schatten einer Säule und

schritt auf ihn zu. Angelo! »Komm, du bist nicht hier, um den Mönchen zuzusehen.«

»Aber …«

Angelo hob den Finger an die Lippen. »Schweig. Jetzt ist keine Zeit für Fragen.« Ohne abzuwarten, ob er ihm folgte, eilte Angelo voran und trat hinter dem Hochaltar durch eine niedrige Bogentür. Dort führte eine schmale Wendeltreppe in die Tiefe und mündete schließlich in einer kühlen Kammer mit hohem Deckengewölbe. Der Raum mochte vielleicht fünf Schritt weit sein. Fast die Hälfte davon war jedoch ausgefüllt von etwas, über das man ein fleckiges weißes Tuch gebreitet hatte. Nur eine einzige Öllampe, die an einer rostigen Kette von der Decke hing, erleuchtete den Raum. Ein eigenartiger Geruch hing in der Luft. Wie von Harz und seltenen Gewürzen.

Angelo blieb mitten in dem Gewölbe stehen, stemmte die Hände in die Hüften und erinnerte Rother in diesem Augenblick ein wenig an eine Marktfrau, die stolz hinter ihren Körben mit prächtigen Früchten posierte.

»Wo sind wir hier?«, fragte der Knappe verwundert.

»Unter dem Glockenturm von Sankt Giorgio al Palazzo. Dort, wo du hinwolltest.«

Rother sah sich verwirrt um. Außer der Treppe gab es keinen anderen Zugang zu dem Gewölbe.

Mit einem Ruck zog Angelo das fleckige Tuch zur Seite. Es hatte drei schlichte Holzsärge bedeckt. »Caspar, Balthasar und Melchior. Die Drei Könige!« Der Junge verbeugte sich vor den Särgen, als stünde er lebendigen Herrschern gegenüber.

»Das …« Rother sah abwechselnd zu den Särgen und zu Angelo. Hastig kniete er nieder und bekreuzigte sich. Die

Könige! Voller Inbrunst begann er zu beten. So versunken war er in seiner heiligen Einkehr, dass er erst zurück in die Wirklichkeit fand, als Angelo ihm auf die Schulter klopfte und sich laut räusperte. »Du kannst auch später beten.«

Fassungslos sah Rother zu dem Jungen auf. Was war geschehen? »Ihr habt gesagt, ihr wüsstet auch nicht, wo die Heiligen versteckt sind. Erst gestern hat dein Vater doch noch behauptet, die Drei Könige seien niemals in die Stadt gebracht worden.«

»Du weißt offenbar immer noch nicht, wer mein Vater ist.« Angelo klang ehrlich überrascht. »Er ist Anselmus de Mandello, einer der Konsuln von Mailand. Heute Morgen hat er unseren Erzbischof Obert besucht und von ihm erfahren, dass die Drei Heiligen in aller Heimlichkeit hierhergebracht worden sind.«

Rother blickte wieder zu den schmucklosen Särgen. Ein schrecklicher Zweifel überkam ihn. »Und warum sollte ich dir das glauben? Weshalb solltest du mir, einem Feind, ein Geheimnis anvertrauen, das selbst vor dem Volk von Mailand und den Konsuln gehütet wurde?«

»Ja, warum?« Angelo lächelte ihn an.

Rother brauchte einen Augenblick, bis er begriff, was Angelo meinte. Er spürte, wie sich ihm die Kehle zuschnürte. Ja, das war nicht mehr als ein letzter Gefallen, den man ihm, dem zum Tode Verurteilten, erwies. »Heute noch?«, fragte er leise.

Der Lombarde nickte. »Bei Einbruch der Nacht ist es so weit. Wenn du beten möchtest, dann solltest du es jetzt tun. Uns bleibt nicht mehr viel Zeit.«

»Du hast also meinen Tod beschlossen?«

»Deinen Tod?« Angelo schüttelte überrascht den Kopf. »Wir sind keine Mörder so wie euer Kaiser!«

Rother sah beschämt zu Boden. »Ich dachte nur an die Geschichten über Crema. Man erzählt sich …«

»Ja, was erzählt man sich! Auch dort waren es doch die Waffenknechte des Kaisers, die sich wie tollwütige Hunde im Blut ihrer wehrlosen Opfer gesuhlt haben.« Wut blitzte in Angelos Augen auf, aber als er weitersprach, klang seine Stimme bald wieder versöhnlicher. »Mein Vater war der Meinung, dass deine Geschichte viel zu verrückt klang, um eine Lüge zu sein. Er hat dir von Anfang an geglaubt, auch wenn er es natürlich nicht gezeigt hat. Du bist beileibe nicht der Erste, der versucht hat, sich in die Stadt zu schleichen. Aber der Erste, der es tat, nur um am Grab der Heiligen zu beten.«

Rother sah wieder zu Boden. Einen Augenblick lang war er versucht, Angelo den wahren Grund zu verraten, warum er gekommen war. Dann besann er sich. »Aber war es nicht an dir? Solltest nicht du über mein Leben entscheiden?«

Angelo lächelte wieder. »Mein Vater wollte mich nur auf die Probe stellen. Er wollte wissen, ob mein Verstand über meine Wut siegen würde. Dir gegenüber empfinde ich keinen Hass. Ich weiß, dass du meine Gefährten und mich hättest verraten können. Die Schmuggler … Über eine Woche haben wir es nicht mehr gewagt, uns mit ihnen zu treffen, nachdem ihr zum ersten Mal dort gewesen seid. Jede Nacht habe ich die Kirche und den Friedhof beobachtet und nach versteckten Kriegern Ausschau gehalten. Doch es kamen keine! Ich hatte dich damals im Portal von Sankt Eustorgio stehen sehen und damit gerechnet, dass du unseren Schmuggelweg verraten würdest.«

»Mein Leben war der Preis in einem Spiel, das du und dein Vater gespielt habt?«

Angelo schwieg einen Herzschlag lang. Dann schüttelte er den Kopf. »Dein Leben war niemals ernsthaft in Gefahr. Wir haben sogar erwogen, dich als Boten zu nutzen. Mein Vater setzt in dieser Stunde einen Brief an den Kaiser auf. Es gibt gewiss eine Möglichkeit, diesen sinnlosen Krieg endlich zu beenden. Mein Vater will dem Kaiser einige Vorschläge unterbreiten, bei denen keine von beiden Seiten im Falle eines Friedensschlusses das Gesicht verlieren würde. Traust du dir zu, bis vor den Kaiser zu gelangen?«

»Ich könnte den Erzbischof Rainald von Dassel …«

»Nein!« Angelo unterbrach Rother mit einer entschiedenen Handbewegung. »Der Cölner ist ein eingeschworener Feind unserer Stadt. Der Brief muss den Kaiser erreichen!«

»Das kann ich nicht versprechen. Ich bin nur ein einfacher Knappe. Er wird mich wahrscheinlich nicht empfangen.«

Angelo seufzte. »Nun ja, eine andere Möglichkeit haben wir nicht, wie es scheint. Wann immer eine Gesandtschaft von uns in euer Lager kommt, ist auch der gottverdammte Cölner zugegen!«

Rother schlug hastig ein Kreuz und sah zu den Särgen. Wie konnte Angelo nur in Gegenwart der Heiligen fluchen. Oder waren die Särge in Wirklichkeit leer?

Offenbar hatte der Lombarde den Blick missverstanden. »Ich werde dich jetzt allein lassen, damit du in Ruhe beten kannst. Alles Weitere können wir auch später noch besprechen.« Der Lombarde wandte sich zum Gehen.

»Es liegen tatsächlich die Heiligen Drei Könige in diesen schlichten Särgen?«

»So hat es zumindest unser Erzbischof Obert gesagt. Warum sollte er meinen Vater belügen?«

»Ja, warum«, flüsterte Rother so leise, dass Angelo es nicht hören konnte. Die Schritte des Jungen entfernten sich.

Für einen Moment war Rother versucht, einen der Särge zu öffnen. Doch sie waren sorgfältig vernagelt. Wieder fiel ihm dieser seltsame Geruch auf, der ihn an den Steinsarkophag in der kleinen Kirche vor der Stadt erinnerte. Rother kniete nieder. Ganz gleich, was Trug und was Wahrheit war, zu beten konnte niemals schaden. Vielleicht hatte der Herr ja Gnade mit seiner verwirrten Seele und sandte ihm ein Zeichen.

Eine Zeit lang glaubte Rother, er würde es nicht schaffen. Als sie durch das niedrige Gewölbe mit den quadratischen Säulen krochen, war er vor Angst fast erstickt. Dabei war er diesmal nicht allein. Angelo hielt eine Öllampe in der Hand und zeigte ihm das rot gefärbte Seil, das sich durch die Gänge zog, damit sich hier unten niemand verirrte.

Angelo rümpfte die Nase. »Ein grässlicher Gestank!«

Rother spürte, wie ihn der Lombarde aus den Augenwinkeln beobachtete.

»Auf der anderen Seite ist ein Rattennest«, fuhr Angelo fort. »Wir haben es vor ein paar Wochen ausgeräuchert. Seitdem stinkt es hier.« Er lachte leise. »Aber viel genutzt hat es auch nicht.«

Rother nickte nur. Von seinen Erlebnissen auf dem Weg durch die Tunnel hatte er nichts erzählt, und er würde auch jetzt nicht sagen, dass er wusste, woher der Gestank in Wahrheit rührte. Den ganzen Nachmittag hatte Angelo ihn durch die Stadt geführt und ihm die wohlgerüsteten Wachen auf der Mauer gezeigt. Am Abend hatte es sogar ein kleines Fest gegeben, auf das Angelo und sein Vater Rother mitgenommen hatten – angeblich ohne jemandem verraten zu haben, was für einen Gast sie ins Haus brachten. Alles Trug! Rother hatte deutlich gespürt, wie alle ihn verstohlen beobachteten. Man glaubte, ihn blenden zu können, aber er hatte auch den Berg von Leichen im Kanal gesehen. Bleiche Gestalten, ausgemergelt von Hunger und Krankheiten.

»Lass uns weitergehen.« Angelo hob seine Lampe und wies zu dem langen, geraden Kanal. »Es ist noch ein ganzes Stück.«

Auf dem Weg zum Friedhof blieb Angelo stumm. Rother dachte noch immer an die Gruft unter dem Glockenturm. Hatte er wirklich vor den Särgen der Heiligen gestanden? Fast eine Stunde war ihm zum Beten geblieben, und ganz zum Schluss hatte er geglaubt, etwas gespürt zu haben. Eine Kraft … War es denn nicht ein Wunder, dass er seinen *Besuch* in Mailand überlebt hatte, obwohl er gefasst worden war? War nicht das allein schon ein Zeichen Gottes?

Als sie sich der Grabkammer auf dem Friedhof bei Sankt Eustorgio näherten, löschte Angelo die Öllampe, damit kein Licht sie verraten konnte. Ein letztes Mal musterte er Rother, so als sei er sich seiner Sache nicht ganz sicher. Dann streckte er die Hand aus. »Viel Glück! Ich hoffe, wir werden uns nie in einer Schlacht gegenüberstehen. Es ist leichter, jemanden zu töten, den man nicht kennt.« Er lächelte schief und stand dabei so steif wie ein Wachsoldat.

»Vertrauen wir auf die Gunst der Heiligen«, entgegnete

Rother. Er bemühte sich, gelassen wie ein alter Krieger zu wirken und seine widerstreitenden Gefühle zu verbergen. Angelo war ein Feind!

Gewiss, er verdankte dem jungen Mailänder sein Leben. Aber er hatte nicht vergessen, wie dieser mit seiner Angst gespielt hatte. Und Rother war auch klar, was für eine Scharade sie ihm mit den Wachen und dem Festbankett vorgespielt hatten. Hielten sie ihn denn für ein Kind? Aber was wollte man letztlich von einem Mailänder schon erwarten ... Angelo zog eine Lederrolle mit dem Siegel der Konsuln aus seinem Wams und reichte sie Rother. »Du wirst deinen Schwur halten?«

»Niemand anderm als dem Kaiser werde ich das Schreiben überreichen.« Der Knappe legte feierlich die Rechte auf sein Herz. »Ich schwöre bei der Jungfrau Maria, dass ich mein Wort niemals brechen werde.«

Angelo nickte. »Das soll mir genügen.«

Dann trennten sie sich. Angelo verschwand wieder in der Grabkammer, und Rother schlich in die dunkelste Ecke des Friedhofs, um sich nach seinem Pferd umzusehen. Hatte die Stute so lange hier ausgeharrt, oder war sie irgendwann davongelaufen? Er stieß einen leisen Pfiff aus, aber nichts rührte sich. Das Pferd war verschwunden. Ob die Schmuggler es eingefangen hatten? Aber hätte ihm Angelo nicht davon berichtet?

Hilflos blickte der Knappe zum Portal der kleinen Kirche. Er kniete noch einmal vor dem leeren Sarkophag der Könige nieder und betete, bevor er sich auf den langen Rückweg nach Lodi machte.

Leichter Bodennebel wallte zwischen den Gräbern. Rother fröstelte. Ihm war, als zöge aus den Grüften eine unheimliche Kälte herauf. Rother beschleunigte seine Schritte. Hatte sich da etwa in den Schatten einer bewegt?

Eine Hand legte sich über seinen Mund, und grob wurden ihm die Arme auf den Rücken gezerrt. »Sei still, wenn dir dein Leben lieb ist«, zischte eine leise Stimme.

Er wurde auf die Rückseite der Kirche gebracht, wo man von den Mauern der Stadt aus nicht mehr gesehen werden konnte. Dort lagerte eine Gruppe von zehn Kriegern. Es waren Staufer! Wahrscheinlich ein Spähtrupp. Ärgerlich begehrte Rother gegen seine Peiniger auf, doch konnte er sich aus dem harten Griff nicht befreien. Zugleich schämte er sich zutiefst, ein zweites Mal so leicht überrumpelt worden zu sein.

»Na, Bürschchen, wenn du uns schön erzählst, was du vorhast, dann schneiden wir dir vielleicht nur die Nase ab«, rief einer der Männer gehässig.

Ein Ritter kam von der anderen Seite der Kirche und gab ein Zeichen, Rother freizugeben. Es war ein hagerer, blonder Kerl mit müdem Gesicht.

»Ich bin kein Mailänder. Ich bin Rother von Reuschenberg und diene als Knappe dem Herrn Anno von Sennberg«, erklärte der Junge mit schwankender Stimme.

»Natürlich«, entgegnete der Anführer spöttisch. »Und ich bin der Herzog von Schwaben! Du sprichst unsere Sprache gut, aber uns täuschst du nicht. Was sollte ein Knappe aus dem Heer des Kaisers wohl in Mailand tun?«

»Ich bin ein Bote …«

Der Ritter zog einen langen Dolch aus dem Gürtel. »Seit Wochen haben wir keinen Boten mehr nach Mailand geschickt. Du bist ein Spitzel, und morgen früh werden deine Freunde auf den Mauern sehen können, was wir mit solchen wie dir machen!« Er winkte einem der Waffenknechte. »Das Seil! Wir hängen den Kleinen an den Baum dort neben der Kirche, so dass man ihn von der Stadt aus sehen kann.«

»Aber ich sage die Wahrheit!«, rief Rother verzweifelt. »Unter meinem Hemd trage ich eine Nachricht an den Kaiser!«

Der Anführer riss Rother das zerlumpte Hemd auf und fand die lederne Schutzrolle. Unschlüssig drehte er sie zwischen den Fingern. Dann reichte er sie endlich einem seiner Krieger. »Warum sollte man einem Bettlerjungen eine Nachricht an den Kaiser anvertrauen?«, fragte er misstrauisch.

»Weil ich aus der Stadt herauskomme und …«

Der Ritter schlug ihm ins Gesicht. »Jeder Bote, der mit dem Kaiser verhandeln will, hat freies Geleit! Diese Nachricht ist gewiss für den Ketzerpapst in Genua oder irgendwelche anderen Verbündeten der mailändischen Verräter bestimmt. Deine Auftraggeber haben wohl geglaubt, ein Junge würde nicht auffallen. Aber wir sind gewarnt worden! Der letzte Wachkommandant hat hier das Pferd eines Mailänder Boten gefunden.« Ungehalten winkte er seinen Männern.

»Das ist ein Irrtum, ich …« Einer der Waffenknechte legte Rother eine Schlinge um den Hals und zog zu. Zwei andere banden ihm die Hände auf den Rücken.

Rother konnte es nicht fassen. Er war in einem Alptraum gefangen! Das war Teufelsspiel! Nach all den Gefahren den Mailändern entronnen zu sein, nur um dann von den eigenen Leuten gehenkt zu werden! »Ich bin…«

Der Ritter schlug ihm erneut ins Gesicht. »Halt's Maul, du Wicht! Wir haben genug von deinen Lügen.«

Rother stemmte die Beine gegen den Boden. Jemand trat ihm von hinten ins Kniegelenk. Er brach nieder. Ohne Gnade schleiften sie ihn zum Baum neben der Kirche.

»Ihr dürft mich nicht …« Ein Tritt traf ihn ins Gesicht. Blut schoss ihm aus der Nase. Ihm wurde schwarz vor Augen. Heftig schüttelte er den Kopf, kämpfte gegen die Ohnmacht an. Und gegen die tödliche Erkenntnis. Sie würden es tun. Sie würden ihn aufknüpfen! Und er war zu schwach, um sich ihrer zu erwehren!

Das lange Ende des Seils wurde über einen starken Ast geworfen. Zwei Waffenknechte begannen ihn hochzuziehen. Der dünne Strick schnitt ins Fleisch seiner Kehle. Rother streckte sich. Machte sich so lang er nur konnte. Solange seine Zehenspitzen den Boden berührten, würde er leben. Er durfte nicht … Er schwebte! Das Seil pendelte. Verzweifelt traten seine Füße ins Leere. Das Seil drückte ihm die Kehle zu. Er rang um Luft. Vergebens!

Hufschlag dröhnte unnatürlich laut. Drei Reiter brachen aus der Finsternis. Ein Schwert aus gleißendem Silber blitze auf.

Rother stürzte. Einer der Reiter zerrte ihn vor sich auf den Sattel. Rother erkannte das bärtige Gesicht. Heinrich! Dem Himmel sei Dank! Rother versuchte etwas zu sagen, doch die Schlinge lag noch immer so eng um seinen Hals, dass er kaum Luft zum Atmen bekam.

»Wer seid Ihr, Mann?«, fragte der Anführer der Fußsoldaten barsch. Er hielt ein blankes Schwert in der Hand und stand leicht geduckt, bereit, dem Angriff der Reiter auszuweichen. Hinter ihm versammelten sich die Waffenknechte mit drohend erhobenen Spießen.

»Wir sind Ritter des Reiches und Boten des Erzkanzlers!« Rother erkannte Annos Stimme.

Heinrich nahm ihm die Schlinge vom Hals. Röchelnd rang Rother um Luft. Mit zitternder Hand deutete er auf den fremden Ritter. »Der da … Er hat … meine Botschaft gestohlen …« Jedes Wort schien sich mit tausend Widerhaken in seine Kehle zu krallen.

Von den nahen Mauern erklang ein Signalhorn.

»Die Botschaft!«, drängte Anno und richtete seine Lanze auf den Kommandanten der Fußsoldaten.

»Wir sind vor Spitzeln gewarnt worden. Der Baron von Greven hat uns befohlen …«

Anno setzte dem Mann die Speerspitze auf die Brust. Von den Mauern der Stadt waren Alarmrufe zu hören.

»Gebt ihm die Botschaft!«, befahl der Ritter zornig.

Einer der Fußsoldaten warf Anno die Lederrolle zu. Augenblicklich rissen die Reiter ihre Pferde herum. So schnell es die Dunkelheit und das unebene Gelände erlaubten, preschten sie davon.

Rother konnte vor dem Stadttor Fackeln sehen. Die Mailänder bereiteten einen Ausfall vor!

»Dem Kleinen werd ich das Leder gerben, sobald wir wieder in Lodi sind. Verfluchter Mistkerl! Was hast du dir dabei gedacht, einfach so davonzulaufen?«, tobte Anno. »Ich werde ihn …«

»Lass ihn in Ruhe!«, fuhr Heinrich den Sennberger an. »So, wie er aussieht, hat er schon weit mehr als eine Tracht Prügel abbekommen.« Er hielt Rother fest im Arm, damit der Junge während des Ritts nicht aus dem Sattel fiel.

Rother wollte ihnen erklären, was geschehen war, aber seine Kehle brannte so sehr, dass er kein Wort hervorbrachte. Es war ihm peinlich, dass Heinrich ihn wie ein Kind in den Armen hielt. Und zugleich war er unendlich glücklich. Er war einer von ihnen. Endlich! Sie waren um seinetwillen gekommen. Erschöpft sank sein Kopf gegen Heinrichs Brust.

Es war unerträglich heiß an diesem Nachmittag. Das Feldlager vor Lodi war wie ausgestorben. Wer keine unaufschiebbaren Dinge erledigen musste, hatte Schutz im Schatten gesucht.

Lupo blickte zum roten Zelt des Erzbischofs hinüber. Endlich war die Gelegenheit gekommen, auf die er so lange gewartet hatte. Dieser Bastard von Erzkanzler hatte hohen Besuch. Pfalzgraf Konrad bei Rhein, der Bruder des Kaisers, hatte Rainald von Dassel gemeinsam mit zwei Rittern aufgesucht. Es schien Ärger zu geben.

Der Falkner tastete nach dem Fläschchen, das er in dem Lederbeutel an seinem Gürtel trug. Der Bruder des Kaisers! Das war ein Geschenk Gottes! Barbarossa würde für Crema büßen. Er sollte am eigenen Leib erfahren, wie es war, wenn einem die Familie genommen wurde.

Lupo sah sich im Küchenzelt um. Auch der Laufbursche, der seinen Schlafplatz bei den Taubenverschlägen hatte, war an einen schattigeren Ort geflüchtet. Einen Moment lang verweilte Lupos Blick bei den Tauben. Schöne, kräftige Tiere waren es. Seltsam, dass der Erzbischof nie nach einer verlangte. Entschlossen holte der Falkner das Fläschchen aus dem Lederbeutel hervor und füllte seinen Inhalt in einen leeren Krug. Es war nicht viel. Der zähflüssige Saft aus Tollkirschen, zerstoßenen Blüten des roten Fingerhuts und des blauen Eisenhuts bedeckte kaum den Boden des Kruges, doch das war mehr als genug. Lupo ging zu dem Fass mit dem sauren Wein, den der Erzbischof so sehr schätzte, und füllte den Krug zu einem Drittel. Dann rührte er die rote Flüssigkeit um, damit sich das Gift mit dem Wein vermengte. Prüfend roch er daran und nickte zufrieden. Der unangenehm saure Duft überdeckte den Geruch des Gifts. Er füllte den Rest des Kruges mit Wasser auf und stellte ihn ganz vorne auf den langen Tisch im Zelt ab.

Eine alte Magd bediente an der Tafel des Erzbischofs. Sie war erst vor ein paar Tagen dem Mundschenk zugeteilt worden. Früher hatte sie als Amme und Kinderfrau gedient. Sie war ein einfältiges, frommes Geschöpf. Sollte sie nur das Gift zum Erzbischof tragen. Sobald sie den Wein zum Zelt brachte, würde er sich davonstehlen. Es würde gewiss nicht lange dauern, bis sie errieten, wer das Gift in den Wein gemischt hatte.

Lupo setzte sich auf die Bank neben dem Tisch und nahm das halb gerupfte Huhn wieder auf, das von Dassel zum Abend serviert bekommen würde. Der Falkner lächelte. Unwahrscheinlich, dass dieser Teufel dann noch Appetit haben würde.

»Diese Belagerung dauert schon viel zu lange, und wir können nicht dulden, dass es zu solchen Disziplinlosigkeiten kommt. Ich verlange, dass Euer Ritter zur Verantwortung gezogen wird. Er hat einen meiner Edlen in aller Öffentlichkeit fälschlich des Diebstahls bezichtigt!« Pfalzgraf Konrad deutete zu dem Ritter mit der Narbe auf der Stirn.

»Vielleicht wollt Ihr zunächst einmal Platz nehmen, Herr? Ich lasse nach einer kleinen Erfrischung schicken, und wir reden in aller Ruhe weiter.« Rainald von Dassel nickte der Alten zu, die halb hinter dem hohen Zeltpfosten verborgen stand. »Bring uns Wein, Maria.«

Wortlos verschwand die Dienerin.

»Also, wir …« Rainald tupfte sich mit einem Leintuch über die Stirn. Es war höllisch heiß im Zelt, und er hätte eine Kirche in seinem Bistum dafür gegeben, den aufgebrachten Pfalzgrafen wieder loszuwerden. Aber der Graf war der Bruder des Kaisers, und es war klüger, ihn mit dem ihm gebührenden Respekt zu behandeln.

»Genug, Kanzler!« Konrad hieb mit der Faust auf den Tisch, dass die bronzenen Trinkpokale klirrten. »Mir steht nicht der Sinn nach leerem Gerede. Ihr wisst genau, was ich von der Belagerung halte! Sie dauert viel zu lange. Unsere Ritter müssen zurück und sich um ihre Lehen kümmern. Die Stimmung unter den Männern ist gereizt, und ich verlange, dass Ihr mir diesen Unruhestifter, der vorgeblich in Eurem Auftrag handelte, sofort überstellt.«

Maria war froh, das Zelt verlassen zu können. Drinnen war es so heiß und stickig, dass man kaum atmen konnte. Sie fuhr sich mit dem Ärmel des Kleides über die Stirn und schlurfte zum Küchenzelt. Eine himmelschreiende Ungerechtigkeit war es, dass man ausgerechnet sie zum Dienst im Zelt eingeteilt hatte. Bei dieser mörderischen Hitze! Viel lieber hätte sie sich um Clara gekümmert, aber seit das Mädchen ins Gefolge der Kaiserin aufgenommen war, gab es für Maria keine Aufgabe mehr im Dienste ihres Herrn Anno.

Als sie das Küchenzelt betrat, fand sich dort niemand außer einem lombardischen Diener, der lustlos ein Huhn rupfte. Alle Übrigen hatten sich irgendwohin in den Schatten verdrückt. Sogar der Mundschenk!

»Der Fürsterzbischof wünscht Wein für seine Gäste«, brummte sie übellaunig.

»Dort!« Der Lombarde deutete auf einen Krug. »Er ist so gemischt, wie der hohe Herr es wünscht.«

Lauter Hufschlag ließ die alte Kammerfrau aufblicken. Vier Reiter kamen ins Feldlager und hielten unmittelbar vor dem Zelt des Erzbischofs. Anno führte sie an. Endlich war er zurück! Maria murmelte ein kurzes Gebet und wollte zum Zelt eilen, um ihren Herrn zu begrüßen. Doch als sie bis auf ein paar Schritte heran war, verharrte sie wieder. Was war sie nur für ein närrisches Weib! Ihrem Herrn wäre es gewiss peinlich, wenn sie vor aller Augen ihre Freude über seine Rückkehr zeigte. Außerdem hatte sie ihren Dienst zu tun, auch wenn die Hitze sie schier umbrachte. Aber vielleicht würde es ihr gelingen, den einen oder anderen Leckerbissen für ihren Herrn beiseitezulegen.

Aus dem Zelt des Erzbischofs klangen plötzlich laute Stimmen. Schon wieder ein Streit unter hitzigen Edelmännern! Das Wetter hier bekam den Rheinländern nicht, dachte sie niedergeschlagen. Daheim wurde nicht so viel gestritten. Zumindest nicht auf der Burg des Sennbergers, auf der sie fast ihr ganzes Leben verbracht hatte. Vielleicht lag es auch am Essen…

»Das also ist der Mann, der meinen Tod wollte!« Rother musterte den Ritter mit der Narbe auf der Stirn, von dem Ludwig ihm erzählt hatte. »Der Baron von Greven. Er hat den Spähtrupp zum Friedhof geschickt und ihnen den Befehl gegeben, nach Boten Ausschau zu halten, die sich bei Sankt Eustorgio aus der Stadt schleichen.«

»Boten?« Der stattliche Ritter, der neben dem Baron stand, trat ein Stück vor. Er hatte rotes Haar und war ein wenig füllig. Seine dunklen Augen musterten Rother argwöhnisch. Rother hatte diesen Mann erst einmal gesehen. Es war der Pfalzgraf Konrad bei Rhein, der Bruder des Kaisers!

»Nun sprich schon, mein Sohn«, mischte sich der Fürsterzbischof ein. »Ich versichere dir, dass du nichts zu befürchten hast, solange du die Wahrheit sagst. Bist du der Überzeugung, dass der Baron von Greven dich ermorden lassen wollte?«

Rother räusperte sich. Er war sich darüber im Klaren, was es bedeutete, gegen einen Baron, der vom Bruder des Kaisers unterstützt wurde, eine so schwerwiegende Anschuldigung zu erheben. Wenn er jetzt einen Fehler machte, dann würde er noch vor Sonnenuntergang wieder an einem Strick hängen. Plötzlich war Rothers Mund so trocken, als habe er eine Handvoll Mehl geschluckt. Die Hitze im Zelt des Erzbischofs war wirklich unerträglich. »Ich war in Mailand und …«

»Der Kerl lügt! Niemand schafft es, nach Mailand hineinzukommen, geschweige denn wieder hinaus«, ereiferte sich der Baron. »Er ist doch noch ein Kind! Und was diese Verdächtigungen gegen mich angeht – es war meine Pflicht, den Kommandanten des nächsten Spähtrupps darauf aufmerksam zu machen, dass ich ein herrenloses Pferd bei Sankt Eustorgio gefunden hatte und sich dort vielleicht Spitzel des Feindes aufhielten!«

»Kennt Ihr diesen Jungen, Baron von Greven?«, fragte der Pfalzgraf Konrad streng und schaute seinen Lehnsmann an.

»Und wie seid Ihr an sein Pferd gekommen?«, wandte Ludwig ein, der seine Erregung nicht länger unterdrücken konnte. »Schildert uns, wie sich ein Herr von Stand als Pferdedieb verdingt!«

»Das Pferd haben meine Männer eingefangen. Es streunte vor der Stadt, und was den Jungen angeht, so habe ich ihn nie zuvor gesehen. Diese Straßenräuber verdrehen die Tatsachen und …«

»Mich nennt niemand ungestraft einen Räuber!« Anno griff zu seinem Schwert.

»Genug!« Der Erzbischof trat vor den Sennberger. Schweiß glänzte auf seiner Stirn. »In meinem Zelt wird nur mit Worten gestritten.« Er wandte sich wieder dem Pfalzgrafen zu. »Und was diese beiden verfeindeten Parteien angeht, so wird wohl nur Gott allein wissen, wer lügt und wer die Wahrheit spricht.«

»Rother ist kein Lügner.« Heinrich war der Einzige der drei Ritter, der während des Wortgefechts bislang geschwiegen hatte. »Er hat einen Brief, der seine Worte beweist. Die Konsuln von Mailand haben ihm eine Botschaft an den Kaiser mitgegeben.«

Der Erzbischof zog die Brauen zusammen, so dass sich auf seiner Stirn eine steile Falte bildete. »Wo ist dieser Brief?«

»Ich …« Rother wünschte sich, er hätte das Zelt nie betreten. Jetzt war es endgültig um ihn geschehen! »Ich habe geschworen, den Brief dem Kaiser persönlich zu geben.«

»Mach dir deswegen keine Sorgen, mein Junge. Als Erzbischof entbinde ich dich von deinem Eid, so dass du dich nicht versündigst. Wenn du mir den Brief gibst, dann ist es so, als hättest du ihn dem Kaiser persönlich überreicht.« Der Fürsterzbischof lächelte väterlich und streckte ihm die Hand entgegen.

Rother versuchte dem Blick des Erzkanzlers auszuweichen. Was sollte er nur tun? Rainald von Dassel war einer der ranghöchsten Fürsten des Reiches, und jedermann wusste, dass er der Vertraute des Kaisers war. Obendrein war er auch noch Rothers Lehnsherr!

»Wenn der Knappe den Brief persönlich abgeben soll, so wird es gewiss möglich sein, eine Audienz bei meinem Bruder zu erhalten. Ich werde mich persönlich dafür einsetzen, dass der Junge noch in der nächsten Stunde bei ihm vorsprechen kann«, erklärte der Pfalzgraf Konrad.

Rother traute seinen Ohren nicht. Ausgerechnet Konrad trat für ihn ein! Dessen Lehnsmann ihn gerade noch dem Henker übergeben wollte. Daraus konnte nichts Gutes erwachsen!

»Es ist nicht nötig, den Kaiser mit solchen Kleinigkeiten zu behelligen«, entgegnete Rainald in eisigem Tonfall. Er wandte sich zum Pfalzgrafen, und die beiden maßen einander mit kalten Blicken; dann schaute der Erzbischof wieder Rother an.

Einen Herzschlag lang zögerte Rother noch, schließlich griff er unter sein Hemd und zog die Dokumentenrolle hervor. Welche Wahl blieb ihm schon? Gegen den Lehnsherrn seines Vaters aufbegehren, dem seine Familie die Treue geschworen hatte? Das war unmöglich! Er kniete vor seinem Fürsten nieder und hielt Rainald die Nachricht hin.

Unter Konrads argwöhnischem Blick nahm der Fürsterzbischof die Lederhülle und zerbrach das Siegel. Flüchtig überflog er die Zeilen und schüttelte dabei ärgerlich den Kopf. Es war totenstill im Zelt. Nur das schwere, rasselnde Atmen der alten Kammerfrau, die mit einem Tablett voller Weinpokale erschienen war, störte die Stille.

»Nun, was wollen die Mailänder?«, fragte der Pfalzgraf. In seiner Stimme klang nur mühsam beherrschte Neugier.

Rainald legte den Brief neben sich auf den Tisch. »Das Angebot ist völlig …«

Ein halberstickter Schrei ließ Rother erschrocken herumfahren. Maria, die alte Kammerfrau, hielt beide Hände auf die Brust gepresst. »Hilf … Oh, heilige Jungfrau …« Ihre Stirn glänzte vor Schweiß. Eine breite Strähne hatte sich aus ihrem stets so ordentlich frisierten Haar gelöst und klebte ihr im Gesicht.

»Bei allen Heiligen, was hast du Weib? Sprich!«, forderte Konrad sie auf. Die übrigen Männer waren zurückgetreten, als fürchteten sie sich ein Fieber zu fangen, wenn sie ihr zu nahe kamen. Maria stand nun mitten im Zelt. Ihre Augen schienen ihr schier aus dem Schädel treten zu wollen.

»Ich …« Der Atem der Alten ging pfeifend. Jedes Wort schien ihr nur unter Qualen von den Lippen zu kommen. »Mein Herz …« Ihre Finger krallten sich in ihr Kleid. »… von eiserner Hand … umschlossen … Ich …« Sie machte noch einen taumelnden Schritt nach vorne und stürzte dann schwer auf den Tisch. Zwei Pokale fielen zu Boden. Der schwere Krug kippte um, und Wein ergoss sich über die Nachricht, die Rainald eben erst auf den Tisch gelegt hatte.

Anno war als Erster an der Seite der Kammerfrau. »Maria!« Er hob sie vorsichtig auf die Arme. Wein troff aus ihren Kleidern wie Blut. Sie hatte die Augen zur Zeltkuppe verdreht. Ihre Brust hob und senkte sich unregelmäßig. Sie schien um jeden Atemzug kämpfen zu müssen.

»Bringt das Weib fort«, befahl der Erzbischof und barg die Dokumente aus der Rotweinlache. Dann hob er einen der Weinpokale auf und roch daran. »Gift«, sagte er und blickte die umstehenden Ritter an. »Die Alte hat von dem vergifteten Wein getrunken, der einem von uns bestimmt war.«

Ludwig wandte sich ab und lief zum Zelteingang. Mit einem lauten Ruf befahl er zwei Wachen des Erzbischofs herbei.

Pfalzgraf Konrad trat neben den Erzbischof und nahm ihm den Weinpokal aus den Händen. Jetzt roch auch er an dem Wein. »Mir scheint, werter Herr von Dassel«, sagte er, »Ihr habt nicht allzu viele Freunde hier im Lager. Ihr solltet einen Vorkoster einstellen, damit Euch solche Überraschungen nicht eines Tages das Leben kosten.«

Rainald gab ein schnaubendes Geräusch von sich, aber der Pfalzgraf fuhr ungerührt fort. »Doch was ist mit dem Schreiben an den Kaiser? Ist es zerstört?«

Mit spitzen Fingern hob der Erzbischof den Brief vom Tisch. Nun erst sah Rother, wie blass er geworden war. »Ich fürchte, der Brief ist unlesbar geworden.« Dann zuckte er mit den Schultern. »Es war ohnehin nicht das Pergament wert, auf das es geschrieben stand!«

Pfalzgraf Konrad griff nach dem aufgeweichten Pergament. Kurz bemühte er sich, einen Sinn aus den verschwommenen Buchstaben herauszulesen. Doch bald schon legte er den Brief resignierend auf den Tisch zurücke. Er blickte zu Rother. »Weißt du, was sie geschrieben haben?«

Unglücklich schüttelte der Junge den Kopf. Er hätte heulen mögen. Wie viel Leid hatte er für diese Nachricht auf sich genommen! Und nun war alles vergebens!

»Wir sollten den Kaiser darüber unterrichten, dass die Mailänder ein Friedensangebot geschickt haben.« Er bedachte Rother mit einem kurzen Blick. »Und ich würde gern hören, was der junge Mann über seine Abenteuer in Mailand zu erzählen hat. Ich denke, das würde auch meinen Bruder interessieren. Vielleicht gibt es ja eine Möglichkeit, diesen sinnlosen Krieg endlich zu beenden.«

»Beenden?«, entgegnete der Erzbischof mit zorniger Stimme. »Habt Ihr schon vergessen, wie lange der letzte Frieden mit Mailand gehalten hat? Entweder wir vernichten die Empörer, oder es wird niemals Ruhe unter den lombardischen Städten geben! Wir müssen an Mailand ein Exempel statuieren. Nur so können wir die Aufstände ein für alle Mal ersticken.«

»Ihr gestattet, dass ich anderer Meinung bin.« Der Pfalzgraf sprach leise und mit einem provozierend spöttischen Unterton. »Ich erwarte Euch zur Abenddämmerung beim Kaiser. Die Vorfälle dieses Tages sollten ihm zu Gehör gebracht werden.« Mit diesen Worten gab er seinen beiden Gefolgsleuten einen Wink und verließ das Zelt, ohne den Erzbischof noch eines Blickes zu würdigen.

»Ihr dürft gehen!« Der Erzbischof nickte Ludwig und Heinrich zu.

Rother atmete erleichtert auf. Auch er hoffte, sich endlich entfernen zu dürfen, als sich die Hand des Erzbischofs schwer auf seine Schulter legte. »Wir haben noch zu reden. Jeden anderen hätte es Kopf und Kragen gekostet, wenn er sich so wie du aus dem Feldlager davongeschlichen hätte, doch ich denke, wenn du heute Abend vor dem Kaiser von deinen Taten berichten wirst, so werden sie dir den Ritterschlag einbringen.«

Der Knappe blickte verlegen zu Boden. Nichts hatte er sich sehnlicher gewünscht, doch nun konnte er keine Freude mehr empfinden. Seine Ritterwürde war durch Verrat an Angelo erkauft. Aber was hätte er tun sollen? Es schien, als habe sich das Schicksal gegen ihn verschworen.

»Du wirkst bedrückt, mein Junge.« Der Erzbischof ließ sich mit einem Seufzer auf dem hohen Lehnstuhl hinter dem Tisch nieder. »Manchmal ist Herrschaft eine Last, die schwerer wiegt als ein ganzer Berg, den man auf den Schultern davonzutragen versucht. Knie nieder, Junge. Ich werde dir die Beichte abnehmen.«

Rother blickte den Erzbischof überrascht an. Der Archipoeta hatte doch behauptet, dass Rainald von Dassel gar kein Recht hatte, die Beichte einzufordern. Das Gesicht des Erzkanzlers wirkte wie versteinert. Nur seine Augen schienen noch lebendig. Ein Schimmer wie Fieberglanz glomm in ihnen.

»Es wird gewiss einen Grund gegeben haben, der dich dazu trieb, aus dem Lager fortzulaufen. Wenn du beichtest, ist mein Ohr Gottes Ohr. Meine Lippen werden versiegelt sein. Niemand wird jemals erfahren, was du mir nun sagst. Doch lasse nichts aus, auch wenn es dir noch so unbedeutend erscheinen mag. Und wenn du mich in der Beichte belügst, so ist es, als wäre diese Lüge in Gottes Antlitz gesprochen!« Der Erzbischof hatte bei den letzten Worten einen Ton angeschlagen, der Rother einen Schauer über den Rücken jagte. Ohne zu zögern kniete der Junge vor dem hohen Stuhl nieder.

Anno strich der alten Amme das zerzauste Haar aus der Stirn und stand dann ruckartig auf. »Sie ist tot. Ich werde den Mönch holen.«

Clara starrte in die gebrochenen Augen der Toten und

konnte nur mühsam ein Schluchzen unterdrücken. Das ganze Leben lang hatte die Amme sich um sie gekümmert, während ihre Mutter nie für sie da gewesen war. Ihre Mutter hatte sich nie verziehen, ihrem geliebten Gatten *nur* eine Tochter geschenkt zu haben.

»Ich dachte, sie würde niemals sterben. Sie war doch nie krank und … Warum jetzt, so plötzlich?«

»Der Wein, den sie dem Erzbischof gebracht hat, war vergiftet. Und sie hat zuvor davon getrunken. Damit hat sie von Dassel das Leben gerettet.« Annos Tonfall verriet nicht, ob es ihm lieber gewesen wäre, Maria hätte sich nicht ungebührlicherweise am Wein des Erzbischofs bedient und Rainald hätte statt ihrer den Tod gefunden. »Auf jeden Fall wird ihr Tod nun immer mit unserem Namen und dem des Fürsterzbischofs in Verbindung stehen.«

»Wie kannst du nur so kalt von ihr reden? Hast du denn kein Herz, Vater?« Clara konnte nicht fassen, wie er sich verhielt. Maria war ihr ganzes Leben lang immer für sie da gewesen. Und nun sah es so aus, als würde sie durch ihren Tod eine Last. Man sollte um sie trauern! Doch bei ihrem Vater war von Trauer keine Spur zu entdecken.

»Es wird dem Erzbischof nicht mehr gefallen, uns in seiner Nähe zu wissen. Das wird ihn jedes Mal an diesen Giftanschlag erinnern. Und wer weiß? Vielleicht wird er sich sogar bei der Kaiserin gegen dich verwenden.«

»Aber …« Clara sah fassungslos zu Anno auf. »Sie hat uns doch so lange Jahre ergeben gedient? Gilt das alles nichts? Maria war wie eine Mutter für mich.«

Anno versetzte ihr eine schallende Ohrfeige. Sie wich erschrocken zurück. Ihr Vater zitterte am ganzen Leib.

»Vergleiche nie wieder eine Dienstmagd mit deiner Mutter. Deine Mutter war das wunderbarste Geschöpf, das jemals auf dieser Erde gelebt hat.«

Für einen Herzschlag stand Clara wie versteinert. Fassungslos sah sie ihren Vater an. Nie zuvor hatte sie ihn so erlebt. Ihr stiegen Tränen in die Augen, obwohl sie mit aller Kraft dagegen ankämpfte. Clara wandte sich ab und rannte zum Eingang des Zeltes. Dort drehte sie sich noch einmal um. Er sollte sie jetzt aufhalten. Sich entschuldigen ... Ihr Vater zitterte noch immer. Und er sagte nichts. Was war er nur für ein Mensch!, dachte Clara verbittert. Wie konnte man so kalt und ungerecht sein? Sie schlug die Zeltplane zurück und rannte hinaus in die Nacht.

Clara wartete noch einen Augenblick, bis sie ganz sicher war. Die hochgewachsene Gestalt mit dem Bart und den langen Haaren, das konnte nur einer sein ... Seit Einbruch der Dämmerung hatte sie gebetet, dass *er* hierherkommen würde, doch im Innersten ihres Herzens hatte sie es kaum zu hoffen gewagt.

Der Ritter sah sich um. Ob er ihre Nähe spüren konnte? Hörte er, wie ihr Herz schneller zu schlagen begann, wenn sie ihn sah? Jetzt blickte er genau in ihre Richtung! Ihr Mund war plötzlich trocken.

Er ging an ihr vorüber. Ganz nah. Seine Umrisse zeichneten sich gegen das silbern schimmernde Wasser deutlich ab. Clara erhob sich. »Herr Heinrich, Ihr habt mich gefunden.« Hätte sie nichts gesagt, wäre er ohne Zweifel weitergegangen. Aber warum hatte sie nicht andere, schönere Worte gefunden statt dieser törichten Bemerkung? Warum benahm sie sich nur ausgerechnet ihm gegenüber wie eine Närrin?

»Clara?« Er drehte sich um und kam auf das Dickicht zu. »Seid Ihr es, Herrin?«

Sie bog einen Ast zur Seite und trat vor. »Wie habt Ihr mich gefunden? Ihr seid der Erste, der hierherkommt.« Das war zwar nicht ganz die Wahrheit, aber es klang romantischer als: *Ihr seid der Dritte, der hier langläuft, aber der Erste, mit dem ich reden will!*

Heinrich lächelte. »Ich habe mir überlegt, wohin ich mich in einer solchen Nacht zurückziehen würde. Dieser kleine Wald am Fluss wäre auch meine Wahl gewesen.«

Clara seufzte. Das war ein Zeichen! Sie waren wie eine Seele. Die Erinnerung an Marias grausamen Tod verblasste. Es kribbelte in ihrem Bauch, als hätte sie einen Krug ganz jungen Wein getrunken.

»Herrin, Euer Vater ist in großer Sorge um Euch.«

»Ich will ihn nie mehr wiedersehen!« Clara drehte sich ein wenig, damit Heinrich ihre geschwollene Wange sehen konnte. »Er hat mich geschlagen und angeschrien! Er …« Sie biss sich auf die Lippen, um nicht zu weinen. »Mein Glück interessiert ihn nicht.«

Heinrich legte den Kopf schief. Seine Augen glänzten im Mondlicht. »Aber er hat Euch doch einen Platz unter den Kammerfrauen der Kaiserin verschafft. Die meisten Mädchen würden ihre Ehre geben, um …«

»Ich bin nicht wie die meisten Mädchen!«, unterbrach sie ihn zornig. »Am Hof zu sein ist für mich schlimmer, als die Qualen des Fegefeuers zu erdulden.«

»Clara!« Heinrich schlug ein Kreuz und sah sich um. »Sprecht nicht so leichtfertig von Eurem Seelenheil«, fuhr er in strengem Ton fort. »Der Versucher weilt stets unter uns. Wenn Ihr so redet, ist es, als würdet Ihr ihn geradewegs herbeirufen.«

Wie um seine Worte zu unterstreichen, erklang im Wald der Ruf einer Eule. Clara trat näher an Heinrich heran und blickte zu den schwarzen Bäumen zurück. Fast erwartete sie, einen gehörnten Unhold in den Schatten zu sehen, doch an Heinrichs Seite hatte sie keine Angst. »Verzeiht«, flüsterte sie. »Es ist so vieles geschehen … Maria …« Nun konnte sie die Tränen doch nicht länger zurückhalten.

Heinrich legte ihr den Arm um die Schultern und zog sie sanft an sich heran. Mit der anderen Hand strich er ihr übers Haar. »Ich weiß … Es tut mir leid, was mit Maria geschehen ist.«

In dem Augenblick, als er sie in den Arm nahm, schien ihr ganzes Unglück wie eine himmelhohe Welle über Clara zusammenzubrechen. Sie begann noch heftiger zu schluchzen. Warum konnte sie sich nur nicht besser beherrschen? Doch trotz allen Unglücks fühlte sie sich in seinen Armen zugleich so geborgen wie nie zuvor in ihrem Leben. Es war unheimlich, wie sehr Freud und Leid zu gleicher Zeit ihr Herz zerrissen. Heinrich war fast ein Fremder, und doch wusste er die richtigen Worte zu finden. Viel besser als ihr eigener Vater, der sie ein ganzes Lebven lang kannte.

»Gewiss wird Maria im Himmelreich den Lohn für all ihre Mühsal empfangen. Die alte Amme hat Euch geliebt, als wäret Ihr ihre eigene Tochter, und nichts wird einem mehr vergolten als Liebe und Großmut.«

Heinrich konnte reden wie ein Priester, auch wenn er mit seinem Bart aussah wie ein wilder Heidenkrieger. Was für ein wundervoller, eigenartiger Mensch er doch war! Langsam versiegten Claras Tränen. Zweifellos hatte er Recht mit dem, was er über Maria sagte. Seine Worte waren wie Balsam für ihre Seelenqual. Bis ans Ende ihrer Tage könnte sie ihm zuhören.

»Bitte rette mich, Heinrich.«

Der Ritter erstarrte. Sie konnte spüren, wie sich seine Muskeln spannten, so als stünde er einer plötzlich aufgetauchten Gefahr gegenüber. »Wer bedroht Euch, Herrin?«

Clara hätte sich ohrfeigen mögen. Da war es wieder, dieses verhasste Wort, das eine Welt zwischen sie legte, auch wenn er sie noch immer in den Armen hielt. *Herrin!* »Lass uns fliehen, Heinrich, fort vom Krieg und meinem Vater. Sieh, wie er mich geschlagen hat, als sei ich nicht mehr als ein störrisches Maultier!« Sie löste sich aus seinen Armen. »Ich halte es am Hof der Kaiserin nicht mehr aus. Man behandelt mich wie eine Bäuerin, nur weil ich nicht so schön daherrede wie die anderen und dunklere Haut habe. Kein Tag vergeht, ohne dass die anderen Mädchen mich verhöhnen. Ihr seid ein Ritter. Ihr habt doch geschworen, die Schwachen zu schützen! Helft mir!«

Sie konnte trotz der Dunkelheit sehen, wie sich Sorgenfalten gleich Schattentälern in Heinrichs Gesicht gruben. »Es tut Eurem Vater gewiss schon leid … Er … Er macht sich Sorgen um Euch, Herrin. Und … Ihr kennt doch meinen Eid. Ich bin Gott versprochen.«

So unsicher hatte Clara den Ritter noch nie erlebt.

»Heinrich!«, dröhnte plötzlich eine raue Stimme durch die Nacht.

Erschrocken trat der Ritter einen Schritt zurück, so dass sie nun wieder auf mehr als Armeslänge auseinander standen. Wütend sah Clara den Fluss hinauf. Wie hatte ihr Vater sie hier nur finden können? Bei Gott, das war nicht gerecht!

»Hierher, Anno«, rief der Ritter und winkte mit dem Arm. »Hier ist deine Tochter! Es ist alles in Ordnung.«

Die Art, wie Heinrich vor dem letzten Satz gezögert hatte, ließ Clara aufblicken. Wusste er, was er ihr antat? Hätte er ihr geholfen, wenn ihr Vater nicht in diesem Augenblick gekommen wäre? Sie seufzte. Das würde sie jetzt wohl nie mehr herausfinden. Ihr Vater machte einfach alles kaputt. Er zerstörte ihr Leben und war noch überzeugt, ihr Gutes zu tun. Anno stürmte durch das Gebüsch und nahm sie in den Arm, als hätte er sie ein paar Wochen lang nicht mehr gesehen. Doch richtete er nicht ein einziges Wort an sie. Stattdessen bedankte er sich überschwänglich bei Heinrich, der ihm *seine geliebte Tochter zurückgebracht* hatte. Ihr Vater nahm ihre Hand und zog sie hinter sich her, so wie man ein ungehorsames Pferd am Zügel nahm. Heinrich blieb am Fluss zurück und blickte ihnen nach.

Erst als sie fast schon das Zelt erreicht hatten, wandte sich Anno zu ihr, und seine Worte klangen wie das Zischen von Wasser, das auf einen heißen Stein fiel, so sehr bemühte er sich, nicht zu schreien. »Tu das nie wieder! Ich habe meine Seele verkauft, um dich an den Hof der Kaiserin zu bringen. Wenn du noch einmal fortläufst, dann werde ich dich verprügeln, wie du es noch nie erlebt hast!«

Wenn ich noch einmal fortlaufe, dann werde ich dafür sorgen, dass du mich nicht mehr findest, und wenn ich dafür ins Wasser gehen müsste, dachte Clara mit einer Ruhe, die sie selbst erstaunte.

Heinrich stand noch lange am Ufer der Adda und betrachtete das fein gewobene Silbernetz, das vom Licht des Mondes über den träge dahinfließenden Fluss geworfen wurde.

Es war hier ein wenig kühler als im Heerlager. Die Bäume hinter ihm wisperten leise im Wind, der sanft über die Ufer strich.

Die Begegnung mit Clara hatte ihn verwirrt. Sie war keine Frau. Es gab nichts an ihr, was ihm das Blut zwischen die Schenkel trieb. Und doch war es ein gutes Gefühl gewesen, sie in den Arm zu nehmen. Friedlich und … Er suchte vergeblich nach den richtigen Worten. Es war leicht, die Dinge, die man mit Händen fassen konnte, mit dem richtigen Namen zu benennen. Bäume, Schwerter, Pferde. Aber dieses Gefühl … Er musste es verbannen! Sein Leben lag klar und deutlich vor ihm, und da war kein Platz für ein Mädchen!

Vielleicht war es nur diese schwüle Sommernacht. Man sagte, dass die warme, klebrige Luft das Fieber brachte. Der Ritter kniete nieder. Wenn er nur lange genug betete, würde er Clara schon aus seinen Gedanken verbannen. Beten hatte bisher immer geholfen, wenn er etwas in seinem Leben hatte vergessen wollen.

8

»Ah, der Herr von Reuschenberg.«

Es war, wie Rother sich gedacht hatte. Der Archipoeta saß am Ufer der Adda, warf Steinchen in den Fluss und leerte einen Weinkrug.

»Im ganzen Lager habe ich dich schon gesucht, Mönch. Ich brauche deine Hilfe!«

»Meine Hilfe?« Der Archipoeta lächelte vieldeutig. »Was kann ein unbedeutender Diener Gottes für einen jungen Edlen schon tun, der vom Kaiser selbst den Ritterschlag empfangen hat.«

»Ich muss beichten.«

Der Dichtermönch hob eine Braue. »Ich dachte, dass ein junger Mann von Stand nur noch bei einem Erzbischof zur Beichte geht. Man hört da …«

»Darum geht es ja gerade. Ich habe mich versündigt. Ich habe einen Eid gebrochen und gegen einen Baron falsches Zeugnis abgelegt.«

»Ich sehe schon, Ihr versteht es, Euch wie ein Mann von Stand zu benehmen, Herr von Reuschenberg. Ihr habt schnell gelernt.«

»Willst du mir zuhören?«

Der Mönch schüttelte den Kopf. »Ich habe schon zu viel über Lug und Trug gehört. Ich kann es nicht mehr ertragen. Ich wünschte, ich könnte wieder die Straße mein Heim nennen, so wie einst …«

»Du willst mir die Beichte verweigern?« Rother sah den hageren Mönch ungläubig an.

»Vielleicht ist das die letzte Freiheit, die mir geblieben ist? Was wollt Ihr tun? Zum Erzbischof gehen und Euch beschweren? Er wird sicher größtes Interesse daran haben, was Ihr mir so dringend in der Beichte anvertrauen wolltet.«

Rother wandte sich langsam ab. »Nun denn, wenn du mir nicht helfen willst, dann muss ich wohl …«

»Soll der Herr entscheiden, ob Ihr würdig seid, noch einmal dem Archipoeta zu beichten!«

»Du bist betrunken!«

Der Mönch lachte. »Leider noch nicht.« Er griff nach

dem Krug und nahm einen tiefen Zug. Mit einem Seufzer stellte er ihn zurück ins Gras, hob einen kleinen, flachen Stein auf und wog ihn prüfend in der Hand. »Es ist alles eitel«, brummte er verdrossen. »Das wäre doch ein Thema für ein frommes Lied.« Er drehte den Stein und zeigte ihn Rother. »Wenn er mindestens fünfmal über das Wasser hüpft, bevor er in den Fluten der Adda versinkt, dann ist es Gottes Wille, dass ich mir Eure Beichte anhöre. Wenn nicht, dann lasst mich in Ruhe.«

Noch bevor Rother etwas einwenden konnte, holte der Mönch aus und warf in flachem Bogen den Stein. Viermal hüpfte er in weiten Sprüngen über den Fluss, dann wurden die Abstände kürzer. Fünf, sechs, sieben … Mit dem zwölften Hüpfer verschwand er im Dickicht des anderen Ufers.

Der Archipoeta blickte auf seine Hand und dann wieder zum Fluss. »Beim Barte Petri! So etwas habe ich noch nicht gesehen. In den letzten Wochen habe ich hier wohl schon eine halbe Karrenladung voll Steine in den Fluss geworfen, aber es ist noch nie einer bis zum anderen Ufer gekommen!« Er schüttelte den Kopf. »Mir scheint, Gott liebt dich … Euch, Herr von Reuschenberg.«

»Lass den Unsinn! Können wir nicht wie früher miteinander reden? Ohne *Herr* und *Ihr* und all dieses Gewäsch? Ich hatte geglaubt, wenn ich erst einmal Ritter bin, dann wäre ich so wie die anderen edlen Herren, so …« Rother hob hilflos die Hände. Nichts hatte sich geändert. Nein, es war sogar schlimmer geworden. Ständig hatte er Angst, etwas falsch zu machen und bei den hohen Herren, die ihn in den letzten zwei Wochen eingeladen hatten, unangenehm aufzufallen. Gewiss lachten alle insgeheim über ihn, den Zwergenritter!

»Komm, knie nieder! Wird sicher recht ungemütlich auf den Steinen hier am Ufer, aber ich sagte ja schon einmal, dass zur Beichte auch Bußfertigkeit gehört. Und nun sprich, mein Junge.« Der Mönch machte es sich auf einem angeschwemmten Baumstamm gemütlich und nahm noch einen weiteren Zug aus seinem Weinkrug.

Als Rother aufgehört hatte zu reden, war der Archipoeta ziemlich betrunken. Seine Nase schimmerte rötlich, und er hatte einige Mühe, nicht zu sehr zu lallen. »Tja, so ist das …« Er rümpfte selbstgefällig die Nase. »Wieder einer, der seinen Ruhm durch Verrat erkauft hat.«

»Ich weiß nicht, was ich tun soll. Und es macht mich nicht einmal glücklich, ein Ritter zu sein. Ich hatte mir alles so anders vorgestellt!«

»Nun, nun!« Der Archipoeta erhob sich leicht schwankend und klopfte Rother auf die Schulter. »So schlimm ist es nun auch wieder nicht. Steh jetzt erst einmal auf, sonst sind deine Knie am Ende so wund, dass du auf kein Pferd mehr steigen kannst, und ich will den Kaiser doch nicht seines moralischsten Ritters berauben!«

Rother setzte sich zur Seite und massierte seine schmerzenden Knie. »Treib nur deinen Spott mit mir. Ich habe es nicht besser verdient!«

Der Mönch packte ihn beim Schopf und zwang ihn, ihm ins Gesicht zu sehen. »Selbstmitleid ist keineswegs gottgefällig, junger Mann. Ich habe durchaus ernst zu dir gesprochen. Weißt du, wenn man die Sache rein rhetorisch betrachtet, hast du nicht einmal Verrat begangen. Du warst gezwungen, von der Botschaft zu sprechen, um nicht gehenkt zu werden. Und später gegenüber dem Erzbischof warst nicht du es, der sprach, sondern der Ritter Heinrich.

Was blieb dir, nachdem er die Botschaft erwähnt hatte, anderes übrig, als sie deinem Lehnsherrn, dem Erzkanzler, auszuliefern. Das Schicksal hatte sich gegen dich verschworen. Sag mir, was du hättest tun können, um zu verhindern, dass der Erzbischof von der Nachricht erfährt.«

Rother zuckte mit den Schultern. »Ich hätte erst gar nichts sagen sollen, als die Bastarde vor der Stadt mich aufgegriffen haben.«

»Dann würdest du jetzt an einem Baum vor der Porta Romana hängen.«

Rother nahm einen Stein und warf ihn in den Fluss. Er wusste nicht recht, was er sagen sollte. Am besten hätte er sich erst gar nicht fangen lassen! Aber woher hätte er wissen sollen, dass seine eigenen Leute Jagd auf ihn machten.

»Du glaubst doch an Gott, mein Junge. Und es würde dir gewiss auch niemals einfallen, dich mit Gott auf eine Stufe zu stellen, oder?«

Verwirrt blickte Rother auf. Vielleicht war es doch keine gute Idee gewesen, ausgerechnet bei diesem versoffenen Mönch zur Beichte zu gehen! »Natürlich glaube ich an Gott. Und was soll dieses ketzerische Gerede? Ich bin ein demütiger …«

»Nicht so stürmisch! Ich wollte lediglich sagen, dass Gottes Wege unergründlich sind. Wer wären wir, wenn wir uns anmaßten zu verstehen, welchen tieferen Sinn das Schicksal hat, das der Herr jedem Einzelnen von uns bestimmt, noch bevor wir das Licht der Welt erblicken. Von Bedeutung ist, dass du den Verrat nicht aus freien Stücken begangen hast und dass dein Gewissen dich nun quält. Deine Seele ist unbefleckt geblieben. Deshalb werde ich dir Absolution erteilen.«

»Ja, aber …«

Der Mönch runzelte die Stirn. »Willst du dich etwa schon wieder gegen das Urteil deines Beichtvaters auflehnen?«

Der junge Ritter hob abwehrend die Hände. »Natürlich nicht, wenn ich nicht schon wieder dein Pferd striegeln muss.«

»Gott bewahre! Das würde übel auf mich zurückfallen, wenn ich den neuen Liebling des Kaiserhofes zu solch demütiger Arbeit zwingen würde. Ich denke, es ist besser, wenn du in der nächsten Woche jeden Tag hundert *Vaterunser* sprichst und dabei demütig in deinem Zelt kniest. Achte darauf, dass man dich nicht beobachtet, denn sonst wird man dir Fragen stellen, warum du so harte Buße tust, und schon fändest du dich erneut auf dem schmalen Grat zwischen gefährlicher Wahrheit und schändlicher Lüge.«

Rother nickte ergeben. »Ich werde mir deinen Rat zu Herzen nehmen.« Der Mönch wirkte plötzlich traurig. »Habe ich denn schon wieder etwas Falsches gesagt?«, fragte der Junge verwundert.

»Nein. Es ist nur … Da, wo du nun stehst, gedeihen Ränke und Missgunst wie Klee auf einer gut gedüngten Wiese. Du wirst wieder in Schwierigkeiten kommen, denn du gehörst dort nicht hin. Es fehlt dir die nötige Verschlagenheit, um unter den Wölfen zu bestehen. Entweder wirst du, was du nie sein wolltest, oder sie werden dich umbringen.«

»Wer? Von wem sprichst du?«

»Ist dir denn nicht klar, wie sehr sich der Streit zwischen dem Pfalzgrafen Konrad und dem Erzbischof verschärft hat? Auch du hast dazu beigetragen. Es gibt viele in diesem Heerlager, die lieber heute als morgen in ihre Heimat zurückkehren würden und die jedem Frieden mit Mailand zugestimmt hätten. Stünde nicht unser Erzbischof an der Seite des Kaisers, so hätten sie sich schon längst durchgesetzt. Ich weiß nicht, was den unnachgiebigen Zorn im Herzen Rainalds schürt. Doch solange er lebt, wird es keinen Frieden geben. Und du, Rother, gehörst zu seinen Vertrauten. Das allein reicht, um dir den Pfalzgrafen Konrad zum Feind zu machen und all die anderen, die sich um ihn scharen. Und es werden mit jedem Tag mehr.«

»Aber ich habe doch niemandem etwas getan!«

»Sei nicht so naiv, Rother. Du hattest eine Nachricht, die für die Hände des Kaisers bestimmt war, und du gabst sie vor Zeugen dem Erzbischof.«

»Ich hatte doch keine andere Wahl«, protestierte Rother.

»Ich weiß das, aber für andere, die so sehr in ihren Intrigenspielen gefangen sind, dass sie die Welt nicht mehr sehen können, so wie sie unser Herr in einfältiger Schönheit geschaffen hat, wird es so aussehen, als hättest du eine geschickte Intrige gesponnen, um die Botschaft deinem Herrn und nicht dem Kaiser zu überreichen. Sie werden dir Schwierigkeiten machen. Doch vertraue mir. In mir hast du nicht nur einen Beichtvater, sondern auch einen zuverlässigen Freund. Wann immer du in Gefahr gerätst, komm zu mir. Ich werde dir helfen.«

Rother wusste nicht recht, was er von den Worten des Mönchs halten sollte. Er glaubte auch nicht, bei Hof irgendwelche Feinde zu haben. Richtige Freunde hatte er allerdings auch keine. Alles war so anders geworden. Aber lag es nicht vielleicht an ihm? Er war der Fremde bei Hofe. Wenn er sich erst einmal an das Leben als Ritter gewöhnt hätte, dann würde auch alles andere besser werden. Der

Junge lächelte den Mönch an. »Ich werde mir alle Mühe geben, nicht so schnell schon wieder zur Beichte zu kommen.«

»Ein löblicher Vorsatz. Vergiss deine Buße nicht, und wenn du einsam bist, findest du in mir immer einen guten Zechgefährten.« Der Mönch grinste. »Jedenfalls solange du den Wein bezahlst.«

Rother strich über den flachen Geldbeutel an seinem Gürtel. »Ich weiß nicht, ob ich mir deine Freundschaft leisten kann, Mönch. Und das Trinken ...«

»Du Philister«, schimpfte der Archipoeta in scherzhaftem Ton. »Kann man sein Seelenheil in Silberpfennigen messen? Und was das Trinken angeht, so halte ich mich nur an den weisen Euripides und kuriere mit Wein meinen Weltschmerz, so wie er es empfahl, als er sagte: Ein blinder Tor ist, wer im Rausch nicht lustig ist. Mein Herr erwartet, dass ich lustig bin, während auf dem Schlachtfeld Kinder verbluten.«

Einen Herzschlag lang wollte der Junge nachfragen, ob Euripides auch ein Mönch war, doch ein Blick auf sein Gegenüber ließ ihn schweigen. Der Archipoeta hatte streitlustig das Kinn vorgereckt, und in seinen Augen spiegelte sich nur mühsam unterdrückter Zorn. Innerhalb eines Atemzugs schien sich seine Stimmung vollkommen gewandelt zu haben.

»Scher dich davon, und schau dich unter den jungen Mädchen bei den Pferdekoppeln um! Das wird dich auf andere Gedanken bringen.«

Rother nickte stumm und war dankbar, der Gesellschaft des Archipoeta zu entfliehen. Ein Mönch, der einen zu den Lagerhuren schickte, um auf andere Gedanken zu kommen!

Was wohl gefährlicher für sein Seelenheil war? Gar nicht zur Beichte zu gehen oder dieses Geschäft ausgerechnet beim Archipoeta zu betreiben?

Rother lag in seinem Zelt und starrte die Stoffwände an. Die Gunst des Kaisers und des Erzbischofs hatten ihn zu einem reichen Mann gemacht. Zum Ritterschlag hatte der Kaiser ihm ein langes Kettenhemd, einen Helm und ein gutes Schwert mit silberbeschlagener Scheide geschenkt. Der Erzbischof war sogar noch großzügiger gewesen. Von Rainald von Dassel bekam er ein Zelt, einen Pferdeknecht und eine Magd. Obendrein eine wohlgefüllte Geldbörse, um sich standesgemäß einzukleiden und in Zukunft so auftreten zu können, wie es sich für einen Ritter geziemte.

Aber er hatte seinen Preis gezahlt. Die Beichte, die er dem Erzbischof hatte ablegen müssen, hatte eher einem Verhör geglichen. Selbst die kleinsten Kleinigkeiten hatte er Rainald zu Gehör bringen müssen. Zum Schluss hatte der Erzbischof ihm eingeschärft, was er dem Kaiser zu sagen hatte und was nicht.

Rother massierte sich den rechten Oberarm. Wie weit er noch davon entfernt war, ein Ritter zu sein, hatte ihm Heinrich eindrucksvoll gezeigt. Sie hatten einen Übungskampf mit Holzschwertern gemacht, und der ehemalige Klosterbruder hatte ihn verdroschen, als wäre er ein dahergelaufener Bauerntölpel. Und als wäre das nicht genug, hatte das halbe Heerlager dabei zugesehen. Jeder zeigte Interesse an ihm, dem neuen Günstling des Kaisers. Andere junge Ritter stritten sich darum, mit ihm zusammen auf Streife reiten zu dürfen, weil sie hofften, von seinem Ruhm zu profitieren. Zwei Ritter hatten sogar schon versucht, ihn zur Hochzeit mit einer ihrer Töchter zu überreden. Eines der Mädchen war erst sieben gewesen!

Manchmal wünschte sich Rother, er wäre immer noch Knappe bei Anno. Wie schön wäre es, einfach sein Pferd zu satteln und zurück zum Rhein zu reiten!

»Herr?«, erklang vor dem Zelt eine zögerliche Stimme.

»Komm herein, Arnulf.«

Der Pferdeknecht zog die Zeltplane zurück. Er war ein etwas dicklicher, rothaariger Bursche. Nicht besonders helle, aber für gewöhnlich erledigte er seine Aufgaben zuverlässig.

»Warum störst du?«, fragte Rother ein wenig unwirsch.

»Herr, warum habt Ihr mir nicht gesagt, dass Ihr nicht mit mir zufrieden seid?«

»Wovon redest du?«

Arnulf spielte nervös mit dem losen Ende des Seils, das er wie einen Gürtel um seine speckige Hose gebunden hatte. »Der neue Knecht … Habe ich meinen Dienst denn nicht gut gemacht?«

»Was redest du denn da? Hast du dich betrunken?«

»Die Wachen haben einen Jungen bei den Pferdekoppeln aufgegriffen, den niemand kannte. Er behauptet, Euer neuer Knecht zu sein.«

Arnulf lächelte unsicher. »Mir kam es auch seltsam vor. Ihr hättet mir doch gesagt, wenn Ihr einen neuen Knecht in Dienst genommen hättet. Der Kerl ist gewiss nichts anderes als ein dreister Bettler.«

Rother setzte sich auf. Was war das? Eine neue Intrige? Wie er es hasste! Dieses Hauen und Stechen mit Worten und Halbwahrheiten! »Lass ihn hereinbringen. Ich will den Jungen sehen!«

Das Lächeln verschwand aus Arnulfs Gesicht. »Aber wenn er Euch gefährlich wird, Herr. Vielleicht ist er …«

»Bin ich bekannt dafür, ein Feigling zu sein? Glaub mir, ich kann schon auf mich aufpassen.« Rother wunderte sich, wie leicht ihm der arrogante Ton eines Herrn von der Zunge ging. Wie sehr er sich verändert hatte! Arnulf beeilte sich, aus dem Zelt zu kommen und den Gefangenen hereinzuholen.

»Angelo!« Rother fühlte sich wie vom Blitz getroffen. »Du …« War der Lombarde gekommen, um sich für den Verrat zu rächen? Unwillkürlich sah sich Rother nach seinem Schwert um. Es lag in Griffweite auf einem niedrigen Stuhl.

»Herr!« Angelo warf sich auf die Knie. »Bitte nehmt mich wieder in Eure Dienste, ich …«

»Der Kerl ist also doch Euer Diener?« Arnulf blickte mit unverhohlener Abneigung zu dem Lombarden hinüber.

»Nicht direkt«, murmelte Rother. Was, um Himmels willen, sollte er nur sagen? »Er war …«

»Ich bin dem Herrn zu jener Zeit zur Hand gegangen, als er noch niedere Dienste verrichtet hat«, mischte sich Angelo ein und erwiderte Arnulfs feindselige Blicke.

»Ja, er hat mir manchmal geholfen, als ich noch Knappe war. Und nun möchtest du wohl wieder in meinen Dienst treten, Angelo? Hat sich schon herumgesprochen, dass ich jetzt zu den Herren gehöre?« Rother verabscheute es, in diesem Ton zu reden, aber er musste Arnulfs Argwohn zerstreuen. Er nickte seinem Bediensteten zu. »Lass mich mit ihm allein. Er hat mich damals sitzenlassen, als wir bis über beide Ohren in der Arbeit steckten. Ich glaube kaum, dass er zum Knecht taugt! Du kannst zurück an deine Arbeit gehen.« Er gab Arnulf einen Wink.

»Soll ich ihn nicht lieber gleich aus dem Heerlager werfen lassen?«

»Wartet keine dringendere Arbeit auf dich?« Der junge Ritter hatte nur leicht den Ton erhoben. Es genügte, um Arnulf ohne ein weiteres Wort verschwinden zu lassen.

»Was, zum Teufel, machst du hier, Angelo? Du bringst uns beide in Gefahr, wenn …«

»Mir war kein Weg zu weit, um wieder meinem Herrn zu dienen.« Leiser fügte der Lombarde hinzu: »Gibt es einen anderen Ort, an dem wir reden können? Ich fürchte, hier haben die Wände Ohren.«

»Du hast Recht«, flüsterte Rother. »Gehen wir zum Fluss. Da können wir jeden unerwünschten Lauscher schon von weitem kommen sehen.«

Es dauerte eine Weile, bis sie das Heerlager durchquert hatten und so weit die Adda hinabgewandert waren, dass sich keine vermeintlichen Spitzel mehr in ihrer Nähe befanden. Rother empfand die Vorstellung als bedrückend, plötzlich mitten in ein neues Intrigenspiel gezogen zu werden. Viele Männer hatten ihm im Lager zugewinkt oder anerkennend genickt, als er vorübergegangen war. Er galt als ein Held, doch nun wurde er zum Verräter.

»Ich bin hier, um unsere Schuld bei dir einzutreiben«, erklärte Angelo ruhig.

Rother betrachtete den Fluss, der im Licht des wolkenverhangenen Nachmittags grau wie altes Blei aussah. Kaum ein Sonnenstrahl brach sich an der trüben Oberfläche, und fast schien es, als habe das Wasser in seinem Lauf innegehalten. »Ich weiß«, sagte er so leise, dass Angelo ihn kaum verstanden haben konnte.

»Wie man hört, ist unser Friedensangebot gewissermaßen im Wein ertrunken.«

Der junge Ritter blickte überrascht auf. »Woher weißt du, was passiert ist?«

Angelo lächelte selbstgefällig. »Nur weil ihr unsere Stadt belagert, und verhindert, dass Brot und Fleisch ihren Weg zu uns finden, heißt das noch lange nicht, dass auch Neuigkeiten den Belagerungsring nicht passieren. Wir wissen sehr wohl, was vor den Toren Mailands vor sich geht. Mein Vater ist sehr enttäuscht von dir. Ich bin hier, um dein Wort einzufordern. Verschaffe mir eine Audienz beim Kaiser!«

Rother lächelte bitter. »Was glaubst du, wer ich bin?«

»Ein gern gesehener Gast am Hof von Friedrich«, entgegnete der Lombarde.

»Ich weiß nicht, wer euer Spitzel ist. Aber wenn euer Mann so gut ist, wie du behauptest, dann muss er dir doch auch gesagt haben, dass ich meinem Lehnsherrn, dem Erzbischof, verpflichtet bin. Ich kann nicht gegen seine Interessen handeln.«

»Aber gegen die Interessen deiner Lebensretter zu handeln, denen du durch einen Schwur verbunden bist, das erlaubt dir deine Ehre?«

Rother hob hilflos die Hände. »Was soll ich denn tun? Ganz gleich, wie ich mich entscheide, ich werde zum Eidbrecher.«

»Höre auf dein Herz als Christenmensch! Ist es ein Verrat, wenn du sinnloses Blutvergießen verhinderst? Denk daran, wie vielen Rittern aus dem Heer deines Kaisers du das Leben retten wirst. Ritter, die dein Herr in einem anderen Krieg vielleicht viel nötiger brauchen wird. Mein Vater sagt, der Friedensvorschlag, den unsere Konsuln unterbreiten wollen, kommt fast einer Kapitulation gleich. Alles, was dem Kaiser verwehrt wurde, soll ihm gehören, und noch viel mehr. Mit diesem Frieden könnte er sich als Sieger fühlen.«

Rother sah hilfesuchend zum Himmel. Konnte er den Erzbischof verraten, der die Drei Könige aus ihrem einsamen Gefängnis befreien wollte, um sie in ein Gotteshaus zu schaffen, wie es sich für sie geziemte? »Was ist mit den Heiligen Königen? Sollen sie weiter in der Gruft bleiben?«

Angelo wirkte verwirrt. »Natürlich nicht. Man wird erkennen, dass ihr Segen auf diesem Frieden liegt, und sie sollen in den Dom gebracht werden, sobald keine Gefahr mehr besteht.«

Rother zögerte. War er ein Verräter oder ein Held, wenn er einen Frieden begründen half, der gegen die Interessen seines Lehnsherrn war?

»... und als es dunkel wurde, sind die beiden dann zu den Zelten des Pfalzgrafen Konrad hinübergeschlichen.«

Der Erzbischof nickte geistesabwesend. »Du hast deine Aufgabe gut gemacht, Arnulf. Kehre nun ins Zelt deines Herrn zurück und halte weiter Augen und Ohren offen.«

Der Junge verneigte sich tief. »Wie Ihr befehlt, Fürsterzbischof.«

Nachdem Arnulf gegangen war, lehnte sich Rainald weit in seinem hohen Stuhl zurück. Er hatte damit gerechnet, dass Rother einen solchen Verrat begehen würde. Der Junge war zu weich, es mangelte ihm an heiligem Zorn. Wahrscheinlich hatte Rother nie wirklich begriffen, warum Mailand zerstört werden musste. Ein Frieden mit Mailand, gleichgültig, wie hart er für die Lombarden war, wäre eine

Niederlage für den Kaiser. Er wäre der Beweis für alle anderen Unzufriedenen, dass man sich gegen Friedrich erheben konnte, ohne durch den Zorn des Kaisers vernichtet zu werden. Mailand musste für seinen Hochmut fallen, allein schon um ein Exemplum für andere zu sein. Und die Drei Könige … Er konnte sie nur dann aus der Stadt herausholen, wenn sie erobert und geplündert wurde.

Müde massierte der Erzbischof seine Augenbrauen mit Daumen und Zeigefinger. Wie es schien, ging sein Plan auf, Rother als Köder einzusetzen. Vielleicht würde der Junge ihm ohne sein Wissen helfen, die Stadt schneller zu Fall zu bringen. Doch was sollte er dann mit ihm tun? Für einen Verräter wie ihn gab es keine weitere Verwendung mehr.

»Und Ihr seid sicher, dass die beiden Konsuln gehen wollen, Euer Exzellenz?«

Erzbischof Obert zuckte so heftig mit den Schultern, dass sein Doppelkinn wackelte. »Geht morgens die Sonne auf? Es gab geheime Verhandlungen mit dem Bruder des Kaisers. Er hat den Konsuln freies Geleit zugesichert.«

»Die Versprechen der Staufer sind nichts wert! Der Reichskanzler wird nicht zulassen, dass es zu diesem Treffen kommt. Er ist von dem Wunsch besessen, die Stadt zu zerstören!« Lupo der Falkner dachte an das strenge Gesicht des asketischen Cölners und verfluchte sich dafür, ihn nicht erdolcht zu haben, als Gelegenheit dazu war. Gift, das war nicht die Waffe eines Jägers, und Gott der Herr hatte ihn für seine Anmaßung gestraft, indem er seine schützende Hand über die Feinde Mailands hielt.

Der Erzbischof seufzte. »Gerade weil von Dassel wie besessen ist, können wir keine Möglichkeit außer Acht lassen, die es uns erlaubt, ohne seine Einmischung einen Frieden zu schließen. Wenn der Bruder des Kaisers sein Wort gibt, so ist dies nicht ohne Gewicht. Der Pfalzgraf Konrad hat Einfluss auf die Entscheidungen Barbarossas.«

»Aber, Exzellenz, wisst Ihr denn nicht, wie wichtig Anselmus de Mandello für das Volk ist? Er ist der beliebteste unter den Konsuln. Er hat seinen eigenen Sohn ausgeschickt, um Brot für die Armen in die Stadt zu schmuggeln. Auf seinem Tisch steht seit Monaten kein Fleisch mehr. Und seit vor zehn Tagen die Kornspeicher der Stadt niederbrannten, isst er nur noch dünne Suppe. Die einfachen Leute verehren ihn fast wie einen Heiligen.« Lupo warf einen verächtlichen Blick auf die Silberplatte mit kalten Hähnchenkeulen, die auf einem Tisch hinter dem Erzbischof stand.

Obert breitete entschuldigend die Arme aus. »Was soll ich tun? Es ist nicht jedem gegeben, ein Asket zu sein. Und ich weiß wohl, dass man mich im Volk nicht liebt. Wenn in diesen Zeiten die Gotteshäuser zu klein sind, um alle Gläubigen aufzunehmen, dann liegt es nicht daran, dass das Volk voller Verzückung an meinen Lippen hängt.« Obert verdrehte die Augen zur Decke und schlug ein Kreuz. »Seinetwegen kommen sie. Alle hoffen auf ein Wunder. Und jede Hoffnung wird zerstört sein, wenn Anselmus de Mandello in Gefangenschaft gerät. Deshalb brauche ich dich, mein Falkner. Seit du aus Lodi zurückgekehrt bist, hast du keine Nacht geruht. Niemand in der Stadt kennt die Vorposten der Kaiserlichen so gut wie du. Du weißt, wann die Streifen unterwegs sind, wo man nachlässige Wachen findet und wie man diese Stadt verlässt und wieder betritt, ohne dass diese staufischen Plagegeister etwas bemerken.«

Lupo runzelte misstrauisch die Stirn. Worauf wollte der

Erzbischof hinaus? »Ihr wisst, dass sich seit einigen Tagen alles ändert. Das kaiserliche Heer hat Lodi verlassen. Sie errichten in weitem Umfeld um die Stadt neue Lager. Und ihre Truppen sind durch Nachschub aus dem Norden verstärkt worden. Es wird mit jedem Tag schwieriger, durch diesen Ring zu schlüpfen.«

Obert lächelte. »Wir beide wissen genau, dass ein Held wie Anselmus de Mandello Männer braucht, die hinter ihm stehen. Männer mit schmutzigen Händen, von denen das Volk wenig weiß. Aber ohne Männer wie uns würde es keine Helden wie den guten Konsul geben, denn Helden haben den Nachteil, nicht alt zu werden, wenn es niemanden gibt, der auf sie achtet. Das ist der Grund, warum ich dich rufen ließ. Ich erwarte Großes von dir. Etwas, das kein anderer in dieser Stadt vollbringen könnte. Und obwohl dies fast unmöglich ist, muss es in aller Heimlichkeit geschehen.«

9

Als Heinrich Rothers Zelt betrat, fand er den Jungen auf dem Boden kniend im Gebet versunken. Der bärtige Ritter räusperte sich leise. »Wir müssen gehen, mein Freund.«

Rother war bereits zum Kampf gewappnet. Er erhob sich langsam und griff nach seinem Schild, der an einem Stuhl lehnte. Der Junge wirkte traurig, ja verzweifelt. Wovor hatte er nur Angst? Es hieß, dass Spitzel dem Erzbischof Kunde von einem Wagenzug gebracht hatten, der versuchen wollte, aus Mailand auszubrechen, um bei den Verbündeten der Stadt neue Vorräte zu holen. Doch würde es kaum ein richtiges Gefecht geben.

Heinrich klopfte Rother aufmunternd auf die Schulter. »Mach nicht so ein Gesicht. Du bist in den letzten Wochen im Schwertkampf viel geschickter geworden. Außerdem kannst du darauf vertrauen, dass Anno, Ludwig und ich in deiner Nähe bleiben.«

Rother sah kurz zu ihm auf und nickte. Man hätte glauben können, den Jungen erwartete das Beil des Henkers.

»Herr, Euer Schwert.« Arnulf, Rothers Knecht, hatte sie vor dem Zelt erwartet. »Ich habe es in dieser Nacht noch einmal geschliffen. Es ist nun so scharf und tödlich wie Siegfrieds Balmung.«

Heinrich sah ein wenig neidisch zu, wie Rother das Schwert umgürtete. Eigene Diener, ein schönes Zelt, so prächtige Waffen, das waren Dinge, die er niemals besitzen würde. Es sei denn, er würde in den Orden der Templer aufgenommen. Einen Moment lang stellte er sich vor, wie er in einem weißen Mantel und auf einem feurigen Ross in die Schlacht ritt.

Arnulf führte Rothers Pferd vor, und der junge Ritter schwang sich in den Sattel. Zu Pferd wirkt er noch kleiner als zu Fuß, dachte Heinrich. »Nun, kühner Recke … Wir bilden die Vorhut. Anno wird das Kommando führen, doch die meisten jungen Ritter, die uns begleiten, sind nur deinetwegen dabei. Du kannst stolz auf dich sein.«

Rother lächelte gezwungen.

Was, zum Henker, war mit dem Jungen nur los? Sie ritten nicht das erste Mal aus, um Nachschub und Verstärkungen für Mailand abzufangen, aber in so seltsamer Verfassung hatte Heinrich ihn noch nie erlebt.

Anno spuckte aus. Verfluchter italischer Sommer! In Gambeson und Kettenhemd hatte er das Gefühl, man habe ihn in einen Ofen geschoben. Dabei war es noch lange nicht Mittag, und sie lagerten an einem Waldrand im Schatten. Er knüpfte den Wasserbeutel vom Sattel und schüttelte ihn prüfend. Schon mehr als halbleer! Hoffentlich tauchte dieser verdammte Wagenzug bald auf. Nach dem Stand der Sonne zu urteilen, warteten sie schon mehr als drei Stunden. Anno strich sich über die Stirn und betrachtete die glänzenden Schweißtropfen auf seiner Hand. Verdammte Hitze! Wenn er wenigstens seine gepolsterte Lederkappe abnehmen könnte … Aber wenn es überraschend zum Angriff kam, hätte er vielleicht nicht mehr die Zeit, sie aufzusetzen und die Riemen unter dem Kinn zu verknoten. Ohne die Lederhaube würde sein Helm nicht richtig auf dem Kopf sitzen. Er fluchte leise. Früher hatte ihm das Warten in der Hitze weniger ausgemacht.

Ludwig deutete plötzlich auf die Straße, die etwas weniger als vierhundert Schritt von dem Wäldchen entfernt verlief. In einer Staubwolke näherten sich Reiter. Endlich!

Anno hob den rechten Arm und gab den übrigen Reitern ein Zeichen aufzusitzen. Hier im Schatten der Bäume würden die Mailänder sie nicht ausmachen können. Das Gelände war ideal für einen Hinterhalt. Überall gab es kleine Waldstücke, in denen sich Reiter verbergen konnten. Der Sennberger lächelte siegessicher. Knapp eine halbe Meile weiter oben am Weg, beim Kloster Bagnole, wartete der Erzbischof mit fünfzig Rittern und über hundert Waffenknechten zu Fuß. Sie würden den Wagenzug angreifen. Annos Aufgabe war es, diejenigen abzufangen, die versuchten, zur Stadt zurück zu flüchten. Ein einfacher Plan! Das Einzige, was den Sennberger beunruhigte, war die Nähe Mailands. Wenn einer der Reiter dazu kam, in sein Horn zu stoßen und ein Alarmzeichen zu geben, würde man es in der Stadt womöglich hören. Aber das würden die Bogenschützen des Erzbischofs schon verhindern!

Anno kniff die Augen zusammen, um die Reiter auf der Straße besser zu erkennen. Die Anführer der Truppe schienen nicht einmal gerüstet zu sein. Er lächelte grimmig. Mit denen würde man leichtes Spiel haben, aber … Er starrte angestrengt auf die Straße. Es gab keine Wagen! War der Reitertrupp vielleicht nur die Vorhut? Besorgt sah sich der Sennberger nach seinen Rittern um. »Wir warten«, sagte er leise und gab den Männern ein Zeichen, weiter am Waldrand zu verharren.

Rother hatte sich von den anderen Rittern ein wenig abgesondert und beobachtete voller Sorge den Trupp auf der Straße. An der Spitze der Kolonne erkannte er den Reiter mit dem himmelblauen Umhang. Es war Anselmus de Mandello, und neben ihm ritten noch zwei weitere Konsuln aus Mailand.

Stumm betete Rother, es möge ein Zufall sein, dass die Konsuln ausgerechnet auf der Straße unterwegs waren, auf der auch dieser verfluchte Wagenzug erscheinen sollte. Der Erzbischof hätte doch nicht mehr als hundert Krieger aufgeboten, nur um eine Handvoll Reiter gefangen nehmen zu lassen. Doch eine Stimme tief im Inneren des Jungen beharrte darauf, dass dies kein Zufall war. Es gab gar keinen Wagenzug!

Schon gestern Abend hatte er geahnt, dass sie keinem gewöhnlichen Trupp auflauerten. Insbesondere, nachdem er gehört hatte, dass der Erzbischof höchstpersönlich seine Ritter anführen würde. Und dies ausgerechnet an dem Tag, an dem das geheime Treffen der Mailänder Konsuln mit dem Pfalzgrafen Konrad stattfinden sollte. Rother hatte die ganze Nacht über gegrübelt, wie er eine Botschaft nach Mailand schicken konnte, um de Mandello oder wenigstens den Pfalzgrafen in seinem Feldlager zu warnen. Doch es hatte keine Möglichkeit gegeben.

Nachdem das Heer vor einer Woche Lodi verlassen hatte, war es in fast ein Dutzend kleinere Gruppen aufgeteilt worden. Der Erzbischof und seine Cölner Ritter hatten ein Lager eine Wegstunde vom Kloster Bagnole entfernt bezogen. Der Kaiser selbst lagerte bei Cerro, und wo der Pfalzgraf Konrad zu finden war, wusste Rother nicht einmal.

Mit bangem Herzen dachte Rother an die letzte Woche. Seitdem er Angelo zum Pfalzgrafen gebracht hatte, fühlte er sich durch seinen eigenen Knecht Arnulf bespitzelt. Selbst gegenüber seinen einzigen Freunden, Heinrich, Anno und Ludwig, war er misstrauisch geworden. Irgendeiner von ihnen musste etwas gemerkt haben. Wie sonst war es möglich, dass der Erzbischof um das geheime Treffen wusste und den Konsuln eine Falle stellte?

Und wenn der Erzkanzler auch Spitzel in Mailand hatte? Rother dachte an den großen Brand, von dem Angelo erzählt hatte. In einer einzigen Nacht waren fast alle Lagerhäuser der Stadt abgebrannt, und nun drohte den Lombarden der Hunger. Wenn kein Versorgungszug zur

Stadt durchbrach, würden sie nicht mehr lange durchhalten.

Die Reiterkolonne war hinter einem kleinen Wald außer Sicht geraten. Sie konnten kaum mehr als hundert Schritt von den versteckten Truppen des Erzbischofs entfernt sein. »Bitte, Caspar, Balthasar, Melchior, helft mir! Lasst die Vorratswagen auftauchen und die Konsuln entkommen. Lasst mich nicht zu einem doppelten Verräter werden!«, flüsterte Rother.

Wie zur Antwort erklangen hinter dem Wald Geschrei und Waffenlärm. Anno hob den Arm, um ihnen das Zeichen zum Angriff zu geben. Die Ritter setzten ihre Helme auf. Ein Pferd wieherte unruhig. Auch Rother ließ seinen schweren Schild von der Schulter auf den linken Arm rutschen und griff nach der Lanze, die er gegen einen Baum gelehnt hatte.

Einen Moment lang schien Anno zu zögern. Sein Arm verharrte in der Luft, so als hoffte der Sennberger immer noch, ein Wunder würde geschehen und ein Wagenzug auf der Straße von Mailand her auftauchen.

Zwei Reiter kamen hinter dem Waldstück hervorgeprescht. Der vordere trug einen himmelblauen Umhang.

Anno senkte den Arm. »Greift sie euch! Keiner darf entkommen!«

Die Ritter stürmten aus ihrem Versteck im Wald. Rother fasste seine Lanze fester. »Heilige Könige, vergebt mir«, murmelte er tonlos und gab seiner Stute die Sporen.

Als die beiden Flüchtlinge sie kommen sahen, rissen sie die Pferde herum und versuchten, in den Wald auf der gegenüberliegenden Seite der Straße zu fliehen. Heinrich beugte sich tiefer über den Nacken seines Pferdes. Er gehörte zu den vordersten Reitern. Die Mailänder würden vor ihnen den Wald erreichen, aber entkommen würden sie ihnen nicht.

Der Reiter mit dem blauen Umhang drehte sich um. Er schien sich darüber im Klaren zu sein, wie schlecht es um ihn stand.

Heinrich gab seiner Stute die Sporen. »Vorwärts, meine Alte! Zeig es diesen lombardischen Mähren!«

Der Abstand zu den Flüchtlingen hatte sich auf weniger als hundert Schritt verkürzt, als Heinrich eine flüchtige Bewegung am Waldrand wahrnahm. Im nächsten Augenblick traten Bogenschützen aus dem Dickicht. Sie hoben ihre Waffen, und plötzlich war die Luft erfüllt vom bösartigen Surren ihrer Pfeile. Ein Geschoss streifte mit metallenem Kreischen Heinrichs Helm und riss dem Ritter den Kopf in den Nacken. Neben ihm strauchelte wiehernd ein Pferd. Männer brüllten vor Schmerz auf. Schon war die nächste Salve in der Luft.

Heinrich riss an den Zügeln seiner Stute. Ein Pfeil durchschlug seinen Schild, streifte seinen Arm, durchdrang aber nicht das Kettenhemd. Irgendwo hinter sich hörte er Anno schreien. Der Sennberger befahl den Rückzug.

»Vorwärts!«, brüllte Heinrich und schwang in weitem Bogen das Schwert über dem Kopf. »Die Jagd hat gerade erst begonnen!« Es waren höchstens noch zehn Pferdelängen bis zum Waldrand. Eine Salve noch, dann wären sie über den Mailändern. Entschlossen hieb er seiner Stute die Sporen in die Flanken.

»Komm zurück, du sturer Ochse«, brüllte hinter ihm Anno. Der Rest seiner Worte ging im Kampfgeschrei unter. Heinrichs Stute warf den Kopf in den Nacken und bäumte sich auf. Ein schwarz gefiederter Pfeil steckte in ihrem Hals. Der Ritter stürzte aus dem Sattel und schaffte es gerade noch, sich zur Seite zu rollen, bevor seine Stute zusammenbrach. Blutiger Schaum schoss aus ihren Nüstern und sprühte über Heinrichs Waffenrock.

Fluchend stemmte sich der Ritter auf die Knie. Sein rechtes Bein war taub vom Sturz und wollte ihn nicht mehr tragen. Am Waldrand erschien hinter den Bogenschützen ein Trupp Speerträger. Der Mann mit dem blauen Umhang rief den Männern etwas zu und deutete dann in Heinrichs Richtung.

»Kommt nur her«, fluchte der Ritter. Er versuchte, sich auf sein Schwert zu stützen, aber statt ihn zu tragen, bohrte sich die Spitze der Waffe in den weichen Boden. Er war verloren!

Hufschlag, begleitet vom Zischen von Pfeilen dröhnte in seinen Ohren. Anno zügelte grob sein Pferd neben ihm. Er beugte sich im Sattel vor und steckte ihm die Hand entgegen. »Beeil dich!«, rief er ihm heiser zu.

Heinrich schlug die Hand aus, griff nach dem Waffengurt des Sennbergers und zog sich hinter ihm in den Sattel. Anno wehrte mit dem Schild den Angriff eines Speerträgers ab und zog seinen Hengst um den Zügel. »Wenn ich das nächste Mal den Befehl zum Rückzug gebe, dann kommst auch du mit«, keuchte der Sennberger und trieb sein Pferd an. Wie ein Schwarm wütender Bienen schwirrten Pfeile um sie herum. Aus Richtung Mailand preschte eine breite Front Reiter heran. Die vorderste Reihe war noch etwa dreihundert Schritt hinter ihnen und holte auf.

»Die Geschichte mit dem Wagenzug war eine gottverdammte Falle«, keuchte Anno.

»Zusammen werden wir es nicht schaffen!«

»Mach jetzt keinen Unsinn, von Friesheim!« Anno griff nach hinten und umklammerte Heinrichs Gürtel. »Ich habe nicht meine Haut riskiert, damit du mir jetzt wieder vom Pferd springst. Außerdem sorgst du Nichtsnutz dafür, dass ich keinen Pfeil in den Rücken bekomme!«

Sie hatten fast die Wegbiegung erreicht, doch die Mailänder waren um mindestens hundert Schritt näher gekommen. Schon konnte Heinrich die Wappen auf den Schilden der einzelnen Ritter erkennen.

Ludwig hatte keine langen Reden halten müssen, um dem Fürsterzbischof klarzumachen, dass sie in der Falle saßen. Von Dassel winkte dem Anführer der Fußsoldaten und gab ihm den Befehl, sich mit den Gefangenen auf den Klosterhügel zurückzuziehen. Dann richtete sich der Kirchenfürst hoch im Sattel auf. Er trug ein frisch poliertes Kettenhemd, das silbern in der Sonne funkelte, und darüber einen weißen Waffenrock. Auf seinem weißen Schild waren elf schwarze Flammen zu sehen, ein Symbol für die elftausend Jungfrauen, die einst vor den Toren Cölns lieber gestorben waren, als ihren Glauben zu verraten. Auf seinem Kopf saß ein sonderbarer Helm, der gänzlich geschlossen war und ein wenig an einen unförmigen Topf mit schmalen Augenschlitzen erinnerte. Dort, wo sich unter dem Metall Mund und Nase befinden mussten, waren etliche kreuzförmige Öffnungen durch den Stahl getrieben. Das Merkwürdigste an dem Helm war allerdings der Schmuck, der ihn krönte. Die Helmzier war einer flammend roten, goldbestickten Bischofsmitra nachempfunden.

Rainald von Dassel blieb völlig ruhig. Ludwig kam

nicht umhin, seinen Lehnsherrn für diese Gelassenheit zu bewundern. Der Erzbischof war mit jedem Zoll ein Krieger.

»Die Mailänder glauben, sie hätten uns wie Mäuse in der Falle.« Die Stimme des Fürsterzbischofs klang seltsam blechern durch den Helm. »Zeigen wir ihnen, wie wenig Cölner Ritter mit Mäusen gemeinsam haben!« Er senkte die Spitze seiner Lanze und gab seinem Pferd die Sporen, so dass es einen weiten Satz nach vorn machte.

Mit donnerndem Hurra folgten ihm die Ritter. Genau in diesem Augenblick erschien ein Pferd, das zwei Reiter trug, hinter dem Waldrand. Ludwig glaubte seinen Augen nicht trauen zu dürfen. Es waren Heinrich und Anno. Die Mailänder hatten sie schon fast eingeholt.

Wie eine Woge aus schimmerndem Stahl umschloss die Front der Cölner Ritter die beiden Flüchtlinge. Ludwig versuchte, sein Pferd zu den beiden hinüberzudrängen, die von der Wucht des Angriffs einfach mitgerissen und erneut gegen die Linien der Mailänder gedrängt wurden. Einen Herzschlag lang sah es aus, als würde ihr Pferd stürzen, doch dann hatte Anno das Tier wieder in seiner Gewalt.

Mit ohrenbetäubendem Krachen prallten die beiden Schlachtreihen aufeinander. Die Welt verwandelte sich in eine Kakophonie splitternder Lanzen, kreischenden Metalls und gellender Schreie. Ein Ritter vor Ludwig stürzte rücklings aus dem Sattel. Aus der Rückseite seines Helms ragte ein abgebrochener Lanzenschaft.

Der Firneburger preschte vor, um die Lücke in der Schlachtreihe zu schließen. Ein hochgewachsener Reiter drosch so heftig mit dem Schwert auf ihn ein, dass Funken vom Schildbuckel stoben. Sein Feind war ihm zu nahe, als dass Ludwig seine Lanze noch hätte nutzen können. Er ließ die Waffe fallen und schützte sich, so gut er es vermochte, hinter seinem Schild, während der andere seine ungestümen Angriffe fortsetzte.

»Halte durch!«, übertönte eine vertraute Stimme den Schlachtenlärm. Rother! Noch während Ludwig sein Schwert zog, griff der Junge den Mailänder von der Flanke her an. Rother hatte sein Schwert hoch über den Kopf erhoben und führte einen wuchtigen Hieb, der auf den Hals des Mailänders zielte. Doch der Ritter parierte den Schlag geschickt mit dem Schild. Und dann geschah das Unfassbare. Rothers Waffe zerbrach am Schildbuckel! Das Schwert, das er vom Kaiser geschenkt bekommen hatte. Ungläubig starrte der Junge auf die nutzlose Waffe. Die Klinge war direkt über der Parierstange gebrochen.

Ludwig versetzte dem Mailänder einen Hieb mit der Breitseite des Schwerts, der den Ritter mitten ins Gesicht traf. Ein Strom von Blut quoll aus der zerschmetterten Nase des Lombarden. Er versuchte, sich wieder seinem ursprünglichen Gegner zuzuwenden, als Ludwig ihm die Klinge tief in den Oberschenkel bohrte, um ihn anschließend mit einem Schildstoß aus dem Sattel zu heben.

»Mach, dass du hier fortkommst, Rother! Such dir eine andere Waffe!«

Der Junge starrte immer noch wie gebannt auf sein zerbrochenes Schwert.

»Zurück!«, übertönte die volle Stimme des Erzbischofs den Schlachtenlärm. »Wir ziehen uns auf den Klosterberg zurück!«

Rother wirkte noch immer ganz verstört, doch wendete er nun wenigstens sein Pferd. Der erste Ansturm der Cölner hatte die Mailänder Ritter ein Stück zurückgeworfen. Ihre Übermacht war allerdings zu groß, um gegen sie in offener Schlacht bestehen zu können. Zwischen den beiden Heeren begann sich eine Lücke aufzutun. Wie riesige, unförmige Blüten lagen die Toten in ihren bunten Waffenröcken im aufgewühlten Grün der Wiese. Nur hier und dort gab es noch vereinzelte Kämpfe.

Erleichtert sah Ludwig, dass Anno und Heinrich nicht unter den Toten waren. Wie lauernde Raubtiere standen sich die beiden Reitertruppen gegenüber, bereit, jeden Augenblick wieder Tod und Verderben über den Gegner zu bringen.

»Ludwig von Firneburg!« Der Erzbischof hatte sein unruhig tänzelndes Schlachtross an die Seite des Ritters gelenkt. »Ihr habt Euch wacker geschlagen! Versucht zum Heerlager des Kaisers durchzubrechen. Ich werde mich mit meinen Rittern auf dem Klosterberg verschanzen, aber ohne Hilfe werden wir dort nicht lange durchhalten. Barbarossa muss wissen, was hier geschieht.«

Müde ließ sich Rother aus dem Sattel gleiten. Er hatte sich das Schwert eines Toten genommen und bei den Rittern mitgekämpft, die den Rückzug zum Klosterhügel deckten. Traurig musterte er seinen roten Waffenrock. Er war zerrissen und über und über mit Blut besudelt. Zum Glück war das meiste davon nicht sein Blut.

Mit einem Seufzer lehnte er sich gegen eine Wand und ließ den Helm achtlos neben sich auf den Boden fallen. Sein Gambeson unter dem Kettenhemd war schwer vom Schweiß. Hoffentlich gab es hier im Kloster einen Brunnen. Die Gebäude waren verlassen. Offenbar hatten die Mönche ihre Heimstatt schon zu Beginn der Kämpfe um Mailand aufgegeben.

»Rother!« Umringt von einigen seiner Unterbefehlshaber, trat der Erzbischof auf den Klosterhof. »Ich brauche einen Helden!«

Rother spürte, wie ihm das Blut in die Wangen schoss. Auch wenn alle anderen anscheinend anderer Meinung waren, so fühlte er sich nicht im mindesten wie ein Held.

Rainald klopfte dem Jungen auf die Schulter und blickte in die Runde der übrigen Ritter. »Diesen jungen Recken muss ich keinem von euch vorstellen.« Ohne auf eine Antwort zu warten, fuhr er fort. »Das Kloster ist nicht zu einer Verteidigung geschaffen. Es gibt keine Umfassungsmauer, die Gebäude liegen auf der Hügelkuppe verteilt. Es wird also schwer werden, wenn wir uns hier halten wollen. Unser einziger Vorteil besteht darin, dass das Gelände für Pferde nicht geeignet ist. Reiter können nur über den Weg angreifen, auf dem wir nach oben gekommen sind, wohingegen Fußsoldaten aus fast jeder Richtung den Hügel erklimmen können. Doch zum Glück scheint der größere Teil unserer Gegner aus Berittenen zu bestehen. Sie werden versuchen, sich ihren Weg über die Straße zu erzwingen. Ich habe deshalb bereits einen Trupp Spießträger ausgeschickt, um den Hohlweg dicht unterhalb der Hügelkuppe zu besetzen. Und nun zu dir, Rother. Du sollst an der Stelle das Kommando führen, an der wir den härtesten Angriff zu erwarten haben. Wenn die Männer einen berühmten Krieger wie dich an ihrer Seite wissen, dann werden sie tapferer kämpfen.«

Rother fühlte sich, als würde ihm die Kehle zugedrückt. Sein Atem ging schwer. »Das ist ...«

Der Fürsterzbischof hob die Hand und unterbrach ihn.

»Du musst mir nicht danken. Das ist der Posten, auf den du gehörst!« Von Dassel gab den Rittern einen Wink. »Nun, meine Herren, werden wir uns die Südflanke des Hügels ansehen und entscheiden, wo die Bogenschützen stehen sollen.«

Müde hob Rother seinen Helm auf. Vor ein paar Tagen noch hätte er sich über die lobenden Worte gefreut, doch jetzt nagte tiefer Argwohn an ihm. Während er den Weg zum Vorposten hinabschritt, zog er den Schwertgriff aus dem Gürtel. Prüfend strich er mit dem Daumen über die Stelle, an der das Schwert gebrochen war. Sie war völlig glatt. Rother dachte an den lächelnden Arnulf, der ihm am Morgen die Waffe übergeben hatte. Und Arnulf war ein *Geschenk* des Erzbischofs. Auf einmal bekamen die letzten Worte des Erzbischofs einen neuen Klang. *Das ist der Posten, auf den du gehörst!*

»Ich halte das für keine gute Idee, Herr.« Lupo der Falkner hielt dem abschätzenden Blick des Konsuls stand. »Wir sollten uns in den Schutz der Stadtmauern zurückziehen. Mindestens einem der Boten der Staufer ist es gelungen zu entkommen. Es wird nicht lange dauern, bis sie Verstärkungen schicken. Dann wird sich unser Sieg in eine Niederlage verwandeln.«

»Sieg«, zischte Konsul de Mandello. »Sie haben Otto Visconti und Ardericus de Bonate gefangen. Wie kannst du da von einem Sieg sprechen? Trotzdem danke ich dir für deine Hilfe. Ohne dich wäre auch ich ein Gefangener des Erzkanzlers, aber wir können jetzt nicht aufgeben.« De Mandello mäßigte seinen Tonfall. »Wenn es unter den Staufern noch Männer von Ehre gibt, dann ist der Erzkanzler in größerer Gefahr, als er ahnt! Wir müssen das alte Kloster erstürmen. Ich habe nach weiteren Verstärkungen geschickt. Stirbt Rainald von Dassel, so schwöre ich dir, werden wir binnen vier Wochen Frieden mit dem Kaiser haben. Der Erzbischof ist der Bluthund im kaiserlichen Lager. Ohne ihn wird der Krieg nicht weitergeführt werden.«

Lupo blickte zum Hügel. Es würde nicht leicht werden, die Staufer dort oben auszuräuchern. Die Hitze würde den Angreifern die Kraft aus den Gliedern brennen. Wenn sie oben ankamen, würden sie kaum noch in der Verfassung sein zu kämpfen. »Ich schlage vor, dass wir die Reiter nutzen, um noch einmal einen Hinterhalt zu legen. Wenn Verstärkungen kommen, sollten unsere Ritter die Kaiserlichen eine Weile beschäftigen können. So würden wir Zeit gewinnen, um uns mit dem Fußvolk bis zur Stadt zurückzuziehen.«

Der Konsul zog die Stirn in Falten. »Unsinn! Wir müssen schnell und hart zuschlagen! Ihr sagt doch selbst, dass uns nicht viel Zeit bleiben wird. Wir können es uns nicht leisten, auf die Ritter zu verzichten. Sie sollen den Weg zum Kloster freikämpfen, während unser Fußvolk von der anderen Seite des Hügels einen Angriff zur Ablenkung unternimmt. Wenn wir schnell siegen, werden wir keine Späher brauchen. Bis zur Mittagsstunde will ich den Kopf des Erzbischofs auf der Spitze einer Lanze nach Mailand bringen!«

Lupo seufzte. »Wie Ihr meint, Herr!« Anselmus de Mandello mochte ein großartiger Diplomat und einer der erfolgreichsten Handelsherren der Stadt sein, eins war er jedoch gewiss nicht: ein umsichtiger Feldherr! Vielleicht würde sein Plan gelingen, doch in Lupos Augen war ein Anführer es seinen Männern schuldig, jedes unnötige Risiko zu meiden.

10

Ludwig hatte den Kaiser nicht im Feldlager vorgefunden. Barbarossa war schon am frühen Morgen mit einigem Gefolge zum Lager seines Bruders geritten, das etliche Meilen nördlich lag. Als Ludwig das Feldlager Konrads erreichte, war die Mittagsstunde bereits verstrichen. Ohne das Pferd zu zügeln, preschte er zwischen die Zelte bis zum Platz in der Mitte des Heerlagers, wo die Feldzeichen der Reichsfürsten standen. Neben den Bannern der beiden Staufer wehte auch die Fahne des Herzogs Theobald; er war der Bruder des Königs von Böhmen.

Noch bevor Ludwig aus dem Sattel war, fand er sich von Wachen umringt, und es verstrich noch einmal kostbare Zeit, bis er endlich vor den Herrscher vorgelassen wurde. Die Fürsten hatten sich in dem großen, blau und weiß gestreiften Zelt Konrads versammelt. Es war das erste Mal, dass Ludwig dem Kaiser so nahe kam. Barbarossa war nicht so groß, wie er erwartet hatte; von mittlerer Statur und ein wenig gedrungen, unterschied er sich kaum von den übrigen Fürsten im Zelt. Er hatte sorgfältig frisiertes blondes Haar und einen kurzgeschorenen, rötlich schimmernden Bart. Seine Lippen waren schmal, kaum mehr als ein Strich, der fast im Bart verschwand.

»Nun, Herr Ritter, sieben Fürsten haben ihre Beratung unterbrochen, um Euch zu empfangen. Wäret Ihr jetzt so gütig, uns mitzuteilen, welchen Grund Euer Eindringen hat.« Die Stimme des Kaiser hatte eher einen spöttischen Unterton, als dass sie drohend klang.

Ludwig deutete eine Verneigung an. »Edler Kaiser, der Fürsterzbischof Rainald von Dassel schickt mich. Er ist in großer Not und bittet um Eure Hilfe. Vor Mailand ist er in einen Hinterhalt der Lombarden geraten, als er versucht hat, einen Wagenzug mit Lebensmitteln abzufangen. Er hat sich in das Kloster Bagnole zurückgezogen und versucht …«

»Bagnole!« Konrad, der Bruder des Kaisers, kam um den Tisch herum. »Was treibt der Erzbischof dort? Das Kloster gehört nicht mehr zu dem Gebiet, das er mit seinen Rittern überwachen soll! Dort die Straßen zu sichern ist Sache des Herzogs Theobald.«

»Der sich in Sicherheit in diesem Zelt befindet, während im selben Augenblick Cölner Ritter auf einer der Straßen verbluten, die er bewachen soll!«, entgegnete Ludwig eisig.

»Kerl, du vergisst wohl, mit wem du sprichst!« Pfalzgraf Konrad trat drohend auf ihn zu. Seine Hand lag auf dem Schwertgriff.

»Lass ihn, Bruder. Ruf lieber deine Ritter zusammen. Wir müssen von Dassel zu Hilfe eilen.«

»Nicht, bevor dieser Bote noch ein wenig geredet hat! Ich kenne den Kerl! In meinen Augen ist er mehr Strauchdieb als Ritter. Was ist mit dem Wagenzug? Habt ihr ihn aufgehalten?«

»Wollen wir reden, bis der Erzbischof und seine Mannen tot sind?« Ludwig konnte seinen Zorn kaum noch im Zaume halten.

»Antworte mir gefälligst!« Konrad stand nun so dicht vor ihm, dass Ludwig den warmen Atem des Fürsten auf dem Gesicht spürte. .

»Nein … Es gab keinen Wagenzug. Wir haben einen Reitertrupp aufgebracht, zu dem auch ein paar Edle aus der

Stadt gehörten. Doch kaum, dass wir sie gefangen hatten, wurden wir selbst überfallen.«

»Von Dassel, diese Schlange!« Konrad hob wütend die Fäuste, als wolle er jeden Moment zuschlagen. »Wenn ich ihn in die Finger bekomme, werde ich ihm den Kopf vor die Füße legen!«

»Was geht hier vor?« Der Kaiser packte seinen Bruder beim Arm und zog ihn zurück.

Ludwig wich ebenfalls zurück. Er musste sich beherrschen, um seine Hand nicht zum Schwert zu führen. Dieser verfluchte Pfalzgraf! Jeder Satz, der hier gesprochen wurde, mochte einen Cölner Ritter das Leben kosten.

»Von Dassel hat meinen Namen entehrt. Ich werde meinen Wappenschild mit seinem Blut waschen!«

Friedrich schüttelte seinen Bruder wie ein störrisches Kind. »Bist du von Sinnen, einen Kirchenmann mit solchen Flüchen zu bedenken?«

»Ich spucke auf diesen Kirchenmann! Du hast einen Wolf zu deinem Erzkanzler gemacht. Einen Wagenzug bei Bagnole abfangen! Lächerlich! Der Kerl hat alles gewusst und mein Ehrenwort für seine Schurkereien missbraucht!«

»Was hat er gewusst?« Auch der Kaiser verlor langsam die Geduld.

»Wir hatten für diesen Mittag die Konsuln von Mailand in mein Lager eingeladen, um mit ihnen über einen Frieden zu verhandeln. Sie waren an mich und den Herzog Theobald herangetreten. Das ist der Grund, warum wir dich gebeten haben, mich heute in meinem Lager aufzusuchen. Theobald und ich wollten, dass ihr direkt miteinander reden könnt, ohne dass diese Schlange von Dassel dabei ihr Gift verspritzt. Die Mailänder wollten 10000 Silbermark,

300 Geiseln und einen jährlichen Tribut für Frieden bieten! Dieser Krieg hätte in einer Woche beendet sein können, und wir alle wären noch, bevor der erste Schnee die Pässe blockiert, über die Alpen nach Hause gekommen.«

»Und warum bin ich von alldem nicht unterrichtet worden?«, fragte der Kaiser. Zorn ließ seine Stimme beben.

»Weil dann auch der Erzkanzler von diesem Plan erfahren hätte. Du weißt, dass er niemals einem Frieden zustimmen würde.«

»Und offenbar ist es auch Gottes Wille, dass es keinen Frieden gibt. Wie sonst erklärst du dir, dass er bei der Suche nach einem Wagenzug auf die Gesandten gestoßen ist.«

»Gottes Wille!« Konrad schnaubte verächtlich. »Ich wette, dass er durch einen Spitzel davon erfahren hat. Einer seiner Ritter hat den Kontakt zu den Mailändern hergestellt. Wahrscheinlich hat der Erzbischof von Anfang an ein doppeltes Spiel mit uns getrieben. Er hat mein Ehrenwort benutzt, um die Mailänder Konsuln aus der Stadt herauszulocken und dann gefangen zu setzen.«

»Dafür gibt es keinen Beweis«, entgegnete Friedrich ruhig.

»Nein?« Konrad blickte zu Theobald. »Und warum lag von Dassel mit seinen Rittern in dem Gebiet auf der Lauer, das dem Herzog zugewiesen worden ist? Eigentlich hätte er dort nichts zu suchen gehabt. Ich werde Reiter ausschicken, die nach dem Wagenzug suchen. Doch es sollte mich sehr wundern, wenn sie auch nur einen Maulesel mit Brot für Mailand finden. Dieser Versorgungszug hat nie existiert!«

»Genug jetzt!« Der Kaiser wandte sich an Ludwig. »Wann hat der Erzbischof Euch geschickt?«

»Es müssen schon mehr als drei Stunden seitdem vergangen sein. Gebe Gott, dass er und seine Ritter noch am Leben sind.«

»Du wirst keine Ritter aussenden, um nach irgendwelchen Wagen zu suchen, Konrad. Lass Alarm blasen und deine Männer aufsitzen. Wir werden Rainald zur Hilfe kommen.«

Der Pfalzgraf wirkte plötzlich ganz ruhig. »Ich habe mein Wort gegeben, dass meine Ritter heute nicht ihre Waffen erheben werden. Und ich bin nicht gewillt, mich durch den Erzkanzler dazu zwingen zu lassen, meinen Eid zu brechen.«

Einen Augenblick lang maßen die beiden Brüder einander stumm mit Blicken. Dann fragte der Kaiser gefährlich leise: »Ist das dein letztes Wort, Konrad?«

Der Pfalzgraf nickte grimmig. »In dieser Angelegenheit gibt es nichts mehr zu bereden! Und sollte der Erzkanzler es doch noch schaffen, den Mailändern zu entkommen, dann werde ich ihm eigenhändig den Kopf abschlagen. Eine Schlange wie er muss vernichtet werden, bevor durch sein Ränkespiel das ganze Reich vergiftet wird!«

»Theobald, dann gebt Ihr Euren Männern Befehl, sich zu wappnen. Wenn wir beide unser Gefolge vereinen, dann sind wir immer noch stark genug, um die Mailänder hinter ihre Mauern zurückzutreiben.«

Der Herzog und der Pfalzgraf tauschten einen kurzen Blick. »Auch ich bin durch meinen Eid gebunden, heute keine Waffe gegen Mailand zu erheben.«

Einen Augenblick lang starrte der Kaiser seine Fürsten mit offenem Mund an. Zornesröte stieg in sein Gesicht. »Das ist Rebellion! Ihr könnt doch nicht einfach zusehen, wie eure Waffenbrüder niedergemetzelt werden!«

Keiner der Fürsten antwortete darauf. Wieder verstrichen

quälende Augenblicke. Theobald vermochte dem Kaiser nicht in die Augen zu sehen. Schließlich hob Friedrich den Arm und winkte den Fürsten, die ihn begleitet hatten. »Gehen wir!« Seine Stimme klang müde. »Wir müssen in unser Heerlager zurück, um weitere Truppen zu sammeln. Wir werden dem Erzbischof wenig nutzen, wenn wir ihm mit nur dreißig Reitern zu Hilfe kommen.«

»Deckung!« Rothers Stimme war kaum mehr als ein heiseres Krächzen. Die Speerträger kauerten sich hinter ihre hohen Schilde, als ein neuer Schauer von Pfeilen auf sie herniederprasselte.

Zwei Reiterangriffe hatten sie zurückgeschlagen, doch diesmal sah es schlecht für sie aus. Mehr als die Hälfte der Männer waren tot oder zu schwer verwundet, um noch kämpfen zu können. Einem dritten Angriff würden sie nicht mehr standhalten, zumal die Reiter nun auch von Bogenschützen und anderem Fußvolk begleitet wurden.

Rother hockte zwischen den Männern, den eigenen Schild schützend über den Kopf erhoben. Schulter an Schulter, mit vorgestreckten Speeren, blockierten sie wie ein riesiger, wappenbunter Igel den schmalen Hohlweg.

Der junge Ritter beobachtete, wie sich weiter unten am Weg ein großer Trupp Fußsoldaten formierte. Vorsichtig hob er den Kopf. Bogenschützen erklommen die Flanken des Hohlwegs. Es waren keine Männer mehr übrig, die sie daran hätten hindern können. Jetzt saßen sie hier unten endgültig in der Falle! Und worum kämpften sie noch? Schon kurz nach der Mittagsstunde hatten die Mailänder es geschafft, bei einem Angriff über den Hügelrücken ihre Gefangenen zu befreien. Sie hatten die Wachen überrascht und niedergemacht, noch bevor der Erzbischof ihnen mit Verstärkungen zu Hilfe eilte. Vielleicht wäre es das Klügste, sich einfach den Mailändern zu ergeben. Doch Rother wusste, Rainald von Dassel würde niemals die Waffen strecken! Und er würde nicht der Erste sein, der sich ergab. Diesen Makel würde er nie wieder vom Wappenschild seiner Familie löschen können.

Aus den Augenwinkeln sah Rother einen Bogenschützen über sich am Hang. Nicht mehr lange, und die Schützen wären in ihrem Rücken. Es machte keinen Sinn, hier noch länger auszuharren. Wenn er die Speerträger zum Kloster hinaufbrachte, würden sie die anderen Truppen im letzten Gefecht verstärken. Das war allemal besser, als hier unten zu sterben.

»Wir gehen langsam zurück!«, rief Rother, so laut er konnte. Seit Stunden hatte er nichts mehr getrunken. Immer wieder tanzten ihm leuchtende Lichtpunkte vor den Augen, und jedes Wort schmerzte in seiner ausgedorrten Kehle. Vor über einer Stunde hatten sie ihren letzten Wasserschlauch untereinander aufgeteilt. Auch wenn die meisten seiner Krieger kein Kettenhemd besaßen, so trug doch jeder einen dick gefütteren Gambeson. In der Gluthitze des Nachmittags schwitzten sie sich die Seele aus dem Leib.

Langsam setzten sich die Speerträger in Bewegung. Rother blieb bei der vordersten Linie, die weiterhin den Feinden zugewandt stand. »Langsam«, sagte er ruhig. »Haltet die Formation. Dreht ihnen nicht den Rücken zu.«

Erneut fingen die Bogenschützen an zu schießen. Neben Rother stöhnte ein stoppelbärtiger Krieger auf und ließ seinen Speer fallen. Ein Pfeil hatte dessen Gambeson durchschlagen. Dunkles Blut sickerte durch den Riss in der Polsterung. Mit verkrampftem Gesicht zog der Mann den Pfeil heraus.

»Hat nur die Haut verletzt, ohne sich tief ins Fleisch zu bohren«, knurrte der Krieger, als er Rothers Blick bemerkte. Wütend schleuderte er den Pfeil zur Seite.

»Du trittst hinter mich«, sagte Rother entschieden und zerrte Krieger zurück. Er brauchte seine Besten in der ersten Reihe und keine Verwundeten.

Als sie den Hohlweg verließen, trennten sie noch hundert Schritt vom ersten Gebäude des Klosters. Ein niedriger Schuppen, in dem man einmal Werkzeuge gelagert haben mochte. Wenn die Mönche wenigstens eine hüfthohe Mauer gebaut hätten ... Hundert verfluchte Schritt! Gib Gott, dass sie keine Reiter in Reserve halten!

Ihre Verfolger rückten nun schneller nach. Ohne die Deckung durch den Hohlweg waren seine Speerträger ungeschützt. »Lauft!«, krächzte Rother. Sie mussten das offene Feld so schnell wie möglich hinter sich lassen.

Ein Teil der Männer setzte sich ab. Sie trugen Verletzte oder waren selber so verwundet, dass sie nur humpelnd vorwärtskamen. Aus den Augenwinkeln sah Rother den Stoppelbärtigen die Arme hochreißen, als wollte er ein Loblied Gottes dem Himmel entgegenrufen. Ein schwarz gefiederter Pfeil zitterte in seinem Rücken. Der Krieger schlug mit dem Gesicht voran auf das Steinpflaster vor dem Schuppen.

»Zusammenbleiben!«, ermahnte Rother seine Männer. Er ging rückwärts, wagte es nicht, die Lombarden aus den Augen zu lassen. Der größere Teil der Männer blieb dicht um ihn geschart.

»Sie sind schon an uns vorbei.« Der Mann neben ihm

deutete auf eine Gruppe von Bogenschützen, die über das offene Gelände links von ihnen stürmten.

»Bildet einen Kreis!«, befahl Rother. Unruhe kam unter den Männern auf. Einige fluchten. Erneut kauerten sie nieder, um hinter ihren Schilden Schutz vor den Bogenschützen zu suchen. Einer der jüngeren Waffenknechte, begann stumm zu weinen. Die Tränen schnitten blasse Bahnen durch sein staubbedecktes Gesicht.

»Hier kommen wir nicht mehr weg«, murmelte der Mann an Rothers Seite. Wulstiges Narbengeflecht wucherte statt Brauen über seinem rechten Auge. Der Krieger hatte ein hartes, abgehärmtes Gesicht. Gewiss war er ein Veteran vieler Schlachten. Er wusste, wovon er sprach.

Am Ausgang des Hohlwegs sammelte sich das Mailänder Fußvolk. Hinter ihnen konnte man die ersten Reiter erkennen.

Da war das Ende, dachte Rother. Das Einzige, was es in seinem Leben noch zu vollbringen galt, war einen ehrenvollen Tod zu finden. »Haltet die Stellung!«, befahl er ruhig. »Wenn wir flüchten, werden sie uns einfach niedermachen!« Er stieß ein grobes, mutwilliges Lachen aus. »Sieht aus, als hätten sie ganz schön Schiss vor uns, dass sie nun auch noch ihre Reiter holen. Schicken wir sie alle zum Teufel! Wir …« Seine trockene Kehle ließ ihn husten.

Der Narbengesichtige knuffte ihm mit dem Ellenbogen in die Seite. »Du bist richtig, Söhnchen. Dachte, du wärst so ein verdammter Grafensohn, der alles in den Arsch geschoben kriegt. Aber du bist einer von uns.«

Rother bückte sich, damit die Männer nicht sahen, wie er rot wurde. Er hob einen Stein vom Boden auf. Ein kleiner, runder Kiesel, wie man ihn an Flüssen fand. Zweifelnd schob er ihn in den Mund. Heinrich hatte ihm einmal erzählt, dass so ein Stein im Mund gegen den Durst helfen sollte. Rother drückte ihn mit der Zunge gegen den Gaumen und bewegte ihn hin und her. Nichts geschah. Vielleicht musste man ihn ja eine Weile im Mund behalten.

Weit hinter dem Hügel erklangen Hörner. Wahrscheinlich noch weitere Verstärkungen aus Mailand. Rother wünschte sich, er könne etwas tun. Er sollte den Männern Mut machen! Aber ihm fielen keine feurigen Worte mehr ein. Angespannt kauerte er hier hinter seinem Schild und hoffte darauf, dass bald alles vorbei wäre. Manchmal spürte er, wie ihn einer der Speerträger verstohlen anstarrte, so als erwarte er ein Wunder von ihm. Er würde sein Leben geben, wenn er dafür die Männer retten könnte.

Ein Lombarde mit einem Helmschmuck aus schwarzem Rosshaar brüllte einen Befehl. Die Mailänder setzten sich in Bewegung. Mit lauten Hurrarufen stürmten sie aus dem Hohlweg hervor. Gleichzeitig verstärkte sich der Beschuss der Bogenschützen. Ein Pfeil bohrte sich mit dumpfem Schlag durch Rothers Schild.

Diesmal stoppte der Angriff nicht vor den Speerspitzen der Cölner. Links von Rother waren zwei Männer, von Pfeilen getroffen, zusammengebrochen, und die Lombarden nutzten sofort die Gelegenheit, in die schmale Lücke zu stoßen. Rother spuckte den Stein aus und warf sich in die Bresche, doch durch die Masse der nachrückenden Angreifer wurde er sofort zurückgedrängt. Zwei Mailänder versuchten, mit ihren Speeren unter seinem Schildrand hinweg zu stechen. Mit einem wuchtigen Schwerthieb zersplitterte er den Schaft eines Speers. Einen Augenblick lang geriet er durch den Hieb aus der Balance. Ein Stoß gegen den Schild ließ ihn straucheln. Im Reflex riss er die Arme nach hinten, um seinen Sturz abzufangen. Vergebens! Er landete halb auf seinem Schild.

Sofort setzte der Lombarde nach. Es war ein junger Ritter. Seine Augen funkelten, und er lächelte, als er seinen Speer hob, um ihn Rother durch die Brust zu stoßen. Doch das Lächeln verzog sich zu erschrockenem Staunen, als stattdessen ihn ein Speer in die Rippen traf.

Der Narbengesichtige reichte Rother die Hand und zog ihn auf die Beine.

»Wer stürzt, den holen die Raben, Junge. Bleib auf den Beinen. Wir brauchen dich.«

»Danke!«

Sein Retter grunzte etwas, das Rother nicht verstand, dann setzte er dem Mailänder einen Fuß auf die Brust und befreite seinen Speer aus der tödlichen Wunde.

Die Formation der Cölner hatte sich inzwischen aufgelöst, und die Schlacht war in Dutzende blutige Einzelkämpfe zersplittert. Aus dem Kloster drängte der Erzbischof an der Spitze seiner Reiter hervor, um das Fußvolk der Mailänder durch eine letzte, verzweifelte Attacke noch einmal zurückzuwerfen. Im Hohlweg sammelten sich indessen bereits die gepanzerten Reiter der Feinde. Die Schlacht war verloren! Gegen diese Übermacht zu bestehen war unmöglich.

Rother fühlte sich seltsam unbeteiligt. Wie ein Schlafwandler stolperte er von Kampf zu Kampf. Nun erwies sich der Wert der langen Stunden der Waffenübungen mit Heinrich. Ohne nachzudenken, parierte Rother die Angriffe und schlug zu, wo sich die Gelegenheit bot.

Ein mörderischer Axthieb spaltete Rothers Schild fast bis zum Buckel. Mit einer Drehung entwand er dem Angreifer die verkeilte Waffe und zog ihm mit einem von unten geführten Hieb die Klinge über den Hals. Achtlos ließ Rother den unbrauchbaren Schild fallen. Sein Arm war noch ganz taub von dem wuchtigen Axttreffer.

Ein Lombarde mit blutbespritztem Gesicht sprang entsetzt vor ihm zurück. Mehrere Herzschläge lang stand Rother allein inmitten des mörderischen Kampfgetümmels. Etwas schien verändert ... Ihm war schwindelig. Wieder tanzten Rother grelle Lichtpunkte vor den Augen.

Immer mehr Reiter quollen durch den engen Hohlweg. Doch nun schienen es die Mailänder zu sein, die sich zurückzogen. Die Reiter des Erzbischofs setzten nach.

Heinrich hielt neben Rother. Dem bärtigen Ritter hingen schweißnasse Haarsträhnen in die Stirn. Seine linke Gesichtshälfte war rot geschwollen. Er warf Rother die Zügel eines zweiten Pferdes zu, das er hinter sich her führte. »Komm mit! Der Kaiser! Wir sind gerettet!«

Ohne auf eine Antwort zu warten, preschte Heinrich auf den Eingang zum Hohlweg zu, wo nun die heftigsten Kämpfe tobten. Rothers Stute legte den Kopf schief und schnaubte, so als wolle auch sie ihn auffordern weiterzukämpfen. Er strich ihr mit der Linken über die Nüstern. Dann griff er nach dem Sattel und zog sich hoch.

Über dem Ausgang des Hohlwegs wehte das Banner des Kaisers. Die Mailänder indessen hatten sich vom ersten Schrecken erholt und den Großteil ihrer Fußkämpfer vor dem Hohlweg versammelt. Solange es ihnen gelang, dort die Stellung zu halten, konnten die Kaiserlichen keinen Vorteil aus ihrer Übermacht ziehen.

Zwischen den Reitern an Rothers Seite erschien einen Augenblick lang die Gestalt des Erzbischofs. Obwohl er dessen Gesicht hinter dem geschlossenen Helm nicht sehen konnte, meinte Rother, dass sein Fürst ihn mit einer Mischung aus Überraschung und Hass anstarrte. Beinahe so, als gäbe er ihm die Schuld an diesem missglückten Hinterhalt. Glaubte Rainald vielleicht, er habe die Konsuln gewarnt? Was würde der Erzbischof nach der Schlacht wohl unternehmen? Die Antwort auf diese Frage fiel nicht schwer. Der Fürsterzbischof würde niemals einen vermeintlichen Verräter unter seinen Getreuen dulden!

Rother lächelte müde. Zu Hause war die Welt immer einfach zu verstehen gewesen. Es gab Gut und Böse und nur sehr wenig dazwischen. Hier in diesem Krieg galt das nicht mehr. Aber zu Hause war die Welt gewiss immer noch in Ordnung.

Rother fasste die Zügel fester und gab seiner Stute die Sporen. Ohne auf die Gefahr zu achten, preschte er dem Ausgang des Hohlwegs entgegen und hieb mit weit über den Kopf ausholenden Schlägen nach den Mailändern. Ein Speerstoß traf Rother an der Hüfte, zerriss sein Kettenhemd, verletzte ihn aber kaum. Nun konnte er die Männer an der Spitze der Entsatztruppen erkennen. Ihm stockte der Atem. Der Kaiser selbst war gekommen!

Die Bogenschützen der Mailänder hatten wieder auf der Böschung über dem Hohlweg Stellung bezogen und verschossen ihre letzten Pfeile auf die Ritter, die, im engen Weg zusammengedrängt, ein unverfehlbares Ziel waren.

Der Schildträger des Kaisers wurde vom Pferd gezerrt und niedergestochen. Friedrichs großer Hengst scheute und machte einen Satz vorwärts. Sofort stießen die Mailänder vor und versuchten, den Kaiser zu umringen und von seiner Leibwache zu trennen. Ein Ritter in himmelblauem Waffenrock führte den Angriff. Er schaffte es, hinter den Kaiser zu gelangen, und durchschnitt mit seinem Dolch die Sehnen an den Hinterläufen von Friedrichs Schlachtross. Mit wildem Wiehern versuchte der große Hengst, sich zu wehren. Doch geschickt wich der Angreifer den trommelnden Hufen aus und vollendete sein Werk. Hilflos stürzte das Pferd zu Boden. Friedrich wurde aus dem Sattel geschleudert.

»Nein!«, schrie Rother auf. Wie ein Besessener schlug er auf die Männer ein, die ihn vom Kaiser trennten. Seine Stute stieg. Ein Tritt traf den Kopf eines Angreifers und schmetterte ihn zu Boden.

Zwei Lombarden drangen indessen auf den Kaiser ein. Mühsam erwehrte sich Friedrich eines Schwertkämpfers, ohne zu sehen, wie der himmelblaue Ritter in seinem Rücken eine abgebrochene Lanze aufhob.

»Duckt Euch, Herr!«, schrie Rother.

Barbarossa hatte den Schwertkämpfer niedergeschlagen und drehte sich halb zu Rother herum, als der Mailänder Ritter mit der Lanze zustieß. Die Bewegung rettete Friedrich das Leben. Die Lanzenspitze, die sich unweigerlich durch den Rücken in sein Herz gebohrt hätte, traf nun kaum seine Schulter und glitt schräg am Kettenhemd ab. Doch die Wucht des Stoßes ließ den Kaiser straucheln.

Der Mailänder hob erneut die Lanze. In diesem Augenblick war Rother hinter ihm. Er stemmte sich in die Steigbügel und führte mit all seiner Kraft einen Schwerthieb gegen den Nacken des Ritters. Mit einem klirrenden Laut fuhr die Klinge durch das engmaschige Kettenhemd. Die Lanze noch immer zum Stoß erhoben, brach der Ritter in die Knie.

Friedrich rollte sich zur Seite und mühte sich, auf die

Beine zu kommen. Blut rann ihm von der Stirn. Der Kaiser ließ das Schwert sinken und tastete nach seinem Gesicht.

Mit einem Satz war Rother aus dem Sattel. »Nehmt mein Pferd, Herr! Schnell! Ihr müsst fort von hier!« Ohne auf eine Antwort zu warten, ergriff er die Rechte des Kaisers und legte sie auf den Sattelbogen der Stute. »Zieht Euch hoch, Herr. Ihr seid zu schwer für mich. Ich kann Euch nicht in den Sattel heben!«

»Rother?«, flüsterte der Herrscher benommen.

»Bitte, Herr …« Ein Schwertkämpfer versetzte der Stute einen tiefen Stich in die Flanke. Sie stieß ein klagendes Wiehern aus und stolperte einen Schritt nach vorne. Endlich spannte sich der Arm des Kaisers. Barbarossa zog sich in den Sattel.

Reiter drängten heran. Einer der Männer riss Rother die Zügel aus den Händen. Es waren Kaiserliche! Sie schirmten den Herrscher mit ihren Schilden ab und brachten ihn zum Eingang des Hohlwegs zurück, als Rother ein harter Schlag auf den Kopf traf. Es war, als habe man ihm den Boden unter den Füßen weggezogen. Er stürzte. In seinen Ohren tönte ein Fiepen wie von Ratten. Das Letzte, was er sah, war ein vertrautes Gesicht. Ein Gesicht, das nicht hätte hier sein dürfen! Dann wurde alles schwarz um ihn herum.

»Rother …« Die Stimme schien aus weiter Ferne zu kommen. Als der Junge die Augen aufschlug, erblickte er ein Meer aus goldenen Wolken. Tränen traten ihm in die Augen.

Heinrichs Gesicht schob sich vor die Wolken. »Die Kämpfe sind vorüber. Wir haben gesiegt.«

Rother wollte etwas fragen, doch er brachte nur ein Röcheln hervor. Er hatte einen bitteren, metallischen Geschmack im Mund.

Heinrich stützte ihn auf und hielt ihm einen Wasserschlauch an die Lippen. »Trink vorsichtig …«

Ohne auf seinen Freund zu hören, schluckte er gierig. Noch nie hatte er etwas Köstlicheres getrunken, als dieses abgestandene, lauwarme Wasser.

»Ludwig war beim Kaiser«, berichtete Heinrich. »Er hat ihn mit seinen Truppen hierhergeführt. Gerade noch rechtzeitig.« Dann zögerte der Ritter für ein paar Momente. »Anno haben sie übel zugerichtet. Aber nichts, was er nicht überstehen würde. Ein Speer hat ihm den Schildarm durchbohrt. Außerdem hat er zwei tiefe Schnitte in die Beine abbekommen.« Heinrich verstummte wieder. Als er fortfuhr, hatte seine Stimme einen anderen, viel dunkleren Klang. »Ich glaubte schon, du wärest tot. Seit mehr als einer Stunde habe ich dich gesucht.«

Rother versuchte sich aufzurichten, doch seine Glieder gehorchten ihm nicht. Stöhnend sank er zurück.

»Sieht so aus, als müsste ich deine Amme spielen und dich ins Lager tragen.« Heinrich lachte kurz auf. »Vielleicht ist dein linker Arm gebrochen.« Er tastete über Rothers zerrissenes Kettenhemd.

Der Junge drehte das Gesicht zur Seite, damit sein Freund nicht sah, wie ihm vor Schmerz Tränen in die Augen stiegen. Neben ihm lag der himmelblaue Ritter am Boden, den er mit dem Schwerthieb ins Genick getötet hatte. Er lag auf die Seite gedreht, so dass Rother sein Gesicht nicht sehen konnte.

Überall auf dem Schlachtfeld streiften Waffenknechte umher, die nach gefallenen Freunden suchten oder die Toten ausplünderten. Auf dem Weg hinter Rother erklang das Donnern von Hufen. Vermutlich einer der Reichsfürsten, der mit seinen Rittern besorgt zum Schlachtfeld des Kaisers geeilt war.

Die Reiter hielten. Heinrich ließ Rothers Arm plötzlich los und richtete sich stocksteif auf.

»Mein junger Freund …«

Rother fuhr erschrocken herum. Er hatte diese Stimme zwar noch nicht oft gehört, doch er würde sie unter Hunderten wiedererkennen. Der Kaiser!

Barbarossa wurde nur von zwei Leibwachen begleitet, die misstrauisch die gefallenen Mailänder ringsumher musterten, so als fürchteten sie, jeden Moment könnte einer der Toten sich erheben und den Kaiser angreifen. Friedrich hatte den Helm am Sattel aufgehängt. Ein blutgetränkter Verband war um seine Stirn gewunden. Dunkle Ringe malten sich unter seinen Augen ab. Doch sein Bart schimmerte im goldenen Abendlicht fast wie eine ersterbende Flamme. »Ihr habt mein Leben gerettet, Rother. Ich bin gekommen, Euch zu danken.« Er lächelte. »Ein Titel und ein Lehen sind mein Geschenk, das uns bis ans Ende unserer Tage miteinander verbinden wird, Rother, Baron von Linn. Von heute an habt Ihr das Recht, ein eigenes Wappen zu führen.«

Rother glaubte im Fiebertraum zu liegen. Sein Herrscher redete mit ihm wie mit seinesgleichen! Unfähig, eine Antwort zu geben, starrte er den Kaiser an.

»Mein Wundarzt wird sich um Euch kümmern. Und sobald Ihr wieder wohlauf seid, werdet Ihr den Befehl über die Leibwache der Kaiserin übernehmen. Ich wüsste keinen Besseren als Euch für diese Aufgabe.«

Rother schwindelte. Sein Leben veränderte sich schneller, als er überhaupt denken konnte. »Danke, Herr … Ich … Ihr meint, ich darf mir jedes Wappen aussuchen, das mir beliebt?«

Friedrich nickte. »Solange es kein anderer Ritter des Reiches führt. Habt Ihr einen besonderen Wunsch?«

»Mein Wappen sollen drei goldene Kronen auf rotem Grund sein!« Er hatte entschieden, sein Leben unter den Schutz der Heiligen Drei Könige zu stellen.

»Drei Kronen …« Das Lächeln des Kaisers erlosch. »Mir scheint, Ihr wollt noch hoch hinaus, Rother.«

Rother brauchte einen Augenblick, bis er den Sinn der Worte des Kaisers erfasste. Dann schüttelte er entschieden den Kopf. »Die Drei Kronen stehen für die Drei Könige, an deren Särgen ich in Mailand betete, und das Rot steht für all das Blut, das vergossen wurde, nur um dorthin zurückzukehren.«

»Das Wappen sei Euch gewährt. Ich werde Euch nun meinen Wundarzt schicken.« Der Kaiser wendete sein mächtiges Ross, hielt jedoch mitten in der Bewegung inne und deutete auf den Toten neben Rother. »Der Kerl dort … Ist er nicht der Ritter, der mich beinahe getötet hätte? Dreht ihn herum! Ich will sein Gesicht sehen.«

Heinrich stand auf und erfüllte den Wunsch des Kaisers.

Rother kniff die Augen zu. Ihm war wieder schwindelig. Der Schmerz wütete in seinem Körper. Es kostete ihn all seine Kraft, sitzen zu bleiben, so, wie es der Anstand gebot, solange der Kaiser in der Nähe war.

»Der Bursche ist ja fast noch ein Kind«, sagte Friedrich leise und in einem Ton, als empfände er eine ehrliche Trauer beim Anblick des Toten.

… fast noch ein Kind. Die Worte des Kaisers hallten in

Rothers Ohren wider. Er öffnete die Augen und blickte dem Toten ins Antlitz. »Das ist das Spiel des Teufels …« Er war verflucht! Was immer er tat, wandte sich zum Bösen!

Dort lag Angelo! Ihm verdankte er sein Leben, seinen Ritterschlag und nun die Erhebung zum Baron.

Angelos Lippen waren in einem grimmigen Lächeln erstarrt. Er hatte die Gefahr für sein Leben nicht kommen sehen und war in dem Augenblick gestorben, als er glaubte, er würde den Kaiser töten, der diesen grausamen Krieg über seine Stadt gebracht hatte.

Eine Hand packte Rother und zog ihn sanft zurück. »Wer auch immer dieser Junge war, zeig deine Gefühle nicht«, flüsterte eine warme Stimme. »Du brüskierst den Kaiser, wenn du um den weinst, der ihn hat töten wollen.«

»Was ist mit mit unserem jungen Baron?«, fragte Friedrich besorgt.

»Nichts, Herr«, antwortete Heinrich. »Es war seine erste große Schlacht. Er ist verwundet und über alle Maßen erschöpft. Er braucht ein wenig Ruhe.«

11

»Die Stadt ist verloren, und Ihr wisst es, Obert!«

Erzbischof Obert ging unruhig in seinem Gemach auf und ab. Für einen Moment schien es, als habe er gar nicht gehört, was sein geheimer Gast ihm erklärt hatte. Das Fett des Kirchenfürsten war in den letzten

Wochen des Hungers dahingeschmolzen, so dass ihm die schlaffe Haut in breiten Falten vom Kinn herabhing. »Es muss doch einen Weg geben!« Er hob die Arme zur freskengeschmückten Decke. »Herr, hilf uns! Lass nicht all unser Leiden vergebens gewesen sein!«

»Mailand muss sich ergeben«, fuhr der Falkner ungerührt fort. »Nur wenn wir leben, können wir den Kampf gegen den Kaiser wieder aufnehmen, sobald wir zu Kräften gekommen sind. Ihr wisst, wie es um die Stadt steht! Man sieht weder Katzen noch Hunde in den Gassen, die Ritter schlachten ihre abgemagerten Pferde, manche stellen sogar den Ratten nach. Die Kaiserlichen halten alle Straßen besetzt. Jedem Schmuggler, den sie erwischen, wird die Hand abgehackt. Wenn Ihr Eure Gemeinde liebt, Obert, dann …« Lupo stockte kurz. »… setzt Euren ganzen Einfluss im Magistrat ein. Bestehen die Konsuln darauf, diesen Krieg fortzusetzen, wird der Tag kommen, an dem das Volk die Paläste stürmt, um ihre Herren dem Kaiser auszuliefern.«

Der Erzbischof streckte wieder die Hände zum Himmel. »O großer Gott, was hat Mailand dir getan, dass du uns die Plagen des Alten Ägyptens schickst. Wie die Heuschrecken fallen die Staufer über unser Land her, ein unerklärliches Feuer hat all unsere Vorräte vernichtet und zugleich alle Hoffnung, gegen die Zeiten des Mangels gewappnet zu sein. Müssen wir nun auch noch unsere Tore öffnen, um den staufischen Plünderern Einlass zu gewähren, auf dass sie unsere Frauen schänden und die Männer schlachten wie Vieh?«

Lupo dachte an Crema. Sie hatten sich zuletzt der Übermacht der Kaiserlichen ergeben müssen. Doch Mailands Mauern waren immer noch fest, und es gab mehr als genug

Männer, sie zu verteidigen. Wären die Vorratslager nicht abgebrannt, dann würde Friedrich die Stadt niemals erobern können. Zumal es Gerüchte über einen offenen Streit zwischen dem Erzkanzler und dem Bruder des Kaisers gab. Immer mehr staufische Ritter hatten den Herbst über das Heer verlassen und waren nach Hause gezogen. Auch die verfluchten Staufer würden nicht mehr lange durchhalten.

Dennoch konnte kein Zweifel bestehen, dass der Wille Mailands früher gebrochen sein würde, wenn ihnen nicht noch eine besondere List einfiele. Unwillkürlich tastete Lupo nach der Kette an seinem Hals. Dort trug er, verschlossen in einem Elfenbeinkästchen, jene Rosenblüte, die er in den Ruinen seiner Heimatstadt gefunden hatte. Vielleicht gab es doch noch Hoffnung.

Der Erzbischof schaute ihn ratlos an. »Ihr glaubt wohl nicht, dass Friedrich ein gnädiger Sieger wäre?«, fragte er leise.

Lupo dachte an das Massaker von Crema. »So gnädig wie ein Wolf, der ein Lämmlein bei der Kehle packt! Aber vielleicht gibt es doch noch einen Weg, den Kaiser zum Frieden zu zwingen.«

Der Erzbischof zog überrascht die Brauen in die Höhe. »Woran denkst du, Falkner?«

»Wir müssen ihm etwas bieten, das ihm kostbarer ist als die Stadt Mailand. Machen wir aus dem Frieden etwas, womit sich die Konsuln besonders auskennen. Ein Geschäft, das er nicht ausschlagen kann!«

»Und welche Ware soll das sein, die wir dem Kaiser bieten? Was ist kostbarer als eine ganze Stadt?«

Der Falkner strich sich nachdenklich über das Kinn. »Was glaubt Ihr, wie viele Reiter Mailand noch aufbieten kann?«

»Vielleicht fünfhundert. Aber sie bringen keinen Nutzen. Alle Tore sind bewacht. Bevor wir eines der großen Heerlager im Hinterland erreichen, hätten die Staufer genügend Truppen zusammengezogen, um uns zurückzuschlagen.«

»Betet um Nebel oder um eine mondlose Nacht mit wolkenverhangenem Himmel. Dann werde ich mit diesen Reitern etwas holen, was dem Kaiser sehr am Herzen liegt, viel mehr als eine Stadt wie Mailand.«

Rother war auf das Baugerüst am Tor der Kaiserpfalz gestiegen. Am Nachmittag hatten die Steinmetzen den keilförmigen Schlussstein in den hohen Bogen des Tors eingefügt. Bald würden sie das Gerüst abreißen. Rother kam gern hierher. Man konnte den ganzen Hof übersehen und blieb dabei selbst hinter den massiven Balken des Gerüsts verborgen.

Kalter Wind zerrte am Umhang des jungen Barons. Es würde bald Regen geben. Sein Arm schmerzte. Nach der Schlacht beim Kloster hatte der Leibarzt des Kaisers Rother den Arm mit dünnen Holzlatten geschient und mit festem Wollstoff umwickelt. Der Verband war in der Hitze eine Qual gewesen. Zwei Monate waren vergangen, bis er in Übungskämpfen wieder einen Schild führen konnte. Zwei Monate, in denen die Hitze die Kraft aus seinen Muskeln geschmolzen hatte. Und nun war es Dezember geworden. In acht Tagen würde man das Christfest feiern, aber die Kämpfe um Mailand dauerten unvermindert an.

Der Wind rüttelte an den Balken des Gerüsts. Dunkle Wolken eilten über den Himmel. Es war schon fast so finster wie zur Mitternacht, dabei war noch nicht einmal eine Stunde vergangen, seit die Kaiserin ihr Abendmahl eingenommen hatte. Der weite Hof der Pfalz lag wie ausgestorben. Nur bei der Kapelle und vor dem Tor zur großen Halle brannten Fackeln, deren Flammen wild im Wind tanzten. Die Fenster der wenigen Gebäude, die schon fertiggestellt waren, hatte man zu Beginn des Winters mit schweren Holzläden verschlossen, so dass auch von dort kein Licht auf den Hof fiel.

Seit der Kaiser im August den Belagerungsring um Mailand enger gezogen hatte, war es still geworden in Lodi. Das bunte Heerlager auf den Wiesen rings um die Pfalz war verschwunden. Mittlerweile prägten die kaiserlichen Ministerialen das Bild der Pfalz. Sauertöpfische Schreiber und Hofbeamte, eine Handvoll Mönche, von denen keiner dem Archipoeta das Wasser reichen konnte, und die Kaiserin mit ihrem Gefolge, das war alles, was in Lodi geblieben war. Dazu kamen Köche, Gesinde und die paar Ritter und Waffenknechte unter Rothers Kommando. Wenn man alle zusammenzählte, konnte er über fünfzig Mann unter Waffen gebieten. Doch nicht Kampfesmut und ritterliche Tugenden waren das Hauptmerkmal seiner Truppe. Man hatte sie ausgesucht, weil sie stattlich aussahen, oder sie zur Leibwache der Kaiserin versetzt, weil Friedrich den Familien der Ritter einen Gunstbeweis schuldig war.

Selten hatte Rother sich in seinem Leben so sehr gelangweilt wie in den letzten Wochen. Seit er sich täglich in unmittelbarer Nähe der Kaiserin aufhielt, war seine Angst vor den Mächtigen verflogen. Er wich ihrem Blick nicht mehr aus und begann auch nicht mehr hilflos zu stammeln, wenn sie das Wort an ihn richteten. Aber es half ihm wenig. Die Männer seiner Wachtruppe waren eifersüchtig auf seinen Erfolg, und die wenigen Adligen hier sahen ihn als einen

Emporkömmling an. Er hatte hier keine Freunde, ja kaum jemanden, mit dem er überhaupt reden konnte.

Eine Bewegung in der Nähe des Palas ließ ihn aus seinen Gedanken aufschrecken. Einen Augenblick lang war nahe der Tür ein Schatten aus der Dunkelheit getreten, nur um im nächsten Moment wieder mit der Finsternis zu verschmelzen.

Rother beugte sich vor und beobachtete angespannt den Hof. Eine Gestalt lief geduckt durch den unruhig zitternden Lichtkreis, den die Fackel vor der Kapelle aus der Dunkelheit schnitt.

Hastig kletterte Rother vom Baugerüst. Sollte er Alarm geben? Vielleicht war es nur ein Stallbursche, der ein heimliches Stelldichein mit einer der Küchenmägde hatte. Er entschied, dass es besser war, dem Schatten zunächst allein zu folgen. Mit einem kurzen Blick zum Torbogen vergewisserte sich Rother, dass dort alles in Ordnung war. Solange die Bauarbeiten nicht abgeschlossen waren, konnte man keine Torflügel einsetzen. Man konnte also völlig ungehindert die Pfalz betreten. Deshalb hatte er dort doppelte Wachen eingeteilt. Zwei Krieger standen, eng in ihre Umhänge gehüllt, im Schatten des Torbogens. Die anderen waren gewiss in der Wachstube.

Rother überquerte den Hof und ging zur Kapelle. Der Schatten war verschwunden. Doch da ächzte leise eine Tür in den Angeln. Die Pferdeställe! Der Junge beschleunigte seine Schritte. Er fand die Stalltür offen. Die Pferde schnaubten unruhig und scharrten mit den Hufen auf dem festgestampften Lehmboden. Geduckt schlich Rother durch die Tür. Am Ende des Mittelgangs flammte eine Blendlaterne auf. Jemand nahm einen Sattel von einem Balken.

»Wer da?«, fragte Rother scharf.

Die Gestalt fuhr erschrocken herum. Es war Clara. Sie trug einen langen Kapuzenmantel und Hosen!

Rother entspannte sich und ging auf sie zu.

»Ach, Ihr seid es, Herr von Linn.« Clara lächelte ihn scheu an. Wenn sie überrascht war von seinem plötzlichen Auftauchen, so zeigte sie es zumindest nicht. »Ihr könnt mir helfen. Ich will die alte graue Stute satteln. Ich muss fort!«

Rother blieb stehen. Ihm war nicht wohl, Clara so gegenüberzutreten. »Wohin wollt Ihr, Herrin?«

Sie warf ihm einen geringschätzigen Blick zu. »Fort von diesem Ort. Gegen meinen Willen bin ich hierhergekommen und wohl auch gegen den Willen derer, denen ich mich anschließen sollte.«

»Ich verstehe nicht …«

»Mein Vater hat mich bedrängt, an den Hof der Kaiserin zu kommen und einen Platz unter den Jungfern einzunehmen, die ihr zu Diensten sind. Die Kaiserin hat mich auch mit Gnade aufgenommen, doch vergeht kein Tag, an dem mich ihre Gefolgschaft nicht schmäht.«

»Und was hat man Euch angetan?« Rother versuchte, seiner Stimme einen verständnisvollen Klang zu geben.

»Während der Messe hat man mir heißes Wachs in die Haare geträufelt und so getan, als wäre es ein Unfall gewesen. Und erst gestern fand ich auf dem Grunde meiner Suppenschüssel eine tote Maus …«

»Wart nicht Ihr es, die der Nichte des Erzbischofs von Fulda einen solchen Schlag ins Gesicht versetzte, dass dem Mädchen auf Tage das rechte Auge zugeschwollen war?«

Clara warf stolz den Kopf in den Nacken. »Ich hätte ihr beide Augen ausgekratzt, wenn man mich nicht zurückgehalten hätte. Diese intrigante Ziege! Sie ist es, die unter den Kammerfrauen stets als Erste das Wort gegen mich führt.«

»Und ihretwegen wollt Ihr gehen? Soll sie triumphieren, indem sie Euch der Ehre beraubt, in den Gemächern der Kaiserin zu dienen.«

»Spart Euch die Mühe, Rother. Ich habe längst entschieden, dass hier kein Platz für mich ist«, erwiderte Clara trotzig.

»Aber denkt doch an Euren Vater. Es ist sein größter Wunsch, Euch glücklich unter den Hofdamen der Kaiserin zu sehen.«

»Soll er sich entscheiden, ob er mich lieber glücklich oder am Hof der Kaiserin sieht. Beides zugleich kann es so wenig geben wie Mondlicht an einem Nachmittag.«

Rother machte einen Schritt auf Clara zu, die den letzten Sattelriemen festgezogen hatte. »Ich kann nicht zulassen, dass Ihr mitten in der Nacht die Pfalz verlasst. Obendrein noch als Knabe verkleidet.«

Clara lachte auf. Das war nicht das Lachen eines harmlosen, netten Mädchens. »Zwergenritter, glaubt nicht, dass Ihr mich von meinem Vorhaben abbringen könnt!«

Den Spottnamen aus ihrem Munde zu hören verletzte Rother mehr, als es ein Messer hätte tun können. »Folgt mir aus freiem Willen, Herrin, oder ich muss Euch wie eine störrische Ziege in Eure Kammer schleifen.«

Clara lachte kurz auf, dann stemmte sie entschlossen die Hände in die Hüften »Kommt nur her, Baron. Legt Hand an mich, und ich werde jeden zu überzeugen wissen, dass Euch etwas anderes als die sichere Rückkehr in meine Kammer am Herzen lag.«

»Wie meint Ihr das, Herrin?«

»Ich werde mir die Kleider vom Leib zerren und schreien, dass es die letzte Küchenmagd aus ihren Träumen reißt. Was glaubt Ihr wohl, was man von Euch denken wird, wenn man mich so im Stall mit Euch findet?«

Unwillkürlich trat Rother einen Schritt zurück. Was war aus dem kleinen Mädchen geworden, mit dem er früher so oft gelacht hatte! Er durfte ihren Worten keinen Glauben schenken. »Warum sollte ich Euch Gewalt antun? Seit ich Baron bin, müsste ich Euren Vater doch nur um Eure Hand bitten. Dann würde ich Euch zur Frau bekommen!«

Plötzlich schaute ihn Clara eher mitleidig als zornig an. »Ahnt Ihr wirklich nicht, dass Ihr keine Freunde, sondern nur Neider bei Hofe habt? Jeder hier würde liebend gerne meinen Lügen glauben, um Euch fallen zu sehen. Euer Aufstieg vom Knappen zum Baron ist allen unheimlich. Ihr seit zu schnell zu weit gekommen.«

»Und Ihr … Wollt Ihr mich auch fallen sehen?« Clara schüttelte nach einer Weile den Kopf. »Nein, ich gehöre nicht zu Euren Feinden, im Gegenteil, aber ich muss Euch bitten, mich gehen zu lassen.«

Rother war überzeugt, dass sie ihre Drohungen wahrmachen würde. Aber er konnte sie nicht einfach ziehen lassen. Auch das mochte ihn Kopf und Kragen kosten. Eine Kammerzofe der Kaiserin, verschwunden, und er befehligte die Wache.«Dann werde ich Euch begleiten«, sagte er schließlich zerknirscht, denn ihm war klar, dass auch dies keine gute Lösung war.

Clara und er ritten auf abgelegenen Pfaden in Richtung Mailand. Es hatte zu regnen begonnen, der Wind frischte auf, und so kamen sie nur langsam voran. Anfangs hatte Clara noch versucht, ihn mit einer belanglosen Plauderei versöhnlich zu stimmen und sich gleichsam für die schamlose Erpressung zu entschuldigen, mit der sie ihren Abzug erzwungen hatte. Aber Rother war nicht nach Reden zumute. Wieder hatte er alles zurückgelassen. Aber vielleicht lag eine höhere Bestimmung darin, dass er erneut nach Mailand und zu den Heiligen Drei Königen zog. Nicht nur, dass er Heinrich, Ludwig und Anno wiedersah. Damals, an jenem Sommermittag in der kühlen Gruft unter Sankt Giorgio al Palazzo, hatte er gespürt, dass die Heiligen auf ihn aufmerksam geworden waren. Sie wachten über ihn und warteten darauf, dass er zurückkehrte. Und er würde kommen!

Rother malte sich aus, wie er sie aus dem düsteren Gewölbe befreite. Es war kein Zufall, dass der Erzbischof vier Ritter für diese Mission ausgewählt hatte. Man brauchte vier Männer, um feierlich einen Sarg tragen zu können! Sie würden die schäbigen Holzsärge betend die enge Treppe hinaufbringen. Alle Glocken des eroberten Mailand würden für sie läuten. Und draußen vor der Kirche würden drei Kutschen stehen, drapiert mit den kostbarsten Stoffen, von edlen Rössern gezogen, und Bischöfe würden die Kutscher der Heiligen sein! Ja, die Drei Könige hatten ihn auserwählt, damit er sie aus der Mailänder Knechtschaft in die Freiheit führte! Wie hatten diese Lombarden es nur wagen können, die Zeugen der Geburt Christi in einer kleinen, unbedeutenden Kirche vor der Stadt aufzubahren?

»Habt Ihr das gehört?« Zum ersten Mal seit mehr als einer Stunde richtete Clara das Wort an ihn.

Rother zügelte das Pferd und drehte sich im Sattel um. »Was soll ich gehört haben?«

»Vor uns auf dem Weg sind Reiter. Glaube ich ... Mir war, als hätte da ein Pferd gewiehert.«

Das war eigentlich unmöglich. Rother hatte einen Weg weitab der Straßen gewählt, um keiner Streife der Kaiserlichen zu begegnen, und von Mailand waren sie noch etliche Meilen entfernt. Doch da … Jetzt hörte auch er es. Ein dumpfes Geräusch. Kein Hufschlag.

»Steigt ab!« Ohne auf eine Antwort zu warten, ließ Rother sich aus dem Sattel gleiten und nahm die Zügel der Stute. Clara stellte keine Fragen. Sie verließen den Waldweg und suchten Deckung in einem dichten Gebüsch. Im Dickicht war es so finster, dass man kaum die Hand vor Augen sehen konnte. Was immer dort den Pfad entlangkam, hinter den Zweigen verborgen würde man sie beide nicht bemerken, wenn die Pferde sich still verhielten.

»Wer mag das sein?«, fragte Clara. Ihre Stimme klang aufgeregt, aber nicht besorgt, als betrachte sie dies alles nur als ein großes Abenteuer.

»Jemand, der etwas zu verbergen hat, so wie wir«, entgegnete Rother knapp. Er schlang die Zügel um eine dicke Wurzel und pirschte zum Waldweg zurück, um sich hinter dem Stamm einer entwurzelten Kiefer zu verbergen. Kaum war er in Deckung gegangen, als Clara sich neben ihn kauerte. Einen Augenblick später erschienen drei Reiter auf dem Weg.

Auch wenn der Boden vom Regen aufgeweicht war, so hätte man sie eigentlich früher hören müssen! Die drei ritten im Schritt und sahen sich aufmerksam um, so als fürchteten sie einen Hinterhalt. Sie waren schlicht gekleidet. Vielleicht waren es ja gewöhnliche Diebe.

Ein Stück weiter den Weg hinauf brach ein breiter Streifen Mondlicht wie eine silberne Säule durch die Bäume. Als die Reiter die Stelle passierten, konnte Rother erkennen, warum er sie nicht eher gehört hatte. Die Hufe der Pferde waren mit Lumpen umwickelt!

In der Ferne erklang ein dumpfes Geräusch, wie leiser Donner. Rother spürte den Boden erzittern.

»Was ist das?«, flüstere Clara neben ihm.

Rother konnte nur mit den Schultern zucken. Einer der drei Reiter wendete plötzlich sein Pferd und kam langsam auf dem Weg zurück. Seine Kameraden warteten. Rother hatte das Gefühl, sein Herz schlüge so laut wie eine Trommel. Jeden Augenblick würde der Reiter sie entdecken! Vorsichtig tastete Rother nach seinem Schwert.

Der Reiter verharrte. Indessen wurde das merkwürdige Geräusch immer lauter und vertrauter. Reiter! Es musste ein riesiger Reitertrupp sein, der sich da auf dem Waldweg näherte. Die drei waren offenbar als Späher vorausgeschickt worden.

»Was sollen wir tun?« Clara rückte ein wenig näher an Rother heran.

»Das sind keine Kaiserlichen«, flüsterte er. »Die würden die breiten Straßen nehmen. Dort kommt man viel schneller voran.«

Sie mussten nicht lange warten, bis die Spitze der Reiterkolonne ihr Versteck erreicht hatte. Der Waldweg war zu schmal, als dass mehr als zwei Mann nebeneinander reiten konnten. Im sanften Mondlicht konnte man die Kettenhemden der Reiter aufschimmern sehen. Jeder Dritte war auf diese Weise gewappnet. Die anderen trugen nur Waffenröcke.

Die Kolonne der Reiter schien kein Ende zu nehmen. Bei vierhundert war Rother mit dem Zählen durcheinandergekommen. Als die Kolonne endlich vorüber war, wartete er noch eine Weile, bis er sich hinter der gestürzten Kiefer hervorwagte.

»Hölle, das waren viele«, flüsterte er und strich über seinen Schwertgriff.

»Mit den Spähern waren es genau fünfhundertsiebenundzwanzig«, entgegnete Clara ruhig. »Wir müssen ihnen nach.«

Rother knetete die Augenbrauen mit Daumen und Zeigefinger, so wie er es beim Erzbischof gesehen hatte, wenn der Kirchenfürst über seinen Sorgen brütete. »Wohin können sie wollen?«

»Sie werden versuchen, den Kaiser zu ermorden, so wie damals beim Kloster von Bagnole.«

Rother schüttelte den Kopf. »Das ist die falsche Richtung. Anfangs habe ich gedacht, dass sie vielleicht fortlaufen, sich einfach davonstehlen, bevor Mailand sich ergibt. Aber dann wären sie nicht zum Kampf gewappnet. Den Kaiser wollen sie gewiss auch nicht angreifen. Die Heerlager haben sie schon längst hinter sich gelassen. Sie müssen etwas anderes ...« Die Erkenntnis traf Rother wie ein Faustschlag. »Sie wollen nach Lodi.«

»Aber in Lodi sind doch nur Frauen und Mönche!«

Rother lief zu den Pferden zurück. »Sie wollen Lodi nicht erobern. Sie wollen die Kaiserin! Clara, wisst Ihr, wie Ihr zum Feldlager des Kaisers kommt?«

Sie zögerte und schüttelte dann den Kopf. »Nicht von hier. Ich weiß nicht einmal, wo wir im Augenblick sind.«

»Ich bringe Euch zur nächsten Straße.« Rother löste die Zügel seiner Stute. »Von dort ist der Weg leicht zu finden. Ich muss zurück zur Pfalz. Wenn ich auf der Straße reite, werde ich schneller sein als die Lombarden. Auf dem Waldweg und in der langen Kolonne kommen sie nicht gut voran. Sagt dem Kaiser, dass er sich beeilen soll. Wir werden die Pfalz mit den wenigen Kriegern dort nicht lange verteidigen können.«

Als der letzte Reiter die Pfalz verlassen hatte, war Rother erleichtert. Er war geritten, als säße ihm der Leibhaftige im Nacken. Ohne auf Anstand und Etikette Rücksicht zu nehmen, war er bis in die Gemächer der Kaiserin Beatrix vorgedrungen und hatte darauf bestanden, dass sich die Frauen in aller Eile ankleideten. Trotzdem hatte es noch mehr als eine halbe Stunde gedauert, bevor der Tross der Kaiserin durch das Tor war. Sechs Wagen, eskortiert von mehr als der Hälfte der Ritter und Krieger, die unter Rothers Kommando standen. Falls die Mailänder nicht nach Lodi ritten, dann würde man noch in zehn Jahren über ihn und diese Nacht spotten.

Rother hatte der Eskorte der Kaiserin auch alle Knechte aus der Pfalz mitgegeben und ihnen befohlen, die steinerne Brücke zu zerstören, die nicht weit von der Stadt über die Adda führte. Es war der einzige Übergang im Umkreis von etlichen Meilen. Der Regen der letzten Tage hatte den Strom so sehr anschwellen lassen, dass ihn gepanzerte Reiter nicht ohne Gefahr für ihr Leben durchqueren konnten. Wenn es nicht mit dem Teufel zuginge, wäre die Kaiserin in Sicherheit, noch bevor die Mailänder die Pfalz erreichten! An alle Heerlager vor Mailand waren Boten geschickt. Rother hatte sogar befohlen, einige Dienstmägde in die Kleider adeliger Damen zu stecken, um die Angreifer zu verwirren, sobald sie in die Pfalz eindrangen.

Der junge Baron blickte auf das verlorene Häuflein, das

sich hinter ihm auf dem Hof versammelt hatte. Die wenigen Ritter, die ihm noch verblieben waren, hatten ihre Schlachten bisher stets mit dem Maul gefochten, nicht aber mit wirklichen Waffen. Einige von ihnen hatten Fackeln mitgebracht. Im unsteten Licht der Flammen wirkten ihre Gesichter sehr blass. Offensichtlich erwarteten sie von ihm, dass er das Wort an sie richtete.

Rother räusperte sich. »Heute werden wir Gelegenheit haben, unsere Pflicht zu erfüllen. Das zu tun, wofür wir in das Gefolge der Kaiserin aufgenommen wurden. Schiebt einen Wagen vor das Tor, und dann löscht die Lichter. Die Mailänder sollen glauben, wir lägen in tiefem Schlaf.« Die Männer auf dem Hof starrten ihn immer noch an. Was, zum Henker, erwarteten sie denn noch? Er war kein Dichter, dem die Worte einfach von den Lippen gingen.

»Wir haben alle Pferde an die Eskorte der Kaiserin abgetreten. Keiner von uns wird entkommen. Halten wir lange genug durch, wird unsere Herrin in Sicherheit sein, noch bevor die Mailänder merken, dass es hier nur Küchenmägde zu rauben gibt.« Die Blicke seiner Männer lasteten wie Blei auf ihm. »Geben wir unser Bestes. Wer morgen Nacht von uns noch lebt, den wird man schon übermorgen in allen Heerlagern als einen Helden preisen.« Rother zog sein Schwert und stieß es in den Himmel. »Für die Kaiserin!«

Irgendwie hatte er es geschafft. Auch die anderen rissen ihre Waffen hoch und fielen in seinen Schlachtruf ein. »Für die Kaiserin!«, hallte es über den Hof.

Falls er morgen noch lebte, sollte er sich mit dem Archipoeta besprechen. Der Verseschmied könnte ihn gewiss lehren, mitreißendere Reden zu halten.

»Und?«, fragte Konsul de Mandello gereizt.

Lupo der Falkner schüttelte müde den Kopf. »Sie sind entkommen. Die Brücke ist zerstört, wir können sie nicht mehr verfolgen.«

De Mandello straffte sich. »Dann werden wir uns zurückziehen müssen. Sind unter den Gefangenen wenigstens ein paar wertvolle Geiseln?«

»Zwei Ritter vielleicht. Von Bedeutung ist allein der Junge, den wir vor der Kemenate der Kaiserin niedergerungen haben. Ein außergewöhnlicher Bursche! Er hat bis zuletzt gekämpft und eine Kammer verteidigt, in der sich nur ein paar verkleidete Dienstmädchen versteckten.«

»Wird er den Ritt überstehen?«

Lupo zuckte mit den Schultern. »Das weiß Gott. Er hat einen schweren Schlag auf den Kopf bekommen und ist nicht bei Bewusstsein. Es heißt, er sei ein Günstling des Kaisers.«

Dieser ignorante de Mandello! Seit er das Kommando für dieses Unternehmen an sich gerissen hatte, ging alles schief. Wenn es nach ihm gegangen wäre, dachte Lupo verärgert, dann hätte kein Einziger schwer gerüsteter Ritter an diesem Überfall teilgenommen. Die Panzerreiter hatten alle nur aufgehalten. Ohne sie wäre man um Stunden früher in Lodi gewesen! Und dann noch der Befehl, keine nennenswerten Spähtruppen vorauszuschicken! De Mandello hatte Angst gehabt, dass Späher, die zu weit vorausritten, von einer Patrouille der Staufer aufgegriffen würden und so das Überraschungsmoment beim Angriff verlorenginge. Diese übertriebene Vorsicht hatte das ganze Unternehmen scheitern lassen. Wie es aussah, war die Kaiserin eine halbe Stunde, bevor sie Lodi erreicht hatten, geflohen. Hätten Späher die Pfalz beobachtet, hätte man sie gewiss noch einholen können!

»Lasst die Männer aufsitzen. Wir müssen zurück zur Stadt«, befahl der Konsul barsch.

Lupo sah de Mandello ungläubig an. »Ihr wollt nach Mailand zurück, Herr? Inzwischen sind gewiss alle Heerlager benachrichtigt worden. Jeder Kaiserliche, der eine Waffe führen kann, wird morgen früh auf der Suche nach uns sein. Ich halte es für klüger, über Crema nach Brescia zu reiten. Wenn wir in ein paar Tagen versuchen zurückzukehren, gelingt es uns vielleicht, noch einmal unbemerkt durch die Linien der Staufer zu schlüpfen. Und wir könnten Lebensmittel aus Brescia mitbringen.«

»Was du sagst, ist gewiss alles richtig, Falkner, doch inzwischen fehlen Mailand fünfhundert Krieger. Falls Friedrich jetzt mit aller Entschlossenheit angreift, gelingt ihm am Ende noch der Durchbruch. Wir müssen zurück!«

Heinrich hatte schon mehr als eine Stunde vor dem Zelt des Erzbischofs gestanden, als der Archipoeta endlich herauskam.

»Was haben sie entschieden?«

Der Mönch stieß ihn unwirsch zur Seite. »Lass mich in Ruhe! Ich will mich betrinken.«

Der Ritter packte den Archipoeta und zog ihn hinter eines der Zelte. »Wie bei allen Heiligen haben sie entschieden?«, wiederholte er.

»Lass die Heiligen in Frieden! Sie haben mit der Sache nichts zu tun!«

»Aber so rede doch endlich! Werden sie den Jungen austauschen? Ich hab mit einem der Knechte aus der Pfalz gesprochen. Er hat mir geschworen, dass Rother lebte, als die Mailänder ihn mitgenommen haben. Er ist doch der Liebling des Kaisers.«

»Ich spucke auf den Kaiser und all seine Erzbischöfe! Was ist nur geschehen? Regiert denn Satan in aller Herzen?« Hinter den Zelten, dort, wo die Gefangenen untergebracht waren, erklang ein schriller Schrei.

Heinrich spürte, wie ihm ein Schauer über den Rücken lief. »Was tun sie?«

»Friedrich hat es abgelehnt zu verhandeln. Er war wie von Sinnen. Und der Erzbischof hat ihn noch weiter aufgestachelt. Es war dumm von den Mailändern zu versuchen, die Kaiserin zu entführen. Die Fürsten stehen nun wieder geschlossen hinter Barbarossa.« Erneut gellte ein Schrei hinter den Zelten.

»Um Gottes willen, was geschieht dort, Mönch?«

Der Archipoeta blickte dem Ritter fest ins Gesicht. »Ich fürchte, sie haben den Jungen auf ihre Art zum Tode verurteilt. Friedrich ist sich in seinem Zorn vielleicht nicht darüber im Klaren gewesen, aber der Erzbischof war kalt wie Eis. Auf Befehl des Kaisers werden fünf gefangenen Mailänder Rittern die Augen ausgestochen. Einem sechsten wird nur ein Auge ausgestochen und die Nase abgeschnitten. Er soll die Verstümmelten zurückführen und den Konsuln von Mailand berichten, dass es niemals Frieden geben wird.«

»Und Rother?«

Der Mönch griff nach Heinrichs Fäusten. »Sie haben nicht einmal von ihm gesprochen! Ihr Hass ist größer als die Liebe zu einem Einzelnen. Als alle gegangen waren, hat der Erzbischof wieder angefangen, von den Drei Königen zu sprechen. Er ist wie besessen und redet von nichts anderem mehr!«

»Sie haben Rother also einfach im Stich gelassen?«

Der Mönch lachte höhnisch. »Wir können für ihn beten. Vielleicht erhört uns ja jemand.«

Heinrich packte den Mönch bei den Schultern. »Wir müssen ihn aus der Stadt holen!«, sagte er dann.

Auf einen Wink des Konsuls Anselmus de Mandello wurden die gefangenen Ritter aus dem Ratssaal geführt. Lupo hatte den Erzbischof Obert zur Ratsversammlung begleitet. Es war das erste Mal, dass er die prächtige Magistratshalle betrat. Nur wenig Licht fiel an diesem Dezembernachmittag durch die bunten Glasfenster. Man hatte etliche Kerzen und bronzene Becken mit glühenden Kohlen aufgestellt, um die Dunkelheit zu vertreiben. Dennoch wirkte der Raum düster und kühl. Fünfzig prächtige Lehnstühle aus altersdunklem Holz waren in einem weiten Oval aufgestellt. Hier saßen die Magistratsherren der Stadt. In prächtige Pelze und feine Wolle gekleidet, mit schweren Goldketten geschmückt, war ihnen nicht anzusehen, wie viel der Krieg die Stadt schon gekostet hatte. Nur hagerer waren sie als in den vorangegangenen Jahren. Manche hatten Pagen mitgebracht, die sie hin und wieder auf Botengänge schickten. Fünf besonders misstrauische Ratsherren wurden sogar von Leibwächtern begleitet.

Der Falkner stand hinter dem Stuhl des Erzbischofs und hatte der Beratung bislang schweigend beigewohnt. Mit diesen Geschäftemachern und bornierten Adeligen hatte er nicht viel gemein. Manchmal, wenn sie sprachen, hatte Lupo den Eindruck, dass es eine andere Stadt sein musste, über die sie redeten. Wenn der Kaiser die bedingungslose Kapitulation forderte, dann musste man sich fügen. Die Menschen hungerten. Nicht die Mitglieder des Magistrats, aber fast alle anderen in der Stadt.

»Wir werden dem Kaiser eine gebührende Antwort erteilen!«, erhob de Mandello die Stimme. »Lasst alle Gefangenen aus Lodi an den Zinnen der Porta Roma erhängen. Alle, bis auf einen! Für den Anführer der Leibwache fordere ich eine Strafe, die grausamer ist als der Tod! Zweimal hat er zu verhindern gewusst, dass es zum Frieden kam! Mit schmeichlerischer Zunge hat er sich das Vertrauen meines Sohnes Angelo erschlichen und auch mich zu überzeugen vermocht, dass er den Frieden wünscht. Doch als wir mit seiner Hilfe ein Treffen mit dem Bruder des Kaisers vereinbarten, hat uns der Schurke an seinen Herren, den Erzbischof von Cöln, ausgeliefert. Und als wir in Lodi die Kaiserin als ein Faustpfand für den Frieden fangen wollten, da hat er uns ein zweites Mal getäuscht. Meinem Sohn aber, dem er sein Leben verdankte, hat er die edle Tat mit einem Schwerthieb in den Rücken vergolten! Sollte es hier einen geben, der für diesen Schurken das Wort ergreifen will, so rede er. Er ist nun ein Mann von Stand und hat ein Anrecht darauf, dass Männer von Stand sein Urteil sprechen.«

De Mandello blickte sich um, doch niemand machte Anstalten, für den Ritter das Wort zu ergreifen.

»Somit ist es beschlossene Sache, ihn zu richten.« Er wandte sich zum Erzbischof Obert. »Man erzählt sich, die Bürger von Crema hätten eine ganz besondere Art gehabt, kaiserliche Gefangene zu strafen. Eine Strafe, die Demut lehrt!« Er deutete auf Lupo. »Mann aus Crema, wirst du die Strafe an unserem Feind vollstrecken?«

»Ich bin Falkner und kein Henker«, entgegnete Lupo ruhig. »Er ist beinahe noch ein Kind. Ich habe erlebt, wie Kinder für andere büßen mussten. Ich werde nicht Hand an ihn legen.«

»Hast du vergessen, was die Staufer Crema angetan haben?«, fuhr ihn der Konsul aufgebracht an.

»Eben weil ich das nicht vergessen habe, werdet Ihr mich nicht zu dieser Bluttat zwingen können.«

Anselmus de Mandello starrte den Falkner einen Moment lang zornig an. Doch bevor er etwas entgegnen konnte, war ein anderer der hohen Herren aufgesprungen und drohte Lupo mit erhobener Faust. »So sind die Männer aus Crema. Zuerst sprechen sie groß, doch wenn es ernst wird, dann ist all ihr Mut Asche!«

Der Falkner wusste, dass es keinen Sinn hatte, sich in diesem Kreis zu rechtfertigen. Er senkte den Kopf und schloss die Augen, fast als wäre er selbst ein Gefangener. Die Bürger von Mailand waren verblendet. Sie sahen nicht, dass sie dem Untergang geweiht waren.

»Geh, Lupo der Falkner!«, befahl Anselmus mit lauter Stimme. »Bis heute Nacht bürge ich für deine Sicherheit. Wir brauchen dich nicht, um diesen Verräter Rother, Baron von Linn, zu richten. Ich selbst will das Schwert führen! Schließlich war es mein Sohn, den er getötet hat.« Die übrigen Ratsherren klatschten und bedachten ihren Konsul mit Hochrufen.

Lupo beugte sich vor. All das hier war ihm schrecklich vertraut. Es nahm denselben Weg wie damals in Crema. Dicht am Ohr des Erzbischofs flüsterte er: »Seid ein weiser Mann, Obert, und verlasst die Stadt mit mir. Ruft Eure Vertrauten zusammen. Ich traue mir zu, eine kleine Gruppe sicher bis nach Genua zu Papst Alexander zu führen. Hier in dieser Stadt regiert nicht länger Gottes Vernunft. Glaubt mir, ich weiß, wann ich den Hufschlag der Reiter der Apokalypse nahen höre. All dies hier habe ich schon einmal erlebt. Und ganz gleich, was für stolze Worte die Ratsherren im Munde führen, in den letzten Stunden einer sterbenden Stadt bleibt keine Ehre mehr. Jedes Gebot Gottes wird dann tausendfach gebrochen werden.«

12

An einem Dienstag, dem 6. März im Jahr des Herren 1162, trug der Kaiser zum ersten Mal seit mehr als zwei Jahren wieder seine Krone. Er hatte seinen Schwur, sie nicht aufzusetzen, solange Mailand nicht gefallen war, erfüllt. Die Stadt hatte sich ihm ergeben.

Heinrich gehörte zu den Rittern, die im Hof der Pfalz postiert waren. Er trug seinen besten Waffenrock und volle Rüstung, die ihn zwar vor Schwerthieben, nicht aber vor dem Regen schützte. Friedrich thronte gemeinsam mit der Kaiserin unter einem bunten Baldachin. Hinter dem Thron stand mit reglosem Gesicht Rainald von Dassel. Nichts deutete darauf hin, dass er seinen Triumph auskostete. Er war die treibende Kraft gewesen; durch seinen unbändigen Willen war Mailand schließlich gefallen. Doch um welchen Preis? Konrad, der Bruder des Kaisers, war nicht erschienen, und auch einige andere Reichsfürsten fehlten.

Fast eine Woche hatte es gedauert, bis sich Gesandte aus beiden Lagern über die Zeremonie der Unterwerfung geeinigt hatten. Heinrich musterte die Geschlagenen, die in langer Reihe auf den Hof der Pfalz schritten. Den Anfang bildeten die Konsuln, gefolgt von Rittern, welche die Fahnen ihrer geschlagenen Stadt trugen. Sie waren nur mit knielangen Büßerhemden aus grobem Leinen bekleidet. Barfuß hatten sie den langen Weg von Mailand nach Lodi gehen müssen. Die Leinenhemden waren vom Schmutz der Straße besudelt und klebten an den ausgemergelten Körpern. An einem Strick um den Hals trugen die Ritter ihre blanken Schwerter. All ihre Pracht war von ihnen abgefallen. Jeder Mailänder musste vor dem Kaiser auf die Knie fallen, seine Stiefel küssen und feierlich geloben, nie wieder das Schwert gegen den Stauferherrscher zu erheben. Dann wurden ihre Fahnen neben dem Baldachin des Kaiserpaars in den Schlamm geworfen.

Heinrich blickte abwesend in die Gesichter der Männer, die dem Kaiser vorgeführt wurden. Seine Gedanken waren bei Rother. Was war mit dem Jungen geschehen? Lebte er noch irgendwo in einem tiefen Verlies in der Stadt, oder hatten die Mailänder ihn längst getötet?

Mit lautem Rumpeln fuhr der Fahnenwagen der Mailänder vor. Die *carozza*! Noch nie war der Wagen in einem Krieg in die Hände des Feindes gelangt. Er war das Symbol für den Stolz der Stadt. Die Seitenwände der *carozza* waren aus dicken Eichenbohlen gezimmert, die durch breite Eisenbänder verstärkt wurden. Der Karren erinnerte an eine fahrende Burg, mit den Zinnen auf den Seitenwänden und den Schilden, die daran herabhingen.

Zwei Dutzend Männer zogen den Wagen auf den Hof. Offenbar gab es keine Pferde und Ochsen mehr in der Stadt. Die groben Hanfseile hatten den Zugknechten die Hände blutig gescheuert.

In der Mitte des Wagens erhob sich ein schlanker Mast, der gekippt worden war, damit man die *carozza* durch das Tor der Pfalz bringen konnte. An der Mastspitze hing ein Bild des heiligen Antonius, des Schutzpatrons Mailands. Selbst an diesem grauen Tag leuchtete die goldene Corona des Heiligen.

Unterhalb des Bildes war die Fahne Mailands gehisst. Schwer vom Regen, bewegte sie sich nur träge, so als laste die Schande dieses Tages ebenso auf ihr wie auf den geschlagenen Rittern in den Büßerhemden.

Auf ein Fanfarensignal hin wurde der Mast ein zweites Mal niedergelassen. Seine Spitze neigte sich nun zum Baldachin des Kaisers. Friedrich erhob sich und trat in den Regen. Er griff nach dem nassen Fahnentuch, riss es mit einem Ruck vom Mast und schleuderte es in den Schlamm.

Einige der Mailänder Ritter stöhnten auf, ganz so, als habe Barbarossa sie niedergestoßen. Die meisten jedoch starrten apathisch auf den Boden, ohne irgendeine Regung zu zeigen.

»Besiegt ist Mailand«, verkündete Friedrich mit lauter Stimme. »Und wie es getan hat, so hat ihm Gott getan!«

Die italienischen Verbündeten des Kaisers begrüßten die Demütigung mit lautem Hurra. Heinrichs Lippen jedoch blieben versiegelt. Er dachte an Rother.

»Dir ist also klar, was du zu tun hast, Ricardo?« Rainald sah den Söldnerführer prüfend an. Er hatte blondes, leicht gelocktes Haar und himmelblaue Augen. Fast wie ein Engel, dachte der Erzbischof kurz. Aber er hatte ihn geprüft!

Der Hass des Mannes gegen die Mailänder war so groß, dass er vor nichts zurückschrecken würde. Er hatte dem Kaiser in den letzten Wochen als Scharfrichter gedient und die grausamen Strafen vollzogen, die gegen gefangene Schmuggler und Krieger aus Mailand verhängt worden waren.

»Meine Männer warten auf Befehle. Jeder hat zwei Säcke mit Reisig und einige Fackeln. Gestern Nacht haben Plünderer bereits die ersten Häuser in Brand gesetzt. Es hat also schon begonnen … Später wird man glauben, dass die Flammen von einem der benachbarten Stadtpaläste übergesprungen sind.« Er lächelte dünn.

Rainald klappte die Schatulle auf, die vor ihm auf dem Tisch stand, und nahm einen prall gefüllten Lederbeutel heraus. »Für deine Mühen, Ricardo.« Er warf ihn dem Söldner zu. »Zur Mittagsstunde will ich das Feuer sehen!«

Der Krieger fing geschickt den Geldbeutel und schob ihn sich hinter den Gürtel. »Niemand in der Stadt wird dieses Feuer übersehen können.«

»Dein Wort in Gottes Ohr!«

Ricardo lachte leise. »Ihr seid ein wahrhaft außergewöhnlicher Diener des Herrn.« Er verneigte sich knapp und ging zur Tür.

»Schick mir die drei Ritter, die draußen warten.« Der Söldner nickte noch einmal und schloss hinter sich die Tür.

Rainald fröstelte es. Er wandte sich um und sah zu dem schlichten Holzkreuz, das an der weiß getünchten Wand hing. »Es geschieht zum Wohle der Christenheit«, flüsterte er. »Du hast mir ein Zeichen gesandt, Herr. Du hast den Willen der Widersacher gebrochen. Was geschehen wird, geschieht, weil du so entschieden hast. Ich werde dein Werkzeug sein.«

Der Erzbischof hatte an diesem Morgen nichts essen können. Er war unruhig. In den nächsten Stunden würde sich entscheiden, ob sein Traum von einem goldenen Cöln Wirklichkeit werden würde. Als die Tür geöffnet wurde, wies er, ohne sich umzusehen, auf vier Leinensäcke, die auf seinem schmalen Bett lagen. »Nehmt jeder einen. Das werden wir brauchen, wenn wir nach Mailand reiten.«

»Ihr reitet mit uns, Herr?« Annos dunkle Stimme war leicht von den Stimmen der beiden anderen zu unterscheiden. Ludwig hatte stets den Unterton des Zweiflers, und Heinrich verfiel leicht in die Sprache eines Predigers.

»Ihr habt ganz recht gehört. Ich werde euch begleiten. Habt ihr etwa gedacht, dass ich es mir nehmen lasse, bei diesem heiligen Unterfangen dabei zu sein? Es ist alles vorbereitet. In einem Gehöft nicht weit von hier steht ein angeschirrter Karren.«

»Aber es könnte gefährlich …«

»Das war es beim Kloster Bagnole auch«, unterbrach der Erzbischof Anno scharf. »Wenn man von einer Sache überzeugt ist, dann begnügt man sich nicht damit, andere auszuschicken. Ich will die Särge sehen und meinen Segen über sie sprechen. Seid ihr bereit?«

Einer der drei Ritter räusperte sich leise. Rainald drehte sich ungehalten um. Ludwig hatte einen der Leinensäcke geöffnet und betrachtete augenscheinlich verärgert den gelbroten Waffenrock darin. »Das sind die Farben der Stadt Novara!«

»Ganz recht. An der Porta Vercellina sind mehr als hundert Novaresen eingesetzt, um die Verteidigungsanlagen der Stadt zu zerstören, und soweit ich gehört habe, belassen sie es nicht dabei. Novaras Feindschaft mit Mailand ist so alt wie die beiden Städte. Soll man denken, sie seien in Sankt Giorgio al Palazzo eingedrungen.«

»Und was wird mit Rother?«, fragte Heinrich zögerlich. »Wollen wir nach dem Jungen suchen?«

Der Erzbischof wedelte unwirsch mit seiner rechten Hand. »Wir dürfen unser heiligstes Ziel nicht aus den Augen verlieren! Aber seid unbesorgt. Ich habe fast zwanzig Spitzel in der Stadt, und Acerbus Morena, der Podesta von Lodi, ist unter den zwölf, die der Kaiser nach Mailand schickte, um allen Würdenträgern der Stadt den Treueschwur abzunehmen. Acerbus wird diejenigen finden, die Rother verurteilt haben, und mir berichten, was mit dem Jungen geschehen ist. Doch genug geredet!« Rainald hob den letzten Leinensack von seinem Bett. »Lasst uns nach Mailand reiten!«

Dichter, beißender Qualm trieb durch die Straßen der geschundenen Stadt. Heinrich hatte einen Zipfel seines Umhangs vor Mund und Nase gezogen, um sich vor Rauch und Gestank zu schützen. Überall erscholl infernalisches Geschrei. Der Kaiser hatte seine italienischen Verbündeten auf Mailand losgelassen und ihnen den Befehl erteilt, zu plündern und zu zerstören.

Auf den Straßen lagen brennende Haufen aus zerschlagenen Möbeln und zerrissenen Kleidern. Wer es nicht geschafft hatte, rechtzeitig zu fliehen, musste um sein Leben fürchten. Es hieß, Barbarossa habe beschlossen, Mailand dem Erdboden gleichzumachen.

Es dauerte lange, bis die drei Ritter und der Erzbischof die kleine Kirche erreichten, von der Rother erzählt hatte. Heinrich zügelte sein Pferd. Anno sprang vom Kutschbock und eilte neben dem Erzbischof die Stufen zum Portal empor.

Heinrich schaute Ludwig an. »Bleibst du bei den Pferden?«

Sein Kamerad nickte. Misstrauisch sah er zu den Eingängen der beiden Gassen, die auf den Kirchplatz führten. Bisher hatte sie niemand behelligt. Die Verbündeten beachteten sie nicht, und die Mailänder versuchten, ihnen aus dem Weg zu gehen.

Auf den Stufen zur Kirche lag ein Mädchen. Ihre Kleider waren zerrissen und voller Blut. Mit weit aufgerissenen Augen starrte sie in den rauchverhangenen Himmel. Heinrich kniete neben ihr nieder. Sie war tot. Der Ritter schloss ihre Lider und murmelte ein kurzes Gebet für ihr Seelenheil. Sie war höchstens zwölf Jahre. Auf den Stufen einer Kirche geschändet und ermordet! Was für ein Fluch lag auf dieser Welt! Voll Wut und Verzweiflung blickte er zum Portal auf. Steinerne Heilige säumten den Eingang. Mit steinernem Blick und steinernen Herzen hatten sie zugesehen. Heinrich dachte daran, dass ein Erzbischof sie bei ihrer ruchlosen Tat anführte. Ein Erzbischof, der Kirchen plünderte! Wo war Gott? Hatte er die Welt schon längst verlassen?

Das weite Kirchenschiff war voller Rauch, doch augenscheinlich hatten es bislang noch keine Plünderer gewagt, das Gotteshaus zu betreten. Heinrich folgte dem Weg, den Rother beschrieben hatte, und stieg die schmale Treppe zur Krypta hinab. Dort fand er Anno und den Erzbischof. Sie knieten vor einem geöffneten Sarg und beteten. Weihrauchschwaden hingen so dicht in dem niedrigen Gewölbe, dass Heinrich sich nach wenigen Atemzügen ganz benommen fühlte. Er bekreuzigte sich. Endlich waren sie am

Ziel! Sie hatten die Drei Heiligen Könige gefunden. Die Zeugen von Christi Geburt. Ein frommer Schauder überlief ihn. Er trat hinter Anno und Rainald, um einen Blick in den ersten Sarg zu werfen, den seine Gefährten aufgebrochen hatten. Der Leichnam darin war ungewöhnlich klein, seine Haut von dunklem Braun und straff wie Pergament. Die vertrockneten Lippen waren zurückgezogen, so dass der Tote zu lächeln schien. Die Augen waren nur mehr zwei kleine schwarze Höhlen. Unter einem zerbröckelten Kopfputz lugte eine Strähne rötlich schwarzen Haars hervor.

Die Arme des Toten waren über der Brust gekreuzt. Der Körper, in rissigen, rotbraunen Stoff gehüllt, wirkte hager und eingefallen. Heinrich hatte sich die Leichen der Heiligen anders vorgestellt. Es hieß doch, ihre Körper würden niemals verfallen, und selbst Jahrhunderte nach dem Tod würden sie noch wie Schlafende aussehen.

Rainald richtete sich auf. »Wir müssen uns beeilen. In dieser Stadt sind sie nicht mehr sicher. Gott allein weiß, ob die Plünderer nicht auch in die Kirchen stürmen werden.«

»Was tun wir, wenn die gottlosen Mordbrenner draußen auf den Straßen versuchen, uns die Heiligen zu rauben?«, fragte Heinrich. »Wir sind nur zu viert.« Sie hätten mit ein Hundertschaft Reiter kommen sollen. Das hier war der blanke Leichtsinn!

»Vertrau auf Gott. Er wird uns schützen! Und nun nimm mit Anno einen der verschlossenen Särge. Ich werde hier unten bleiben und über die anderen zwei wachen. Den geöffneten Sarg bringen wir zuletzt hinauf.«

Schweigend machten sich die Ritter an die Arbeit. Die Särge waren sehr leicht, fast als seien sie leer.

Als sie den zweiten hinauftrugen, strauchelte Heinrich

bei einer ausgetretenen Stufe. Der Sarg geriet ins Rutschen und stieß Anno vor die Brust. Der Sennberger fluchte, verstummte aber sofort und begann leise um Vergebung zu beten. Die Heiligen Drei Könige mochten ihm verzeihen. Hoffentlich war die kostbare Reliquie nicht zu Schaden gekommen.

»Können wir weiter?«, brummte Anno ungehalten.

Heinrich nickte nur erschrocken.

Als sie das Portal der Kirche fast erreicht hatten, trat ihnen ein Priester in den Weg, ein kleiner, gebückter Mann mit ausgezehrtem Gesicht und kahlem Schädel. Seine kräftige Stimme jedoch stand in bemerkenswertem Gegensatz zu seiner zerbrechlichen Erscheinung. »Was tut Ihr hier?«

»Wir retten die Schätze der Kirche vor Plünderern«, entgegnete Anno hastig.

»Wer sollte es wagen, das Haus Gottes zu bestehlen?« Der alte Priester trat ein paar Schritt näher. Er zog das rechte Bein nach.

»Aber, Herr«, mischte sich nun Heinrich ein, »die Schätze sind hier nicht sicher! Habt Ihr denn keine Augen? Sogar vor dem Portal Eurer Kirche wurde schon gemordet.«

»Und warum sollte ich dulden, dass ausgerechnet ihr Novaresen meinen Kirchenschatz rettet? Ich weiß sehr wohl, was von euch Söldnerseelen zu halten ist. Ihr hättet doch nicht einmal Skrupel, eure eigene Mutter zum Hurendienst zu zwingen! Also kehrt zurück, sonst …«

»Was geschieht sonst?«, erklang die schneidende Stimme des Erzbischofs vom Eingang zur Wendeltreppe. »Glaubt Ihr, den Zorn Gottes auf uns herabrufen zu können? Was denkt Ihr, warum Eure Stadt gefallen ist? Weil Gott auf Eurer Seite steht?«

»Ihr redet Eure Seele ins Fegefeuer, Verdammter!«

Der Fürsterzbischof trat in das weite Kirchenschiff. »Bringt den Sarg hinaus!«, befahl er, und seine Stimme hallte von den hohen Wänden wieder.

»Ich verbiete Euch …« Der Priester wandte sich wütend von Dassel zu. Er hob die Arme, als wolle er im Zweifelsfall mit seinen Fäusten auf die Plünderer eindreschen. Mitten in der Bewegung verharrte er. »Ich kenne Euch! Ihr seid der Erzbischof von Cöln!«

Von Dassel lächelte auf eine Art, die Heinrich das Schlimmste befürchten ließ. »Der Herrgott hat Euch mit ausgezeichnetem Augenlicht gesegnet, Bruder in Christo. Nun lasst mich Euch die Maskerade erklären. Der Kaiser schickt mich. Er ist in großer Sorge, weil die Banden der Plünderer gänzlich außer Kontrolle geraten sind. Er hat mir und einigen anderen Bischöfen aus seinem Gefolge befohlen, die Kirchenschätze Mailands zu retten. Natürlich könnt Ihr mit uns kommen und höchstpersönlich darüber wachen, dass keine dieser Kostbarkeiten in falsche Hände gerät.«

Der Priester zog misstrauisch die Brauen zusammen. »Und wohin werden sie gebracht?«

»Nach Lodi. Wie Ihr wisst, weilen dort einige Eurer Konsuln. Sie selbst dürfen bestimmen, wie mit den Kirchenschätzen verfahren wird.«

Der Alte wirkte erleichtert. »Ihr seid ein besserer Mensch, als man mir berichtet hat.«

»Die Welt ist voller Verleumdung. Kommt, Bruder, ich stütze Euch. Wie ich sehe, tragen Euch Eure Beine nicht mehr so recht.« Der Erzbischof nahm den Alten zur Seite und schob ihm den Arm unter die Achseln.

Der Priester lächelte. »Wer hätte je gedacht, dass mir eines Tages ein leibhaftiger Erzbischof als Krückstock dienen würde.«

»Gottes Wege sind unergründlich, Bruder. Sagt, sind noch andere Geistliche in diesem Hause? Wenn sie uns zur Hand gehen, werden die Schätze schneller geborgen sein.«

Der Alte schüttelte mürrisch den Kopf. »Alle sind sie fortgelaufen! Die Feiglinge!«

Heinrich atmete erleichtert auf. Der Erzbischof besaß wahrhaft die Macht des Wortes. Wie er den Priester dazu gebracht hatte, sie freiwillig in die Gefangenschaft zu begleiten … Gewiss war es das Beste für den Alten. In seiner Kirche wäre er in höchster Gefahr.

Sie hatten fast das hohe Tor erreicht, als Heinrich aus den Augenwinkeln sah, wie der Erzbischof einen Dolch aus seinem Gürtel zog. Der alte Priester murmelte leise vor sich hin. Er bemerkte nicht, was geschah. Ohne zu zögern zog Rainald dem Mann die Klinge über die Kehle. Abrupt trat der Erzbischof zurück und ließ den Alten zu Boden sinken.

Ungläubig blickte der Sterbende zum Erzbischof auf. Er presste sich die Hand auf die klaffende Wunde. Er wollte etwas sagen, doch das Blut in seiner Kehle erstickte die Worte.

»Verzeih mir, Bruder!«, flüsterte von Dassel. »Warum auch musste Gott einen Mann in deinem Alter mit so guten Augen segnen.«

Heinrich wurde übel. Er glaubte, sich übergeben zu müssen und setzte behutsam den Sarg ab. Anno starrte ihn wortlos an.

»Was ist los, Heinrich von Friesheim?« Der Erzbischof kniete sich neben den sterbenden Priester. »Danke Gott, dass du nicht meine Entscheidungen zu treffen hast. Glaubst du, mir fällt es leicht, einen alten Mann vor einem geweihten Altar im Angesicht Gottes zu ermorden? Warum treiben wir wohl diese Maskerade? Weil niemand wissen darf, was mit den Drei Königen geschehen ist, bis sie sicher in Cöln angekommen sind.«

Heinrich glaubte zu ersticken. Wer war dieser Erzbischof? Ein Bote des Teufels? Wie hatte er sich darauf einlassen können, einen Pakt mit ihm zu schließen? Langsam wich der Ritter zum Portal zurück. Was war mit der Welt geschehen? Hatte jemand sie vollkommen aus den Angeln gehoben?

Als er rückwärts die Stufen zur Kirche hinabging, strauchelte er über den Leichnam des Mädchens und stürzte. Der Erzbischof war ihm gefolgt. Eingerahmt von steinernen Heiligen stand er im Kirchenportal. Der Himmel über ihm war schwarz von Rauch.

»Bist du für den Kaiser oder ein Verräter?« Von Dassel standen Tränen in den Augen. Trauerte er wirklich um den alten Priester, oder war auch dies nur Maskerade?

»Für den Kaiser«, flüsterte Heinrich. Wenn er je zur neuen Ritterschaft der Templer gehören wollte, dann musste er diesen Weg bis zu Ende gehen. Ohne eine Empfehlung des Erzbischofs würde er die Ketten, die ihn an seine Familie fesselten, nicht zerreißen können.

»Ich habe dich nicht verstanden, Heinrich«, sagte von Dassel durchdringend.

»Für den Kaiser!«, schrie der Ritter. Im selben Moment begannen die Glocken einer nahen Kirche zu läuten. Ein zweiter Turm antwortete. Und noch einer. War dies der Auftakt zum Jüngsten Gericht?

»Die Kathedrale!«, rief Ludwig, der noch immer bei den Pferden stand. »Der Glockenturm der Kathedrale brennt! Himmelhohe Flammen schlagen aus den Fenstern!«

Voller Entsetzen sah Heinrich das brennende Gotteshaus. Wer tat so etwas? Hier wüteten doch keine Heiden! Sie alle waren Ritter der Christenheit!

Rainald von Dassel verschwand ohne ein Wort wieder in der Kirche. Wie konnte er völlig teilnahmslos bleiben, während das prächtigste Gotteshaus der Lombardei in Flammen stand? Als Mann Gottes hätte er empört aufschreien müssen, dachte Heinrich. Er hätte sich den Plünderern entgegenwerfen müssen. Gewiss, ihre Mission war wichtig und duldete keine Verzögerung. Das sah Heinrich ein. Und doch ... Hätte der Erzbischof nicht wenigstens ein Wort des Bedauerns sprechen können? Betroffenheit zeigen, über diesen schwarzen Tag des Christentums. Aber regierte in Mailand überhaupt noch Gottes Wille? Oder waren sie alle zu Handlangern Satans geworden?

Anno und der Erzbischof brachten den zweiten Sarg zum Wagen. Ludwig hatte sich zu Heinrich gesellt. »Was ist geschehen?«

»Ein Priester ... Der Erzbischof hat ...« Heinrich brachte kein Wort mehr heraus. Der Rauch brannte in seiner Kehle. Wind war aufgekommen und trieb große schwarze Rußflocken wie schwarzen Schnee vor sich her. Als der Ritter sich aufrichtete, erschienen ihm seine Glieder schwer wie Blei. Er ging ein paar Schritte fort von dem Karren. Bisher war ihm gar nicht aufgefallen, wie viele Tote auf dem Kirchplatz lagen. Sechs oder sieben ... Männer, Frauen und Kinder. Man hatte ihnen die Kleider vom Leib gerissen und sie für die Krähen liegen gelassen. Der Ritter sah zum Glockenturm der Kathedrale. Der Wind fachte die Flammen an. War dies das Ende der Welt?

»Heinrich?« Die Stimme war so leise, dass der Ritter sie fast nicht gehört hätte. Einer der *Toten* hob den Kopf. Eine ausgezehrte Gestalt, den Körper mit schwärenden Wunden bedeckt. Das Gesicht war eine Maske aus Schmutz, aus der fiebrig glänzende Augen starrten. »Heinrich?«

»Wer …« Dem Ritter stockte die Stimme, als er sah, was man der Jammergestalt angetan hatte. Dort, wo Hände und Füße hätten sein sollen, waren nur noch rot entzündete Stümpfe.

»Heinrich!« Der Verstümmelte stützte sich auf seine Ellbogen und rutschte über das blutbesudelte Pflaster auf ihn zu.

Der Ritter wich erschrocken zurück. War eine der gemarterten Seelen der Hölle an diesen Ort emporgestiegen, um ihn in die Verdammnis hinabzurufen?

»Erkennst du mich nicht? Ich bin es … Rother!«

»Du …« Heinrich kniete neben dem Jungen nieder. Rothers Haar war so schmutzig, dass man seine Farbe nicht mehr erkennen konnte. Ein süßlicher Gestank umfing den Jungen, als habe er sich geradewegs aus einem frischen Grab erhoben.

»Endlich seid ihr gekommen … sie zu holen … Ich habe … sie bewacht.«

»Was hat man dir angetan?« Heinrich schloss Rother in die Arme. Heiße Tränen rannen ihm über die Wangen.

»Ich bin ihr Wächter … der Wächter der Könige.« Rother lachte auf unheimliche Weise. »Nur um zu essen, war ich fort. Sie sprechen zu mir. Sie haben mir gesagt, dass ihr kommen werdet.« Wieder unterbrach ein halbersticktes Lachen seine Worte. »Und der Erzbischof ist ihr Kutscher.«

Heinrich strich dem Jungen durch das strähnige Haar. Rothers Körper glühte im Fieber. »Es wird alles …« Der Ritter brach ab. Nichts wird wieder gut. Nie wieder!

»Heinrich!«, erscholl Ludwigs Ruf vom Wagen.

»Hörst du?«, flüsterte Rother. »Die Könige rufen uns. Du sollst an meiner Seite reiten.«

Heinrich blickte erschüttert auf den Jungen. Die Schmerzen hatten ihm den Verstand verwirrt. Aber seine Augen leuchteten voller Glück. Der Ritter versuchte sich vorzustellen, was Rother in den letzten Wochen durchgemacht haben musste. Und er fragte sich, woher sein Gefährte die Kraft genommen hatte zu überleben.

»Hol mein Pferd! Ich werde an der Spitze des Wagenzuges reiten. Ich bin der Ritter der Drei Könige! Du kennst doch mein Wappen: drei Kronen auf blutigem Grund. Und du sollst an meiner Seite reiten!«

»Ja«, flüsterte Heinrich mit rauer Kehle. »Sie rufen auch mich.« Er nahm den Jungen auf die Arme und ging zu den Pferden.

»Wer ist der Krüppel?«, fragte Ludwig, als er ihm die Zügel reichte.

Heinrich antwortete nicht. Er hob den Jungen in den Sattel und stieg dann selber auf. Mit der Linken hielt er Rother fest umklammert. Dann lenkte er sein Pferd an die Spitze des kleinen Zuges, der den Kirchplatz verließ.

»Hörst du all die Glocken!«, krächzte Rother in seinem Wahn. »Das Himmelreich ruft uns!«

Heinrich schwieg.

»Mailand, die Blume Italiens, war gebrochen. Am heiligen Osterfeste las Rainald von Dassel in den Ruinen der Kathedrale die Messe, und der Kaiser und all seine Ritter hatten sich versammelt, um Gottes Gerechtigkeit zu danken. Nur Heinrich fehlte. Er war beim ehemaligen Liebling der Mächtigen geblieben. Rothers Fieber wollte nicht weichen. Es schien, als könne der Junge die Welt der Sterblichen nicht mehr in ihrer wahren Gestalt erfassen. Vielleicht zeigte sich darin Gottes Gnade.

Die Drei Könige hatte man bei Nacht nach Lodi gebracht. In einer Kammer tief unter der Pfalz standen ihre Särge verborgen, und es sollten noch zwei Wochen vergehen, bevor der Erzbischof ihr Geheimnis erfuhr. Etwas, um das die Kirchenfürsten von Mailand schon lange gewusst haben mussten …«

Auf dem Gut des Ingerimm von Waldeck, am dritten Januar des Jahres 1189

Der Alte mit der Maske hatte aufgehört zu erzählen. Hartmann sah ihm lange zu, wie er schweigend in die fast verloschene Glut des Kamins blickte. Endlich wagte er es, eine Frage zu stellen.

»Und was wurde aus dem Jungen?«

Der Alte schüttelte den Kopf. »Das ist eine andere Geschichte.«

»Und das Geheimnis der Drei Könige?«

»Es Euch zu verraten, hieße, Euch Euren Glauben zu nehmen.«

»Woher wisst Ihr das alles? Seid Ihr einer der Ritter?«

»Vielleicht«, brummte der Alte.

»Warum habt Ihr mir diese Geschichte erzählt, wenn Ihr nicht bereit seid, mit mir darüber zu reden?«

»Wenn Ihr das nicht verstanden habt, Bursche, dann habe ich meine Zeit mit Euch verschwendet.« Er erhob sich. »Gute Nacht, und träumt süß von Eurem Heiligen Krieg.«

Hartmann sah dem Alten verärgert nach. Verdammter Ketzer, dachte er. Vorsichtig tastete sich der Spielmann durch den dunklen Raum zu seiner Bettstatt. Müde zog er den Vorhang zur Seite und ließ sich auf seinen Strohsack sinken. Es war kalt. Jemand hatte ihm zwei Decken hingelegt.

Hartmann fielen die Augen zu. Es musste weit nach Mitternacht sein. Er sollte morgen früh aufstehen, damit er ein gutes Stück Weg schaffte und rechtzeitig zum Dreikönigsfest bis Cöln kam.

Hartmann erwachte, als sich neben ihm jemand auf den Strohsack schmiegte. »Kein Wort«, flüsterte eine ihm vertraute Stimme. »Hier im Saal sind zwanzig Ohren, die selbst im Schlaf noch einen Floh furzen hören.«

»Aber …«

Gudrun versiegelte seinen Mund mit einem Kuss. »Ich bin nie zuvor einem Mann begegnet, der so freundlich zu mir war. Ich möchte mich bedanken. Aber ich bin arm. Mir gehören nicht einmal die Kleider, die ich trage. Also schenke ich Euch meinen Leib, Herr.« Ihre Hand strich über die Schnüre seines Wamses.

»Dein Herr wird …«

»Keine Sorge. Er kam übellaunig herauf in den Turm und hat mich aus seinem Bett gestoßen. Wenn er in dieser Stimmung ist, schläft er stets bis weit in den Mittag hinein, und bevor die erste Magd aufsteht, um das Feuer im Kamin wieder zu entfachen, haben wir noch mindestens zwei Stunden.« Mit geschickten Fingern öffnete Gudrun sein Wams.

Hartmann lauschte auf die Geräusche der Schlafenden. Zwei Schnarcher wetteiferten miteinander. Irgendwo wimmerte ein Kind, gequält von schlechten Träumen. Draußen heulte immer noch der Sturm. Nein, einen Floh würde man nicht husten hören. Dennoch sollte er Gudrun davonjagen. Wenn man sie beide hier ertappte …

Ihre Hand glitt bis zum Saum seines Wamses hinab. Hartmann spürte, wie ihm das Blut zwischen die Schenkel schoß. Zögernd tastete er nach ihr. Gudrun schien gut im Dunkeln sehen zu können. War sie ein Geschöpf der Nacht?

Sie nahm seine Hand und schob sie unter die Verschnürung ihres Mieders. Warmes, weiches Fleisch schmiegte sich in Hartmanns Hand. Er spürte, wie die Knospen ihrer Brüste unter seinen Fingern hart wurden.

Gudruns Hände waren tiefer gewandert. Sie öffneten Gürtel und Hose. Als sie seine Beinkleider zurückschob, erschauerte Hartmann. Ingerimms Geliebte ergriff seinen Mast, der zu sinken drohte. Mit flinken Fingern entfachte sie neue Glut. Dann beugte sie sich hinab, und das rosige Fleisch ihrer Lippen löste ihre Finger ab.

Hartmann stöhnte leise vor Lust. Sofort zog Gudrun sich zurück. »Keinen Laut!«, wisperte sie aufgebracht. »Sie werden uns beide totprügeln, wenn sie uns so finden.«

In diesem Augenblick hätte Hartmann ihr seine Seele versprochen, damit sie nicht aufhörte. Gudrun hob ihr Kleid und hockte sich über seine Schenkel. Mit der Hand half sie nach, ihn durch die Pforte der Glückseligkeit zu führen. Eng wie eine kleine, feuchte Faust schloss sie sich um ihn. Hartmann biss sich auf die Lippen, um sich mit keinem Laut zu verraten. Das erzwungene Schweigen fachte seine Lust noch weiter an.

Ganz langsam hob und senkte sie sich, so dass Kleider und Stroh kaum raschelten. Ihre Finger hatten seine Brust bloßgelegt und krallten sich in sein Fleisch. Wann immer er versuchte, schneller zu stoßen, richtete sie sich ein wenig auf und entzog sich seiner Leidenschaft. Ihre langsamen, stetigen Bewegungen waren ihm zugleich Folter und Genuss. Sie spielte mit ihm und trieb ihn geschickt dem letzten Aufbäumen entgegen. Sie schien seinen Leib zu beherrschen. Jedes seiner Gefühle. Vielleicht zwei Herzschläge bevor er sich in sie verströmte, presste sie ihm eine Hand auf den Mund. Er biss sie in seiner Leidenschaft, bäumte sich wild gegen den Druck ihrer Schenkel. Auf den Augenblick größter Glückseligkeit, folgte Müdigkeit. All sein Feuer war verloschen. Er fühlte sich wie ein treibender Ast in einem breiten, langsam dahinfließenden Strom. Die Luft in der engen Bettstatt war schwer vom süßen Duft des Liebesspiels. Hatte er ihr dasselbe Glück geschenkt? Kein Laut war über ihre Lippen gekommen.

Gudrun schmiegte sich an ihn. Ihre Hände vergruben sich in seinem Haar. »Mein Ritter«, hauchte sie mit samtener Stimme. »Was würde ich dafür geben, noch einmal eine solche Nacht erleben zu dürfen.« Sie verstummte für einen Augenblick. »Doch ich bin hier gefangen. Muss dem Alten zu Willen sein, wann immer es ihm nach mir verlangt.«

Hartmann war noch ganz benommen vom Liebesspiel. Sein Herz raste. Es tat gut, in den Armen einer Frau zu liegen. »Und warum läufst du nicht fort?«

»Wohin sollte ich schon gehen? Es gibt niemanden, der mich vor Ingerimm beschützen könnte. Der Alte hat Pferde und viele Knechte. Er hätte mich wieder eingefangen, noch bevor ich auch nur zehn Meilen weit gekommen wäre.«

Hartmann ballte die Fäuste. Er konnte das hilflose Weib doch nicht einfach in den Fängen dieses Ungeheuers zurücklassen. Er war ein Ritter! Er hatte geschworen, die Schwachen zu schützen. Und er war auf Pilgerfahrt! Vielleicht hatte Gott ihm diese Aufgabe gestellt? »Und wenn wir zusammen fliehen? Es wird noch lange dauern, bis die Sonne aufgeht. Wir könnten ein gutes Stück Weg zwischen uns und dieses Haus bringen, bevor man überhaupt bemerkt, dass wir fort sind.«

»Das würdet Ihr für mich tun, Herr? Euer eigenes Leben

aufs Spiel setzen, nur für mich? Ich bin keine Frau mit gutem Ruf.«

»Rede nicht so! Du bist eine wunderbare Frau.« Er strich ihr sanft über die Wange. »Ich werde dich retten, so wie Tristan seine Isolde vor dem tyrannischen Marke rettete.«

»Hat diese Liebe nicht beide das Leben gekostet?«

Hartmann lächelte. »Du kennst die Geschichten der Sänger gut. Wir werden es geschickter anfangen.« Er küsste sie. »Lass uns keine Zeit verlieren!« Hartmann war sich klar, dass das der blanke Wahnsinn war! Er verspielte seine Ehre. Wahrscheinlich sogar sein Leben. Für ein paar Liebesnächte ... Wie lange würde sie bei ihm, dem Habenichts, wohl bleiben, wenn sie erst einmal gerettet war. Eine Woche? Zwei? Aber was zählte das schon.

»Du willst mich wirklich mit dir nehmen?« Ein merkwürdig trauriger Ton lag in Gudruns Stimme. »Alles riskieren ...«

Hartmann zog seine Hosen hoch. »Du brauchst warme Kleider. Ich erwarte dich im Stall. Ich werde das Pferd deines Herrn für dich satteln. Es soll dein Lohn für die Erniedrigungen sein, die du durch ihn erfahren hast. Du kannst doch reiten?«

»Gewiss.«

Der junge Ritter zog den Vorhang vor der Schlafstatt zurück. Er musste noch seinen Umhang und seine Stiefel vor dem Kamin suchen. Aus einer der anderen Schlafkammern tönte immer noch lautes Schnarchen. Es war so finster, dass man kaum die Hand vor Augen sah.

Gudrun hatte nicht lange gebraucht, um ihre Kleider zusammenzusuchen. Gemeinsam schlichen sie über den Hof zum

Stall. Der Schnee, der in der Nacht gefallen war, dämpfte ihre Schritte. Erst im Stall wagten sie es, ein Licht zu entfachen. Zufrieden sah Hartmann, dass seine Stute Esseilte gut versorgt war. Ingerimms *Schlachtross* war ein alter Rappe, der seine besten Tage offensichtlich schon hinter sich hatte. Er würde Gudrun gewiss keine Schwierigkeiten bereiten.

Hartmann fühlte sich wie der Held aus einer seiner Epen. Es war, als rette er eine Jungfer vor einem Unhold, so wie Iwain und all die anderen Großen der Vergangenheit. Gudrun warf sich eine Pferdedecke über die Schultern. Ihr rotes Haar fiel in breiten Strähnen über die verfilzte Decke. Der Atem spielte in weißen Wölkchen um ihre Lippen. Hartmann lächelte. Mit ein wenig Glück würden sie für die nächste Nacht ein kleines Gasthaus finden. Dort müssten sie dann nicht mehr leise sein.

Knarrend öffnete sich die Stalltür. Ingerimm trat ein. Er trug ein langes Kettenhemd und hielt ein blankes Schwert in der Hand. Hinter ihm drängten sich einige Knechte mit Spießen.

Hartmanns Hand fuhr zum Schwertgriff.

»Mach nicht noch mehr Dummheiten, Kerl!«, sagte Ingerimm in ruhigem Tonfall. So wie der heiße Atem aus dem runden Loch in der Mitte seiner Ledermaske stieg, erinnerte er mehr denn je an ein Ungeheuer. Der Alte trat zur Seite. Hinter ihm stand ein Diener mit gespannter Armbrust. »Ich warne dich, Hartmann. Gero ist ein ausgezeichneter Schütze, und er wird nicht zögern, dich zu töten, wenn du nach deinem Schwert greifst!« Er machte eine Bewegung in Gudruns Richtung. »Packt die Metze!«

Hartmann warf sich zu Boden und zog blank. Gero hatte nicht geschossen, wie Hartmann erhofft hatte. Stattdessen war er mit der Armbrust langsam seinen Bewegungen gefolgt. Der Knecht blickte zu seinem Herrn.

»Bitte, ergib dich«, flehte Gudrun. Zwei der Knechte packten sie und zerrten sie aus dem Stall.

Hartmann starrte auf die Armbrust. Warum hatte dieser Bastard nicht geschossen? Jetzt war es aussichtslos. Bevor er Deckung finden würde, hätte er einen Bolzen im Rücken.

»Lass das Schwert fallen!«, rief Ingerimm.

Drei Knechte mit Spießen und Heugabeln drangen auf Hartmann ein. Es war vorbei! Er gehorchte. Mit dumpfem Klirren fiel seine Waffe auf den gestampften Lehmboden.

»Geh zum Feuer in der Halle und hol mir den glühenden Schürhaken!«, befahl Ingerimm ruhig dem Schützen.

Hartmann wurde die Kehle eng. Was hatte der Alte vor? Wollte er Gudrun für ihre Untreue brandmarken?

»Ich habe schon gestern nicht viel von dir gehalten, Hartmann von Ouwe, aber dass du ein elender Pferdedieb und Hurenbock bist, hätte ich nicht gedacht!«

Grobe Hände packten seine Schultern und rissen Hartmann hoch. »Bringt ihn zu dem Block, auf dem das Holz geschlagen wird!«

»Was habt Ihr vor? In Gottes Namen, Ingerimm!« Hartmann stemmte sich gegen die Knechte, doch es waren viel zu viele, als dass er etwas hätte ausrichten können. Er wurde durch das Tor des Stalls in den Schnee gezerrt.

»Niemand würde sein Wort erheben, wenn ich dich einfach zu Tode prügeln ließe. Kommst in mein Haus, vergehst dich an meiner Kebse und willst mich bestehlen!« Der Alte spuckte in den Schnee. »Aber keine Sorge, ich habe mir etwas ganz Besonderes für dich ausgedacht, Lautenschänder!«

Noch einmal versuchte Hartmann sich loszureißen. Doch es war aussichtslos. Es gab kein Entkommen mehr! »Verschont Gudrun! Ihr habt Recht, Ingerimm. Von dem Moment an, in dem ich Eure Halle betreten habe, hat sie mir gefallen. Ich habe sie mit Worten umgarnt und ihr zuletzt so die Sinne vernebelt, dass sie nicht mehr wusste, was sie tat.« Die Knechte zwangen den Ritter neben dem Hackklotz in die Knie.

»Er spielte die Laute mit der rechten Hand«, erklärte Ingerimm kühl. »Und was dein ritterliches Gerede angeht, so wird es nicht verhindern, dass Gudrun bekommt, was sie sich verdient hat!« Der Alte lachte. »Holt Nägel!«

Ein großer, vierschrötiger Kerl brachte eine Handvoll Hufnägel und einen schweren Hammer. »Seine Rechte!«, befahl Ingerimm.

Der Armbrustschütze, den der Unhold Gero genannt hatte, packte ihn beim Arm. »Ihr dürft mich nicht verstümmeln! Ich bin von Stand und verlange, vor ein Adelsgericht zu kommen!« Hartmann versuchte, die rechte Hand an seinen Leib zu pressen. Ein harter Stoß traf ihn in den Rücken. Er stürzte mit dem Gesicht in den Schnee. Sein Arm wurde hochgerissen.

»Hier bin ich Herr und Richter!«, verkündete Ingerimm.

Hartmanns Finger tasteten über die zerfurchte Oberfläche des Holzklotzes. Sein Arm wurde brutal umgedreht. Hartmann stöhnte auf vor Schmerz. Metallische Schläge klirrten. Der Hackklotz vibrierte.

»Richtet ihn wieder auf!«, befahl der Hausherr. »Er soll sehen, was geschieht.«

Mit wachsendem Grauen beobachtete Hartmann, wie der Knecht sechs vierkantige Nägel zwischen seinen gespreizten Fingern ins Holz trieb. Dann folgten zwei Nägel rechts und links vom Handgelenk des Ritters.

»Um Gottes Gnade … Was habt Ihr vor?«

Ingerimm antwortete nicht. Hartmanns Hand wurde mit einer dünnen Lederschnur gefesselt, die zwischen den Nägeln gespannt wurde. Zuletzt konnte er weder die Hand noch einen seiner Finger bewegen. Mit zufriedenem Nicken trat Gero zurück und betrachtete sein Werk.

»Wo steckt Rolf? Er soll endlich den Schürhaken bringen!« Ingerimm hatte sein Schwert in die Scheide zurückgeschoben und stand, die Hände in die Hüften gestemmt, neben dem Hackklotz.

Hartmann hatte begriffen, dass es sinnlos war, um Gnade zu betteln. Er würde seine Strafe ertragen! Und er würde keinen Schmerzenslaut über seine Lippen lassen, was immer dieser Unhold ihm nun auch antat!

Als man Ingerimm den Schürhaken brachte, musterte der Alte eine Weile die rotglühende Spitze. »Die Kirche glaubt, dass das Feuer von Sünde reinigt«, flüsterte er. »Sieh dir das an!« Er hielt Hartmann das gekrümmte Eisen so dicht vors Gesicht, dass der Ritter vor der Hitze zurückzuckte.

Ingerimm fuhr mit dem Haken durch den Schnee, der bösartig aufzischte und eine kleine Dampfwolke in die kalte Luft spie. Dann senkte sich das glühende Eisen auf Hartmanns Hand. Schnell und fast ohne ihn zu berühren, zog der grausame Alte den Schürhaken über Hartmanns Finger und den Daumen. Der Ritter bäumte sich auf und stöhnte. Der Schmerz trieb ihm Tränen in die Augen. Rote Blasen wucherten auf seinen geschundenen Fingern.

»Gebt ihm sein Schwert zurück!«, befahl Ingerimm. »Es ist das Zeichen seiner Ritterlichkeit, und es soll ihm nicht genommen sein. Und holt die Satteltaschen aus meinem Zimmer. Ich selbst werde ihn bis hinter die Grenzen meiner Ländereien bringen. Und sagt der Magd, sie soll ihm Gänsefett auf die Finger streichen und einen Verband anlegen.«

Das Gesinde zerstreute sich, um Ingerimms Befehlen nachzukommen. Der Alte wollte also allein mit ihm fort. Hartmann erhob sich stöhnend. Er würde ihm die Maske vom Gesicht reißen und ihn für seinen Hochmut büßen lassen!

Sie ritten unweit des Rheins. Es war schneidend kalt. Ein leichter Wind kam von Westen, der Schneeflocken vor sich her trieb. Nach langer Dämmerung erklomm, verborgen hinter dunklen Wolkenschleiern, eine müde Sonne den Himmel. Unter dem winterlichen Leichentuch, das über das Land ausgebreitet lag, schien alles Leben verschwunden zu sein. Bis zur Mittagsstunde sahen sie nur zweimal in der Ferne Gestalten, ohne sich ihnen auch nur auf Rufweite zu nähern.

Drei Dörfer hatten auf ihrem Weg gelegen, doch Ingerimm schlug stets einen Bogen um die kärglichen Siedlungen. Nach der Mittagsstunde folgten sie einen Weg am Ufer des Rheins. Der mächtige Fluss war in der Kälte erstarrt, eine bizarre Landschaft übereinandergeschobener Eisplatten. Beständiges Knirschen kündete davon, dass die Oberfläche weitaus trügerischer war, als man auf den ersten Blick vermuten mochte.

Einmal kamen sie an einem Flussabschitt entlang, wo das Eis aufgebrochen war und die großen Schollen in der Strömung aneinanderstießen wie Galeeren verfeindeter Flotten.

Fast die ganze Zeit ritten sie schweigend. Die Kälte marterte Hartmanns verwundete Hand. Ingerimm folgte ihm im Abstand von zwei Pferdelängen. Der Unhold hatte eine Lanze quer über den Sattel gelegt und ließ ihn keinen Herzschlag lang aus den Augen. Sie mussten die Grenzen von Ingerimms Gütern schon lange hinter sich gelassen haben. Warum kehrte dieser Bastard nicht einfach um? Plante er etwa doch, ihn irgendwo an einer einsamen Stelle niederzustechen?

Mittlerweile war Hartmann klargeworden, was Ingerimm mit dieser Strafe beabsichtigte. Der Alte mochte sich einbilden, ein aufmerksamer Beobachter zu sein, doch offensichtlich war ihm nicht aufgefallen, mit welcher Hand er seinen Bierhumpen gestern Nacht gehoben hatte, dachte der Spielmann grimmig.

Hartmann blickte über die verschneite Landschaft. Zu ihrer Rechten lag ein ausgedehntes Waldstück. Die Stämme zeichneten sich schwarz vor dem Schnee ab. Ob er dem alten Rappen Ingerimms einfach davonpreschen konnte? Aber der Schnee war trügerisch. Sollte Esseilte in ein verborgenes Hasenloch treten, mochte ihn das sein Leben kosten. Nein, er würde sich des Alten auf andere Weise entledigen! Er brauchte nur ein wenig Geduld! Dass diesem Dummkopf nicht aufgefallen war, dass er sein Schwert an der rechten Seite trug, dachte Hartmann verwundert. Ein Krieger war Ingerimm gewiss nicht, sonst wäre ihm diese bedeutende Kleinigkeit nicht entgangen.

Der Ritter dachte an den *lahmen* Roland und dankte Gott dafür, dass der fahrende Sänger ihm ein so gestrenger Lehrer gewesen war. Roland hatte immer darauf bestanden, dass er mit der Rechten die Laute schlug, weil er nicht in der Lage gewesen war, ihm die Griffe am Instrument zu zeigen, wenn sein Schüler es anders hielt, als er selbst es tat.

»Bist du immer noch neugierig, was aus Rother geworden ist?« Der Alte hatte sein Pferd neben Hartmann getrieben.

Der Spielmann entschied sich, nicht zu antworten. Ihm stand nicht danach, mit diesem selbstgefälligen Bastard zu plaudern.

»Hast wohl deine Zunge verschluckt!«

Hartmann schaute den Maskierten an. »Ich fragte mich, ob Eure Seele wohl so verrottet sein mag wie Euer Äußeres, das Ihr vor der Welt zu verstecken trachtet. Gewiss wart Ihr einst ein Mann mit bemerkenswerten Gaben, doch was ist davon geblieben?«

»Ich bin, wozu das Leben mich gemacht hat«, entgegnete der Alte mit eigentümlich leiser Stimme. »Es war nicht so gnädig zu mir wie zu Rother. Ein *bleierner* Fluch lastet auf mir.« Er legte den Kopf schief und sah Hartmann auf eine Art an, die den jungen Ritter erschaudern ließ. »Willst du wissen, was aus Rother geworden ist? Ein verstümmelter Irrer, dem Tode geweiht! Und er war nicht der Einzige, den der Erzbischof und die Drei Könige ins Unglück gestürzt haben. Ich werde dir erzählen, was weiter geschehen ist. Vielleicht begreifst du dann, wie sehr du Gott verhöhnst, wenn du nach Cöln reitest, um vor drei Toten zu beten!«

Soll der Alte nur reden, dachte Hartmann. Wenn Ingerimm abgelenkt war, wurde der Abstand zwischen ihnen vielleicht so klein, dass ihm seine Lanze zum Angriff nicht mehr von Nutzen war.

HEINRICH

»Im April des Jahres 1162 standen der Kaiser und sein Erzkanzler auf dem Höhepunkt ihrer Macht. Es war ein verregneter Monat, in dem der Herrscher und sein Gefolge lange Meilen über die Straßen der Lombardei zu reiten hatten. Eine nach der anderen unterwarfen sich die rebellischen Städte, schenkten unserem Kaiser ganze Wagenladungen von Silber und entboten sich sogar, ihre Stadtmauern niederzureißen. Doch sosehr der Herrscher in seinem Triumph frohlockte, so grimmig war sein Erzkanzler. Er sprach kaum und schien stets ganz in düstere Gedanken versunken. Mailand war zwar besiegt, doch seine kühnen Pläne für das Reich und das Kaisertum waren an einem einzigen Nachmittag zwei Wochen nach dem Fall der Stadt zunichte geworden. Sein Unglück begann damit, dass er einen Mönch, der in der Kunst des Schneiderhandwerks bewandert war, damit beauftragte, neue Gewänder für die Heiligen Drei Könige zu fertigen. Sie sollten prächtig anzuschauen sein, wenn er sie im Sommer nach Cöln bringen würde …«

13

Erzbischof Rainald war verärgert, als Johannes, ein Mönch aus seinem Gefolge, ihn in seinem Gemach in der Kaiserpfalz Lodi störte. Der junge Geistliche war von kleiner, schmaler Statur, so dass er in seiner braunen Ordenskutte fast verschwand. Er hatte ein schlankes, spitzes Gesicht und Augen, die ständig in Bewegung waren. Johannes war nicht für sein lebhaftes Wesen bekannt, doch als er vor dem Erzbischof erschien, wirkte er so verwirrt, als wäre ihm der Leibhaftige selbst begegnet.

Rainald hatte an seinem Schreibpult die endlosen Beutelisten durchgesehen, die in den letzten Tagen von den kaiserlichen Ministerialen erstellt worden waren. Dem Kanzler war die undankbare Aufgabe zugefallen, darauf zu achten, dass Friedrich nicht innerhalb weniger Wochen die ganze Kriegsbeute verschenkte. So maßlos der Kaiser in seinem Zorn war, so maßlos konnte er auch in seiner Großherzigkeit sein. Jeder Ritter, der zu seinem Lehen zurückkehrte, erhielt ein Geschenk als Lohn für die treuen Dienste in diesem langen Feldzug. Mal waren es Pferde oder ein paar Silberpokale, ein anderes Mal kostbare Stoffe, eine Wagenladung Wein, prächtige Waffen oder Rüstungen. Zusehends schmolzen die Schätze und Güter dahin, die man nach Lodi geschafft hatte. Dem musste Rainald einen Riegel vorschieben, ohne dabei den Kaiser und seine Lehnsleute zu brüskieren.

»Ihr müsst, Hoher Herr, in die Krypta hinabsteigen. Sofort!«, brachte Johannes unbeholfen hervor. Er verhielt sich ungebührlich. Er kam Rainald zu nahe und stützte sich am Schreibpult ab, als trügen ihn seine Beine nicht mehr.

»Was reitet dich, hier einfach so hereinzuplatzen und zu lallen wie ein Tor?«, fuhr Rainald ihn an. .

»Es ist ein … ein Unglück, eine …«, unfähig, die rechten Worte zu finden, rang der kleine Mönch hilflos die Hände. »Bitte! Ihr müsst es mit eigenen Augen ansehen.«

Als sie auf den Hof der Pfalz heraustraten, wurden die beiden Männer von einem Regenschauer überrascht. Rainalds ohnehin düstere Stimmung verschlechterte sich noch weiter. Verärgert stellte der Erzbischof fest, dass die Kapelle der Pfalz nahezu verlassen war. Nur eine Handvoll Gläubige hatte sich vor dem Altar versammelt. Die meisten Ritter des Kaisers zogen es vor, ihren Sieg bei den Huren und Schankwirten zu feiern, und vergaßen, dass ihnen ihr Triumph allein durch Gottes Gnade gewährt worden war.

Der Mönch führte Rainald in die kleine Seitenkammer, in der die kaiserliche Familie regelmäßig zur Beichte ging. Dort lag die verborgene Treppe zur Krypta der Pfalzkirche. Man hatte bei den Bauarbeiten vor zwei Jahren eine hohe, unterirdische Halle gefunden, die wohl noch aus heidnischer Zeit stammte, und sie in den Kirchenbau mit einbezogen. Sie war länger als das Mittelschiff der Kapelle und aus soliden, gut behauenen Steinen gefügt. Von der gewölbten Decke hingen etliche Öllampen, die das weite Gewölbe in warmes Licht tauchten. Auf Befehl Rainalds wurde ständig Weihrauch verbrannt, seit die Reliquien der Drei Heiligen Könige hierhergebracht worden waren. Man hatte in den Kirchen von Mailand so viel von dem kostbaren Harz gefunden, dass es auf Jahre den Bedarf des ganzen Erzbistums Cöln decken mochte.

Einer der drei Leichname war aus seinem Sarg herausgehoben und lag nun auf dem steinernen Altar am Ende der Gewölbekammer. In einer großen Tonschüssel türmten sich die fadenscheinigen Reste der Kleider und Stoffbinden, die Johannes von der Leiche entfernt hatte. Ein sauberes Leintuch war über den Körper des Heiligen gespannt.

Etwas abseits der geöffneten Särge der Drei Könige standen noch zwei weitere Särge. Sie enthielten die Gebeine der beiden heiligen Märtyrer Nabor und Felix.

»Nun«, fragte Rainald fordernd. »Was ist es, das dir so gar nicht über die Lippen kommen wollte?«

Der Mönch deutete auf den Leichnam, an dem er gearbeitet hatte. »Seht selbst, Fürsterzbischof. Um die Haare war Stoff gewickelt. Eine Mitra oder ein Turban. Der Stoff war zu stark beschädigt, um das noch mit Sicherheit sagen zu können.«

Rainald beugte sich über das Gesicht des Heiligen. Die Haut der Leiche war straff wie Pergament über die hohen Wangenknochen gespannt. Es war nicht das geringste Zeichen von Bartwuchs zu entdecken. Die Augen lagen tief in den Schädel eingesunken, die geschlossenen Lider glichen getrockneten Pflaumen. Das Haar des Toten war vollständig erhalten geblieben und zu einer komplizierten Frisur hochgesteckt. Zwischen den schwarzen Strähnen funkelte ein Kopfschmuck.

»Ich habe zuerst nicht erkennen können, um was für einen Kopfschmuck es sich handelt«, erklärte Johannes mit bebender Stimme. »Er ist aus Silber gefertigt, das aber so schwarz wie Kohle angelaufen ist. Als ich versucht habe, es zu reinigen, ist mir dies dort aufgefallen.« Er deutete auf eine Stelle links der Stirn des Leichnams.

Rainald kniff die Augen zusammen. Der Stirnreif öffnete sich über der Schläfe. Ein Ende war hochgebogen und wie der Kopf einer Schlange geformt.

Der Erzbischof strich sich nachdenklich über das Kinn. »Ungewöhnlich. Aber man muss bedenken, dass sie Heiden waren, als sie nach Bethlehem kamen. Es gibt keine Stelle in der Bibel, die besagt, ob sie jemals getauft wurden. Wir sollten diesen Stirnreif unter den Haaren verstecken.« Rainald wandte sich um. »Das kannst du doch gewiss richten, Johannes.«

Der Mönch nickte zögerlich. »Wegen dieses Diadems hätte ich Euch nicht zu stören gewagt. Es ist vielmehr … Als ich es gesehen hatte, kam mir ein Verdacht. Es …«

»Nun rede endlich! Warum hast du mich hierher geholt?« Der Erzbischof war mit seiner Geduld am Ende.

»Wenn Ihr das Tuch zur Seite ziehen würdet, Fürsterzbischof.« Der Mönch zitterte.

Mit einem heftigen Ruck riss Rainald an dem Tuch. Er war diese duckmäuserische Art des Mönchs gründlich leid! Probleme ging man direkt an!

Der Körper des Toten war dunkel und ausgezehrt. Auf den ersten Blick fiel nichts Ungewöhnliches auf, außer dass die Leiche erstaunlich gut erhalten war.

»Also, was willst du mir zeigen?«, fragte der Erzbischof gereizt.

»Seht dort, Herr!« Der Mönch deutete auf den Schritt des Heiligen.

Rainald riss die Augen auf. Vielleicht war dieses eine kleine Körperteil ja abgebrochen … Aber nein, es konnte keinen Zweifel geben, diese ganz bestimmte Körperpartie war unbeschädigt. Ebenso unzweifelhaft war, dass *dieser Heilige* niemals ein König gewesen sein konnte. Bestenfalls eine Königin!

Der Erzbischof stieß einen Fluch aus, der den Mönch neben ihm erzittern ließ. Die Welt war von einem Moment auf den nächsten aus den Fugen geraten. Eine Frau hatte ihn verraten, so wie Eva einst Adam verraten hatte. Doch er, Rainald von Dassel, Erzbischof von Cöln, war sogar von einer Toten betrogen worden. Plötzlich begriff er, warum die Könige nie einen Platz im Dom zu Mailand erhalten hatten. Die Lombarden hatten um das Geheimnis gewusst.

Mit einer fahrigen Geste bedeutete er Johannes, sich zu entfernen. Er musste nachdenken und eine Lösung finden. Wer konnte ihn aus dieser misslichen Lage befreien?

Rother schreckte aus dem Schlaf auf. Er war in Schweiß gebadet. Ein schrecklicher Traum hatte ihn gequält. Er versuchte sich aufzurichten, doch sein Körper war zu schwach. War er denn krank? Er konnte sich nicht erinnern, wie er in dieses Bett gekommen war. Neben ihm auf dem Boden kauerte eine bärtige Gestalt, das Gesicht tief in den Händen vergraben. Heinrich … Er schien eingeschlafen zu sein. Rother drehte sich ein wenig zur Seite. Neben dem Bett stand ein Krug mit Wasser. Der Junge leckte sich über die trockenen, aufgesprungenen Lippen. Ihm war so heiß. Er streckte die Hand aus. Die Hand! Einen Moment lang starrte er ungläubig auf den Stumpf am Ende seines Arms. War er denn immer noch in seinem Traum gefangen? Alles schien so wirklich. Er hob den linken Arm. Auch dort ein schmutziger Verband. Sein Magen krampfte sich zusammen. Was konnte er nur tun, um aufzuwachen?

Ein Windstoß bewegte die Wände des Zeltes. Die Kerze

neben Heinrich flackerte. Unheimliche Schatten krochen über den Stoff. Hatte er das schrille Fiepen von Ratten gehört? Ängstlich blickte Rother sich um. Schreckliche Bilder stiegen aus seiner Erinnerung auf. Er kroch in strömendem Regen über die Straße und bettelte um Essen. Doch alles, was er bekam, waren Fußtritte. Der Hunger ließ ihn langsam verrückt werden. Wären da nicht die Stimmen gewesen. Warme, freundliche Stimmen, die zu ihm sprachen. Die Drei Könige. Sie hatten ihn auserwählt!

Er hatte nicht verhungern dürfen. Und er wusste um einen Ort, an dem es reichlich Fleisch gab. Fleisch! Rother begann zu schreien. Wieder spürte er die Ratten über seinen Leib tanzen, die kleinen Krallen und die nadelspitzen Nagezähne.

Heinrich sprang auf. Er kam sofort zu ihm herüber und nahm ihn in den Arm. »Ich bin bei dir«, flüsterte er leise. »Du bist nicht allein.«

»Weck mich auf. Lass diesen Traum vergehen. Ich kann … nicht …« Rother keuchte. War es vielleicht kein Traum … »Hol den Erzpoeten … Ich muss … beichten.« Er presste sich die Stümpfe auf die Ohren. »Und vertreib die Ratten von meiner Decke.«

»Ja, gewiss.« Heinrich tupfe ihm mit einem kühlen Tuch über die Stirn. Dann hob er die Decke hoch und schüttelte sie aus. Die Ratten waren immer noch da. Unsichtbar. Aber deutlich zu spüren!

Als der Archipoeta das Zelt verließ, legte er den Kopf in den Nacken und schaute zum Mond hinauf. Heinrich sah, wie sich die Lippen des Mönchs bewegten, als spräche er ein lautloses Gebet. Er hatte eine feierliche Art an sich, wie er es bei dem leutseligen Trunkenbold noch nie erlebt hatte. Dabei sah das Gesicht des Dichters im Mondlicht so weiß aus wie Schnee im Januar.

Es dauerte lange, bis der Mönch sein Gebet beendet hatte und Heinrich es wagte, ihn anzusprechen. »Geht es dem Jungen besser? Was hat er dir erzählt?«

»Ich werde das Geheimnis der Beichte achten. Er hat mir erzählt, wie man in einer Stadt überlebt, in der die Menschen vor Hunger sterben.« Der Archipoeta bekreuzigte sich. »Ich wünschte, er wäre nicht aus seinen Fieberträumen erwacht. Gott hat ihm eine schwere Prüfung auferlegt.«

»Wird er leben?« Heinrich schaute den Dichtermönch ratlos an.

Der Archipoeta schüttelte den Kopf. »Nur wenn Gott ein Wunder wirken würde. Aber Rother hat noch einen Wunsch. Er möchte, dass wir ihn zu den Heiligen Drei Königen bringen.«

»Er sagt, sie sprechen zu ihm, nicht wahr?«

»Ja. Ich weiß nicht, ob es in seinen Fieberträumen geschieht oder ob …« Der Mönch zögerte. »Oder ob wir wirklich Zeugen von etwas Unerklärbarem sind.«

»Dann bringen wir ihn zu ihnen!« Heinrich schien für einen Moment seine Trauer um Rother abzustreifen. Es war besser, etwas zu tun, als immer nur neben dem Lager des Jungen zu sitzen und zu beten. Vielleicht riefen ihn die Heiligen ja wirklich zu sich? Vielleicht würden sie Zeugen eines Wunders werden.

»Ja«, sagte der Mönch. »Diesen letzten Dienst sollten wir ihm erweisen.«

Sie gingen in das Zelt hinein und hoben Rother von seinem Lager auf. Dankbar lächelte der Junge sie an. Er war so leicht wie ein Lämmlein.

»Ist es so weit? Bringt ihr mich nun zu den Heiligen?«, fragte er mit fiebriger Stimme.

Heinrich nickte nur. Auch der Archipoeta brachte ganz gegen seine Gewohnheit keinen Ton heraus. Mit ernsten, feierlichen Mienen trugen sie Rother zum Tor der Pfalz.

Das Tor war weit geöffnet. Trotz des Friedens mit Mailand drängte sich eine stattliche Zahl Krieger um das Wachfeuer. Einer der Männer trat ihnen entgegen. Er wollte das Wort an sie richten, als er erkannte, wen sie trugen. Längst hatte die Leibwache der Kaiserin einen neuen Anführer erhalten, doch die Geschichte Rothers hatte unter allen Kriegern die Runde gemacht. Es gab keinen zweiten Ritter im Heer Friedrichs, der so berühmt war wie der Junge. Vor allem unter den einfachen Kriegern, den Spießträgern, Bogenschützen und Knappen, war er zum Helden geworden. Eine fast schon mythische Gestalt, so wie der Paladin Roland, der einst an der Seite des Kaisers Carolus geritten war.

»Der Kronenritter!«, rief der Wachmann mit rauer Stimme. Sogleich drehten sich die Männer am Feuer um und kamen herüber. Sie bildeten zu beiden Seiten des Tors eine Reihe, ganz als zöge der Kaiser selbst in die Pfalz.

Der Archipoeta spürte, wie der Junge zu zittern begann. »Bitte tragt mich schnell weiter«, flüsterte Rother.

Bis sie die Kapelle erreicht hatten, sprach keiner von ihnen. So viele Lieder und Spottreime hatte er gedichtet, doch in diesem Augenblick fühlte der Archipoeta sich unfähig, ein Wort des Trostes oder der Aufmunterung zu finden.

Sie durchquerten das Mittelschiff und öffneten die Tür

zur kleinen Seitenkammer, als sich ein großer Schatten drohend vor ihnen aufbaute.

»Wer ist dort?«, rief eine dunkle Stimme, die Heinrich wohlvertraut war.

»Anno?«

Hinter dem Sennberger erschien ein zweites Gesicht im Licht einer Laterne. Ludwig!

»Was tut ihr hier?«, fragte Heinrich.

»Der Erzbischof hat uns vor ein paar Stunden einen Mönch geschickt. Wir haben Befehl, die Krypta zu bewachen! Niemand darf dort hinabsteigen.«

»Aber uns werdet ihr doch hineinlassen«, warf der Archipoeta ein. »Rother will beten. Wir haben versprochen, ihn zu den Königen zu bringen.«

Anno schüttelte den Kopf. »Der Befehl war eindeutig!«

»Verdammter Dickschädel«, fluchte Heinrich. »Ohne den Jungen würden die Könige nicht dort unten ruhen! Er hat sie gefunden! Und er hat die Kirche bewacht, obwohl die Mailänder Schlächter ihm …«

»Lass es gut sein«, flüsterte Rother. Es war das erste Mal, dass er sprach, seit sie das Tor verlassen hatten. »Ich höre ihre Stimmen.«

»Nein, nichts ist gut!«, ereiferte sich Heinrich. »Bist du blind, Anno! Sieh dir den Jungen an! Nur ein Wunder kann ihn noch retten. Ich schwöre bei Gott, ich schlage dir den Schädel ein, wenn du …«

Ludwig drängte sich zwischen sie. »Wir sind in einer Kirche! Haltet an euch! Und was kann es schon schaden, wenn Rother bei den Königen ein Gebet spricht.« Er packte Anno bei den Schultern und hielt ihn zurück. »Der Erzbischof muss nichts davon erfahren.«

Heinrich und der Archipoeta schoben sich mit dem verkrüppelten Rother im Arm an ihnen vorbei. Der Junge war wieder in sein Schweigen verfallen. Er wirkte merkwürdig angespannt, so als lausche er tatsächlich auf Stimmen, die durch die Kirche geisterten.

Weihrauch hing in der Krypta wie Novembernebel. Nur wenige Öllämpchen brannten noch an der Decke. Licht und Schatten tanzten in unstetem Reigen. Es fröstelte Heinrich. Rother richtete sich plötzlich in ihren Armen auf. Sprachen die Heiligen wirklich zu ihm?

Der Mönch begann leise das *Te Deum* zu singen. Die Worte halfen ein wenig gegen das klamme Gefühl, das ihn beschlichen hatte. Auch Heinrich fiel in das Loblied auf den Herrn mit ein. Würden sie Zeugen eines Wunders werden? Es hieß, dass die Macht der Heiligen Lahme wieder gehen ließ und Blinde sehend machte. Würden die Drei Könige Rother helfen?

Sie trugen ihn zu dem großen Altar am anderen Ende des Gewölbes. Verwundert musterte der Mönch den Leichnam des entkleideten Heiligen, der dort aufgebahrt lag.

Plötzlich warf sich Rother mit einem Ruck nach vorne. Der Junge schrie, als habe man ihm einen Spieß in die Eingeweide gestoßen. So unerwartet kam sein Aufbäumen, dass er sich dem Griff des Mönchs und des Ritters entwand. Es klang wie das Geräusch brechender Äste, als Rother auf die Leiche stürzte.

Heinrich starrte wie gelähmt. War der Junge vom Teufel besessen? Oder warum gebärdete er sich so?

»Sie sprechen nicht mehr zu mir!«, schrie Rother in äußerster Seelenqual und wand sich am Boden. »Nicht mit den richtigen Stimmen! Betrug! Hört ihr es denn nicht.

Die eine Stimme! Betrug!« Der Junge hämmerte mit den Armstümpfen auf den Heiligen ein. Jeder Hieb ließ Knochen splittern und wirbelte feinen, bräunlichen Staub auf. »Betrug! Es war vergebens! Sie …«

Heinrich fand als Erster die Fassung wieder. Er packte Rother und zerrte ihn zurück. »Was hast du nur getan!«

»Die Stimme! Hörst du denn nicht? Diese Stimme! Teufelswerk. Alles nur Blendwerk Satans!!«, brüllte der Junge vollkommen außer sich.

Der Archipoeta kniete neben dem Altar nieder. Ein schwerer Silberreif war zu Boden gefallen. Strähnen von dunklem Haar waren um das Metall gewunden. Die Reliquie war völlig zerstört. Der Schädel wie eine trockene Frucht zerplatzt, und aus dem eingedrückten Brustkorb ragten gebrochene Rippen.

»Schafft diesen Irren fort«, erklang eine düstere Stimme von der Treppe. Reglos stand Rainald von Dassel da und blickte auf die Ritter hinab.

Der Archipoeta konnte die Augen des Erzbischofs nicht erkennen, aber das musste er auch gar nicht, um zu wissen, welch heiliger Zorn in ihm wütete. »Herr, es ist ein Unglück geschehen …«, begann er, aber da versagte seine Stimme ihm den Dienst, und das silberne Diadem fiel ihm aus den Händen.

»Schafft den Jungen fort!«, befahl der Erzbischof erneut. »Er hat mich vor der Versuchung bewahrt, es den Mailändern gleichzutun. Dennoch soll er nie wieder an diesen Ort zurückkehren. Und was euch angeht …« Er fixierte den Mönch und Heinrich mit einem langen Blick. »Ich habe eine Aufgabe für euch! Die zerstörte Reliquie ist eine Fälschung, und ihr werdet mir helfen, die richtige zu finden.«

14

Auf Weisung des Erzbischofs brachte man Heinrich und Rother in eine kleine Kammer, die zwei Schreiber in aller Eile hatten räumen müssen. So eng und abweisend war der Raum, dass er mehr an eine Gruft als an ein Schlafgemach erinnerte. Die grauen Wände waren feucht, und es gab keine Feuerstelle, um die Kälte zu vertreiben. Demütig hatte Heinrich den Erzbischof gebeten, dem sterbenden Rother ein anderes Quartier zu überlassen, doch Rainald hatte sich nicht erweichen lassen. Er hatte über Rother den Stab gebrochen. Vielleicht, weil der Junge ihm nicht mehr von Nutzen sein konnte.

Rother war in seinen Fieberwahn zurückgefallen und murmelte ohne Unterlass, dass die Stimmen ihn verlassen hätten. Seine Wunden waren wieder aufgebrochen, und seine Verbände waren durchtränkt von Blut und Eiter.

Die ganze Nacht über wachte Heinrich an Rothers Lager. Er hatte den Schmutz aus dem Gesicht des Jungen getupft und ihm die Stirn mit feuchten Umschlägen gekühlt. Er musste für ein paar Momente eingenickt sein, als ihn Rothers heisere Stimme weckte.

»Du sollst mein Erbe sein!«

Heinrich fuhr auf. »Rede nicht von so etwas«, stammelte er unbeholfen.

Rother gebot ihm mit einer Geste zu schweigen. »Die Flamme des Lebens brennt nur noch schwach in mir. Doch ich habe gebeichtet. Meine Seele ist rein.« Er verstummte.

Tränen glänzten in seinen Augen. »Der dritte König … Er ist nie hier … gewesen. Dort lag …«

Heinrich beugte sich dicht über das Gesicht des Jungen, um ihn besser verstehen zu können. »Der dritte König … Finde ihn! Ich weiß, du …« Die Worte gingen in einem Keuchen unter. Rother bäumte sich auf. Er öffnete den Mund in dem verzweifelten Versuch, noch etwas zu sagen. Dann sank er in sich zusammen. Seine Augen starrten weit vor Entsetzen.

Rother war tot. Sein Antlitz wirkte entspannt. Es war wieder zu dem Gesicht eines Jungen geworden. Schmerz und Wahn waren von ihm abgefallen. Der zu schnelle Aufstieg. Der Tod, er hatte Rother seine Würde zurückgegeben. Wie ein Wunder erschien Heinrich die Verwandlung. Und der Ritter war sich sicher, dass sein Gefährte den Weg ins Himmelreich gefunden hatte und ihm jene unaussprechliche Sünde verziehen worden war.

Heinrich drückte ihm die Lider zu. »Ruhe wohl, mein Freund.«

»Man sagt, dass es am dunkelsten kurz vor dem Sonnenaufgang ist. Gott allein weiß um die Qualen, die man dir in Mailand bereitete, Rother, Baron von Linn. So viele verdanken dir so vieles. Doch der Lohn, den du empfingst, war nur ein grausamer Tod.«

Mit düsterer Miene beobachtete Heinrich, wie der Erzbischof in seiner Rede innehielt und seine Arme theatralisch zum wolkenverhangenen Himmel erhob.

»Ich weiß, dort, wo du nun bist, wird dir jede Ungerechtigkeit durch tausendfache Wonnen vergolten sein. Doch auch hier soll dir ein später Lohn zuteilwerden.«

Man hätte glauben können, Rother und der Erzbischof wären die besten Freunde gewesen, dachte Heinrich bitter. Dabei musste man nur genau hinhören, um die Falschheit von Rainalds Worten zu erkennen. Heinrich blickte über die weite Schar, die sich vor dem Grab versammelt hatte. Der Kaiser und die Kaiserin waren anwesend, Bischöfe, Grafen und Ritter, einfache Soldaten und Knechte. Nie zuvor hatte er zu einem Begräbnis so viele Trauernde versammelt gesehen. Rother war in seinem Tod zu einer Legende geworden, zum *Kronenritter*, wie man ihn nun allerorten nannte.

»Du warst uns allen ein Licht in dunkler Zeit. Ein Vorbild, dessen Tapferkeit nicht vergessen sein wird. Ich beuge mein Haupt in Ehrfurcht vor dir. Schon jetzt singt man Lieder von deinen Taten, und ich bin gewiss, dein Name wird dereinst gemeinsam mit denen der großen Helden genannt werden. Es gibt niemanden, der dein Wappen erben wird, um unter den drei Kronen kühne Taten zu vollbringen. So erlaube nun mir, dass ich sie den elf Flammen hinzufüge, die meinen Schild schmücken. Das Gold der Kronen soll mir leuchten in dunklen Stunden, auf dass ich niemals vergesse, wofür du gestorben bist.«

Der Erzbischof nahm eine Handvoll der lehmigen Erde, die neben dem Grab zu einem kleinen Hügel aufgeworfen war, und ließ sie auf den Sarg in der Grube fallen. »Ruhe in Frieden, Kronenritter.«

Selbst hier, wo das Reich der Lebenden nur noch einen Spatenstich vom Reich der Toten entfernt lag, galt die Etikette höfischer Ordnung. Abwesend beobachtete Heinrich, wie zunächst Kaiser und Kaiserin neben das Grab traten und ihnen dann streng nach ihrem Rang die Adligen des Reiches folgten.

Heinrich selbst verzichtete darauf, an das Grab zu treten. Regen hatte wieder eingesetzt und sorgte dafür, dass die meisten Adeligen rasch ihre Quartiere aufsuchten. Nur ein paar Trauergäste blieben zurück. Sie verharrten lange am offenen Grab und murmelten ihre Gebete. Rothers Grab würde zu einer Wallfahrtsstätte werden, da war Heinrich sich ganz sicher. Viele würden hierherkommen, um den Kronenritter um seinen Beistand zu bitten. Wie einen Heiligen würden sie ihn anbeten und sich erhoffen, ein wenig von der Kraft und dem Mut Rothers auch für ihr Leben zu finden.

Zwei Gestalten lösten sich aus der Trauergemeinde und traten an Heinrichs Seite. Es waren Ludwig und Anno. So wie ihm, mussten den beiden die Lügen von Dassels bewusst sein.

»Ich werde nicht zulassen, dass einer von uns dreien ein solches Schicksal erleidet«, sagte Anno und blickte zu Rothers Grab. »Nie werden Ludwig oder du, Heinrich, in die Hände der Feinde fallen. Das schwöre ich bei Gott. Mögen die Erzengel mir mein Herz herausreißen, wenn ich diesen Eid breche.«

Ludwig trat einen Schritt vor, und für einen Moment sah es aus, als wolle er an Rothers Grab auf die Knie fallen. »Das will auch ich schwören. Wir wollen gemeinsam siegen oder untergehen.«

Dann sahen die beiden Ritter Heinrich an. Er nickte feierlich. »So sei es. Ich schwöre im Andenken an Rother, dass keiner von uns jemals den anderen im Stich lassen wird. Wir drei werden mit diesem Schwur eins. Wir werden den dritten König finden und Rothers Vermächtnis erfüllen.«

Der Regen fiel noch heftiger. Nun standen sie ganz allein

am Grab. Niemand war mehr zu sehen, der als Zeuge ihres Eides gelten konnte.

Der Archipoeta wusste, dass sein Herr seit Tagen in düsterer Stimmung war, daher wählte er seine Worte mit Bedacht. »Eine Woche lang habe ich in der Kanzlei von Erzbischof Obert verbracht und alle Dokumente studiert. Aber ich habe nichts über die Könige gefunden, keine Zeile. Nicht einmal in Oberts geheimem Bücherversteck!«

Rainald war während des Berichts seines Mönchs unruhig auf und ab gegangen. Doch jetzt hielt er inne, um den Dichter mit einem Blick zu mustern, der dem Archipoeta gar nicht behagte. »Und du bist sicher, dass du nichts übersehen hast?«

Der Mönch zuckte mit den Schultern. »Was im Leben ist schon sicher? Aber versetzt Euch doch in die Lage der Erzbischöfe von Mailand. Wenn man ein Geheimnis wohl hüten will, dann tut man gut daran, nichts aufzuschreiben. Oder würdet Ihr niederschreiben, was mit dem dritten *König* geschehen ist?«

»Das heißt, es gibt nicht die geringste Spur?«

»Nun, ich habe etwas im *Codex Jordani chronicon* gefunden.« Der Mönch zog ein schmales Pergament aus dem rechten Ärmel seiner Kutte. »Nur für den Fall, dass Euch noch etwas auffallen sollte, was mir entgangen ist, habe ich den genauen Wortlaut abgeschrieben.«

»Die Leiber der Drei Weisen sind einst durch den Kaiser aus Persien nach Konstantinopel und von dort durch den heiligen Bischof Eustorgius von Mailand in wunderbarer Weise über das Meer geführt worden. Kaiser Konstantin bewilligte ihm die Lade, sie

ward auf das Meer gebracht, Sankt Eustorgius bestieg sie, und so schwamm die Lade unter Gottes Führung nach Italien. Sie war von unsäglicher Schwere; man kaufte ein zierlich gebautes Fuhrwerk; alle staunten, dass es nicht allein sie trug, sondern von zwei Kühen leicht gezogen wurde bis nahe bei Mailand. Als der heilige Eustorgius eine Nacht sich Rast gönnte vor Ermüdung, verzehrte ein Wolf die eine von den Kühen, alsbald befahl Sankt Eustorgius dem Wolfe, statt der Kuh ins Geschirr zu treten.«

Der Archipoeta zog eine Grimasse. »Brillanter Stil, nicht wahr? Ich hoffe, Ihr werdet es mir erlauben, eines Tages eine schönere Legende über den Weg der Könige nach Cöln niederzuschreiben.«

Rainald lächelte müde. »So wie ich dich kenne, könnte man diese Legende keinem jungen Mönch in die Hände geben, ohne darum fürchten zu müssen, dass er bei der Lektüre für immer seinen Seelenfrieden verlieren würde.«

Der Archipoeta blinzelte und machte ein unschuldiges Gesicht. »Ich verstehe nicht, warum immer alle so schlecht von mir denken.«

»Eine Kuh und ein Wolf im selben Geschirr ...« Der Erzbischof seufzte. »Man muss schon ein Heiliger sein, um so etwas zu glauben.«

»Es gibt auch andere Geschichten. Solche, die nicht in den Chroniken stehen. Aber es ist so ein kalter Frühling, und ich habe keinen Mantel, und mein Pferd lahmt ...«

Als der Erzbischof sich umwandte, leuchtete das Licht der Kerzen golden in seinen Augen. »Treib es nicht zu weit, Dichter! Raus mit der Sprache, was weißt du noch?«

Der Mönch sank auf die Knie. Er kannte das Spiel gut, das er mit seinem Herren trieb. Ein bisschen Demut, ein paar schmeichelnde Worte. Rainald mochte es, wenn er ihm ein paar gescheite Verse vortrug und sich so dem eigentlichen Thema näherte.

»Jegliches hat seine Zeit – mich lass kurz verweilen,
Dass ich selbst dir überreich' die geringen Zeilen!
Dir, dem hocherwählten Herrn, ich im Lumpenkleide,
Sprech, dass wie das Mägdelein ich die Schamröt' leide.«

»Eines Tages wird dir jemand deine freche Zunge aus dem Maul reißen lassen.« Von Dassel sagte das mit einem Lächeln, das seine harten Augen nicht erreichte.

Dem Archipoeta schoss ein Schauer über den Rücken. Keine Verse mehr, dachte er bei sich und zog ein zweites Pergament aus dem Ärmel. »Ich habe von einem alten Kaufmann noch eine andere Geschichte gehört. Er war ein bisschen verwirrt, weil er alles verloren hatte.«

Rainald nahm das Schreiben an sich und überflog die Zeilen. »Stimmt das?«

»Das weiß Gott allein. Ich habe nur aufgeschrieben, was er mir erzählt hat. Und es kommen keine Kühe und Wölfe darin vor, die im selben Geschirr eingespannt sind.«

Der Erzbischof starrte finster auf das Pergament. »Konstantinopel. Dort werden wir die Wahrheit finden.«

»Wenn es in dieser Komödie überhaupt Wahrheit gibt und nicht nur betrogene Betrüger. Aber es wird mir eine Freude sein, in Konstantinopel weiterzusuchen. Ich brauchte freilich etwas Gold, ein gutes Pferd und Kleidung, in der man mich nicht für einen Bettler hält, und vielleicht auch …«

Der Erzbischof lächelte. »Das ist keine Aufgabe für einen Mönch! Außerdem hat der Kaiser nach dir gefragt.«

»Der Kaiser?« Der Dichter erhob sich. Sollte Friedrich ihn an seinen Hof berufen wollen?

»Er war etwas ungehalten. Er fragte nach der Hymne, die du über ihn dichten wolltest. Ich habe ihn vertröstet und ihm Acerbus Morena empfohlen. Sicher, er ist ein besserer Chronist, nur klingen seine Verse so hölzern. Allerdings vollendet er sie wenigstens.«

»Das habt Ihr nicht getan, Herr!« Der Mönch suchte nach einem Lächeln im Gesicht des Erzbischofs, einem Zwinkern in den Augenwinkeln. Doch Rainald blieb ernst. »Morena! Der hält einen *Alexandriner* für einen ungläubigen Ägypter. Was weiß er über Versmaß und rhetorische Figuren …«

»Verzichte auf Konstantinopel, und ich werde ein Wort für dich beim Kaiser einlegen.«

»Aber Ihr braucht einen Schriftkundigen, der die Spur der Könige weiterverfolgt. Nur ein Gelehrter kann für Euch den dritten König finden.«

»Du bist auf andere Weise einzigartig.« Ein anzügliches Lächeln umspielte die Lippen des Erzbischofs. »Deine Mühen sind vergeblich. Diese Reise ist anderen bestimmt. Und nun geh. In meinem Küchenzelt wartet Wein auf dich.«

Wein, dachte der Dichter enttäuscht. Was waren Wein und eine fragliche Gunst im Vergleich zu einer Reise nach Konstantinopel? Es hieß, die Kirchen dort seien aus Gold, und selbst die Bettler würden besser leben als hierzulande die Gutsherren. Als er schon vor der Tür zu Rainalds Kammer stand, drehte er sich noch einmal um. »Eine Strophe aus dem Kaiserhymnus habe ich auf der Rückkehr aus Mailand vollendet, Herr.

Carmine, Novaria, semper meo vives,
Cuius sunt per omnia commendandi cives,
Inter urbes alias eris laude dives,
Donec desint Alpibus frigora vel nives.

Ewig wirst du durch mein Lied, du, Novara, leben,
Dessen Bürger würdig sind, dass wir sie erheben.
Mehr als andre Städte wirst du an Ruhm gewinnen,
Bis den Alpengipfeln gar Schnee und Eis entrinnen.«

»Warum Novara?«, fragte der Erzbischof mit schlecht gespielter Gelassenheit.

Der Mönch zuckte mit den Schultern. »Man hört, es seien Krieger aus Novara gewesen, welche die reichste Beute aus Mailand fortbrachten.«

»Vorsicht, mein Freund! Eine Zunge kann so scharf sein, dass derjenige, der sie im Munde führt, daran verbluten mag.«

Der Mönch verbeugte sich. »Wie stets werde ich mir Euren Rat zu Herzen nehmen, Fürsterzbischof, und wieder einmal meine Zunge mit Wein lähmen.« Doch so viel Wein gibt es nicht, dass ich Konstantinopel vergessen könnte, dachte er bitter.

Mit ruhigem Flügelschlag stieg die Taube in den stahlblauen Frühlingshimmel. Sie drehte drei Runden über der Kaiserpfalz, bis sie schließlich nach Süden davonflog.

Aufmerksam beobachtete Lupo den Flug der Taube. Dann nahm er dem Falken ohne Hast die lederne Haube vom Kopf. Der Raubvogel plusterte das Gefieder und schlug unruhig mit den Flügeln. Lupo hob den Arm mit dem schweren Handschuh. Wie ein Pfeil schnellte der Falke von seiner Faust und stieg in steiler Kurve in den wolkenlosen Himmel. Die Taube war weit und breit die einzige Beute. Als sie den Falken bemerkte, versuchte sie einen kleinen Wald zu erreichen, um sich zwischen den Ästen in Sicherheit zu bringen. Mit angelegten Flügeln stürzte sie sich aus dem Himmel. Erst einige Schritt über dem Boden spreizte sie ihr Gefieder wieder und begann wild mit den Flügeln zu schlagen.

Der Falke folgte ihr. Immer kürzer wurde der Abstand. Doch auch das rettende Gehölz war schon nahe. Der Raubvogel breitete das Gefieder wie einen Fächer aus. Seine Fänge waren weit vorgestreckt. Messerscharfe Krallen bohrten sich in den Rücken der Taube. Der Jäger stieß einen schrillen Schrei aus.

Lupo trieb sein Pferd an. Es war nicht weit. Er fand die Taube nur vier Schritt vor dem Wald auf der anderen Seite der Wiese. Das frische Gras war rot von ihrem Blut. Gierig schlug der Raubvogel den gekrümmten Schnabel in das Gefieder, um sich seinen Teil der Beute zu nehmen. Mit Augen wie Bernstein musterte er den Falkner, als dieser vom Pferd stieg.

Lupo interessierte nur das kleine Lederröllchen am Fuß der Taube. Neugierig holte er den Zettel daraus hervor und runzelte verwundert die Stirn. Er konnte nicht wirklich lesen, aber es bereitete ihm Vergnügen, seinen Teil der Beute zu begutachten. Das feine Pergament zwischen den Fingern zu fühlen und darüber nachzudenken, welche Nachricht er wohl in Händen halten mochte. Er konnte zwar nicht lesen, doch eines fiel ihm auf: Diesmal sahen die Buchstaben auf dem Papier völlig anders aus als sonst.

Heinrich stand auf dem Wall nahe dem Tor der Pfalz und blickte über die weiten Wiesen entlang des Flusses. Einzelne Bäume ragten blaugrau in die Abenddämmerung und verschwammen in der Ferne mit den Konturen des Himmels. Es war der letzte Abend, den er für lange Zeit in der Pfalz verbringen würde. Er spürte Unruhe, Spannung und einen süßen Schmerz. Rother war seit zwei Wochen beerdigt, und doch dachte Heinrich beinahe in jeder Stunde an ihn. Er hatte ihm geschworen, den dritten König zu finden, und nun hatte der Erzbischof ihn ausgewählt, zusammen mit Anno und Ludwig nach Konstantinopel zu reisen. Offenbar vertraute der Erzbischof ihm immer noch.

Heinrich vernahm leise Schritte auf der steinernen Treppe, die zur Mauer hinaufführte. Eine Frau, das Gesicht unter einem Kopftuch verborgen, eilte hinauf. Sie schien nicht verwundert, ihn hier anzutreffen, und kam geradewegs auf ihn zu. Als sie zwei Schritte vor ihm stand, hob sie das Haupt, so dass er ihr Antlitz erkennen konnte. Es war Clara! Seit Wochen war er ihr nicht mehr begegnet. Wie die anderen Hofdamen trug sie einen *bliaut*, ein knöchellanges Kleid mit weit geschnittenen Ärmeln und schönem Faltenwurf. Heinrich verneigte sich. »Herrin?«

»Mein Vater sagt, dass Ihr morgen bei Sonnenaufgang aufbrechen werdet.«

Der Ritter nickte. »Wir sind auf einer Suche, doch kennen wir unser Ziel nicht.« Der Erzbischof hatte sie schwören lassen, niemandem vom Grund der Reise zu erzählen.

»Denkt Ihr noch manchmal an den Abend am Fluss, als Ihr mich in den Arm genommen habt?«

Heinrich musterte Clara. Sie war zu einer Frau herangereift. Das Kleid lag eng an ihrem Körper an. Ein bestickter Gürtel betonte ihre Hüften. Ihr Haar war hochgesteckt und glänzte matt. Sie duftete nach Rosenöl. Wenig erinnerte noch an das sommersprossige Mädchen, mit dem er vor einem Jahr über die Alpen gekommen war. »Der Abend am Fluss ...« Er räusperte sich verlegen. »Ich erinnere mich. Ich habe Euch zu Eurem Vater gebracht, nicht wahr, Herrin?«

»Ist das alles, was Euch von diesem Abend im Gedächtnis geblieben ist?« Ihre Stimme zitterte ein wenig. Von ihrem Antlitz jedoch konnte man nicht ablesen, ob seine Antwort sie getroffen hatte. Die langen Monate unter den Hofdamen der Kaiserin hatten sie gelehrt, ihre wahren Gefühle verbergen zu können.

»Ist noch etwas anderes geschehen?« Diese Lüge würde ihn noch lange Nächte plagen. Zu gut wusste er, warum er damals noch lange am Ufer der Adda geblieben war.

Sie seufzte leise. »In der Nacht, in der Lodi überfallen wurde, wollte ich eigentlich fliehen. Ich weiß nicht, ob Rother Euch jemals davon erzählt hat. Ich wollte zu ihm kommen, als er krank war. Ich ...« Sie rang die Hände. »Man hat mir nicht erlaubt, ihn noch einmal zu besuchen, als er im Sterben lag. Es ist nie viel darüber gesprochen worden, aber mein Vater glaubt, ich hätte mit Rother fliehen wollen. Dabei war es in Wahrheit ganz anders. Wir sind im Wald auf die Mailänder gestoßen, als wir auf dem Weg zum Lager des Erzbischofs waren. Ich wollte zu Euch, Heinrich. Ich weiß mir nicht zu helfen ... Ist es ein Fluch? Haben wir denn wie Tristan und Isolde unwissentlich von einem Liebestrank getrunken?«

Heinrich brachte kein Wort hervor. Er vermochte nicht einmal Claras traurigem Blick zu begegnen.

»Ich weiß von einer Magd meines Vaters, dass sie Euch Kreuze auf den Mantel und die Kleider nähen musste. Ihr werdet also als Pilger gen Osten ziehen …«

Heinrich nickte. »Wir werden morgen …«

Clara unterbrach ihn mit einer Geste. »Zwischen uns steht bis heute keine Lüge, und so soll es auch bleiben. Versucht nicht, mir auszureden, was ich weiß! Mein Vater ist nicht der Mann, der sein Leben wagt, um auf Pilgerfahrt nach Jerusalem zu ziehen. Er wünscht sich nichts sehnlicher, als auf unser Rittergut zurückzukehren. Wenn er morgen nach Osten reitet, mag er vielleicht das Gewand eines Pilgers tragen, doch es wird etwas anderes als Frömmigkeit sein, das ihn dorthin zieht. Und Ihr werdet an seiner Seite sein.« Sie zog ein reich besticktes Tüchlein aus ihrem Ärmel.

»Die Lombardei ist ein seltsames Land. In diesem Winter ist kein Schnee gefallen. Es hat immer nur geregnet, Wochen um Wochen. Man sagt, es sei ungewöhnlich. Ich habe den Winter vermisst. Den Frost und den knirschenden Schnee unter den Schuhen. Wisst Ihr, dass Ihr mich an den Winter erinnert, Heinrich? Ihr seid kühl, und doch seid Ihr auch wunderbar, wenn man Euch im richtigen Lichte sieht. Ich weiß, Ihr liebt mich nicht.« Sie lächelte zurückhaltend. »Ich werde trotzdem auf Euch warten. Es heißt, dass in Jerusalem und den meisten Ländern des Ostens niemals Schnee liegt, aber Ihr seid ein Mann des Winters, Heinrich. Deshalb habe ich einen besonderen Schmuck für mein Tuch ausgewählt. Es sollen Schneeflocken sein. Das Tuch ist aus Seide. Es ist schon einmal unbeschadet durch die Länder des Ostens gereist, um zuletzt zu mir zu gelangen. Ich hoffe, dies ist ein gutes Omen und dass es ein zweites Mal zu mir gelangen wird.« Sie schlug scheu die Augen nieder und reichte ihm das Tüchlein.

Heinrich wurde die Kehle eng. Er wollte Clara noch einmal in die Arme nehmen, so wie damals am Ufer der Adda. Doch nun war sie kein Kind mehr! Er musste sich verschließen.

Ein Schrei erklang vom Hof, dort, wo man eine zweite prächtige Halle baute, in der in Zukunft das Gefolge des Kaisers untergebracht werden sollte.

Clara trat einen Schritt auf ihn zu und reckte sich auf die Zehenspitzen, um ihn zu küssen. Es war nur eine flüchtige Berührung, dann trat sie zurück. Auf dem Hof erklangen hastige Schritte, und Männer riefen alarmiert durcheinander.

»Ich muss zurück in die Gemächer der Frauen«, hauchte Clara. »Alle glaubten, ich hätte dieses Tuch für Rother gestickt. Ich ... Vielleicht ist es ja besser so, wenn unser Abschied kurz ist und ohne ...« Sie zögerte. »Ihr werdet doch zu mir zurückkehren, nicht wahr, Heinrich?«

»Ja.« Seine Stimme klang heiser. »Ja, ich verspreche es. Ich werde wiederkommen.«

Clara zog ihr Tuch über den Kopf und verharrte noch einen Augenblick, so als warte sie auf eine Geste von ihm. »Auf Wiedersehen, Ritter des Winters.« Sie eilte die Treppe hinunter und hielt sich danach im Schatten der Mauern.

Heinrich sah ihr nach, bis sie in der Dunkelheit verschwunden war. Unschlüssig betrachtete er das Tuch in seiner Hand. Es wäre gewiss das Klügste, es nicht mit auf die Reise zu nehmen, doch das käme ihm wie ein Verrat vor. Wenn er es aber mitnahm, würde es ihn ständig an Clara erinnern.

Auf dem Hof hatte sich mittlerweile eine ganze Gruppe von Menschen versammelt. Einige trugen Fackeln. Heinrich wickelte das Tuch sorgsam um seinen Gürtel und stieg hinab. Der Weg zum Tor führte an der aufgeregten Menschenmenge vorbei. Heinrich schnappte Gesprächsfetzen wie *Gottesurteil* und *heimlicher Sünder* oder *Himmelsstrafe* auf.

Er sah eine Gestalt in brauner Kutte am Boden liegen. Zwei Männer hoben sie auf ein breites Brett, das zum Baugerüst gehört hatte. Als sie den Toten bewegten, konnte Heinrich einen Moment lang dessen Gesicht sehen. Es war Johannes, der junge Mönch, der auf Geheiß des Erzbischofs neue Gewänder für die Heiligen Drei Könige hatte schneidern sollen. Sein Gesicht war blutverschmiert. Neben ihm lag ein großer, behauener Stein, der sich offenbar aus dem frisch gefügten Mauerwerk gelöst und den Mönch getroffen hatte.

Entsetzen berührte Heinrich wie eine eisige Hand, die in seinen Nacken griff. Wieder hatten die heiligen Gebeine einem Menschen den Tod gebracht, der sich in ihrer Nähe aufgehalten hatte. Darüber, ob es ein Unfall gewesen war oder ob jemand dem Unglück nachgeholfen hatte, wollte er lieber nicht nachdenken.

Mein lieber Freund, am Anfang des Sommers werden drei meiner Vertrauten in der Stadt eintreffen. Hilf ihnen nach Kräften, und es soll nicht dein Schaden sein.

Papst Alexander wendete das kleine Pergamentstück. Die Rückseite war unbeschriftet.

Erzbischof Obert, der ihm den Brief gebracht hatte, trat vor Aufregung von einem Bein auf das andere. Seit der

Belagerung von Mailand war er dünner, aber auch nervöser geworden. »Nun, Euer Heiligkeit, was haltet Ihr davon?«

»Wenn ich ehrlich bin, so muss ich sagen, dass ich damit wenig anzufangen weiß.«

»Es stammt aus der Kaiserpfalz, vom Cölner Erzbischof! Und wie Ihr bemerkt habt, ist es in griechischer Sprache abgefasst. Meint Ihr nicht, dass Rainald beginnt, eine große Intrige zu spinnen?«

»Das weiß Gott ...« Der Papst deutete auf die dunklen, eingetrockneten Flecken am Rand des Pergaments. »Musstet Ihr töten, um dieses Schreiben zu erlangen?«

»Nur eine Taube. Aber sollten wir nicht etwas unternehmen?«

»Solange uns der Herr kein Zeichen gibt, ist nichts zu tun. Der Erzbischof ist nicht dumm. Es steht kein Name in diesem Schreiben, ja, nicht einmal die Stadt ist erwähnt, in die er seine Gesandten schicken will. Die Byzantiner sind erst seit vier Jahren aus Italien vertrieben, und sie haben noch Hunderte von Spitzeln im Land. Diese Stadt kann überall zwischen hier und dem Outremer liegen.« Papst Alexander strich sich nachdenklich übers Kinn. »Diese Botschaft hat Euer Falkner abgefangen, nicht wahr? Der Mann, der Euch noch kurz vor der Übergabe der Stadt aus Mailand herausgeholt hat. Mir scheint, er ist ein außerordentlich fähiger Gefolgsmann.«

»Nun ... Er ist ein Mann von einfachem Gemüt.«

»Und Gott liebt das Schlichte! Schickt ihn mir, Obert! Ich möchte mir ein Bild von Eurem treuesten Diener machen. Vielleicht möchte ich sogar seine Dienste in Anspruch nehmen.«

Der Erzbischof von Mailand verneigte sich. »Wie Euer Heiligkeit wünschen.«

Nachdem Obert gegangen war, faltete der Papst sorgfältig das kleine Pergament und schob es zwischen die Seiten der aufgeschlagenen Bibel auf dem Lesepult. Wenn diese Botschaft von Bedeutung war, dann hätte sein Spitzel im Lager des Erzbischofs gewiss schon einen Boten geschickt. Alexander konnte sich zwar kaum vorstellen, dass Rainald Gesandte an den Hof des Basileios in Konstantinopel schickte, aber man wusste nie. Es war ratsam, seinen Feinden immer einen Schritt voraus zu sein. Besonders, wenn man so wenig Macht besaß wie ein aus Rom vertriebener Papst. Alexander lächelte traurig. Die Magistraten von Genua hatten ihm geraten, sich nach Frankreich zurückzuziehen. Sie fürchteten den Zorn des Kaisers, nachdem Mailand gefallen war, und sie wollten nicht seine Macht herausfordern, indem sie dem von ihm verdammten Papst in ihren Mauern Unterschlupf gewährten. Alexander dachte an den Spitzel im Gefolge Rainald von Dassels. So oft hatte er schon Nachricht von ihm erhalten, doch war er dem Mann noch nie begegnet. Wie sah jemand aus, der des Vertrauens seines Herrn so sicher war und ihn so sehr betrog? Hoffentlich gehörte er nicht zu den Gesandten, die Rainald fortschicken wollte! Wenn es tatsächlich eine wichtige Mission wäre, würde der Erzbischof nur Männer aus seinem engsten Umfeld wählen. Alexander seufzte. Alles, was er tun konnte, war, abzuwarten und zu beten.

Ein leises Räuspern ließ den Papst aufblicken. Ein schlanker Mann in mittleren Jahren stand in der Tür. Er hatte ein eckiges, ein wenig zu hageres Gesicht. Seine Haare waren kurz geschoren und schwarz, an den Schläfen zeigte sich erstes Grau. Das also war der Falkner! Alexander gab ihm ein Zeichen, näher zu kommen. Der Mann gefiel ihm. Er hatte ihn sich anders vorgestellt. Aber man sah diesem Lupo an, dass er ein Jäger war.

15

»Gott im Himmel!« Ludwig lehnte sich über die Reling, um besser sehen zu können. Er hatte die Überfahrt auf dem Kaufmannsschiff gehasst. Die unruhige See, das stetige Schlingern. Das nie verstummende Knarzen von Holz und Takelage. Jede einzelne Nacht auf See hatten ihn Alpträume heimgesucht. Er war im Traum ertrunken, oder so wie Jonas, den der Wal verschlungen hatte, im Schlund von Meeresungeheuern verschwunden. Jedes einsame Eiland war besser als dieses Schiff. Es nahm Wasser auf! Und die Seeleute hatten ihm immer wieder versichert, das sei völlig normal! Ein leckes Schiff! Ganz gegen seine Gewohnheiten hatte er regelmäßig zu beten begonnen und Gott angefleht, die Reise zu beschleunigen. Kaum eine Stunde war verstrichen, in der er nicht sehnsüchtig an Konstantinopel gedacht hätte. Doch die Stadt, die sich nun vor seinen Augen ausbreitete, übertraf jeden seiner Träume. So unfassbar war sie, dass er sein Staunen in Worte fassen musste. Er konnte Konstantinopel nicht sehen und schweigen. Auch wenn ihn die Seeleute belächeln mochten.

»Das ist ja gewaltig. Seht nur! Die Mauer und der Turm dort hinten … wie kann es sein, dass man am hellen Tag ein Licht auf ihm sieht?« Ungläubig gaffte er zu dem schlanken Turm, der hinter dem Hafen aufragte. Auf seiner Spitze brannte ein gleißendes weißes Licht. Doch im Gegensatz zu einer Flamme zitterte es nicht.

»Das ist noch gar nichts, Ritter.« Orlando, ihr Steuermann, lachte hinter ihnen. »Warte, bis du die Sophienkirche siehst und die Rennbahn. Es sind die größten Bauwerke, die jemals von Menschenhand geschaffen wurden. Der Leuchtturm dort vorne ist nichts als ein hoher Turm, auf dessen Spitze tagsüber ein Spiegel steht. Aber die Kirche … Dort siehst du Gottes Werk auf Erden.«

Der venezianische Kauffahrer passierte die beiden gedrungenen Türme der Hafeneinfahrt. In dem weiten Becken ragte ein Wald von Masten auf. Schiffe aus aller Herren Länder schienen hier versammelt zu sein. Bauchige Lastensegler, lang gestreckte Galeeren und schlanke Schiffe mit seltsamen, dreieckigen Segeln.

Noch zweihundert Schritt und er würde endlich wieder festen Boden unter den Füßen haben, dachte er erleichtert. Endlich hatte das Martyrium ein Ende! Ihre Reise hatte sie von Venedig an die dalmatinische Küste nach Zara geführt. Dort mussten sie zwei Wochen warten, bis sie sich auf einem großen Kauffahrer nach Konstantinopel einschiffen konnten. In der Straße von Otranto waren sie in einen schweren Sturm geraten und fast an der Küste Korfus zerschellt. Nie in seinem Leben hatte Ludwig so viel gebetet wie in diesen Stunden. Gott schien ihn, oder eine frommere Seele an Bord, erhört zu haben. Auf dem letzten Stück der Reise hatten sie sonniges Wetter und einen stetigen Wind gehabt.

Wenn auch nur die Hälfte von dem stimmte, was die Seeleute über die Schenken und Huren von Konstantinopel zu erzählen wussten, dann musste die Stadt der Himmel auf Erden sein. Und das war gut so! Er würde eine Menge Wein brauchen, um diese Seefahrt zu vergessen!

»Ihr solltet eure Börsen bereithalten.« Orlando, ihr Steuermann wies auf ein schlankes Ruderboot, das auf den Kauffahrer zuhielt. Dessen Reling war mit goldenen Schnitzereien geschmückt, die Riemen schimmerten in grellem Rot. Die Ruderer schwitzten mit nacktem Oberkörper. In der Mitte des Bootes stand ein dicker Kerl mit einem goldbestickten Umhang. Hinter ihm hatte sich eine Gruppe finster dreinblickender Krieger mit langstieligen Äxten aufgebaut.

»Ein Beamter des Hafenmeisters«, erklärte Orlando. »Er wird unsere Ware begutachten und dann entscheiden, welchen Liegeplatz wir zugewiesen bekommen. Er wird auch Auskünfte über euch einholen. Lateiner sind hier nicht wohlgelitten.«

»Aber wir sind doch deutsche Pilger.«

Der Seemann zog warnend die Brauen hoch. »Für die Griechen sind alle, die der römischen Kirche folgen, Lateiner. Sie trauen uns nicht. Es ist besser, wenn ihr erzählt, dass ihr vorhabt, die Stadt schnell wieder zu verlassen.«

Heinrich und Anno tauschten einen Blick. »Ich werde mit ihm sprechen«, entschied der Sennberger. »Und du solltest besser den Mund halten, Ludwig. Das meiste, was ich über diese Stadt gehört habe, hat mir nicht gefallen.«

Heinrich hatte sich vor einer der Säulen des hoch aufragenden Kuppelbaus am südlichen Ende des Augusteions niedergelassen. Es war der vierte Abend, den er hier saß und wartete. Mit jedem Tag waren seine Hoffnungen gesunken. Der Erzbischof hatte einen verhängnisvollen Fehler gemacht! Er hatte Heinrich gesagt, er solle vor dem Milion warten. Und als Erkennungszeichen sollte er einen blauen Umhang tragen. Offenbar war der Erzbischof niemals in Konstantinopel gewesen! Und er schien auch nicht sehr viel über die Stadt zu wissen. In drei Wochen würde es ein großes Rennen im Hippodrom geben, und schon jetzt brodelte die Stadt vor Unruhe. Immer wieder kam es zu Streitereien zwischen den *Blauen* und den *Grünen*, den beiden größten Parteien unter den Rennställen. Tausende von Männern in blauen Tuniken und mit blauen Umhängen waren in der Stadt unterwegs!

Heinrich war froh, bislang nicht in eine der Auseinandersetzungen verwickelt worden zu sein. Doch Gott allein wusste, wie lange sein Glück noch anhalten würde. Ganz zu schweigen vom Glück seiner Kameraden. Es war leicht, als Lateiner Ärger zu bekommen. Ludwig amüsierte sich und schien fast schon vergessen zu haben, warum sie nach Konstantinopel gekommen waren. Noch mehr Kummer bereitete Heinrich der dickköpfige Sennberger. Der störrische Kerl machte keinen Hehl aus seiner Verachtung für die Griechen. Er schien geradezu auf Streit aus zu sein. An allem, was er sah, mäkelte er herum. Manchmal fragte sich Heinrich, ob nicht schlicht Angst hinter seinem ebenso hochmütigen wie dummen Verhalten steckte.

Wie sollten sie sich in dieser gewaltigen Metropole zurechtfinden? Bis vor einer Woche war Mailand die größte Stadt gewesen, die Heinrich jemals gesehen hatte. Doch Konstantinopel übertraf die Hauptstadt der Lombardei um ein Vielfaches. Es hieß, dass allein 60 000 Fremde hier lebten. Heinrich seufzte. Und es gab mindestens 10 000 Männer mit blauen Umhängen!

Jemand stieß Heinrich an die Schulter. Einer der Wachsoldaten des Milion war von hinten an ihn herangetreten und versetzte dem Ritter noch einen zweiten Stoß mit dem stumpfen Ende seines Speers. Der Mann herrschte ihn an und machte eine befehlende Geste.

Heinrich verstand kein Wort. Geölte schwarze Locken quollen unter dem Spangenhelm des fremden Kriegers hervor. Er trug eine hellrote Tunika mit schwarzen Stickereien und eine bunt gestreifte Hose. Der Byzantiner stieß, dem Tonfall nach zu urteilen, einen ganzen Schwall von Verwünschungen aus und wies mit seinem Speer auf den weiten Platz.

Heinrich zuckte mit den Schultern und machte sich davon. Wenn er Wache am Milion gewesen wäre, hätte ein Fremder, der vier Abende hintereinander vor dem Kuppelbau hockte, wahrscheinlich auch sein Misstrauen erweckt. Die Franken, wie man sie hier überall nannte, standen im Ruf, Barbaren und Diebe zu sein. Stand so einer Abend für Abend vor einem mehr als zwei Mann hohen Meilenstein, der ganz mit Goldplatten verkleidet war, dann mochte das Argwohn erwecken. Vom Milion aus waren die Entfernungen zu allen Städten des byzantinischen Kaiserreichs gemessen worden. Die Namen der Städte und die Wegstrecken waren in die Goldplatten eingraviert. Eigentlich kein schlechter Platz, um sich zu treffen, dachte Heinrich verzweifelt. Wenn nur der Mann, auf den er wartete, nicht ausgerechnet angewiesen worden wäre, einen blauen Umhang als Erkennungszeichen zu tragen!

Ludwig streckte sich auf der Steinbank vor der bunt bemalten Schenke. Wenn das der Himmel war, sollte er vielleicht doch die Hölle vorziehen. Es war einfach zu erschöpfend. Hier gab es alles, was er sich je in seinen kühnsten Träumen ausgemalt hatte. Frauen mit dem Gesicht der heiligen Jungfrau waren Hafendirnen. Man fand Köstlichkeiten aus allen Ländern der Welt. Süßes Obst aus Damaskus, Wein von den Ägäischen Inseln, Fleisch aus den Weiten einer Steppe, die irgendwo im Osten lag. Wer hier einmal gewesen war, dem mussten alle Genüsse, die ihn zu Hause erwarteten, zu Asche werden! Aber alles haben zu können, jedenfalls solange man eine wohlgefüllte Börse hatte, konnte einen um die letzten Kräfte bringen!

Ludwig klimperte ein paar Akkorde auf seiner Laute. Während der langen Überfahrt hatte er reichlich Gelegenheit gefunden, sein Spiel zu verbessern. Leise summte er ein Lied, das er einmal für seine Stiefschwester gedichtet hatte. Sie hatte es nie zu hören bekommen. Der Ritter winkte und bestellte noch einen Krug mit Wein.

»Was ist nur los mit dir, Staufer? Du machst ja ein Gesicht, als hätte man dir faule Heringe zu fressen gegeben!« Orlando klopfte ihm aufmunternd auf die Schenkel. »Komm, ich zeig dir ein paar Mädchen, die dich auf andere Gedanken bringen werden.« Der venezianische Steuermann war in den letzten Tagen kaum von seiner Seite gewichen. Er hatte ihn in die verrufensten Viertel der Stadt geführt und war ein guter Zechkumpan gewesen. Was Ludwig ihm aber am höchsten anrechnete, war die Tatsache, dass Orlando kaum versucht hatte, ihn auszunehmen. Der Venezianer war mehr als einen Kopf kleiner als Ludwig. Sein schwarzes Haar war nie ganz ordentlich gekämmt, und sein zahnlückiges Lächeln wirkte auf den ersten Blick eher erschreckend als einladend. Wenn man den schmächtigen Kerl so sah, hätte man niemals geahnt, mit welcher Sicherheit er sein schwerfälliges Schiff durch jeden Sturm steuerte.

»Nun, wie sieht's aus mit dir?« Orlando schenkte ihm sein berüchtigtes Lächeln.

»Ich glaube, heute nicht.« Ludwig strich noch einmal lustlos über die Saiten.

»Ich habe da ein paar Geschichten über eine einbeinige Hure gehört … Ich wette, die würde dich auf andere Gedanken bringen.«

»Nein, ich glaube …« Das Geräusch genagelter Sohlen auf dem Straßenpflaster ließ Ludwig aufblicken. Eine schwarze Sänfte, von vier Sklaven getragen, schwankte die Straße herauf. Geistesabwesend glitten die Finger des Ritters weiter über die Saiten. Die Sänftenträger waren muskulöse, dunkelhäutige Gestalten. Ludwig bewunderte die vergoldeten Schnitzereien der Sänfte. Sie musste ein Vermögen wert sein. Blutrote Vorhänge flatterten sanft im Abendwind, der vom Hafen hinaufzog.

Als die Sänfte auf einer Höhe mit ihm war, wurde der Vorhang zur Seite gezogen. Einen Moment lang blickte der Ritter geradewegs in ein Paar schwarze, traurige Augen. Dann waren die Sklaven vorüber.

Wie ein Schlafwandler erhob sich Ludwig von der Steinbank. Diese Augen! Auf diese schmerzvolle, wissende Weise hatte ihn auch seine Stiefschwester angesehen, als ihr Vater sie fortgebracht hatte.

»Du nimmst Kurs auf gefährliche Gewässer«, brummte Orlando und packte ihn am Arm. »Komm, setz dich wieder! Dieses stolze Schiff hat schon einen Eigner.«

»Wer war das?«, flüsterte Ludwig und blickte der Sänfte nach.

»Eine Sirene, zum Teufel! Du wirst doch ihretwegen nicht unseren Wein sauer werden lassen. Ich sage dir, jemand wie sie bringt nur Ärger!«

Ludwig schüttelte den Kopf. »Hast du denn nicht gesehen? Diese Frau ist einsam!« Er griff nach seiner Laute und lief die enge Gasse hinauf, um der Sänfte heimlich zu folgen.

Anno hatte die Pferde versorgt und verließ den Stall des kleinen Gasthauses am Kontoskaklion-Tor, in dem sie abgestiegen waren. Er war ausgesprochen schlechter Stimmung. Diese Stadt bedrückte ihn. Und den Tieren ging es auch nicht besser. Ihre Pferde waren immer noch unruhig, obwohl sie nun schon ein paar Tage wieder festen Boden unter den Hufen hatten. An diesem Ort konnte man sich nicht wohlfühlen! Es war niemals still in dieser Stadt. Immer hörte man irgendwo Stimmen oder Gelächter. Und alle sprachen dieses grässliche Kauderwelsch, das kein anständiger Christenmensch verstehen konnte. Wenn sie wenigstens eine Spur des dritten Königs gefunden hätten. Aber Heinrich brachte es ja nicht einmal zuwege, den Mann zu finden, mit dem sie sich hier treffen sollten!

Anno ging die Straße entlang und musterte misstrauisch die Gestalten, die an ihm vorübereilten. Griechen! Alles Betrüger! Wie viel ihr Gastwirt für das schlichte Zimmer verlangte, das sie sich teilten! Das grenzte an Diebstahl!

Ein stämmiger Mann in bunten Kleidern erweckte seine Aufmerksamkeit. Ein breiter, silberbeschlagener Schwertgurt wies ihn als Krieger aus. Er hatte weizenblondes Haar und stolzierte daher, als hielte er sich für einen zweiten Siegfried. Dabei sah er in der roten Hose mit den gelben, aufgestickten Blumen im höchsten Grade albern aus. »Ein Narr könnte nicht lächerlicher daherkommen«, murmelte Anno abfällig, als der Geck an ihm vorbeiging.

Der Fremde blieb stehen. »Was hast du gesagt?« Er sprach deutsch mit einem Dialekt, den Anno nicht sofort zuordnen konnte. Der Sennberger drehte sich langsam um und stemmte die Hände in die Hüften. Sein Gegenüber hatte eine breite, fleischige Nase, die offenbar schon mindestens einmal gebrochen worden war. Anno sah zu den Stickereien auf der Hose und grinste herausfordernd. »Das Fräulein liebt Blumen?«

»Dir werde ich den Staub aus den Kleidern klopfen, Bauerntölpel!« Der Fremde griff nach seinem Schwertgurt, öffnete ihn und lehnte die Waffe an die nächste Hauswand.

Anno folgte seinem Beispiel und legte ebenfalls die Waffe ab. Herausfordernd hob er die Fäuste. »Kommt her und versucht Euer Glück, Fräulein!«

Ohne weitere Zeit mit Worten zu verschwenden, ging der Fremde zum Angriff über. Anno duckte sich unter einem Faustschlag weg und versuchte den anderen umzureißen. Doch sein Gegner war nicht ungeschickt. Noch bevor Anno an ihn herankam, war der Blonde mit einem Satz zurückgewichen. Das würde kein leichter Kampf werden!

Einige Augenblicke lang umkreisten die beiden Kämpfer sich und suchten nach einer Lücke in der Deckung des anderen. Dann sprang Anno vor und verpasste seinem Kontrahenten einen Schlag in den Leib. Doch der Kerl zuckte nicht einmal zusammen. Seine Bauchmuskeln waren hart wie Mauerstein. Ein Hieb traf Anno im Nacken, und er spürte, wie seine Beine nachgaben. Mit einem Fluch auf den Lippen rammte er dem größeren Mann seine Faust mitten ins Gesicht. Anno ließ eine Rechte folgen, die jedoch ihr Ziel verfehlte. Der Fremde wischte sich Blut von den aufgeplatzten Lippen und griff sofort wieder an. Er traf Anno mit einer wuchtigen linken Geraden, die den Sennberger fast von den Füßen riss.

Etliche Passanten waren stehen geblieben und sahen den beiden zu. Anno bemerkte, wie zwei bärtige Griechen eine Wette abschlossen, und so, wie ihn der eine ansah, hatte er das Gefühl, dass es nicht gut um seine Quote stand. Dieser verdammte Blondschopf war ein härterer Brocken, als er gedacht hatte.

Anno hob die Fäuste schützend vor das Gesicht und versuchte, an den anderen heranzukommen. Wenn er es schaffte, ihn zu umklammern, dann würde er ihn vielleicht von den Beinen reißen können. Noch bevor er den Gedanken zu Ende gebracht hatte, traf ihn eine Linke, die ihn zurücktaumeln ließ. Ein weiterer furchtbarer Schlag folgte. Hilflos versuchte Anno, seine Arme zu heben, um wenigstens seinen Kopf vor weiteren Treffern zu schützen, doch seine Glieder gehorchten nicht mehr seinem Willen.

Die Gesichter der Zuschauer begannen zu kreisen. Grölende Rufe feuerten ihn an. Anno machte einen Schritt nach vorne und sank dann auf das Pflaster.

Der andere baute sich breitbeinig über ihm auf. Er streckte Anno seine riesige Pranke entgegen, um dem Sennberger wieder auf die Beine zu helfen. »Bei den Hörnern des Teufels, du hast Fäuste wie zwei Schmiedehämmer. Ich heiße Rolf! Hast du was dagegen, wenn ich dich auf einen Wein einlade? Ein Treffer mehr, und du würdest jetzt über mir stehen.«

Anno blinzelte benommen. Er hatte das Gefühl, aus eigener Kraft so schnell nicht mehr auf die Beine zu kommen. Die Griechen um ihn starrten ihn an und schienen ein höllisches Vergnügen an seiner Niederlage zu haben. Er griff nach der Hand. »Ein Krug Wein käme jetzt gerade recht«, brachte er heiser hervor und ließ sich auf die Beine helfen.

Es war schon lange dunkel geworden, als Heinrich endlich aufgab und das Forum am Milion verließ. Das Licht von Fackeln spiegelte sich rot auf dem Gold des Meilensteins. Konstantinopel machte ihm Angst. Es war eine wahrhaft königliche, undurchschaubare Stadt, so ganz anders als die kleinen Ortschaften am Rhein, die er kannte. Selbst Cöln konnte man, verglichen hiermit, kaum mehr als ein Kuhdorf nennen.

Der Ritter beschleunigte seine Schritte und verschwand in einer der schmalen Gassen, die vom Forum wegführten. Die Hitze des Tages war hier noch zwischen den Häusern gefangen. Irgendwo hörte man eine Frau in Liebeslust stöhnen. Drei alte Männer saßen auf den Stufen eines Hauses und redeten leise miteinander. Ein junges Mädchen, das einen großen Wasserkrug trug, kam Heinrich entgegen. Scheu drückte sie sich gegen die Hauswand. Der Ritter nahm kaum Notiz von ihr. Er war tief in seinen Gedanken versunken. Wie konnte er nur den Mann finden, der ihn am Milion treffen sollte? Solange es hell genug war, hatte er jeden Mann gemustert, der sich dem Kuppelbau näherte. Hatte versucht, in den Gesichtern zu forschen. Vergebens!

Heinrich überquerte einen kleinen Platz, auf dem Wasser aus einem Brunnen plätscherte. Hier war es angenehm kühl. Er hielt einen Moment inne und wischte sich den Schweiß von der Stirn.

»Ihr habt Euch den wärmsten Monat ausgewählt, um diese Stadt zu besuchen. Im August kann einem Konstantinopel manchmal wie der Vorhof der Hölle erscheinen.«

Heinrich fuhr überrascht herum. Hinter ihm trat eine hohe, dunkle Gestalt aus der Gasse. Ein Mann in einer Kutte. Die Kapuze tauchte sein Gesicht in tiefe Schatten. Er sprach deutsch!

»Wie habt Ihr meine Muttersprache erraten, ohne auch nur ein Wort mit mir gewechselt zu haben?«, fragte Heinrich verblüfft.

»Indem ich Euch aufmerksam ansehe und Euer Äußeres mit anderen Dingen in Verbindung bringe, die ich weiß. Eure Kleidung und Eure Waffen sind weder die eines Griechen noch eines Orientalen. Der hohe Wuchs, das helle Haar, der Bart, all dies lässt auf einen *Franken* schließen. Dass es kein Frankenreich mehr gibt, hat sich hier zwar durchaus herumgesprochen, doch aus Bequemlichkeit hat man den Namen für die Barbaren nördlich der Alpen einfach beibehalten. Doch Euer Äußeres ist natürlich nicht mehr als ein Indiz. Wenn man jedoch bedenkt, dass der Stauferkaiser erst vor wenigen Monaten seinen Krieg gegen die lombardischen Städte beendet hat, und dann das Kreuz auf Eurem Mantel betrachtet, dann liegt es nahe, anzunehmen, dass Ihr ein Ritter seid, der beschlossen hat, ins Heilige Land zu pilgern.«

Heinrich wünschte, er hätte das Gesicht des Mönches sehen können. »Euch ist nicht zufällig so leicht gefallen zu erraten, wer ich bin, weil Ihr auf mich gewartet habt?«

Sein Gegenüber lachte leise. »Was sollte ich mit einem Franken zu schaffen haben, der nun schon den vierten Abend am Milion steht?«

Der Ritter leckte sich nervös über die Lippen. Der Erzbischof hatte ihm eine Losung mitgeteilt. Wenn der Mönch die zweite Hälfte kannte, musste er der Richtige sein. *»In omnibus requiem quaesivi …«*

»… et nusquam inveni nisi in angulo cum libro.« Der Fremde nickte. »In allem habe ich Ruhe gesucht und sie nirgends gefunden, außer in einer Ecke mit einem Buch. Nicht gerade ein Ausspruch, den man von einem Ritter erwartet. Mein Freund hat mir nicht mitgeteilt, auf was für Männer ich warten sollte, wohl um Euch zu schützen, falls sein Brief in falsche Hände gerät.«

»Ihr meint den *archicancelarius* …«

»Ich rede von einem Freund.« Der Mönch sah sich um. Abgesehen von den alten Männern waren sie allein. »Namen und Titel sind nicht von Bedeutung. Ich denke auch, dass es besser ist, auf eine Weise von ihm zu sprechen, die es Dritten unmöglich macht zu erraten, von wem wir reden, denn er ist in dieser Stadt nicht sonderlich beliebt.«

»Ihr habt mich schon seit vier Tagen beim Milion beobachtet?«

»Nicht nur das! Ich bin dir gefolgt und habe mir auch deine Gefährten angesehen. Ich wollte sicher sein, dass ihr auch wirklich die Richtigen seid.« Ohne Übergang war der Fremde zum vertrauten Du übergegangen, wie Heinrich bemerkte.

»Ihr seid ein misstrauischer Mann, Bruder.«

»Zenon ist der Name, den ich gewählt habe, als ich mich von der Welt abwandte. Und wie lautet dein Name?«

Heinrich stellte sich vor und nannte auch die Namen seiner Gefährten. Offensichtlich hatte Zenon sie tatsächlich bereits eine Weile beobachtet! Wie sich zeigte, war er bestens mit den Eigenarten der beiden Ritter vertraut.

»Wir sollten nicht zu lange an diesem Platz verweilen.« Zenon legte Heinrich eine Hand auf die Schulter und schob ihn sanft vorwärts. »Wenn wir gehen, ist es schwieriger, uns zu belauschen, ohne sich dabei zu zeigen. Lass uns zum Bukolen-Hafen hinuntergehen und die frische Seebrise genießen. In diesen Gassen könnte man ja schier vor Hitze ersticken.«

Heinrich ließ sich führen. Der Fremde plauderte ein wenig über die Stadt und versuchte, ihn unaufdringlich mit eingestreuten Fragen auszuhorchen. Schließlich aber kam er zur Sache und fragte, warum *sein Cölner Freund* sie geschickt habe.

Der Ritter erzählte von der falschen Königsreliquie und von der Legende, wie der heilige Bischof Eustorgius die Drei Könige nach Mailand gebracht hatte.

Eine Weile gingen sie schweigend nebeneinander her. »Eine erbauliche Heiligenvita«, sagte Zenon schließlich, als sie den Hafen erreicht hatten, »doch ich fürchte, sie wird uns kaum weiterhelfen, den fehlenden König zu finden.«

»Es gibt noch eine zweite Geschichte. Sie ist weniger fromm. Angeblich waren die Königsreliquien ein Geschenk aus Konstantinopel an den germanischen Feldherrn Odoaker, der Romulus, den letzten Kaiser Westroms, ermordete. Reliquien als Blutgeld!« Heinrich hielt inne. »Als Odoaker zu mächtig wurde, schickte der Kaiser von Byzanz seinen Heermeister Theoderich. Er belagerte Ravenna drei Jahre lang, und als die Stadt fiel und mit ihr Odoakers

Haupt, stahl jener Kaufmann, der einst die Heiligen nach Ravena gebracht hatte, die Reliquien und brachte sie in seine Heimatstadt Mediolanum. Der Kaufmann hieß Eustorgios.«

Zenon lachte. »Das hört sich nach einer wahrhaft byzantinischen Geschichte an. Der Kaiser, der dafür verantwortlich war, hieß übrigens Zenon, genau wie ich. Es war der Herrscher, der das Kirchenschisma mit den Lateinern herbeiführte und der die Nestorianer nach Persien vertrieb. Ein ebenso frommer wie streitbarer Mann.«

Heinrich fragte sich, warum der Mönch sich ausgerechnet diesen Namenspatron ausgesucht haben mochte. Eine Wahl, die ihn nicht gerade vertrauenerweckend erscheinen ließ!

»Ich kann nicht leugnen, junger Freund, dass ich über die Drei Könige nur wenig weiß. Ich werde zwei Tage brauchen, um zu lesen und nachzudenken. Treffen wir uns übermorgen vor dem Hauptportal der Sophienkirche. Und komm allein! Ich glaube nicht, dass ich auf die Gesellschaft deiner beiden Gefährten besonderen Wert lege! Sie scheinen mehr von Weibern und einem tüchtigen Schwertkampf zu verstehen.« Ohne auf eine Erwiderung zu warten, wandte der Mönch sich ab und verschwand in einer dunklen Gasse, die hinauf zum Hippodrom führte.

16

Ich sollte auf dem schnellsten Weg von hier verschwinden, dachte Ludwig, als er sich erhob. Schon den zweiten Tag beobachtete er das Haus der rätselhaften Frau. Er kannte inzwischen die Leute, die dort ein und aus gingen. Es war eine prächtige Villa mit reich geschmückter Fassade. Zierliche Säulen trugen die Bogenfenster der beiden oberen Geschosse. Die Eingangstür war ganz mit poliertem Bronzeblech beschlagen. In der Mittagssonne funkelte sie, als wäre sie aus Gold. Es war nicht zu übersehen, dass der Venezianer, der dort lebte, sehr reich war. Ludwig hatte seinen Namen in Erfahrung gebracht: Enrico Dandolo. Er war ein griesgrämiger dürrer Kerl mit schütterem grauen Haar und einer Binde, die sein linkes Auge bedeckte. Nach dem Namen seiner Gattin hatte Ludwig allerdings nicht zu fragen gewagt. Er wollte keinen Verdacht erregen.

Eilig, immer zwei Stufen auf einmal nehmend, stürmte er die Außentreppe an einem weniger prächtigen Haus empor. Die Sonne versank hinter der Stadt und verwischte die Fassaden der Kirchen und Paläste zu schwarzen Silhouetten. Irgendwo jenseits des goldenen Horns war leises Donnergrollen zu hören. Es war so schwül, dass Ludwig das dünne Leinenhemd am Leib klebte. Er hatte seine Laute an einem breiten Lederriemen über die Schulter geschnallt, als er behände wie eine Katze von der Außentreppe auf das Dach des Hauses kletterte.

Einige Augenblicke und zwei gewagte Sprünge später erreichte er das rote Ziegeldach der Villa. Es war verrückt, was er hier tat. Noch wäre Zeit umzukehren. Er könnte sich den Hals brechen, den Wachen des Hauses in die Arme laufen oder – schlimmer noch – von der Dame zurückgewiesen werden, von der er nicht mehr als ein trauriges Augenpaar gesehen hatte. All das erhöhte nur den Reiz. Anno schalt ihn einen Narren. Und dieses eine Mal hatte der Sennberger gewiss Recht.

Ein paar Tauben flatterten auf, als Ludwig vorsichtig zum Rand des Dachs kroch. Auf der Rückseite des Hauses lag ein kleiner Garten. Aus einem Fenster fiel Lichtschein auf die Bäume. Efeu wuchs bis zum Dach hinauf. Ludwig kauerte sich hinter einen gemauerten Kamin und nahm die Laute von der Schulter. Leise begann er zu spielen. Nicht eine bestimmte Melodie, sondern eine lose Abfolge von Akkorden. Er legte seine ganze Trauer und Sehnsucht in das Spiel der Laute. Die Einsamkeit der langen Suche nach seiner Stiefschwester, den Zorn auf seinen Vater, die ungestillte Sehnsucht der letzten Jahre.

Der Mond war aufgegangen. Wie die frisch geschliffene Sichel eines Bauern hing er über der Stadt. Die Bäume im Garten bewegten sich sanft in der Brise, die vom Meer herüberwehte. Ein leises Geräusch ließ Ludwig mit dem Spiel innehalten. Das Licht im Haus war erloschen. Doch auf dem kleinen Balkon schräg unter ihm stand plötzlich eine weiße Gestalt. Eine Frau in langem Nachtgewand. Sie lehnte an der Brüstung und spähte in den Garten hinab. Ihr Haar war offen und fiel ihr wie ein weiter schwarzer Umhang über Schultern und Rücken. Sie war kaum größer als ein Kind.

Ludwig wagte es nicht, auch nur einen Laut von sich zu geben, so als habe er ein scheues Reh vor sich, das jeder unbedachte Laut vertreiben mochte. Fasziniert beobachtete er, wie der Wind mit dem Haar der unbekannten Schönen spielte und sich die Schatten im Faltenwurf ihres Gewandes veränderten, wenn sie sich leicht bewegte.

Warum stand sie noch immer dort unten? Sein Lautenspiel war längst verstummt, und doch blieb sie. Sie musste doch ahnen, dass sie beobachtet wurde!

Licht erhellte plötzlich eines der Fenster. Eine raue Stimme ertönte. Der Hausherr schien zurückgekehrt zu sein. Langsam drehte sich die Schöne um und hob den Kopf, um zum Dach hinaufzublicken. Nur einen Herzschlag lang trafen sich ihre Blicke, dann trat sie ins Haus. Ihre Augen hatten silbern geglänzt. Hatte sie geweint? Oder war es doch nur der Glanz des Mondlichts gewesen?

Ludwig ließ den Kopf auf die warmen Dachziegel sinken. Er musste die Fremde wiedersehen und herausfinden, wer sie war.

Heinrich erwachte, weil er sanft am Arm geschüttelt wurde. Sofort schnellte er hoch. Benommen blickte sich der Ritter in der Dunkelheit um. Dann erinnerte er sich wieder. Die Sophienkirche! Er war hierhergekommen, um in der Abenddämmerung auf den Mönch Zenon zu warten. Doch der Grieche war auch lange nach Sonnenuntergang nicht aufgetaucht.

»Du machst deine Aufgabe nicht gut, Ritter. Von einem Krieger sollte man erwarten, dass er den Schlaf zu besiegen vermag«, erklang die spöttische Stimme des Mönchs.

»*Du* weißt nicht, wovon du sprichst, Mönch«, entgegnete Heinrich gereizt, wobei er das Wort »Mönch« besonders abfällig betonte.

»Glaub mir, mein Sohn, auch Mönche durchwachen so manche Nacht. Doch lass uns ein wenig spazieren gehen. Dies ist ein heiliger Ort und kein geeigneter Platz, um dir zu erzählen, was ich herausgefunden habe.«

Sofort schüttelte Heinrich seine Müdigkeit ab. »Gibt es schlechte Nachrichten?«

Zenon schüttelte den Kopf. »Ich habe einen Kodex gefunden, in dem die *Vita Eustorgii*, die Lebensgeschichte des heiligen Bischofs aus Mailand, niedergeschrieben ist. Dort wird erzählt, dass die heilige Helena, die Mutter des Kaisers Konstantin, die Gebeine der Drei Könige im Heiligen Land gefunden und hierhergebracht habe. Ich kenne die Geschichte der heiligen Helena recht gut, doch davon, dass sie die Drei Könige fand, habe ich nie zuvor gehört. Ich werde in den nächsten Tagen noch Zugang zu einigen Texten über das Leben Helenas suchen. Was die zweite Geschichte angeht, so weist nichts darauf hin, dass Zenon die Gebeine der Heiligen einem Barbarenfeldherrn geschenkt hat. Ich werde mich aber darum bemühen, in die Bibliothek des Palastes vorgelassen zu werden, um dort meine Suche zu vertiefen. Über alle Geschenke, welche die Kaiser gemacht oder erhalten haben, gibt es dort umfassende Listen. Wenn die Drei Könige jemals nach Italien verschenkt wurden, so wird es dort niedergeschrieben stehen. Ich kann mir jedoch nicht vorstellen, dass ein Kaiser diese kostbaren Reliquien fortgegeben hätte. Es sei denn, es hätten begründete Zweifel an ihrer Echtheit bestanden.«

»Du meinst, die Byzantiner hätten von Anfang an gewusst, dass etwas mit den Reliquien nicht stimmt?«

»So würde ich es nicht sagen«, entgegnete der Mönch zögernd. »Aber falls sie gewusst haben, dass mit den Reliquien etwas nicht in Ordnung ist, wäre es eine Erklärung, warum sie an einen barbarischen Verbündeten verschenkt worden sind.« Zenon seufzte. »Jede Antwort wirft neue Fragen auf. So ist es stets, wenn man in den Büchern forscht. Ich werde dir einen Boten schicken, sobald ich etwas Neues herausgefunden habe.«

Der Mönch machte Anstalten, sich abzuwenden.

»Aber ich könnte dir helfen! Ich habe lesen und schreiben gelernt und spreche auch Latein.«

»Ich kann auch ein Schwert in die Hand nehmen und würde mich deshalb nicht Ritter nennen«, entgegnete Zenon, und wieder klang seine Stimme voller Spott. »Verstehe mich recht, mein Freund. Für einen Barbaren und Krieger bist du wirklich recht gebildet.« Ihr Weg hatte sie durch gewundene Gassen zurück zur Sophienkirche geführt. Heinrich hasste diese Stadt. Er fühlte sich oft hilflos wie ein Kind, das sich im Wald verlaufen hatte. Die dunklen, nach Pisse stinkenden Häuserschluchten sahen für ihn alle gleich aus. Und es gab niemanden, den er nach dem Weg fragen konnte. Wenn er den Mund aufmachte, konnte er bestenfalls mit einem abfälligen Blick rechnen.

Zenon nickte zum Abschied. »Übrigens, wenn deine Gefährten und du eine Herausforderung wollen, beleidigt einen sarazenischen Faris. Man sagt, sie wären die besten Schwertkämpfer unter Gottes Sonne.«

Der Mönch trat durch das hohe Portal der Sophienkirche. Wütend blickte Heinrich ihm nach. Zenons überhebliche Art reizte ihn zunehmend. Es war an der Zeit, mehr über diesen aufgeblasenen Besserwisser zu erfahren! Kurz entschlossen folgte er dem Griechen. Die Sophienkirche war ein fremdartiger Bau mit Kuppeldecke und einer weiten Halle. Ein wenig erinnerte sie ihn an Sankt Gereon in Cöln, wenn sie auch viel größer und prunkvoller war. Trotz der späten Stunde erfüllte das leise Gemurmel der Gläubigen die gut besuchte Kirche.

Heinrich folgte Zenon in etwas mehr als zehn Schritt Abstand und achtete darauf, möglichst im stetigen Strom der Kirchgänger, die kamen und gingen, verborgen zu bleiben. Der Mönch sah sich nicht ein einziges Mal nach ihm um.

Zenon schritt geradewegs auf eine Gruppe von Ordensbrüdern in schwarzen Kutten zu. Einen Moment lang konnte Heinrich ihm noch mit Blicken folgen, doch dann war er zwischen den anderen Mönchen verschwunden, beinahe wie ein Zauberer, der sich in Luft auflösen konnte.

Lupo der Falkner lehnte sich an die breite, marmorgefasste Brüstung und blickte über die Bucht. Es war ein warmer Sommernachmittag. Leichter Dunst lag über dem Wasser. Das Goldene Horn war voller Segel. Es gab Kauffahrer, die von Ruderbooten gegen die Strömung durch die Meerenge geschleppt wurden, und arabische Schiffe, die mit ihren weit geschwungenen dreieckigen Segeln an Schwalben erinnerten, die über das Wasser hinwegglitten. Auch ein großes Kriegsschiff mit zwei übereinandergelegenen Ruderdecks ankerte hier wie ein an die Kette gelegter Wachhund, der aufmerksam jeden musterte, der sich dem Haus seines Herrn näherte.

Jenseits der Bucht konnte man deutlich das Band der Stadtmauer erkennen. Hunderte rote und braune Häuserdächer ragten über die Mauern. Über allem jedoch erhoben sich die Kuppeln der Sophienkirche und des kaiserlichen Palastes, fast wie zwei Äpfel, die halb aus einer riesigen

Obstschale herausragten. Der Falkner schmunzelte. Was für ein unsinniges Bild. Er wandte sich an seinen Gastgeber, einen fülligen Genuesen in mittleren Jahren. »Ein wirklich schönes Haus habt Ihr hier.«

»Nur leider liegt es auf der falschen Seite der Bucht.« Der Mann wischte sich über die schweißglänzende Stirn. »Wenn diese verfluchten Venezianer nicht wären! Sie haben drüben auf der anderen Seite ein ganzes Viertel. Und wir müssen unsere Stapelhäuser hier in Galata errichten. Alles, womit wir handeln wollen, muss über die Bucht geschafft werden.« Er schnaubte verächtlich. »Das macht noch einmal zusätzliche Kosten. Dabei haben es die Venezianer beileibe schon gut genug! Wusstet Ihr, dass sie auf keine ihrer Waren Zölle zahlen müssen? Hier in Konstantinopel nicht und auch nirgends sonst im byzantinischen Reich! Aber lasst uns in den Schatten gehen. Es ist nicht gut, in der Sonne zu stehen und sich zu ärgern. Mögt Ihr etwas trinken? Gestern habe ich eine Ladung vorzüglichen kretischen Wein erhalten.«

»Ein Becher mit frischer Milch wäre mir lieber.« Lupo spürte, wie ihn sein Gastgeber mit einem Blick bedachte, als habe er nach etwas Unanständigem verlangt. Ein Becher Milch, das war dem mächtigen Handelsherrn Tommaso Moroni vermutlich zu bäurisch.

»Aus dem Brief, den mir der Kapitän Eures Schiffes übergab, geht hervor, dass Ihr ein Vertrauter des Papstes Alexander seid.« Der Kaufmann bedachte den Falkner mit einem fragenden Blick.

»Ein *Diener* des Papstes wäre wohl treffender. Ich bin hierhergekommen, weil ich drei Männer suche.«

Tommaso ließ sich auf einem schweren Eichenstuhl nieder, der in einem schattigen Winkel der Terrasse stand, und faltete die Hände über seinem reich bestickten Wams. »Drei Männer …« Er hatte jetzt einen sehr geschäftsmäßigen Ton angeschlagen. »In dem Brief steht, dass der Magistrat von Genua wünscht, dass ich Euch nach besten Kräften unterstütze. Aber drei Männer in Konstantinopel zu finden … Da müsste ich schon etwas mehr wissen.«

»Es sind drei staufische Ritter, die noch nicht sehr lange in der Stadt sein können.«

Der Kaufmann lächelte. »Das hört sich doch schon besser an. Es gibt nicht so viele Gasthäuser, in denen drei Ritter abgestiegen sein könnten. Wenn sie nicht Gäste in einem Privathaus sind, wird es mich höchstens zwei bis drei Tage kosten, um herauszufinden, wo sie stecken.«

»Wenn wir sie gefunden haben, werde ich Euch vielleicht um einen weiteren Dienst bitten müssen, der Euch ein wenig mehr Mühen abverlangt …«

Der Kaufmann zwinkerte Lupo verschwörerisch zu, als hätte er schon verstanden. »In wenigen Tagen findet ein großes Rennen im Hippodrom statt. Vorher gibt es immer Streitereien in den Straßen. Manchmal geht sogar ein Haus in Flammen auf. Wenn in dieser Zeit drei Fremde verschwinden sollten, dann wird dies niemand ungewöhnlich finden.«

Ludwig stand im Schatten der Tür des Gasthofs und schaute Heinrich und Anno nach. Die beiden gingen wieder zu den Quartieren der Söldner. Der Sennberger hatte schon immer Spaß daran gehabt, sich in Übungskämpfen hervorzutun, aber dass Heinrich jedes Mal mitging … Ludwig zuckte mit den Schultern. Sein bärtiger Freund musste wissen, was gut für ihn war. Konstantinopel bekam Heinrich ganz offensichtlich nicht. Wenn er daran dachte, was für einen Auftrag ihm Heinrich heute Morgen gegeben hatte …

Seine beiden Gefährten waren jetzt fast aus Ludwigs Gesichtsfeld verschwunden. Er musste den Hals recken, um sie noch sehen zu können. Aufmerksam musterte der Ritter die Straße vor dem Gasthaus und die Gasse, in der seine Kameraden verschwunden waren. Leise zählte er bis zehn, dann trat er aus dem Schatten der Tür und folgte ihnen ohne Hast. Auf Heinrichs Wunsch hatte er sich wie ein orientalischer Tagelöhner verkleidet. Er trug Sandalen, ein schmutzig braunes, knielanges Gewand und ein Tuch, das er sorgsam um den Kopf geschlungen hatte, um die langen Haare zu verbergen. Nicht einmal seine Stiefschwester hätte ihn so wiedererkannt!

Er beeilte sich, um bei dem Gedränge auf den Straßen nicht den Sichtkontakt zu seinen Kameraden zu verlieren. Zwei lateinischen Rittern machte man Platz, aber für einen heruntergekommenen Tagelöhner wich keiner zur Seite. Ludwig stieß mit einem Wasserhändler zusammen, der einen großen Tonkrug auf den Rücken geschnallt hatte und laut rufend sein kühles Quellwasser anpries. Als er vorwärtsdrängte, um dem fluchenden Händler zu entkommen, strichen ihm halb erstarrte Rattenschwänze durchs Gesicht. Das war die Ware eines spitzgesichtigen Straßenhändlers in geflickter Tunika, der an einem langen Stecken über dem Rücken eine ganze Brut toter Ratten und Mäuse trug. Köstlichkeiten für die verwöhnten Katzen der reichen Damen. Ein Junge lachte über sein Missgeschick und machte sogleich einen Satz, um aus Ludwigs Reichweite zu kommen, als der Ritter wütend die Hand hob.

Angewidert eilte Ludwig weiter. Rattenverkäufer! Was

war das nur für eine Stadt! Wenigstens würde er als Lohn für seine Mühen Heinrichs prächtigen blauen Umhang geliehen bekommen. Mit diesem kostbaren Kleidungsstück könnte er gewiss Eindruck auf die stille Venezianerin machen. Dreimal schon hatte er sie nachts heimlich besucht, doch bisher hatten sie nie ein Wort miteinander gewechselt. Sie stand stets auf ihrem Balkon und blickte in den Garten hinaus, wenn er hinter dem Kamin versteckt saß, um ihr seine schönsten Melodien auf der Laute vorzutragen. Bisher hatte er es nicht gewagt, sie anzusprechen, aus Furcht, ein falsches Wort könne alles zerstören. Er wusste nur wenig mehr über sie als an jenem Abend, an dem sie in ihrer Sänfte an ihm vorübergetragen worden war. Doch eines hatte er herausgefunden. Ihr Gatte teilte nicht das Schlafgemach mit ihr. Jede Nacht kam er kurz zu ihr, um ihr eine gesegnete Nachtruhe zu wünschen, und zog sich dann wieder in seine eigene Kammer zurück. Ludwigs einzige Sorge war die Dienerschaft … Auch wenn sie ihre Kammern im Keller und in den hinteren Räumen des Erdgeschosses hatten, würde ihnen nicht auf Dauer verborgen bleiben, dass des Nachts ein fremder Barde auf dem Dach saß und ihre Herrin mit traurigen Liebesliedern unterhielt.

Plötzlich teilte sich die Menschenmenge auf der breiten Straße, die am Hippodrom vorbeiführte, so wie sich einst die Fluten des Roten Meeres vor Moses geteilt hatten. Männer mit Weidengerten trieben einige unachtsame Händler beiseite, die nicht schnell genug Platz machten. Eine kleine Gruppe von Reitern kam die Straße herab. Sie umringten einen Mann in schimmerndem Kettenhemd, der einen goldgesäumten Umhang in dunklem Purpur trug. Einer der Feldherren des Kaisers!

Jubelrufe erklangen aus der Menge. Ludwig hatte davon gehört, dass die Armee von Byzanz gemeinsam mit den Kreuzrittern aus Outremer in Syrien kämpfte. Vielleicht hatten sie einen Sieg errungen?

Als die Reiterschar vorübergezogen war, hatte er Anno und Heinrich aus den Augen verloren. Zum Glück wusste er, wohin sie wollten. Im Grunde verschwendete er seine Zeit, dachte er ärgerlich. Er sollte besser im Bett liegen und schlafen, um für die kommende Nacht erholt zu sein! Heinrich und seine Wahnvorstellungen!

Als er den Übungsplatz erreichte, standen seine beiden Gefährten mit einigen Kriegern zusammen und plauderten. Die Byzantiner waren wahrlich prächtig gewandete Recken! An einer Säule lehnten schön bemalte schwarz-weiße Schilde. Der Blondschopf, mit dem Anno sprach, trug einen weiten Umhang aus leuchtendem Blau mit Stickereien in Rot und Gold. Und die Hosen … Ludwig grinste. Er suchte sich einen schattigen Platz in dem Säulengang, der den Hof auf drei Seiten einfasste. Von dort aus konnte er den ganzen Übungsplatz im Blick behalten.

Er hatte den Kämpfern schon eine ganze Weile zugesehen, als er auf der gegenüberliegenden Seite zwischen den Säulen eine flüchtige Bewegung bemerkte. Ein Junge setzte sich auf ein sonnenbeschienenes Kapitell. Er hatte die Arme um die Knie geschlungen und sah den beiden Schwertkämpfern zu, die gerade ihre Kräfte miteinander maßen. Ludwig stutzte. Er hatte das Gefühl, den Jungen schon einmal gesehen zu haben … Der Rattenhändler … Der Knabe, der ihn ausgelacht hatte. Ja, es war ohne Zweifel derselbe Junge! Sollte Heinrich am Ende doch Recht haben? Ließ man sie beobachten?

17

Der lange Marsch in der Spätnachmittagshitze hatte Heinrich ermüdet. Hinter dem Forum des Arkadios hatte er die *Mese* verlassen, die große Prunkstraße, die alle Foren miteinander verband und bis zum Kaiserpalast führte. Nicht ohne sich gehörig zu verlaufen, hatte er sich seinen Weg im Labyrinth der kleinen Gassen zwischen der *Mese* und der Küste gesucht. Er hatte den Eindruck, dass er alle sieben Hügel, auf denen die Stadt angeblich errichtet war, mindestens einmal hinauf- und wieder hinuntergelaufen sein musste, als er endlich das Studios-Kloster erreichte. Hierhin war der Junge gegangen, dem Ludwig gefolgt war. Eine hohe Mauer schützte den Bau vor dem weltlichen Leben in den Gassen ringsherum.

Ohne zu zögern, ging Heinrich zur Pforte und klopfte. Ein kleines Sichtfenster wurde in der verwitterten, grün gestrichenen Tür geöffnet. Ein graubärtiger Mönch mit verschlossener Miene musterte ihn stumm.

»Ich suche Bruder Zenon«, erklärte der Ritter auf Latein.

Knarrend wurde ein Riegel zur Seite geschoben. Der Türwächter winkte Heinrich hinein und gab einem Novizen, der mit ihm in einer Nische am Tor gesessen hatte, einen knappen Befehl auf Griechisch.

Der Junge nickte und nahm Heinrich bei der Hand, als wäre der Ritter ein Kind, das sich verlaufen hatte. Schweigend führte er ihn durch die weitläufige Klosteranlage.

Zuletzt durchquerten sie ein Scriptorium, in dem mehr als zwanzig Mönche über Schreibpulte gebeugt standen und daran arbeiteten, die verschiedensten Texte zu kopieren. Der Duft von frischem Siegelwachs und der scharfe Geruch von Tinte waren Heinrich so vertraut wie das Schwert an seiner Seite. Sehnsüchtig dachte er an all die Stunden, die er im Scriptorium seines kleinen Eifelklosters verbracht hatte.

Hinter dem Scriptorium brachte ihn der Novize in eine kleine Kammer. Hier hielt sich nur ein einziger Mönch auf. Er stand mit dem Rücken zur Tür und schien ganz in ein Buch vertieft zu sein. Ohne ein Wort zu sagen, wies der Novize auf den Mönch am Lesepult und ging.

Der Mönch musste ihn gehört haben! Doch er nahm keinerlei Notiz von ihm. Ein wenig verloren sah Heinrich sich um. Die ganze Wand links neben der Tür wurde von einem Regal mit rautenförmigen Fächern eingenommen, in denen Schriftrollen, in schützendes Leder gehüllt, lagerten. Kleine Zettel auf den Verschlusskappen der Rollen gaben Auskunft über die Texte. Neugierig spähte Heinrich zu dem Regal hinüber. Zu gern würde er sich ansehen, was für Schätze es beherbergte. Doch statt seiner Neugier nachzugeben, räusperte er sich leise, um den Mönch auf sich aufmerksam zu machen.

Der Mann richtete sich auf, wandte sich jedoch nicht zur Tür um. »Du kommst spät, Heinrich. Ich hatte eigentlich schon vor einer Stunde mit dir gerechnet. Hast du dich vielleicht verlaufen?« Der Mönch seufzte. »Konstantinopel ist in der Tat eine schrecklich unübersichtliche Stadt. Und all diese Menschen. Stell dir vor, seit neuestem soll es sogar lateinische Ritter geben, die versuchen, orientalischen Lastträgern ihr bescheidenes Einkommen streitig zu machen.«

Heinrich stand mit offenem Mund in der Tür und wusste nicht, was er sagen sollte. Hatte Zenon den Jungen nur geschickt, damit er, Heinrich, hierher ins Kloster finden konnte?

»Du solltest den Mund schließen, Heinrich. Für mich musst du wirklich nicht den Bauerntölpel spielen. Ich weiß um deine Gaben und deine Grenzen. Im Allgemeinen gelingt es mir recht schnell, mir ein Bild von einem Menschen zu machen. Und ich täusche mich nur selten.«

Das musste Teufelswerk sein! Wie konnte Zenon wissen, was er tat, ohne sich auch nur umzusehen?

»Was weißt du eigentlich über die Bibel, mein Freund?«

»Wie …« Der Ritter war noch immer wie gelähmt. Konnte es sein, dass eine Kreatur der Hölle sich mitten in ein Kloster wagte?

»Nur frisch heraus! Sag mir, was du über die Bibel weißt, mein Freund.«

Heinrich ballte in hilfloser Wut die Fäuste. Was für einen Scherz trieb der Mönch nun wieder mit ihm? »Ich habe die Heilige Schrift gelesen«, entgegnete er steif.

»Welche?«

»Was soll das, Zenon? *Welche* …«, äffte er den Tonfall des Mönchs nach. »Die Bibel. Die Bücher der Propheten, die Evangelien …«

»Aber du kannst mir nicht sagen, welche Bibel du gelesen hast, oder?«

»Verschone mich mit deinen ketzerischen Fragen. Es gibt doch nur eine Bibel!«

Zenon wandte sich um. Er schlug die Kapuze seiner Kutte zurück, und zum ersten Mal sah Heinrich ganz offen sein Antlitz. Wie alle Mönche, denen Heinrich bisher in Konstantinopel begegnet war, trug auch Zenon einen Bart. Der Grieche hatte dichtes schwarzes Haar und eine dunkle

Haut. Seine Augen jedoch waren ungewöhnlich. Sie strahlten in einem so eindringlichen Blau, wie es der Ritter bisher noch bei keinem Menschen gesehen hatte. Als sich der Mönch zu seiner vollen Größe aufrichtete, hatte Heinrich einen Moment lang das absurde Gefühl, vor einem leibhaftigen Erzengel zu stehen.

»Mein lieber Freund«, begann der Grieche in seinem schulmeisterlichen Ton, den Heinrich so sehr an ihm hasste. »Es gibt mehr verschiedene Bibeln, als ich dir an diesem Nachmittag aufzählen könnte. Du kannst gewiss sein, dass ich dich mit meinen Fragen nicht behelligen würde, wenn nicht die Bibel der Schlüssel zu unseren Problemen sein könnte. Die Bibel, in der du gelesen hast, war vermutlich eine Abschrift der Bibel des Hieronymus. Es ist die im Westen gebräuchlichste Fassung der Heiligen Schrift. Vielleicht war es auch eine altlateinische *Vetus Latina*, doch das bezweifle ich. Abschriften von ihr sind recht selten. Was weißt du eigentlich über das Buch, in dem Gottes Wort festgehalten wurde?«

Heinrich hob hilflos die Hände. »Was man mich gelehrt hat, ich … ich habe mich stets bemüht, mein Leben nach Gottes Wort zu führen und …«

»Vergiss das! Worte sind stets nur von Menschen. Die Geschichte der Bibel hat viel gemein mit der babylonischen Sprachverwirrung. Wusstest du, dass Jesus Aramäisch sprach? Die Evangelisten haben aber in Griechisch geschrieben. Falls wirklich sie es waren, die uns von Gottes Sohn berichteten. Hast du einmal einen Text aus deiner Muttersprache ins Lateinische übersetzt, Heinrich? Würdest du sagen, dass du in der fremden Sprache Wort für Wort wiedergeben könntest, was du in deiner Muttersprache sagen wolltest?«

»Ich … Es ist in der Tat nicht leicht …«

»Für euch im Westen wurde die Bibel ins Lateinische übersetzt. Natürlich benutzte man dafür die griechischen Texte, aber es gab davon schon sehr viele, die sich zum Teil erheblich unterschieden, und es gab auch Übersetzer, deren Frömmigkeit ihre Fähigkeiten überstieg, eine fremde Sprache zu meistern. Manche hielten es auch für richtig, Stellen zu ändern. Und bisher sprachen wir nur über die Evangelien. Beschäftigen wir uns mit den älteren Teilen, wird alles noch verwirrender. Was also ist die Bibel? Gottes Wort?«

»Gott lenkt all unsere Taten. Er würde gewiss nicht zulassen, dass man die Bibel verfälscht«, empörte sich der Ritter.

»Hattest du schon einmal das Gefühl, dass der Herr dich auf die Probe stellt, Heinrich? Welche größere Probe könnte es für einen Christen geben als eine fehlerhafte Bibel? Das Buch, nach dem der Fromme sein Leben ausrichtet! Vielleicht sollten wir lieber versuchen, die Bibel mit dem Herzen zu lesen, statt sie nur stur Wort für Wort zu deuten, wo doch *diese* Worte gewiss nicht Gottes Worte sind.«

Es war sinnlos, sich mit Zenon auf dem Gebiet ketzerischer Reden messen zu wollen. Der Mönch verstand es zu gut, ihm das Wort im Munde herumzudrehen. Wenn Heinrich ihm noch länger zuhörte, würde es Zenon am Ende noch gelingen, die Saat des Zweifels in seinem Herzen keimen zu lassen. »Was hat das mit den Drei Königen zu tun?«, fragte er scharf, um das unliebsame Thema zu wechseln.

Zenon lächelte, als habe er seine Absichten durchschaut. »Komm her!« Er winkte Heinrich herbei und machte Platz an seinem Lesepult. Ein Codex mit Seiten aus purpur gefärbtem Pergament, auf die in goldenen Buchstaben geschrieben war, lag aufgeschlagen auf dem Pult. In die obere

Ecke der linken Seite war eine Miniatur gemalt, welche die Drei Könige zeigte, aber … Heinrich beugte sich tiefer über das Buch. Auf den ersten Blick sah man drei Reiter mit Heiligenscheinen, jeder von ihnen hielt ein Schmuckgefäß in der linken Hand. Doch hinter ihnen drängte sich noch ein vierter Reiter, der durch die Heiligen vor ihm größtenteils verdeckt war. Und auch ihn schmückte ein Heiligenschein!

»Wie du siehst, war mein kleiner Vortrag über die Bibel keineswegs ein Versuch, dich einzuschüchtern oder deinen Glauben zu erschüttern. Du findest mich selbst in tiefer Verwirrung. Vielleicht gelingt es uns ja gemeinsam, den Weg aus diesem Labyrinth zu finden.« Er wies auf eine Zeile des goldenen Textes. »Diese Bibel ist mehr als sechshundert Jahre alt. Sie stammt aus der Zeit des Kaisers Justinian und ist einer der ältesten Codices, die wir in unserer Bibliothek verwahren. Und hier ist von *vier* Königen die Rede!«

Heinrich kratzte sich den Bart. Er vermochte den griechischen Text nicht zu lesen. Der Mönch könnte ihm also alles erzählen! »Ist es vielleicht ein Übersetzungsfehler?« fragte der Ritter schließlich zögernd.

Zenon lachte. Es war das allererste Mal, dass Heinrich den Griechen lachen hörte, und er war überrascht, dass es nicht spöttisch klang. »Das müsste schon ein sehr einfältiger Übersetzer gewesen sein, der aus einer Drei eine Vier macht. Doch wer weiß …« Der Mönch deutete auf etliche andere Codices, die sich auf dem Boden neben dem Lesepult stapelten. »Ich habe Abschriften noch älterer Bibeltexte studiert. Wohlgemerkt nicht die Originale! Wir wissen also nicht, ob sich hier Fehler durch ermüdete Schreiber oder übereifrige Mönche eingeschlichen haben, die einen Text auf eigene Faust ein wenig geschönt haben. Das Ergebnis meines Bemühens ist jedenfalls beängstigend. In den ältesten Texten ist von *magoi* die Rede, das bedeutet Magier oder auch Weise. Die Bezeichnung wird aber auch für persische Priester verwendet. Wie viele Weise nach Bethlehem gezogen sind, wird zunächst nicht gesagt, später ist dann von zwei, drei, vier oder sogar zwölf *magoi* die Rede.«

»Aber was ist mit den Gaben der Heiligen?« Heinrich zuckte unwillkürlich zusammen, als Zenon sich abrupt zu ihm umdrehte. Er fürchtete, er könne in den Augen des Mönchs schon wieder wie ein Esel dastehen.

»Sprich weiter«, ermunterte ihn Zenon.

»Nun, ich dachte ... Wie steht es mit den Gaben? Sind es nicht immer Myrrhe, Gold und Weihrauch? Wenn von drei Gaben die Rede ist, wäre es dann nicht folgerichtig, wenn es drei Könige oder Weise gegeben hätte? Wie hätte ein vierter Weiser dagestanden, der mit leeren Händen kommt?«

Zenon lächelte anerkennend. »Sehr scharfsinnig! Diesen Gedanken hatte auch Origines. Er wurde zwar zum Ketzer erklärt, aber er war einer der Ersten, der versuchte, der Sprachverwirrung Herr zu werden, die allzu viele Bibeldeuter verursachten.«

»Glaubst du, es ist gefährlich, dem Geheimnis der Drei Könige nachzuspüren?«

»Es ist immer gefährlich, sich mit einem Geheimnis zu beschäftigen!« Der Mönch lachte. »Aber macht nicht gerade das den Reiz aus? Auch Quintus Septimus Florens Tertullianus, ein weiterer bedeutender Kirchenschriftsteller, wurde zum Ende seines Lebens ein Ketzer und trat der Sekte der Montanisten bei. Er hat aus den Magiern der frühen Texte übrigens Könige gemacht.«

»Ist es denn unausweichlich, zum Ketzer zu werden, wenn man sich mit der Geschichte der Kirche befasst?«, fragte der Ritter eingeschüchtert.

»Das Risiko besteht darin, dass man einen freien Geist braucht, wenn man sich mit einem Problem auseinandersetzen will. Die meisten Kirchenfürsten fürchten jedoch freie Geister. Wir sind für sie immer ein wenig verdächtig, mit dem Teufel im Bunde zu stehen. Besonders, wenn wir alte Traditionen als falsch entlarven.«

Verdächtig, das Wort hallte in Heinrichs Gedanken nach. Er musterte den großen Mönch aus den Augenwinkeln. »Was war dein Preis?«, fragte er unvermittelt.

Zenon tat erstaunt. »Mein Preis? Wie meinst du das? Warum ich Mönch geworden bin?«

»Du weißt genau, was ich meine. Was hat dir der Erzbischof geboten, damit du uns hilfst? Keiner von uns ist allein aus frommem Streben auf diese Suche gegangen. Ich glaube nicht, dass du dich in diesem Punkt von uns unterscheidest.«

»In der Tat. Aber was glaubst du, was einen Mönch noch verlocken könnte? Ruhm und Reichtum sind hier im Kloster bedeutungslos. Und zu Macht könnte mir dein Erzbischof in Konstantinopel wohl kaum verhelfen. Was meinst du also, war mein Preis?«

»Vielleicht Freiheit? Vielleicht bist du ja nicht aus freiem Willen in diesem Kloster? Du bist der ungewöhnlichste Mönch, den ich je getroffen habe.«

Einen Moment lang veränderten sich die Züge Zenons. Er wirkte melancholisch, so als dächte er an ein längst vergangenes Glück. »Man sollte dich nicht unterschätzen, Heinrich. Doch diesmal irrst du dich. Mein Preis ist ein Buch.«

Der Mönch machte eine Geste, als müsse er sich gewissermaßen für seine Worte entschuldigen. »Aber nicht irgendein Buch. Der Fürsterzbischof ist in Mailand auf ein Versteck mit kostbaren alten Handschriften gestoßen. Das wohl interessanteste Fundstück war eine lateinische Übersetzung des zweiten Bandes der Poetik des Aristoteles. Es handelt von der Komödie und den ihr verwandten literarischen Gattungen. Sieh mich nicht so ungläubig an! Ich schwöre dir beim Haupte Johannes des Täufers – das wir an einem geheimen Ort in unserem Kloster verwahren –, dass ich dir die Wahrheit sage. Aristoteles war der bedeutendste Denker der Heiden. Dieses Buch ist so kostbar, dass ich mir vorstellen könnte, dass manche dafür sogar einen Mord begehen würden.«

»Das Haupt des Täufers«, stammelte Heinrich ungläubig. »Es ist hier im Kloster.«

Zenons Zähne blitzten weiß in seinem dichten Bart auf. »Nur einer der zahlreichen Schätze, die wir hier im Kloster verwahren. Kommen wir zurück zu unserem Thema. Glaubst du, dass es Männer gibt, die für Bücher morden würden? Wer zu scharfsichtig ist und in der Bibel liest, der ist in Gefahr, Heinrich. Hast du dir noch nie Gedanken darüber gemacht, ob in der Bibel die Wahrheit steht?«

»Ich glaube, dieses Gespräch bewegt sich weit über die Grenzen meiner Weisheit hinaus«, entgegnete Heinrich ausweichend. Natürlich kannte er solche Zweifel! Aber er wusste auch, dass Zweifel die Saat Satans waren. »Je länger wir miteinander reden, desto weniger kann ich mir vorstellen, wie ich bei der Suche in den alten Codices eine Hilfe sein könnte.«

»Überschreiten wir die Grenzen deiner Weisheit oder

deines Mutes?« Der Grieche lächelte wissend, dann bückte er sich nach den Büchern, die neben seinem Lesepult auf dem Boden lagen. »Dies alles sind Bibeln in lateinischer Sprache. Merkwürdigerweise schreibt von allen Evangelisten nur Matthäus über die Drei Könige. Es wäre eine Hilfe, wenn du die Texte miteinander vergleichen könntest.« Er drückte Heinrich den Bücherstapel in die Hand. »Das Lesepult dort drüben habe ich schon gestern für dich hereinbringen lassen.«

»Aber wie konntest du denn wissen …«

Der Mönch winkte ab. »Offen gestanden hätte ich dich mindestens eine Woche zappeln lassen, wenn du nicht den Weg zu mir gefunden hättest. Ich wollte wissen, ob du denken kannst. Dir musste bereits nach unserem ersten Treffen klar sein, dass ich dich beobachten ließ. Ich hatte damit Bardas, einen talentierten jungen Dieb, beauftragt und ihm gesagt, dass er, sobald man ihm auf die Schliche gekommen sei, zum Kloster eilen sollte. Auf meinen Befehl hat er auch darauf geachtet, dass dein Beobachter ihn nicht aus den Augen verlieren konnte. Ich hoffe, dieses Erlebnis ist dir eine Mahnung. Hier in Konstantinopel haben die Wände Ohren, und überall lauern verborgene Augen. Sei also auf der Hut! Und achte auch auf deine beiden Gefährten. Ihr Verhalten könnte das Interesse der Mächtigen auf euch lenken. Man könnte sich zum Beispiel fragen, warum drei Ritter, die angeblich ins Heilige Land pilgern wollen, noch nicht einmal Erkundigungen über die nächsten Schiffe eingezogen haben, die zu den Häfen Outremers segeln werden.«

»Ich werde mich darum kümmern«, entgegnete Heinrich ein wenig verstimmt. Immer wieder von Zenon auf seine Fehler hingewiesen zu werden, missfiel ihm zunehmend. Er hatte ganz das Gefühl, dass sie seit ihrer Ankunft in Konstantinopel nichts unternommen hatten, von dem der Mönch nicht wusste. Ja, beinahe sah es aus, als habe der Mönch ihre Schritte gelenkt.

Heinrich legte die Bücher neben dem Lesepult ab, das sein Gastgeber ihm zugewiesen hatte. Er hatte schon angefangen, seinen hochtrabenden Lehrmeister ein wenig zu mögen. Aber davor sollte er sich besser hüten! Sein Blick fiel auf eine polierte Bronzescheibe, die in einer Nische halb versteckt hinter Büchern stand. In ihr spiegelte sich die Eingangstür. Dieser Schurke!

»Wie ich sehe, bist du auf meinen *Spion* aufmerksam geworden. Ich benutze ihn vor allem, um die jungen Mönche zu beeindrucken. Die meisten von ihnen halten mich für einen Zauberer, weil ich stets weiß, wer in der Tür steht, selbst wenn sie keinen Laut von sich geben. Solange sie Respekt vor mir haben, stören sie mich nicht allzu oft mit ihren Fragen.« Zenon lachte trocken. »Außerdem schmeichelt es meiner Eitelkeit, wenn man mich für einen geheimnisvollen Mann hält. Doch das hast du sicher schon erraten, nicht wahr, Ritter Heinrich.«

»Ich halte das für keine gute Idee«, sagte Orlando, der Steuermann, ungehalten.

Ludwig schnippte lässig mit den Fingern. »Darauf gebe ich nicht so viel. Sag mir lieber, ob ich wie ein Adeliger aussehe?«

»Wie ein armer Mann siehst du jedenfalls nicht aus.«

Der Ritter überprüfte noch einmal den Faltenwurf des Umhangs, den er sich von Heinrich geliehen hatte. Seine

Hosen waren neu und wie die der Ritter aus der Leibwache des Kaisers mit aufgestickten Blümchen geschmückt. Die Stiefel hatte er sich von Anno geliehen. Dazu trug er sein bestes Wams und ein Untergewand aus feinem Leinen. Noch nie in seinem Leben hatte er sich so prächtig ausstaffiert. Doch die schöne Unbekannte war es ihm wert!

»Enrico Dandolo ist ein mächtiger Mann, und er hat gottverdammt wenig Sinn für romantische Liebe. Er ist ein venizianischer Kaufmann! Schlag dir deine Torheiten aus dem Kopf und lass uns stattdessen lieber in ein Hurenhaus gehen.«

»Du redest wie meine Kinderfrau, wenn sie mich davon abhalten wollte, auf einen morschen Apfelbaum zu steigen. Sie hatte auch nie Erfolg damit.« Ludwig nahm den Steuermann in die Arme und drückte ihn. Orlando roch nach gewürztem Wein. »Außerdem ist es mir *gottverdammt* ernst.«

»Du hattest eine Kinderfrau, die mit dir über Hurenhäuser gesprochen hat?«

Ludwig lachte. »Gib auf, Orlando. Du wirst mich nicht umstimmen.« Er drückte ihn noch einmal an sich, dann ließ er seinen Gefährten in der Gasse nahe dem Kaufmannspalast zurück. »Viel Glück«, rief Orlando ihm noch nach, doch der Ritter drehte sich nicht mehr nach ihm um. Ludwig fühlte sich wie in einem Rausch. Es war wie der Augenblick, bevor man seinem Pferd die Sporen gab, um in die Schlacht zu reiten. Man fühlte sich lebendiger als an anderen Tagen.

Vor ihm auf der anderen Seite des kleinen Platzes lag der hell erleuchtete Palazzo Dandolos. In allen Fenstern brannten Lichter. Mit beschwingtem Schritt eilte Ludwig das Portal hinauf. Der Kaufmann gab an diesem Abend ein großes

Fest. Es müsste schon mit dem Teufel zugehen, wenn er bei dieser Gelegenheit nicht dessen Frau kennenlernen könnte. Seit Tagen redete man im christlichen Händlerviertel über kaum etwas anderes. Dandolo hatte nicht nur die Reichen und Mächtigen geladen, sondern auch etliche Ritter auf Pilgerfahrt. Mit ihnen machten die Venezianer gute Geschäfte. Und Dandolo stand in dem Ruf, kein Geschäft auszulassen. Gerüchten zufolge, verkaufte er auch Christenkinder an die Sklavenmärkte Alexandrias. Das mochten Verleumdungen sein … Aber Heinrich glaubte das nicht. Dem Mistkerl war alles zuzutrauen. Er würde es bestimmt noch einmal weit bringen. Aber in dieser Nacht sollte er Hörner aufgesetzt bekommen.

Ludwig war sich bewusst, dass es die blanke Unvernunft war, auf mehr zu hoffen, als darauf, einen Blick auf Dandolos schöne Frau zu werfen. Wie konnte man so eine Frau haben und nicht in ihrem Bett liegen! War sie für den Venezianer nicht mehr als nur ein weiteres, kostbares Gut, das man zur Schau stellte? Wie einsam sie sein musste! Ludwig vertraute auf die Kraft der Liebe. Sie war stärker als jede Vernunft!

Ein arrogant dreinblickender, grauhaariger Bediensteter bewachte den Eingang des Palastes.

»Platz für Ludwig von Firneburg, den Gesandten Heinrichs des Löwen am Hofe des Basileios.«

Der Diener wich ergeben zur Seite, wenn er auch fragend die Stirn runzelte.

Ein mit bemalten Fliesen gekachelter Flur führte durch das Haus auf einen Hof, der von Säulen umgeben war wie der Kreuzgang eines Klosters. Ein kleiner Brunnen sprudelte. Auf der Galerie im zweiten Stock stand eine Gruppe von Musikern. Die vertrauten Töne einer Sackpfeife erklangen, begleitet von Beinflöten, einer Laute und einem Trommler.

An den Säulen, die das Atrium einrahmten, waren Fackeln aufgehängt worden, die den Hof in helles Licht tauchten. Ungefähr fünfzig Gäste hatten sich versammelt. Es gab einen langen Tisch, der mit allerlei Köstlichkeiten prunkte. Gleich neben dem Brunnen war ein Gerüst aufgebaut, auf dem Dandolo einen Teil seiner Handelsgüter zur Schau stellte. Kostbare Webstoffe und Seide aus dem Orient, Kästchen mit Türkisen, Bernstein und anderem Geschmeide. Elfenbein und Pelze aus dem hohen Norden, Waffen aus den Werkstätten Norditaliens und viele andere Dinge. Beeindruckt betrachtete Ludwig die Auswahl. Allein diese wenigen Stücke mussten den Wert der Ländereien seines Vaters um ein Vielfaches übersteigen. Und sein Vater galt beileibe nicht als armer Mann!

»Ist es nicht wunderbar, mit welchen Gütern Gott unseren Gastgeber beschenkt hat?« Ein reich gewandeter Geistlicher war an Ludwigs Seite getreten.

»Gewiss.« Der Ritter nickte. »Doch was sind diese Gaben gegen die unvergleichliche Schönheit des Weibes, das Gott dem Venezianer geschenkt hat. Sie soll so schön sein wie eine Rosenblüte, benetzt von Morgentau.«

»Habt Ihr sie denn schon einmal gesehen?«

In der Stimme des Geistlichen lag ein argwöhnischer Ton, der Ludwig nicht gefiel. »Nicht mit eigenen Augen«, wich er aus. »Ich weiß nur aus Erzählungen, wie wunderschön sie sein soll. Und ich harre voller Spannung darauf, sie endlich selbst erblicken zu können. Sie soll der kostbarste Schatz Venedigs sein!«

Der Priester lächelte mitleidig. »Ich fürchte, da hat man

Euch ein ganz schönes Garn gesponnen. Ich kenne dieses Haus nun schon seit Jahren. Und ich habe die Domina Marina noch nie zu Gesicht bekommen. Sie verlässt den Palazzo fast nie. Nur manchmal wird sie in einer mit Tüchern verhangenen Sänfte zu der Kapelle am Kontoskalion-Tor getragen, wo sie sich mit ihrem Beichtvater trifft. Dandolo hält sie stets vor den Blicken aller verborgen, weil er sich ihrer schämt.«

»Aber … das kann doch gar nicht sein. Es ist gewiss seine Eifersucht, die ihn dazu veranlasst.«

Der Priester deutete auf das Gerüst mit den Handelswaren. »Dandolo ist ein Mann, der gerne zeigt, was er besitzt. Glaubt mir, wenn sein Weib wirklich von solcher Schönheit wäre, wie Ihr sagt, dann würde er sie gewiss nicht verstecken.«

»Euer Exzellenz, wie schön, Euch unter meinen Gästen zu sehen.« Ein hagerer Mann mit Augenbinde trat an ihre Seite, griff nach der Hand des Bischofs, kniete halb nieder und küsste den Ring des Kirchenfürsten. Dandolo, der Hausherr!

»Stellt Euch vor, mein lieber Freund, Ihr habt hier einen Gast, dem man einen gewaltigen Bären aufgebunden hat. Er kam, um den größten Eurer Schätze zu bewundern.« Ein kühles Lächeln spielte um die Lippen des Bischofs.

»Und welcher Schatz sollte dies sein?« Dandolo hatte sich wieder aufgerichtet und musterte Ludwig eindringlich.

»Der Ritter wurde von der märchenhaften Schönheit Eurer Gemahlin angelockt.«

Ludwig sah, wie der Kaufmann für einen Moment erstarrte.

»Wer hat Euch denn von meiner Gemahlin erzählt?«

»Ein Sänger in Italien lobte ihre Schönheit in den höchsten Tönen und verglich sie gar mit der Helena Homers.«

Das gesunde Auge des Venezianers funkelte vor Wut. »Sogar in Italien spottet man also schon über mein Unglück! Und Ihr seid, angelockt von den Liedern eines dahergelaufenen Lumpen, in mein Haus gekommen? Ihr seid nicht besser als eine Fliege, die auf einem Scheißhaufen sitzt, Ritter.«

Ludwigs Hand fuhr unwillkürlich zu seinem Schwert. »Ich verlange …«

»Dies ist mein Haus«, zischte der Kaufmann. »Und Schaulustige, die sich am Unglück anderer weiden wollen, dulde ich hier nicht! Ihr verlasst augenblicklich dieses Fest, oder ich sorge dafür, dass man Euch nicht nur aus meinem Palazzo, sondern gleich aus der Stadt hinauswirft!«

Ludwig spürte, wie ihm das Blut in die Wangen schoss. »Es war mir *kein* Vergnügen, Euch kennengelernt zu haben«, entgegnete er förmlich. Stolz erhobenen Hauptes verließ er das Haus, doch es fiel ihm schwer, diese Maske aufrechtzuhalten. Noch nie in seinem Leben war er öffentlich auf solche Art gedemütigt worden! Aber wenigstens kannte er nun den Namen seiner Angebeteten. »Domina Marina«, flüsterte er, als er den Platz vor dem Palazzo überquerte.

Es war lange nach Mitternacht, als die letzten Lichter im Palazzo des Kaufmanns erloschen. Ludwig hatte die Villa, abgesehen von der kurzen Frist, die er gebraucht hatte, um seine Laute zu holen, den ganzen Abend lang beobachtet. Auf dem Fest hatte es viel Wein gegeben. Gewiss würde niemand im Haus mehr wach sein.

Auf dem mittlerweile schon vertrauten Weg kletterte er

das Dach hinauf und ließ sich hinter dem Schornstein nieder, um mit dem Lautenspiel zu beginnen. Es tat gut, seinen Gefühlen freien Lauf zu lassen, während seine Finger über die Saiten strichen. Hier musste er keine aufgesetzte Fröhlichkeit zur Schau stellen und auch nicht mit scharfer Zunge gescheite Anzüglichkeiten daherreden, um Zechkumpane zu beeindrucken. Seit er Marina zum ersten Mal gesehen hatte, wusste er, dass er sich für sie nicht verstellen musste. Sie hatte ihn mit den verständnisvollsten Augen angeschaut, die er jemals zu Gesicht bekommen hatte.

Ein Geräusch vom Balkon ließ Ludwig aufhorchen. Sie war da! Er stellte sich vor, wie sie wieder an der Brüstung lehnte. Ihr langes, seidiges Haar. So wenige Tage er sie auch kannte, so unauslöschlich hatte sich ihm ihr Bild eingeprägt. Sein Lautenspiel wurde lebhafter. Es war eine Melodie, wie man sie zu den Erntefesten spielte, wenn die jungen Paare unter der Dorfeiche tanzten und die Nächte warm und voller Verlockungen waren.

»Fremder?«

Ludwig zuckte zusammen. Sofort schloss sich seine Hand um den Lautenhals, damit der Nachklang der Saiten verstummte. Mit einer schnellen Bewegung schnallte er sich dann das Instrument um den Rücken und kroch zum Rand des Daches. Da stand sie unter ihm. Doch diesmal blickte sie nicht in den Garten hinunter, sondern schaute zu ihm auf.

»Steig vom Himmel herab, mein Engel mit der Laute.« Ein fremdländischer Akzent schwang in ihrer Stimme. Sie sprach leise, aber eindringlich.

Ludwig betrachtete für einen Moment den Balkon. Hinabzuklettern war nicht möglich. Er würde springen müssen. Und es gäbe keinen Weg auf das Dach zurück! Wenn er es wagte, ihr gegenüberzutreten, dann bliebe ihm später kein anderer Rückweg als durch die Flure des Palazzos. Ohne lange zu zögern, schwang er die Beine über den Rand des Daches und ließ sich fallen. Mit einer eleganten Bewegung landete er neben Marina. Sie zuckte zusammen, so als habe sie sein Sprung überrascht. Dann streckte sie ihm die Hände entgegen. Sanft strich sie ihm über die Wange und vergrub dann ihre rechte Hand in seinem Haar. »So also siehst du aus«, flüsterte sie. »Seit ich dich zum ersten Mal gehört habe, habe ich versucht, dich mir vorzustellen. Du hast wirklich langes Haar, wie ein Engel.«

Ludwig legte vorsichtig und auch ein wenig verlegen den Arm um sie. Marina reichte ihm nur bis zur Brust. Ihr Haar duftete nach exotischen Blüten.

»Findest du mich schön?«, fragte sie leise. »Ich war es einmal.«

»So schön, dass du die Eifersucht der Aphrodite fürchten solltest wie einst Helena von Troia.« Ihr Gesicht war makellos und ihre Lippen wohlgeformt. Nur ihr Blick wirkte seltsam abwesend, so als schaute Marina durch alles hindurch.

»Meine Dienerin sagt auch, dass ich hübsch sei, aber sie ist eine gute Seele. Sie würde alles tun, um mir Freude zu bereiten. Darf ich dich auf meine Weise betrachten?«

Ludwig sah sie verwundert an.

Marina hob die Hände und ließ sie über sein Gesicht gleiten. Ihre Fingerspitzen folgten seinen Augenbrauen und strichen über seine Lippen. Dann glitten ihre Hände tiefer, betasteten seine Schultern und seine Brust. »Jetzt kann ich mir besser vorstellen, wie du aussiehst. Du bist sehr groß. Welche Farbe hat dein Haar?«

Ludwig erstarrte. »Es ist dunkel, fast schwarz.« Plötzlich begriff er. Der Makel, von dem der Bischof gesprochen hatte! Marina war blind! Deshalb all die Fragen, ihr Tasten.

»Deine Stimme klingt verändert.« Sie legte den Kopf schief, als wolle sie ihn betrachten. Dann befreite sie sich aus seiner Umarmung und trat ein Stück zurück. »Du musst kein Mitleid mit mir haben! Ich glaubte, du seiest gekommen, *obwohl* du es weißt. Bitte gehe, wenn ich dich erschreckt habe.«

»Aber so ist es nicht …« Ludwig hob hilflos die Hände. Seine Stimme klang selbst in seinen Ohren erbärmlich unglaubwürdig. »Du bist wunderschön … und …«

Marina wich zur Tür zu ihrem Gemach zurück. »Niemand liebt eine Frau, die in ewiger Dunkelheit lebt. Mein Mann schämt sich für mich. Er hat Angst, ich könnte ihm blinde Kinder gebären. Aber wenigstens hat er mich nicht verstoßen.«

»Kein Mann, der seine Frau liebt, würde sie verstecken«, sagte Ludwig. Seine Worten sollten sanft und rücksichtsvoll klingen, und doch wirkten sie von Zweifeln durchdrungen.

»Er tut es, um mich zu schützen. Weil die Menschen reden. Er hat mir auch von dir erzählt.« Sie lächelte matt. »Du bist doch der Mann im blauen Umhang? Ich habe es sofort gewusst, als er über den Gast redete, den er hinausgeworfen hat. Stimmt es, dass die Barden in Italien von mir singen, von meiner Schönheit?«

»Nein«, sagte Ludwig leise. »Das war eine Lüge, aber sie würden es tun, wenn sie dich einmal gesehen hätten.« Er blickte zum Himmel hinauf. Der Mond stand schon tief. Trauer überkam ihn. Er war es, der mit Blindheit geschlagen gewesen war. Welches Recht hatte er gehabt, sich in Marinas Leben zu drängen? »Ich werde gehen«, flüsterte er.

Sie tat einen Schritt auf ihn zu. Ihre Hände fanden sein Gesicht. »Bleib«, sagte sie. »Nur diese eine Nacht. Mein Mann ist sehr mächtig. Er würde dich überallhin verfolgen, und wenn du ans Ende der Welt fliehen würdest. Nach dieser einen Nacht dürfen wir uns niemals wieder begegnen.«

»Also, was hast du gesehen?«

Die Dienerin hielt die Augen fest auf seine nackten Zehenspitzen geheftet. »Verzeiht, dass ich Euch geweckt habe, Herr. Doch da war dieser Mann. Er kam die Treppe hinunter und ist durch den Flur zum Portal gehuscht. In der Dunkelheit konnte ich ihn nicht richtig erkennen. Er war nur ein Schatten. Und ich dachte, er könne zum Haus gehören, weil …«

Enrico Dandolo blickte verzweifelt zu dem Vorsteher des Personals, der das Mädchen zu ihm gebracht hatte. »Und deshalb weckt ihr mich?«

Der stämmige Mann schüttelte unwirsch den Kopf. »Es ist nicht so, wie es sich anhört, Herr!« Er wandte sich an das Mädchen. »Nun sag schon, was du deutlich erkannt hast.«

»Als er aus der Tür war, habe ich ihm nachgeschaut, wie er über den Platz lief. Ein Trupp der Nachtwache zog gerade vorüber mit Fackeln. Ich konnte seinen Umhang daher ganz deutlich erkennen. Er war von wunderschönem Blau, und etwas war darauf gestickt. Wie ein Kreuz aus Blättern hat es ausgesehen.«

Der Kaufmann setzte sich auf sein Bett und hielt sich dabei an dem vergoldeten Pfosten fest. Dieser Staufer mit dem blauen Umhang hatte es also geschafft, sich noch einmal ins Haus zu schleichen. War er gar bis zu Marina gelangt?

Dandolo massierte sich mit der Rechten die Braue über dem Auge, das er vor Jahren verloren hatte. Ein stechender Schmerz tobte hinter seiner Stirn. »Schick das Mädchen fort«, sagte er barsch. Es fiel ihm schwer, einen klaren Gedanken zu fassen. Er war es gewohnt, dass man versuchte, ihn in Geschäften zu betrügen. Auch Drohungen und sogar Gewalt waren ihm nicht fremd, wenn es darum ging, Handelsinteressen durchzusetzen. Aber dass dieser Ritter einfach daherkam, um in sein Haus einzudringen …

»Belisar!«

»Herr!« Der Vorsteher der Dienerschaft trat an das Bett des Kaufmanns.

»Ich will, dass dieser Ritter verschwindet! Es soll nichts mehr bleiben, was noch an ihn erinnert. Kleider, Waffen, Pferde, Diener. Es soll sein, als habe er niemals existiert. Du weißt, was dazu zu tun ist?«

Der stämmige Byzantiner nickte. »Ich kenne die richtigen Männer! Der Schurke wird keine zwei Tage mehr haben. Sofort nachdem das Mädchen bei mir war, habe ich Burschen ausgeschickt, um dem Staufer nachzuspüren. Schon bei Sonnenaufgang werden wir wissen, wo er zu finden ist.«

Dandolo erhob sich. »Sorg dafür, dass der Staufer langsam stirbt. Und zuletzt, bei seinem letzten Atemzug, soll er den Namen meiner Frau hören. Und noch etwas … Bring mir seine Augen! Sie sollen sein Abschiedsgeschenk für Domina Marina sein.«

Der Diener verneigte sich. »Ihr könnt mir vertrauen, Herr.«

18

Anno tat immer noch verschwörerisch, als er Heinrich in die kleine Seitenstraße beim Forum des Theodosius zog. Er hatte es geschafft, seinen Kameraden zu überreden, ihn an diesem Morgen auf einem kleinen Ausflug zu begleiten, bevor er wieder zu dem hochnäsigen Mönch ging.

Trotz der frühen Stunde war es schon höllisch heiß. Der Sennberger wischte sich über die schweißglänzende Stirn und suchte nach dem Durchgang, der zu dem kleinen Laden führte, den er tags zuvor entdeckt hatte. Nachdem ihm klargeworden war, dass Heinrich und sein Mönch mit ihrer Suche nicht recht vorankamen, hatte er die Angelegenheit selbst in die Hände genommen. Einer der Söldner der Palastwache hatte ihm gestern einen interessanten Hinweis gegeben.

»Wohin gehen wir eigentlich?« Heinrich wurde zusehends ungeduldiger.

Anno lächelte. »Wir sind schon so gut wie auf dem Heimweg, glaub mir.« Endlich fand er den Durchgang, über den sich das geflickte rote Sonnensegel spannte.

Sie traten auf den schmutzigen Hinterhof eines heruntergekommenen Mietshauses. Eine Katze musterte sie argwöhnisch. Geflickte Wäschestücke hingen an einer langen Leine über ihnen. Anno deutete auf einen dunklen Eingang ihnen gegenüber. Auf den Türsturz war ein Heiligenkopf gemalt. Die alte Farbe war an manchen Stellen abgesprungen, so dass das Antlitz des Heiligen fast aussah wie das Gesicht eines Leprakranken. Anno nahm Heinrich beim Arm und zog ihn ins Haus.

Auf der hölzernen Treppe, die hineinführte, saß ein Mädchen in einem schmutzig weißen Kleid und betrachtete sie teilnahmslos. In den Armen hielt sie einen Säugling, über dessen Gesicht schillernde Fliegen krochen. In dem Treppenhaus stank es nach ranzigem Öl und altem Fisch. Irgendwo über ihnen erklang eine keifende Frauenstimme.

»Bring uns zu Alexandros!« Anno sprach langsam und überdeutlich, damit die Kleine ihn verstehen konnte. Das Mädchen erhob sich, legte den Säugling auf ein Bündel aus Lumpen am Fuß der Treppe und streckte dem Sennberger die rechte Hand entgegen.

Anno gab ihr eine Kupfermünze. Für einen Herzschlag lang glänzten die Augen der Kleinen, dann blickte sie wieder so teilnahmslos wie zuvor. Sie führte die Ritter durch einen langen Flur und über zwei weitere Hinterhöfe zu einem Keller. Vor einer massiven Tür blieb sie stehen und gab ein Klopfzeichen. Dreimal lang und zweimal kurz. Es dauerte eine Weile, bis ein Riegel zurückgeschoben wurde und ein hageres, von einem kurzgeschorenen weißen Bart gerahmtes Gesicht hinter einem Fensterchen in der Tür erschien. »Ah, der fränkische Ritter«, gurrte der Mann hinter der Tür. Er hatte einen so starken Akzent, dass man schon sehr genau hinhören musste, um ihn zu verstehen. »Herein kommt in mein bescheiden Heim. Ich erwartet habe Euch schon.« Die Tür öffnete sich.

»Wer ist das?«, fragte Heinrich leise.

»Ein Mann, der sich mit Heiligen auskennt. Komm!« Anno konnte es kaum abwarten, seinem Gefährten zu zeigen, was er gestern im Keller von Alexandros gefunden hatte.

Sie stiegen eine Treppe mit ausgetretenen Stufen hinab und folgten dem Griechen in ein staubiges Kellergewölbe. Anno beachtete die *Schätze* kaum noch, die fast jeden Fußbreit des Kellers ausfüllten. Er hatte sich schon gestern all die angekohlten oder schimmelnden Ikonen angesehen, das verbeulte Altargerät, aus dem alle Edelsteine herausgebrochen waren, die steinernen Sarkophage mit den verwitterten Gesichtern, Messingkistchen mit verschrumpelten Hautfetzen, die abgehackte Hand auf dem rosa Samtkissen und all die anderen skurrilen Kostbarkeiten, die Alexandros hier unten hortete.

Ab und an klopfte der Grieche auf eines der Holzkästchen oder deutete mit verschwörerischem Lächeln auf einen seiner obskuren Schätze und murmelte dabei: »Eine Haarsträhne der heiligen Helena. Der große rechte Zeh des heiligen Marcos! Ein Stück der Kette, mit der er gefesselt war, Petros, als gefangen hielten ihn die Römer.«

Heinrich blickte sich zweifelnd um. »Was willst du mir hier unten zeigen? Weiß der Alte etwa, wo der dritte König ist?«

»Noch besser«, entgegnete Anno geheimnistuerisch. »Gleich wirst du es sehen.«

Plötzlich blieb Alexandros stehen und nahm ein vergoldetes Kästchen mit einem Deckel aus geschliffenem Kristall aus einer Wandnische. Er spuckte kurz darauf und rieb es dann an seinem Gewand, während er mit der Rechten ein Kreuz schlug. »Hier wir haben eine der heiligsten Schätze der Christenheit. Ist sich unfasslich. Sie berühren, bringt Lahme von den Krücken herunter.« Er lächelte stolz und reichte Anno den Reliquienbehälter.

Unter dem Kristall konnte man verzerrt einen winzigen

weißen Gegenstand erkennen, der auf roten Stoff gebettet lag. Er sah aus wie ein Stein.

»Ist Milchzahn von Christos, unserem Herrn!« Wieder schlug der Grieche ein Kreuz. Dann ging er hinüber zu einer langen Kiste und nahm den Deckel ab. »Und hier wir haben vermissten König!«

Anno beobachtete Heinrich aus den Augenwinkeln, und was er, sah, gefiel ihm nicht. Sein Kamerad runzelte die Stirn, dann lächelte er abfällig. »Erst ein Milchzahn unseres Herrn Christus und jetzt das …« Er wandte sich um. »Anno, wie kannst du diesem Betrüger glauben? Du hast ihn doch nicht etwa bezahlt?«

»Sieh dir die Reliquie doch erst einmal richtig an!« Der Sennberger trat an den offenen Sarg. »Hier, das braune Gesicht mit einer Haut wie Pergament. Das ist genau wie bei den Heiligen aus Mailand. Wie sollte sich ein Körper auf diese Art erhalten, wenn er nicht von einem Heiligen wäre? Normale Sterbliche werden von Würmern gefressen!«

Alexandros nickte bestätigend und klopfte vorsichtig auf die Brust der Leiche. »Kein Wurm! Nichts faul! Ist Heiliger!«

»Verdammt, Anno, wie kannst du diesem Kerl aufsitzen? Einem Alten, der in einer nach Fisch stinkenden Bruchbude lebt, aber einen Keller mit mehr Reliquien besitzt, als der Papst in Rom sein Eigen nennen kann! Das stinkt doch zum Himmel! Gott allein weiß, woher er diesen Plunder hat! Vielleicht ist er ein Leichenräuber?«

»Und was sind wir? Was haben wir aus Mailand geholt? Sieh dir den Leichnam wenigstens an! Er ist genau das, was wir suchen! Lass ihn uns kaufen und nach Lodi bringen. Vielleicht ist es wirklich der fehlende König. Wer kann das wissen? Wenn er neben den beiden anderen Heiligen liegt, wird man ihn nicht mehr von ihnen unterscheiden können.«

»Ich habe Rother an seinem Totenbett gelobt, dass ich den fehlenden König finden werde. Ich kann nicht irgendeine Leiche nach Italien zurückbringen! Anno, hast du keine Angst um dein Seelenheil? Glaubst du denn, Gott würde einen solchen Betrug dulden?«

»So wie ich es verstanden habe, haben die Mailänder doch wohl auch mit Wissen der Erzbischöfe einen falschen Heiligen verehrt.«

»Und was ist aus Mailand geworden? Mit Feuer und Schwert wurde die stolze Stadt vernichtet! Es mag lange gedauert haben, bis Gottes Zorn sie traf, doch wird das Strafgericht so verheerend gewesen sein wie die Strafen für Sodom und Gomorrha, wenn die Verbündeten des Kaisers ihr Zerstörungswerk vollendet haben. Willst du, dass auch unser Cöln eines Tages von einer solchen Strafe getroffen wird, weil seine Bürger unwissentlich Gott verhöhnen, indem sie einem falschen Heiligen huldigen?«

»Daran hatte ich nicht gedacht«, gab Anno kleinlaut zu. Er sah zu dem Griechen hinüber. »Ich hätte dem Kerl vielleicht nicht trauen sollen. Er hat mir geschworen, dass der Tote ein Heiliger und ein König ist.«

»Es gibt auch einen eindeutigen Beweis dafür, dass dieser König hier nicht echt ist. Sieh dir nur den Bartwuchs an! Das war ein Mann von höchstens zwanzig Jahren. Ich habe aber zusammen mit Zenon herausgefunden, dass die Drei Könige die drei Mannesalter verkörpern. In Lodi liegen ein Jüngling und ein Mann mittleren Alters. Unser fehlender König muss also ein Greis sein.«

Anno strich sich nachdenklich über das Kinn. Ganz überzeugt war er nicht. Aber vielleicht hatte Heinrich ja Recht. Er stellte sich ein großes Heer vor, das vor den Toren Cölns stand und die Stadt mit schwerem Belagerungsgerät bedrängte. Nein, daran wollte er nicht schuld sein! Er seufzte. »Also gehen wir?«

»Aber Ihr habt noch lange nicht gesehen alles«, wandte der Grieche ein, der sich im Hintergrund gehalten hatte. »Ich haben Schuhe von Moses und einen Splitter vom wahren Kreuz und ... Ist sich ein Greis, den ihr sucht. Kann ich finden. Kann finden! Muss meine Ehre retten. Hat man betrogen mich, mit König. Feine Herren gelehrt sein, ich weiß. Ich nur einfach Mann. Aber kann helfen ...«

»Lass uns in Frieden!«, fuhr Heinrich ihn wütend an und ging zur Treppe zurück.

Einen Splitter vom wahren Kreuz! Anno drehte sich neugierig um. Das konnten doch nicht alles Fälschungen sein. Hätte der Grieche so alt werden können, wenn er auf so schändliche Weise Gott und die Heiligen betrog? Und wenn er einen Greis finden konnte. Vielleicht war das ja der verlorene König ...

»Anno?« Heinrich stand bereits in der Tür. »Kommst du? Ich hätte schon vor einer Stunde bei Zenon sein sollen. Der Mönch wird noch übellauniger als sonst sein, wenn ich nicht bald erscheine.«

»Geh nur schon vor! Ich muss mit unserem Freund hier noch darüber reden, was ich von Betrügern halte.«

»Aber drehe ihm nicht gleich den Hals um. Und komm mir nicht mit einem Greis! Hier unten findest du ebenso wenig etwas Heiliges, wie unter den Röcken einer Hure!«

Anno hörte, wie sich Heinrichs Schritte entfernten. »Du hast also versucht, uns hereinzulegen, Alexandros.« Der Sennberger baute sich drohend vor dem Griechen auf. Ganz gleich, was Heinrich ihm geraten hatte, er war ganz in der Laune, dem Alten an den Kragen zu gehen.

»Aber nein, Herr! Seht, ich bin es doch, der hat den Schaden. Mich man hat betrogen. Weil ich bin zu gutgläubig!« Er raufte sich die Haare. »So viel schönes Silber hab gegeben für falschen König! Euer Freund muss bedeutender Mann sein, dass er weiß so viel über Heilige. Ich sehen die Hand Gottes auf ihm. Aber nicht viel weiß er über Huren. Ist keine Heilige, die Magdalena? Und Mutter von großem Konstantin! Auch sie soll gewesen sein ...« Er schnalzte mit der Zunge. »Wer kennt Frauen, der weiß, man finden kann Heiliges unter Röcken. Toter Jüngling, ist sich gewiss auch heilig. Du hast gesehen! Steckt kein Wurm in ihm. Ist sich kein Mann wie du und ich ...« Er schluchzte und klopfte sich auf die Brust. »Zu gut mein Herz und mein Kopf nicht immer ganz klar. Hätte wissen müssen! Bitte verzeihen altem, dummem Mann. Hat man betrogen mich! Aber ich nix nie wollen betrügen dich! Musst glauben, großmächtiger Ritter!«

Im Grunde hatte Alexandros Recht, dachte Anno. Der einzige Betrogene war er, dennoch war Anno enttäuscht. Wenn sie hier den dritten König gefunden hätten, dann wären sie spätestens im nächsten Frühjahr zu Hause gewesen. Er vermisste Clara. Wie es ihr wohl ergangen war?

»Ich mache besonderen Preis, wenn Ihr kauft, Herr. Als Dank, dass Ihr aufgedeckt habt den Betrug.«

Der Ritter dachte an den neuen Bogen, den er vor zwei Tagen gekauft hatte. Vielleicht hatte der Grieche ja ein

Amulett oder eine Reliquie, durch welche die Treffsicherheit erhöht wurde?

Heinrich war müde und niedergeschlagen, als er zum Gasthaus am Kontoskalion-Tor zurückkehrte. Der Tag im Kloster hatte sie bei der Suche nicht weitergebracht. Je mehr sie über die Drei Könige lasen, desto mehr verwirrte sich das Bild. Zuletzt hatte Zenon vorgeschlagen, er wolle morgen zu den Archiven des kaiserlichen Palastes gehen. Er hoffte, dort Aufzeichnungen über die Reisen der heiligen Helena zu finden und eine Notiz darüber, unter welchen Umständen die Königsreliquien nach Mailand gelangt waren. Als sie sich trennten, war der Mönch in schlechter Stimmung gewesen.

»He, Blauer!« Ein Mann in grüner Tunika trat aus einem Hauseingang. In der Rechten hielt er einen schweren Knüppel. »Es heißt, deine Leute hätten gestern versucht, die Pferde von Parmenion zu vergiften.«

Heinrich hatte schon von Parmenion gehört. Er war der beste Wagenlenker der Grünen, und wenn man den Gerüchten auf den Straßen glaubte, würde er das nächste Rennen im Hippodrom gewinnen. »Ich bin ein Fremder. Es ist Zufall, dass ich einen blauen Umhang trage. Ich habe nichts mit den Blauen zu schaffen.«

»Ein Feigling ist er also auch noch!« Ein zweiter Mann trat hinter Heinrich auf die Straße. »Was sollte man von einem Blauen auch anderes erwarten!«

Heinrich wich einen Schritt zurück, so dass er eine Hauswand im Rücken hatte. Noch drei weitere Männer kamen aus ihren Verstecken hervor. Heinrich öffnete die Brosche an seinem Umhang und wickelte ihn sich um den linken Arm. »Ich biete euch einen Silberdenar, wenn ihr mich in

Frieden lasst. Das müsste für einen Krug Wein für jeden von euch reichen. Trinkt in meinem Namen auf das Wohl von Parmenion und seinen Pferden.«

»Der Lateiner will uns zum Narren halten!« Der Wortführer der Bande war ein großer Kerl mit den Muskeln eines Hafenarbeiters. Er tat einen schnellen Schritt nach vorn und schwang den Knüppel hoch über den Kopf.

Heinrich trat dem Angreifer entgegen und fing die Hand im Schlag ab. Mit einer geschickten Drehung warf er den Griechen in den Staub. Aber schon stach ein anderer mit einem Messer nach ihm. Heinrich konnte dem Angriff mit knapper Not ausweichen. Die Klinge verfing sich in seinem Umhang. Der Ritter versetzte dem Mann einen Stoß, so dass er gegen zwei andere Angreifer prallte. Für einen Atemzug hatte er sich Zeit verschafft. Er zog sein Schwert, obschon er wusste, dass ihm die lange Waffe hier in der engen Gasse nicht viel nutzen würde. Zu leicht war es, die Klinge zu unterlaufen. Und die Angreifer waren zu viele! Wenn sie zu mehreren auf ihn eindrangen, wären sie mit ihren Dolchen und Knüppeln im Vorteil.

Doch statt über ihn herzufallen, zögerten sie. Ihnen war klar, das zumindest der Erste von ihnen, der einen Angriff wagte, nun beste Aussichten hatte, drei Fuß blanken Stahl durch den Leib getrieben zu bekommen.

Heinrich spürte die warme Hauswand in seinem Rücken. Er musterte die dunklen, braungebrannten Gesichter der Männer. Ihm war klar, dass er nicht siegen konnte, wenn sie alle gemeinsam über ihn herfielen. Er dachte an Clara, die ihn liebte und auf seine Rückkehr wartete, und er dachte an Rother, der sein Freund gewesen war und dem er einen Eid geleistet hatte.

Einer der Männer zog ein Messer und schleuderte es. Heinrich duckte sich. Die Klinge verfehlte ihn nur um wenige Zoll.

Noch ein Messer blitzte auf. Wenn er es nur bis zum Gasthaus schaffen würde! Es konnte kaum mehr als hundert Schritt entfernt sein. Sonst wimmelte es zu dieser Stunde in den Gassen stets von Menschen, doch heute ließ sich niemand blicken.

Er durfte den anderen nicht das Handeln überlassen. Entschlossen hob Heinrich das Schwert und stürmte vor. Wenn es noch Gerechtigkeit auf Gottes Erden gab, dann würde er jetzt nicht sterben!

Seine Klinge traf auf Widerstand. Blut spritzte ihm ins Gesicht. Ein Schlag traf seine Schulter. Er taumelte … Laufen sollte er, laufen, so schnell ihn seine Füße trugen.

Anno lehnte sich zurück und schob das Holzbrett mit den Hühnerknochen zur Seite. Der Tag hatte zwar nicht den erhofften Erfolg gebracht, den dritten König hatte er nicht gefunden, trotzdem war er nicht unzufrieden. Nicht alle Reliquien, die Alexandros in seinem Keller anbot, waren falsch! Anno griff nach dem kleinen Lederbeutelchen, das er um den Hals trug. Es enthielt einen Splitter von einem der Fingerknochen des heiligen Sebastianus. Ein Vermögen hatte er dem Griechen dafür zahlen müssen, doch der Knochen würde seinen Träger vor der Pest und anderen Krankheiten schützen.

Sebastianus war ein Krieger gewesen, so wie er. Ein Mann, der den Schlachtenlärm gekannt und geliebt hatte. Er war ein guter Schutzpatron! Das hatte sich schon am Nachmittag gezeigt! Als Anno den neuen Bogen einweihte, hatte er nicht ein einziges Mal die große, stoffbezogene Wand und die Strohbündel verfehlt, die als Ziele aufgestellt waren. Langsam begann er Konstantinopel zu mögen. Die Reise in diese Stadt war doch nicht ganz vergebens gewesen.

Von draußen erklang Geschrei. Irgendwelche Hitzköpfe waren wieder aneinandergeraten. Hier am Hafen hörte das laute Treiben nie auf.

Jemand schlug schwer wie ein Katapultstein gegen das Tor der Schenke. Sogar Orlando, der venezianische Steuermann, mit dem Ludwig immer unterwegs war, schreckte über seinem Wein auf. Anno schlug spielerisch seine rechte Faust in die hohle linke Hand. Eine kleine Schlägerei zum Ausklang des Tages käme ihm gerade recht.

Die Tür schwang auf. Heinrich taumelte in den Schankraum. Er keuchte schwer und konnte sich kaum noch auf den Beinen halten. In der Hand hielt er ein blutiges Schwert! Sofort verstummten alle Gespräche in der Schänke.

Anno sprang auf. Ein Dolch ragte aus dem Rücken seines Freundes. Schwankend kam Heinrich auf ihn zu. »Verrat … Wir …« Der Ritter stürzte schwer auf den Tisch.

»Was, zum Teufel!« Anno lief zur Tür. Orlando eilte an seine Seite. Noch bevor sie einen Schritt auf die Gasse gemacht hatten, schlug ein Pfeil in die Brust des Venezianers. Anno packte die schwere Tür, warf sie zu und legte den Sperrbalken in den Riegel. Bogenschützen in der Stadt! Was ging hier vor?

Eine Öllampe flog durch eines der offenen Fenster. Flammen leckten über den Holzboden. Panik brach unter den Gästen aus. Sie drängten zur Tür und zu den Fenstern. Zwei wurden von Pfeilen niedergestreckt.

Anno eilte zu Heinrich und hob den Ritter auf die Arme, um ihn hinter einem Weinfass in Deckung zu bringen. Die meisten Gäste hatten es inzwischen geschafft, durch die Türen und Fenster zu entkommen. Anno spähte nach draußen und konnte sehen, wie alle, die auf die Gasse flohen, gepackt wurden und man bei Fackellicht ihre Gesichter begutachtete. Diese Bastarde dort draußen suchten jemanden! Ein Pfeil zischte an Annos Wange vorbei und schlug in die Rückwand.

Ein Stück neben ihm lag Orlando. Er kroch zu dem Venezianer. Der Seemann hatte die Hände um den Pfeilschaft geklammert. Blut quoll zwischen seinen Fingern hindurch. »Ich hatte immer gedacht, ich würde einmal ertrinken«, keuchte er. »Hab wohl zu den falschen Heiligen gebetet.«

Krachend zersplitterte eine weitere Öllampe auf dem Holzboden. Anno griff nach einem Krug und schüttete Wein in die Flammen, um sie zu löschen, doch vergebens. Der Wirt lief fluchend in seiner Schenke auf und ab und schlug mit einem Umhang auf das Feuer ein.

Wieder flog eine Lampe durch ein Fenster. Anno sah sich verzweifelt um. Sie mussten hier hinaus, oder es würde ihnen ergehen wie den Burgundern in der Festhalle am Etzelshof. Er lief zu Orlando. »Komm, Steuermann, ich bringe dich in einen sicheren Hafen.«

Doch Orlando konnte ihn nicht mehr hören. Seine Augen waren weit aufgerissen und blickten ins Nichts. Anno ballte hilflos die Fäuste. »Verfluchte Griechen!« Hätte er nur seinen Schild und seine Rüstung hier. Gewappnet würde er hinausstürmen und es diesen Bastarden zeigen.

Anno blickte zu Heinrich. Der Ritter war sehr blass. Ein Junge kniete neben ihm. Es war ein Kind von höchstens zwölf Jahren, nur mit einem Lendentuch bekleidet und hager wie der Tod. Der Kleine winkte ihm zu, und Heinrich nickte matt, wie um die Geste zu bestätigen.

Anno kroch zu den beiden hinüber. Rauch begann den Schankraum zu füllen. Der Junge deutete nach draußen und fuhr sich dann vielsagend mit einem ausgestreckten Finger über die Kehle.

»Wer bist du?«, brummte Anno gereizt.

Heinrich richtete sich ein wenig auf. Sein Gewand war blutdurchtränkt. »Der Junge versteht dich nicht. Er ist ein … Vertrauter von Zenon … Er heißt Bardas. Wir können ihm trauen. Ich glaube, er will uns etwas zeigen.«

Inzwischen war sogar der Schankwirt geflohen. Sie waren allein in der Stube. Die Flammen griffen immer mehr um sich. Durch den Rauch konnten sie kaum noch etwas erkennen. Bardas eilte zur Theke und öffnete eine Bodenluke, die hinter dem Tresen verborgen lag. Ohne ein Wort verschwand er durch die Öffnung.

»Folgen wir ihm!« Heinrich wollte nicht, dass man ihm half. Er taumelte zu der Luke, schwang die Beine matt über den Rand und ließ sich durch das Loch fallen. Anno hörte ihn unten dumpf aufschlagen und dann fluchen.

»Alles in Ordnung?«

»Meine Schulter, verdammt. Komm herunter! Der Junge kennt einen Fluchtweg. Das hier unten sieht aus wie eine Vorratskammer, aber es gibt einen Mauerdurchbruch …«

Die Schankstube stand inzwischen in hellen Flammen. Anno sah zur Decke hinauf. Im ersten Geschoss lag ihr Zimmer mit seinem neuen Bogen! Jedes Ziel hatte er damit getroffen, und jetzt würde der Bogen einfach verbrennen, zusammen mit all ihrem Gepäck! Zum Glück hatte er ihr

Reisegeld, all die Gold- und Silbermünzen des Erzbischofs, in seinem breiten Ledergurt verborgen.

»Komm endlich, du verdammter Dickschädel«, klang es keuchend aus dem Kellerloch. »Da oben ist keine Schlacht mehr zu gewinnen!«

Anno seufzte. Es war zu gut gewesen, um von Dauer zu sein. So war es immer in seinem Leben. Wann immer er glaubte, einen Zipfel des Glücks fest in Händen zu halten, entglitt er ihm wieder. Wenigstens hatte Heinrich ein wenig Glück im Unglück. So schlimm konnte es ihn nicht erwischt haben, so wie er schon wieder bei Stimme war. Anno blickte ein letztes Mal zu seiner Zimmertür, wo der Bogen verbrennen würde, der vielleicht sein Leben verändert hätte, dann schwang er die Beine durch die Bodenluke und ließ sich fallen.

Als Ludwig erwachte, lag er mit dem Gesicht im Wasser. Wild um sich schlagend, versuchte er sich zu retten, als ihn eine Faust im Nacken packte und hochzog.

»Verdammter Säufer«, brummte die vertraute Stimme Annos.

Benommen sah Ludwig sich um. Sein Freund hatte ihn aus der Pferdetränke gezogen. Sie waren im Stall. Die Pferde wieherten und traten gegen die Seitenwände ihrer Boxen. Es roch nach Rauch!

»Was soll …« Als Ludwig drei Schritt vor ihm Heinrich entdeckte, verstummte er abrupt. Die Schulter des Ritters war blutüberströmt. Er bemühte sich, mit der Rechten einen Sattel auf den Rücken seiner Stute zu werfen.

»Wo ist dein Schwert?«, herrschte der Sennberger Ludwig an und schüttelte ihn dabei wie einen jungen Hund.

»In unserer Kammer!«

»Beim Barte Satans, was bist du nur für ein Ritter! Lässt dein Schwert herumliegen!« Anno trat gegen die leeren Weinkrüge auf dem Boden. »Verkriechst dich im Stall, um dich zu besaufen.« Die Augen des Ritters funkelten drohend. »Dein Freund, der Steuermann, ist tot!«

Pochender Schmerz wütete hinter Ludwigs Stirn. Alles ging in seiner Erinnerung durcheinander. Die Nacht mit Marina … Und Orlando … War er nicht eben erst im Stall gewesen, um ihm noch einen Krug Wein zu bringen?

»Draußen sind Mordbrenner, die uns ans Leben wollen. Jetzt hilf mir!« Anno deutete auf eine Bodenluke zwischen dem Stroh, die Ludwig noch nie aufgefallen war. »Wir bekommen gewiss gleich Besuch.« Der Sennberger packte ein Ende der Tränke und begann daran zu zerren.

»Mach die Luke zu!«, fauchte der Ritter.

Ludwig gehorchte. Dann half er seinem Freund, die Tränke über die Falltür zu stellen.

Anno lächelte grimmig. »Hier kommt keiner mehr rein!« Er wies zum Tor des Stalls, wo ein kleiner Junge durch eine Spalte im Holz nach draußen spähte. »Sattle ihm ein Pferd. Ohne ihn wären wir schon tot!«

Ludwig blinzelte. Er kannte den Kerl! Es war der Junge, dem er zum Kloster gefolgt war.

Der Rauch wurde immer beißender. Eines der Pferde hatte sich losgerissen und stürmte auf den Sennberger zu. Doch der Ritter schaffte es, ihm ein Seil um den Hals zu werfen und es so hart zur Seite zu reißen, dass der Hengst zu Boden stürzte. »Du hast mir schon immer gefallen, du Wildfang!« Er winkte Ludwig zu. »Sattle dem Jungen mein Pferd!«

Ludwig gehorchte. Wie in einem Traum gefangen führte

er die Befehle aus. Alles erschien ihm seltsam unwirklich. So weit entfernt von der Welt, in der er eingeschlafen war. Als die Pferde gezäumt waren, befreiten sie die übrigen Tiere. Anno half Heinrich in den Sattel und lenkte sein Pferd zur Stalltür. Die Tiere wieherten ängstlich und keilten aus. Der Rauch wurde immer dichter.

»Nimm das hier!« Anno warf Ludwig eine Heugabel zu. »Das ist besser als gar keine Waffe, Säufer! Und folge dem Kleinen. Heinrich meint, der Junge weiß, wo wir sicher sind!«

Der Sennberger beugte sich im Sattel vor, zog den Sperrriegel zurück und stieß mit einem Fußtritt das Tor auf. Sofort preschten die ungesattelten Pferde davon. Ludwig gab seiner Stute die Sporen. Dumpfer Schmerz pochte hinter seinen Schläfen. Eine Gruppe von Männern mit Fackeln, Knüppeln und Kurzschwertern drängte sich vor dem Gasthaus, das in hellen Flammen stand. Das Ganze wirkte wie eine Belagerung! Was ging hier vor? Die panisch flüchtenden Pferde preschten in den Mob hinein. Männer strauchelten. Hufe schlugen Funken aus dem Pflaster. Schreie. Dazu der Gluthauch des Feuers und in der Ferne panische Rufe und Hornsignale, die die schlafende Stadt vor dem Brand warnten. Es war fast wie damals im brennenden Mailand, dachte Ludwig benommen.

»Für den Kaiser!«, brüllte Anno, riss das Schwert hoch über den Kopf und preschte den Brandstiftern entgegen.

Ludwig lenkte sein Pferd an Heinrichs Seite. Sein Gefährte hatte Schwierigkeiten, sich im Sattel zu halten. Wie eine Pappel im Sturm schwankte er hin und her. Er hatte nicht einmal die Kraft, sein Schwert zu heben.

Die Mordbrenner hatten sich von ihrem ersten Schreck erholt. Sie versuchten, ihnen den Weg zu verstellen. Ludwig klemmte sich die Heugabel unter den Arm, als sei sie eine Lanze. Er gab Bardas ein Zeichen, die Zügel von Heinrichs Pferd zu nehmen. Dann stieß er seiner Stute die Stiefel in die Flanken und hielt auf einen Bogenschützen zu, der gerade auf Anno anlegte. Die Heugabel traf den Griechen mit solcher Wucht in den Rücken, dass ihre hölzernen Zinken aus seiner Brust heraustraten. Der Schaft der Waffe brach. Aus den Augenwinkeln sah Ludwig, wie Heinrich auf die Mähne seiner Stute sank. Sofort riss er sein Pferd herum. Nicht auch noch Heinrich! Bardas winkte und deutete auf den Eingang einer Gasse. »Hier entlang! Der Weg ist frei!«

»Zurück, Anno!«, rief der Firneburger seinem Kameraden zu, der noch immer zwischen den Byzantinern wütete. »Wir müssen Heinrich fortbringen, er stirbt!«

»Wir brauchen einen Medicus!« Ludwig betonte jedes einzelne Wort überdeutlich, doch Bardas schien nicht zu verstehen. Der Junge hatte sie auf einen Hinterhof gebracht, wo andere Kinder, die er offensichtlich kannte, die Pferde übernahmen. Sie waren dort kaum länger geblieben, als sie zum Absteigen gebraucht hatten. Danach hatte er sie in ein Labyrinth von Gassen geführt.

Anno trug den bärtigen Ritter auf den Armen wie ein Kind. Der Sennberger hatte Bärenkräfte! Heinrich schien die Besinnung verloren zu haben. Er hatte die Augen geschlossen und atmete ganz flach.

Blut troff von Annos Händen. Sie hatten einen notdürftigen Verband angelegt, doch wollte es ihnen nicht gelingen, die Blutung zu stillen. Vielleicht hätten sie den Dolch nicht aus seiner Schulter ziehen sollen … Heinrich ging es immer schlechter. Ludwig fürchtete, dass sein Freund die Nacht nicht überleben würde, wenn sie keinen Heilkundigen fanden.

»Einen Heilkundigen!«, wiederholte er beschwörend. »Verstehst du nicht? Wenn niemand die Wunden unseres Freundes versorgt, dann wird er sterben!«

Bardas nickte ernst und ging weiter. Ludwig hätte weinen können vor Wut. Warum verstand der Junge ihn denn nicht?

Endlich erreichten sie eine versteckte Treppe, die sie zu einem schmalen Gang unter der Erde führte. Es stank nach Fäkalien. Fast blind tasteten sie sich durch die Finsternis. Plötzlich blieb Bardas stehen. Ludwig konnte nicht erkennen, was der Junge machte. Funken stoben. Die kleine gelbe Flamme einer Öllampe leuchtete auf und riss eine Wunde in die Finsternis. Es war kühl.

Ludwig sah sich verwundert um. Sie befanden sich in einem Gang, der kaum mehr als einen Schritt breit war. Die Ziegelmauer auf der rechten Seite war feucht. Weiße Kalkkrusten wucherten zwischen den Fugen. Über ihren Köpfen klaffte ein gezacktes Loch in der Wand.

Bardas deutete nach oben. Der Junge drückte Ludwig die Öllampe in die Hand und sprang hoch. Seine Hände klammerten sich um bröckelnde Ziegel. Der Ritter konnte sehen, wie sich die Armmuskeln des Jungen spannten. Mit einem Ruck zog Bardas sich hoch und verschwand in dem Loch.

»Und wie sollen wir Heinrich dort hinaufbringen?« Anno schaute sich ratlos um.

Wie zur Antwort rutschte ein Seil aus dem Mauerspalt.

Das Gesicht des Jungen erschien über ihnen. Er gab ihnen aufgeregt Zeichen, ihm zu folgen.

»Du zuerst!« Der Sennberger nickte Ludwig zu. »Wenn du oben bist, werde ich Heinrich das Seil unter den Schultern durchziehen. Du wirst ihn hinaufziehen müssen.«

Ludwig hielt die Lampe hoch und sah in das Gesicht seines verwundeten Kameraden. Heinrichs Antlitz war leichenblass. Die Lippen hatten fast keine Farbe mehr. Schweiß glänzte auf seiner Stirn. »Warte hier«, flüsterte er an Anno gewandt. »Ich sehe erst nach, wo der Junge uns hinbringt. Wir sollten Heinrich nicht ...« Er blickte zum Loch in der Mauer hinauf.

Anno nickte.

Ludwig zog sich zu dem Spalt hoch und folgte dem Jungen. Als er in den Durchbruch stieg, sah er, wie dick die Mauer war. Mehr als einen Schritt. Bardas war in der Finsternis verschwunden. Etwas hatte sich verändert. Die Luft war kühler und feuchter. Ein Stein löste sich weiter vorne und schlug polternd auf festen Untergrund. Mit einem dumpfen Echo wurde das Geräusch zurückgeworfen, bis es schließlich verstummte. Ludwig kniff die Augen zusammen, um sehen zu können, was vor ihnen lag. Doch jenseits des kleinen Lichtkreises der Öllampe blieb die Finsternis undurchdringlich. Dieser merkwürdige Ort unter der Erde beunruhigte ihn. Er hatte ein Gefühl von Weite und Verlorensein. So als läge eine riesige Halle vor ihnen. Natürlich konnte das hier, tief unter der Erde nicht sein. Hier würden sie bestenfalls eine Gruft finden. Ein Kloß stieg ihm in die Kehle.

Vorsichtig kroch er mit der Öllampe in die Richtung, in die Bardas verschwunden war. Fast sofort erreichte er das andere Ende der breiten Mauer. Zu seinen Füßen glänzte Wasser. Was war das für ein Ort? Ein unterirdischer Kanal? Er streckte die Lampe so weit vor, wie es möglich war, ohne das Gleichgewicht zu verlieren, doch das Licht reichte nicht bis zur gegenüberliegenden Wand. Stattdessen konnte er eine grauweiße Säule erkennen. Wie ein toter Baum, der schon lange die Rinde verloren hatte, ragte sie aus dem Wasser. Ihr oberes Ende verlor sich in der Dunkelheit.

Ein leises Plätschern erklang. Ludwig blickte nach links. Bardas! »Bei allen Heiligen!« Der Ritter schlug hastig ein Kreuz, wobei ihm fast die Öllampe zu Boden stürzte. Der Junge schien über dem Wasser zu schweben!

Erst als Bardas näher kam, erkannte Ludwig das grob gezimmerte Floß, auf dem der Knabe stand. Mit einer langen Stange stakte er es bis zum Mauerdurchbruch.

Anno war der Letzte, der an der Seite von Bardas die Reise in die Finsternis antrat. Der Ritter stand in der Mitte des Floßes und hielt die Lampe hoch, die der Junge mitgebracht hatte. Das Wasser reichte ihm bis zu den Knöcheln. Das kleine Gefährt, auf dem Bardas sie durch diese unheimliche unterirdische Welt stakte, war nicht dafür gebaut, schwere Lasten aufzunehmen. Anno legte den Kopf in den Nacken und versuchte sich die Decke vorzustellen, die dort irgendwo in der Dunkelheit lag. Sah sie aus wie die Kreuzgewölbe einer großen Kirche? Was für ein Bauwerk war das? Ein Gotteshaus tief unter der Erde? Wozu hatte es einmal gedient? Er hatte den Eindruck, dass es hier Hunderte Säulen gab. Auch wenn sein Blick nie weit genug reichte, um mehr als zwei oder drei Säulen zugleich zu sehen. Zu klein war der Lichtkreis, den die zitternde Flamme der Öllampe in die Finsternis schnitt.

Dunkle Bänder an den Säulen zeigten an, wie hoch das Wasser zu früheren Zeiten in dieser gewaltigen Halle gestanden hatte. Jede der Säulen war von unterschiedlicher Beschaffenheit. Manche dicker als ein korpulenter Mann, andere so schlank wie Fichtenstämme. Die meisten waren von schmutzigem Weiß, aber es gab auch graue und sogar einige wenige von roter Farbe. Kapitelle mit verschlungenen Blattmustern, lachenden Gesichtern oder mit filigranem, vielfach durchbrochenem Rankenschmuck krönten die Säulen.

Dieser unterirdische See war gewiss kein Werk von Menschenhand. Immer wieder wandte Anno den Kopf, um sicher zu sein, dass nirgends ein Beobachter lauerte. Es hätte ihn nicht erstaunt, wenn hinter einer der Säulen ein grinsender, bärtiger Albenkopf hervorlugen würde. So musste das Reich des kleinen Volkes aussehen. Es hieß, sie bewohnten riesige Hallen im Herzen von Bergen. Bisher hatte Anno die Geschichten darüber stets für das abergläubische Geschwätz von alten Jungfern und verrückten Troubadouren gehalten, doch jetzt würde es ihn nicht wundern, wenn ihn dieser seltsame Junge geradewegs zu den goldenen Pforten eines Zwergenkönigreichs führen würde.

Vor ihnen tauchte ein Licht auf. Eine Öllampe beleuchtete eine über dem Wasser gelegene Mauernische. Sie erinnerte den Ritter an die Nischen in den Wänden von Grüften, die er in Mailand gesehen hatte. Wollte der Junge sie hier lebendig begraben? Was für eine Art Rettung war das! Anno erkannte Ludwigs Schattenriss. Bardas steuerte nun zielstrebig auf das Versteck zu. Ludwig winkte ihnen.

Der Junge hatte jeden der drei Ritter einzeln herüberbringen müssen. Als das Floß schließlich sein Ziel erreichte, zeigte sich, dass es sogar eine kleine Treppe gab, die zur Nische hinaufführte.

Anno sprang zu den Stufen hinüber. In der Nische lagen einige Strohsäcke als notdürftiges Nachtlager. In drei großen Amphoren schienen Vorräte gelagert zu sein. Der Ritter blickte zu der leblosen Gestalt auf den Säcken. »Wie geht es Heinrich?«, flüsterte er.

Ludwig machte ein ernstes Gesicht. »Hier wird er nicht lange überleben.«

Bardas hatte sich indes wieder von der Treppe abgestoßen. Er deutete mit seiner langen Holzstange zur Decke der Höhle.

»Zenon!« Nachdem er den Namen des Mönchs gerufen hatte, stakte er davon.

Anno schaute dem Jungen nach, bis selbst das Öllicht des Floßes in der Finsternis verschwand. Nie zuvor in seinem Leben hatte sich der Ritter so verloren gefühlt. Wenn der Junge nicht zurückkehrte, würden sie von hier niemals mehr fortkommen. Kein Kerker der Welt wäre sicherer als diese Nische inmitten der Finsternis. Mit mulmigem Gefühl betrachtete er die rußende Flamme des Öllämpchens, das auf der obersten Stufe der Treppe stand.

»Mach mir nichts vor, Zenon.« Heinrich hatte das Gefühl, dass ihn die paar Worte so viel Kraft wie ein Tagesritt unter glühender Sommersonne kosteten.

»Du brauchst ein bisschen Ruhe, dann bist du wieder auf den Beinen.«

Der Ritter versuchte in den Augen des Mönchs zu lesen,

wie viel Wahrheit in seinen Worten lag. Heinrich fühlte sich mehr tot als lebendig. Immer wieder verschwammen die Gesichter seiner Kameraden vor seinen Augen.

Zenon beugte sich so dicht über ihn, dass Heinrich den Atem des Mönchs auf der Wange spüren konnte. »Ich habe endlich eine Spur«, flüsterte er. »Eine Stunde, nachdem du gegangen warst, habe ich einen Codex durchgeblättert, in den man verschiedene beschädigte Texte neu eingebunden hat. Es war auch eine Vita der heiligen Helena dabei. Offensichtlich ein sehr alter Text. Eine der letzten Seiten ist mit einem Messer sauber herausgeschnitten worden. Der letzte Satz davor lautet: *Es begab sich fünf Jahre nach der Auffindung des heiligen Kreuzes, dass die Kaiserin beschloss, noch ein weiteres Mal nach Judäa zu reisen, um dort …*«

»Und weiter?«, keuchte Heinrich matt. Welchen Hoffnungsschimmer hatte Zenon in diesen Worten entdeckt? Vielleicht war er ja zu verwirrt, um es zu begreifen. Oder zu erschöpft.

Der Mönch zuckte mit den Schultern. »Tja, das Weitere … Das ist die einzige Seite, die in dieser Vita der heiligen Helena fehlt. Ich glaube nicht, dass sie zufällig verlorengegangen ist. Später wird ihre zweite Reise nicht mehr überliefert. Es scheint, als habe man erfolgreich versucht, den Bericht darüber aus ihrer Heiligenvita zu löschen. Wahrscheinlich wurde dort erzählt, wo und unter welchen Umständen die Drei Könige gefunden wurden. Eine Erinnerung daran scheint sich allein in der Geschichte des heiligen Eustorgio erhalten zu haben. Nirgendwo sonst wird erwähnt, dass die Heilige die Drei Könige gefunden hat.«

»Aber warum hat man das getan?«

Wieder zuckte der Mönch mit den Schultern. »Ich werde versuchen, das herauszufinden.« Er nahm einen Lederschlauch aus der großen Stofftasche, die er mitgebracht hatte, und füllte einen angeschlagenen Tonbecher mit dunkler Flüssigkeit. »Du musst das hier trinken. Danach schläfst du, als wärest du in Engelsarmen gebettet.«

Heinrich war zu erschöpft, um zu widersprechen. Gehorsam schluckte er den Kräutertrank. Er schmeckte nach wilder Minze und anderen, exotischeren Zutaten. Im ersten Moment brannte der Trank in seiner Kehle. Einen Augenblick später jedoch begann sich vom Magen her eine angenehme Wärme auszubreiten.

Heinrich wollte den Mönch noch etwas fragen, aber dann versank seine Frage in endlosem Schwarz.

Dreimal schon hatten sie die Öllampe auffüllen müssen, seit Zenon sie verlassen hatte. Anno kniete neben Heinrich, um ihm den Verband zu erneuern. Vorsichtig zog der Sennberger den blutverschmierten Umhang auseinander, in den sein Freund eingerollt war, und öffnete mit spitzen Fingern die Verschnürung seines Hemdes. Heinrich begann unverständliche Worte zu flüstern. Er war noch immer ganz benommen von dem Schlaftrunk, den der Mönch ihm verabreicht hatte.

Unter Heinrichs Hemd entdeckte Anno ein kostbares Tüchlein. Ein Liebespfand, dachte Anno lächelnd. Wer hätte das gedacht! Wo der Kerl doch immer vorgab, er wäre am liebsten ein Mönch! Neugierig zog Anno es hervor. Es war aus dunkelblauer Seide gefertigt und mit weißen Sternen bestickt. Der Sennberger brauchte nur einen Moment, um zu begreifen, wo er einen ähnlichen Stoff schon einmal gesehen hatte. Clara. Es war also gar nicht Rother gewesen, dem ihr Herz gehörte, sondern Heinrich, diesem bettelarmen Idealisten. Vorsichtig schob er das Tuch wieder zurück. Zorn erfasste ihn. Wäre Clara jetzt in der Nähe, hätte er ein paar passende Worte zu sagen! Wie hinterhältig sie ihn betrogen hatte! Sein eigen Fleisch und Blut!

»Dort hinten ist ein Licht!«, flüsterte Ludwig und hielt gleichzeitig einen Umhang vor die Öllampe, um ihr eigenes Licht abzudunkeln.

Anno blickte auf. Zwischen den Säulen erschien das Floß des Jungen. Undeutlich war auch Zenon in der Dunkelheit zu erkennen. Er winkte ihnen zu.

Als das Floß anlegte, gab der Mönch dem Jungen den Befehl, ein Stück auf den unterirdischen See zurückzufahren.

»Ihr müsst so schnell wie möglich aus der Stadt fliehen! Es ist alles verloren!«

»Wovon redest du?«

»Das solltet ihr besser wissen als ich«, fluchte der Mönch. »Wer von euch hat sich mit Enrico Dandolo angelegt? Der Venezianer gehört zu den reichsten Kaufleuten in der Stadt, und was immer ihr getan habt, er ist bereit, eine Menge Gold auszugeben, um euch zu töten!«

»Dandolo?« fragte Anno. »Wer ist das? Was will der von uns? Das muss ein Irrtum sein!«

»Aber du hast doch gesagt, hier unten wären wir in Sicherheit«, wandte Ludwig ein.

Zenon blickte flüchtig in Richtung des Jungen. »Dandolo ist einer der kommenden großen Männer Venedigs. Und er ist so reich, dass er sich selbst die Gunst des Basileios kaufen kann. Ganz gleich, was ihr getan habt oder nicht, er will euch tot sehen. Dandolo hat genug Gold für euch geboten, um selbst treue Freunde zu Verrätern werden zu lassen. Es gibt keinen Ort mehr, an dem ihr sicher seid. Ihr müsst auf dem schnellsten Wege aus der Stadt. Ich werde versuchen, ein Schiff aufzutreiben. Aber ich brauche eure Hilfe.«

»Und der dritte König? Wo sollen wir ihn finden, wenn nicht hier?«, wandte Anno ein. Er blickte zu Ludwig. Warum sagte der nichts? Wusste er am Ende, was hier vorging?

»Darüber hättet ihr nachdenken sollen, bevor ihr den Venezianer in Rage gebracht habt«, unterbrach der Mönch den Sennberger. »Nicht einmal ich kann ungefährdet in der Stadt bleiben. Zu leicht ist es, die Verbindung zwischen mir und euch herzustellen. Ich werde euch begleiten müssen … Es gibt noch einen zweiten Ort, an dem ich mit Heinrich meine Suche fortsetzen kann. Aber es ist ein weiter Weg dorthin.«

Anno musterte Zenon misstrauisch. Davon, dass der Kerl sie auf weitere Reisen begleiten sollte, war bisher nicht die Rede gewesen.

»Du hast doch Freunde unter den Söldnern des Kaisers.« Zenon schaute Anno an.

Der Sennberger zuckte mit den Schultern. »Den einen oder anderen kenne ich.«

»Wir brauchen ihre Hilfe, um Konstantinopel zu verlassen! So schnell es geht.«

»Ja, der Beschreibung nach sind es die drei Männer, die ich suche«, stimmte der Falkner zu. »Ihr habt sie schnell gefunden, Tommaso.«

Der genuesische Kaufmann lachte. »Von gefunden kann nicht die Rede sein. Irgendwie haben sie es geschafft, sich den mächtigsten Venezianer hier in Konstantinopel zum Feind zu machen. Jetzt sucht jeder Halsabschneider in der ganzen Stadt nach ihnen. Wenn sie erst einmal in die Hände von Enrico Dandolo fallen, dann werden wir sie nie mehr wiedersehen.«

»Aber er hat sie noch nicht getötet«, bemerkte Lupo ruhig.

»Das weiß Gott allein. Es würde sich allerdings schnell herumsprechen, wenn jemand sich das Kopfgeld verdient hätte.«

Lupo rieb sich nachdenklich das Kinn. »Sie werden versuchen, mit einem Schiff zu fliehen.«

»Wahrscheinlich. Aber kaum ein Schiff verlässt Konstantinopel, ohne dass die Venezianer wissen, wer oder was an Bord ist.«

»Und deshalb werden sie versuchen, ein genuesisches Schiff hier aus Galata zu bekommen.«

Tommaso legte die Stirn in Falten. »Das wäre gewiss das Klügste. Aber sie brauchten schon einen Mittelsmann, der die Stadt verlassen kann. Ich bin mir sicher, dass an allen Toren venezianische Spitzel sitzen.«

»Würde ein genuesischer Kapitän Passagiere von hier fortbringen können, ohne dass Ihr davon erfahrt?«

Der Kaufmann schüttelte entschieden den Kopf. »Nicht, wenn ich diesen Dickschädeln klarmache, dass ich größten Wert darauf lege, von jedem Reisenden Kunde zu erhalten.«

Lupo verschränkte die Hände hinter dem Nacken und lehnte sich zufrieden auf seinem Stuhl zurück. »Dann bin ich guter Dinge, dass uns die Venezianer unsere drei Staufer geradewegs in die Arme treiben werden.«

19

Ludwig fühlte sich elend. Er hatte nicht den Mut gefunden, seinen Kameraden zu erzählen, warum sie verfolgt wurden. Kein Wort hatte er von Marina gesagt. Allerdings hatte er den Verdacht, dass Anno etwas ahnte. Der Sennberger sah ihn manchmal so seltsam an … Auch gegenüber Heinrich verhielt er sich eigenartig. Was wohl in seinem Dickschädel vor sich ging?

Bedrückt sah Ludwig zu Heinrich hinüber, der sich kaum im Sattel halten konnte. Zwei Tage waren sie in dem Versteck in der riesigen Zisterne geblieben. Dann hatten Anno und Zenon alles für die Flucht vorbereitet. Fast ihr ganzes Gold hatte es sie gekostet! Kurz nach Einbruch der Dämmerung war Bardas gekommen, hatte sie zu ihren Pferden gebracht und sie dann auf verschlungenen Wegen zum Theodosia-Tor geführt. Dort taten in dieser Nacht Söldner Dienst, die Anno mit Hilfe seines Freundes, des schwäbischen Ritters Rolf, bestochen hatte. Sie mussten nur noch ein Stück die Küste hinabreiten. Auf einer Landzunge, nahe dem Drungarii-Tor, erwartete sie ein genuesischer Kauffahrer. Zenon war schon an Bord. Wohin sie das Schiff bringen würde, hatte der Mönch nicht gesagt. Er traute ihnen nicht mehr!

Ludwig und Heinrich warteten in einer Gasse, von der aus sie Anno beobachten konnten. Der Sennberger war allein zum Tor vorgeritten. Zuletzt hatte er Zweifel an Rolfs Loyalität bekommen. Hundert Goldstücke waren auf ihn und auf Ludwig ausgesetzt. Zweihundert auf den Mann im blauen Mantel. So viel Gold würde ein Söldner in seinem ganzen Leben nicht verdienen! Was sollte man von Männern erwarten, die ihre Dienste für Gold feilboten. Bestimmt keine Loyalität. Nicht, wenn es um 400 Goldstücke ging.

Ludwig sah, wie sich Fackeln vor dem hohen Holztor bewegten. Ein paar Männer verschwanden unter dem gemauerten Bogen. Anno hob den Arm und gab das vereinbarte Zeichen.

»Komm!« Der Ritter griff nach den Zügeln von Heinrichs Stute. Sein Kamerad antwortete nicht. Der Kopf war ihm auf die Brust gesunken. Sie sollten sich beeilen! Je eher Heinrich wieder zur Ruhe kam, desto besser.

Am Tor erwartete sie Rolf. Anno war abgestiegen. Ein Wachposten hatte eine knapp mannshohe Pforte im Stadttor geöffnet. Die Gesichter der meisten Wachen kamen Ludwig vertraut vor. Es waren jene Männer, mit denen Anno in den letzten zwei Wochen so oft gezecht und gestritten hatte.

»Zeigt es diesen verdammten Venezianern!« Der hünenhafte Schwabe drücke Ludwig fest die Hand. »Vom gleichen Blute zu sein wiegt schwerer als Gold! Möge Gott mit euch sein!«

Ludwig traute seinen Ohren nicht. Beschämt nickte er dem Ritter zu. »Danke.«

Kaum dass sie die Mannspforte passiert hatten, wurde sie hinter ihnen schon wieder verschlossen. Ein frischer Wind wehte von der Bucht herüber. Das Meer lag kaum hundert Schritt entfernt. Sie saßen wieder auf und folgten der Küstenstraße schweigend nach Süden. Eine Stunde noch, und sie hätten das Goldene Horn hinter sich gelassen.

»Beim Schwanze Luzifers! Seht!« Anno hatte sich im Sattel umgedreht und wies zum Tor zurück. Auf der Plattform des linken Torturmes hatte man ein Leuchtfeuer angezündet. »Das kann nichts Gutes bedeuten! Heinrich! Stehst du einen scharfen Ritt durch?«

»Ich werde ... euch nicht aufhalten, Freunde. Lasst mich!«

Ludwig tauschte mit Anno einen besorgten Blick. Dann sagte er mit entschlossener Stimme: »Keine Sorge. Ich bleibe hinter dir!«

»Nein, wenn wir hier noch länger bleiben, dann werden wir in Teufels Küche geraten!« Der genuesische Kapitän wies zu dem Signalfeuer hinüber. »Ist Euch klar, was das bedeutet, Bruder?«

»Es heißt, dass meine Freunde in Schwierigkeiten sind«, entgegnete Zenon gelassen.

»Und wir werden es auch bald sein, wenn wir noch länger hierbleiben. Das ist ein Alarmfeuer. In diesem Augenblick werden ein halbes Dutzend Kriegsschiffe bemannt und die Garnisonen entlang der ganzen Mauer auf Posten gerufen. Ich weiß zwar nicht, was dort drüben vor sich geht, aber ich habe hier abseits der Häfen mit meinem Schiff nichts verloren. Es ist verboten, das Goldene Horn nach Einbruch der Finsternis zu durchfahren!«

»So wartet doch nur noch einen Augenblick. Meine Freunde sind beritten! Es wird gewiss nicht mehr lange dauern!«

Der Kapitän drehte sich zu dem Eigner um, der hinter ihnen auf dem Achterkastell des Kauffahrers stand. Es war ein stiller Mann mit hartem Gesicht. »Wie hoch ist unser Risiko?«, fragte er nüchtern.

»In weniger als einer halben Stunde werden Kriegsschiffe die Bucht abriegeln«, erwiderte der Kapitän. »Wir werden dann eine Menge zu erklären haben. Wir sind viel zu langsam, um den Galeeren zu entkommen!«

»Ihr versündigt Euch vor Gott, wenn Ihr meine Freunde im Stich lasst. Ihr habt das Geld genommen, und Ihr habt mir versprochen …«

»Schweigt, Mönch! Soll Gott entscheiden! Ich werde jetzt ein *Vaterunser* beten. Kommen Eure Freunde in dieser Zeit, dann ist es gut. Kommen sie nicht, werde ich Befehl geben, die Taue zu kappen. Ich werde dieses Schiff nicht für drei Männer riskieren, die ich nicht einmal kenne!«

Heinrich wusste nicht zu entscheiden, ob er wachte oder träumte. Krampfhaft krallten sich seine Hände um die Zügel der Stute. Es war Rothers Pferd, es hatte ihm stets Glück gebracht. Der Ritter blinzelte. Der frische Wind auf dem Gesicht war angenehm. Er fühlte sich plötzlich sehr leicht.

Anno rief Ludwig etwas zu. Heinrich konnte es nicht verstehen. Dann griff ihm der Sennberger in die Zügel. »Wir müssen schneller reiten! Es ist nicht mehr weit.«

Plötzlich wurde Heinrich übel. Er brachte seine Freunde in Gefahr. Was hatten sie ihm erzählt? Sie suchten ein Schiff. Der Ritter spürte, wie ihn die Kräfte verließen. Seine Glieder wurden weich wie Kerzenwachs in der Julisonne. Langsam sank er der Mähne entgegen. Er mochte den Geruch von Pferden und von Ställen. Plötzlich sah er Anno ganz dicht vor sich. Das Gesicht des Sennbergers war grau wie Stein! Nur seine Augen glühten! Etwas war geschehen … Der stämmige Krieger hob die Hand. Er hielt ein dunkles Tuch mit aufgestickten Schneeflocken!

Heinrich schreckte hoch. Sein Gesicht war in die Mähne der Stute vergraben. Die Hufe hämmerten auf die gepflasterte Straße. Jeder Tritt versetzte ihm einen Stich in die Schulter. Er spuckte aus. Er hatte einen metallischen Geschmack im Mund. Erneut wurde ihm übel. Er sah nach hinten. Seine Freunde hatten Angst. Hinter ihnen tanzten Lichter in der Finsternis.

Heinrich blinzelte. Sie waren zu langsam! Die Lichter kamen näher. Reiter mit Fackeln! Er konnte sehen, wie Speerspitzen rotgolden im Feuerschein glänzten. Das mussten die Apokalyptischen Reiter sein! Der Erzbischof hatte sie ihnen nachgeschickt, weil sie den dritten König noch immer nicht gefunden hatten! Es war vorbei!

Deutlich konnte er das Gesicht des vordersten Reiters erkennen. Eine Grimasse aus Wut und Mordlust, in der Mitte zerteilt durch einen breiten Schnauzbart. In der Dunkelheit sah es fast aus, als habe man den Kopf in der Mitte durchgeschnitten, so dass Augen und Stirn über dem Rest des Körpers schwebten.

Der Falkner fluchte. So knapp! Er konnte sie sehen. Fast hätten sie es geschafft. Nur ein *Vaterunser* länger, dachte Lupo verbittert. Jetzt würden die Venezianer seine Beute fangen. Die Seile waren gekappt, das Schiff wurde mit Holzstangen vom Kai abgestoßen. Knatternd blähte sich das Segel im Wind. So knapp verfehlt!

Kaum dass das Schiff begonnen hatte, Fahrt aufzunehmen, erschienen die Reiter am Ende des Landungsstegs. Doch schon klaffte eine dunkle Lücke von mehr als zwei Schritt zwischen Kai und Schiff. Und mit jedem Herzschlag wurde sie breiter.

Nun würde der Papst nie mehr erfahren, warum der verfluchte Cölner die drei nach Konstantinopel geschickt hatte. Lupo fluchte erneut. Er hatte geglaubt, dass die Ritter es schaffen würden, um ihm dann, ohne es zu wissen, genau in die Arme zu laufen.

Der Falkner blickte zum Landungssteg und traute seinen Augen nicht. Die Ritter preschten mit unvermindertem Tempo den Kai hinab. Und dann sprang der Vorderste, ein stämmiger Kerl auf einem großen Pferd. Das Tier streckte sich, dass seine Sehnen zu zerreißen schienen. Dann prallte es wie ein Katapultgeschoss an Deck. Das ganze Schiff erbebte. Der Hengst strauchelte und rutschte auf den glatten Planken zur Seite weg. Der Reiter wurde aus dem Sattel geschleudert.

Noch zwei Schläge wie Fausthiebe eines erzürnten Neptun trafen das Schiff. Eines der Pferde war mit den Vorderbeinen gegen die Reling geprallt und überschlug sich. Der Reiter stürzte und blieb reglos liegen.

Lupo blickte zum Kai. Die Verfolger zügelten ihre Pferde. Einer warf wütend einen Speer, der zitternd in der Reling stecken blieb. Ein anderer drohte ihnen in hilfloser Wut mit erhobener Faust. Noch ein weiterer Speer wurde geworfen.

Der Kapitän brüllte ein Kommando. Ein Mann mit Bogen eilte zum Bug. Die Reiter riefen ihnen noch einmal Verwünschungen zu, dann rissen sie ihre Pferde herum.

Lupo stieg vom Achterkastell, um sich seine Beute anzusehen. Was für Teufelskerle! Es erfüllte ihn mit Stolz, dass der Papst ihn auserwählt hatte, diese drei ungewöhnlichen Männer zur Strecke zu bringen. Er würde sein ganzes Können aufbieten müssen, um am Ende, wenn er wusste, was sie vorhatten, über sie zu triumphieren. Doch Papst Alexander hatte vorgesorgt. Wohin sich die drei auch wenden mochten, überall würde ihn Hilfe erwarten: Treiber sein Wild aufzuschrecken und tödliche Falken. Lupo musste nur entscheiden, wann er seinen Raubvögeln die Lederhauben abnahm, um sie auf ihre Beute loszulassen.

Der stämmige Ritter war als Erster wieder auf den Beinen. Er hatte den Sturz augenscheinlich schadlos überstanden. Auch der Ritter mit dem langen schwarzen Haar richtete sich langsam auf. Nur der Dritte blieb liegen. Der Mönch beugte sich über den Verwundeten. Es schien nicht gut um den Mann zu stehen.

»Herr?« Der Kapitän war hinter Lupo getreten und zog ihn zur Seite. »Wir sind in Schwierigkeiten!« Der bärtige Genuese deutete auf eine Silhouette, die sich undeutlich über dem Wasser abmalte. Besser als das Schiff waren die helle Bugwelle und das von Rudern aufgewühlte Wasser zu beiden Seiten des Rumpfs zu erkennen.

»Ein Byzantiner?«

Der Kapitän schüttelte den Kopf. »Schlimmer. Das ist die *San Marco*, eine Galeere, deren Aufgabe es ist, Geleitzüge venezianischer Kauffahrer zu begleiten. Sie muss irgendwo dort hinter der Landzunge, auf der Galata liegt, gelauert haben. Und sie ist doppelt so schnell, wie wir es bei dieser müden Brise sind.«

Immer wieder versuchte Rothers Stute, auf die Beine zu kommen. Vergebens! Noch benommen vom Sturz, betrachtete Anno die schrecklichen Wunden des Tiers. Beide Vorderbeine waren gebrochen. Ein zersplitterter Knochen ragte aus blutigem Fleisch. Die Stute würde nie wieder laufen können.

Stöhnend richtete sich der Ritter auf. Niemand auf dem Schiff schien sich um die Qualen des Tiers zu kümmern. Zenon, der Mönch, und Ludwig kauerten neben Heinrich. Anno sah sich um. Leicht schwankend ging er zu der Stute hinüber und kraulte sie zwischen den Ohren. Mit der Rechten tastete er ihr über den Hals, bis er eine der großen Adern gefunden hatte. Anno zog sein Messer. Erst vorgestern hatte er die Klinge geschliffen. Während er die Stute mit der Linken weiter kraulte, zog er das Messer durch die Ader. Das Pferd blieb ruhig. Die schrecklichen Wunden an den Vorderbeinen hatten es den kurzen Schmerz des Schnittes nicht bemerken lassen. Warm perlte das Blut aus der geöffneten Ader.

»Bald sind deine Qualen beendet, meine Schöne.« Anno sprach ruhig und hörte nicht auf, dem Pferd durch die Mähne zu streicheln. Die Stute verdrehte ihre Augen, um ihn anzusehen. Dann sank ihr Kopf langsam nieder. Immer größer wurde die dunkle Lache, die sich auf dem Deck ausbreitete. Das Tier schnaubte leise.

Es dauerte lange, bis die großen Pferdeaugen ihren Glanz verloren hatten. Anno fühlte sich elend. Er hatte noch nie ein Pferd getötet. Der Ritter wischte das blutige Messer im Fell der Stute ab und schob es in seinen Gürtel zurück. Er brauchte jetzt dringend jemanden, mit dem er sich streiten konnte. Verdammter Mönch! Diese Flucht war seine Idee gewesen! Fast wären sie verreckt. Anno schaute sich nach Zenon um. Erst jetzt bemerkte er die gespannte Unruhe an Bord. Wer an Deck keine Arbeiten zu erledigen hatte, stand an der Reling.

Anno stieß einen Mann zur Seite. Ein schlankes Schiff folgte ihnen. Es schien auf einer silbernen Welle zu reiten.

Ein Schatten, tiefer als die Finsternis des Nachthimmels. Von all dem hatte Zenon nichts gesagt, als er ihnen seinen Fluchtplan erklärt hatte!

Der Mönch hatte sich mittlerweile aufs Achterkastell begeben. Es war an der Zeit, dieser Schlange den gebührenden Lohn zu zahlen. Anno ballte die Fäuste. Ludwig lehnte am Mast des Schiffes. Ein heller Verband war um seinen Kopf gewickelt. Auf ihn brauchte er wohl nicht zu zählen, wenn es darum ging, ein Wort mit dem Mönch zu reden.

Anno stieg die schmale Treppe zum Achterkastell hinauf. Zenon hantierte mit einer Blendlaterne. In schnellem Rhythmus öffnete und schloss er die Klappe an der Vorderseite der Lampe. Der Ritter blickte zu den dunklen Türmen am Ufer. Von der südlichsten Bastion antwortete jemand auf das Signal. Ein winziger Lichtpunkt leuchtete auf, verschwand und leuchtete wieder auf.

»Der Steuermann soll genau auf die Mitte der Durchfahrt zuhalten, sonst werden wir es nicht schaffen«, befahl Zenon in ruhigem Tonfall.

»Die Strömung ist zu stark«, beschwerte sich der Mann am Ruder. »Es ist unmöglich, das Schiff auf diesem Kurs zu halten.«

»Helft ihm, Kapitän! Und du, Ritter, könntest auch mit anfassen.«

Anno verschränkte die Arme vor der Brust. »Was, zum Teufel, geht hier vor?«

»Bist du blind?«, fuhr Zenon ihn an, als habe er irgendeinen begriffsstutzigen Novizen vor sich. »Siehst du nicht die Galeere, die uns wie ein Falke nachsetzt? Wenn wir nicht den Kurs halten, dann hat sie uns eingeholt, noch bevor du fünf *Ave Maria* gebetet hast!«

Anno blickte zu dem Schatten auf See, der mit jedem Herzschlag größer wurde. Deutlich konnte man schon die Kommandos des Rudermeisters über das Wasser hallen hören. Am Bug der Galeere hatte sich eine Gruppe Bewaffneter versammelt.

»Wenn wir auf dem Kurs bleiben, dann fahren wir einen Bogen, und sie werden uns den Weg abschneiden«, gab der Steuermann zu bedenken.

»Halte dich an seine Befehle«, brüllte der Kapitän.

Wieder begann der Mönch, die Klappe an der Laterne zu öffnen und zu schließen. Auf den Zinnen der südlichen Festungswerke waren nun Dutzende Fackeln zu sehen. Anno kniff die Augen zusammen und spähte in die Dunkelheit. Es schien fast, als habe man auf den Mauern Feuer entfacht. Was geschah dort?

»Ans Ruder, du sturer Stauferbock!«, herrschte der Mönch ihn an. Das Schiff schien von seinem Kurs abgekommen zu sein.

Etwas verdattert gehorchte Anno dem Befehl.

Mit leisem Sirren zogen Pfeile über ihre Köpfe hinweg. Die Venezianer waren auf unter hundertfünfzig Schritt herangekommen. Ein Mann schrie auf. Anno duckte sich. Zu dritt zerrten sie jetzt an der langen Ruderstange. Quälend langsam schwang das Schiff herum.

Über die Reling konnte der Ritter die Galeere erkennen. Sie hielt genau auf die Breitseite des Kauffahrers zu. Drei Schiffslängen trennten sie noch. Undeutlich konnte man den Schatten des Rammsporns in der Bugwelle sehen.

Zenon hatte die Laterne abgestellt und sich weit vorgebeugt. Er beobachtete das Wasser, als hoffe er, dass dem Meer ein Ungeheuer entsteigen würde, um das Schiff der

Venezianer im letzen Moment zu verschlingen. Und tatsächlich geschah etwas. Anno traute seinen Augen kaum. Eine silberne Linie kroch von der Küste her über die See. Langsam, aber stetig eilte sie der Mitte der Bucht entgegen. Schon jetzt konnte man sehen, dass sie zwischen den Schiffen hindurchlaufen würde.

Von Bord der Galeere gellte ein Alarmruf herüber. Im gleichen Augenblick stiegen an der Küstenfestung zwei Feuerkugeln in den Himmel. Wie gelbrote Blüten malten sie sich vor dem Sternenhimmel ab, wurden größer und schlugen schließlich knapp hinter der Galeere ins Meer. Doch statt zu verlöschen, breiteten sich die Flammen auf dem Wasser aus!

»Teufelswerk!« Anno machte einen Satz vom Ruder fort. Feuer, das auf Wasser brannte, so etwas konnte es doch nicht geben!

»Beruhige dich! Wir sind gerettet.« Zenon deutete auf die dunkle See. Keine zehn Schritt hinter ihrem Schiff hob sich ein schwarzer Schatten aus den Fluten.

Anno schlug ein Kreuz. Was für Teufeleien gingen hier vor? Hatte Satan die Herrschaft über die Welt angetreten? Wieder stiegen bei der Festung zwei glühende Kugeln in den Himmel.

»Das ist die Sperrkette, die vom südlichen Festungswerk der Hafenmauer hinüber zum Hauptturm in der Hafenfestung von Galata läuft. Jedes dieser Eisenglieder ist so dick wie das Bein eines Mannes. Kein Schiff kann diese Kette durchbrechen, kein Werkzeug sie zerschlagen.«

Fauchend schlugen die Flammenkugeln auf. Eine traf einige Ruder der Galeere. Die zweite war ganz in der Nähe ihres Schiffes aus dem Himmel gefallen. An Bord der Venezianer wurden Kommandos gerufen. Die Galeere kroch rückwärts in die weite Bucht zurück wie ein verwundeter Wolf, der in seine Höhle floh.

Anno starrte noch immer auf die Flammen, die auf dem Wasser trieben, ohne zu verlöschen. »Was ist das für ein Teufelszeug?«

»Eines der Geheimnisse Konstantinopels«, entgegnete Zenon ernst. »Die Goldene Stadt mag viel von ihrer Macht verloren haben, doch wehe dem, der glaubt, wir seien wehrlose Beute für kühne Eroberer!«

20

Es war der Tag der heiligen Brüder Ewald, der dritte Tag des Oktober im Jahr des Herrn 1162. Die Gebeine der Heiligen ruhten in Sankt Kunibert in Cöln. Ein gutes Omen, dachte Heinrich! Die Heiligen waren von Bischof Anno entdeckt worden. Und auch sie hatten einen Anno in ihren Reihen. Schmunzelnd blickte er zu dem Sennberger, der es kaum erwarten konnte, das Schiff zu verlassen. Sie waren in Escalon, einen schwerbefestigten christlichen Hafen an der Küste Palästinas, eingelaufen. Heinrich hatte die Überfahrt gutgetan. Über vier Wochen waren sie auf See gewesen, unterbrochen nur von zwei kurzen Aufenthalten in Rhodos und Famagusta. Heinrich war wieder zu Kräften gekommen, und seine Wunde an der Schulter war fast verheilt. Er wusste selbst nicht, ob es an den Gebeten Zenons, dessen Kräuterumschlägen oder der Seeluft lag. Gott hatte ihm ein zweites Leben gewährt! Er würde es wohl zu nutzen wissen. Es war noch ein gutes Omen! Es war ihm bestimmt, hierher ins Heilige Land zu kommen.

Ein mächtiger Festungsturm überragte den Hafen von Escalon. Auf seiner Spitze wehte ein rotes Banner mit einem weißen Kreuz. Es war die Fahne des Ritterordens des Hospitals vom heiligen Johannes von Jerusalem, des zweiten großen Ordens im Heiligen Land. Wie die Benediktiner und Augustiner trugen sie schwarze Kutten als Ordenstracht.

Selbst Ludwig machte keine anzüglichen Späße, als sie das Schiff verließen. Ohnehin war sein Gefährte in den Wochen auf See ungewöhnlich still gewesen. Stundenlang hatte er am Bug gestanden, auf das Meer gesehen und mit niemandem gesprochen. Aber jetzt wird sich alles ändern, dachte Heinrich hoffnungsvoll. Er dachte an den Frühling vor anderthalb Jahren, als sie in die Lombardei gekommen waren. Hätte Rother nur jetzt an ihrer Seite sein können … Das Heilige Land! Heinrich hatte das Gefühl, sein Herz müsse zerspringen vor Freude! Vielleicht hatte genau hier, an diesem Küstenstreifen, einst Moses gestanden?

Die Hafenmole war mit rissigen Steinplatten gepflastert. Säcke und Fässer mit Waren stapelten sich ringsherum. Menschen liefen durcheinander. Wesentlich anders als in den anderen Häfen, die sie auf ihrer langen Reise angelaufen waren, wirkte dieser Boden hier allerdings nicht, dachte der Ritter ein wenig ernüchtert. Und dennoch war es heiliger Boden!

Neugierig sah sich Heinrich um. Sein Blick suchte nach

einem Kirchturm. Er musste beten, um nicht vor Glück zu vergehen. Seine Kameraden kümmerten sich darum, die Pferde von Bord zu bringen. In der nächsten Stunde würde ihn gewiss niemand vermissen!

Als sie Escalon durch das Jerusalem-Tor verließen, ritt Anno unmittelbar hinter Zenon. Sie folgten der Straße entlang der Küste. Hier entdeckten sie Haine mit seltsamen kleinen Bäumen. Anno hatte sich Outremer anders vorgestellt, viel grüner und fruchtbarer. Wie konnte Gott seinem auserwählten Volk eine solch trockene Wüste zum Geschenk machen.

Mit jedem Tag der Reise war Annos Misstrauen Zenon gegenüber gewachsen. Seit der Flucht aus Konstantinopel hatte der griechische Mönch bestimmt, wohin sie gingen und was zu tun war, ohne ein Wort über sein Ziel zu verlieren. Anfangs hatte Anno das noch geduldet. Wie hätten sie auch sonst aus Konstantinopel herauskommen sollen? Doch jetzt war er mit seiner Geduld am Ende. Sobald der Mönch ihm auch nur den geringsten Anlass zum Streit lieferte, würde er sehen, was es hieß, Anno von Sennberg zu reizen.

Nur zwei Tage hatten sie sich in Escalon aufgehalten, gerade lange genug, um Pferde für Heinrich und den Mönch zu kaufen, zwei Maultiere und Proviant. Zenon hatte allerdings noch etwas anderes in der Stadt beschafft. Schon gestern war Anno ein merkwürdiger Korb aufgefallen, der immer mit einem Tuch verhängt war. Es schienen Vögel in dem Korb herumzuhüpfen. Aber wozu nahm der Mönch Vögel mit auf ihren Ritt? Zenon war zweimal allein in Escalon unterwegs gewesen, und er hatte darauf bestanden, auch in dem Pilgergasthaus einen Raum für sich alleine zu haben! Manchmal kam der Mönch Anno wie ein gefährlicher Zauberer vor. Was für Lichtzeichen hatte Zenon der Besatzung der Küstenfestung gegeben? Und woher hatte der Mönch so genau gewusst, wo die Kette auf dem Meeresgrund lag und welchen Kurs ihr Schiff einschlagen musste, um zu entkommen?

Anno hatte bemerkt, dass Zenon ihm gegenüber auf der Hut war. Hatte der Grieche gespürt, wie argwöhnisch Anno ihn beobachtete? Der Ritter nahm sich vor, bei der erstbesten Gelegenheit einen Blick in das Gepäck ihres seltsamen Weggefährten zu werfen.

Sie hatten an einer windgeschützten Stelle im Hügelland ihr Lager aufgeschlagen. Heinrich versuchte mit größter Mühe, ein Feuer zu entfachen, als ein lauter Fluch, gefolgt von Flügelschlagen, ihn aufblicken ließ. Anno hatte die Packtiere abgeladen und sich an ihrer Ausrüstung zu schaffen gemacht. Nun hielt er triumphierend einen leeren Käfig aus dünnem Rohr hoch.

Zenon, der neben Heinrich kauerte und aus Wasser und Hirse einen dicken Brei zubereitete, sprang auf. Aufgeregt eilte er zu dem Stapel aus Gepäckstücken, doch die Vögel waren längst im Nachthimmel verschwunden.

Vor Wut bebend, wandte er sich an den stämmigen Ritter. »Was hast du da getan, du Nichtsnutz!«

Anno ließ sich nicht einschüchtern. »Was für eine Teufelei hattest du mit den Vögeln vor? Warum hast du die Viecher im Gepäck versteckt und vor uns verborgen? Dienen sie dir auch zu Zauberwerken wie die Lampe, mit der du die Kette vom Meeresgrund gerufen hast?«

Der Mönch brach in schallendes Gelächter aus. »Die Kette vom Meeresgrund gerufen? Du bist wohl nicht bei Sinnen! Du hast doch neben mir gestanden und genau gesehen, was ich getan habe!«

Anno trat drohend einen Schritt in Zenons Richtung. »Das habe ich wohl, du Hexenmeister! Ich habe gesehen, was du getan hast, und gehört, wie du die Geister in der Tiefe angerufen hast! Und jetzt sag, was hattest du mit den Vögeln vor! Brauchst du sie für deine Rituale? Kannst du mit ihnen Satan oder seine Diener herbeirufen?« Anno deutete auf einen Stapel aus Decken, die ein Stück abseits vom Lager vor einem Felsen lagen. »Und was ist das? Warum kannst du schon wieder nicht an unserer Seite schlafen?«

Heinrich drängte sich zwischen die beiden Kontrahenten. »Genug! Zenon hat uns allen das Leben gerettet! Ohne ihn säßen wir in den Kerkern Konstantinopels. Lass ihn in Ruhe!«

»Seid ihr denn alle blind?«, fauchte der Sennberger. »Er konnte sich frei bewegen, als er uns irgendwo zwischen Himmel und Hölle versteckte. Vielleicht hat er es so eingerichtet, dass wir fliehen mussten? Warum sollte uns plötzlich ein venezianischer Kaufmann ans Leder wollen, von dem wir noch nie zuvor gehört haben. Das stinkt doch alles zum Himmel! Zenon war nicht in der Schenke, als sie überfallen wurde. Ihm ist nie etwas geschehen. Er war in Sicherheit auf dem Schiff, als man uns hetzte! Vielleicht hat er ja etwas herausgefunden, ein Geheimnis, das er nicht mit uns teilen will. Darum versucht er uns loszuwerden. Er weiß längst, wo der dritte König steckt. Und er will ihn für sich haben!«

»Du bist verrückt, Ritter«, antwortete der Mönch kühl.

»Als wir auf dem Achterkastell des Kauffahrers standen, war ich genauso dem Pfeilbeschuss der Venezianer ausgesetzt wie alle anderen auch. Und welchen Nutzen sollte ich wohl daraus ziehen, wenn ich euch umbringen würde?«

»Das liegt doch auf der Hand! Du willst den dritten König für dich allein!« Annos Augen funkelten drohend. »Und was die Venezianer angeht ... Wenn ich mich recht erinnere, hat kein einziger Pfeil das Achterkastell getroffen! Seltsam, nicht wahr? Dabei standen doch dort die Männer, die das Schiff gesteuert haben. Eigentlich hätte es das erste Ziel dieser Bastarde sein müssen! Du hast uns den Ärger einbrockt!«

»Das stimmt nicht!« Ludwig, der bisher schweigend bei den Pferden gestanden hatte, kam herüber und stellte sich an die Seite des Mönchs. »Er hat nichts damit zu tun!«

»Was glaubt ihr denn, warum uns Zenon noch immer nicht das Ziel unserer Reise genannt hat? Er wartet auf eine Gelegenheit, uns loszuwerden. Und dann wird er sich den Heiligen allein holen!« Anno trat noch einen Schritt auf den Mönch zu. Seine Hand fuhr zu dem Messer an seinem Gürtel. »Hier in dieser Bergwüste wirst *du* dein Grab finden und nicht wir!«

Heinrich stellte sich schützend vor den Mönch. »Genug, Anno! Komm wieder zu Verstand!« Er ließ die Hand auf sein Schwert sinken. Nie hätte er gedacht, dass es so weit kommen könnte.

»Du wirst mich nicht daran hindern, uns von diesem bösen Geist zu befreien, diesem ...«

Ludwig zog das Schwert und richtete die Klinge auf den Sennberger. »Du verleumdest den Mönch! *Er* hat nichts mit dem Unglück in Konstantinopel zu tun! Ich weiß es!«

»Und woher?«

»Weil …« Ludwig rang nach Worten. »Weil alles meine Schuld war. Ich hatte keine Ahnung, dass es so enden würde. Es begann an einem Abend, an dem ich eine Frau in einer Sänfte gesehen habe.«

Als Ludwig mit seiner Geschichte zu Ende gekommen war, machte Anno ein düsteres Gesicht. »Du Bastard! Man sollte dich mit deinem gottverdammten Schwanz an die Felsen nageln und hier in der Wüste verrecken lassen.«

Ludwig öffnete seinen Schwertgurt und ließ die Waffen fallen. »Tut, was immer ihr für richtig haltet. Ich habe es nicht anders verdient!«

Auch Heinrich spürte einen Zorn in sich wie schon lange nicht mehr. »Deinetwegen wäre ich beinahe gestorben! Weil du mit einer venezianischen Hure …«

»Sprich nicht so von Marina, oder ich bringe zu Ende, was die Meuchler nicht geschafft haben! Marina ist eine wunderbare Frau. Sie trifft an allem keine Schuld.«

Heinrich sprang vor und versetzte Ludwig einen Fausthieb ins Gesicht. Der Ritter hatte nicht einmal versucht auszuweichen. »Du elender Mistkerl! Verräter!« Ein zweiter Fausthieb ließ Ludwig straucheln. »Fast hätten wir die Spur des Königs gefunden!« Heinrich hätte heulen mögen vor Wut.

»Hört auf!«, rief Zenon mit schneidender Stimme. Er packte Heinrich bei den Schultern und zerrte ihn zurück. »Was ist denn nur in euch Narren gefahren? Wollt ihr euch in dieser Nacht alle gegenseitig umbringen?«

»Halt's Maul, Mönch!«, zischte Anno. »Misch dich nicht ein, wenn wir mit diesem Bastard abrechnen!«

»Und soll ich der Nächste sein?«, fragte Zenon provozierend. »Wenn ihr so weitermacht, werden wir unser Ziel niemals erreichen!«

»Und wo soll dieses Ziel liegen? Ist es Jerusalem? Werden wir dort den dritten König finden?«, fragte Heinrich leise. Er hatte von Ludwig abgelassen. Plötzlich fühlte er sich nur noch unendlich müde und ohne jede Hoffnung. Wie sollten sie je den dritten König finden? Eher würden sie alle bei dieser Suche sterben. Ja, sie waren verflucht! Und keiner von ihnen würde jemals den Rhein wiedersehen!

»Wir müssen ins Katharinenkloster. Dort gibt es die größte Bibliothek der Christenheit. Wenn wir da nicht den ursprünglichen Text über die Reise der heiligen Helena finden, dann wird es ihn nirgends mehr geben! In Konstantinopel waren alle Spuren verwischt.«

»Und warum konntest du uns das nicht früher sagen?«, fragte Anno gereizt.

»Weil wir auf einem genuesischen Schiff waren. Genua ist doch die Stadt, in der sich der Gegenpapst Alexander aufhält, nicht wahr? Wo an Bord hätten wir reden sollen, ohne befürchten zu müssen, dass man uns belauscht?«

»Und was hatte es mit den Vögeln auf sich?«

Zenon seufzte. »Sie hätten mir als Boten dienen sollen. Sie sind darauf abgerichtet, nach Escalon zurückzufinden. Sie können kleine Nachrichten tragen. Von dort hätte man diese Nachrichten an euren Erzbischof weitergeschickt, wenn wir etwas gefunden hätten.«

Heinrich runzelte die Stirn. »Vögel, die Nachrichten tragen?«

Der Mönch stöhnte so gequält wie jemand, der es leid war, einem Kind immer neue Fragen zu beantworten. »Die Sarazenen waren die Ersten, die Tauben abrichteten, um

Nachrichten schneller weiterleiten zu können, als es der schnellste Botenreiter vermag. Wir haben ihnen dieses Geheimnis gestohlen und für unsere Zwecke benutzt.«

»Welche Macht steckt dahinter?«, fragte Anno misstrauisch.

»Byzanz!« Der Mönch schien nun nahe dran, zum ersten Mal die Geduld zu verlieren. »Wir werden einander wohl trauen müssen, wenn wir unser Ziel erreichen wollen. Was glaubt ihr, wie ich von eurer Ankunft wissen konnte? Wie hätte ein Bote schneller in Konstantinopel sein können, als ihr es wart? Auch Rainald von Dassel weiß, wozu man Tauben nutzen kann. Er hat mir mit Brieftauben mehrere Nachrichten geschickt und eure Ankunft angekündigt.«

Heinrich erinnerte sich, bei den Küchenzelten des Erzbischofs einen Verschlag mit Tauben gesehen zu haben. Er hatte damals gedacht, sie seien für die Tafel seines Herrn bestimmt gewesen. »Ich glaube dir. Wo liegt das Kloster, zu dem du uns führen willst?«

»Weit im Westen. Ich habe euch zunächst auf diese Straße gebracht, weil man glauben sollte, wir würden wie alle Pilger nach Jerusalem ziehen. Wir werden sie sobald wie möglich wieder verlassen. Es wird ein langer Weg zum Katharinenkloster. Es liegt verborgen in der Wüste Sinai im Schatten des Berges, auf dem Moses die Zehn Gebote empfangen hat.«

»In der Wüste Sinai?« Anno wandte die Augen zum Himmel. »Mönch, weißt du denn nicht, was du da sagst? Das Volk Israel hat vierzig Jahre gebraucht, um diese Wüste zu durchqueren. Und ohne Gottes Hilfe wären sie verhungert und verdurstet!«

Zenon lächelte. »Ich kenne die Wüste zwar nicht, aber

ich weiß von Mönchen meines Ordens, die das Kloster besucht haben, und keiner von ihnen hat vierzig Jahre gebraucht für diese Reise. Gott wollte das Volk Israel auf die Probe stellen. Lasst uns beten, dass er uns gnädiger gesonnen ist.«

»Aila!« Der Ziegenhirte deutete auf die kleine Hafenstadt in der weiten Bucht.

Lupo der Falkner nickte stumm. Endlich hatten sie die Wüste hinter sich gelassen! Noch nie zuvor war er durch ein solches Land geritten. Fast hätte es ihn umgebracht. Er stand auf einem hohen Pass der roten Berge und sah auf die kleine Stadt hinunter. »Aila«, murmelte er leise. Es klang wie ein Versprechen. Endlich gutes Wasser, vielleicht sogar einen Tropfen Wein, ein wenig Fleisch und frisches Gemüse.

Weit unter sich konnte Lupo die vier Reiter sehen. Von hier oben mochten es noch vier Meilen bis zur Stadt sein. Die staubgeschwängerte Luft, das helle Licht, alles war hier anders als in seiner Heimat. Es wäre nicht das erste Mal, dass er sich in den letzten beiden Wochen verschätzte. Fast hätte ihn diese Jagd das Leben gekostet! Die meisten Brunnen und Wasserlöcher in der Wüste waren ausgetrocknet gewesen. Wenn er die Hirten nicht gefunden hätte, wäre er verloren gewesen.

Nein, er sollte keine düsteren Gedanken hegen. Er lebte! Gott hatte über ihn gewacht! Gedankenverloren strich Lupo über das kleine Kästchen, in dem er die welken Reste jener Rose verwahrte, die er vor so langer Zeit auf seinem Hof in Crema geschnitten hatte. In der Wüste hatte er oft an seine Frau Julia und seinen Sohn Amizio gedacht.

Manchmal hatte er sogar das Gefühl gehabt, sie seien gar nicht tot, sondern ganz in der Nähe. Ob es an dem Land lag? Das Heilige Land ... Hier waren die Propheten geboren worden. Hier hatten Jesus und seine Jünger gelebt. Oder war es doch nur die mörderische Hitze gewesen, die seine Sinne verwirrte und ihm Dinge vorgaukelte, die nicht sein konnten? Man fand zu viel Zeit in der Einsamkeit, um nachzudenken.

War Aila das Ziel der Reise? Ein winziger Hafen an einem fremden Meer? Was, zum Teufel, suchten die drei Ritter und der byzantinische Mönch hier? An Bord des Schiffes hatten sie nur über belanglose Dinge gesprochen. Angeblich wollten sie auf Pilgerreise nach Jerusalem! Fast hätte er es ihnen geglaubt, als sie von Escalon aus den Weg zur Heiligen Stadt einschlugen. Doch dann hatte er ihre Spuren in den Bergen entdeckt. Sie hatten sich Mühe gegeben, die Fährte zu verwischen, aber sie waren nicht sorgfältig genug gewesen!

Es schien Streit in der kleinen Gruppe zu geben. Einer schlief immer ein wenig abseits der anderen. Lupo vermutete, dass es der Mönch war, aber ganz sicher war er sich nicht. Zu gern hätte er gewusst, worüber sie in Streit geraten waren. Vielleicht war es nur wegen der Hitze ... Sie allein reichte aus, um einen Mann um den Verstand zu bringen! Zuletzt war auch er kurz davor gewesen, wahnsinnig zu werden. Der Ziegenlederschlauch, in dem er das kostbare Wasser verwahrte, war rissig geworden. Lupo hatte sich das letzte Wasser mit seinem Pferd teilen müssen. Als die Ziegenhirten ihn entdeckt hatten, hatte er schon seinen Frieden mit Gott gemacht. Er hatte darauf gewartet, zur Hölle zu fahren. Er machte sich nichts vor, er war ein Mörder. Auch wenn er ein Mörder im Auftrag des Papstes war, wurden seine Taten dadurch nicht heiliger. Auch war es nicht wirklich seine Treue zu einem zweifelhaften Heiligen Vater, die ihn Antrieb. Er suchte Rache für Crema. Als er erschöpft im Sand gelegen hatte und auf den Tod wartete, hatte er über sein Leben und seine Taten nachgedacht. Das Einzige, was er bereute, war, dass er Julia und Amizio nicht aus der Stadt gebracht hatte, als noch Zeit dazu gewesen war. Das Herz wollte ihm zerspringen, wann immer er an seine stolze Zuversicht dachte. Er hatte ihr Leben den Mauern der Stadt anvertraut, statt es in seine eigenen Hände zu nehmen. Die Wüste hatte all seine Tränen in ihm verdorren lassen. Es war das erste Mal, dass er keine Tränen für die beiden hatte. Lupo hatte darin ein Zeichen gesehen, dass sein Weg nun zum Ende gelangt war. Und dann waren die Hirten gekommen … Als hätte Gott selbst sie geschickt! Sie hatten ihn freundlich behandelt. Obwohl er kein Wort von ihrer Sprache verstehen konnte, hatten sie lange auf ihn eingeredet. Wahrscheinlich hatten sie wissen wollen, was einen Mann allein in die Wüste führte.

Als er wieder weiterziehen wollte, hatten sie darauf bestanden, ihm einen Führer mitzugeben. Der Falkner blickte zu dem kleinen Mann in den schwarzen Gewändern. Als sein Gefährte bemerkte, dass er beobachtet wurde, deutete er auf die Stadt und gestikulierte. Lupo nickte. Er verstand schon. Die Gesten reichten, um ihm klarzumachen, dass der Ziegenhirte ihn nicht in die Stadt begleiten würde. Es war also wieder an der Zeit, sich von einem Reisegefährten zu trennen. Womit könnte er sich erkenntlich zeigen? Was konnte man einem Retter, der vielleicht von Gott geschickt war, schenken? Mit Münzen wüsste sein Kamerad wahrscheinlich nicht viel anzufangen. Aber vielleicht mit einem Messer? Ausgerechnet ein Messer? Doch, es war ein gutes Geschenk! Mit dieser Klinge würde er nie mehr töten. Er blickte den Weg hinab. Die vier dort unten noch, schwor er sich stumm, und dann würde es enden. Selbst gegen die Mörder, die in Crema gewütet hatten, würde er nicht mehr die Hand erheben. Vielleicht würden seine Seelenpein und seine Verzweiflung am selben Tag enden, an dem er von seinem Wunsch nach Rache ließ.

Er öffnete seinen Gürtel und streifte den Dolch samt Scheide ab. Der Hirt lächelte ihn erwartungsvoll an. Lupo zögerte. Bevor er seinen Führer ziehen lassen konnte, musste er wissen, ob es hier oben irgendwo Wasser gab. Zur Stadt hinunterzureiten wäre zu riskant. Aila war einfach zu klein! Womöglich würde er dem Mönch oder den Rittern in die Arme laufen. Er müsste sich wieder einmal in Geduld fassen und beobachten! Und wenn sie von dort unten weiterritten, dann würde er sich in der Stadt einen neuen Führer suchen. Er würde sich nicht noch einmal allein in das tote Land hinauswagen!

21

Der Falkner ritt nahe den hohen gelbbraunen Felsen, so wie sein Führer Selim es geraten hatte. Links von ihnen erstreckte sich eine Ebene von Sand, über der flimmernd das Licht tanzte. Ein paar Meilen entfernt erhoben sich wieder Berge. Lupo strich sich über die Stirn. Er hatte Kopfschmerzen. Man spürte, wie die Hitze von den Felsen reflektiert und in das weite Tal voller Sand zurückgeworfen wurde. Es war ein riesiger, unerbittlicher Glutofen. Lupo stöhnte leise. Er war nicht geschaffen für dieses Land. So wie sein Führer trug er ein rotes Tuch um den Kopf gewunden, um sich vor der Sonne zu schützen.

Der Falkner beneidete seinen Führer und wünschte, er könne die Hitze so gut ertragen wie der Beduine. Selim war von mittlerer Größe, schlank und ging ein wenig gebückt. Seine Gesichtsfarbe war von hellem Braun, die Augen groß und schwarz. Er hatte eine schmale, gebogene Nase, und seine Mundwinkel waren stets herabgezogen, so als brüte er über alte Kränkungen. Am ungewöhnlichsten jedoch waren seine Hände. Lang, schlank und zierlich, entsprachen sie so gar nicht den Händen, die man bei einem Hirten erwartet hätte, der sein Leben lang an harte Arbeit gewöhnt war.

Nervös zuckte Selims Kopf hin und her. Ein wenig erinnerte er an einen Raubvogel, der nach Beute Ausschau hielt. Selim gehörte zu den Laheiwat, deren Stammesgebiet bei Aila begann. Doch vor zwei Tagen hatten sie das Land seines Volkes verlassen. Wenn es stimmte, was er sagte, dann hatte es in dieser Bergwüste seit sieben Monaten nicht mehr geregnet. Die meisten Brunnen waren ausgetrocknet. Es gab nur noch sehr wenige Plätze, an denen man Wasser finden konnte, und die wurden eifersüchtig bewacht. Selim behauptete, ohne Erlaubnis an einem fremden Brunnen zu trinken, könne den Tod bedeuten. Deshalb bewegten sie sich nur noch zur Zeit der größten Mittagshitze oder in der Dunkelheit. Dann war die Gefahr am geringsten, auf andere Hirten zu stoßen.

Lupo blickte zum wolkenlosen Himmel. Ein großer dunkler Vogel kreiste ein wenig abseits über den Felsen.

Selim deutete auf den Schatten am Himmel. »Ziege von Berg fallen. Geier warten, bis tot.«

Der Falkner nickte. Die Hitze erschöpfte ihn. Gestern war er zum ersten Mal in seinem Leben auf seinem Pferd eingeschlafen. Selim hatte ihn ausgelacht. Der Beduine sprach nicht sehr viel, aber gestern hatte er ihn eindringlich gewarnt. Ein Mann, der auf seinem Pferd einschlief und den Anschluss an seine Karawane verlor, war ein toter Mann. Selim beherrschte kaum mehr als zweihundert Worte in einem Kauderwelsch aus allen möglichen christlichen Sprachen. Aber es genügte, um sich ab und an ein wenig zu unterhalten.

Sein Führer hob die Hand. Er ritt eines der merkwürdigsten Tiere, die Lupo jemals gesehen hatte. Es hatte ein Fell in der Farbe des Sandes und sehr hohe Beine. Sein Kopf saß auf einem Hals, der wie bei einem Schwan gebogen war. Ein mächtiger Buckel erhob sich auf seinem Rücken. Diese Tiere waren noch launischer als der störrischste Esel! Aber sie ertrugen die Wüste besser als irgendein anderes Reittier. Die Hitze schien ihnen nichts anhaben zu können, und er hatte selbst beobachtet, wie ihnen ausgetrocknetes Dornengestrüpp als Futter genügte. Es war ein merkwürdiges Land. Mit jedem Tag konnte Lupo weniger begreifen, wie es Moses und sein Volk geschafft hatten, hier zu überleben.

Wenigstens wusste er nun, wohin die drei Ritter reisten. Als sie sich von Aila nach Süden gewandt hatten, hatte Selim ihm bei allen Weibern Mohammeds geschworen, dass die Franken zum Katharinenkloster unterwegs seien, dem einzigen Ort in dieser unwirklichen Bergwüste, zu dem sich gelegentlich christliche Pilger begaben.

Selim hatte sein seltsames Reittier gezügelt und deutete auf ein weites Tal, das sich etwa zwei Meilen entfernt nach Norden hin erstreckte. »El-Raha Ebene. Ebene der Ruhe. Gebelieh Land. Nichts gut. Diener von Mönchen. Besser in Berge gehen. Kloster nicht mehr weit. Auch Mittagsstunde vorbei!«

Lupo nickte müde. So war es in den letzten Tagen immer wieder gewesen. Wenn Selim Angst bekam, entdeckt zu werden, suchte er ein Versteck zwischen den Felsen. Der Falkner wendete seine Stute. Er war froh, bald für ein paar Stunden aus dem Sattel zu kommen. Auch wenn wenig Aussicht bestand, in dieser kargen Felslandschaft der Hitze zu entfliehen.

Heinrich dankte der Jungfrau Maria mit einem innigen Gebet, als ihr wochenlanger Leidensweg durch die Wüste sie endlich zu ihrem Ziel geführt hatte. Am Ende eines ausgedorrten Tals, flankiert von Bergen, die rötlich im Abendlicht glänzten, lag das Katharinenkloster. Umschlossen von hohen Mauern, wirkte die Anlage mehr wie eine Festung denn wie ein Refugium von Mönchen. Die ockerfarbenen Wälle waren viele Schritt hoch und durch Türme gesichert. Am befremdlichsten jedoch war es, das Tor des Klosters zugemauert vorzufinden.

Sie waren einmal um das Mauerkarree geritten und hatten vergebens nach einem Eingang gesucht, als ihnen von den Zinnen der Klosterfestung ein schwarz gewandeter Mönch zuwinkte. »Willkommen, Pilger!« Er deutete zu einem kleinen Haus, das im Schatten einiger Zypressen westlich des Klosters lag. »Ihr müsst zu Bruder Demetrios, er wird euch erklären, was zu tun ist!«

Schweigend ritten sie zu dem Haus hinüber. Seit dem Streit in den Hügeln bei Escalon hatten sie sich beinahe nur noch stumm belauert. Heinrich konnte Ludwig nicht vergeben, dass sie wegen eines Weibes hatten fliehen müssen. Und Anno war übellauniger denn je. Immer wieder hatte er auf der Reise wegen der belanglosesten Kleinigkeiten Streit angefangen. Ja, es schien, als hege er einen tiefen Groll. Aber nicht vornehmlich gegen Ludwig, sondern gegen ihn, Heinrich, hatte sich sein Zorn gerichtet.

Am umgänglichsten war noch Zenon. Hin und wieder waren sie Seite an Seite geritten und hatten stundenlange Gespräche geführt, doch meistens hatte sich der Mönch vollkommen in sich zurückgezogen. Er beharrte darauf, jede Nacht einen eigenen Lagerplatz zu haben, so als könne er die Nähe anderer Menschen im Schlaf nicht ertragen. Welchen Grund dieses sonderbare Gebaren hatte, erklärte er nicht, vielmehr schürte er damit Annos ohnehin schon fast krankhaftes Misstrauen.

Bei den Zypressen fanden sie eine Tränke. Es gab auch einen kleinen Garten. Man hatte Mauern aus Bruchstein aufgeschichtet, um den Flugsand fernzuhalten, und sich bemüht, im Schatten der Bäume ein paar Büsche mit Beeren zu ziehen. Kaum waren die vier aus den Sätteln, als auch schon Demetrios erschien. Er war von massiger Gestalt, die von seiner weiten schwarzen Kutte noch betont wurde. Sein kahler Schädel schimmerte rötlich im Abendlicht. Ein dichter grauer Bart reichte ihm bis zur Brust. Der Haarwuchs zog sich weit die Wangen hinauf, so dass sein Gesicht fast völlig dahinter verschwand.

»Willkommen, willkommen!«, begrüßte er sie überschwänglich. Er sprach Latein mit einem starken griechischen Akzent. Seine Stimme war voll und dunkel. »Ihr seid die ersten Pilger seit mehr als drei Monaten. Zu dieser Jahreszeit kommen nur selten Reisende, um den *brennenden Dornbusch* zu besuchen.«

Zenon, dessen Gesicht unter seiner Kapuze verborgen blieb, nickte Demetrios freundlich zu. »Es erwärmt das Herz, von einem Bruder in Christo so freundlich empfangen zu werden. Zumal wenn man an einen Ort kommt, der sich Besuchern so sehr verschließt wie dieses Kloster!«

Der kahlköpfige Mönch lachte. »Gut gesprochen, Bruder. Seid unbesorgt, das Katharinenkloster hat sich noch jedem geöffnet, der reinen Herzens war. Doch wir leben hier inmitten von Heiden, und wir mussten schon vor langer Zeit lernen, dass es nicht schadet, sich nicht allein dem Schutz des Herrn, sondern auch dem Schutze hoher Mauern anzuvertrauen. Dieser Schutz ist umso wirksamer, seit es kein Tor mehr gibt, das man aufbrechen kann.«

»Aber wie gelangt man denn ins Kloster, wenn es gänzlich eingemauert ist?«, fragte Heinrich voller Neugier.

»Das werdet ihr bald sehen. Eure Pferde und eure Waffen werdet ihr hier bei mir lassen müssen. Denn *Pferde fliegen nicht gut*, und mehr als ein Messer, wie man es bei Tische benutzt, darf niemand ins Kloster mitnehmen.«

Heinrich schaute den schwarz gekleideten Mönch verwirrt an. Pferde fliegen nicht gut … Ratlos blickte er zu den Mauern.

»Denkst du, dass es möglich ist, für länger als nur ein paar Tage zu verweilen«, fragte Zenon in ausgesucht freundlichem Ton. »Wir möchten nicht allein die heiligen Orte besuchen, sondern auch die Schätze eurer Bibliothek in Augenschein nehmen.«

»Die Bibliothek …« Demetrios räusperte sich verlegen. »Nun, ihr müsst wissen, dass unser Bruder Abt eine sehr eigene Auffassung dazu hat. Selbst die meisten Mönche hier haben niemals die Bibliothek betreten dürfen. Es heißt, dass in früheren Zeiten die Bücher Schaden genommen hätten, weil zu viele kamen und einfach nur die wunderbaren Bilder darin betrachteten. Männer und manchmal auch Frauen, die nie zuvor ein Buch in der Hand gehalten hatten und …«

Heinrich spürte, wie sich sein Herz zusammenzog. Sollte all die Mühsal vergebens gewesen sein? »Ihr meint, niemand darf die Schriften einsehen, die im Kloster verwahrt werden?«

»So ist es auch nicht. Es gibt nur die Regel, dass es Fremden nicht gestattet ist, die Bibliothek zu betreten. Mit einer besonderen Erlaubnis des Abtes werden euch die Bücher, die ihr zu sehen wünscht, ins *Scriptorium* gebracht, allerdings nur eins an jedem Tag. Dort könnt ihr unter der Aufsicht eines Mönchs darin lesen.« Demetrios hüstelte verlegen. »Es ist leider vorgekommen, dass Gäste in ihrer frommen Begeisterung Miniaturen aus unseren Codices herausgeschnitten haben, um sie mitzunehmen. Nicht, dass ich euch eine solche Barbarei unterstellen würde. Doch ist dies der Grund, warum ihr die Bücher nur unter Aufsicht einsehen dürft.«

»Und nur eines pro Tag?«

»So ist es!«

»Macht der Alte Ärger?«, fragte Anno schroff. Obwohl die Unterhaltung auf Latein geführt worden war, schien er bemerkt zu haben, dass nicht alles nach Wunsch lief.

»Er meint nur, dass es sehr viele Bücher gebe und wir vielleicht lange suchen müssen«, log Zenon. »Er hat uns sehr freundlich empfangen, und du tätest gut daran, die Gastfreundschaft des Klosters nicht mit grober Rede zu beleidigen.«

»Wir werden also länger bleiben?« Der Sennberger zog die Augenbrauen zusammen.

»Moses irrte mit seinem Volk vierzig Jahre durch diese ausgetrockneten Täler. Da wirst du doch wohl ein paar Tage Geduld aufbringen können.«

Anno brummte etwas und machte sich dann daran, sein Pferd abzusatteln.

Einen Herzschlag lang hatte Heinrich das Gefühl gehabt, dass sich der Blick ihres Gastgebers verfinsterte. Sollte er etwa verstanden haben, was gesprochen wurde? Nein, das war sehr unwahrscheinlich. Vermutlich hatte er sich lediglich über die gereizte Stimmung unter den Reisenden gewundert. Für gewöhnlich waren Pilger, die nach dem langen Weg durch die Wüste diesen heiligen Ort erreichten, vermutlich wesentlich enthusiastischer.

Nachdem die Pferde versorgt waren und sie ihre Waffen in einer Truhe im Haus des Demetrios verschlossen hatten, brachte der Mönch sie zur Mauer des Klosters. Es dämmerte. Irgendwo in den Bergen hörte man einen Esel schreien.

Neugierig musterte Heinrich die Mauer. Sollte es eine Geheimtüre geben? Doch nichts wies darauf hin. Demetrios pfiff auf zwei Fingern. »Manche lernen das nie! Es ist nicht jeder zum *Torwärter* geeignet.«

Über ihnen schwenkte ein Schatten über den Mauerrand. Ein langer Balken, an dem ein großer, geflochtener Korb hing. Ein quietschendes Geräusch erklang. Langsam senkte sich der Korb zu Boden. Er war aus zäher Palmrinde geflochten und mit einigen Seilen verstärkt. »Wie ihr seht, muss jeder, der unser Kloster betreten will, zunächst einmal fliegen lernen wie ein Englein.« Demetrios lachte und musterte sie dabei der Reihe nach. »Wer ist der Erste?«

Heinrich zögerte und betrachtete den Korb. Er sah nicht sonderlich vertrauenerweckend aus. Abgenutzt und an zwei Stellen geflickt, hatte er wahrscheinlich schon mehr Jahre auf dem Buckel als der älteste Mönch im Kloster.

»Jedes Mal dasselbe mit Neuankömmlingen«, brummte Demetrios freundlich. »Was ist denn schon dabei, in einen Korb zu steigen? Denkt nur an den Propheten Moses. Er musste sein Leben einem noch viel kleineren, zerbrechlicheren Körbchen anvertrauen, und das in einem Alter, wo er nicht einmal den Namen des Herrn auszusprechen vermochte.«

Heinrich fasste sich ein Herz. »Ich gehe zuerst.« Er schwang sich über den Rand des Korbs, der ihm bis zur Hüfte reichte. Seine Form hatte ein wenig Ähnlichkeit mit einem Fass, dessen Dauben sich verzogen hatten.

Wieder stieß Demetrios einen schrillen Pfiff aus. Wie zur Antwort erklang von der Mauer ein müdes Quietschen, und der Korb wurde sanft schwankend in die Höhe gehoben. Unsicher klammerten sich Heinrichs Hände um den Rand des Korbs. Der Ritter bemühte sich, so gelassen wie möglich zu wirken. Es kam ihm vor wie eine Ewigkeit, bis der Korb über die Zinnen schwenkte und unsanft auf dem breiten Wehrgang der Mauer aufsetzte. Zwei Mönche, die eine große Seilwinde bedient hatten, halfen ihm herauszuklettern und ließen den Korb sogleich wieder hinab.

Froh, festen Boden unter den Füßen zu haben, lehnte sich der Ritter an das hölzerne Geländer auf der Rückseite des Wehrgangs und ließ den Blick schweifen. Innerhalb des

Mauergevierts drängten sich etliche kleinere und größere Häuser. Schiefe Mauern säumten enge Gassen, ein Turm mit kühnen Bogenfenstern überragte das Gewirr der Dächer, und zwischen dem Durcheinander wölbte sich sogar die kleine, weiß getünchte Kuppel einer Moschee. Hinter vielen der Fenster leuchteten schon Lampen. Das Licht der untergehenden Sonne tauchte die Häuser in warme Rottöne. Heinrich ging das Herz auf. Er liebte diesen Ort auf den ersten Blick. Dies war ein Platz, an dem man die Welt vergessen konnte. Glücklich mussten jene sein, denen Gott es bestimmt hatte, hier zu leben.

Von irgendwoher aus dem Labyrinth der Gassen klangen die leisen Stimmen eines Chores. Eine ungeheuere Sehnsucht erfasste Heinrich. Wenn er die Tage richtig gezählt hatte, musste es schon November sein. Wie lange hatte er Clara nicht mehr gesehen? In beinahe jeder Nacht, kurz bevor er einschlief, stand ihr Bild vor ihm; genauer jener Augenblick, als sie ihm ihr Tüchlein überreicht hatte. »Ritter des Winters«, flüsterte er vor sich hin, und ihm ward das Herz so schwer, dass ihn auch der Zauber dieses verwunschenen Klosters inmitten der Bergwüste nicht zu trösten vermochte.

Die Mönche drängten nach dem *completorium*, dem Nachtgebet, aus der Basilika, dem größten Gebäude des Klosters. Matt glühten die weihrauchgefüllten Ampeln unter der Decke und beleuchteten die schwarzen Kapitelle der Säulen, die das Mittelschiff trugen. Eines der Kapitelle erinnerte an den sich windenden Leib einer Schlange. Nach dem Auszug der Mönche war es bedrückend still in dem Raum, der eben noch von vielen verschiedenen Stimmen widergehallt hatte. Noch nie war Heinrich in einer solch prachtvollen Kirche gewesen. Neun Kapellen schlossen sich an die Seitenschiffe und die Apsis an, und in jeder wurden kostbare Reliquien von Heiligen verwahrt. Eine war sogar dem heiligen Konstantin und seiner Mutter, der Kaiserin Helena, geweiht.

Heinrich seufzte. Natürlich wurden im Kloster auch viele Texte über die heilige Helena verwahrt. Die meisten Lebensbeschreibungen der Kaiserin waren in *Analectae* zu finden, Sammlungen verschiedener Heiligenviten und anderer Texte. Doch in keinem der Bücher hatten sie bisher eine Spur jenes Urtextes entdeckt, von dem Zenon behauptete, dass *er gesäubert* worden war, nachdem die Heiligen Drei Könige für die byzantinische Kirche verlorengingen.

Langsam begann Heinrich daran zu zweifeln, dass der griechische Mönch Recht hatte. Wusste der Teufel, was für Seiten man aus dem Codex entfernt hatte, der Zenon in Konstantinopel in die Hände gefallen war. Zu allem Überfluss waren die meisten Texte in griechischer Sprache verfasst, so dass Heinrich sie nicht lesen konnte. Es war also wieder einmal Zenon allein, der die Nachforschungen anstellte. Heinrich hatte indessen schon sieben lateinische Fassungen des Matthäus-Evangeliums gelesen und war gemeinsam mit Zenon zu der entmutigenden Erkenntnis gekommen, dass nicht einmal die Namen der Drei Könige in den verschiedenen Codices übereinstimmten!

Hießen sie bei den Lateinern Caspar, Melchior und Balthasar, so nannten die Griechen sie meist Galgalat, Magalat und Sacharin oder auch Bithisarea, Melichior und Gathaspa. Außerdem war Zenon vor zwei Tagen noch auf einen hebräischen Text gestoßen, in dem von Appelius, Amarius und Damascus die Rede war.

»Du siehst niedergeschlagen aus.«

Heinrich fuhr erschrocken herum. Hinter ihm stand Zenon. Er hatte den Mönch nicht kommen gehört! Manchmal war ihm der Grieche immer noch unheimlich.

»Geht es dir gelegentlich auch so, dass du nicht mehr weißt, was von all dem, was in der Bibel steht, wohl stimmen mag?«

Zenon nickte. »Ja, aber wir stehen mit unseren Zweifeln nicht allein. Was glaubst du, warum auf den großen Konzilen so oft und so verbittert gestritten wird. Jeder, der sich ernsthaft mit der Bibel auseinandersetzt, wird früher oder später auf Widersprüche stoßen, die zunächst nicht vereinbar scheinen. Man kann seinen Geist dagegen verschließen, wie es die meisten tun, doch solches Handeln tötet auf Dauer den Verstand. Ich schätze den Zweifler!«

»Aber wie kann ich in meinem Leben einer Sache sicher sein, wenn mein Glaube schwindet?«

»Erinnerst du dich, wie ich dir gesagt habe, man müsse die Bibel mit dem Herzen lesen? Das ist der *eine* Weg, der dich zum Frieden führen mag. Beachte die Gleichnisse und Gebote der Bibel, und lebe danach.«

»So wie du sprichst, gibt es also noch einen *zweiten* Weg?«, fragte Heinrich.

»Es gibt Menschen, bei denen der Verstand nicht auf die Stimme des Herzens zu hören vermag. Es sind bemitleidenswerte, getriebene Geschöpfe, deren Geist sich unablässig wie eine hungrige Schlange windet. Menschen, die nicht einfach glauben können, sondern stets nach einem Beweis verlangen.«

»Gehörst du zu diesen Menschen?«

Einige Augenblicke herrschte Schweigen. Heinrich glaubte schon, dass er keine Antwort bekommen würde, als Zenon ihm schließlich entgegnete: »Diese Frage muss ein jeder für sich selbst beantworten, und manchmal ist es weiser, seine Erkenntnis nicht mit anderen zu teilen.«

»Und welchen Weg beschreiten diese getriebenen Geschöpfe nun?«, fragte der Ritter weiter.

Der Mönch seufzte. »Selten habe ich einen Menschen getroffen, der so viele Fragen stellt. Aber in diesem Fall darf ich dir die Antwort wohl nicht schuldig bleiben. Weißt du, was ein Syllogismus ist?«

Heinrich schüttelte verlegen den Kopf.

»So nennt man eine Schlussfolgerung vom Allgemeinen auf das Besondere. Der Syllogismus folgt einem Dreischritt. Man stellt eine *praemissa maior* auf, hält eine *praemissa minor* dagegen und kommt zur *conclusio*.«

»Das hört sich sehr gelehrt an.«

»Es ist einfacher, als es sich zunächst anhört. Nehmen wir ein Beispiel. Sagen wir, die *praemissa maior* ist: Alle Menschen sind sterblich. Stellen wir dagegen die Aussage: Alle Könige sind Menschen. Würdest du dem so weit zustimmen?«

Heinrich nickte.

»Gut. Die *conclusio* aus diesen beiden Prämissen ist: Alle Könige sind sterblich! Syllogismen«, fuhr Zenon in selbstgefälligem Ton fort, »sind die Anker im Leben des Zweiflers. Finde einen Beweis für deinen Glauben!«

»Aber was für einen Nutzen hat das Wissen, dass alle Könige sterblich sind? Das ist doch offensichtlich!«

»Hast du schon einmal einem Herrscher gegenübergestanden? Sie sehen sich gerne als Geschöpfe, die weit über normalen Sterblichen stehen. Dabei sind sie genau wie du und ich von einer Mutter geboren, und dies wiederum geschah, weil vor langer Zeit einmal ein Mann und ein Weib ihren Trieben nachgaben. Trotzdem stehst du vor ihnen und fühlst dich klein und unbedeutend. Doch dafür gibt es eigentlich keinen Grund! Sie sind nicht besser als du.«

»Aber sie hätten zum Beispiel die Macht, meinen Tod zu befehlen«, wandte Heinrich ein.

»Aber warum sollten sie das tun? Jeder Fürst weiß, dass er Untertanen braucht, um zu herrschen. Mordet er sinnlos, gibt es bald keinen mehr, dem er befehlen kann. Es ist also Unsinn, zu stottern zu beginnen, wenn man vor ihnen steht – jedenfalls solange man ein reines Gewissen hat. Und trotzdem tut man es. Stell dir einen Bauern vor, der vor deinem Kaiser steht. Er wird kein Wort herausbekommen.«

Der Ritter nickte. Im Grunde war er aber immer noch nicht vom Nutzen der Syllogismen überzeugt.

»Lassen wir einmal die lebenden Könige beiseite und denken wir über Tote nach.«

»Die Drei Heiligen?«

Zenon nickte. »Bleiben wir bei unserem Beispiel. Eigentlich sind sie doch nichts als ganz normale Sterbliche gewesen. Was also macht sie zu Heiligen?«

»Gott hat sie auserwählt.«

»Stimmt das? Waren es nicht wir Menschen, die sie zu Heiligen ernannt haben?«

»Du meinst, sie sind gar nichts Besonderes?«, fragte Heinrich verblüfft.

»Doch, sonst wären sie schließlich nicht zu Heiligen gemacht worden. Die Frage aber ist, was haben sie Besonderes getan? Was unterscheidet sie von gewöhnlichen Menschen?«

»Sie folgten dem Stern und waren Zeugen der Geburt des Heilands.«

»Ja und? Sie waren Sterndeuter. Sie wussten, dass unter diesem Stern der König der Könige geboren werden würde. Damit verfügten sie zwar über Wissen, das die meisten nicht hatten, doch das auszunutzen ist beileibe nichts Großartiges. Was sie von allen Mächtigen unterscheidet, ist das Ende der Geschichte. Der Stern führte sie zu einem Stall, in dem ein Zimmermann und seine Frau untergekommen waren. Arme Leute. Und ihnen war ein Kind geboren worden, das wie ein Bettlerkind keine bessere Wiege als eine strohgefüllte Krippe hatte. Und dennoch erkannten sie in diesem Bettlerjungen den König der Könige. Sie ließen sich nicht vom äußeren Schein täuschen und knieten nieder, um unserem Herrn Jesus Christus zu huldigen. Das allein macht sie zu etwas Besonderem. Die meisten Mächtigen wären niemals vor einem Kind niedergekniet, das in einem Stall geboren wurde.«

Heinrich kratzte sich nachdenklich am Kinn. Zenons Worte klangen einleuchtend, doch wenn man sie bis zu Ende dachte … »Es sind also nur ganz einfache Menschen? Wie können dann an den Altären der Heiligen Wunder geschehen?«

»Ich muss gestehen, ich habe noch nie erlebt, dass ein Lahmer eine Reliquie küsste und danach wieder gehen konnte. Aber das ist eine Frage des Glaubens. Wenn man überzeugt ist, dass dies geschehen kann, dann mag der Glaube, den man in sich trägt, vielleicht die Kraft haben, ein

Wunder zu wirken. Deshalb lieben die einfachen Menschen die Heiligen so sehr. Sie konfrontieren sie mit der Möglichkeit des Wunderbaren in ihrem Leben.«

»Wenn die Kraft für ein Wunder aus dem Gläubigen und nicht aus der Reliquie kommt, dann wäre es aber gleichgültig, was in einem Reliquiar liegt!«

»Richtig«, entgegnete der Mönch und schaute Heinrich mit funkelnden Augen an, wie ein Lehrer, der stolz darauf war, seinem Schüler etwas beigebracht zu haben.

»Ja, aber …« Heinrichs Herz begann zu rasen. Was Zenon behauptete, konnte nicht stimmen. Es durfte nicht stimmen!

»Beruhige dich! Indem jemand ein Heiliger wird, bleibt die Geschichte einer beispielhaften Tat lebendig. Man wird noch nach Jahrhunderten von dem Außergewöhnlichen sprechen, das dieser Mensch einmal geleistet hat. Dies ist die Nahrung für den Zweifler! Solche Taten können ihm zum Wegweiser in seinem Leben werden. Man erfährt, worauf es ankommt, wie zum Beispiel, dass man keine Krone tragen muss, um ein König zu sein. Aber auch, dass nicht jeder, der eine Krone trägt, unsere Demut verdient!«

Heinrich war zutiefst erregt. Was Zenon da sagte, war im höchsten Maße ketzerisch, und was es noch schlimmer machte, es klang einleuchtend! »Aber warum suchen wir dann nach dem dritten König? Wenn es stimmt, was du sagst, spielt es keine Rolle, welcher Leichnam verehrt wird.«

»Eine gute Frage.« Zenon sah zum Kreuz über dem Altar und schwieg einen Moment lang, bevor er fortfuhr. »Vielleicht tun wir es, weil wir im tiefsten Herzen der Überzeugung sind, dass die Gläubigen es verdienen, nicht betrogen zu werden und wirklich einen der Drei Könige um ein Wunder bitten können. Ich fürchte aber, auch auf diese Frage musst du für dich allein eine Antwort finden.«

Das Wetter hatte sich in den letzten Wochen rapide verschlechtert. Auch wenn es tagsüber noch immer recht warm wurde, so waren die Nächte zwischen den Felsen eisig. Selim, Lupos Führer, lebte in der ständigen Unruhe, von den Hirten aufgespürt zu werden, denen das Land gehörte. Rastlos wanderten sie von einem verborgenen Wasserloch zum nächsten, verweilten nie lange an einem Ort und kamen schließlich sogar nur noch jeden zweiten oder dritten Tag bei Nacht in die Nähe des Klosters, um sich davon zu überzeugen, dass die Pferde der Ritter noch in den Ställen standen.

Lupo war es ein Rätsel, was die drei Staufer und den Mönch so lange im Katharinenkloster hielt. Drei Wochen waren sie nun schon dort, und der Falkner begann zu fürchten, dass sie vielleicht den ganzen Winter über im Kloster bleiben würden. Er spürte, wie seine Kräfte schwanden. Husten quälte ihn, und jeden Morgen kostete es ihn größere Überwindung, die klammen Decken zurückzuschlagen und aufzustehen. Wenn sie wenigstens Feuer hätten machen können!

Selim ertrug diese Mühsal mit mürrischer Geduld. Nie klagte er über die Kälte der Nächte oder die Hitze der Mittagsstunden. Auch sprach er kaum über seine Furcht vor den anderen Stämmen. Nur gelegentlich kam eine abfällige Bemerkung über die Hirten dieser Gegend über seine Lippen. Doch seine stete Aufmerksamkeit strafte seine geringschätzigen Worte Lügen.

Wie Diebe schlichen sie sich in der Dämmerung an ein Wasserloch, um ihre Schläuche aus Ziegenleder zu füllen. Eine Stunde lang hatte Selim das Tal beobachtet, um sicherzugehen, dass keine Hirten in der Nähe waren. Ein steiler Abstieg führte an einem dünn rieselnden Wasserfall vorbei zu einem tiefen Becken, in dem sich das Wasser sammelte. Im Abendlicht schimmerte es in hellem Blau, fast wie die Steine, die Selim in der Nähe eines ihrer Lagerplätze gefunden hatte. Galt el-Arzraq, *der blaue Brunnen*, nannten die Beduinen diesen verwunschenen Platz. Einige verkrüppelte Bäume beugten sich tief über das Wasser, und in jeder Felsspalte wucherte hartes braungrünes Gras.

Ein guter Platz, um zu lagern, dachte Lupo, doch sobald ihre Wasserschläuche gefüllt waren, würde Selim gewiss darauf bestehen, wieder wie die Ziegen in die Berge zu steigen.

»Lauf!« Der Beduine deutete auf eine Gruppe von Hirten, die aus einem Felsversteck hervorsprang. Einer der Männer ließ eine Lederschlinge über seinem Kopf kreisen.

Selim versuchte, mit einem langen Satz in Deckung zu kommen, doch mitten im Sprung riss er die Arme hoch, krümmte sich und schlug dann ins stille Wasser des Galt el-Arzraq.

Lupo hatte mehr Glück. Mit gezogenem Schwert kauerte er hinter einem Felsen. Ein Königreich hätte er jetzt für einen Bogen gegeben. Sobald er sich aus der Deckung erhob, würde der Mann mit der Schleuder ihn erwischen. Also blieb Lupo hinter dem Felsen, doch es war nur eine Frage der Zeit, bis die Hirten ihn einkreisten und überwältigten. Fieberhaft sah der Falkner sich nach einem Ausweg um, als sein Blick auf das Wasser fiel, in dem sein toter Führer lag.

»Selim!« Mit diesem Schrei auf den Lippen sprang Lupo

aus seiner Deckung hervor. Ohne seinen Führer war er in der Felswüste ohnehin verloren.

Die Beduinen überraschte Lupos Vorstoß augenscheinlich. Ein erster Stein verfehlte den Falkner knapp. Breitbeinig stand ein Krieger mit einem Speer über dem leblosen Körper Selims. Rasend vor Wut, stürmte Lupo auf ihn zu und strauchelte dabei im seichten Wasser. Der Sturz rettete ihn vor einem zweiten Schleuderstein.

Der Hirte mit dem Speer hob die Waffe, um den Fremden aufzuhalten. Mit einer Finte ließ Lupo seinen Gegner ins Leere stoßen und zerschlug dann den hölzernen Speerschaft. Was dem Beduinen noch blieb, war ein armlanger Knüppel. Mit vor Angst geweiteten Augen hob er die kümmerliche Waffe, als Lupos Welt in gleißendem Schmerz verlosch.

Als Lupo wieder zu sich kam, dröhnte ihm der Kopf. Eine schwarze Zeltbahn verdeckte den Himmel. Jemand summte leise ein Lied. Nicht weit von ihm saß, an einen Zeltpfosten gelehnt, eine Frau, die ein Kind stillte. Als sie bemerkte, dass Lupo wach war, fragte sie ihn etwas, doch er konnte sie nicht verstehen. Nachdem sie ihre Frage zum dritten Mal wiederholt hatte und er noch immer nicht antwortete, schüttelte sie den Kopf und stand auf. Das Kind legte sie auf einen dicken Teppich. Es hatte große braune Augen und trug ein langes sandfarbenes Hemd. Scheu blickte es zum Falkner und krabbelte dann langsam in seine Richtung.

Seine Mutter hatte ihr Kleid wieder hochgezogen. Es war aus dunkelblauem Stoff und von einfachem Schnitt. Dazu trug sie einen kurzen schwarzen Umhang und ein schwarzes Kopftuch, das ihr bis weit auf die Schultern fiel. Sie war noch jung. Vielleicht zwanzig Jahre. Auf ihr Kinn waren Linien aus dunklen Punkten und Sternen tätowiert, die bis in ihre Unterlippe hinaufreichten. Ihr Mund war klein, die Winkel wie zu einem spöttischen Lächeln hochgezogen. Ohne ein weiteres Wort verließ sie das Zelt.

Neugierig sah sich Lupo um. Dicht neben ihm gab es eine rechteckige, aus Steinen gefügte Feuerstelle. Daneben standen zwei rußgeschwärzte Kupfertöpfe. Einige Trinkbecher aus Ton waren ordentlich aufgereiht und mit der Öffnung nach unten auf einen Teppich gesetzt.

Das Zelt, in dem er sich befand, war sehr lang, aber allenfalls drei Schritt breit. Es bestand aus mehreren aneinandergehefteten Bahnen aus dichtem schwarzen Stoff. Die ganze Vorderseite war offen.

Soweit Lupo sehen konnte, gab es noch mindestens drei ähnliche Zelte. Sie alle standen nahe einem steilen Felshang aus rotem Gestein, durch das sich breite dunkelgraue Bänder zogen. Hinter den Zelten hörte man Ziegen meckern.

Das kleine Kind war zielstrebig in Lupos Richtung gekrabbelt. Vorsichtig streckte der Falkner die Hand aus und strich ihm über das dichte schwarze Haar. Er schien ein Junge zu sein. Der Kleine griff nach seinen Fingern. Es war lange her, seit Lupo zum letzten Mal so winzige Hände gesehen hatte. Der Falkner dachte an seinen Jungen. Amizio wäre jetzt schon fast ein Mann.

Der Kleine steckte sich einen von Lupos Fingern in den Mund und begann daran zu saugen.

»Na, hab ich dich um dein Mittagessen gebracht?« Er tippte dem Jungen mit einem ausgestreckten Finger der Linken auf den Bauch. Er gab ein zufriedenes Glucksen von sich.

Ein Geräusch ließ den Falkner herumfahren. Die junge Frau und ein alter Mann standen vor ihm. Er war so in das Spiel mit dem Kind und in seine Gedanken versunken gewesen, dass er sie gar nicht kommen gehört hatte. Die Frau sah ihn missbilligend an, sie bückte sich und nahm das Kind auf den Arm.

»Wenn du gestattest, werde ich mich setzen. In meinem Alter ermüdet einen das Stehen.« Der alte Mann sprach italienisch mit einem starken Akzent. Ohne auf eine Antwort Lupos zu warten, ließ er sich nieder. Die Frau hatte sich zurückgezogen. Unwillkürlich fragte sich der Falkner, ob sie die Tochter oder das Weib des Alten war. Er hatte Geschichten über die Heiden gehört, die jeden anständigen Christenmenschen mit Abscheu erfüllten. Vielweiberei schien bei ihnen nicht geächtet zu sein, sondern die Bedeutung eines Mannes zu unterstreichen.

»Dein Freund muss gewusst haben, dass er auf dem Land der Awlad Said nicht willkommen war. Wer immer an unseren Wasserlöchern lagert, muss vorher um Erlaubnis bitten.« Der Alte schnaubte verächtlich. »Aber er war ja nur ein Laheiwat. Sie sind ein Volk von ungewaschenen Dieben. Du solltest dir deine Freunde besser aussuchen.« Der Alte musterte ihn streng. Sein Gesicht war zerfurcht wie ein frisch gepflügter Acker, und seine Haut fast so dunkel wie die fette Erde auf den Feldern östlich von Mailand. Ein dichter weißer Bart wucherte ihm um Wangen und Kinn. Seine Augen glänzten wie zwei schwarze Steine in einem Flussbett und wurden von buschigen schneeweißen Brauen überschattet. Der Mann trug ein Kopftuch, das er nachlässig um sein Haupt geschlungen hatte, und eines der langen weißen Gewänder, wie Lupo sie im Heiligen Land schon so oft gesehen hatte. Außerdem hatte er einen etwas ausgefransten braunen Umhang um die Schultern gelegt.

»Hast du gewusst, dass Wasserdiebstahl ein Verbrechen ist, das mit dem Tod bestraft werden kann?«

»Ja«, entgegnete der Falkner heiser. Noch immer tobte ein pochender Schmerz hinter seiner Stirn.

»Aber du glaubst, weil du ein weißer Scheitan bist, würden unsere Gesetze für dich nicht gelten.«

Lupo schüttelte den Kopf. Ihm wurde übel. Mit Mühe würgte er noch ein »Nein« heraus.

»Wenn du also wusstest, welche Strafe dir droht, was hat dich dann hierhergetrieben? Wolltest du anderen Ungläubigen deinen Mut beweisen? Selbst der Sultan von Ägypten fragt um Erlaubnis, wenn er unser Land durchqueren will!«

»Ich war auf der Jagd«, flüsterte der Falkner.

»Auf der Jagd?« Der Alte zupfte nachdenklich an seinem Bart. »Und welchem Wild stellst du nach?«

»Einem Mönch und drei Rittern.«

»Ein Menschenjäger«, murmelte der Beduine halb für sich. »Wie ein Haschischesser von den Söhnen Ismaels siehst du nicht aus. Wer hat dich geschickt?«

»Der Heilige Vater, welcher der Erste unter den Christen ist.«

Der Alte hob überrascht die Brauen. »Ein Fürst der Christen schickt dich, um auf dem Land der Awlad Said seine Feinde töten zu lassen? Er hätte mich um Erlaubnis fragen müssen!«

»Ich habe nicht gesagt, dass ich sie töten will.«

»Welchen Sinn macht eine Jagd, wenn man seine Beute nicht erlegt? Versuche nicht, einen alten Mann zu betrügen.

Ich habe schon zu viele Lügen in meinem Leben gehört, um mich noch täuschen zu lassen.«

Sein Gegenüber klang inzwischen gereizt, so dass Lupo beschloss, dass es klüger sei, es dem Beduinen auf andere Weise zu erklären. Doch wie sollte er einen ungebildeten, heidnischen Hirten für sich gewinnen? Mit Schmeicheleien? Oder einem einfachen Gleichnis aus der Welt der Hirten? Lupo schätzte, dass die Geduld des Alten nicht mehr lange währen würde. Vielleicht hatte er nur noch diesen einen Versuch, bevor sein Leben verwirkt war. Er sollte es mit einfachen Worten angehen. Und ohne Schmeicheleien. Das war noch nie seine Art gewesen, und Lupo entschied, sich auch in seiner möglicherweise letzten Stunde nicht untreu zu werden. »Du bist gewiss ein Mann, dem große Herden gehören.«

Der Alte nickte.

»Was würdest du tun, wenn Männer von einer fremden Sippe von deinem Vieh gestohlen haben?«

»Sie jagen, bis der Sand ihr Blut trinkt.«

»Wenn sie aber sehr wertvolle Tiere gestohlen hätten, die du für die Zucht brauchst? Würdest du ihnen dann nicht folgen, bis sie dich zu dem vermissten Vieh gebracht haben?«

Der Beduine nickte erneut, doch war ihm deutlich anzusehen, dass sein Misstrauen noch nicht verflogen war. »Du willst mir doch nicht sagen, dass du Viehdiebe über das weite Meer verfolgt hast?«

»Die drei Ritter sind auf der Suche nach etwas, das von Rechts wegen meinem Herrn gehört. Ich folge ihnen, bis sie es gefunden haben, dann werde ich sie töten.«

Der Alte strich sich über den Bart. »Ich habe gehört, dass Fremde zu den heiligen Männern gekommen sind. Zwei von ihnen sollen jeden Tag vor die steinernen Zelte kommen, um mit langen Schwertern zu kämpfen. Und du glaubst, du wirst ganz allein drei Krieger besiegen?«

»Ich müsste ein Narr sein, wenn ich so weit gereist wäre, ohne mir sicher zu sein!«

»Und über Narren hält Allah seine schützende Hand.« Zum ersten Mal lächelte der Beduine. »Du hast einen sehr harten Kopf, Fremder.«

»Deine Krieger haben noch härtere Steine.«

»Und du hast meinem Neffen Feisal einen tüchtigen Schreck eingejagt. Es war sehr mutig von dir, anzugreifen, obwohl deine Feinde dir überlegen waren.«

»Was nutzt der Mut, wenn sich die Niederlage nicht abwenden lässt?«, fragte der Falkner bitter.

»Bei meinem Volk zählt ein Mutiger, der besiegt wird, mehr als ein Feigling, der triumphiert. Wie lange willst du auf dem Land der Awlad Said bleiben?«

»Bis mein Wild das Kloster verlässt, wenn du es gestattest.«

»Manche Ungläubige bleiben sehr lange in den steinernen Zelten.«

»Ich habe Geduld«, entgegnete der Falkner.

»Mir scheint, du bist ein guter Jäger.«

Lupo zuckte mit den Schultern. »Nicht selten ist mir meine Beute entkommen.«

»Und ein Aufschneider bist du auch nicht. Du bist willkommen bei den Awlad Said, und es ist ihr Scheich Mahmud ben Yassir, der dir das Gastrecht gewährt.« Der Alte winkte der jungen Frau. »Back frisches Brot für uns, Alime, wir werden zusammen speisen. Und bring uns den kleinen Zeynel. Er soll unter Männern sein!«

Die tätowierte Frau gehorchte, nicht ohne Lupo mit einem unfreundlichen Blick zu bedenken.

»Ist sie dein Weib?«, fragte er Mahmud, als sie wieder außer Hörweite war.

Der Alte lachte lauthals auf. »Ich habe achtzig Regenzeiten gesehen, und was die Weiber angeht, habe ich schon lange meinen Frieden gemacht. Sie ist meine Enkelin. Verzeih ihr, wenn sie so unhöflich ist, aber sie hat ihren Mann verloren, noch bevor Zeynel geboren wurde. Er war mit einigen jungen Burschen ausgeritten, um den Laheiwat ein paar Kamele zu stehlen.« Der Alte seufzte. »An jenem Tag scheint Allah ihm nicht wohlgesonnen gewesen zu sein. So musste ich Alime in mein Zelt aufnehmen. Man hat es nicht leicht mit ihr. Manchmal ist sie störrisch wie eine Ziege.«

Lupo sah zu der jungen Frau hinüber. Sie hatte einen großen, flachen Stein in die Glut des Feuers gelegt und knetete nun in einer Schüssel frischen Teig.

»Wie kommt es, dass du die Sprache der Christen so gut beherrschst, Mahmud?«

Der Alte lächelte. »Vieles habe ich erlebt in meinem langen Leben. Als ich ein sehr junger Mann war, kamen die Ungläubigen in das Land, das noch östlich von Aila liegt. Ihre Krieger waren so zahlreich wie Sandkörner in der Wüste. Sie machten gute Beute, viele Sklaven. Ich habe mit ihnen gekämpft und viele Jahre mit ihnen verbracht, bis ich wieder zu den Herden meines Volkes zurückkehrte. Als mich einer ihrer Ritter beleidigt hat, bin ich gegangen. Nicht ohne seine Pferde mitzunehmen.« Mahmuds Augen glänzten. »Pferde von ihrem Blut stehen noch heute auf den Weiden der Awlad Said. Ich werde dir diese Geschichte von Anfang an erzählen.«

Der kleine Zeynel war auf Lupos Schoß geklettert und dort eingeschlafen. Der Falkner spürte, wie sich die Brust des Jungen bei jedem Atemzug hob und senkte. Wieder musste er an Amizio denken. All das war so lange her. Fast, als wäre es in einem anderen Leben gewesen.

Er lauschte der monotonen Stimme des Alten und freute sich an dem Duft der frischen Brotfladen, die Alime auf den Stein in der Glut gelegt hatte. So geborgen hatte er sich schon lange nicht mehr gefühlt.

22

Der März war gekommen, und alles, was sie gefunden hatten, waren ein paar Zeilen, die erwähnten, dass die Kaiserin Helena tatsächlich eine zweite Reise ins Heilige Land unternommen hatte und mit kostbaren Reliquien nach Konstantinopel zurückgekehrt war. Eine genauere Beschreibung der Reliquien wurde allerdings nicht gegeben.

Heinrich sah von seinem Lesepult über die Dächer des Klosters zu den roten Bergen, die das Wüstental einschlossen. Der Winter war schnell vorübergegangen. Im Januar hatte es viel Regen gegeben, und für kurze Zeit hatte sich das Tal in eine grüne, blühende Landschaft verwandelt. Doch mittlerweile war es in den Mittagsstunden bereits wieder heißer, als es an den wärmsten Sommertagen im Rheinland wurde.

Verdrossen blätterte Heinrich in dem Codex, in dem er den Morgen über gelesen hatte. Es handelte sich um eine reich illustrierte kastilische Handschrift über die Apokalypse. Die Bilder waren von einprägsamem Schrecken! Das Buch schien schon durch viele Hände gegangen zu sein. Der schwere Einband war abgegriffen, und einzelne Seiten begannen sich aus der Handschrift zu lösen, so als hätten sie boshaft beschlossen, bei nächster Gelegenheit auf einem Windstoß von einem Lesepult im Scriptorium hinaus in die Welt zu reiten und ihren Schrecken unter die Menschen zu tragen.

Heinrich hielt die losen Seiten gegen das helle Mittagslicht. Vielleicht würde er ja ein Palimpsest finden, ein mehrfach beschriebenes Pergamentblatt, bei dem der ältere Text abgeschabt worden war, um die kostbare Seite noch einmal verwenden zu können. Gegen das Licht gehalten, konnte man oft die alte Schrift noch durchschimmern sehen. Ein paar Dutzend Mal hatten sie auf ihrer Suche solche wiederverwerteten Seiten gefunden, doch keine Zeile über Helena war dort geschrieben gewesen. Zenon schien aber entschlossen zu sein, jedes einzelne Buch in diesem Kloster auf diese Weise durchzusehen. Das würde noch viele Monate dauern! Ludwig und Anno langweilten sich. Sie kamen kaum noch ins Kloster, sondern blieben in der Hütte, die Demetrios bewohnte. Sie übten sich im Schwertkampf, als könnten sie mit Waffen eine Entscheidung herbeizwingen, oder machten lange Streifzüge durch die umliegenden Berge. Heinrich wusste auch, dass Anno einen kleinen Ast vom heiligen Dornbusch gestohlen hatte und in seinem Gepäck verwahrte. Vielleicht sollte der Sennberger einmal mit Zenon über Reliquien reden.

Mit einem Seufzen schloss Heinrich den dicken Codex. Ein reißendes Geräusch erklang. Der Einband hatte sich endgültig von den gebundenen Seiten gelöst. Erschrocken blickte Heinrich sich um. Keiner schien bemerkt zu haben, was geschehen war. Dem Vorsteher des Scriptoriums, bei dem er bis Sonnenuntergang das Buch wieder abgeben musste, würde der Schaden jedoch nicht verborgen bleiben.

Paulos und Petros waren seine einzige Rettung! Die beiden Mönche hatten ihr Refugium in einer kleinen, stets verschlossenen Seitenkammer des Scriptoriums. Sie hüteten die alten Bücher, reparierten beschädigte Exemplare, schnitten das Pergament für neue Bände und banden sie auch. Wenn er die zwei Brüder überreden könnte, ihm zu helfen, dann könnte der Schaden vielleicht rasch behoben werden.

Heinrich klemmte sich das Buch unter den Arm und schritt zu der verschlossenen Tür. Niemand schien ihn zu beachten. Vorsichtig schob er die Tür auf und schlüpfte in den dämmrigen Nebenraum.

»Oh, nein! Ich sage dir, es ist Ketzerei, für heilige Schriften Pergament zu verwenden, das von Rindern stammt, die von Ungläubigen aufgezogen wurden!«, ereiferte sich Petros, der ältere der beiden.

»Und woran erkennt man die Haut eines *ungläubigen* Rinds?«, entgegnete Paulos. »Erkläre mir das bitte!«

Heinrich räusperte sich, worauf die beiden in ihrem Streit innehielten. Die Roben, die sie trugen, wirkten grau vom Staub der Bücher. Ihre skeletthaft dürren Körper erinnerten ihn an tote, vom Wind geknickte Bäume, und ihre fahle, gelbliche Haut hatte die Farbe des Pergaments, mit dem sie ihre Tage verbrachten. Die Ähnlichkeit zwischen den beiden war verblüffend. Sie hatten beide große, abstehende Ohren und schütteres Haar, dessen Farbe an welkes Gras erinnerte. Allein an Körpergröße unterschieden sich die zwei. Paulos, der Jüngere, war kleiner und schweigsamer als sein Bruder. Petros wirkte ständig gehetzt. Sein Blick weilte keinen Herzschlag lang an einem Fleck. Wenn er nicht irgendein Buch oder Pergament in den Fingern hielt, zupfte er an seiner Robe herum, strich sich über das Haar oder rieb die Hände aneinander.

»Was für eine Freude, den Herrn Ritter in der Kammer begrüßen zu dürfen. Was verschafft uns die seltene Ehre Eures Besuches?« Man konnte nie wissen, ob Petros seine Worte ernst meinte oder ob er insgeheim ein wenig spottete.

»Mir ist ein großes Malheur passiert.« Heinrich legte den beschädigten Codex auf einen Tisch neben einen hohen Stapel frischer Pergamentbögen.

Sofort stürmten die beiden Mönche heran, beugten sich über das Buch, zupften an den Seiten und begutachteten die beschädigte Bindung. »Eine schlechte Arbeit«, brummte Petros. »Diese Bindung … Schlamperei! Das kommt nicht von uns.«

»Und sieh dir den Schnitt der Seiten an«, ergänzte Paulos. »Sie sind ganz schief geraten.«

»Ja, nicht einmal die Pergamentseiten, mit denen er den Bucheinband verstärkt hat, sind sauber verklebt.« Petros klopfte auf das abgegriffene Leder. »Eine geradezu abenteuerlich schlechte Arbeit.« Er zog das Deckblatt ab, das auf die Innenseite des Buchdeckels geklebt war.

Heinrich zuckte unwillkürlich zusammen. Wenn die beiden Mönche so weitermachten, würde er dem Vorsteher des Scriptoriums nur noch ein paar lose Blätter geben können.

»Falsch angerührter Leim«, meinte Petros. »Ist mit der Zeit brüchig geworden.« Er hob den Kopf und blinzelte Heinrich mit grauen Augen an. »Dieses Buch ist so gut wie tot!«

»Ich hoffte, dass … Wenn ihr vielleicht den Einband erneuern könntet.«

»Den Einband erneuern?«, fragten beide Mönche wie aus einem Munde.

»Und das wohl am besten noch bis Sonnenuntergang«, fügte Petros spöttisch hinzu.

»Wenn es möglich wäre«, entgegnete Heinrich eingeschüchtert.

»Möglich ist vieles«, erwiderte der ältere Mönch. »Die Frage ist nur, was haben wir davon, wenn wir uns für dich krummmachen.«

»Ich behalte für mich, wen ich schon zweimal des Nachts zum Weinkeller habe schleichen gesehen.«

»Wir wissen nicht, wovon du redest«, entgegnete Petros mit unschuldigem Lächeln.

Nach dem Abendgebet war es den Mönchen befohlen, sich zur Ruhe zu begeben. Ohne einen besonderen Grund durften sie ihre Kammern nicht vor der *vigilia*, dem Nachtgottesdienst, verlassen, der gewöhnlich zwischen zwei und drei in der Frühe abgehalten wurde. Von den Besuchern des Klosters wurde nicht erwartet, dass sie sich dieser strengen Ordnung unterwarfen, obwohl Heinrich und Zenon fast an allen Messen teilnahmen. Das Zimmer des Ritters lag über dem Zugang zum Weinkeller des Klosters. Oft hatte Heinrich an seinem Fenster gestanden, wenn ihn seine unruhigen Gedanken nicht schlafen ließen. Und dabei waren ihm die beiden Mönche aufgefallen, wie sie mit einem Krug in den Keller hinunterschlichen.

»Man könnte vom Abt feststellen lassen, welche Mönche einen irdenen Krug, der mit schwarzen Blumen verziert ist, ihr Eigen nennen«, sagte Heinrich ruhig.

Die beiden Brüder tauschten einen Blick. »Manche Jünglinge scheinen die Augen einer Eule zu haben«, brummte Petros verdrossen. »Aber einen Bucheinband in ein paar Stunden zu erneuern, sollte im Grunde keine Schwierigkeit sein. Der Leim wird allerdings noch nicht ganz getrocknet sein, wenn du den Codex am Abend zurückgibst.«

Paulos nickte zustimmend.

»Allerdings solltest du dich in der Zeit, in der wir für dich arbeiten, ein wenig nützlich machen«, fuhr der ältere der beiden Mönche fort.

»Was soll ich tun?«

»Löse die Pergamentblätter aus dem Vorsatz. Den Ledereinband kann man nur noch wegwerfen, aber vielleicht ist mit dem Pergament noch etwas anzufangen.« Petros drückte Heinrich den Einband in die Hand, während die Mönche begannen, sich über verschiedene Arten von Fadenbindung zu unterhalten.

Heinrich benutze ein langes, sehr scharfes Messer für die Arbeit. Die Seiten unter dem Schutzblatt waren voll dunkler Stockflecken. Die halb verwischten Buchstaben verrieten eine unsichere Handschrift. Vielleicht hatte man den Text einen jungen Mönch als Übung schreiben lassen. Flüchtig flogen Heinrichs Augen über die halb verblassten Zeilen, als sein Blick an einem einzelnen Wort hängen blieb. *Helena!* Er murmelte ein kurzes Gebet, bevor er weiterlas. Es war eindeutig kein Text über ihre erste Reise ins Heilige Land! Ihre *gesäuberte* Vita konnte er fast schon auswendig hersagen. Dies hier war etwas anderes!

Zenon schüttelte ungläubig den Kopf. »Dass Helena in ihrer Jugend Schankwirtin war, habe ich ja schon einmal gehört. Aber so, wie es hier steht, war sie wohl nicht die Gemahlin des Constantius Chlorus, sondern zunächst nur seine Konkubine! Diese Geschichte, wie sie ihn zur Hochzeit bewogen hat … Es wundert einen nicht, dass diese Seiten aus ihrer Vita herausgenommen wurden. Und die Aussagen über die Drei Könige … darauf hätten wir auch selbst kommen können!«

»Glaubst du, wir werden den Ort finden, von dem hier die Rede ist?«, fragte Heinrich. Er konnte seine Aufregung kaum noch im Zaum halten.

»Nun, der Ölbaum, unter dem sich das Königsgrab befand, wird nach mehr als achthundert Jahren gewiss nicht mehr existieren. Aber die Angaben sind genau genug, um den Platz wiederzufinden.«

»Ohne diese Beschreibung hätten wir das Grab niemals gefunden«, wandte Heinrich ein.

Zenon zuckte mit den Schultern. »Vielleicht gibt es dort noch eine Legende darüber. Solche Ereignisse geraten nicht einfach in Vergessenheit.« Er faltete die Hände über den fleckigen Pergamentseiten.

»Was bedeutete das griechische Wort, das an den Rand geschrieben war?«

»Es ist ein Name. Josephos … Es könnte eine Anspielung auf den Ziehvater des Heilands sein. Es gab auch einen judäischen Historiker mit diesem Namen. Wer weiß, wer diese Notiz gemacht hat und was sie bedeuten soll. Doch wir haben nun endlich alles, was wir brauchen, um den dritten König zu finden. Es ist wie ein Wunder! Gott sei gepriesen, dass derjenige, der diese Seiten einst aus der Vita der Helena herausgerissen hat, ein geiziger Mann gewesen ist und das Pergament nicht einfach vernichten wollte! Ich hatte die Hoffnung schon fast aufgegeben, noch eine der ursprünglichen Fassungen ihrer Heiligengeschichte zu finden.«

Durch das offene Fenster neben dem Lesepult erklang das pochende Klagen des Semantrons, jenes Holzbrettes, das mit einem hölzernen Hammer geschlagen wurde, um die Mönche zum Gebet zu rufen.

Zenon lächelte. »Weißt du was, Heinrich? Nach dem Abendgebet werden wir hinaus zu Demetrios gehen. Wir müssen den anderen die frohe Nachricht bringen. Und wir sollten feiern! Soweit ich weiß, haben unsere beiden Ritter den Pilgern, die in der letzten Woche zu Gast waren, einen kleinen Vorrat an Wein abgeschwatzt. Vielleicht ist ja noch etwas übrig.«

»Komm mit, Heinrich, und du wirst in dieser Nacht ein Wunder Gottes erleben.« Zenon sprach langsam, als müsse seine Zunge erst jedes einzelne Wort in der fremden Sprache schmecken, so wie man vorsichtig von einer neuen Speise kostet. Der Mönch hatte bei dem Zechgelage unter den Zypressen vor Demetrios' Hütte kaum weniger getrunken als die drei Ritter, doch im Gegensatz zu Anno und Ludwig war er nicht zufrieden lächelnd eingeschlafen.

»Ein Wunder?«, fragte Heinrich zögernd.

»Na, komm schon! Der erste Schritt zu einem Wunder ist der Glaube. Du wirst schon sehen.«

Etwas unsicher erhob sich Heinrich. »Wohin gehen wir?«

Zenon deutete zu den zerklüfteten Felsen östlich des Klosters. »Dort oben gibt es einen Garten, den Demetrios pflegt. Der Mönch behauptet, dass er wunderschön ist.«

Die Aussicht, im Mondlicht den Berg hinaufzuklettern, behagte Heinrich nicht sonderlich. Außerdem war es recht kühl geworden, und er wäre gern bei dem Feuer vor der Hütte geblieben.

»Wir werden nicht allein sein.« Zenon zog einen halbvollen Weinschlauch hervor, den er hinter seinem Rücken versteckt hatte.

»Und wir werden wirklich ein Wunder erleben?«

»So Gott will!«

»Zur Hölle!« Heinrich rieb sich die aufgeschürften Knie und blickte in das Tal hinunter. Deutlich war die große Klosterfestung weit unter ihm zu erkennen. Im fahlen Mondlicht wirkte sie, umgeben von hellem Sand, wie ein riesiger Fels, der vor Jahrhunderten aus der Flanke des Berges gebrochen worden war.

»Alles in Ordnung?«, fragte Zenon.

Heinrich tastete über seine schmerzenden Knie. Wie hatte er nur zustimmen können, in der Dunkelheit einen Pfad hinaufzuklettern, der selbst Ziegen abschrecken würde?

»Wir haben es geschafft!« Zenon war über ihm zwischen den Felsen verschwunden. »Hier muss es sein. Doch ich fürchte, wir werden bis zur Dämmerung warten müssen, um Genaueres zu erkennen.«

Heinrich seufzte und machte sich auf, das letzte Stück hinter sich zu bringen. Die Anstrengung und die kühle Luft hatten die Wirkung des Weins fast wieder aufgehoben. Dieser überraschende Ausflug passte so gar nicht zu Zenon. Unwillkürlich musste Heinrich an den Streit vor den Toren Escalons denken. Hatte Anno nicht behauptet, sobald sie das Geheimnis um den dritten König gelüftet hätten, würde der Mönch sich ihrer entledigen, um die kostbare Reliquie für sich allein zu behalten?

Der Ritter hielt inne. Er hatte einen Felsvorsprung erreicht, der weit über den steilen Weg hervorragte. Ein falscher Schritt, und er würde in die Tiefe stürzen! Und es würde wie ein Unfall aussehen. Kein vernünftiger Mensch wäre bei Nacht hier heraufgeklettert! Nur ein Betrunkener, und die hielten sich bekanntlich nicht besonders gut auf den Beinen!

»Ist alles in Ordnung?«, fragte Zenon.

»Ich glaube, mir ist ein bisschen schwindelig.«

»Dann solltest du von der Klippe wegkommen.« Der Mönch streckte ihm die Hand entgegen.

Statt sie zu greifen, brachte sich Heinrich mit zwei großen Schritten auf sicheren Grund. Dabei hielt er so viel Abstand wie möglich zum Mönch.

Zenon machte plötzlich ein ernstes Gesicht. »Misstraust du mir jetzt auch? Bei Anno verstehe ich das … Er ist im Grunde ein schwacher Mensch, der am liebsten allem aus dem Weg gehen würde, was ihm fremd ist. Und Ludwig hat sich auf seine Seite geschlagen, seit du nicht mehr mit ihm sprichst. Er kann nicht allein sein.«

»Ludwig hätte fast meinen Tod verschuldet!«, entgegnete Heinrich ausweichend.

»Und wer bist du, dich zu seinem Richter aufzuschwingen? Er hatte sich in diese blinde Venezianerin verliebt. Wie hätte er ahnen sollen, dass seine Torheit ein solches Ende nimmt?«

»Was weißt du von Liebe, *Mönch?*«

»Ich bin nicht als Mönch geboren worden, *Ritter!* Hast du Freude daran, Ludwig zu bestrafen? Es würde dich nur ein Wort kosten, ihm seine Qualen zu nehmen. Aber zu verzeihen ist nicht deine Art. Oder beneidest du ihn insgeheim um seine Liebe?«

Heinrich zitterte vor Wut. »Wer gibt dir das Recht, so zu reden! Bist *du* vielleicht *mein* Richter? Du liebst es doch, anderen deine Überlegenheit zu zeigen. Zenon der Weise! Zenon, der Mönch, der sich den Namen eines Kaisers erwählt hat! Deine Heimlichtuerei und das Gehabe, jede Nacht für sich alleine schlafen zu müssen. Wer stellt Spiegel auf, um junge Mönche mit kindischen Spielchen zu beeindrucken? Du gibst allen, die dir begegnen, das Gefühl, dass du auf sie herabsiehst.« Die letzten Worte hatte Heinrich geschrien, so dass seine Stimme von den Felsen widerhallte. Viel zu lange schon hatte er Zenons selbstgefällige Art hingenommen!

Eine lange Zeit schwiegen sie einander an, dann öffnete Zenon seinen Weinschlauch, nahm einen tiefen Schluck und reichte ihn Heinrich.

Der Wein schmeckte ein wenig säuerlich und nach fremden Gewürzen.

»Es war eine gute Zeit mit euch Rittern. Jedenfalls verglichen mit den Tagen im Kloster. Es ist nicht gut, keine Ziele mehr zu haben. Seit dem Tag, an dem ich gestorben bin, kann ich es nicht mehr ertragen, wenn mich etwas im Dunklen berührt. Ich brauche Platz um mich herum. Allein jemanden atmen zu hören, raubt mir schon meinen Schlaf.«

Heinrich blickte den Mönch unverwandt an. Wenn der Grieche glaubte, er könne sich mit ein paar undurchschaubaren Andeutungen sein Mitleid erschleichen, dann hatte er sich geirrt! *Der Tag, an dem er gestorben war.* So ein Unsinn!

»Wir sind uns ähnlicher, als du glaubst, Heinrich. Auch ich war einmal ein Krieger. Stolz, unnachgiebig und dickköpfig. Ich war Offizier in der Palastwache des Basileios Manuel. Ich hatte eine glänzende Zukunft vor mir. Meine Familie ist sehr alt und eng mit dem Kaiserhof verbunden. Der Basileios hat mich für besondere Aufgaben eingesetzt. Ich sollte korrupte Statthalter überführen. Ich habe diese Arbeit so gut gemacht, dass mein Herrscher eines Tages mit einem ganz besonderen Wunsch an mich herantrat. Er hatte mich ausgesucht, deinen Kaiser Barbarossa zu töten.«

Heinrich hatte das Gefühl, dass dies eine neue Art des Mönchs war, ihn auf die Probe zu stellen, so wie damals mit dem Spiegel. Oder war es doch nur der Wein, der ihm die Zunge gelöst hatte? Nein! Zenon tat nie etwas unbedacht. Er sollte auf der Hut sein und den Worten des Mönchs besser keinen Glauben schenken.

»Ich reiste nach Italien. Es gibt dort noch viele, die Byzanz wohlgesonnen sind. Ich habe mir ein halbes Jahr Zeit gelassen, Männer auszusuchen, denen ich vertraute. Aber ich habe deinen Erzkanzler unterschätzt. Er hat sich sehr umsichtig um die Sicherheit des Kaisers gekümmert. Ein Anschlag, der durch einen Sarazenen ausgeführt werden sollte, schlug fehl. Ich hatte diesen Mann ausgewählt, damit kein Verdacht auf Byzanz fiel. Er hat nicht nur versagt, er hat auch noch die Schergen des Erzbischofs zu meinem Versteck geführt! Man nahm mich gefangen und begann, mich zu foltern. Das Einzige, was mir Trost gab, war die Tatsache, dass ich noch einen zweiten Meuchler im Lager des Kaisers hatte. Nur ich allein wusste von ihm, und nach meinem Tod wäre er in Sicherheit. Ich habe den Folterknechten nicht viel verraten, bis zuletzt …« Der Mönch hielt inne und nahm Heinrich den Weinschlauch ab. Er trank in langen Zügen. »Sie haben mir eine Kapuze aus dichtem schwarzen Stoff über das Gesicht gezogen. Ich wurde in eine Grotte gebracht. Man hat mich sitzend an einen Pfahl gebunden und dann Fischabfälle über meine Beine geschüttet. Jedenfalls hat es so gerochen. Mein Folterknecht verabschiedete sich mit den höhnischen Worten, ich würde bald Besuch bekommen. Ich konnte hören, wie Meerwasser in die Grotte drang. Zuerst dachte ich, man wolle mich ertränken, doch das Wasser stieg nie höher als bis zu meinen Fußsohlen. Mich quälten Hunger und Durst. Und dann kamen sie. Ich spürte, wie sie um mich herumwimmelten, hörte das Klicken ihrer Scheren und das Schaben ihrer gepanzerten Leiber, wenn sie übereinanderkrochen. Bald unterschieden sie nicht mehr zwischen den toten Fischen und meinem Fleisch. Sie krochen über meine Beine. Krebse sind behäbig. Sie haben sich sehr viel Zeit mit mir gelassen! Irgendwann wurde mir die Kapuze wieder vom Kopf gerissen. Das Erste, was ich sah, war das Gesicht von Dassels. Er befahl, mich fortzubringen. Nachdem man meine Wunden versorgt hatte, kam er zu mir und gratulierte mir zu dem Plan mit dem zweiten Meuchler. Der Mann hätte fast sein Ziel erreicht. Der Erzbischof behandelte mich sehr höflich. Wir redeten über alle möglichen Dinge außer über Politik und Mord. Zuerst dachte ich, es sei eine subtilere Art, mich auszuhorchen, doch es zeigte sich, dass er wirklich Interesse an mir hatte. Dann nahm er mir den Eid ab, dass ich mich nie mehr gegen das

Reich wenden würde, und schenkte mir die Freiheit. Ich wurde bei Nacht und Nebel in ein Gasthaus gebracht, dort pflegte man mich gesund …« Zenon lachte bitter auf. »Jedenfalls so weit es die körperlichen Wunden anging. Aber ich war nicht mehr in der Lage, meinem Basileios zu dienen. Angst hatte sich in mein Herz geschlichen. Ich konnte nachts nicht schlafen. Schon das leiseste Geräusch ließ mich auffahren.«

Heinrich sah Zenon nachdenklich an. Er konnte kein Mitleid für ihn empfinden, einen Mann, der versucht hatte, den Kaiser zu töten! Wenn diese Geschichte überhaupt stimmte!

»Nun weißt du, woher ich den Erzbischof kenne«, fuhr der Mönch fort, »warum ich mir nachts ein Lager abseits von euch suche und wie es kam, dass ich die Lichtsignale kannte, mit denen man den Befehl gibt, die große Sperrkette vom Grund des Goldenen Horns zu heben.«

Niemals hätte der Erzbischof ihn einfach laufenlassen! Heinrich kannte seinen Fürsten gut genug, um zu wissen, dass jede Gunst Rainald von Dassels ihren Preis hatte. Wie viele seiner Spitzel Zenon wohl verraten hatte, um gehen zu dürfen? Und das Geheimnis der Brieftauben? Hatte auch das zum Preis für seine Freiheit gehört? Diente der Grieche wirklich nur wegen des Buches, das Rainald ihm versprochen hatte?

»Ich gab meinen Dienst für den Basileios auf, als ich nach Konstantinopel zurückkehrte. Der, der ich einst war, war in der Grotte gestorben. Bei den Mönchen hoffte ich Frieden zu finden. Doch die Angst kommt jede Nacht, ganz gleichgültig, wo ich bin. Ich tauge zu nichts mehr, wie du siehst.«

Schweigend saßen sie einander gegenüber. Ein erster Streifen Morgenlicht kroch zaghaft über die Berge im Osten und schnitt ihre Silhouetten aus der Finsternis.

Falls Zenon auf eine Entgegnung Heinrichs gehofft haben sollte, verbarg er seine Enttäuschung gut. Seine Kutte mit dem groben Faltenwurf ließ in dem grauen Licht seine Gestalt mit dem Felsen, auf dem er saß, beinahe verschmelzen.

»Dies ist die Stunde des Wunders«, sagte der Mönch mit tonloser Stimme. Er erhob sich und sah sich suchend um. Misstrauisch folgte Heinrich jeder seiner Bewegungen.

»Zu deiner Zeit als Mönch wirst du gewiss den *Pentateuch*, die fünf Bücher Mose, gelesen haben. Genesis, Exodus, Leviticus, Numeri und Deuteronomium. Erinnerst du dich, wie im Exodus das *Brot des Himmels* beschrieben wird? Das Manna, die Speise, die der Herr seinem Volk an jedem Morgen schenkte, damit es auf dem langen Weg durch die Wüste Sinai nicht verhungerte. Demetrios sagt, man könne hier im Garten manchmal im ersten Morgenlicht Manna finden. Vor allem im Sommer. Die Mönche des Klosters sammeln es und verwahren es in irdenen Krügen, tief in Kellern, um manchmal Fürsten und Könige damit zu beschenken.«

Der Mönch trat in den Garten, der im Schatten einer Felsspalte verborgen lag. Letzte Schatten der Nacht klammerten sich an die Westflanken der morgenroten Berge und die tiefen Spalten im Fels. Zenon war eins geworden mit dem Zwielicht. Heinrich erhob sich und ging ihm nach. Er wünschte sich, der Mönch hätte geschwiegen! Gestern noch war er nur ein verstockter Kerl voller Wissen und Geheimnisse gewesen. Verschroben, abweisend, arrogant und, Heinrich musste es sich widerwillig eingestehen, beeindruckend. Jetzt war er ein Mann, der einst ausgezogen war, Kaiser Barbarossa zu ermorden!

Die Sonne schickte Herolde mit blutroten Fahnen zu den Gipfeln, die davon kündeten, dass sie bald die Herrschaft über den neuen Tag antreten würde. Zenons Gesicht wurde aus der Dunkelheit gerissen. Er hielt etwas vorsichtig zwischen Daumen und Zeigefinger. Ein winziges Kügelchen, kleiner noch als eine Erbse.

»Gott ist selbst in diesem Tal am Ende der Welt! Sieh, er hat uns seine Speise geschickt! Das Brot des Himmels! Manna!«

Zenon sah majestätisch aus, als er aus dem finsteren Felsspalt zurückkehrte. Eine hohe Gestalt mit Haaren, die wie Flammenzungen im Morgenlicht leuchteten. Und seine Augen! Solche Augen sollte kein Mensch haben! War es Anno gewesen, der den Mönch mit einem Erzengel verglichen hatte?

»Koste davon, Heinrich! Es ist wie in der Bibel. Es schmeckt nach Sesam und Honig. Das ist das erste Mal, dass ich Zeuge eines wahrhaftigen Wunders werde. Kein Busch und kein Baum in diesem Tal trägt eine Frucht. Es kommt aus dem Himmel! Sieh selbst!« Er packte den Ritter beim Arm und zog ihn mit sich.

Der Mönch, vor dem Heinrich so tiefen Respekt, ja sogar Angst empfunden hatte, kroch wie ein kleiner Junge über den Boden. Aufgeregt hielt er seine Beute hoch, wenn er kleine Mannakugeln fand.

Heinrich kniete nieder und betete. Hatte Gott ihnen damit ein Zeichen geschickt? Wäre nun bald alle Mühsal beendet? Der Ritter öffnete die Augen und sah sich um. Er saß inmitten eines wunderbaren Gartens. Bäume und Büsche waren dem roten Fels abgerungen. Ein Paradies in einer Einöde. Doch er konnte keine Freude empfinden. Nie hatte er sich so verlassen gefühlt. Heinrich spürte, dass er beobachtet wurde. Er wandte sich um.

Zenons Engelsaugen schienen ihn zu durchbohren. Seine Kutte war voller Flecken von feuchter Erde. Ein Busch hatte ihm eine rote Schramme durch das Gesicht gezogen. Er hielt die Hände aneinandergelegt, so wie man es tut, wenn man Wasser aus einem Fluss schöpfen will. Sie waren gefüllt mit Mannakugeln.

Der Ritter schüttelte den Kopf. »Ich werde selbst danach suchen.« Er wandte sich ab.

»Dein Fluch ist, dass du niemals zu verzeihen gelernt hast«, hörte er hinter sich die Stimme des Mönchs.

Mahmud stieß neben dem Knaben einen gekrümmten Dolch in den Sand. Mit seinen dürren Fingern zerrte der Alte an der Fessel aus schwarzer und weißer Wolle, die um Zeynels Knöchel gewunden war.

Beunruhigt sah der Falkner den beiden zu. Es hatte geheißen, dass heute ein großes Fest gefeiert werden sollte. Unwillkürlich musste er an die Geschichte Abrahams denken.

»Komm!« Mahmud war aufgestanden und zupfte den Falkner ungeduldig am Ärmel. Sie gingen zu dem langen Zelt am anderen Ende des Lagers, wo sich eine ganze Horde Kinder versammelt hatte.

Lupo blickte zurück. Zeynel versuchte ihnen zu folgen, doch mit den gefesselten Füßen gelang es ihm nicht einmal zu krabbeln.

»Wer als Erster bei Zeynel ist, bekommt das Herz des Widders!«, rief Mahmud. »Los!«

Die Kinder stürmten über den Lagerplatz auf Zeynel zu, der zu weinen begann.

Ein dürrer, drahtiger Bursche zog das Messer aus dem Sand. Matt funkelte die Klinge im weichen Abendlicht. Dann senkte sich der Stahl. Zeynels Weinen steigerte sich zu schrillem Wutgeschrei. Der dürre Junge hielt triumphierend die schwarz-weiße Fußfessel hoch.

»Gut gemacht, Ali«, lobte der Alte. Die Frauen im Lager stießen ein anfeuerndes Pfeifen aus.

»Nun, mein Kleiner, lauf jetzt! Nehmt ihn mit, Kinder!«

Zeynel war schwankend auf die Beine gekommen. Die Kinder schubsten ihn und lachten ausgelassen.

Mahmud wandte sich an die versammelte Sippe. »Seht ihn an! Mein kleiner Zeynel läuft nun durch die Wüste! Möge er ein prächtiger Läufer werden!«

Verwandte klopften dem Alten anerkennend auf die Schulter und taten so, als sei Zeynel sein Sohn und nicht sein Urenkel. Fleisch wurde über die vorbereiteten Feuer gehängt. Die Kinder liefen lärmend durch das Lager, um ein neues Spiel zu beginnen.

Zeynel versuchte ihnen zu folgen. Unsicher stakste er auf seinen kleinen Beinen durch den Sand und schwankte bei jedem Schritt wie ein Schilfrohr im Wind. Schließlich verlor er das Gleichgewicht und stürzte. Einen Herzschlag lang blickte er sich empört um, dann begann er zu krabbeln und fühlte sich sichtlich wohler dabei.

Lupo lächelte und ging zu dem Kleinen hinüber. Die Wochen im Hirtenlager hatten ihm gutgetan. Er war zur Ruhe gekommen. Zeynel schnappte nach seiner Hand und steckte sich einen seiner Finger in den Mund. Er brabbelte zufrieden ein paar Worte und sah Lupo dabei mit großen Augen an.

Der Falkner strich ihm durch das struppige Haar. Er hatte zwar ein paar Worte aus der Sprache der Beduinen gelernt, doch den Kleinen konnte er einfach nicht verstehen.

»Ein prächtiger Junge, nicht wahr? Ich wette mit dir, wenn er ein Mann ist, läuft er schneller, als ein Pfeil fliegt.« Mahmud lächelte. »Das ist wichtig, um der beste Viehdieb zu werden.«

Lupo dachte daran, wie Zeynels Vater gestorben war.

»Heute Morgen haben die drei Ritter und der heilige Mann die steinernen Zelte verlassen.«

Der Falkner fuhr überrascht herum.

»Ich wollte, dass du noch das Fest der durchschnittenen Fessel erlebst. Es ist ein wichtiger Tag für einen Jungen.«

Zeynel gluckste bestätigend, als hätte er seinen Urgroßvater verstanden.

»Ich muss fort!«

»Aber es ist fast schon dunkel«, wandte der Alte ein. »Willst du nicht wenigstens noch eine Nacht bleiben, um Abschied zu nehmen?«

»Sie haben schon einen ganzen Tag Vorsprung. Ich darf sie nicht verlieren.«

Mahmud nickte. »Ich hatte mir gedacht, dass du so entscheiden würdest. Wenn ich zehn Sommer jünger wäre, würde ich mit dir kommen.«

Lupo sah den Alten an. Seine faltige, dunkle Haut wirkte wie lose um seine Knochen gewickelt. Die Hände zitterten ihm, und die Wüstensonne hatte schon vor langer Zeit den Glanz aus seinen Augen gebrannt. Er war gewiss auch vor zehn Jahren schon ein Greis gewesen. »Es wäre mir eine Ehre gewesen, an deiner Seite zu reiten«, entgegnete Lupo.

Die beiden verließen das Fest. Niemand schien sie zu beachten. Man hatte das Pferd des Falkners von der Weide geholt und hinter den Zelten angepflockt. Seine Sachen lagen, ordentlich zu Bündeln geschnürt, im Sand. Lupo griff nach dem Sattel und wollte ihn dem Pferd auflegen, als Mahmud ihn zurückhielt.

»Warte noch einen Augenblick, mein Freund.« Er drehte sich um. »Alime!«

Hinter dem Zelt erschien seine Enkeltochter. Sie hielt Zeynel an der Hand, der sich stolpernd bemühte, mit ihr Schritt zu halten.

»Sie hat noch etwas für dich«, erklärte Mahmud. »Sie wollte nicht, dass du einfach so gehst.«

Wortlos reichte die junge Frau ihm eine prächtig bestickte Pferdedecke. Sie war mit dicken Troddeln aus roter Wolle gesäumt. Obwohl sie all die Monate im selben Zelt gelebt hatten, hatte Lupo sie nie daran arbeiten sehen.

Der Falkner wollte etwas sagen, doch die wenigen Worte, die er in der Sprache des Hirtenvolks beherrschte, waren aus seiner Erinnerung gewischt. Alime schien auch nichts erwartet zu haben. Ohne ein Wort zog sie sich zurück, duldete jedoch, dass Zeynel an der Seite des Falkners blieb.

Er strich dem Jungen über den Kopf. Der Kleine klammerte sich an seinem Bein fest, als wüsste er, was geschehen würde. Schließlich nahm Mahmud ihn auf den Arm. Der Alte hob die Rechte zum Gruß, und Zeynel versuchte die Geste nachzuahmen. »Möge Allah über deinem Weg wachen und dir eine erfolgreiche Jagd schenken, mein Falke.«

Lupo schwang sich in den Sattel. »Hab Dank für deine Gastfreundschaft, Mahmud. Nie werde ich den Winter in deinem Zelt vergessen. Möge Gott über deinen Wegen wachen.«

Der Alte verneigte sich knapp. »Von nun an wird bei jedem Mahl eine Schüssel für dich aufgestellt werden.« Er nahm Zeynel neben sich, und wieder hob der Kleine die Hand zum Gruß, stolz darauf, eine neue Geste der Erwachsenen für sich erobert zu haben.

»Nein, Mahmud. Ich muss meine Jagd beenden und dann zu meinem Herrn zurückkehren. Nie wieder werde ich Gast in deinem Zelt sein.« Der Falkner wendete sein Pferd und folgte dem weiten Tal nach Osten. Er trieb die Stute zur Eile an und umklammerte mit der Linken das kleine Kästchen, in dem er die welke Rose verborgen hielt.

»Allahs Wege sind unergründlich!«, hallte hinter Lupo die Stimme des Alten.

»Und so machten sich die vier auf den Weg, ohne zu ahnen, dass sie verfolgt wurden. Sie durchquerten die roten Steinwüsten des Sinai und die trostlose Negev, waren zu Gast in einsamen Ordensburgen und Bauernkaten und erreichten schließlich das goldene Jerusalem, wo sie einige Tage verweilten, um die Wunder der heiligsten Stadt der Christenheit zu schauen und in der Grabeskirche und auf dem Ölberg zu beten. Doch selbst hier in der Stadt, in der Jesus Christus Güte und Vergebung gepredigt hatte, fanden die vier nicht mehr zusammen. Ihre Freundschaft war zerbrochen, Neid, Verbitterung und Missgunst trugen sie im Herzen. Und noch wussten sie nicht, dass es ihnen bestimmt war, mit einem Toten für jenen Toten zu zahlen, dem sie so lange nachgespürt hatten.«

Am Ufer des Rheins, nahe Linn, am dritten Januar 1189

Es hatte aufgehört zu schneien. Dunkelheit lag wie ein Tuch aus Samt über dem Land, und der Mond glänzte hoch oben am Himmel wie ein Schild aus poliertem Silber. Der Schnee knirschte leise unter den Hufen. Seit Stunden war ihnen niemand mehr begegnet. Der Weg vor ihnen wies keine Spuren auf. Misstrauisch blickte Hartmann zu Ingerimm hinüber, der, offensichtlich erschöpft vom Reden, an seiner Seite ritt. Wenn der Maskierte tatsächlich plante, ihn zu töten, dann war dieser Platz für eine Bluttat wie geschaffen. Aber warum erzählte der Alte ihm die Geschichte der Drei Könige, wenn er seinen Tod wollte?

Wie beiläufig ließ Hartmann die Linke auf den Knauf des Schwerts sinken. Dann zog er das Schwert mit einer schnellen Bewegung, während er seine Stute neben das Pferd des Alten trieb. Er holte aus, um dem Alten einen Hieb zu verpassen, der ihn nicht verletzte, sondern nur aus dem Sattel warf.

Doch Ingerimm war keineswegs so erschöpft, wie es den Anschein gehabt hatte. Geschickt ließ er das stumpfe Ende der Lanze hochschnellen, so dass es Hartmann krachend unter dem Kinn traf. Dann versetzte er dem Ritter einen heftigen Stoß mit dem Ellenbogen.

Hartmann hatte Glück, dass er sich beim Sturz nicht im Steigbügel verfing. Der Schnee dämpfte seinen Aufprall. Benommen rappelte er sich auf. Auch der Alte war aus dem Sattel gesprungen, doch er hatte einen Fehler gemacht! Er hatte die Lanze in den Schnee gestoßen und stand nun ohne Waffe da.

Der Ritter stürmte vor und schwang das Schwert in flachem Bogen. Ingerimm machte keine Anstalten auszuweichen. Stattdessen ballte er die linke Faust. Vier Messerklingen schnitten durch den Handschuh. Mühelos fing er den Schwerthieb mit den Messerklingen ab. Kreischend schlug Stahl auf Stahl. Ein kräftiger Ruck zur Seite genügte, und Hartmann wurde das Schwert aus der Hand gerissen. Der Alte nutzte Hartmanns Überraschung. Er stürmte einen Schritt nach vorn und versetzte ihm mit der Rechten einen Stoß gegen die Brust, so dass er rücklings in den Schnee stürzte. Der Angriff des Alten hatte kaum einen Herzschlag gedauert.

»Dein Lautenspiel ist nur mittelmäßig, mein Freund, aber der Kerl, der dich das Schwertkämpfen gelehrt hat, gehört an den Galgen! Du würdest in deiner ersten Schlacht in Outremer sterben. Die meisten Christen unterschätzen in ihrem grenzenlosen Hochmut die Sarazenen. Auch bei ihnen gibt es Ritter. Sie nennen sie Faris. Bete, dass du niemals einem von ihnen begegnest.« Ingerimm streckte ihm die Rechte entgegen.

»Ich habe Euch heimtückisch angegriffen und Euch Eure Kebse genommen. Bringt es zu Ende, alter Mann. Ihr habt jedes Recht, mich zu töten«, entgegnete Hartmann trotzig.

»Vielleicht bist du nur in eine besonders heimtückisch

ausgelegte Falle gelaufen?« Ingerimm drehte sich um und zog sich nicht ohne Mühe in den Sattel. »Wenn du dem Fluss noch zwei Meilen nach Süden folgst, kommst du nach Linn. Dort hätte Rother seine Lehnsherrschaft antreten können, wäre er nicht ein ebenso törichter Heißsporn gewesen wie du. Am Eingang des Ortes gibt es eine kleine Schenke mit Nachtquartieren für Reisende. Bleib nur im Schnee sitzen, bis sich dein Zorn abgekühlt hat und die Kälte mehr schmerzt als dein verletzter Stolz. Ich werde dort auf dich warten. Und suche nicht nach einer anderen Unterkunft. Dies ist die einzige Schenke. Wenn du kommst, habe ich vielleicht ein paar Antworten auf die Fragen, die dir bis dahin eingefallen sind.« Ingerimm wendete sein Pferd und ritt davon, ohne sich noch einmal umzusehen.

Es gab eine kleine Burg in Linn mit hölzernen Befestigungswerken, die fast völlig unter dem weißen Mantel des Winters verschwunden waren. Kurz überlegte Hartmann, ob er dort einkehren sollte, doch dann lenkte er sein Pferd weiter. Er wollte den Alten wiedersehen und erfahren, was für ein Spiel dieser mit ihm trieb und aus welchem Grund er ihm die Geschichte der vier Ritter erzählte.

Als er die Schenke betrat, fand er sie fast leer vor. Außer Ingerimm und einer alten Wirtin, die erleichtert wirkte, noch einen Gast zu sehen, befand sich niemand im Schankraum. Der Burgherr saß vor dem Feuer und wandte Heinrich den Rücken zu. »Schön dich zu sehen, Ritter«, brummte er, als die Tür sich schloss.

Hartmann musste an Zenon denken. Doch neben dem Alten stand kein versteckter Spiegel.

»Ich habe gehört, wie du mit deinem Pferd gesprochen

hast. Die Wand zum Stall besteht nur aus ein paar schlecht gefügten Brettern«, sagte Ingerimm, als könne er seine Gedanken lesen. Mit einer Zange nahm der Burgherr einen dunklen Kieselstein, der nahe der Glut gelegen hatte, und ließ ihn in einen tönernen Becher fallen.

»Warmer Wein ist das Beste, um die Kälte aus den Gliedern zu vertreiben. Komm und setz dich zu mir ans Feuer.« Er stellte den Becher neben sich auf den Tisch. »Wieder bin ich es, der die ganze Zeit redet. Seltsam, nicht wahr? Dabei bist du doch ein Ritter, der sich die Dichtkunst zum edlen Zeitvertreib gewählt hat.«

Hartmann setzte sich neben den Alten und sah ins Feuer. In der plötzlichen Wärme schmerzten seine steifen, kalten Glieder. »Ihr seid Zenon, nicht wahr?«, fragte er unvermittelt.

»Du solltest dir erst darüber im Klaren sein, ob du mich für einen Lügner hältst oder glaubst, was ich sage. Sonst hätte meine Antwort letztlich wenig Wert für dich.«

»Nehmen wir an, ich glaubte, Ihr seid kein Lügner!«

»Und warum hätte ich dann deine rechte Hand mit dem Brandeisen gezeichnet? Habe ich dir nicht vorgemacht, ich wisse nicht, dass du in Wahrheit Linkshänder bist?«

»Ihr habt mir also eine Falle gestellt?«

»Vielleicht wäre es richtiger zu sagen, dass ich dich auf die Probe gestellt habe.«

Hartmann nippte an dem Becher. Der heiße Wein tat ihm gut. »Und warum solltet Ihr mich auf die Probe stellen?«

»Lerne die richtigen Fragen zu finden, und du wirst Antworten erhalten. Und nun entschuldige mich. Ich bin ein alter Mann, und die Strapazen des Tages haben mich erschöpft. Die Wirtin wird dir zwei kalte Hühnerbeine und einen halben Laib Brot bringen. Wir sehen uns morgen. Ich habe beschlossen, dich bis nach Cöln zu begleiten.«

Als Hartmann am nächsten Morgen in die Schenke hinunterkam, erwartete der Maskierte ihn bereits. Der Alte war ungewöhnlich schweigsam und beobachtete ihn. Er schien auf etwas zu warten.

Auch als sie in die Sättel stiegen, um Linn zu verlassen, schwieg Ingerimm. Es war über Nacht noch kälter geworden, und dichtes Schneetreiben hatte eingesetzt. Die Heiligen hatten offenbar beschlossen, ihre Duldsamkeit zu prüfen. Die beiden Reiter hatten fast das Ende der Siedlung erreicht, als sie an einer zweiten Schenke vorbeikamen. Hätte sich das Schild über der Tür nicht quietschend im Wind bewegt, Hartmann wäre nicht auf sie aufmerksam geworden. Undeutlich konnte man ein aufgemaltes Schwert erkennen.

»Hast du dich entschieden?«, höhnte Ingerimm. »Bin ich ein Lügner, oder ist meine Geschichte nichts als die Wahrheit?«

Hartmann schwieg. Er war es leid, sich auf die Spiele des Alten einzulassen.

Ingerimm lenkte sein Pferd so dicht neben ihn, dass sich fast ihre Knie berührten. »Es kommt immer darauf an, wie man eine Sache sieht. Was dem einen wie eine Lüge erscheint, mag dem anderen eine Wahrheit sein, für die er sein Leben einsetzt. Nehmen wir zum Beispiel Gudrun. Du bist gewiss der Überzeugung, dass sich die Arme in dich verliebt hat. Ob du dieses Gefühl wirklich von Herzen teiltest, weiß ich nicht, aber immerhin warst du gestern früh bereit, dein Leben für ein Weib zu geben, das du einen Tag zuvor noch nicht einmal kanntest. Was war dein Antrieb? War es die Lust, noch einige sinnliche Nächte mit ihr zu teilen, oder war es allein Edelmut? Sie versteht es, einen Mann zu erfreuen, nicht wahr?«

»Ihr seid widerlich!«

Ingerimm stieß ein lautes, höhnisches Lachen aus. »Betrachten wir die Angelegenheit nun von meiner Seite. Nachdem ich in jener Nacht in meinen Turm hinaufgestiegen war, hatte ich ein längeres Gespräch mit Gudrun. Wie du dir vielleicht unschwer vorstellen kannst, haben wir über dich geredet, Hartmann. Dann habe ich sie zu dir geschickt, um dich auf die Probe zu stellen. Ich wollte wissen, was du für ein Mensch bist!«

»Was für eine schmutzige Lüge!«, zischte der Ritter erbost. »Wie kommt Ihr darauf, dass ich Euch diese absurde Verkehrung der Wahrheit glauben könnte?« Auch wenn Hartmann sich alle Mühe gab, ruhig zu bleiben, trafen ihn die Worte des Alten bis ins Mark. Niemals wäre es ihm in den Sinn gekommen, dass Gudrun nicht um seinetwillen gekommen war, sondern eine Buhle war, die ihm ihr Herr geschickt hatte.

»Warum, glaubst du, kam ich zum Kampf gerüstet in den Stall? Denkst du, es ist eine alte Angewohnheit von mir, noch vor dem Morgengrauen mit Schwert und Kettenhemd nach den Pferden zu sehen? Als Gudrun heraufkam, hat sie mir alles von deinen Fluchtplänen erzählt. Wenn es dich tröstet … sie war gerührt und hat um dein Leben gebeten. Aber als ich darauf bestanden habe, dass sie hinabgehen soll, um dich hinzuhalten, bis ich mich gewappnet und das Gesinde geweckt hätte, ist sie meinem Befehl ohne Zögern nachgekommen. Den Rest der Geschichte kennst du.«

Hartmann fühlte sich, als habe man ihm einen Spieß durch den Leib gerammt. »Das stimmt nicht«, stammelte er hilflos, doch er wusste es besser. Alles passte zusammen. »Warum?«

»Weil ich nur sehr wenig Zeit habe, um mir ein Bild von dir zu machen. Am Morgen des Dreikönigstages muss ich mir im Klaren über dich sein.«

»Was für ein unmenschliches Spiel treibt Ihr mit mir? Und warum habt Ihr meine Hand verstümmelt? Gehörte das auch zu Eurer Probe?«

»Die Wunde wird schnell verheilt sein. Erinnerst du dich, wie ich das Schüreisen in den Schnee steckte, um allen auf dem Hof zu zeigen, wie heiß es war? Dadurch ist es abgekühlt. Es geschah, um dich zu schützen.« Einen Moment lang schien der Alte verlegen. Er machte eine kurze Pause, bevor er fortfuhr. »Außerdem wollte ich sehen, wie lange du deinen Zorn im Zaume hältst. Es wäre klüger gewesen, mich anzugreifen, während ich erzählte. Ich wäre leichter zu überrumpeln gewesen. Aber deine Neugier trieb dich, mir bis zum Ende zuzuhören.«

Hartmann sah den Alten zweifelnd an. War Ingerimm verrückt, oder vermochte er wirklich wie ein Schachspieler immer zwei oder drei Züge im Voraus zu planen? Auf jeden Fall war er ein höchst gefährlicher Gegner.

»Der Sinn all dessen, was wir gemeinsam erleben, wird sich dir erschließen, wenn du mir weiter zuhörst. Du trägst von allen vier Rittern meiner Geschichte etwas in dir. Doch entscheidender ist, worin du ihnen nicht ähnelst. Du wirst begreifen, was ich meine, wenn ich dir erzähle, wie die Drei Könige nach Cöln gelangten.«

ANNO

»Am Tag des heiligen Johannes Klimakos, der so trefflich über den Erwerb der Tugenden und die Bekämpfung der Laster geschrieben hatte, dem dreißigsten Tage des März 1163 also, verließen die Ritter und der Mönch Jerusalem. Es war ein sonniger Tag, und die Stadt, die dem Himmel näher ist als irgendeine andere auf Erden, erstrahlte in jenem wunderbaren Lichte, von dem man die Pilger so oft reden hört. Es war mild, der Frühling zeigte sich von seiner angenehmsten Seite, und sie waren zuversichtlich, jenen Berg zu finden, aus dem vor so langer Zeit die Leichen der Heiligen geborgen worden waren. Zunächst aber strebten sie nach Bethlehem, die Geburtskirche zu besuchen. Erst nachdem Zenon dort den letzten Hinweis fand, wagten sie sich erneut in die trostlosen Bergwüsten, zuversichtlich, dass sie von nun an jeder Schritt der Heimat näher bringen würde.«

23

Fast eine Stunde brauchten die Ritter, um den ruinenbedeckten Hügel zu erklimmen. Und wozu? Es gab keinen Ölbaum und auch nichts anderes, was auf königliche Gräber hinwies. Heinrich trat an den Rand einer zerbröckelnden Mauer und blickte über das öde Hügelland. So weit das Auge reichte, sah man Steine und ausgetrocknete Erde. Nur ganz fern am Horizont zeichnete sich blass der Turm der Geburtskirche gegen den Himmel ab. Kaum zehn Meilen waren es von hier bis Bethlehem. Die Stadt war eine Enttäuschung gewesen! Ein winziger Ort aus schäbigen braunen Lehmhäusern. Etwas abseits stand die große Basilika, die einst die heilige Helena über der Geburtsgrotte erbauen ließ.

An der Außenfassade war ein Relief zu sehen, das die Drei Könige in orientalischer Tracht zeigte. Bedeutender jedoch war ein kleines Fresko gewesen, das Zenon in einem abgelegenen Winkel der Kirche gefunden hatte. Es zeigte einen seltsam kegelförmigen Berg im Hintergrund, den eine Festung krönte. Der Vordergrund wurde von der heiligen Helena eingenommen, der einige Krieger die Särge mit den Königsreliquien überreichten. Alles hatte zusammengepasst! Es war genau so, wie es auf den Seiten der ursprünglichen Heiligenvita beschrieben worden war. Obwohl niemand in Bethlehem gewusst hatte, wo genau man die Könige gefunden hatte, sprachen der Text und das Bild eine deutliche Sprache. Auf dem Berg hatten sie Reste von Befestigungsanlagen und ein zerstörtes Kloster entdeckt.

Gewiss waren die Krieger, die Helena die heiligen Könige brachten, von hier gekommen. Aber wo sollten sie das Grab suchen, in dem einst die Gebeine der Könige geruht hatten? In dem alten Text hatte es nur geheißen, Helenas Krieger hätten das Königsgrab in einer Festung nahe Bethlehem entdeckt.

Heinrich blickte über das trümmerbedeckte Bergplateau. Hier könnten sie noch Wochen herumstöbern, ohne etwas zu finden. Und es gab keine Quelle. Sie würden immer wieder weite Strecken reiten müssen, um Wasser zu besorgen. Die Pferde sowie den größeren Teil ihrer Ausrüstung hatten sie am Fuß des Berges zurückgelassen, weil die Tiere den steilen Aufstieg nicht geschafft hätten.

Zenon kam die Mauer heraufgeklettert. Wie es schien, hatte auch er nichts entdeckt, was ihnen weiterhalf.

»Was für eine gottverlassene Gegend«, meinte Heinrich enttäuscht.

»Bist du jemals an einem Ort gewesen, an dem Gott sich heimisch gefühlt hätte?«

Heinrich verdrehte die Augen. Für diese Art Gespräch war es ihm entschieden zu heiß. »Hast du etwas gefunden?«

Der Mönch nickte. »Gefunden habe ich einiges, doch nichts, wonach wir suchen. Es sieht so aus, als sei das Kloster, das hier einmal stand, niedergebrannt worden, ebenso wie die alte Festung, die schon lange zerstört ist.«

Heinrich deutete auf eine Rauchsäule weit im Süden. »Wie es scheint, nichts Ungewöhnliches in dieser Gegend.« Auf ihrer Reise durch das christliche Königreich Jerusalem hatten sie erfahren, dass es zu Kämpfen an der syrischen Grenze gekommen war und dass Trupps der Sarazenen bis tief ins Land vordrangen. Zenon hatte sie daraufhin mit zusätzlichen Waffen und besseren Rüstungen ausgestattet, um ihre Verluste aus Konstantinopel auszugleichen. Anno und Ludwig waren verwundert gewesen, dass der Mönch so viel Geld bei sich trug, doch Heinrich überraschte an dem Griechen gar nichts mehr.

»Wir haben es gefunden!« Anno winkte ihnen von unten. »Kommt herunter! Hier sind die Wurzeln eines Baumes unter den Steinplatten des Hofs. Hier muss das Grab gewesen sein!«

»Endlich!« Heinrich packte den Mönch bei den Armen und schüttelte ihn. »Endlich ist es geschafft! Unsere Suche findet ihr Ende.«

So schnell er konnte, kletterte Heinrich die Mauer hinab und eilte zu seinen Kameraden. Anno und Ludwig hatten noch mehr Steintrümmer zur Seite geräumt und einen halb verkohlten Baumstumpf freigelegt.

»Bald geht es wieder nach Hause!« Anno lächelte und wischte sich über das schweißglänzende Gesicht.

»Sieht so aus, als habe sich die Suche nach dem verlorenen Text gelohnt. Dort stand doch, das Grab habe unter einem Olivenbaum gelegen. Das muss hier sein!« Ludwig war nicht so ausgelassener Stimmung wie seine Gefährten, doch sah man auch ihm die Erleichterung an. Es war, als sei ein Bann von ihnen genommen.

Drei Tage hatten sie gegraben, und das Einzige, was es ihnen gebracht hatte, waren Blasen. Ludwig betrachtete die blutigen Stoffstreifen, die um seine Hände gewickelt waren. So viele Steine hatten sie zertrümmert und fortgeschafft, und wofür? Wenn es unter dem Baum einmal Gräber gegeben hatte, dann waren sie so gründlich ausgeräumt und anschließend zugeschüttet worden, dass sich nicht die geringste Spur mehr von ihnen finden ließ.

Die Stimmung in der Gruppe hatte sich wieder verschlechtert. Anno, der anfangs wie ein Besessener gegraben hatte, war kaum noch bereit gewesen, seine Hacke in die Hand zu nehmen. Es stand einem Ritter nicht an, meinte er, die Arbeit von Leibeigenen zu tun. Und so hatte er sich auf einen Felsblock im Schatten einer verfallenen Mauer niedergelassen.

Heinrich und Zenon arbeiteten noch immer. Ihre Gesichter waren rot vor Anstrengung. Sie wollten einfach nicht einsehen, dass es sinnlos war. Wenn sie so weitermachten, würden sie bald zusammenbrechen. Es dauerte nicht mehr lange bis zur Mittagsstunde. Die Hitze war mörderisch. Keiner konnte das länger durchstehen.

Missmutig starrte er auf den Boden. Bald würden sie neues Wasser holen müssen. Welchem Idioten es wohl eingefallen war, hier eine Festung zu errichten? Wie sollte man ohne Wasser eine Belagerung überstehen? Und wie hatte der Ölbaum überlebt? Auch für ihn hatte man Wasser holen müssen. Was für eine unsinnige Plackerei.

Ludwigs Blick folgte dem Muster der Fugen, des Pflasters. Nichts als Steine gab es hier oben! Sie hätten den falschen König kaufen sollen, den Anno in Konstantinopel entdeckt hatte. Hier waren sie gefangen in einem Labyrinth falscher Fährten. So wie eine Ameise, die durch das Netzwerk der staubigen Fugen irrte, ohne dass sich ihr je der Sinn dieses Labyrinths erschließen würde. Sie waren … Sein Blick blieb an einer Fuge dicht neben seinem linken Stiefel haften. Sie war anders … Er schob mit der Stiefelspitze etwas Flugsand zur Seite. Hier war ein Stein, der sich vom übrigen

Pflaster des Hofes unterschied. Neugierig kniete er nieder und wischte mit den Händen noch mehr Sand fort. Es dauerte nur wenige Augenblicke, bis er eine große rechteckige Steinplatte freigelegt hatte. Ein ungeschickter Steinmetz hatte ein Kreuz und einen Brunnen in die Platte gemeißelt.

Aufgeregt winkte Ludwig seine Kameraden herbei. Auch wenn sie nicht den dritten König fanden, mochte vielleicht ein Schatz in dieser Ruine verborgen sein! Für einen Grabstein war die Platte zu klein. Gott allein wusste, was sich hier verbergen mochte!

Müde versammelten sich seine Gefährten um den Stein. Selbst Anno kam. Sie holten Stemmeisen und rammten sie in die Fugen. Mit vereinten Kräften hoben sie den Stein.

»Eine Zisterne«, erklärte Zenon in schulmeisterlichem Tonfall. »Da es hier oben kein Wasser gibt, hat man das Regenwasser gesammelt. Vielleicht findet man dort unten immer noch Wasser. Das würde uns die langen Wege zum nächsten Brunnen ersparen.«

Anno hob einen faustgroßen Stein auf und ließ ihn durch die dunkle Öffnung fallen. Ein Augenblick später hörte man ihn auf blanken Fels aufschlagen. »Wieder ein Irrtum, Mönch.«

»Wir sollten trotzdem hinuntersteigen.«

Ludwig beugte sich vor, um über den Rand zu blicken. Obwohl die Sonne nun fast im Zenit stand, reichte ihr Licht nicht bis zum Boden der Zisterne.

»Ich gehe zu den Pferden zurück und hole Fackeln und Seile«, sagte Zenon energisch, nachdem sich niemand zu seinem Vorschlag geäußert hatte.

»Und ich werde dich nicht aufhalten, wenn du unbedingt versuchen willst, dir den Hals zu brechen«, knurrte Anno, nahm seine Hacke und zog sich wieder in den Schatten zurück.

»Wir gehen zusammen!« Heinrich bedachte den Sennberger mit einem finstren Blick. Dann wandte er sich an Ludwig. »Was ist mit dir?«

Der Ritter sah noch einmal in den Abgrund zu seinen Füßen. »Ich sichere das Seil«, erklärte er schließlich. Heinrich hatte ihm nie vergeben, was in Konstantinopel geschehen war. Seit einem halben Jahr hatten sie kaum ein Wort miteinander gewechselt. Selbst mit Zenon redete sein Kamerad kaum noch. Wenn Ludwig die beiden jetzt unterstützte, dann hieße das, sich gegen Anno zu stellen. Er mochte den Sennberger nicht sonderlich, aber wenn er ihn verlor, dann gab es niemanden mehr, mit dem er reden konnte.

Ludwig sah den beiden nach, wie sie den Berg hinabstiegen. Hatte er einen Fehler gemacht? Er ging zu Anno und setzte sich neben ihm in den Schatten.

Der enge Schacht reichte mehr als zehn Schritt in die Tiefe, bis er sich zur Zisterne erweiterte. Das Wasserreservoir war nicht so groß wie jenes, in dem sie sich in Konstantinopel versteckt hatten, doch seine Abmessungen waren immer noch eindrucksvoll. Heinrich hielt eine Fackel in die Höhe und sah sich um. Er hatte darauf bestanden, als Erster hinabzusteigen.

Bis zur Decke mochten es vier Schritt sein. Sie war aus dem Felsen gehauen, ebenso wie die unförmigen Säulen, die sie stützten. Feiner Staub bedeckte den Boden. Offenbar waren alle Zugänge, durch die früher einmal Wasser in die Zisterne geleitet worden war, schon seit langem verschlossen. Aufmerksam untersuchte Heinrich den Boden. Zenon hatte ihn vor Schlangen gewarnt, die sich in die unterirdische Kammer verirrt haben mochten.

An den Wänden zeigten breite Kalkränder, wie hoch die Zisterne einst gefüllt gewesen war. Während er sich umsah, fand Heinrich noch zwei weitere quadratische Schächte, die früher einmal eine Verbindung zur Oberfläche dargestellt hatten. Jetzt jedoch waren sie verschlossen.

Einige Steine fielen polternd zu Boden, als sich Zenon abseilte. Unstet tanzte das Licht der Fackel auf Säulen und Wänden. Plötzlich fiel Heinrichs Blick auf einen dunklen Schatten, der an einer Säule kauerte. Die Hand des Ritters fuhr zu seinem Schwert. »Wer dort?«

Fluchend landete Zenon auf dem Boden der Zisterne.

»Bleib, wo du bist!«, zischte Heinrich und ging langsam auf den Kauernden zu. Es war eine Gestalt in schmutziger schwarzer Kutte. Vielleicht ein Mönch? Dass Fremde in sein Versteck eingedrungen waren, schien ihn nicht im mindesten zu kümmern. Jedenfalls rührte er sich nicht.

Trotz der Warnung eilte Zenon an Heinrichs Seite. Vorsichtig näherten sie sich dem stummen Wächter. Als sie bis auf zwei Schritt an den Mann heran waren, riss der Grieche den Ritter ein Stück zurück.

»Sieh dort!«

Griechische Buchstaben! Sie waren in den feinen Staub zu Füßen des Wächters geschrieben.

Zenon nahm Heinrich die Fackel ab und leuchtete dem Mönch direkt ins Gesicht. Es war eingefallen. Die Haut straff über die Knochen gespannt. Der Mann hatte die Augen geschlossen, als sei er eingeschlafen, doch es war offensichtlich, dass er nie mehr aufwachen würde. Neben ihm lag ein Sack.

Zenons Lippen bewegten sich, während er las. »Er gehörte zu den Mönchen aus dem kleinen Kloster, das einmal zwischen den Ruinen stand. Sie haben ihn hinabgelassen, als Araber plündernd durch das Land zogen. Er konnte mit anhören, wie das Kloster über ihm angegriffen wurde. Niemand blieb übrig, der ihn wieder heraufgeholt hätte.« Der Grieche drehte sich um und sah zu dem Seil, das aus dem Schacht hinabhing.

»Er hat den Schatz des Klosters bewacht. Als er wusste, dass er nicht mehr entkommen würde, hat er sich hier an der Säule niedergelassen, diese Zeilen geschrieben und betend auf den Tod gewartet. Das alles geschah zu Zeiten des Kaisers Konstantin III. vor mehr als fünfhundert Jahren.«

Heinrich schauderte es. Einfach so dazusitzen und auf den Tod zu warten. Er würde sich seinem Schicksal nicht ohne Widerstand fügen! Er hätte nach einem Ausweg gesucht! »Warum hat man ihn hier hinabgelassen? War er ein heiliger Mann, der gerettet werden sollte?«

Der Mönch deutete mit dem Fuß auf den Sack. »Er hat den Klosterschatz bewacht. Altargerät, vielleicht auch Reliquien und Ikonen.«

Heinrich beugte sich vor und wollte den Inhalt des Sackes untersuchen, als Zenon ihn erneut zurückzog.

»Lass ihn ruhen. Er hat sein Leben für diese Dinge gegeben. Du willst doch keinen Toten bestehlen!«

»Aber irgendjemandem müssen die Dinge doch gehören«, wandte der Ritter ein.

Der Mönch blickte zur Decke der Zisterne. »Das Kloster ist zerstört. Wem sollten wir die Schätze überlassen? Dem Patriarchen von Jerusalem?«

Auf der Reise nach Bethlehem hatten die drei in Jerusalem verweilt, um die Grabeskirche und die anderen heiligen Stätten zu besuchen. Dort hatten sie auch erlebt, wie der Patriarch eine Messe hielt. Es war ein Mann von mittleren Jahren mit einem verlebten, aufgedunsenen Gesicht. Überall in der Stadt erzählte man sich Geschichten über seine Liebschaften.

Heinrich dachte auch an die Pferdeställe Salomons, den Ort, an dem die Tempelritter nahe dem Felsendom ihren Hauptsitz unterhielten. Dort zu sein, an jenem Ort, an dem die neue Ritterschaft geschmiedet wurde, hatte ihm nicht annähernd so viel bedeutet, wie er einmal erwartet hatte. In den letzten Wochen hatte er immer häufiger an Clara gedacht.

»Bei allen Heiligen! Heinrich, komm zu mir herüber und leuchte mit der Fackel zur Decke hin! Dort, in die Richtung, in die der Tote schaut.«

Heinrich nahm die Fackel und eilte zu Zenon.

»Der Ölbaum! Wir haben ihn gefunden!«

Dicht unter der Decke war das Relief eines Baumes mit weit ausgreifenden Ästen in den Fels geschlagen. An einer Stelle war Putz abgesprungen. Darunter konnte man dunkle, sauber behauene Steine sehen.

»Heilige Maria, Mutter Gottes!« Heinrich sank auf die Knie und begann zu beten. Das Grab unter dem Ölbaum! Sie hatten an der falschen Stelle gegraben. Es musste hinter dieser Wand liegen!

Der Falkner mochte nicht mehr länger warten! Drei Tage hatte er die drei Ritter und den Mönch von seinem Versteck aus beobachtet, doch er hatte nicht zu erkennen vermocht, was die vier auf dem Berg taten. Wenn sie für Monate in einem Kloster inmitten einer Bergwüste verschwanden, mochte es dafür noch Erklärungen geben, aber was um Himmels willen ging dort oben vor sich?

Er wartete, bis es Neumond wurde. Auf den Berg zu steigen und sie dort zu beobachten, wagte er nicht. Auf den steilen Bergflanken gab es keinen Busch, keine Senke, nichts, wo er sich hätte verbergen können. Sich an das Lager der Ritter anzuschleichen, erschien ihm einfacher. Es lag zwischen alten Mauern, die fast vollständig im Geröll verschwunden waren. Außerdem waren die vier hier nicht zu verfehlen. Das kleine Lagerfeuer war das einzige Licht in dieser Einöde.

In eine dunkle Decke gehüllt, die ihm ausreichend Tarnung bot, kroch der Falkner an den Lagerplatz heran. Klar und deutlich waren die Stimmen der vier in der Nacht zu hören. Nach den gemeinsamen Wochen auf See war es fast, als kehrte er zu alten Bekannten zurück, die ihm vertraut waren.

»… morgen werden wir durch die Mauer brechen. Dann werden wir sehen, ob du Recht hattest, Zenon.« Das war die wohlklingende Stimme Ludwigs.

»Und dann geht es endlich nach Hause«, sagte Anno voller Erleichterung. »Escalon ist der nächste Hafen, nicht wahr? Was glaubst du, wie lange werden wir brauchen, ihn zu erreichen? Drei Tage?«

Eine Stimme mit starkem Akzent antwortete. »Drei oder vier Tage, doch dieser Weg erscheint mir gefährlich. Es sind vor allem die Genuesen und Venezianer, die Escalon anlaufen. Die einen unterstützen den Ketzerpapst, und die anderen könnten wissen, dass auf drei Ritter ein hohes Kopfgeld ausgesetzt ist. Ich halte es nicht für klug, wenn wir uns ihren Schiffen anvertrauen.«

»Und was schlägst du stattdessen vor?«, fragte Anno barsch.

»Wir sollten einen der Häfen im Norden nehmen. Akkon vielleicht oder besser noch Tyros. In Akkon gibt es zu viele Ordensritter. Was glaubt ihr, was geschehen wird, wenn sie erfahren, dass wir einen der Heiligen Drei Könige bei uns haben? Sie würden uns mit dem Schatz niemals ziehen lassen! In Tyros legen viele Segler der sizilischen Normannen an. Es wäre das Beste, eines ihrer Schiffe zu nehmen. Den König sollte man vielleicht in einer Kiste mit doppeltem Boden verstecken oder in einem Sarg, um ihn als einen gefallenen Ritter auszugeben, der zurück nach Italien gebracht werden soll.«

Lupo traute seinen Ohren nicht. Zum ersten Mal ahnte er, warum Papst Alexander ihm diese Aufgabe übertragen hatte. Es ging also um die Heiligen Drei Könige, die seit der Eroberung Mailands als verschollen galten. Manche hatten geglaubt, sie seien ein Opfer der Flammen geworden, andere hatten behauptet, gesehen zu haben, wie sie durch ein göttliches Wunder entrückt wurden.

»Wir sollten die Bergstraße über Jerusalem nach Nablus und Samaria nehmen. Es ist ein trockenes und karges Land. Dort werden in dieser Jahreszeit nicht viele Reisende unterwegs sein, die uns mit Fragen behelligen. Von Samaria aus können wir dann nach Nazareth und durch Galiläa entweder nach Akkon oder noch weiter in den Norden nach Tyros.«

»Und wie lange wird diese Reise dauern?« Skepsis schwang in Annos Stimme.

»Das hängt von verschiedenen Umständen ab. Auf jeden Fall kommen wir so zum Ziel!«

»Aber könnten wir nicht in Kämpfe verwickelt werden?«, wandte Heinrich ein. »Wir nähern uns der syrischen Grenze, wo der Sultan Nur ed-Din mit seinen Horden wütet.«

»Und dort steht auch Amalrich, der König von Jerusalem, mit seinen Rittern. In dem Durcheinander, das im bedrohten Fürstentum Tripolis herrscht, werden wir kaum auffallen. Ein paar Reiter mit schwerem Gepäck sind dort ein alltägliches Bild.«

»Sollten wir den König nicht erst einmal finden, bevor wir uns Gedanken über den Weg nach Hause machen?«, ermahnte Ludwig seine Gefährten. »Was geschieht, wenn das Grab leer ist?«

Einige Augenblicke herrschte Schweigen. Dann erklärte Zenon ruhig: »Wenn das Grab leer ist, werden wir weitersuchen.«

»Bete, dass dies nicht der Fall ist, Mönch! Meine Geduld mit dir ist am Ende. Es muss andere Wege geben, um die Könige zu finden, als in Büchern herumzustöbern. Die heilige Helena hat sie schließlich auch durch Gottes Fügung entdeckt und nicht, weil sie sich in Schriften vergraben hat!«

»Und du glaubst, Gott wird dich erleuchten, Anno? Das hättest du uns früher sagen sollen. Wir hätten für dich gebetet, und uns allen wären viele Mühen erspart geblieben.«

»Halt deine lästerliche Zunge im Zaum, Mönch, oder ich schneide sie dir eines Tages heraus!«

»Gesprochen wie ein Ritter«, erwiderte der Grieche spöttisch.

»Genug!« Heinrich war offensichtlich aufgesprungen, um

den aufkeimenden Streit zu schlichten. Die Stimmung unter den vier war mehr als gereizt. Wenn er Glück hatte, würden sie sich noch gegenseitig umbringen, dachte Lupo zufrieden.

»Wir sollten uns zur Ruhe legen!«, versuchte Heinrich zu schlichten.

Der Falkner zog sich zurück. Er hatte genug gehört. Es ging also um einen der Heiligen Drei Könige. Nun galt es für ihn, Verbündete zu suchen, die kein Interesse an Reliquien hatten. Sobald die Staufer den Berg mit ihrem Schatz verließen, würde er nach Nordosten reiten, um von einem seiner Geleitschreiben Gebrauch zu machen.

24

Vorsichtig stieg Heinrich durch das Loch in der Zisternenwand. Modriger Geruch schlug ihm entgegen. Er hob die Fackel hoch, um besser sehen zu können. Die Kammer, in der er sich befand, schien aus dem Fels gehauen zu sein. Die Wände waren einmal getüncht gewesen, doch nun war die Farbe verblasst. Graue Streifen liefen an verschiedenen Stellen von der Decke bis zum Fußboden.

»Hier muss Wasser eingedrungen sein«, sagte der Mönch, der hinter ihm in die Kammer trat. »Vielleicht führte ein undichtes Wasserrohr über das Grab hinweg zur Zisterne. Das ist kein gutes Zeichen! Wasser bringt Fäulnis!«

Heinrich behagte die Skepsis nicht, die der Mönch wieder einmal an den Tag legte. Dies war der Ort, an dem die Heiligen Drei Könige ihre letzte Ruhe gefunden hatten, und es gehörte zu den Eigenarten von Heiligen, dass ihre Körper nach dem Tod nicht verfielen! Ganz gleich, ob Wasser von der Decke tropfte oder nicht.

Die Kammer war nicht sehr groß. An zwei gegenüberliegenden Wänden liefen gemauerte Sitzbänke entlang. Am südlichen Ende der Grabkammer führte eine Treppe in einen tiefer liegenden zweiten Raum. Heinrich musste sich unter einem reich verzierten Türbogen hinwegducken, um hinunterzugelangen. Hier waren vier Nischen in den Fels gehauen. Mehr als zwei Schritt lang, schienen sie dazu bestimmt gewesen zu sein, Tote aufzunehmen. Bis auf die hinterste waren die Nischen leer. Gespannt trat Heinrich näher und erschrak. Ein gelblichbrauner Schädel starrte ihn an. Der Leichnam, der hier zur letzten Ruhe gebettet worden war, war zu einem Haufen Knochen zerfallen.

Einen Moment lang rang der Ritter um Fassung. Es gab nur drei Könige! Und drei Nischen waren leer. Also war nichts anderes zu erwarten gewesen, als dass der vierte Leichnam zerfiel. Aber nein – der eine der Mailänder Könige war kein Heiliger gewesen!

Plötzlich hörte Heinrich ein knirschendes Geräusch, dann einen dumpfen Schlag hinter sich. Polternd fielen Steine zu Boden. Staub wallte bis zu ihm in die Kammer hinab. Seine Fackel begann unstet zu flackern. »Was ist passiert? Was macht ihr da oben?«

»Eine Kammer«, rief Zenon aufgeregt. »Hier ist noch eine verborgene Kammer!«

Heinrich eilte die Stufen hinauf. Der Mönch kniete vor

einem Haufen von Steinen, die ins Innere der oberen Kammer gestürzt waren.

Zenons Finger zeichnete Linien auf der hintersten Wand nach. »Siehst du! Das Wasser zeigt uns, was die Tünche verborgen hat. Die Ablagerungen aus Kalk und Schmutz zeichnen den Schatten einer Tür nach!« Der Mönch hieb mit dem Griff seiner Fackel gegen die bezeichnete Stelle, und wieder stürzten Steine in die Kammer. »Das Mauerwerk ist ganz brüchig. Man braucht nicht einmal Werkzeug. Ich bin sicher, dass Helena und ihr Gefolge diese Kammer nicht gefunden haben.« Zenon packte Heinrich bei den Schultern und schüttelte ihn. »Das erklärt endlich, warum sie einen König übersehen konnten!«

Auch Ludwig und Anno waren in die Vorkammer des Grabes eingedrungen. Mit vereinten Kräften brachen sie ein Loch durch das Gemäuer und traten in eine weitere kleine Kammer. Der Geruch von Moder und Staub hing in der Luft. Gemälde an den Wänden zeigten einen heidnischen Tempel auf einem Berg über einer Stadt und einen bärtigen König, vor dessen Thron verschiedene Gestalten niederknieten. Genau gegenüber der Wand, durch die sie eingedrungen waren, stand ein mannshoher Stein, der an ein Mühlrad erinnerte.

»Wie in der Bibel«, flüsterte Zenon ergriffen. »Solch ein Stein muss auch das Grab unseres Herrn Jesus verschlossen haben, in dem er bis zur Auferstehung ruhte.«

»Hoffen wir, dass nicht auch dieses Grab leer ist«, sagte Anno ungerührt.

Heinrich hätte den Sennberger für seine grobschlächtige Art am liebsten geohrfeigt. Wie konnte er an einem solch heiligen Ort nur derartige Reden schwingen? Hatte er denn jedes Feingefühl verloren? Oder glaubte er nicht mehr daran, dass man in diesem Grab einst die Könige beigesetzt hatte?

Obwohl das Granitrad so schwer wie zehn Männer sein musste, ließ es sich erstaunlich leicht zur Seite rollen. Dahinter lag die bislang größte Kammer der Grabanlage. Hier gab es keinen Geruch von Moder! Heinrich schien es, als schwebe noch ein Hauch von Weihrauch durch den Raum. Er trat als Erster ein und sah sich staunend um. Dieses Grab war wahrhaft königlich!

Die Wände waren in große, rechteckige Farbfelder eingeteilt, gesäumt von Bändern mit einem goldenen Rankenmuster auf rotem Grund. Die Farben hatten hier nichts von ihrer Kraft eingebüßt und leuchteten noch so klar wie an jenem Tag, an dem man den Stein vor die Kammer gerollt hatte.

Genau gegenüber dem Eingang lag eine tiefe Nische. Sie war von Pilastern gesäumt. Ein Leichnam ruhte in diesem steinernen Bette. Er war ganz in Tücher eingehüllt. Ein purpurner Mantel war über ihn gebreitet.

Auch in der linken Wand befand sich eine Nische. Sie war weniger prächtig geschmückt. Der Leichnam dort war ebenfalls verhüllt.

Auf dem Boden der Grabkammer standen noch die Tongefäße, in denen offensichtlich Räucherwerk zur Totenfeier abgebrannt worden war.

Heinrich kniete nieder. Klirrend schrammte seine Schwertscheide über den Boden. Für ihn gab es keinen Zweifel mehr. Dies war die Kammer des dritten Königs! Der Schwur, den er Rother geleistet hatte, war erfüllt. Das Ziel der Reise gefunden. Tränen stiegen ihm in die Augen.

Er wollte beten, doch kein Wort kam über seine zitternden Lippen. Süßer, willkommener Schmerz brandete in ihm auf, und allein seine Tränen verschafften ihm Erleichterung.

Auch die drei anderen hatten die Grabkammer betreten und knieten nieder. Zenon flüsterte eine griechische Litanei und hielt demütig die Augen niedergeschlagen. Ludwig wirkte entrückt. Sein Blick schien durch die Wände des Grabes hindurch in weite Fernen zu reichen. Anno kniete nur mit einem Bein nieder, eine Pose, in der man weltlichen Herren seine Demut bezeugte und die es erlaubte, schnell wieder aufzustehen.

Tatsächlich war Anno der Erste, der sich erhob. Er trat auf die Grabnische zu und zog seinen Dolch. Erschrocken sprang Heinrich auf. »Was tust du?«

»Was mir der Erzbischof aufgetragen hat«, entgegnete Anno und beugte sich über den Heiligen. Noch bevor Heinrich ihn erreichte, begann der Sennberger mit dem Dolch die Tücher zu lösen, die das Gesicht verhüllten. Es waren breite Streifen aus feinem Leinen. Außer dem leisen Geräusch, mit dem der spröde Stoff zerriss, war es totenstill.

Vorsichtig hob der Sennberger die losgelösten Stoffstreifen. Dann war das Gesicht freigelegt. Es gehörte einem bärtigen alten Mann mit dunkler Haut. Seine Nase war eingesunken. Eines der Augen stand ein wenig offen. Zwischen den Lidern klaffte ein schwarzer Spalt. Braune Haut spannte sich über die Schädelknochen. Am Hals des Leichnams ragte gelbbrauner Stoff hervor, der offenbar zu einem Gewand gehörte, das sich unter den Leichentüchern verbarg. Dazu war ein purpurner Mantel über den Toten gebreitet. Es konnte keinen Zweifel mehr geben, dass sie den dritten König gefunden hatten!

Selbst Anno lächelte. »Wir haben es wirklich geschafft. Vielleicht taugt es doch zu etwas, in Büchern zu lesen …«

»Verteilen wir das Fell des Bären nicht, bevor wir ihn erlegt haben«, bemerkte Zenon. »Es ist noch ein langer Weg bis nach Italien.« Er schob die Arme unter den Körper des Toten und hob ihn vorsichtig an. »Leicht genug, um von einem Priester getragen zu werden.« Er schaute die anderen mit sanftem Spott im Blick an. »Leicht und sehr zerbrechlich. Wir sollten uns gut überlegen, wie wir den Heiligen transportieren. Am besten, wir schlagen den Leichnam in alle verfügbaren Decken und Mäntel ein, um ihn auf der Reise vor Stößen zu schützen.«

Heinrich jagte Zenons nüchterner Tonfall einen Schauer über den Rücken. Nach dem wahren Kreuz waren die Heiligen Drei Könige der kostbarste Schatz der Christenheit!

»Was machen wir mit dem anderen?« Anno deutete zu der zweiten Nische. »Ich bin dafür, ihn mitzunehmen. Natürlich nur, wenn es ein Mann ist. Falls unserem Heiligen etwas passiert, hätten wir noch einen zweiten.«

Heinrich stockte der Atem. Es schien ganz so, als wollten sich der Sennberger und der Mönch in ihren ketzerischen Reden gegenseitig überbieten. Misstrauisch blickte er zu Ludwig. Doch der Ritter wirkte immer noch seltsam entrückt und wie in einem tiefen Gebet gefangen.

»Gehst du zum Lager zurück, um Decken und Lederschnüre zu holen, Heinrich, und …« Zenon hielt inne. Er kniete nieder und legte den Leichnam, den er noch immer auf den Armen hielt, vorsichtig zu Boden.

»Was hast du?«

»Siehst du das da nicht?« Der Mönch deutete auf einige Striche und Flecke in der Nische. Sie waren durch den Heiligen verdeckt gewesen.

Der Ritter warf einen argwöhnischen Blick in die Grabnische. »Was soll damit sein?«

Zenon hatte eine Fackel geholt und beugte sich über den geglätteten Fels. »Das sind Schriftzeichen. Es ist Hebräisch. Man hat es wohl mit einem Stück Holzkohle geschrieben. Die Zeichen sind undeutlich. Einige auch verwischt. Vielleicht kann ich sie noch entziffern.«

Heinrich musterte die angeblichen Schriftzeichen. Für ihn waren das nur unleserliche Schnörkel. Krumme Linien ohne jede Bedeutung.

»Der zweite Leichnam ist auch kein Weibsbild«, ertönte Annos Stimme von der anderen Nische. »Wie es scheint, haben wir heute zum ersten Mal auf unserer Reise einen Glückstag!«

Heinrich rang um Fassung. Es war wirklich das Beste, wenn er hinaufkletterte und Decken aus dem Lager am Fuß des Berges holte. Waren denn alle um ihn herum verrückt geworden? Er hatte sich die Entdeckung des Königs ganz anders vorgestellt. Feierlich und erhaben! Zenon hätte eine Messe halten können, und dann hätten alle gemeinsam ein *Te Deum* gesungen. Unwillkürlich musste Heinrich an Mailand denken. Auch in Mailand hatten sie die Könige heimlich, beinahe wie gewöhnliche Grabräuber, aus der Krypta geholt. Für eine festliche Zeremonie war keine Zeit gewesen. Stattdessen hatte der Erzbischof einen Priester getötet. Man konnte glauben, auf den Königen läge ein Fluch!

Vorsichtig zogen sie den zweiten Leichnam durch den Öffnungsschacht der Zisterne. Er war dick in Decken eingehüllt. Sie hatten die Toten schneller geborgen, als Anno zu hoffen gewagt hätte. Es war noch nicht einmal Mittag. Vielleicht würden sie heute noch ein Stück weit nach Norden reiten können. Anno wäre froh, diesen verdammten Berg endlich zu verlassen.

Heinrich und Ludwig nahmen schweigend den Leichnam auf und trugen ihn zum Lager weiter unten am Berg. Angespannt musterte der Sennberger den Horizont. Noch in Bethlehem hatten sie gehört, dass König Amalrich einen bedeutenden Sieg über die Sarazenen errungen haben sollte. Doch zwei Tage später hatten sie in der Ferne die Rauchwolke gesehen. Er war nicht überzeugt, dass es wirklich eine gute Idee war, durch das umkämpfte Galiläa zu reisen. Gewiss, unter Flüchtlingen und Soldaten würden sie nicht sonderlich auffallen, aber was geschah, wenn sich das Kriegsglück des Königs von Jerusalem plötzlich wendete?

Anno kniete nieder und blickte in den Schacht. Von Zenon war nichts zu sehen. Der Mönch kauerte offenbar noch immer über den merkwürdigen Schriftzeichen und versuchte, sie zu entziffern. Dabei gab es wirklich keinen Grund mehr, sich länger als nötig an diesem Ort aufzuhalten. Wenn Anno ehrlich zu sich war, dann waren ihm die Grabkammer und die Leichname unheimlich. Es wurde Zeit, dass sie nach Hause zurückkehrten. Er würde endlich Clara wiedersehen und dafür sorgen, dass sie einen Mann von Stand heiratete. Aber auf keinen Fall Heinrich, diesen Wirrkopf, der von Keuschheit, Ritterorden und Mönchsgelübde redete und gleichzeitig Clara den Kopf verdreht hatte. Heinrich würde es nie zu etwas bringen, er war bei allen guten Eigenschaften, die er auch besaß, im Grunde ein armer Taugenichts.

»Heinrich!« Dunkel drang Zenons Stimme aus dem Schacht herauf.

Anno blickte über den Rand der Zisterne hinab. Der Mönch stand unten und winkte aufgeregt. Dann, als er Anno statt Heinrich über sich entdeckte, begann er das Seil hochzuklettern.

»Wir müssen … den König … zurückbringen«, keuchte der Mönch. Die Anstrengung ließ ihm kaum genug Luft, um zu sprechen. Hand über Hand zog er sich am Seil hoch. »Es ist … der Falsche!«

Der Falsche! Anno wurde es schwindelig. Nach all den Strapazen!

»Wir müssen die Suche … ganz von Neuem … beginnen! Helena hat sich … geirrt. Die Inschrift! … Es ist …«

Der Mönch hatte fast den Rand des Ausstiegs erreicht. Anno hätte ihm jetzt die Hand reichen können, doch stattdessen glitt seine Rechte zum Gürtel. Es geschah, ohne dass er überlegte. Mit einer schnellen Bewegung ergriff er das Messer und durchtrennte das Seil. Der Mönch stürzte mit einem Schrei auf den Lippen, der mehr Überraschung als Entsetzen verriet, in die Tiefe der Zisterne.

Hastig blickte Anno sich um. Er war allein auf dem Bergplateau. Die anderen waren noch nicht vom Lager zurückgekehrt. Niemand hatte etwas gesehen oder gehört. Vorsichtig beugte er sich über die Schachtöffnung. Zenon hatte seine Fackel zwischen Bruchsteinen verkantet, die er von der eingeschlagenen Mauer herbeigeholt haben musste. Ihr Licht fiel auf den Hinterkopf des Mönchs. Er war mit dem Gesicht voran auf den Felsgrund der Zisterne geschlagen!

Einige Augenblicke betrachtete Anno den Mönch. Zenon rührte sich nicht mehr. Niemand konnte solch einen

Sturz überleben. Aber das Seil würde ihn verraten. Es war zwar an einigen Stellen ziemlich abgenutzt, doch war der glatte Schnitt deutlich zu erkennen. Hastig begann Anno das Seil mit dem Dolch zu bearbeiten, um es unregelmäßig und ausgefranst aussehen zu lassen. Dann schob er die Klinge in die Scheide zurück und lief den Hang hinab, um den anderen von dem tragischen Unglücksfall zu berichten.

Erschüttert deckte Heinrich ein Tuch über Zenons Gesicht. Die Züge des Mönchs waren entsetzlich entstellt. Selbst seine Hände waren zerschmettert.

»Sollen wir ihn hinaufschaffen und in den Ruinen begraben?«, fragte Ludwig zögernd.

Heinrich schüttelte stumm den Kopf. Ihr Unglück schien kein Ende zu nehmen. Dass ausgerechnet Zenon ums Leben gekommen war, der so überlegt und unnahbar gewesen war! Sein Tod bewegte Heinrich tief. Trotz ihrer Meinungsverschiedenheiten, hatte er den Mönch gemocht. Er hätte ihm sagen sollen, dass er ihm seine Vergangenheit vergeben hatte. Den gescheiterten Anschlag auf den Kaiser. Zenon hatte ihn nicht belogen! Jetzt, im Tod, war seine Kutte hochgerutscht, und deutlich sah man die gräßlichen Narben auf den Beinen. Es war, als habe Gott selbst entschieden, in diesem Augenblick alle Zweifel zu zerstreuen. Zu spät, sich noch zu entschuldigen. Zenon hatte Recht gehabt, als er ihn zu nachtragend genannt hatte.

Eine schwere Hand legte sich auf Heinrichs Schulter. »Wir sollten gehen. Es ist nichts mehr für ihn zu tun«, sagte Anno. Die Stimme des Sennbergers hatte nie so ergriffen geklungen.

»Ja.« Heinrich nickte. Er spürte, dass seine Stimme zitterte. »Ich möchte nur noch einen Moment Abschied nehmen.«

Anno gab Ludwig ein Zeichen, und die beiden gingen zu dem neuen Seil hinüber und machten sich daran, hinaufzuklettern.

Den Leichnam Zenons hatten sie neben eine der Säulen gebettet. Heinrich kniete vor ihm nieder.

»Warum hast du ihn zu dir genommen, Herr«, flüsterte er. »Weil er dein Wort auf so eigenwillige Weise in die Welt getragen hat? Weil er mehr Zweifel säte als Glauben?« Heinrich betrachtete seine Hände. Sie waren dunkel vom Blut des Mönchs. Voller Reue erinnerte er sich an den Sonnenaufgang in dem verborgenen Garten hoch über dem Katharinenkloster. Damals hatte sein Freund ihm das Manna reichen wollen, doch er hatte es abgelehnt, die Speise des Himmels aus seinen Händen zu empfangen.

»Vergib mir, Zenon. Ich bin dir ein schlechter Gefährte gewesen.«

Heinrich blickte zu dem Durchbruch in der Mauer. Als er den Ölbaum im Fackelschein sah, traten ihm Tränen in die Augen. Nur ein Tag war vergangen, seit sie zum ersten Mal hier gestanden hatten. Sie waren gekommen, einen Toten zu holen, und einen Toten würden sie auch zurücklassen. Doch der Mönch hatte nicht weniger als das Grab eines Königs verdient! Behutsam hob Heinrich den Leichnam hoch und trug ihn durch die Grabkammern. Als sei Zenon nur in einen langen, tiefen Schlaf gesunken, legte er ihn in das steinerne Bett, das man vor so langer Zeit für einen Heiligen aus dem kalten Felsen geschlagen hatte. Einen Augenblick lang zögerte Heinrich noch. Sollte er das blutige Tuch vom Gesicht des Toten nehmen? Er hob die

Hand und ließ sie kraftlos wieder sinken. Er würde es nicht ertragen, in das zerstörte Antlitz zu blicken, diese grausame Maske des Todes.

Schließlich nahm er die Fackel auf und schrieb auf den Felsen über der gewölbten Grabnische:

HIC IACET FRA ZENON
(Hier ruht Bruder Zenon.)
AMICUS MEUS
(Mein Freund.)

Unruhig sah sich der Falkner im Reiterlager um. Er hatte die Sarazenen gesucht, aber sie waren es gewesen, die ihn gefunden hatten. Vor ein paar Stunden waren sie auf einem einsamen Bergweg wie aus dem Nichts aufgetaucht und hatten ihn eingekreist. Zum Glück hatte er sich mit einem der Männer verständigen können. Die wenigen Worte, die er in der Sprache des Hirtenvolkes beherrschte, hatten ihm das Leben gerettet. Die Krieger hatten ihn mitgenommen und ihn in dieses versteckte Tal gebracht.

Die Stelle, an der sie ihr Lager errichtet hatten, war gut ausgewählt. Ein kleiner Teich wurde von einer Quelle gespeist, so dass die vielen Pferde getränkt werden konnten. Männer saßen unter freiem Himmel zusammen, sie betrachteten die Pferde oder schauten misstrauisch zu ihm herüber. Anders als damals im Heerlager des Kaisers gab es hier nur ein Zelt. Zwei Fahnen, mit roten Schriftzeichen, standen wie Schildwachen neben seinem Eingang. Die meisten Männer im Lager trugen nur leichte Ausrüstung, Lederhemden und Hosen aus grobem Stoff. Sie hatten seltsame, beunruhigende Augen.

Die Krieger in der Nähe des Zeltes waren schwerer bewaffnet. Sie schienen zu einer Art Leibwache zu gehören. Unter ihren langen, bunt bestickten Mänteln schimmerten Kettenhemden oder Panzer aus Eisenschuppen. Alle trugen Helme, von denen manche mit Federn geschmückt, andere bunt bemalt waren. An gold- oder silberbeschlagenen Gürteln hingen lange Schwerter. Die Wachen stützten sich auf ihre Lanzen und schienen in der Hitze zu dösen, doch Lupo wusste, dass ihre Unachtsamkeit nur vorgetäuscht war.

Endlich kam der Anführer des kleinen Spähtrupps, der ihn gefangen genommen hatte, aus dem Zelt und winkte dem Falkner. Er hielt die Plane am Eingang zurück und ließ Lupo eintreten. Das Innere war mit blauroten Teppichen ausgelegt. Einzelne Kissen lagen auf dem Boden. Zwei Männer saßen mit untergeschlagenen Beinen neben einem niedrigen Tisch. Ein Alter mit Gewändern aus grüner und weißer Seide. Und ein junger Krieger in einem abgewetzten Mantel, unter dem ein schmutzverkrustetes Kettenhemd hervorlugte. Der junge Mann hatte seinen Helm neben sich auf den Boden gelegt. Sein schwarzes Haar klebte in nassen Strähnen an seiner Stirn.

Der Alte hingegen mit seinem ehrwürdigen weißen Bart war jeder Zoll ein Herrscher. Seine dunklen Augen musterten Lupo ernst.

Der Falkner verneigte sich tief vor dem Greis. »Friede sei mit dir, Erhabener. Ich danke für die Gnade, die du mir, einem Ungläubigen, zuteilwerden lässt, indem du mich in deinem Zelt empfängst.«

»Friede auch mit dir, Fremder. Doch wisse, es ist nicht mein Zelt, in dem du dich befindest; es gehört Salah ed-Din

Yusuf, dem Sohn des Nadschm ed-Din Ayub.« Er deutete zu dem jungen Krieger.

Lupo verbeugte sich hastig noch ein zweites Mal. »Verzeiht, wenn ich Euch beleidigt habe, Fürst. Ich bin nur ein unwissender …«

»Die Zeit, die wir haben, ist gering bemessen«, unterbrach ihn der Alte. »Trage deinen Wunsch vor, und mein Herr wird entscheiden.«

Der Falkner öffnete die Lederrolle, die er in der Hand hielt, und holte eines der Geleitschreiben heraus, die ihm Papst Alexander verschafft hatte. »Ich ersuche um eine Audienz beim Sultan Nur ed-Din. Ich komme aus Genua, der Stadt, die den Sultan vor zwei Jahren mit drei Schiffsladungen Eisen versorgt hat. Die Kaufherren wenden sich nun mit der Bitte um Unterstützung an den edlen Sultan.«

Der Alte runzelte die Stirn und nahm das Pergament entgegen. Während er die Zeilen überflog, sprach er mit dem jungen Krieger. Lupo hatte den Eindruck, dass der Alte sich gegen ihn wandte.

»Mein Herr, Salah ed-Din, sagt, dass es der Wunsch des Sultans von Damaskus ist, künftig noch weiteres Eisen von den Ungläubigen zu kaufen. Er wird es zu Waffen schmieden lassen, um den König von Jerusalem und alle Christen zurück ins Meer zu treiben.« Der Alte lächelte. »Nun nenne deinen Wunsch.«

25

Seit die drei Ritter den Berg unweit von Bethlehem verlassen hatten, waren sie eine Woche unterwegs gewesen. Geschehen war ihnen nichts. Gelegentlich waren sie auf Ritter des Königreichs gestoßen, die sie aber stets passieren ließen. Es hieß, König Amalrich bereite einen Feldzug gegen Ägypten vor, das nach inneren Streitigkeiten fast wehrlos war. Doch als sie ins Bergland von Galiläa vordrangen, glaubten die drei Staufer, dass sich Verfolger an ihre Fersen geheftet hatten. Hufschläge waren in ihrem Rücken zu vernehmen. Heinrich gab seinen Gefährten ein Zeichen und wendete sein Pferd. Er ritt den gewundenen Weg zu einer Stelle zurück, von wo aus er einen Blick ins Tal werfen konnte. Die Hänge hier waren dicht bewaldet. Auf dem Weg hinter ihnen war niemand zu sehen. Der Ritter wollte sich bereits beruhigt wieder abwenden, als ein Pfeil knapp an ihm vorbeizischte.

Heinrich gab seiner Stute die Sporen. Im gestreckten Galopp hielt er auf seine Kameraden zu und rief ihnen eine Warnung entgegen. Doch statt zu fliehen, rissen Ludwig und Anno die Pferde herum und kamen ihm entgegen.

»Vor uns sind Gepanzerte!«, rief Anno. »Lass uns auf den Waldweg da vorne ausweichen! Vielleicht können wir sie dort abschütteln.«

Zweifelnd blickte Heinrich zurück. Keiner der Bogenschützen war zu sehen. Alte Eichen standen längs der Straße. Der Weg, der zwischen ihnen hindurchführte, verengte sich nach wenigen Schritten zu einem Pfad, kaum breiter als ein Wildwechsel. Ihnen blieb keine Wahl. Doch wenn man ihnen hier eine Falle gestellt hatte, hatten ihre Verfolger diesen Fluchtweg dann wirklich übersehen? Mit einem mulmigen Gefühl folgte Heinrich seinen beiden Gefährten.

Es war dunkel unter den Bäumen. Immer steiler ging es den Berg hinauf, bis der Weg plötzlich nach Westen führte und sich in ein kleines Tal öffnete. Junge Olivenbäume bedeckten hier die Hänge. Vielleicht zweihundert Schritt entfernt lag ein kleines Haus aus Bruchstein. Daneben befand sich ein Lagerhaus. Unter einem Vordach war eine Olivenpresse zu erkennen.

Wieder wandte Heinrich sich um. Tiefe Sorge hatte ihn erfasst. Die Ruhe im Wald schien trügerisch. Auch unter den Ölbäumen und bei den Häusern zeigte sich keine Menschenseele.

»Zur Ölpresse!«, rief Anno. »Wir bringen die Pferde und Packtiere in den Lagerschuppen und verbergen uns dort!«

Sie galoppierten den leicht abfallenden Weg ins Tal hinab, doch noch bevor sie das Lager erreicht hatten, erklang hinter ihnen am Waldrand Trommelschlag, gefolgt von einem vielstimmigen, infernalischen Kreischen. Mit verhängten Zügeln brachen mehr als fünfzig Reiter und einige Dutzend Fußkämpfer aus dem Wald.

Heinrich stockte bei ihrem Anblick der Atem. Gehetzt blickte er zum anderen Ende des Tals. Steil aufragende Felsen versperrten den Ausgang. Sie saßen in der Falle! Der einzige Weg führte über den schmalen Waldpfad, auf dem sie gekommen waren. Nie zuvor hatte er so viele Sarazenenkrieger auf einmal gesehen.

An der Olivenpresse sprangen die drei Ritter aus dem Sattel und brachten die Pferde in den Lagerschuppen. Auch die Tiere schienen die Unruhe zu spüren, sie schnaubten und stampften mit den Hufen.

Immerhin bot das Gebäude einen gewissen Schutz. Der Schuppen war recht groß und aus festem Stein erbaut. Es gab hier zwei Räume und keine Fenster. Wer immer hier hineinwollte, musste durch die schmale, hohe Tür. Es würde für die Sarazenen nicht leicht werden, sie aus dem Lagerschuppen zu holen.

Die vordere Kammer schien das Quartier eines Knechts gewesen zu sein. Neben einem Strohlager stand eine aufgebrochene hölzerne Truhe. Die hintere, größere Kammer diente als Lager. Bauchige Amphoren standen an den Wänden aufgereiht, und riesige Krüge waren bis an den Rand mit Olivenöl gefüllt.

»Das hat sich der Teufel ausgedacht«, fluchte Anno. »Der Schwarze will uns in einem Meer von Olivensaft ersäufen!«

Zusammen mit Ludwig führte er die nervösen Pferde in die hintere Kammer, während Heinrich Posten an der vorderen Tür bezog. Die Sarazenen zeigten keine Eile, während sie vom Wald her vorrückten. Sie hielten sich außer Bogenschussweite und kreisten das Lagerhaus ein.

»In der anderen Kammer liegen zwei Tote. Scheinen Feldarbeiter gewesen zu sein.« Anno und Ludwig kehrten zu Heinrich zurück und brachten ihm aus seinem Gepäck Kettenhemd, Schild und Rüstung. In aller Ruhe legten sie ihre Rüstungen an, während einer von ihnen abwechselnd an der Tür Wache hielt.

»Die haben noch nie gegen rheinische Ritter gekämpft«, brummte Anno zuversichtlich. »Am Ende wird es ihnen ergehen wie den Hunnen in der Etzelsburg.«

»Waren am Ende nicht auch alle Burgunder tot?«, fragte Heinrich skeptisch.

Anno lachte. »Das hier sind keine Hunnen. Es heißt von den Sarazenen doch immer, sie seien so gelehrt. Die werden aufgeben, wenn sie begreifen, um welchen Preis sie uns hier herausholen müssen.«

Ihre Verfolger hatten inzwischen Stellung bezogen. Ein Pfeil zersplitterte an der Wand gegenüber dem Eingang. Heinrich drückte sich gegen die Mauer unmittelbar neben der Tür. Wer immer versuchte, hereinzukommen, würde ihm geradewegs ins Schwert laufen.

Ein splitterndes Geräusch erklang aus dem Nebenraum. Öl schwappte über die niedrige Türschwelle.

Anno fluchte wieder. »Offenbar spielen jetzt auch noch unsere Pferde verrückt.« Geduckt eilte er in die hintere Kammer.

Vorsichtig spähte Heinrich um die Ecke. Doch darauf hatten die Sarazenen offenbar gewartet. Zwei weitere Pfeile zischten wie todbringende Insekten heran und schlugen gegen die Mauer hinter ihm. Hinter den Bogenschützen, die unter den Ölbäumen postiert waren, machten sich die Gepanzerten bereit, um das Lagerhaus zu stürmen.

Die Pferde wieherten und traten unruhig auf der Stelle. Anno mühte sich, ihnen Sättel und Zaumzeug abzunehmen. Es stank erbärmlich. Der Boden der Kammer war schlüpfrig vom vergossenen Öl. Heinrichs Stute war mit Öl besudelt. Wie der Herr, so sein Geschirr, dachte Anno ärgerlich und wenig überrascht, dass es Heinrichs Pferd war, das diese Sauerei angestellt hatte. Als Schwertkämpfer könnte man sich auf diesen Möchtegernmönch sicher auch nicht verlassen. Er hatte ja lieber den ganzen Winter über in Bücher geschaut, statt sich in ritterlichen Tugenden zu üben.

Suchend sah sich Anno in dem engen Raum nach einem sicheren Platz um, wo er den Leichnam des Königs sowie den zweiten Toten aus dem Grab aufbewahren konnte. An der nördlichen Wand entdeckte er ein hohes Steinsims. Dahinter befanden sich etliche Spalten, schmal wie Schießscharten, in der Wand. Vermutlich hatte man sie zur Belüftung des fensterlosen Raumes angelegt.

Anno trug den toten König hinüber und hob ihn vorsichtig auf das Sims. Dort war er fürs Erste in Sicherheit. Um ein Gebet zu sprechen, wie Heinrich es gewiss getan hätte, nahm er sich keine Zeit. Entweder standen sie unter Gottes Segen oder nicht. Beten machte da keinen Unterschied.

Anno wandte sich den beiden toten Bauern zu, die mitten im Raum lagen, unmittelbar neben einem gefüllten Ölkrug. Was hatten sie getan? Warum liefen zwei Landarbeiter, die mit diesem Tal bestens vertraut gewesen sein mussten, blindlings in diese Falle? Das Gehöft war recht groß. Es mussten sich noch mehr Menschen hier aufgehalten haben.

Den Verletzungen nach zu urteilen, waren die beiden mit Schwertern niedergehauen worden. Trotz der Hitze aber hatte sich noch kein Leichengeruch ausgebreitet. Vermutlich hatten die Sarazenen das Gehöft erst am Morgen überfallen. Das aber bedeutete, dass sie auch den kleinen Waldweg gekannt haben mussten! Warum aber hatten sie die Straße nur von zwei Seiten abgeriegelt, wenn sie doch gewusst hatten, dass noch ein Fluchtweg offenstand?

Aus der anderen Kammer erklang das Klirren von Schwertern. Hastig sprang Anno auf. Heinrich und Ludwig standen rechts und links der schmalen Eingangstür und wehrten einen ersten, offenbar noch recht zaghaften Angriff ab. Die Tür war so schmal. Es könnte immer nur ein Krieger hindurch. Und wer immer versuchte, dort einzudringen, musste allein gegen einen erfahrenen Ritter und einen schwertschwingenden Gelehrten bestehen. Eine Weile also würden Ludwig und Heinrich ihre Stellung behaupten können.

Trotz allem, was er über die Nibelungen gesagt hatte, war auch Anno klar, dass sie zu dritt nicht ewig gegen diese Übermacht bestehen konnten. Weitab der Straße in dieser einsamen Gegend würden ihnen gewiss keine anderen christlichen Ritter zur Hilfe eilen. Im Grunde brauchten sich die Heiden nur unter die Bäume zu setzen und ihre Bogenschützen den Eingang bewachen zu lassen. Es gab in dem Speicher kein Wasser. Bei der Hitze in diesem verfluchten Land würden sie es hier drin nicht lange aushalten.

Warum prüfte Gott sie so hart? Warum sollte der dritte König Heiden in die Hände fallen? Verzweifelt sah Anno sich um. Die Pferde schnaubten und zitterten, als ahnten sie das Unglück, das allen bevorstand.

Anno dachte an den Schwur, den sie sich einst gegeben hatten. Nie wieder sollte einer von ihnen in Gefangenschaft geraten. Der Eid würde sich jetzt erfüllen. Er warf einen Blick zu den beiden Toten. Wie es aussah, machten die Heiden keine Gefangenen.

Das verschüttete Öl hatte sich um die Leichen gesammelt. Offenbar senkte sich der Boden zur Mitte der Kammer hin ein wenig. Doch mitten durch die Öllachen verlief eine Rinne, nicht viel tiefer als eine Schramme auf der Oberfläche eines polierten Steins. Hatten die Bauern versucht, den

Krug zur Seite zu schieben, weil sie wussten, dass darunter ihre Rettung lag? Waren sie deshalb in diesen fensterlosen Schuppen ohne zweiten Ausgang geflohen?

Die Rufe und das Klirren der Schwerter an der Tür verstummten abrupt. Erschrocken schaute Anno sich um. Seine beiden Gefährten standen noch. Sie hatten die Sarazenen zurückgetrieben! Zumindest für den Augenblick.

Anno begann sich gegen den Krug zu stemmen. Langsam, knirschend, bewegte sich das Gefäß und ließ eine rote Spur aus Ton auf dem Felsboden zurück. Tatsächlich hatte der Krug nicht aus Zufall an dieser Stelle gestanden. Unter ihm war eine steinerne Platte verborgen, in die ein eiserner Ring versenkt war. Anno gönnte sich nur einen kurzen Moment, um zu Atem zu kommen, dann hob er die Platte an. Eine schmale steinerne Treppe führte in die Tiefe, ganz wie er erhofft hatte. Vorsichtig machte er ein paar Schritte hinab. Dunkel war es hier, doch meinte Anno auch einen Luftzug zu spüren. Die Treppe schien zu einem zweiten Ausgang zu führen.

Blieb nur eine Frage: Wer würde den Ölkrug zurückschieben, um den Einstieg zu verdecken, wenn sie durch den Geheimgang flohen?

Oft hatte Anno sich während ihrer langen Reise gefragt, warum Gott der Herr ihm diese Prüfung auferlegt hatte. Dabei waren es nicht die Gefahren gewesen, die ihm am schlimmsten zugesetzt hatten, sondern die vielen Stunden der Untätigkeit. Während Heinrich und Zenon diskutierten und in ihren Büchern stöberten, während Ludwig über sein Liebesunglück grübelte, war Anno sich vorgekommen wie das fünfte Rad an einem alten Karren. Doch nun erkannte er, dass auch er eine Aufgabe hatte, die größte von allen, denn er würde den dritten König retten. Und nur er konnte es tun! Die anderen beiden waren nicht Manns genug, die schweren Entscheidungen zu tragen.

Entschlossen barg er den heiligen Leichnam von dem Sims und trug ihn in den Gang hinunter. Dann nahm er seinen Helm ab und setzte ihn einem der toten Landarbeiter auf. Dem zweiten legte er sein Kettenhemd an. Auch diese beiden waren nicht vergebens gestorben! Sie waren Teil des göttlichen Plans und würden noch im Tod helfen, den König vor den Heiden in Sicherheit zu bringen!

Die Pferde hatten sich beruhigt. Sein großer schwarzer Hengst stieß ihn mit den Nüstern. Anno strich dem Rappen über den Hals. Er konnte die Angst in den Augen des Pferds sehen. So weit hatte ihn sein Hengst getragen. Vom Rheinland bis nach Jerusalem. Aber es war unmöglich, die Tiere mit in den niedrigen Tunnel zu nehmen.

Anno trat durch die Tür in den Vorraum. Heinrich und Ludwig kauerten erschöpft neben der Tür. Ihre Schwerter lehnten an der weiß getünchten Wand. Stumm blickten sie zu Anno auf.

»Die Bastarde haben sich zurückgezogen«, sagte Heinrich. Schweiß glänzte um seine Augen. Das übrige Gesicht blieb hinter Helm und Kettenhaube verborgen.

Einen Augenblick lang fragte Anno sich, was zwischen Heinrich und Clara vorgegangen sein mochte. Hatte der Ritter seine Tochter vielleicht schon entehrt? Dann sagte er mit fester Stimme: »Traust du dir zu, die Tür eine Weile alleine zu halten?«

Heinrich nickte. »Sie werden eine Zeit brauchen, bis sie noch einmal angreifen. Hast du einen Plan?«

»Die Pferde machen Ärger«, entgegnete Anno knapp,

dann bedeutete er Ludwig, ihm in den Nebenraum zu folgen. Einen letzten Blick auf Heinrich zu werfen, untersagte er sich. Der Ritter war kein übler Gefährte gewesen, trotz der heimlichen Tändelei mit Clara, aber eine Entscheidung war unausweichlich.

»Wir werden gegen die Heiden nicht bestehen können«, sagte Ludwig leise. »Je länger wir das Unausweichliche hinausschieben, desto grausamer werden sie uns bestrafen.«

»Gott ist mit uns«, erwiderte der Sennberger schroff. »Und du bist eine verlorene Seele, wenn du eher auf die Milde eines Heiden als auf die Gnade Gottes hoffst!« Er deutete auf die Öffnung im Boden. »Der Herr hat uns einen Weg gewiesen! Und nun gib mir deinen Helm und deinen Waffengurt.«

Verwundert sah der Ritter zu dem gewappneten Toten, doch er stellte keine Fragen.

Anno setzte auch dem zweiten Bauern einen Helm auf und schnallte ihm den Gürtel mit Schwert und Dolch um. »Jetzt lege den falschen König auf das Sims!«

Während Ludwig seinem Befehl nachkam, nahm Anno einen zersplitterten Pfeilschaft, riss einen breiten Streifen Stoff vom Hemd eines der Bauern und wickelte ihn um das Holz. Dann tränkte er es in Öl.

»Wohin führt der Tunnel?«, fragte Ludwig argwöhnisch.

»Das weiß Gott.«

»Die Heiden werden uns sofort folgen, wenn wir aus dem Haus verschwinden.«

»Wenn das Öllager brennt, werden sie uns kaum nachsetzen können«, entgegnete Anno ruhig. »Und wenn sie in den Trümmern die Leichen dreier Ritter finden, dann werden sie niemanden suchen.«

»Dreier Ritter?« Ludwig blickte zu den beiden Bauern. »Aber wer wird der dritte sein?«

»Nicht du. Gott hat dir ein anderes Schicksal bestimmt. Es ist Heinrich, der seine Aufgabe erfüllt hat. Er muss die Tür halten, bis das Feuer so heftig wütet, dass es nicht mehr gelöscht werden kann. Er hat dieser Aufgabe zugestimmt.«

»Aber er wusste doch gar nicht …«

»Genug!« Anno maß seinen Gefährten mit einem zornigen Blick. »Es ist Gottes Wille, dass die Reliquie gerettet wird!«

»Das ist gemeiner Mord, und du …«

Anno versetzte Ludwig einen Schlag, der den Ritter gegen die Wand taumeln ließ. Ein zweiter Fausthieb, und der Firneburger sackte in sich zusammen. Er hatte es gewusst, dachte Anno enttäuscht und hob seinen Kameraden auf die Schultern. Seine beiden Gefährten waren zu weich und blind für die Wahrheit! Er schaffte Ludwig ein Stück in den Tunnel hinein und kehrte eilig zurück.

Die Decke des Raumes bestand aus massiven Balken. Wenn sie erst einmal brannte, dann würde von dem Lager nicht mehr viel übrig bleiben. Anno schüttete zwei Krüge aus und sorgte dafür, dass vor allem die Kleider der Toten mit dem Öl getränkt wurden. Den Pferden legte er Fußfesseln aus dünnen Lederriemen um die Vorderbeine. Wenn sie in Panik gerieten, würden sie die Lederbänder leicht zerreißen können.

Zuletzt schloss er die Tür zur vorderen Kammer und legte den dünnen hölzernen Sperrriegel vor. Dann trat er gegen einen weiteren Krug, der krachend auf dem Boden zersplitterte. In behäbigen Wellen breitete sich das Öl in der Kammer aus.

»Was ist passiert?«, rief Heinrich. Er schien zur Tür gekommen zu sein.

»Einer der Gäule hat sich losgerissen und einen Krug umgestürzt. Ich hab die Tür versperrt, damit uns die Mähre nicht noch davonläuft, bevor ich sie wieder eingefangen habe.« Wie um die Lüge zu bekräftigen, wieherte ihr Packpferd.

Anno zog sich zum Tunneleingang zurück, ohne dabei die Tür aus den Augen zu lassen. Heinrich schien nicht argwöhnisch geworden zu sein.

Der Sennberger holte Feuerstein und Stahl aus dem Gepäck und schlug Funken über der Fackel. Es dauerte ein paar Momente, bis der Stoff Feuer fing. Die Kleider der Toten brannten aber sofort. Schnell eilte Anno zum Tunneleingang, bevor in der Kammer die Hölle losbrach. Die Pferde keilten in Panik aus und zerschlugen weitere Ölkrüge.

Nach einem letzten Blick nahm Anno den Stein und verschloss den Tunneleingang über sich. Heinrich würde er niemals wiedersehen. »Gott hat es so gewollt«, flüsterte er, bevor er sich Ludwig und dem heiligen Leichnam zuwandte.

Der Falkner war zu seinem Pferd zurückgekehrt. Er würde nicht noch einmal zusehen, wie die Sarazenen von den Staufern blutig zurückgeschlagen wurden. Dies war seine Jagd, und er würde sie auch zu Ende bringen! Er schnallte den Sattel ab und holte sein Schwert aus der aufgerollten Decke. Ein guter Fechter war er nicht, aber in Crema hatte er gelernt, wie man um Häuser kämpfte und sich seiner Haut erwehrte. Langsam zog er die lange, breite Klinge aus der Scheide. Prüfend wog er das Schwert in der Hand. Das letzte Mal hatte er die Klinge am *blauen Brunnen* auf dem Sinai geführt.

»Eine schöne Pferdedecke.« Der alte Übersetzer war an die Seite des Falkners getreten. Er streckte die Hand aus und strich über den schweren Stoff. Lupo nickte beiläufig und schob sein Schwert in die Scheide zurück.

»Gute Arbeit«, lobte der Alte. »Was willst du mit dem Schwert?«

»Beim nächsten Angriff werde ich der Erste sein!«

»Beim nächsten Angriff? Salah ed-Din hatte nicht vor, seine Männer noch einmal in den Kampf zu schicken. Wir müssen nur abwarten. Die Staufer haben nichts zu trinken. Ist es nicht klüger, Zeit statt Blut zu vergeuden?«

»Diese Männer geben nicht auf!«

»Bist du so ungeduldig, zu deiner Liebsten zurückzukehren?«

»Mein Weib und mein Kind sind tot.« Lupo hielt inne. »Wer bist du, mir solche Fragen zu stellen, alter Mann?«

Der Übersetzer des Kriegsherrn strich noch einmal über die Decke und runzelte die Stirn. »Verzeih mir, es war nicht meine Absicht, dich zu verletzen. Aber die Pferdedecke hat mich in die Irre geführt.«

»Wovon redest du?«

»Von dem Haar, das deine Frau eingewoben hat. Es ist ein Zeichen der Liebe, wenn man eine Strähne des eigenen Haars in ein Tuch webt, das der andere stets bei sich tragen wird.«

»Du redest Unsinn.« Lupo beugte sich über die Decke. Was hatte Alime getan? Den ganzen Winter hatten sie in einem Zelt gelebt und kaum ein Wort miteinander gesprochen.

»Sieh doch selbst, wenn du den Augen eines alten Mannes nicht traust«, entgegnete der Übersetzer. »Das ist keine Wolle, sondern mit Henna gefärbtes Frauenhaar.«

Ungläubig tastete Lupo über den Stoff. Es war nur eine kleine Stickerei, dort, wo sonst der Sattelgurt über die Decke lief. Bisher war sie ihm nicht aufgefallen. Sie zeigte einen Raubvogel, der sich aus dem Himmel stürzte.

»Wusstest du nichts von der Liebe der Frau, die diese Decke für dich gefertigt hat?«

Der Falkner war verwirrt. »Sie hat nie etwas gesagt.« Vom Lagerhaus erklang lautes Wiehern und ein dumpfes Geräusch, als versuchten die Pferde, mit ihren Hufen eine Holzwand einzutreten. Dichter, heller Rauch stieg von der Rückwand des Hauses auf.

»Bei Allah! Was tun die Ungläubigen da?«

Ein splitterndes Geräusch erklang, und eine lange Feuerzunge leckte durch die Tür des Lagerhauses. Zwei Pferde, deren Fell in hellen Flammen stand, preschten heraus. Sie rissen den Kopf hoch und schüttelten sich, als glaubten sie, ihren grausamen Schmerz so abwerfen zu können. Nie zuvor hatte Lupo Tiere solche Laute von sich geben hören wie diese brennenden Pferde es taten. Seine eigene Stute riss den Pflock aus dem steinigen Boden, an dem ihre Zügel angebunden waren, und jagte davon in die Wälder.

Mittlerweile war die Vordertür von Flammen ausgefüllt, die sich fauchend zum Himmel reckten. Eines der brennenden Pferde stürzte und wälzte sich auf dem staubigen Boden, ohne dass die Flammen in seinem Fell erloschen. Das zweite, ein großer schwarzer Hengst, hielt geradewegs auf den Weg zu, der hinauf zum Wald führte.

Salah ed-Din brüllte seinen Bogenschützen ein Kommando zu. Die Männer hoben die Waffen und zielten auf den Rappen. Schillernd und böse zischend, zogen Pfeile durch die Luft. Der Hengst überschlug sich im vollen Galopp.

Selbst als er gestürzt war, zuckten seine Beine, als wolle er weiterlaufen. Fort von den Flammen.

Der Falkner war noch ganz gefangen vom Todeskampf des Rappen, als hinter ihm Entsetzensschreie schrillten. Die Bogenschützen, die dem Lager am nächsten standen, warfen ihre Waffen fort und liefen, als sei der Leibhaftige hinter ihnen her. Und tatsächlich spien die Flammen, die in dem Schuppen loderten, eine Feuergestalt aus. Das Schwert noch immer erhoben, wankte ein Mann auf den Hof. Seine Kleider brannten ihm am Leib, doch er schrie nicht. Schwankend machte er noch ein paar Schritte nach vorne, ehe er zusammenbrach.

Der Falkner packte die zusammengerollte Decke, die vor ihm auf dem Boden lag, und stürmte dem Mann entgegen. Er warf die Decke über den Gestrauchelten und versuchte das Feuer zu ersticken, doch vermochte er gegen die Flammen nicht viel auszurichten. Der staufische Ritter war mehr tot als lebendig. Seine schwarzblutigen Hände umklammerten den Stoff, als wollte er Lupo befehlen aufzuhören. Helm und Kettenhaube hatten ihn gegen diesen Feind nicht zu schützen vermocht. Was Lupo vom Gesicht des-Ritters sehen konnte, war grausam zerstört. Von der Nase war nur eine klaffende Höhle geblieben. Das Fleisch der Lippen war wie Wachs geschmolzen. Er wollte etwas sagen, doch seine Stimme war nur noch ein Röcheln. Verzweiflung lag in seinen Augen. Erkannte er Lupo? Der Falkner wusste nicht zu sagen, welcher der drei Ritter dies sein mochte. Wieder und wieder versuchte der Sterbende sich verständlich zu machen. Dann, plötzlich, erschlafften die Glieder des Ritters.

»Möge Allah seiner Seele gnädig sein«, erklang die Stimme des Übersetzers. »Nie habe ich einen Mann gesehen, der sich so gegen den Tod gewehrt hat.«

Nun endlich verloschen die letzten Flammen. Lupo bekreuzigte sich. »Gott, erbarme dich seiner, und nimm seine Seele zu dir.« Neben dem Ritter lag ein angesengtes blaues Seidentüchlein mit weißen Stickereien im Staub.

Das Lagerhaus brannte bis tief in die Nacht. Der Falkner saß ein wenig abseits des Lagers, das die Sarazenen aufgeschlagen hatten, und betrachtete den verblassenden Schimmer der Glut. Unstete rote Schatten flackerten auf den schwarzen Ruinenwänden. Es war wie in Crema, vor so langer Zeit, als die Stadt brannte und starb. Doch diesmal war es Lupos Werk. Hatten die drei Ritter ihn unter den Sarazenen erkannt? Hatten sie sich deswegen lieber selbst in Brand gesteckt, als sich gefangen nehmen zu lassen?

Lupo fühlte sich elend. Er dachte an Julia und Amizio. Er hatte sich immer vorgestellt, dass er sich erleichtert fühlen würde, wenn er seine Rache gehabt hatte. Dass die Geister der Toten in ihm endlich ihre Ruhe fänden. Aber nichts von all dem trat ein. Der langen Jagd folgte eine Leere, die noch bedrückender war als die Trauer. Was sollte er tun? Nach Italien zurückkehren, dem Papst berichten und eine neue Jagd beginnen?

Seine Finger glitten über die Pferdedecke, die er auf dem kalten Boden ausgebreitet hatte. Ohne hinzuschauen, fand er den Raubvogel, der aus dem Himmel stürzte. Die Stickerei aus Frauenhaar war leicht von der groben Wolle zu unterscheiden. Alime und Zeynel. Er hatte die beiden seiner Rache geopfert. Und Mahmud und all die anderen, die ihn freundlich aufgenommen hatten. Ob der Alte sein Versprechen wahrgemacht hatte? Stünde zum Morgengrauen, wenn das Tagwerk der Hirten begann, eine leere Schüssel für ihn neben dem Feuer?

Der Falkner tastete nach dem kleinen Kästchen, in dem er die Rose aus Crema trug. Es war eine gute Nacht, um Abschied zu nehmen. Warm und mit einem weiten Sternenhimmel. Fast wie damals, als er seinen Weg begonnen hatte.

Er stand auf und ging zu dem Bach, der im Westen des Tals zwischen den Felsen rann. Dort war Lupo noch bei Tage eine Stelle aufgefallen, an der wilde Rosen wuchsen. Hier wollte er seine Vergangenheit begraben. Mit bloßen Händen scharrte er eine kleine Mulde in den Sand und legte das Holzkästchen hinein.

Erst am späten Nachmittag des nächsten Tages war die Glut in den Ruinen so weit abgekühlt, dass Lupo sich in die Trümmer des Lagerschuppens hineinwagte. Noch immer schwelten die schweren Deckenbalken, die zwischen die rauchgeschwärzten Mauern gestürzt waren. In der Mitte des Raums fand Lupo die beiden Ritter zusammengekrümmt und so von Flammen entstellt, dass sie kaum noch Menschliches an sich hatten. Beide trugen von den Flammen verformte Helme. Auch die verkohlten Kadaver dreier Pferde waren zu sehen.

Zwei Sarazenenkrieger halfen Lupo, die Balken beiseitezuräumen, um die Leichen zu bergen und in Tücher zu hüllen. Lupo hatte drei schmale Gruben ausgehoben. Auch wenn sie seine Feinde gewesen waren, so sollten die Staufer ein christliches Begräbnis bekommen. Von Anno wusste Lupo, dass er in Crema gekämpft hatte. Wenigstens einen Schuldigen hatte er gerichtet! Während der langen Zeit auf

See hatte er mit allen Rittern gesprochen. Wären die Leichen nicht so unkenntlich, hätte er die Namen der Ritter in Steine ritzen können. Als er den Toten ihre Schwerter mit ins Grab legen wollte, fiel ihm auf, dass nur einer der Toten aus dem Lagerhaus ein Schwert getragen hatte. Hatte er die zweite Waffe übersehen?

Mehr als eine Stunde suchte Lupo zwischen den Trümmern. Dabei entdeckte er auch die Reste einer dritten Leiche. Offenbar hatten die Staufer tatsächlich den Heiligen König gefunden, von dem sie gesprochen hatten. Auch ihn hatten sie lieber dem Feuer geopfert, als ihn den Heiden zu übergeben.

Ein zweites Schwert fand Lupo nicht in der Ruine. Doch als er sich schon abwenden wollte, entdeckte er zwischen schwarzen Tonscherben einen eisernen Ring, der in den Boden eingelassen worden war. Eilig wischte er Asche und Scherben zur Seite, bis er die ganze Steinplatte freigelegt hatte. Es war nicht schwer zu erraten, was darunter lag: ein Geheimgang, der irgendwo in die Berge führen mochte. Hatten die Staufer von dem Fluchtweg gewusst? War deshalb nur ein Schwert in den Trümmern zu finden? Aber wer waren dann die Leichen?

Zweimal streckte Lupo die Hand aus, um nach dem Ring zu greifen, doch jedes Mal zog er sie wieder zurück, bevor seine Finger das ausgeglühte Metall berührten. Aus den Augenwinkeln sah er den Übersetzer des Kriegsherrn, der in der eingestürzten Tür stand und ihn beobachtete.

Der Alte kam langsam näher. »Wirst du die Platte heben?«, fragte er.

Der Falkner schüttelte den Kopf. »Wenn ich das tue, erwartet mich nur eine neue Jagd. Ich bin müde, und ich wüsste nicht einmal sicher, ob ich nur noch Geistern hinterherjage. Lasse ich die Platte, wo sie ist, dann erwartet mich ein Leben. Ich werde meinem Herrn eine Nachricht schicken, dass die Ritter, die ich verfolgt habe, in einem Feuer gestorben sind.«

»Der dritte Ritter ist während der Mittagshitze zu Allah gegangen. Wir haben ihn in eines der Gräber gelegt.«

Lupo ging an dem Alten vorbei zu den flachen Gruben, die er ausgehoben hatte, und blickte auf die in sauberes Leinen eingehüllten Leiber. Vielleicht hatten sie nur zwei Schwerter gehabt. Die fehlende Waffe mochte schon vor Wochen verlorengegangen sein. Er war dem Papst nichts mehr schuldig! Und auch Julia und Amizio hatte er gerächt. Sein Versuch, Rainald von Dassel mit Gift zu töten, war zwar fehlgeschlagen, aber wenigstens Anno, einem der Krieger von Crema, hatte er den Tod gebracht. Und doch war Lupos Herz voller Bitterkeit. Wie viele Unschuldige hatte sein Kampf das Leben gekostet?

Lange stand er grübelnd über den offenen Gräbern.

Endlich griff er nach dem Spaten, entschlossen, all seine Toten hinter sich zu lassen.

Im Tunnel unter dem Öllager drohten die beiden Ritter beinahe zu ersticken. Ohne jedes Licht krochen sie durch die Dunkelheit. Wie eine Strohpuppe hielt Anno den Heiligen König im Arm und versuchte, ihn vor den scharfkantigen Felsen zu schützen, in die der Gang hineingetrieben worden war. Während Ludwig die ganze Zeit kein Wort sagte, murmelte Anno unaufhörlich vor sich hin. Er spricht ein Gebet, dachte Ludwig und wunderte sich nicht wenig. Ein Gebet für unsere Rettung. Was sonst…

Der Gang endete schließlich hoch über dem Tal, nahe einem kleinen Bach. Doch auch hier befanden sie sich noch ganz in der Nähe der Sarazenen und konnten sich keine lange Rast gönnen.

Bei Einbruch der Nacht flohen sie weiter. Ohne Pferde und ohne Wasser würde es eine ungeheure Strapaze werden, doch Anno schien sich darum keine Sorgen zu machen. Er trug den Heiligen König, lächelte und redete mit ihm. Es dauerte eine Weile, bis Ludwig begriff, dass sein Gefährte durch das Feuer und ihre Flucht offenbar sehr angegriffen war. Annos Blick war wirr, und immer, wenn Ludwig ihn anschaute, verstummte er abrupt, als sei er bei einem verräterischem Gespräch ertappt worden. Ludwig wünschte, er hätte seine Waffe nicht im Lagerschuppen verloren.

Auch am zweiten Tag ihrer Flucht irrten sie noch durch die Bergwälder Galiläas. Sie versuchten, sich in östlicher Richtung zu halten. Irgendwann mussten sie so zu der Ebene gelangen, die sie zum Meer führen würde. Doch die Natur schien sich gegen sie verschworen zu haben. Immer wieder versperrten ihnen schroffe Felsabstürze den Weg, und obwohl sich ringsherum Bäume und dichtes Gestrüpp erhoben, fanden sie kein Wasser.

Anno schien zu fiebern. Seine Schritte wurden immer unsicherer. Ein unheimlicher Glanz lag in seinen Augen. Allem Anschein nach glaubte er, er hielte die ganze Zeit Clara im Arm. Mit lauter Stimme versprach er ihr, einen guten Mann für sie zu finden, der ihr Söhne schenken und mit dem sie ein starkes Geschlecht gründen würde.

Am Mittag des dritten Tages ihrer Flucht erreichten sie ein einsam gelegenes Gehöft. Ludwig musste Anno stützen. Der stämmige Ritter hatte kaum noch die Kraft, sich auf den Beinen zu halten. Dennoch bestand er darauf, den in Decken eingehüllten König zu tragen.

Vor dem Haupthaus des Hofes fanden sie einen Ziehbrunnen. In einem Lederschlauch holte Ludwig Wasser aus der Tiefe. Es war kalt und schmeckte bitter. Gierig trank er in langen Zügen. Dann half er seinem Gefährten. Anno vermochte kaum mehr zu schlucken. Schließlich, nachdem er ausgiebig getrunken hatte, schlief der Sennberger ein.

Ludwig nutzte die Gelegenheit, sich auf dem Gehöft umzusehen. Nirgends war eine Menschenseele zu finden. In den Ställen stand jedoch Vieh. Wahrscheinlich waren der Herr und sein Gesinde auf den Feldern und würden erst am Abend zurückkehren. Ludwig dachte an seine Kindheit. An die Erntezeit. Wie alles, was Hände hatte, hinausgezogen war, um das Korn einzufahren. Selbst die Alten und die Kinder.

Er riss sich von seinen Tagträumen los und wandte sich zu seinem Gefährten um. Anno war der Kopf auf die Brust gesunken. Schweiß perlte ihm von der Stirn. Er stöhnte leise. Schlief er? Ludwig blickte auf das Messer in Annos Gürtel. Vorsichtig streckte er die Hand danach aus. Er hielt den Atem an. Zoll für Zoll näherte sich seine Hand dem Griff der Waffe. Mit spitzen Fingern zog er den Dolch aus der Scheide. Die Klinge war schon zu mehr als der Hälfte aus der Lederhülle geglitten, als der Sennberger die Augen aufschlug. Mit einem Wutschrei stürzte er sich auf Ludwig. »Du wirst mir den König nicht stehlen! Nicht du und nicht die Sarazenen oder Zenon!« Annos muskulöse Hände klammerten sich um seine Kehle.

Verzweifelt versuchte sich der Ritter zur Wehr zu setzen, aber Anno schien in seinem Wahn neue Kräfte gefunden zu haben. Immer stärker drückte er. Ludwig spürte, wie ihn die Kraft verließ. Seine verzweifelt umhertastende Linke fand einen lockeren Stein in der Brunneneinfassung. Er riss den Stein hoch und schlug ihn Anno gegen die Schläfe.

Der Sennberger schrie auf und taumelte zurück. »Du, du willst mich töten … Allein willst du den König haben.« Schwankend kam er wieder näher.

Ludwig rang nach Atem. Seine Kehle schmerzte, als hätte er flüssiges Feuer geschluckt. Er wollte Anno mit ein paar Worten beruhigen, aber er brachte nur ein heiseres Krächzen heraus. Voller Angst erkannte er, dass nicht Fieber, sondern Wahnsinn in Annos Augen funkelte.

»Du wirst mich nie … mehr bestehlen!«, flüsterte Anno gefährlich leise. Dunkles Blut lief ihm in die Stirn. Er zog sein Schwert und machte einen Schritt auf Ludwig zu.

Ludwig wich zurück. Wieder drang ihm statt besänftigender Worte nur ein Krächzen aus der Kehle. Er hob die Arme, um seinem Gefährten zu zeigen, dass er unbewaffnet war, doch Anno schien in ihm gar nicht mehr den Freund, sondern nur noch einen Dämon zu sehen, der ihm den heiligen König rauben wollte.

»Fahr zur Hölle, Sünder!« Der Sennberger packte sein Schwert mit beiden Händen und schwang es hoch über den Kopf.

Im nächsten Augenblick zuckte der Ritter zusammen und stürzte wie vom Blitz getroffen zu Boden.

Ludwig schaute sich um. Am anderen Ende des Hofs stand ein junger Mann. Er hielt eine Lederschlinge in den Händen und sah misstrauisch zu Ludwig hinüber. Der Ritter streckte die Arme vor, damit der andere sehen konnte, dass er keine Waffe bei sich trug.

26

Der Bauer zügelte den Eselskarren vor einem großen Gebäude. Er hatte sie nach Akkon gebracht. Ludwig war sich sicher, dass er nicht allein aus christlicher Nächstenliebe gehandelt hatte. Gewiss war er froh, diese beiden abgerissenen, unheimlich aussehenden Männer so weit wie möglich von seinem Hof entfernt zu wissen.

»Das Hospital.« Der Bauer deutete auf das hohe Tor des Gebäudes. »Hier werden christliche Pilger aufgenommen.«

Ludwig nickte. Er griff in die Börse, die er Anno abgenommen hatte, und gab dem Bauern drei Silbergroschen. Der Mann lächelte überrascht. »Ich werde dir helfen, deinen Freund hineinzubringen.« Seit ihn der Stein am Kopf getroffen hatte, war der Sennberger nicht mehr aufgewacht. Nur gelegentlich hatte er wie im Fieberwahn vor sich hin gemurmelt. Gemeinsam hoben sie Anno vom Karren. Noch bevor sie das Portal des Pilgerhospizes erreicht hatten, kam ihnen ein junger Ordensritter entgegen, der wie ein Mönch in eine schwarze Kutte gekleidet war. Er warf nur einen kurzen Blick auf Anno und winkte dann zwei Männer herbei, die im Schatten des Torbogens gedöst hatten. Sie brachten eine Trage, die aus zwei gesplitterten Lanzenschäften bestand, zwischen die ein fleckiges Leintuch gespannt war.

Der Ordensritter kniete neben dem Sennberger nieder, betastete vorsichtig die Verletzung an der Schläfe und strich ihm über die fiebrige Stirn.

»Ein Verwundeter aus den Kämpfen im Fürstentum Tripolis?«

»Ja!« Das mühsam gekrächzte Wort schnitt wie ein Dolch in Ludwigs Kehle.

»Ihr seid hier in guter Obhut.« Der Ordensritter deutete zu dem Banner, das über dem Eingang wehte. »Siehst du das weiße Kreuz des Friedens auf der blutroten Wallstatt des Krieges? Dies ist ein Hospiz des Ritterordens vom heiligen Johannes von Jerusalem. Es wurde erbaut, den Kranken und Erschöpften eine sichere Zuflucht zu sein.«

Der Bauer nahm das längliche Gepäckstück vom Karren und legte es auf die Straße. Fragend hob der Mönch die Brauen.

»Ein toter Freund«, röchelte Ludwig.

Der junge Ordensritter nickte verständnisvoll. »Für uns alle sind diese Tage voller Schmerz und Entbehrungen. Ich werde dafür sorgen, dass dein Freund eine angemessene Bestattung erhält.«

»Nein!« Der Ritter packte den Johanniter beim Arm. »Nicht … Er wollte … in heimischer Erde ruhen.«

»Tote gehören nicht unter die Lebenden. Es ist unsere Christenpflicht, sie zu bestatten. Ganz abgesehen davon würdest du auch kein Schiff finden, auf dem man eine Leiche an Bord nimmt. Das bringt Unglück!« Der Ordensritter lächelte nachsichtig. »Ich bin sicher, dass dein Freund ein tapferer Mann war, aber er hätte schon ein König oder ein Heiliger sein müssen, damit er eine Überfahrt bekommt. Vertrau mir, Gott erkennt die Seinen, ganz gleich, wo sie bestattet sind. Es gehört ein kleiner Friedhof zum Hospiz. Wir werden ihn dort heute noch zur letzten Ruhe legen.«

Ludwig wollte widersprechen, doch wie sollte er seinen

Protest vorbringen? Wenn er die Wahrheit sagte, dann würden die Johanniter die Reliquie behalten. Der König von Jerusalem und die Kirchenfürsten von Outremer hatten sich offen auf die Seite des Ketzerpapstes Alexander gestellt. Sie würden niemals dulden, dass der Kaiser eine der kostbarsten Reliquien der Christenheit erhielt.

Stumm sah Ludwig zu, wie der Leichnam aufgehoben wurde. Er war zu erschöpft, um Widerstand zu leisten, und zu überrumpelt. Nichts auf dieser Reise verlief wie geplant. Das war ihr Fluch! Er sah zu, wie weitere Träger die Leiche aufnahmen. Sie sahen verblüfft zu ihm auf. »Wir haben ihm Waffen und Rüstung abgenommen, um ihn tragen zu können«, stammelte Ludwig.« Er sah an den Gesichtern der beiden, dass das nicht Erklärung genug war. »Er war lange krank ... Sehr ausgezehrt ...«

Jetzt beugte sich einer der Träger vor und schnupperte neugierig an dem Deckenbündel. Der Leichnam verströmte immer noch den Wohlgeruch der Grabkammer. Der Träger legte die Hand an einen der Lederriemen, die das Bündel zusammenhielten.

»Er war ein Freund unseres Herzogs«, stieß Ludwig verzweifelt hervor, ohne zu wissen, ob es hier in Outremer überhaupt irgendwelche Herzöge gab. »Er hat einen Heiden kommen lassen, der hat ihn aufgeschnitten und die Eingeweide herausgeholt und ihn mit Ölen eingerieben ... Damit er auf der langen Reise nicht verfault. Er sollte im Rheinland ...«

Der Ritter, der den Befehl am Tor hatte, hob die Hand und schnitt Ludwig das Wort ab. »Er wurde also einbalsamiert. Eine seltene Kunst und, verzeih mir, eine nicht sehr gottgefällige Kunst. Es ist unser aller Schicksal, zu Staub zu werden. Nur Heilige, auf denen auch über den Tod hinaus, das Auge Gottes ruht, sind davon ausgenommen.« Er winkte den Trägern. »Bringt ihn zu den anderen Toten.«

Der Ordensritter legte Ludwig tröstend eine Hand auf die Schulter. »Wir müssen unsere Kameraden ziehen lassen. Komm mit, du sollst sehen, wohin wir ihn bringen. Ich verspreche dir, er wird mit allen Ehren beigesetzt werden.«

Sie brachten den Heiligen in eine kleine Kapelle, wo, in Tücher gehüllt, noch drei andere Tote aufgebahrt lagen. Noch am selben Abend wurde der dritte König auf dem Gottesacker des Hospizes beigesetzt. Es war ein stilles Begräbnis. Die Ordensbrüder hatten sich um die drei anderen Gräber geschart, in denen Kameraden bestattet waren, die bei den Kämpfen im Fürstentum Tripolis ihr Leben gelassen hatten.

Der dritte König wurde in einen großen heidnischen Steinsarkophag gelegt, in dessen Deckel man ein Kreuz gemeißelt hatte. Ludwig musste all dem hilflos zusehen. Er hatte lediglich erreichen können, dass die Ordensritter den Leichnam nicht aus den Decken nahmen und so nicht bemerkten, von welch seltsamer Beschaffenheit der Tote war.

Ludwig stand vor dem offenen Grab. Er war so müde und verzweifelt, dass ihm nicht einmal ein Gebet über die Lippen kam. Bruder Markus, der Ordensritter, der ihn am Tor empfangen hatte, trat an seine Seite.

»Alle, die das Kreuz genommen haben und in Outremer für die Christenheit kämpfen, ziehen auf direktem Weg in den Himmel ein. Sorge dich nicht um die Toten. Bewahre deinen Kummer und deine Fürsorge für jene, die noch unter uns weilen,«, sagte der Ordensritter leise. »Um deinen Freund Anno steht es sehr schlecht. Ein schweres Fieber hat ihn ergriffen. Er ist immer noch nicht erwacht, und seine Hitze will nicht weichen, obwohl wir ihn in kalte Tücher gewickelt haben. Möchtest du an diesem Abend nicht lieber an seiner Seite wachen? Ich fürchte das Schlimmste.«

Anno starb nicht. Etwas schien ihn in der Welt festzuhalten. In seinen Fieberfantasien sprach er immer wieder von Zenon, ohne dass Ludwig verstehen konnte, worum es ging. Es schien, als fühle sich der Ritter durch den toten Mönch bedroht.

Tage und Wochen vergingen in quälender Ungewissheit. Annos Zustand besserte sich nur sehr langsam. Der einst so kräftige Ritter war bis aufs Skelett abgemagert. Seine Augen waren in die Höhlen eingesunken und das Gesicht von tiefen Falten durchfurcht. In den kurzen Augenblicken, in denen er bei Sinnen war, wirkte er stets gehetzt. Rastlos wanderten seine Augen durch das große Krankenzimmer des Hospizes, und wann immer er einen der schwarz gewandeten Rittermönche sah, zuckte er zusammen und schloss angstvoll die Lider.

Ludwig hatte es nicht über sich gebracht, ihm zu sagen, was mit dem dritten König geschehen war. Nicht, dass er für den Sennberger noch viel empfunden hätte; es war sein eigenes Versagen, das ihn beschämte. Nun würde er, bevor er weiterreiste, den König erneut aus einem Grab befreien müssen.

Jeden Tag unternahm Ludwig weite Streifzüge durch die Stadt. Umgeben von einem doppelten Mauerring mit mächtigen Festungswerken, war Akkon die größte Hafenstadt in Outremer. Alle Orden unterhielten hier Niederlassungen, und die großen italienischen Handelsstädte Amalfi,

Genua und Venedig hatten die Hafenviertel untereinander aufgeteilt. Die Stadt quoll über vor Leben. Selbst der König von Jerusalem unterhielt hier einen Palast, und es hieß, er weile lieber in Akkon als in seiner Residenz in der Heiligen Stadt.

All dies bedeutete Ludwig wenig. Er hatte unter Annos Sachen Zenons Geldbörse gefunden. Ganze Nachmittage verbrachte er in einer Schenke am Hafen und beobachtete die Schiffe, die Akkon anliefen. Schwerfällige Kauffahrer, kleine Fischerboote, die langen, schlanken Galeeren, die gleich riesigen Käfern über das Wasser eilten. So verging der Sommer. Als die Zeit der Herbststürme begann, kamen nur noch wenige Schiffe in den Hafen. Viele lagen nun fest vor Anker, und die Seeleute begannen, die bauchigen Kauffahrer und die Galeeren auf den Winter vorzubereiten. Die Zahl der Pilger, die Akkon erreichten, nahm gleichfalls ab; es wurde ruhiger in den Straßen der Stadt.

Zu Beginn ihres Aufenthalts hatte Ludwig ein paar Seeleute befragt, um herauszufinden, ob der Ordensritter ihn angelogen hatte. Doch es war tatsächlich niemand bereit, eine Leiche auf sein Schiff zu nehmen. Lediglich ein zwielichtiger Genuese hatte angedeutet, dass man vielleicht ins Geschäft kommen könne, doch der Preis, den er für eine Überfahrt nach Süditalien verlangte, war so außerordentlich, dass Ludwig davon absah, ihn noch einmal zu treffen.

Den toten König als eine harmlose Fracht zu tarnen, erschien Ludwig nicht möglich. Unter den Handelsgütern, die sich auf den Kais stapelten, gab es keine Fässer oder Kisten, die für einen Leichnam groß genug gewesen wären. Und würde er eine Kiste von den Maßen eines Sarges oder noch größer anfertigen lassen, so würde er damit unweigerlich die Neugier der Seeleute wecken.

Schließlich dachte Ludwig sogar darüber nach, ob er es wagen sollte, die Reliquie in der Mitte durchzuschneiden. Dann könnte er sie in einem leeren Weinfass verstauen. Zenon hatte davon gesprochen, dass in seinem Kloster der Kopf Johannes' des Täufers verwahrt wurde. Ludwig hatte auch von anderen Fällen gehört, in denen nur einzelne Körperteile von Heiligen gerettet worden waren, ja manchmal nur noch Knochensplitter. Doch was war mit jenen geschehen, die Märtyrer des Christentums verstümmelt hatten? Würde er nicht Gottes Strafgericht auf sich herabrufen? Durfte ein Schiff, das einen geschändeten Heiligen an Bord hatte, darauf hoffen, sicher sein Ziel zu erreichen?

Manchmal, in schwachen Augenblicken, überlegte Ludwig auch, ob es nicht das Beste wäre, ein Schiff zu nehmen und einfach davonzusegeln. Anno und den König zurückzulassen. Nach Hause würde er dann allerdings nicht zurückkehren können. Der Erzbischof würde erfahren, wenn er wieder im Lande war. Und wohin sollte er sonst gehen? Er war es müde, in der Fremde zu weilen, wo nur die wenigsten seine Sprache verstanden. Und war es nicht töricht, so kurz vor dem Ziel aufzugeben? Sie hatten den König gefunden! Es musste doch einen Weg geben, ihn nach Italien zu bringen! Wenn das geschafft wäre, dann würde es auch nicht mehr lange dauern, bis er seine Stiefschwester wiederfand.

Am Tag der heiligen Sophia von Rom und ihrer drei Töchter, dem letzten Tag des September im Jahre 1163, trieb der böige Wind zwei Schiffe in den Hafen, denen man ansehen konnte, dass sie in einen schlimmen Sturm geraten waren. Und wen mochte es wundern, war doch dies ein Tag, auf dem ein Schatten lag, denn Sophia war die Patronin der Witwen in Bedrängnis und Nöten. Ludwig hatte ein klammes Gefühl, eine Ahnung drohenden Unheils, als er zusah, wie die beiden Schiffe anlegten. Eine große Handelskogge, deren Hauptsegel in Fetzen hing, und eine Galeere, die einen ihrer zwei Masten eingebüßt hatte. Beide Schiffe fuhren unter dem Wimpel des goldenen Löwen. Venezianer! Als sie festmachten, wimmelte es an den Kais von Trägern und Schaulustigen. Auch Ludwig mischte sich unter das Volk.

Seeleute vertäuten das Schiff. Breite Planken wurden über die Reling geschoben. Einige Männer trugen Säcke zum Kai hinunter, und dann entstand plötzlich Unruhe. Eine Sänfte aus schwarzem Holz, mit goldfarbenen Schnitzereien und blutroten Vorhängen, wurde von Bord getragen.

Ludwig glaubte, seinen Augen nicht trauen zu dürfen. Es war die Sänfte, in der er Marina zum ersten Mal in Konstantinopel gesehen hatte. Konnte es eine zweite Sänfte wie diese geben? Goldene Löwen schmückten die Eckstangen. Grimmige Wachen sorgten dafür, dass sich eine Gasse in der Menge bildete. Immer noch starrte Ludwig wie gebannt. War es möglich … War es ein Wink des Schicksals?

Die Sänfte wurde so dicht an ihm vorübergetragen, dass er sie fast berühren konnte. Die Vorhänge aus dicht gewobenem Stoff machten es unmöglich zu erkennen, wer sich dahinter verbarg. Aber jeder Zweifel war ausgeschlossen. Das war Marinas Sänfte! Als sie vorüber war, schloss sich die Gasse in der Menschenmenge. Ludwig versuchte fluchend und stoßend durchzukommen. Doch bald schon verschwand die Sänfte in einer engen Straße, die hinauf zu den Palästen der Kaufleute führte.

Verzweifelt sprach Ludwig einen der Seemänner an. »Wer ist mit diesem Schiff gekommen?«

»Enrico Dandolo, einer der mächtigsten Kaufherren Venedigs. Wer sonst würde wegen ein paar Seidenballen mitten durch einen Sturm segeln?«

»Und reist er allein?«

Der Seemann musterte ihn misstrauisch. »In der Sänfte wurde seine Frau von Bord gebracht. Er verbirgt sie stets vor den Blicken der Welt. Es heißt, sie habe Aussatz.«

Der Gedanke an Marina ließ Ludwig keine Ruhe mehr. War sie tatsächlich an Aussatz erkrankt? Lag sie gar im Sterben? Vergebens bemühte er sich, mehr über sie in Erfahrung zu bringen. Dandolo hatte ein großes Haus im venezianischen Viertel bezogen, doch er war dort kaum anzutreffen. Er besuchte Kaufleute, feilschte um Waren und verließ nach drei Tagen die Stadt. Angeblich, um nach Jerusalem zu reisen. Die Sänfte befand sich diesmal nicht in seinem Gefolge.

Ludwigs Unruhe steigerte sich noch. Marina musste zweifellos schwer erkrankt sein, denn früher hatte sie ihren Mann stets begleitet.

Bis die Abenddämmerung über Akkon hereingebrochen war, wartete Ludwig ab. Er hatte sich wie ein Mönch gekleidet, weil er beobachtet hatte, dass Priester im Haus des Kaufmannes ein und aus gingen.

Er musste eine Weile ausharren, bis ihm endlich geöffnet wurde. Eine Dienerin musterte ihn aufmerksam und erkundigte sich nach dem Grund seines späten Besuches.

»Meldet Eurer Herrin, Bruder Tantris vom Orden der

barmherzigen Palmkreuzer habe sich eingefunden. Sie hat nach mir schicken lassen.« Ludwig hielt den Kopf gesenkt.

»Bruder Tantris?«, wiederholte die Dienerin unsicher. »Die Herrin hat sich schon zur Ruhe begeben. Sie hat mir nicht gesagt, dass sie heute noch einen Gast erwartet.«

»Nun, ich bin tatsächlich einen Tag früher als vorhergesehen in der Stadt angekommen. Meine Sorge um sie hat meinen Schritten Flügel verliehen. Wenn Ihr nun so gut wäret, Ihr von meiner Ankunft zu berichten. Ich bin sicher, dass sie mich noch empfangen wird.«

Die Dienerin machte sich auf den Weg. Ludwig wartete im Innenhof des großen Hauses. Plötzlich hatte er das Gefühl, beobachtet zu werden. Als er sich umwandte, betrat ein Mann den Innenhof. Ludwig erinnerte sich an ihn, er war ihm schon in Konstantinopel unter dem Gesinde Dandolos aufgefallen.

»Kenne ich Euch, Mönch?«, fragte der Diener unvermittelt.

»Das wage ich zu bezweifeln. Doch wer weiß? Gottes Wege sind unergründlich. Wart Ihr schon in Aragon oder Andalusien?«

Der Diener schüttelte den Kopf. »Vielleicht irre ich mich ja. Doch sagt, was führt Euch in dieses Haus?«

Bevor Ludwig sich eine Antwort zurechtlegen konnte, erklangen Schritte auf dem Hof. Die Dienerin kehrte zurück. »Ihr hattet Recht, Bruder. Die Herrin wünscht, Euch sofort zu sehen!«

Der Ritter verneigte sich vor dem misstrauischen Diener. »Ihr entschuldigt mich.«

Er wurde über zwei Treppen hinauf zu einem kleinen Gemach gebracht. Ein Bett, das mit weißen Seidentüchern verhängt war, füllte den Raum fast aus. Auf einem zierlichen Tisch stand eine Öllampe. Die Läden der Fenster waren verschlossen. Entlang der Wände waren Blumengebinde aufgehängt. Sie verströmten den schweren Duft des Sommers. Neben dem Bett stand ein niedriger Schemel.

»Bruder Tantris?« Die Stimme klang müde, und doch schwang auch freudige Erwartung in ihr. Sie hatte sich seit ihrer letzten Begegnung vor mehr als einem Jahr sehr verändert. »Reicht mir Eure Hand, Bruder, doch bitte … zerteilt nicht die Vorhänge, um mich zu sehen.«

Ludwig zögerte, und Marina schien seine Unentschlossenheit zu spüren.

»Bitte respektiert meinen Wunsch, Tantris.«

Er spürte, wie kalte Finger sich um seine Hand schlossen. Zärtlichkeit und Furcht lagen in ihrem Händedruck.

»Ich habe gewusst, dass du es bist«, flüsterte die Stimme. »Tantris, so nannte sich Tristan, als er todkrank an den Hof Isoldes kam und seinen wahren Namen nicht nennen konnte. Der Orden der barmherzigen Palmkreuzer … Besitzt du noch den Umhang mit dem Palmkreuz? So gern hätte ich sein Blau gesehen.«

»Der Umhang liegt zusammen mit einem Freund begraben.«

»Hat Enrico seine Meuchelmörder ausgeschickt?«

»Nein, dein Mann war es nicht. Es war …« Ludwig verstummte voller Trauer.

»Hat man dir gesagt, dass ich bald sterben werde?«

Der Ritter schwieg. Marina streichelte sanft seine Hand, so als sei er es, der Trost brauche.

»Ich fürchte mich nicht. Enrico hat Heilkundige aus aller Herren Länder zu mir gerufen, doch die Ehrlichen unter ihnen haben mir gesagt, dass es keine Hoffnung mehr gibt. Ich bin schon jetzt so müde, dass ich fast den ganzen Tag schlafe. Es heißt, mein Fleisch sei durchsetzt von Würmern, die mein Blut fressen.« Sie lachte bitter. »Wenn es stimmt, gehen sie sehr sanft mit mir um. Ich habe keine Schmerzen. Manchmal, wenn ich nachts wachliege und ringsherum alles still ist, kann ich deine Stimme hören, Tantris. Dann habe ich das Gefühl, dass ich nur geboren wurde, um dir zu begegnen. Dass die kurze Zeit im letzten Sommer mein Leben war.«

Ludwig fühlte sich beschämt. So leidenschaftlich seine Liebe zu Marina gewesen war, so wenig hatte er doch an sie gedacht, nachdem er mit seinen Gefährten aus Konstantinopel geflohen war.

»Du bist so still. Bitte, sitze nicht neben mir und schweige. Ich werde so bald schon die ewige Stille erfahren …«

»Es heißt, die Heilkundigen aus Damaskus seien die besten. Vielleicht gibt es ja doch noch Hoffnung …«

»Sprich nicht von meiner Krankheit. Sie hat mich längst besiegt. Enrico hat ganze Heerscharen von Heilern an mein Lager gerufen, und jetzt kann er es nicht mehr ertragen, in meiner Nähe zu sein. Ich glaube nicht, dass ich ihn noch einmal treffen werde. Er hat mich zurückgelassen wie ein abgetragenes Kleidungsstück.«

Ludwig fühlte sich hilflos. Er wollte sie in den Arm nehmen, so wie man ein Kind in den Armen wiegt, um es zu trösten. »Ich wünschte, ich könnte für dich auf meiner Laute spielen, so wie damals. Aber sie ist verbrannt …«

»Wären wir zwei Königskinder wie Tristan und Isolde, dann würde man vielleicht eines Tages ein Lied über uns singen. Von mir wird nichts bleiben. Von unserer Liebe wissen nur wir. Erzähle mir von deinem Leben, Ludwig. Ich möchte unsere ganze Geschichte kennen.«

Er war froh, ihr so leicht einen Gefallen tun zu können. Ludwig begann mit seiner Kindheit und erzählte in scherzhaftem Tonfall, er habe sich wie ein zweiter Siegfried gefühlt, dem eine große Zukunft prophezeit worden war. Nur seine Stiefschwester erwähnte er mit keinem Wort. Trotzdem gelangen ihm Geschichten, die Marina gelegentlich ein leises Lächeln abrangen. Nachdem er von den Heiligen Drei Königen und seiner schwierigen Mission erzählt hatte, spürte er, wie ihre Hand sanft aus seiner glitt. Er erschrak und wollte schon den Vorhang zurückschlagen, doch dann hörte er ihren schweren, unregelmäßigen Atem. Marina war eingeschlafen.

Als Ludwig zwei Tage später zum Haus des Kaufmanns kam, fand er die Türen verschlossen. Niemand regte sich auf sein Klopfen. Beunruhigt strich er durch die an das große Haus angrenzenden Gassen. Alle Türen waren versperrt und hölzerne Läden vor die Fenster gehängt. Sollte Dandolo seine Frau nach Jerusalem geholt haben?

Schließlich trat eine junge Frau an ihn heran. »Ihr findet die Dienerschaft des Kaufherrn auf dem Friedhof der Johanneskirche. In dieser Nacht ist die Herrin gestorben.«

Ludwig glaubte, der Himmel über ihm habe einen Riss bekommen und heraus sei ein schwarzer Blitz gezuckt, der ihm durch Mark und Bein fuhr. Die Frau redete weiter, aber er hörte ihr nicht mehr zu. Schließlich drehte er sich grußlos um und begann ziellos durch die Gassen der Stadt zu streifen. Wie fremd und verloren kam er sich vor! Doch er wagte es nicht, sich der Johanneskirche zu nähern. Mit Marinas

Tod war all seine Tollkühnheit erloschen. Er hatte Angst vor den Fragen, die ihm die Diener stellen mochten, und er fürchtete, ohne ein Gebet, ohne jedes Wort an ihrem frischen Grab zu stehen.

Sein Weg führte ihn stattdessen in die Hafenschenke, in der er schon so viele Tage verbracht hatte. Becher auf Becher stürzte er billigen Wein hinunter, doch es war wie verflucht. So viel er auch trank, der Alkohol schien keine Wirkung zu haben. Ein wilder, tiefer Schmerz war in ihm gefangen und tötete jeden Gedanken, jedes Gefühl. Während er trank, dachte er an niemanden, nicht an Anno, der immer noch schwer krank darniederlag, nicht einmal an seine Stiefschwester.

Es war längst tiefe Nacht, als er die Schenke schließlich verließ. Niedrige Wolken verbargen den Mond, und ein kalter Wind jagte vom Meer über die Stadt. Die Johanneskirche lag nicht weit vom Hafen entfernt neben dem Ordenshaus der Templer. Das Tor zu dem kleinen Friedhof hinter dem Kirchturm war unverschlossen. Hoch oben heulte der Wind im Glockenstuhl seine eigene Totenklage. Obwohl noch kein Stein gesetzt worden war, fiel es ihm nicht schwer, Marinas Grab zu finden. Man hatte es mit Palmblättern und Blumen überhäuft.

Ludwig kniete nieder. Er hatte nichts mitgebracht. Keine Blumen und keine feierlichen Worte. Er war für diesen Abschied nicht bereit gewesen. Seine Hände strichen über die toten Blumen, die vorgestern noch in Marinas Zimmer gehangen hatten.

Vielleicht sollte auch er sterben. Hier an ihrem Grab. Er war zu müde für dieses Leben, für diese Mission, die Heiligen Drei Könige nach Cöln zu bringen.

»Tantris?«

Erschrocken fuhr Ludwig herum. Wie aus dem Nichts war hinter dem Grab eine hochgewachsene, bärtige Gestalt erschienen.

»Marina hat mich geschickt. Sie ahnte, dass Ihr hier sein würdet.«

Ludwig brachte kein Wort heraus.

»Ich bin Marcello Marvella, der Kapitän der großen Kogge unten im Hafen. Meine Herrin Marina Dandolo hat mich gestern Nacht an ihr Totenbett befohlen und mir gesagt, dass ich Euch hier erwarten sollte. Ich soll Euch bei einer …« Er zögerte. »… bei einer sündigen Tat helfen, die in höherem christlichen Interesse begangen werden muss. Ich erwarte Euch und Eure Ladung morgen Nacht hier. Wir werden mit der ersten Flut auslaufen.« Er räusperte sich und strich sich über den dichten Bart. »Ich soll Euch von meiner Herrin grüßen. Sie wünscht Euch viel Glück auf Eurem Weg. Ich weiß nicht, woher sie Euch kannte, aber ich weiß, dass Ihr der Mann seid, den sie geliebt hat. Ich bin als Mitgift der Herrin in Dandolos Dienste geraten. Ihm schulde ich keine Loyalität.« Er streckte Ludwig etwas linkisch die Hand entgegen. Dann, ohne eine Entgegnung Ludwigs abzuwarten, wandte er sich um und verschwand zwischen den Gräbern, als sei er nicht mehr als ein Geist, den Marina aus der Schattenwelt jenseits des Grabes geschickt hatte, um ihn zu retten.

27

Anno stand am Bug des schwerfälligen Schiffes, das gegen die Brandung kämpfte. Seine Hände umklammerten das feuchte Holz der Reling. Grauer Nieselregen verwischte die Sicht, so dass Meer und Himmel in der Ferne eins zu werden schienen. Nur im Norden bahnte sich Sonnenlicht einen Weg durch die Wolken. Schwach konnte man steil gewölbte Kuppeln erkennen. Das Dach der Markus-Kathedrale. Eine Stunde noch, und sie würden in Venedig vor Anker gehen. Von dort aus waren es nur noch ein paar Tage bis Lodi.

Sorgenvoll blickte Anno hinter sich über das Deck. Ludwig war achtern beim Kapitän. Die beiden verstanden sich gut. Ihn allerdings hatten sie in ihre Freundschaft nicht eingeschlossen. Wenn Anno nichts falsch verstanden hatte, dann befanden sie sich an Bord eines der Schiffe, die jenem Venezianer gehörten, der in Konstantinopel versucht hatte, sie buchstäblich zur Hölle zu schicken. An die Einzelheiten der Geschichte konnte Anno sich nicht mehr erinnern.

Er war noch längst nicht wieder bei Kräften, und er hatte vieles vergessen. So wusste er nicht mehr, wie sie überhaupt nach Akkon gekommen waren. Und auch darüber schwieg Ludwig sich aus.

Viel zu lange hatte ihre Reise schon gedauert, verzögert durch die Winterstürme und die Handelsgeschäfte, die der Kapitän zu tätigen hatte. Manchmal hatte Anno das Gefühl gehabt, es gäbe keinen Hafen im östlichen Mittelmeer, den sie nicht anlaufen wollten. Aber wenigstens gab es an Bord keinen schwarzen Mönch.

Ob der Mönch ihn in Venedig erwartete? Aber wie hätte er ihrer Spur folgen sollen? So hatte ihre lange Irrfahrt auch etwas Gutes.

In Akkon aber war der schwarze Mönch ständig um Anno herum gewesen. Anno konnte sich noch gut erinnern. Wann immer er während des Fiebers die Augen geöffnet hatte, stand der Mönch schweigend im Raum. Er hatte kein Gesicht gehabt. Zumindest konnte sich Anno nicht an ein Gesicht erinnern. Aber das war auch nicht notwendig. Er wusste, wer ihn verfolgte! Hier an Bord war es zum Glück anders gewesen. Irgendwann war Anno ohne Fieber erwacht und hatte auch wieder etwas essen können.

Manchmal, wenn Ludwig die stickige Kabine verlassen hatte, um sich mit dem Kapitän zum Würfelspiel zu treffen, hatte er den Heiligen König aus seinem Versteck unter dem gezimmerten Bettkasten geholt. Er hatte dann die Knoten gelöst, die Decken zurückgeschlagen und dem toten Heiligen ins Antlitz gesehen. Der Heilige war ganz gewiss der Schutzpatron Claras. Durch ihn würde sie eine goldene Zukunft haben. Die braunen Lippen des Königs waren ein wenig zurückgezogen, so als lächele er tatsächlich. Ja, das Schicksal, das sich gegen sie gestellt hatte, würde nun einen anderen Lauf nehmen. Und auch der schwarze Mönch würde sie nicht finden.

Der Fürsterzbischof fluchte stumm und legte den Brief beiseite. Drei Jahre hatte er gebraucht, um einen Spitzel unter die engsten Vertrauten des Ketzerpapstes zu bringen, und nun erhielt er die Bestätigung, dass es Alexander seinerseits schon vor Jahren gelungen war, einen Spitzel in seine Umgebung einzuschleusen. Und ausgerechnet jenen Menschen, dem er am meisten vertraut hatte. Nur ihm hatte Rainald verraten, auf welchem Weg er nach Cöln zu reisen gedachte, nun, da die Heiligen Drei Könige endlich vereint waren.

In dem Schreiben wurde ein Brief zitiert, den Alexander an den Erzbischof von Reims geschickt hatte. »*… den Urheber und das Haupt der Wirrsal in der Kirche*« sollte der Reimser Erzbischof an der Reise durch Flandern hindern. Und weiter: »*Du könntest nämlich in der gegenwärtigen Lage nichts tun, was Uns und der Kirche angenehmer und gefälliger wäre und wodurch Du Dir Lob und den Ruhm größerer Ehre erwerben könntest.*« So wie sich das anhörte, würde Alexander gewiss Absolution erteilen, wenn er, Rainald, bei dem Versuch, ihn gefangen zu nehmen, versehentlich ums Leben käme.

Am Ende des Briefes war noch eine Liste der Kirchenfürsten und weltlichen Herren angefügt, an die ähnliche Schreiben gesandt worden waren. Ganz oben standen der König von Frankreich, verschiedene Erzbischöfe in der Lombardei und der Pfalzgraf Konrad, der Bruder des Kaisers. Wenn man den Wert eines Mannes nach Macht und Zahl seiner Feinde bemaß, dann hatte Rainald es weit gebracht.

Aber noch hatte er seinen Gegnern etwas voraus. Er wusste jetzt, wer der Verräter in seinem Gefolge war. Nur der Archipoeta konnte den Weg über Flandern nach Cöln verraten haben.

Wütend zerriss von Dassel den Brief. Der Dichtermönch hatte alles von ihm bekommen. Er hatte diesen Bettler eingekleidet, sein Essen und seine Unterkunft gesichert. Und als Dank nun dieser schändliche Verrat! Er, der sonst niemandem traute, hatte mit dem Archipoeta fast all seine Geheimnisse geteilt. Wie hatte er so dumm sein können? Und wie sollte er seinen Erzpoeten bestrafen? Klagte er ihn öffentlich des Verrats an, dann würde ruchbar werden, wie man ihn hintergangen hatte. Seine Feinde bei Hof würden ihn verspotten und ihm vorwerfen, die Interessen des Reichs geschädigt zu haben. Nein, er musste wieder einmal auf Ricardo, den Söldner, zurückgreifen.

Vielleicht ließ sich noch ein letzter Nutzen aus dem Verrat des Dichtermönchs ziehen? Rainald ließ sich in dem prächtig geschnitzten Sessel nieder, den er vor so langer Zeit geschenkt bekommen hatte. Was sollte er mit dem Archipoeta tun? Er könnte Ricardo beauftragen, ihn einfach verschwinden zu lassen. Der Dichtermönch kannte das Geheimnis der Drei Könige. Allein das wäre schon ein Grund, ihn zu ermorden.

Der Kaiser war nach Italien zurückgekehrt. Es würde Ärger geben wegen des neuen Papstes. Aber ein Streit mit Friedrich dauerte nie lange. Rainald dachte daran, wie er den Kardinalbischof Guido von Crema zu Papst Paschalis III. gemacht hatte. Zwei Tage nach dem Tod Papst Victors hatte er in Gegenwart von nur zwei Kardinalbischöfen Guido zum Papst ernannt. Der Gute hatte selbst kaum begriffen, wie ihm geschah. Doch nun waren Tatsachen geschaffen, die sich nicht ohne weiteres umstoßen ließen, sollten die Kirchenfürsten auch noch so sehr gegen den neuen Bischof von Rom aufbegehren. Noch in derselben Woche waren Anno und Ludwig mit dem dritten König aus Venedig gekommen. Das war ein gutes Omen gewesen! Außerdem wäre es zum Vorteil aller, wenn sich die Kirche dem Kaiser fügte. Es stand den Dienern des Herrn nicht an, sich über den Kaiser zu erheben.

Die Tür ging auf, und der Archipoeta trat ein. Er wirkte angetrunken und lächelte glücklich. »Ihr habt mich rufen lassen, *archicancelarius?*«

Rainald nahm das Messer vom Tisch, mit dem er sich zu rasieren pflegte. Prüfend glitt sein Daumen über die Klinge.

»Heiliger Mann des Rechts, ich bitt',
möchte mit Flehn dich wecken.
Dich verehrt das ganze Volk; dich, den klugen Recken,
Es geziemt dem Großen, sich Kleiner zu erbarmen:
Güte fordert jetzt von dir, Schwache zu umarmen!

Diese Verse sind von dir, nicht wahr?« Der Erzbischof legte das Messer vor sich auf den Tisch. »Es ist nicht schwer, deine Feder zu erkennen, Dichter.«

Der Archipoeta schwankte und klammerte sich an der Rückenlehne eines Stuhls fest. »Das Lied ist Euch zum Lobpreis geschrieben!«

»*Dich verehrt das ganze Volk* … Es kommt wohl darauf an, wer es singt und in welchem Tonfall. Als Spottlied auf den Kaiser und die Seinen kann man es in allen Straßen hören.«

»Aber Ihr wisst, warum es so geschieht? Wenn sie dieses Lied singen, ist es kein Spott, sondern ein flehentliches Bitten. Die neuen Herren, die der Kaiser eingesetzt hat, sind ungerecht und bedrücken das Volk. Robert de Rubeis, der für den Kaiser in Mailand regiert, lässt den Geschlagenen von allen Früchten, die ihre verheerten Felder tragen, ein Drittel eines Drittels. Das Land ist reich, aber die Bewohner hungern. Oder nehmt den Grafen Papanus, den kaiserlichen Statthalter in Padua. Keine Tochter der Stadt ist vor seinen Nachstellungen sicher. Macht er so weiter, wird er eines Morgens seinen Kopf auf einem Pfahl finden! In langem Kriege hat der Kaiser die Lombarden zum Frieden gezwungen, doch mit *diesem* Frieden wird er sie wieder auf das Schlachtfeld treiben. Viele sagen, sie seien lieber tot, als so zu leben!«

»Es ist nicht deine Aufgabe, mir die Politik des Kaisers zu erklären. Ich bin sein Reichskanzler. Friedrich braucht Geld für den Kriegszug gegen Süditalien, um die Normannen zu unterwerfen. Der Norden wird ihm dieses Geld bringen.«

»Einen neuen Krieg im Norden wird diese Tyrannei bringen und sonst nichts!«, ereiferte sich der Archipoeta.

»Du nennst deinen Kaiser einen Tyrannen?«

»Nicht ihn, er ist ein gerechter Herr. Aber jene, die an seiner Stelle herrschen, missbrauchen die Macht, die er ihnen anvertraut hat.« Der Mönch mied es, dem Erzkanzler ins Antlitz zu blicken.

Rainald beobachtete den hageren Dichter genau. Man konnte ihm ansehen, dass er sich fürchtete. Noch immer hielt er die Stuhllehne umklammert. Seine Nase leuchtete rot vom Wein. Er war eine Jammergestalt, aber er wagte es trotzdem, seinem Herrn die Meinung zu sagen. Rainald wusste, dass der Archipoeta missliebige Entscheidungen gern dem Zufall überließ. Kleine Gottesurteile nannte er es. Wäre es nicht eine köstliche Ironie, wenn er nun seinerseits das Leben des Mönchs einem solchen Gottesurteil überantwortete? Er schätzte seinen Trotz und seine offene Art zu reden so sehr, dass er selbst jetzt, wo sein Verrat offenbar war, ihn nicht einfach richten lassen wollte. Eine höhere Macht sollte die Entscheidung fällen. Auf gewisse Weise respektierte er den Mönch, so wie er damals den Byzantiner respektiert hatte, den Manuel geschickt hatte, um den Kaiser zu ermorden. Mit seinem eigenen Leben hatte er den zweiten Attentäter gedeckt. Solche Männer waren selten! Ihr Leben war ein Gut, über das man nicht leichtfertig befinden konnte.

»Wenn die Pläne des Kaisers reifen, dann wird es in diesem Lande wieder Frieden geben. Dann werden alle ungerechten Steuern erlassen, und Italien wird ein Paradies auf Erden werden. Doch dazu müssen zunächst die letzten Feinde vertrieben sein. Heute hat uns frohe Kunde erreicht!« Rainald zog die Brauen hoch, blickte zur Tür und winkte dem Mönch, ein wenig näher zu kommen.

Zögernd trat der Archipoeta vor den großen Tisch.

Der Erzbischof nahm erneut das Messer auf. »Jetzt werden wir Alexander und den Seinen die Klinge an die Kehle setzen! Es wird zu einem Bund zwischen dem Kaiser und dem Basileios Manuel kommen.« Rainald hatte die Stimme gesenkt und sprach in verschwörerischem Ton weiter. »Der Basileios hat begriffen, dass es auch in seinem Sinne ist, wenn die Normannen von Sizilien verschwinden. Und er hat gesehen, was es heißt, den mächtigsten Herrscher der Christenheit zum Feinde zu haben! Es heißt, dass man an seinem eigenen Hof gegen ihn intrigiert. Er braucht einen mächtigen Verbündeten, um seine Herrschaft zu stützen. Und er hat ganz richtig erkannt, dass es nur einen gibt, der für ein solches Bündnis infrage kommt. Sein Angebot ist fast schon unterwürfig. Er wird den Kriegszug in den Süden unterstützen, erhebt aber keine Gebietsansprüche. Und er wird sich gegen den Ketzerpapst stellen.« Rainald deutete mit dem Dolch auf ein versiegeltes Schreiben, das vor ihm auf dem Tisch lag. »Hier sind die Bedingungen niedergeschrieben, die Friedrich an den Basileios Manuel stellt. Wenn der Bund zustande kommt, dann hat der Kaiser den Rücken frei, und sobald die Normannen besiegt sind, wird er sich gegen Alexander wenden. Und wenn der französische König den Ketzerpapst nicht in Ketten ausliefert, dann wird der Kaiser mit Heeresmacht nach Frankreich ziehen, um sich Alexander zu holen! Ich brauche einen zuverlässigen Boten, der diese Nachricht nach Konstantinopel bringt. Dir traue ich wie keinem, mein Freund, und ich weiß, dass es schon seit langem dein Wunsch ist, die Wunder von Byzanz mit eigenen Augen zu sehen. Schwöre mir, dass du mir die Treue hältst und die Geheimnisse des Reiches bei dir in guten Händen liegen.«

»So wahr mir Gott helfe!« Der Archipoeta legte feierlich die Hand auf sein Herz.

»Du wirst in aller Heimlichkeit bei Nacht aufbrechen müssen. Noch heute sollst du ausgestattet werden, wie es sich für einen Gesandten an den Hof von Konstantinopel geziemt. Doch sage zu keinem ein Wort. Diese neue Wendung hat alle anderen Pläne hinfällig gemacht. Ich werde wohl im Herbst oder vielleicht sogar erst im nächsten Frühjahr die Heiligen Könige nach Cöln bringen können. In den nächsten Wochen wird sich für Jahrhunderte das Verhältnis zwischen Kaiser und Papst entscheiden.« Rainald machte eine kurze Pause, dann fuhr er in weniger pathetischem Ton fort: »Außerdem ist es besser, wenn dich Friedrich nicht hier vorfindet. Auch ihm ist zu Ohren gekommen, was man aus deinen Versen gemacht hat. Bist du bereit, noch heute abzureisen?«

»Ich werde gehen, wohin immer Ihr mich schickt, Herr. Aber wird Barbarossa durch Eure Pläne nicht auf Jahre in blutige Kriege verstrickt werden?«

»Wenn wir Krieg führen und ein großes Ziel verfolgen, wird das die deutschen Fürsten einigen.«

»Das Kaisertum bedeutet Euch mehr als Friedrich, nicht wahr? Manchmal frage ich mich, ob er weiß, was für einen Berater er an seiner Seite hat.«

»Du darfst jetzt gehen.«

Der Archipoeta verbeugte sich. Ahnte er, dass er in eine Falle lief? Rainald blickte ihm nach. Wenn der Mönch mit dem Brief nach Konstantinopel ritt, würde man ihm den Kopf vor die Füße legen. Der Basileios musste das Schreiben als eine Provokation auffassen, einen Versuch, ihn vor dem versammelten Hofstaat zu diskreditieren. Ihm blieb gar keine andere Wahl, als den Boten zu richten, wenn er sein Gesicht nicht verlieren wollte.

Ritt der Archipoeta hingegen nach Sens, dem Sitz Alexanders in Frankreich, so mochte er mit dem Leben davonkommen. Zunächst würde Alexander versuchen, das vermeintliche Bündnis mit dem Basileios zu zersprengen, und all seine Kräfte darauf konzentrieren. In dieser Zeit, dachte Rainald, könnte er ungefährdet durch Burgund reisen, ja, er würde sogar in Vienne, unter den Augen des falschen Papstes, eine Synode des burgundischen Episkopats abhalten, um die Kirchenfürsten auf den neuen Papst Paschalis III. einzuschwören.

Doch zunächst musste er seinen eigenen Kaiser überzeugen, dass mit Paschalis eine gute Wahl getroffen war. Ohne Rücksprache mit Friedrich hatte er die Gelegenheit vertan, das Schisma in der Kirche zu beenden. Bei einer ordentlichen Papstwahl wäre mit Sicherheit Alexander auf den Stuhl Petri gehoben worden. Doch es war keine Zeit gewesen, den Kaiser über seine Pläne zu unterrichten.

Er würde sich mit Barbarossa streiten und anschließend wieder versöhnen. So ging es immer zwischen ihnen. Er hatte sogar ein Geschenk bereit, das der Kaiser ihm als Zeichen seiner Gunst überlassen konnte. Friedrich liebte große Gesten. Und da ihr Streit kaum dem Hofstaat entgehen mochte, musste es eine öffentliche Versöhnung geben. Auch Friedrich würde das einsehen, wenn sie erst einmal wieder ihren Frieden gemacht hatten. Er würde dem Herrscher vorschlagen, ihm vor versammeltem Hofstaat als Zeichen ihrer Aussöhnung die Drei Könige zu schenken. Jeder, der bei der Eroberung Mailands geholfen hatte, hatte ein Geschenk bekommen, nur er, der Erzbischof, war noch nicht belohnt worden.

Wichtiger noch war, dass er, wenn er die Reliquien aus der Hand Barbarossas erhielt, nicht als ihr Dieb dastehen würde. Dem Kaiser hingegen stand es zu, eine Stadt, die gegen ihn rebelliert hatte, zu bestrafen und eine andere, die ihm die Treue gehalten hatte, zu belohnen. So würden die Reliquien fortan unter kaiserlichem Schutz stehen, und keiner würde anzweifeln können, dass sie zu Recht nach Cöln gelangt waren!

28

Seit ihrem überstürzten Aufbruch aus Vienne ritten Anno und seine drei Begleiter wieder in Verkleidung. Anno verstand nicht viel von Politik, aber das war auch nicht nötig, um zu begreifen, dass Rainald von Dassel es zu weit getrieben hatte. Allerorten munkelte man darüber, auf welch schändliche Weise der neue Papst in sein Amt erhoben worden war. Das Episkopat in Vienne hatte den Erzbischof eisig empfangen und zuletzt sogar offen gegen ihn gesprochen. Die meisten Kirchenfürsten in Burgund standen nun auf der Seite Alexanders. Außerdem gab es Gerüchte, dass sich der Bruder des Kaisers, der Pfalzgraf Konrad, der Landgraf von Thüringen und der Herzog Friedrich von Schwaben bei der Burg Stahleck mit Heeresmacht versammelten, um von dort aus auf Cöln zu marschieren und den Erzbischof gefangen zu setzen.

Von Vienne aus waren sie bis an den westlichen Rand der Eifel geflohen und hatten sich von dem erzbischöflichen Gefolge getrennt. In einem hohen Planwagen waren die Särge mit den Heiligen unter Stoffballen versteckt.

Der Erzbischof saß im Gewande eines Händlers auf dem Kutschbock. Neben ihm hockte dieser verdammte Italiener Ricardo. Weshalb der Fürst dem zwielichtigen Kerl vertraute, konnte Anno nicht begreifen. Er und Ludwig ritten im Gewande von Waffenknechten als Eskorte bei dem Wagen.

Bis Cöln würden sie noch fünf oder sechs Tage brauchen. Wenn der schwarze Mönch sie nicht vorher in einen Hinterhalt lockte. Anno hatte ihn einige Male in der Ferne gesehen, wie er sie beobachtet hatte. Er wusste, dass die anderen ihn für verrückt hielten, aber er würde ihnen die Wahrheit noch beweisen. Nur war es dann wahrscheinlich zu spät.

Nein, verrückt waren allenfalls die anderen. Obschon Anno zugeben musste, dass er nicht begriffen hatte, was in Lodi vor ihrer Abreise geschehen war. Der Kaiser hatte viele Edle und Ritter zusammengerufen und dann Rainald von Dassel in prunkvoller Zeremonie mit den Reliquien der Drei Könige beschenkt. Dabei hatten die Heiligen Friedrich niemals gehört! Rainald selbst hatte sie doch aus Mailand geholt. Dass mit den Drei Königen die ruhmvolle Macht Mailands auf Cöln übertragen werde, hatte Friedrich mit großen Worten erklärt. Anno war beinahe versucht gewesen, mitten auf den Platz zu treten und die Sache klarzustellen. Aber Ludwig hatte ihn zurückgehalten. Der verdammte Hurenbock steckte mit allen unter einer Decke. Manchmal traf er sich allein mit dem Erzbischof. Anno glaubte zu wissen, dass Ludwig bei diesen Gelegenheiten schlecht von ihm sprach. Dem Kerl war nicht zu trauen! Und ausgerechnet mit ihm musste er immer wieder vorausreiten, um den Weg zu erkunden.

Das verdammte Eifelland mit seinen Bergen und dichten Wäldern war wie geschaffen dazu, einen Hinterhalt zu legen. Sie hielten sich abseits der Hauptwege und kamen mit dem Karren kaum voran. Anno gab seinem Hengst die Sporen und preschte ein Stück auf dem Waldweg voraus. Da sah er ihn! Den schwarzen Mönch! Er saß auf einem Rappen. Gegen das dunkle Tannengehölz, vor dem er hielt, war er fast nicht zu erkennen. Er war ihnen gefolgt, und jetzt kam er, um ihnen die Heiligen Drei Könige zu rauben! Der Sennberger riss das Pferd herum und galoppierte den Weg hinab.

»Er ist da!« Ludwigs Stute stieg vor Schreck und hätte beinahe ihren Reiter abgeworfen.

»Dort oben!« Anno riss hart an den Zügeln.

»Der schwarze Mönch?«, fragte Ludwig gelassen, als er sein Pferd beruhigt hatte.

»Er ist es!«

»Genauso wie der arme Weinhändler, den du in Bitburg fast erdolcht hast, weil er eine schwarze Gugel trug.«

»Komm mit, wenn du mir nicht glaubst! Wir müssen nur ein Stück den Weg hinaufreiten.« Wütend hieb Anno seinem Pferd die Sporen in die Flanken. Eine Wolke hatte sich vor die Sonne geschoben. Der Wald wurde in plötzliche Finsternis getaucht. Anno zog das Schwert. Doch als er die Stelle erreichte, an der er den Mönch gesehen hatte, war niemand mehr da. War Hexerei im Spiel? Hatte sich die Gestalt in Luft aufgelöst? Oder wurde er wirklich langsam wahnsinnig, wie die anderen längst vermuteten?

»Wo ist der schwarze Mönch?« Ludwig hatte sich nicht beeilt, den Weg hinaufzukommen.

»Er war hier«, beharrte Anno. »Er hat uns kommen sehen und ist geflohen!«

»Gewiss.« Die Stimme seines Gefährten klang müde. Er wendete sein Pferd. »Glaubst du, der Weg ist zu steil für den Karren?«

»Das weiß Gott«, knurrte der Sennberger. Wenn sie nicht auf ihn hören wollten, dann sollten sie doch in die Falle gehen!

Sie ritten zurück zu dem Karren, und bald zeigte sich, dass Ludwig mit seiner Befürchtung Recht hatte. Die beiden massigen Kaltblüter stemmten sich ins Geschirr, dass das Leder knirschte, doch der Wagen bewegte sich kaum noch von der Stelle.

Der Erzbischof und Ricardo sprangen vom Kutschbock. Gemeinsam spannten sie die beiden Reitpferde vor den Wagen. Eine Weile kamen sie nun besser voran. Anno ging hinten am Karren und hielt einen schweren Knüppel bereit, um ihn im Notfall zwischen die Radspeichen zu stoßen. Der Weg führte hier an einem steilen Abhang entlang. Die Räder mahlten nur wenige Zoll am Abgrund vorbei. Anno fluchte. Sie hätten eine der großen alten Straßen aus der Heidenzeit nehmen sollen. Dann wären sie weit schneller vorangekommen. Doch weil von Dassel nicht wusste, wie weit die Truppen Konrads schon vorgerückt waren, zog er es vor, weiterhin unerkannt zu bleiben.

Als der Karren durch ein Erdloch rumpelte, ließ ein bedrohliches Ächzen und Knirschen Anno zusammenzucken. Für einen Moment glaubte er, eine der Achsen sei gebrochen, doch dann barst das hintere Brett am Wagen, und die gesamte Ladung auf der Pritsche geriet ins Rutschen. Anno konnte nur noch zur Seite springen und entsetzt zusehen, wie die Särge von der Ladefläche kippten. Strohballen fielen auf den Weg, und wie ein riesiges Banner wickelten sich die Stoffbahnen ab, die den Särgen zusätzlichen Schutz bieten sollten.

Einer der Särge überschlug sich und wurde gegen einen Baumstumpf geschleudert. Der Deckel sprang auf. Einen Herzschlag lang blickte Anno in das lächelnde Antlitz des dritten Königs. Dann geriet der Sarg erneut aus dem Gleichgewicht und rutschte weiter den Abhang hinunter.

So durfte es nicht enden! Ohne an seine eigene Sicherheit zu denken, stürmte Anno halb rutschend, halb laufend die steile Böschung hinab. Weit unten im Tal schäumte ein kleiner Wildbach. Nicht auszudenken, wenn der heilige Leichnam ins Wasser stürzte.

Er hatte fast die Mitte des Hangs erreicht, als er über eine Baumwurzel strauchelte. Laut fluchend schlug er mit dem Gesicht voran ins Laub. Er strampelte mit den Beinen, bis das heimtückische Wurzelwerk ihn freigab. Doch nur, um ihn weiter den Hang hinabrollen zu lassen. Anno schlug mit den Armen um sich und suchte verzweifelt nach einem Halt. Ein Schlag wie ein Keulenhieb ließ ihn aufschreien. Endlich blieb er liegen. Er musste gegen einen der Bäume am Hang geprallt sein. Stechender Schmerz wütete in seinen linken Arm. Seine Rechte ertastete einen Baumstamm, an dem er sich langsam hochzog. Anno schlug die Augen auf. Keine zehn Schritt entfernt lag der dritte König inmitten von goldenem Vlies.

Schwankend schaffte es der Sennberger bis zu dem Heiligen. Der Kiefer des Königs war heruntergeklappt, so als habe der Sturz auch ihn überrascht. Auf der rechten Gesichtshälfte war die pergamentfarbene Haut aufgerissen. Das vertrocknete Fleisch darunter sah aus wie ein schmutziges, ausgefranstes Seil.

Der Sennberger beugte sich vor. Wenn man den Bart des Heiligen ein wenig zurechtzupfte und den Kiefer wieder in die alte Position schob, würde der Riss gar nicht auffallen. Nur die Zunge des Königs sah eigenartig aus. Ganz schwarz und wie aus Blei. Behutsam griff er in den offenen Mund und holte ein Stück dunkles Metall hervor. Verwundert betrachtete er seinen Fund. Es war ein aufgerolltes Metallblech, etwa so dick wie ein Finger, aber nur halb so lang. Winzige Schriftzeichen waren darauf eingraviert.

Anno dachte plötzlich an Zenon. Was hatte der Mönch ihm zugerufen? Dass sie den falschen König gefunden hatten.

»Was ist mit dem König?«, erklang eine aufgeregte Stimme über ihm.

Erschrocken blickte der Sennberger auf. Ludwig war über die Böschung gestiegen und arbeitete sich vorsichtig von Baum zu Baum den Hang hinab.

»Alles in Ordnung!«, rief Anno. Hastig schob er die Bleirolle in den Mund des Heiligen zurück. Die anderen sollten nichts bemerken.

Rainald beobachtete den Sennberger aus den Augenwinkeln. Er saß auf der anderen Seite des Feuers. Den ganzen Abend hatte der Kerl kein Wort gesprochen. Und es war nicht das erste Mal, dass er sich so verhielt.

Ludwig hatte berichtet, dass Anno wieder glaubte, den schwarzen Mönch gesehen zu haben. Seit dem Fieber, das ihn im Morgenland auf das Krankenlager geworfen hatte, ließ dieser Wahn ihn nicht mehr los. Welche Verrücktheit würde der Kerl wohl als Nächstes begehen? Vielleicht würde es ihm einfallen, über die Drei Könige zu plaudern! Rainald begann sich ernsthaft Sorgen zu machen. Für Cöln waren die Heiligen ein Geschenk des Kaisers und kein Diebesgut, das aus Mailand geschmuggelt worden war! Und das Geheimnis des dritten Königs durfte schon gar nicht bekannt werden!

Wenn Ludwig kein Trunkenbold und Weiberheld wäre, dann hätte man ihn am Leben lassen können. Bislang hatte er sich auf der Reise unauffällig verhalten. Aber wie lange würde es dauern, bis er im Rausch damit prahlte, die Könige aus Mailand geholt zu haben?

Nun, da sie sich sogar schon auf dem Gebiet seines Erzbistums befanden, wurde die Gefahr, dass sie in einen Hinterhalt gerieten, mit jeder Stunde geringer. Vielleicht sollte er morgen einen seiner Gefährten in das kleine Städtchen am Fuß der Burg Are schicken, um Neuigkeiten einzuholen. Seit mehr als einer Woche hatten sie schon nichts mehr über den Kriegszug des Kaiserbruders gehört. Angeblich stand er mit seinen Mannen bei Andernach, und der Domdechant Philipp von Heinsberg zog ihnen mit einem großen Cölner Aufgebot entgegen.

Hoffentlich schafften sie es mit den drei Königen bis Cöln, bevor es zur Schlacht kam, dachte Rainald. Es wäre ihm ein Vergnügen, seine Truppen höchstselbst anzuführen. Konrad hatte sich einem Befehl seines Kaisers widersetzt. Da war es auch keine Entschuldigung, dass er Friedrichs Bruder war. Der Geist der Rebellion musste ausgemerzt werden! Und wenn es nötig war, mit Feuer und Schwert!

Voller Verbitterung erinnerte sich der Erzbischof an die Ereignisse in Vienne. Die Geistlichkeit zur Ordnung zu rufen, das war seine nächste wichtige Aufgabe. Paschalis III. war ein Papst, der für die Reichspolitik kein Hindernis darstellte. Und sollten sich einige Erzbischöfe und andere Würdenträger einbilden, sie könnten sich Freiheiten herausnehmen, die selbst dem Ersten unter den Kirchenfürsten nicht gewährt wurden, dann hatten sie ihre Rechnung ohne ihn, den Erzkanzler, gemacht! Doch zunächst einmal sollte er hier unter seinem eigenen Gefolge für Ordnung sorgen.

Als Anno abgestiegen war, musste er sich einen Moment lang am Sattelknauf festhalten. Ihn schwindelte. Seit dem Sturz hatte er ununterbrochen Schmerzen im linken Arm. Außerdem spürte er immer wieder Wellen von Übelkeit. Doch das hatte er vor den anderen verheimlicht. Sie hielten ihn ohnehin für schwächlich. Das verfluchte Fieber! Lange hatte er gehofft, mit der Zeit würde er sich ganz erholen, wieder so kräftig werden, wie er es früher einmal gewesen war. Aber das schien ein Irrglaube gewesen zu sein. Er wurde alt. Seine Zeit war abgelaufen. Dies war der letzte Kriegszug, zu dem ihn noch der Heerruf erreicht hatte.

Nervös glitt sein Blick über den Waldrand. Sie hatten bei einem kleinen Bach gehalten, um die Pferde zu tränken. Es war fast so heiß wie in Outremer.

Hatte sich da im Schatten unter den Bäumen etwas bewegt? Den ganzen Morgen über fühlte sich Anno beobachtet. Es lag eine Bedrohung in der Luft. Mehr als nur die drückende Schwüle und die unnatürliche Stille im Wald. Etwas lauerte auf ihn. Etwas Böses, das sich hier irgendwo im Schatten verborgen hielt und auf seinen Augenblick wartete. Sollten die anderen nur über ihn lachen. Er wusste, dass der schwarze Mönch hier irgendwo auf der Lauer lag.

Der Sennberger wischte sich den Schweiß von der Stirn. Auch Ricardo war inzwischen abgestiegen. Der Kerl sprach nicht viel, er wirkte noch sehr jung, und ihm schien die Hitze nichts auszumachen. Ja, der Lombarde schwitzte nicht! Unglaublich bei dieser Hitze! Als würde statt Blut Eiswasser durch seine Adern rinnen.

»Behalte den Waldrand im Auge«, sagte Anno leise und kniete am Bach nieder. Bedächtig tauchte er die Hände in den Bach und genoss die Kälte. Er schöpfte Wasser an die Lippen. Es war so kühl, dass es an den Zähnen schmerzte.

Doch alles, was die Hitze vertrieb, war ihm willkommen. Langsam kroch die Kälte seine Arme hinauf.

Ein stechender Schmerz fuhr in seinen Rücken. Anno stöhnte auf und sackte nach vorn. Sein Gesicht schlug ins Wasser. Schmutzigrote Schlieren tanzten um ihn herum. Immer schneller breitete sich die Kälte in ihm aus. Mit eisernem Willen spannte er die Muskeln und versuchte sich aufzurichten. Er rollte halb herum, lag auf dem Rücken und sah Ricardo breitbeinig über sich stehen. Der Lombarde setzte ihm sein blutiges Schwert auf den Bauch.

»Lebe wohl, alter Mann.«

Die Spitze der Waffe verschwand zwischen dem Tuch des Waffenrocks. Anno fühlte keinen Schmerz, nur Kälte, die in Wellen durch seinen Körper flutete und wieder zurückebbte. Jede neue Welle schien ihm ein Stück Leben zu entreißen.

In Ricardos Gesicht zeigte sich keinerlei Regung, kein Hass oder Stolz. Er drehte die Klinge ein wenig und wollte sie zurückziehen, als Annos Linke vorschnellte und sich um den scharfen Stahl schloss. Gleichzeitig tastete er nach dem Dolch an seinem Gürtel.

Der Lombarde wirkte verwirrt. Anno konnte sehen, wie sich die Sehnen an Ricardos Hals spannten, als er versuchte, die Waffe zu befreien. Mit letzter Kraft schleuderte der Ritter den Dolch. Die Klinge bohrte sich in den rechten Arm des Lombarden. Er stieß einen spitzen Schrei aus und schnellte zurück. Dunkles Blut sickerte über sein gelbes Hemd.

»Ein wackeres Ende, alter Krieger«, presste Ricardo hervor und zog mit einem Ruck den Dolch aus der Wunde. Plötzlich weiteten sich seine Augen wie bei einem jähen, unerwarteten Schmerz. Er wich zurück.

Anno hörte Hufschlag hinter sich. Er wollte sich umdrehen, doch sein Körper gehorchte ihm nicht mehr. Der Lombarde lief zu seinem Pferd, sprang in den Sattel und preschte, wie von Teufeln gejagt, davon.

Zaumzeug klirrte leise, Leder knirschte, dann Schritte. »So sehen wir uns also wieder, Anno von Sennberg, Vertrauter des Erzkanzlers und kaltblütiger Mörder.« Eine Gestalt in schwarzer Mönchskutte trat neben ihn.

»Du bist gekommen, den König zu holen«, brachte Anno stöhnend hervor. Er versuchte, das Gesicht des Mönchs zu erkennen. Doch dessen Antlitz verschwand vollkommen unter der Kapuze seiner Kutte.

»Nein, du bist gekommen, meine Seele zu holen …« Anno spürte die Kälte den Rücken hinaufkriechen. Nun, da er nicht mehr vor dem Mönch davonlaufen konnte, fühlte er sich seltsam ruhig.

»Deine Seele hast du längst verloren. Ich bin hier, um mich zu rächen. Doch selbst um diese Genugtuung hast du mich betrogen.«

Der Schwarze kniete nieder. Anno konnte dessen Gesicht eher erahnen als wirklich sehen. Es war seltsam flach und reglos, ohne richtige Konturen. Trotz der Hitze trug der Mönch Handschuhe.

»Es tut mir leid … Du hattest Recht. Der König … er hat zu mir gesprochen. Ich hätte es nicht tun dürfen, damals … Ich hatte keine Kraft mehr. Das Messer … Ich wollte das Seil nicht durchschneiden, an dem du hinaufgeklettert bist.«

»Hoffe nicht auf meine Vergebung«, zischte der Mönch. »Ich wünsche dir die Hölle für das, was du getan hast! Alle, die an deinen Taten Anteil hatten, werden dafür büßen.«

»Ich war es allein«, beteuerte Anno matt. »Allein …« Das Gesicht beugte sich näher über ihn. Etwas veränderte sich. Der Mönch! Er nahm sein Gesicht ab! Dahinter war … »Gott im Himmel, vergib mir!«

Der Fremde starrte ihn mit weiten Augen an. Sein Gesicht war ein Antlitz des Schreckens! Es war gar nicht Zenon, sondern ein Bote der Hölle.

»Ich muss zum Erzbischof, bitte … Clara.«

»Deine Tochter?«

»Gib mir noch ein paar Wochen!« Anno bekam kaum noch Luft. Es war, als drücke eine gewaltige Last auf seine Brust. Die eisige Kälte des Wassers kroch ihm vom Rücken her zu den Eingeweiden. Lag er denn noch im Wasser? »Wenn ich sterbe, verliert Clara mein Lehen … Mittellos wird sie nicht am Hof der Kaiserin … bleiben können.« Ein Hustenkrampf schüttelte ihn. Warmes Blut perlte über seine Lippen. »Nur ihre Hochzeit … Ich muss sie …«

»Ich kann deine Zeit auf Erden nicht verlängern. Ein anderer hat für mich entschieden.« Die Stimme klang nicht mehr so hasserfüllt.

Der Sennberger rang nach Luft. Er musste dem Tod noch ein paar Wochen abhandeln … oder wenigstens ein paar Stunden. Wenn er dem Erzbischof den Eid abnehmen konnte, dass er für Clara sorgte, dann könnte er beruhigt sterben. Er bäumte sich noch einmal auf, doch dann erreichte die Kälte sein Herz.

29

Erschrocken zuckte Rainald zusammen, entspannte sich aber sofort wieder. Nur ein glühendes Scheit war im Lagerfeuer umgestürzt. Funken tanzten zum Himmel hinauf und verglommen in der Nacht.

Ricardo wälzte sich unruhig auf seinem Lager. Er hatte viel Blut verloren und war völlig entkräftet. Nur vage hatte er beschreiben können, was geschehen war, doch an einer Nachricht gab es keinen Zweifel. Der schwarze Mönch war kein Hirngespinst Annos gewesen. Er existierte!

Auch Ludwig konnte keinen Schlaf finden. Rainald bemerkte, dass der Ritter ihn anschaute. Ihre Augen begegneten sich. Sie hatten es nicht gewagt, an den Ort zu reiten, an dem Anno gestorben sein musste. Wenn der schwarze Mönch ihn nicht begraben hatte, lag er als Fraß für die Wölfe im Wald.

»Was habt ihr mir verschwiegen?«, fragte Rainald leise. »Was ist in Outremer geschehen? Hat euch der Mönch schon dort verfolgt? War er es, der Zenon und Heinrich tötete?«

»Nein.« Ludwig schüttelte entschieden den Kopf. »Da war nichts!«

»Wie sind die beiden ums Leben gekommen?«, drängte der Erzbischof.

Ludwig wich seinem Blick aus. »Das wisst Ihr doch, Herr. Heinrich verbrannte bei einem Kampf mit den Sarazenen. Und Zenon stürzte ab, weil das Seil, das ihn halten sollte, zerriss.«

»Und es zerriss, weil jemand seinen Dolch daran wetzte!«, erklang eine Stimme aus der Dunkelheit.

Rainald war mit einem Satz auf den Beinen. Seine Hand fuhr zum Schwert. Auch Ludwig hatte die Waffe gezogen. »An dem, was Zenon geschehen ist, hatte ich keinen Anteil«, rief der Ritter der Stimme aufgebracht entgegen.

»Und was war mit Heinrich? Es war wohl Anno, der die Fackel ins Öllager geworfen hat.« Eine Gestalt in Mönchskutte löste sich aus der Dunkelheit. Sie hielt die Arme vor der Brust verschränkt, die Hände in den weiten Ärmeln verborgen. Die Kapuze verbarg das Gesicht.

»Ich bin hier, um Gerechtigkeit für deinen Verrat in Galiläa zu fordern. Erst wenn du tot bist, werden Heinrich und Zenon ihren Frieden finden.«

»Bei der Heiligen Jungfrau! Wer bist du? Ich schwöre bei allen Heiligen, dass ich mit den Morden nichts zu schaffen hatte!«

Rainald fasste sein Schwert fester und machte einen Schritt auf den Mönch zu. Von einem Unbewaffneten würde er sich nicht einschüchtern lassen!

»Bleibt stehen, Fürsterzbischof! Oder wollt Ihr das blutige Handwerk selbst verrichten? Nachdem Euer Meuchler nicht so erfolgreich war, wie Ihr hofftet, müsstet Ihr diesen Zeugen mit eigener Hand töten, bevor Ihr Cöln erreicht.«

Ludwig wich ein wenig zurück und blickte verunsichert zum Erzbischof hinüber.

Rainald lächelte matt. »Glaube ihm nicht. Er weiß, dass er gegen zwei Schwertkämpfer nicht bestehen kann. Los, rächen wir Anno!«

Ludwig machte einen Satz nach vorne und hob sein

Schwert. In silbernem Bogen schnitt die Klinge durch die Nacht. Doch der schwarze Mönch hob nur die Arme, und aus seiner linken Hand wuchsen vier Dolchklingen. Er fing den Hieb des Ritters ab, drehte die Hand und nutzte die Wucht, mit der Ludwig den Angriff geführt hatte, um ihn zu entwaffnen. Ein schneller Fausthieb ließ ihn straucheln, und ein zweiter warf ihn zu Boden.

Vorsichtig machte Rainald einen Schritt auf den Mönch zu.

Drohend hob der Fremde die Klingenfaust. »Keinen Schritt näher! Ich bin Euch durch einen Eid verbunden! Ihr zerteilt dieses Band, wenn Ihr die Waffe gegen mich erhebt!«

»Wer seid Ihr?«

»Ein Toter! Lasst es dabei bewenden.« Der Mönch kniete neben Ludwig nieder und schüttelte ihn. »Was ist in dem Öllager geschehen? Wie kam es dazu, dass ihr Heinrich verbrannt habt?«

»Wir waren Sarazenen in die Falle gegangen. Es gab keinen Ausweg. Sie hätten den dritten König erbeutet. Anno hatte mich zu sich gerufen. Ich sollte ihm helfen, die Pferde zu beruhigen. Da hat er mich niedergeschlagen. Ich konnte es nicht verhindern. Glaubt mir, ich hatte keinen Anteil an Heinrichs Tod.«

Der Fremde hob die Klingenfaust.

»Bitte, schont mein Leben! Erlegt mir eine Buße auf! Ich schwöre bei allem, was mir heilig ist, ich werde büßen.«

Als die Faust niederglitt, stieß Ludwig einen schrillen Schrei aus. Dann drang nur noch ein Wimmern über seine Lippen. Der schwarze Mönch hatte die Dolche kaum einen Zoll neben Ludwigs Gesicht in die Erde gerammt.

»Du wirst in ein Kloster gehen und dort demütig die niedrigsten Arbeiten verrichten«, keuchte der Mönch atemlos. »Du wirst wie lebendig begraben sein. Wenn du ein Schweigegelübde leistest, dann wird auch der Erzbischof keinen Anlass mehr haben, deine Worte zu fürchten. Ist dir dein Leben diesen Preis wert?«

Rainald schob sein Schwert in die Scheide. Dieser Mönch war keine Gefahr für ihn, im Gegenteil, ihn hatte Gott als Racheengel gesandt! »Du fügst dich besser in dein Schicksal, Ludwig. Du hast doch immer nach einem Kloster gesucht. So schließt sich der Kreis. Nicht weit von der Stelle, an der die Ahr in den Rhein mündet, liegt eine Benediktinerabtei. Ich werde dafür sorgen, dass du noch am gleichen Tag, an dem wir dort ankommen, deine Gelübde ablegen kannst.«

»Aber meine Stiefschwester. Ich …«

Der Mönch beugte sich vor. Er schien ein paar Worte zu flüstern, die Rainald jedoch nicht verstehen konnte. Ludwig drehte ruckartig den Kopf zur Seite. »Ich werde ins Kloster gehen und ein Schweigegelübde ablegen«, flüsterte er hinter vorgehaltenen Händen.

Am 22. Juli 1164, dem Tag der heiligen Maria Magdalena, der Schutzpatronin der Verführten, erreichte Rainald die Stadt Bonna. Dort erfuhr er, dass sich Konrad mitsamt seinem Heer zurückgezogen hatte. Mehr als eine Woche hatten sich Konrads und das Cölner Heer bei Andernach gegenübergestanden, ohne dass der Pfalzgraf sich zu einem Angriff entschließen konnte. Nun, da die Gefahr offenbar gebannt war, gab sich der Fürsterzbischof den Oberen der Stadt zu erkennen. Zu seinen Ehren wurde ein Fest gegeben, und die Gebeine der Heiligen verlud man auf ein großes Flussschiff, das mit Stoffen und Blumen festlich geschmückt wurde. Schon am nächsten Tag sollten die Heiligen Drei Könige in festlichem Geleit nach Cöln übergeführt werden. Alle Boote der Stadt sollten das Flussschiff begleiten, und auch am Ufer würde ein Zug aus Würdenträgern und Bürgern nach Cöln pilgern, um die Ankunft der Könige zu feiern. Man hatte Boten zum Domdechanten Philipp von Heinsberg gesandt, damit er seinerseits Gelegenheit hatte, in aller Eile ein Fest vorzubereiten.

Rainald zog sich sehr früh von der Feier zu seinen Ehren zurück. Man hatte ihm ein Quartier in einem großen Bürgerhaus bereitet. Er stand dort an einem offenen Fenster, blickte auf den Rhein und genoss die Stille.

Endlich war es vollbracht. Nach all den Jahren der Mühsal trennte ihn nur noch ein einziger Schritt von seinem Ziel. Und doch konnte er keine Freude empfinden. Es gab schlechte Nachrichten aus Italien. Der Städtebund um das aufsässige Verona war so stark geworden, dass der Kaiser es nicht wagen konnte, offenen Krieg zu führen. Ja, er hatte sogar seinen Verbündeten weitgehende Zugeständnisse machen müssen. Überall in der Lombardei rumorte es. Die kaiserlichen Beamten waren ihres Lebens nicht mehr sicher, wenn man den Gerüchten glaubte.

Rainald dachte an den langen Krieg gegen Mailand und das neue Zerwürfnis, das er der Kirche beschert hatte, indem er Paschalis zum Papst machte. War er auf dem richtigen Weg? Es gab niemanden, den er um Rat hätte fragen können. Er vermisste die Streitgespräche mit dem Archipoeta.

Den ganzen Tag über hatte Rainald immer wieder an eine

Geschichte denken müssen, die sich zuzeiten des Erzbischofs Gunthar in Cöln ereignet hatte. Ein Blitz war durch das Dach des Doms geschlagen und hatte einen Priester am Petrusaltar getötet. Auch der Vikar am Dionysiusaltar und ein Laie am Marienaltar waren durch den Blitzschlag umgekommen. Welchen Frevel die drei begangen hatten, der Gottes Strafgericht auf ihre Häupter herabrief, war nicht überliefert. Aber konnten sie größere Schuld auf sich geladen haben, als er es getan hatte? Was würde geschehen, wenn die Drei Könige in den Dom gebracht wurden?

»Fürsterzbischof?«

Erschrocken fuhr Rainald herum. Hinter ihm stand der schwarze Mönch. Er hatte ihn nicht kommen hören. Der Kerl bewegte sich lautlos wie eine Katze!

»Anno hatte eine Tochter, Herr. Was wird mit ihr geschehen? Sie ist am Hof der Kaiserin, und sie ist mittellos, wenn Ihr Annos Lehen einem anderen Gefolgsmann überlasst.«

Rainald hatte Mühe, sich an das Mädchen zu erinnern. Er war ihr nur einmal begegnet. »Man wird sie mit einem niederen Amtmann oder Ministerialen verheiraten. Im Hofstaat der Kaiserin zu dienen war schon weit mehr, als ihr bei ihrem Stand zukam. Ich glaube nicht, dass man sie dort länger dulden wird, wenn sie mittellos ist.«

»Aber Ihr hattet Anno versprochen, für das Mädchen zu sorgen. Euch gegenüber war der Sennberger immer treu. Hat er nicht Besseres verdient?«

Der Erzbischof winkte ab. »Toten die Treue zu halten ist nichts als eine sentimentale Geste. Was schert mich das Mädchen? Und wer sagt, dass sie nicht glücklich sein wird, wenn sie verheiratet ist. Sie wird Bälger in die Welt setzen und ihre Bestimmung erfüllen.«

»Ihr seid also nicht bereit, Euer Versprechen zu erfüllen?«

Rainald musterte den Vermummten. »Willst du mir drohen?« Im schräg einfallenden Abendlicht war die untere Hälfte der Maske zu erkennen, die der schwarze Mönch trug. Er war ein Mann, der Furcht einflößte. Seit sie zusammen ritten, beobachtete der Erzbischof fasziniert, wie andere Menschen auf den Mönch reagierten. Die meisten waren erleichtert, wenn er sich abwandte.

»Wenn dir so viel an dem Mädchen gelegen ist, dann nimm den Platz ihres Vaters ein. Ich möchte auf deine Dienste nicht verzichten. Du sagst, du seiest schon einmal für mich gestorben und damit von allen Gelübden entbunden. Schwöre mir erneut die Treue, und ich will für Clara sorgen.«

»Was geschieht dann mit dem Mädchen?«

»Sie wird Mündel in einer reichen Kaufmannsfamilie in Cöln. Ich werde eine fürstliche Aussteuer für sie bereitstellen, und sie mag wählen, wen sie ehelichen will.«

»An dem Tag, an dem ich sehe, wie die Truhe mit ihrer Aussteuer gepackt wird und du ein Dokument erstellst, das Clara von Sennberg als die Besitzerin dieser Güter nennt, an dem Tag werde ich meinen Treueschwur erneuern und mit dir ziehen.«

»So sei es.« Es war besser, diesen Mann in seiner Nähe zu behalten, dachte Rainald. »Wir werden schon morgen aufbrechen und nach Süden reiten. Der Kaiser braucht uns.«

»Nach Süden?«

»Die Heiligen Drei Könige sind in Sicherheit, das Reich nicht. Das Feiern müssen wir den anderen überlassen. Ich wäre nicht Erzkanzler, wenn ich dem Kaiser in der Not nicht zur Seite stünde!« Das hörte sich gut an. Dasselbe würde er morgen den Vertretern der Stadt und der Stände erklären. Vielleicht würde er auch eine Handvoll Ritter mit diesen Worten gewinnen, die ihn auf der gefahrvollen Reise in den Süden begleiteten.

»Es begab sich am dreiundzwanzigsten Tage des Juli im Jahre des Herrn 1164, dass die Heiligen Drei Könige und die Reliquien der Märtyrer Felix und Nabor auf der nahe dem Ufer gelegenen Insel Werthchen bei Cöln angelandet wurden. Die Bürgerschaft hatte sich festlich gekleidet versammelt und gab den Heiligen ihr Geleit entlang der verfallenen Stadtmauer bis hinauf zum Afratore, wo sich der Zug westwärts, zur Kirche Sankt Maria ad gradus wandte. Von dort aus folgte die jubelnde Menge der Prozessionsstraße, die geradewegs zum hohen Dom führte, wo die kostbaren Reliquien vom Domdechanten Philipp von Heinsberg in Empfang genommen wurden. Den ganzen Tag über läuteten überall in der Stadt die Glocken, und so viele Menschen drängten herbei, die Heiligen zu sehen, dass weder die große Kirche noch der weite Platz vor ihr ausreichten, sie alle aufzunehmen.

Rainald von Dassel hielt sich fern der Feierlichkeiten und eilte mit kleinem Gefolge dem Kaiser zu Hilfe. An seiner Seite ritt ein schwarzer Mönch, der nur selten sprach und von allen gemieden wurde.«

Am Rhein nahe Munheim, am vierten Januar 1189

Die Stimme des Alten war heiser geworden. Es hatte Ingerimm große Mühe gekostet, während des Schneetreibens zu reden. Oft machten sie Pausen, und er unterbrach seine Erzählung für eine Stunde oder länger. Am späten Nachmittag begann er zu husten.

Mehrfach hatte Hartmann versucht, Ingerimm dazu zu überreden, seine Geschichte auf den Abend zu verschieben und sich zu schonen, doch sein Weggefährte war nicht zu überzeugen gewesen.

Den ganzen Tag über hatte das Schneetreiben angedauert. Sie passierten einige Dörfer, doch Ingerimm war nicht gewillt, an einem der Orte zu verweilen. Er schien wie besessen, ein bestimmtes Ziel zu erreichen. Als es zu dämmern begann, waren auch die Pferde mit ihren Kräften am Ende.

Ingerimm sah zum Fürchten aus. Der Schnee auf seiner Maske war angetaut und dann wieder gefroren, so dass sie nun wie mit geschmolzenem Glas überzogen wirkte. Ihre Umhänge waren so steif vom Frost, dass sie sich nicht mehr im Wind bewegten.

Gleichgültig, wie lange der Alte noch reiten mochte, Hartmann würde beim nächsten Haus, das sie erreichten, um Nachtquartier bitten. Und wenn es um den Preis war, nicht das Ende der Geschichte zu hören. Sie war ohnehin immer unglaubwürdiger geworden! Wer sollte dieser schwarze Mönch sein? Hartmann dachte an die Klingenhand Ingerimms. War er es? Oder wollte er als der Mönch erscheinen? Und woher kam der geheimnisvolle Geistliche? War es Heinrich? Angeblich hatte man ihn doch in einem Tal in Galiläa begraben? Und Zenon lag im Grab des dritten Königs. Ein Ort wie ein Kerker, der schon einmal einem Mönch, der dort gefangen saß, zum Verhängnis geworden war! Zu verworren und unglaubwürdig erschienen Hartmann die Fäden der Geschichte, und das Bestreben des Erzählers, sich selbst zu einer der Figuren zu machen, wirkte nachgerade lächerlich.

»Dort drüben liegt unser Ziel für diese Nacht.« Ingerimm deutete auf einen niedrigen Hügel, nicht weit vom Fluss. Im Schneetreiben war das jenseitige Ufer nicht zu erkennen, doch funkelten dort matte Lichter.

Im Windschatten des Hügels, geschützt vor der schlimmsten Wut des Sturms, lag ein großes Bauernhaus. Sein Rieddach war unter schweren Schneewächten verschwunden. Die Fachwerkbalken, die gleich Knochen das Haus trugen, waren von Wind und Wetter so ausgeblichen, als handelte es sich tatsächlich um Gebein. Vor den Fenstern hingen grob gezimmerte Holzläden, durch die kein Lichtstrahl nach außen drang. Aus dem Rauchfang unter dem Giebel stieg grauer Qualm, der, kaum dass er das schützende Dach verließ, vom wütenden Sturmwind davongetragen wurde.

Der Gedanke an ein wärmendes Feuer ließ Hartmann nur noch mehr frieren. Ingerimm schwang sich aus dem Sattel und klopfte an die niedrige Tür. Im Haus schlug ein Hund an. Eine junge Frau öffnete. Sie winkte den unheimlichen Besucher herein, als sei er ihr ein vertrauter Bekannter.

Wie sich herausstellte, war Ingerimm tatsächlich schon oft in dem Bauernhaus zu Gast gewesen. Man empfing sie freundlich, machte ihnen Platz am Feuer und reichte ihnen zwei große Schüsseln mit Fischsuppe. Sogar vorgewärmte Decken lagen für sie bereit, als sie sich an der Feuerstelle niederließen.

Verwundert musterte Hartmann die Familie. Sieben Kinder und etliche Erwachsene bevölkerten das Haus. Und niemand schien vor Ingerimm Furcht zu empfinden! Hatte er ihr Kommen angekündigt? Der Ritter merkte, wie man ihn beobachtete. Obwohl er allen Grund gehabt hätte, die warme Stube zu genießen, spürte er Zorn in sich. Er beugte sich zu seinem Reisegefährten und flüsterte: »Ich glaube kein Wort von Eurer Geschichte. Sie ist verworren, und es gibt einen schlagenden Beweis dafür, dass Ihr lügt.«

Der Alte hob den unteren Zipfel seiner Maske und führte den breiten Holzlöffel zum Mund, um seine Suppe zu schlürfen. Er verfuhr dabei so geschickt, dass es Hartmann nicht gelang, einen Blick auf das Gesicht zu erhaschen. Die Gelassenheit, mit der Ingerimm aß, reizte Hartmann bis zur Weißglut. »Nichts ist geschehen. Das ist der Beweis, dass Ihr lügt!« Hartmann hatte so laut gesprochen, dass einige der Kinder überrascht zu ihm herübersahen. Die Erwachsenen hatten ihre Neugier besser im Zaum.

»Was ist nicht geschehen?«, fragte Ingerimm ruhig.

»Kein Unglück!« ereiferte sich der Ritter. »Kein Blitzschlag in den Dom. Keine Seuche hat die Stadt heimgesucht, kein Hochwasser die Häuser einstürzen lassen. Gott hätte ein Strafgericht gehalten, wenn Eure Geschichte stimmen würde.«

»Beherrsche dich! Du machst den armen Leuten Angst«, zischte Ingerimm leise und fuhr dann mit erhobener Stimme fort: »Mein Freund ist erschöpft. Die Kälte und der lange Ritt haben uns ermüdet. Wir werden uns nun zurückziehen.«

In der Kammer war es still geworden. Alle Blicke ruhten auf Hartmann. Der Ritter wäre am liebsten hinausgelaufen. Ingerimm packte ihn mit seiner gesunden Hand. »Lass uns gehen!«, flüsterte er. »Ich will nicht, dass du hier Ärger machst!«

Der Vermummte verbeugte sich höflich und sprach leise einige entschuldigende Worte. Er führte Hartmann in eine kleine Kammer, die hinter der Feuerstelle lag. Die Wand zum Hauptraum war warm. Man hatte ihnen hier zwei Lager bereitet. Offensichtlich schliefen hier sonst die meisten Mitglieder der Familie. Entlang der Nordwand türmten sich etliche Strohsäcke.

»Du wirst dich hier benehmen!«, erklärte Ingerimm zornig. »Was immer du mir sagen willst, hat Zeit, bis wir allein sind. Diese Menschen vertrauen mir, und ich wünsche nicht, dass sich das ändert. Und was deine Zweifel angeht … Wenn du einen Beweis willst, dann brauchst du nur über den zugefrorenen Fluss zu gehen. Am anderen Ufer liegt Munheim, ein kleiner Marktflecken. Neben der Kirche am Ufer gibt es eine Schenke. Frag nach der Clara von Kniprode. Es ist die Clara aus meiner Geschichte. Sie lebt seit über zwanzig Jahren dort. Ich bin sicher, du wirst über sie einiges zu hören bekommen. Über ehrenhafte Frauen wird immer geredet. Es ist den anderen unerträglich, jemanden ohne Makel unter sich zu wissen.«

»Und woher sollte ich wissen, dass es wirklich die Clara deiner Geschichte ist? Der Name ist nicht ungewöhnlich.

Und er stimmt ja nicht einmal! Von Kniprode … Wer soll das sein?«

»Geh und frag. Sie hat ihren Namen von Sennberg zwar nie abgelegt, aber dort nennt man sie so, weil sie die Herrin des Ritterguts von Kniprode ist. Über den zugefrorenen Fluss zu gehen erfordert allerdings mehr Mut, als eine Bauernfamilie mit törichten Fragen zu ängstigen.«

»Wenn Ihr glaubt, Ihr könnt mich reizen, dann …«

»Ich glaube lediglich, dass du dich nebenan heute Abend nicht mehr sehen lassen solltest. Sei froh, dass du bei diesem Wetter ein Dach über dem Kopf hast und ein Feuer, an dem du freundlich aufgenommen wurdest. Und wenn du Mut hast …« Der Alte deutete zu einer schweren Decke, die an der gegenüberliegenden Wand hing. »Dort gibt es eine Tür. Bis zum Fluss sind es nur zweihundert Schritte.«

Hartmann scheute vor dem Wagnis zurück. Bei Nacht über den zugefrorenen Fluss gehen! Das war genauso verrückt wie Ingerimms Geschichte! »Ich werde jetzt schlafen. Wir werden morgen in aller Frühe aufbrechen müssen, wenn wir vor Sonnenuntergang die Tore Cölns erreichen wollen.«

Der Vermummte schnaubte verächtlich. »Dann schlaf gut, du Maulheld. Ich verbringe die Nacht mit Freunden.«

Hartmann fand keinen Schlaf. Gelegentlich hörte er gedämpftes Lachen aus dem Nebenraum. Dann blickte er wieder zu dem Vorhang, der sich leicht in der Zugluft bewegte. Schließlich warf er mürrisch die Decke zur Seite und streifte seine kalten Stiefel über. Er würde sich den Fluss ansehen. Nur ansehen! Die Worte des Alten ließen ihm keine Ruhe.

Es hatte aufgehört zu schneien. Leise knirschten seine unsicheren Schritte im Schnee. Nun waren die Lichter auf der anderen Seite deutlicher zu sehen. Lockend und warm glänzten sie wie auf die Erde gefallene Sterne. Lebte dort drüben wirklich Clara? Sie würde ihm gewiss sagen können, wer sein Reisegefährte war und was es mit der Geschichte der vier Ritter auf sich hatte. Und Ingerimm hatte gewusst, dass er so denken würde! Das war der Grund, warum er ihn allein in der Kammer zurückgelassen hatte!

Hartmann lief bis zum Ufer hinab. Deutlich konnte er die matt glitzernde Oberfläche des gefrorenen Flusses im Mondlicht sehen. Eisschollen hatten sich übereinandergeschoben und bildeten eine bizarr schroffe Landschaft. Zögernd setzte der Ritter einen Fuß auf das Eis. Es schien fest wie Fels zu sein. Er wagte einen ersten Schritt. Noch mehr als zweihundert weitere Schritte trennten ihn vom anderen Ufer.

Vorsichtig ging er weiter, stieg über scharfkantige Eisbarrieren, schlitterte über die glatte Oberfläche, wo der Wind den Schnee fortgeweht hatte, und hielt den Blick die ganze Zeit über fest auf die gelben Lichter am Ufer gerichtet. In der Mitte des Flusses spürte er das Eis unter den Füßen zittern. Selbst durch den dicken Eispanzer hörte man das Sprudeln des Wassers. Einmal schien etwas direkt unter ihm mit Gewalt durch die Eisdecke stoßen zu wollen. Dann hörte er ein dumpfes, kratzendes Geräusch, das sich mit der Strömung nach Norden entfernte. Vielleicht eine Eisscholle, die unter der Oberfläche trieb. Hartmann beschleunigte seine Schritte. Immer mehr ängstigten ihn die Geräusche auf dem Fluss. Schließlich begann er zu laufen. Er stürzte auf dem Eis und stieß sich an scharfen Kanten. Doch seine Angst trieb ihn weiter. Als er das Ufer erreichte, war er trotz des grimmigen Frosts nassgeschwitzt. Doch ein einziger Augenblick stillen Verharrens genügte, und mit dem Wind kehrte die Kälte zurück. Hätte er nackt im Schnee gestanden, er hätte nicht mehr frieren können.

Mit letzter Kraft stürmte er die Uferböschung hinauf. Rechts von ihm erhob sich ein Kirchturm, dahinter lockten die goldgelben Lichter. Sie gehörten zu einer Schenke. Das musste das Haus sein, von dem Ingerimm gesprochen hatte.

Im Inneren des Wirtshauses drängten sich erstaunlich viele Gäste. Der Raum war groß, wirkte durch seine niedrige Decke aus altersschwarzen Balken jedoch bedrückend. In einer Ecke saß ein Spielmann und klimperte lustlos auf seiner Laute. Niemand schenkte ihm Beachtung.

Hartmann trat dicht an den großen, gemauerten Kamin und streckte seine Hände den Flammen entgegen. Langsam wich die Kälte aus seinen Gliedern, Schnee tropfte von seinem Umhang und verlor sich in dem frisch gestreuten Stroh auf dem Boden.

Ein großer Mann mit schwarzlockigem Haar und mächtigem Bart stellte neben Hartmann einen hölzernen Humpen auf den Tisch.

Der Ritter sah ihn fragend an.

»Bier! Was anderes gibt es hier nicht. Wasser findest du draußen am Brunnen, aber es ist so kalt, dass es dir die Zähne im Maul zerspringen lässt.«

Als Hartmann nicht gleich antwortete, rückten die dicken Brauen des Schankwirts drohend zusammen. »Du bist doch hier, um zu trinken?«

»Natürlich.« Zur Bestätigung griff Hartmann nach dem Humpen und nahm einen tiefen Schluck. »Ich suche jemanden«, fuhr er forsch fort. »Eine Frau, und ich würde …«

»Zum Tratschen über Weiber habe ich keine Zeit. Du siehst doch, dass die Stube voll ist.« Der Wirt verschwand hinter der Theke und begann eine Reihe leerer Humpen zu füllen.

»Du suchst eine Frau?« Der Spielmann trat an den Kamin und entlockte seinen Saiten einen dramatischen Akkord. »Dir kann geholfen werden, Fremder.« Er lächelte breit und zeigte einen Mund voller faulender Zahnstümpfe. »Überlässt du mir dein Bier?«

»Nicht irgendein Weib. Sie heißt Clara und …«

Der Barde lachte. »Bei der alten Jungfer wirst du kaum Erfolg haben. Die grüßt dich mit den Spitzen ihrer Mistforke, wenn du ihr falsch kommst. Wer hat dir denn den Floh ins Ohr gesetzt?«

Zwei Humpen später wusste Hartmann alles über die Kniproderin, wie man sie hier nannte. Obwohl Clara vor mehr als zwanzig Jahren hierhergekommen war, sah man in ihr immer noch eine Fremde. Offenbar führte sie östlich der Stadt ein großes Rittergut, das es in den Jahren ihrer Wirtschaft zu einigem Reichtum gebracht hatte. Nach der Erzählung des Spielmanns hatte sie in der Vergangenheit auch mehrfach heiratswillige Männer abgewiesen. Eine ganze Reihe von Munheimern hatte Interesse daran gehabt, auf diese Weise zur Lehnsherrschaft zu gelangen.

Etliche Geschichten rankten sich um Clara. In die Stadt kam sie nur, um an der Messe teilzunehmen. Gelegentlich erhielt sie Besuch von einem alten Cölner Kaufmann, der auch die Überschüsse ihres Gutshofs erwarb.

Angeblich wartete die Jungfer auf einen Ritter, der ins Heilige Land gezogen war. Tatsächlich erschien jedes Jahr zur Dreikönigszeit ein geheimnisvoller schwarzer Mönch.

Je länger er zuhörte, desto beklommener fühlte sich Hartmann. Die Geschichte Ingerimms begann Wirklichkeit zu werden und bis in sein eigenes Leben zu greifen. Der Alte hatte ihm eine Rolle in diesem Stück zugedacht. Es war noch ein Tag bis Cöln. Ein Tag, der alles klären musste. Aber welchen Anteil sollte er haben?

Hartmann beschloss, wieder aufzubrechen. Als er vor der Schenke stand, zögerte er und überlegte, ob er die Kniproderin aufsuchen sollte. Der Spielmann hatte ihm den Weg beschrieben. Es wäre ein Fußmarsch von fast einer Stunde. Nachdenklich blickte er die Gasse hinauf. Es schien wärmer geworden zu sein. Oder hatten Feuer und Bier so nachhaltig die Kälte aus seinen Gliedern vertrieben? Er sah zu den Eiszapfen an der Dachtraufe. Kristallene Tränen fielen in den Schnee. Der Fluss! Es blieb keine Zeit!

Eilig lief er zum Ufer hinab. Die Eisfläche schien lebendiger als noch vor zwei Stunden. Bis zum Ufer hörte man jetzt das Schrammen der Schollen, die unter dem Eispanzer trieben. Wenn er sich nicht beeilte, hinüberzugelangen, würde er nicht mehr nach Cöln kommen. Kein Fährmann würde es wagen, ihn zwischen treibenden Eisschollen überzusetzen. Er würde das Dreikönigsfest verpassen.

Ohne weiter an die Gefahr zu denken, lief Hartmann auf das Eis hinaus. Das Beben des trügerischen Grundes war so stark, dass er immer wieder stolperte. Fast hatte er das westliche Ufer erreicht, als er etwas spürte. Es war wie ein Zwang, ein Hexenruf oder ein anderer heidnischer Zauber. Wider jede Vernunft musste er stehen bleiben und sich umdrehen. Und da sah er ihn. Deutlich zeichnete sich im Mondlicht seine dunkle Gestalt gegen das verschneite Ufer ab. Der schwarze Mönch!

Obwohl sie mehr als zweihundert Schritt voneinander entfernt standen, hatte Hartmann das beklemmende Gefühl, Augen unter der Kapuze funkeln zu sehen. Der Ritter blinzelte, wie nach dem Erwachen aus einem bösem Traum. Als er erneut zum Ufer blickte, war der Mönch verschwunden.

Ein infernalisches Getöse ließ Hartmann aus dem Schlaf aufschrecken. Benommen tastete er um sich. Dann erinnerte er sich. Das Bauernhaus am Rhein!

Noch immer dröhnte ein Lärm, als würden Riesen den gefrorenen Fluss mit Felsbrocken bewerfen. Er stieß die Tür auf. Nasskalte Nacht umfing ihn. Der Mond war vom Himmel geflüchtet. Zögerlich kroch Dämmerlicht über den Damm am jenseitigen Ufer.

Der gefrorene Fluss war durchfurcht von dunklen Rissen. Das Eis war in Bewegung geraten. Große Platten mahlten aneinander, zersplitterten oder schoben sich mit Getöse übereinander.

Hartmann starrte staunend auf das Spektakel, bis er spürte, dass er in seiner Eile nicht einmal Stiefel angezogen hatte. Er wandte sich um und sah Spuren, die von der Vordertür des Bauernhauses zum Fluss führten. Der schwarze Mönch. Hartmann hatte es gewusst, er war von hier gekommen.

Als der Ritter in die kleine Schlafkammer zurückkehren wollte, lehnte Ingerimm in der Tür. »Zeit zu gehen«, flüsterte er unter seiner Maske. »Es ist noch weit nach Cöln …« Seine Stimme erstickte in einem Hustenanfall.

»Ich weiß, wer …«, setzte Hartmann an.

»Später!«, unterbrach ihn der Vermummte barsch. »Geh die Pferde satteln. Ich besorge uns Wegzehr.« Versöhnlicher fügte er hinzu: »Nicht hier. Nicht vor Zeugen.«

Als sie das Bauernhaus verließen, griffen rote Finger über

den Horizont. Halb hinter tiefen Wolken verborgen, tauchte die Sonne den Schnee in ein blasses Rot.

Sie waren schon ein gutes Stück vom Bauernhaus entfernt, als Ingerimm sein Pferd zügelte. »Nun, was weißt du?«

»Du bist der schwarze Mönch, und der Mönch ist Heinrich.«

»Liegt Heinrich nicht im dritten Grab in einem verlorenen kleinen Tal in Galiläa?«

»Nur er hätte sich um Claras willen durch einen Eid binden lassen. Aber eins begreife ich nicht. Warum die Maskerade als Mönch? Du liebst sie doch, warum offenbarst du dich nicht, Ingerimm?«

»Weil Heinrich lange tot ist! Es gibt ihn nicht mehr, den Ritter, der zu den Templern gehen wollte, um für die Ideale des Christentums zu streiten. Seine Seele ist gestorben, vergiftet von Verrat, der Philosophie Zenons und dem Intrigenspiel Rainald von Dassels. Und sein Körper … Willst du das wirklich wissen?« Der Alte schob seine Kapuze zurück. »Sieh ihn dir an!«

Der Schädel war verbrannt und von blassbrauner Haut überzogen, die seltsam verzerrt wirkte. Es gab keine Ohren mehr, nur noch Löcher, und als Ingerimm seine Ledermaske abnahm, musste Hartmann zur Seite blicken, weil selbst die grässlichsten Bilder von Teufeln, die er auf Altären und in Handschriften gesehen hatte, noch menschlicher waren als dieses Antlitz. Die Nase war nicht mehr als ein rot entzündetes Loch. Seine Lippen waren wie in diabolischem Lächeln erstarrt, und die Augen wirkten unnatürlich nackt und groß. Die ganze Haut war von einem groben Narbengeflecht überzogen.

Ingerimm setzte die Maske wieder auf. »Überall am Körper trage ich Brandmale. Meine linke Hand ist verstümmelt.« Er hob den zerrissenen Handschuh.

»Aber Clara wartet doch immer noch auf dich.«

»Nicht auf mich!« Seine Stimme klang aufgeregt. »Auf Heinrich wartet sie! Auf ihren Ritter des Winters! Nicht auf ein Ungeheuer. Heinrich ist tot. Er ist vor fünfundzwanzig Jahren in Galiläa gestorben.« Ingerimm gab seinem Pferd die Sporen und galoppierte davon.

Hartmann folgte ihm. Lange ritten sie schweigend. Die Sonne war hoch über den Horizont gestiegen, als der Ritter es wagte, seinen Begleiter erneut anzusprechen. »Wer liegt in dem dritten Grab bei der Ölpresse?«

»Steine, die in ein Leichentuch eingeschlagen wurden.« Ingerimms Stimme klang wieder gefasst. »Salah ed-Din Yusuf war von meiner Tapferkeit beeindruckt. Davon, wie ich brennend seinen Kriegern entgegenstürmte und immer noch mein Schwert hielt, so als wolle ich selbst im Tode nicht aufgeben. In Wahrheit wusste ich nicht, wohin ich lief. Die Flammen hatten mich geblendet. Der Sarazene schickte seinen Übersetzer zu Lupo, um mehr über die drei Ritter in dem Haus zu erfahren. Als er die Geschichte des Falkners kannte, fürchtete er, Lupo würde mich auf dem Totenbett ermorden, um seine Suche endlich beenden zu können. Deshalb ließ er Steine in ein Leichentuch einschlagen und ins Grab legen. Der Falkner hat nie nach mir gefragt. Mich brachte man schließlich nach Damaskus. Ich weiß nicht, wie ich die Reise überlebte. Ich kann mich nur an wenig erinnern. An schmale Hände, die Salbe auf mein Gesicht tupften. Daran, dass ich ganz in Tücher gehüllt wurde und man selbst mein Gesicht bedeckte, um mich vor der Sonne zu schützen. Die Schmerzen waren unerträglich. Ich bekam einen milchigen

Trank, der mich manchmal für Tage schlafen ließ. Doch was mich am Leben hielt, war nicht die Heilkunst der Sarazenen.

Der Übersetzer Salah ed-Dins hatte mir die ganze Geschichte erzählt. Durch ihn erfuhr ich von Lupo, unserem Verfolger, den wir in all den Monaten nicht bemerkt hatten. Und ich erfuhr, dass meine beiden Gefährten entkommen waren. Ich wollte Rache! Fast ein Jahr lebte ich bei den Sarazenen. In den Schmieden von Damaskus wurde meine Klingenfaust gefertigt. Sosehr ich mich bemühte, mit der Rechten wurde ich nie mehr gut genug, um darauf hoffen zu dürfen, gegen einen erfahrenen Krieger im Schwertkampf zu bestehen. Auch war ich so sehr entstellt, dass ich mich vermummen musste, denn mein Äußeres schreckt selbst die Tapfersten. So kam ich dazu, eine Mönchskutte anzulegen und eine lederne Maske zu tragen.

Da ich wusste, wohin meine Gefährten gehen würden, hielt ich mich nicht lange in Outremer auf, sondern segelte von Akkon nach Sizilien und reiste quer durch Italien bis Lodi. Nur um drei Tage verfehlte ich den Abzug des Erzbischofs, doch noch bevor er Burgund erreichte, hatte ich ihn eingeholt. Doch dann brachte ich es nicht über mich, meine ehemaligen Gefährten zu töten. Als ich Anno am Leben ließ, habe ich mir noch gesagt, es sei nicht ritterlich, einen Sterbenden niederzustechen. Und Ludwig … Als ich mich über ihn beugte, musste ich an Zenon denken, daran, wie er mir in dem Garten über dem Katharinenkloster vorgeworfen hatte, ich könne nicht verzeihen. Und Ludwig beteuerte, unschuldig zu sein. Welchen Beweis hatte ich? Mein Zorn forderte sein Leben. Aber durfte ich ihn nur wegen eines Verdachts töten? Es kostete mich viel Kraft, es nicht zu tun.

Als ich mit dem Erzbischof ritt, begann ich über Annos letzte Worte nachzudenken. Darüber, dass der dritte König zu ihm gesprochen habe. Und ich fragte mich, was Zenon entdeckt haben mochte? Es gab noch eine Spur, der wir bei unserer Suche nicht bis zum Ende gefolgt waren. In der Heiligenvita Helenas, die wir auf dem Sinai gefunden hatten, gab es eine Notiz am Rand der Seite: *Josephos*. Ich versuchte herauszufinden, was es damit auf sich hatte. Es dauerte lange, bis ich begriff, welch ungeheuerlicher Betrug an den Pilgern begangen wurde, die nach Cöln kamen.«

Hartmann hatte gebannt gelauscht. Als Ingerimm nicht weitersprach, blickte er verärgert auf. »Zwei Tage hast du mich gezwungen, deiner Geschichte zuzuhören. Nun bring sie auch zu Ende!«

»Du solltest bedenken, dass das Wissen, das du einforderst, mein Leben vergiftet hat. Bist du sicher, dass du den letzten Schritt tun willst? Diesmal sollst du die freie Wahl haben.«

»Du verstehst es, deine Geschichte geheimnisvoll anzupreisen, Alter. Ich fürchte mich nicht vor Worten.«

»Nicht?« Ingerimm hatte zu seinem spöttischen Ton der letzten Tage zurückgefunden. »Dabei solltest doch gerade du, als Verseschmied, um die Macht der Worte wissen. Das Ende meiner Geschichte hat jedenfalls einen Preis. Du musst mir schwören, dass du mir in dieser Nacht folgen wirst, wohin immer ich auch gehe.«

»Ist das eine neue Probe?«

»Nein, deine Proben hast du bestanden. Doch hast du mir gestern auch gezeigt, dass du Beweise brauchst. Du sollst sie haben. In dieser Nacht noch!«

»Werden wir etwas Verbotenes tun?«, fragte Hartmann misstrauisch.

»Etwas, das uns den Kopf kosten kann. Ein Wissender zu sein hat seinen Preis. Wenn du mir in dieser Nacht folgst, dann wirst du morgen dein Seelenheil retten.«

»Was ist mit dem dritten König? Wer ist er?«

»Das zu hören kostet dich deinen Eid.«

Hartmann zögerte. Der dritte König … Aus allem, was Ingerimm erzählt hatte, ließ sich kein Hinweis ableiten, wer er sein mochte. Mehr als eine Meile ritten sie schweigend nebeneinander. »Ist es etwas Gotteslästerliches?«, fragte der Ritter schließlich bedrückt.

»Der Teufel selbst hätte es sich nicht perfider ausdenken können.«

»Du hättest es dem Erzbischof sagen müssen!«

»Er hätte es nicht hören wollen. Die Drei Könige stärken Cöln. Tausende Pilger kommen in die Stadt. Schon jetzt nennen sie es *das heilige Cöln.*« Ingerimm lachte. »Ahnungslose Schafe!«

»Und warum willst du ausgerechnet mir dieses Geheimnis anvertrauen?«

»Weil ich alt bin und schon lange jemanden suche, der meine Bürde in Zukunft tragen wird. Es sollte ein junger Mann sein, der aufrichtig an die Ideale des Rittertums glaubt, der mutig und neugierig ist und der vor allem Aussichten hätte, bis zum Kaiser zu gelangen, falls er sich entschließt, den bösen Spuk von Cöln zu beenden. Deshalb die Proben. Ich wollte sicher sein, dass du der Richtige bist. Doch die letzte Wahl musst du selbst treffen! Willst du mein Vermächtnis antreten?«

»Sprich!«

LUDWIG

»Für mehr als ein Jahr folgte ich dem Erzbischof und diente ihm, so wie ich es geschworen hatte. Es war eine schwere Zeit. Der Kaiser musste aus Italien fliehen. In Deutschland wollte er Frieden zwischen Rainald und Konrad stiften, um sobald wie möglich mit Heeresmacht nach Italien zurückzukehren. Woche um Woche, Monat um Monat reiste ich mit dem Reichskanzler von Dassel, war in Flandern, Burgund und in der Normandie, am englischen Königshof, in den reichen Städten Süddeutschlands und in schäbigen Gasthäusern an gottverlassenen Wegen. Rainald benutzte mich, um Angst zu verbreiten. Viele Geschichten rankten sich um seinen schwarzen Mönch, die wenigsten waren wahr. In dieser Zeit wurde mir Ricardo zum Feind, denn er vermutete, dass ich ihn bald in der Gunst des Erzbischofs ausstechen würde.

Insgeheim begann ich meine eigene Suche. Ich spürte den Schriften des Josephos nach, um das Geheimnis des dritten Königs zu ergründen. Doch das Schicksal hatte mir einen anderen Weg bestimmt, und das Verhängnis begann, als Rainald Ende September des Jahres 1165 nach Cöln kam, wo in Anwesenheit des Kaisers seine Weihe zum Erzbischof vollzogen werden sollte.«

30

Wieder blickte Ludwig auf den Weg hinter sich. Wann immer er einen Reiter hörte, schlug er sich ins Gebüsch. Sie mussten im Kloster schon gemerkt haben, dass er geflohen war. Gewiss waren bereits Verfolger unterwegs. Irgendeinen Mönch hätte man vielleicht davonlaufen lassen. Aber nicht ihn! Dabei wäre er im Kloster geblieben, wenn nicht … Nein, Gott hatte ihn auf eine zu harte Probe gestellt. Sollten sie ihn nur holen. Selbst zu sterben war besser, als so zu leben, diese Qualen zu leiden.

Ludwig verließ den Weg und ging ein Stück seitlich durch den Wald. Angefangen hatte es bei der Christmesse im letzten Jahr. Seine Blicke waren durch die Kirche geschweift. Er war nur selten mit aller Aufmerksamkeit beim Gebet. Dazu war er nicht geschaffen.

Sankt Martinus war ein Doppelkloster. Nur eine Meile entfernt gab es eine zweite Niederlassung, in der Nonnen lebten. Ihr Abt Gerardus stand beiden Klöstern vor. Manchmal feierten beide Klöster gemeinsam eine Messe in der großen Kirche im Dorf, unten am Fluss. So war es auch zum Weihnachtsfeste gewesen. Die ersten fünf Reihen der Kirchbänke waren mit Mönchen und Nonnen gefüllt. Die Mönche links, die Nonnen rechts. Er hatte in der dritten Reihe am Mittelgang gesessen. Ludwig konnte sich an alles noch so genau erinnern, als sei es erst gestern gewesen. Sein Blick war zu den Nonnen auf der anderen Seite geschweift. Andere konnten Frieden im Chorgesang und im Gebet finden. Warum war ihm das nie vergönnt gewesen?

Dort auf der anderen Seite des Mittelgangs hatte sie gesessen. So nah, dass er sie fast hätte berühren können. Sie war recht klein, und trotz der Ordenstracht konnte man erkennen, dass sie von zierlicher Gestalt war. Ihr Gesicht war unter der Haube nicht zu sehen gewesen, bis sie merkte, dass sie beobachtet wurde, und zu ihm hinüberblickte. Die traurigen Augen weiteten sich vor Schreck, als sie ihn erkannte. Es war seine Stiefschwester. Er hatte Mechthild gefunden, nun, da er sie nicht mehr gesucht hatte. Zum ersten Mal seit Jahren wagte er nicht nur an Mechthild zu denken, sondern auch ihren Namen zu flüstern.

Als sie die Kirche verließen, hatte sie es vermieden, sich ihm zu nähern. Nicht ein Wort hatten sie miteinander wechseln können. Fortan fieberte Ludwig den gemeinsamen Messen entgegen. Das Leben im Kloster wurde ihm erträglicher, obwohl ihm zu sprechen verboten war. Ihm, dem Sänger, der mit seinen Liedern so viele zu betören verstanden hatte. Allein im Chor mitzusingen und zu beichten war ihm erlaubt. All dies ertrug er in der Freude, bald Mechthild wiederzusehen. Doch ihr gelang es stets, ihm nicht nur aus dem Weg zu gehen, sondern auch jeden Blick zu meiden. Es schien, als wäre er durch Zauberwerk für sie unsichtbar geworden.

Bis zum Sommer gelang es ihm, seinen Verstand gegen das zu verschließen, was sein Herz längst ahnte. Er schob es auf unglückliche Zufälle, dass sie einander nicht mehr begegneten. Allein sie in der Nähe zu wissen, machte ihm das Leben leichter. Ohne zu murren, verrichtete er auch die niedrigsten Arbeiten.

Erst zur Erntezeit, als fast alle Mönche auf den Äckern arbeiteten, geschah es, dass sie einander wiederbegegneten. Ludwig war auf einem abgelegenen Feld zurückgeblieben, um verlorene Ähren aufzulesen, als er ganz in der Nähe eine Gestalt am Waldrand bemerkte. Er erkannte sie sofort. Man hatte Mechthild zum Kräutersammeln ausgeschickt, und Gott hatte sie hierher, zu diesem einsamen Feld, geführt.

Als er zu ihr lief, wollte sie fliehen. Doch er war schneller, holte sie ein und wollte sie in die Arme schließen, so wie früher, als sie ihn grob zurückgestoßen und drohend die Sichel erhoben hatte. Sie machte ihm bittere Vorwürfe, wie lange sie auf ihn gewartet habe, und war taub für seine Beteuerungen, dass er sie Jahre gesucht hatte. Im letzten Sommer erst hatte sie den Schleier genommen und ihre Gelübde abgelegt. Voller Bitterkeit sprach sie von durchwachten Nächten, von missglückten Fluchtversuchen und davon, wie sie jedesmal, wenn sie dem Kloster entronnen war, nach ihm Ausschau gehalten hatte. Doch von seiner Geschichte hatte sie nichts hören wollen.

Die Jahre im Kloster hatten Mechthild verändert. Sie sah sich nun als eine Braut Gottes. Zuletzt warnte sie ihn eindringlich und schwor, dass sie ihm oder sich etwas antun würde, wenn er sich ihr noch einmal nähern sollte. Danach eilte sie in den Wald davon.

Bis zur Abenddämmerung hatte Ludwig am Feld gestanden, unfähig, auch nur einen Schritt zu tun oder einen klaren Gedanken zu fassen. Man schickte Ordensbrüder aus, ihn zu suchen.

Am nächsten Tag war er krank. Er hielt die Gebete nicht mehr ein, verweigerte das Essen und mochte sich nicht mehr vom harten Lager in seiner Cella erheben. Es war nicht einmal so, dass er über die Vergangenheit nachdachte. Er lag einfach nur still und starrte die Flecken auf der getünchten Mauer an, bis ihm die Augen schmerzten.

Seine Ordensbrüder kümmerten sich aufopfernd um ihn. Wochen lag er so, bis er wusste, was zu tun war. Er durfte nicht riskieren, Mechthild noch einmal zu begegnen. Er kannte sie gut genug, um zu wissen, dass sie ihre Drohung wahrmachen würde. Es war an ihm, seinem Leben ein Ende zu setzen. Es gab kein Ziel mehr, nur eine Schuld war noch zu begleichen. Clara. Sie hatte ihren Vater und ihren Geliebten verloren. Sie sollte wissen, was im Morgenland geschehen war. Gewiss hatte ihr niemand die Wahrheit über den Brand und den Tod ihres Vaters erzählt. Und wenn ihn die Spitzel des Erzbischofs fassten, bevor er Clara traf, dann starb er wenigstens nicht von eigener Hand, und der Weg ins Himmelreich blieb ihm offen.

Nachdem Ludwig seinen Entschluss gefasst hatte, bat er den Abt an sein Lager und legte eine umfassende Beichte ab. Er wusste, dass Gerardus seinem Erzbischof nahestand und dass er vieles nicht würde glauben wollen, doch für Ludwig war nur wichtig, seine Seele unbefleckt zu wissen. Im Kloster nahm man an, dass er sterben würde. Doch stattdessen begann er wieder Nahrung zu sich zu nehmen und zu Kräften zu kommen. Er hatte ein neues Ziel vor Augen.

All das war vor einer Woche geschehen. Ludwigs Flucht war geglückt. Nun musste er noch weniger als zwanzig Meilen zurücklegen, um nach Cöln zu gelangen. Er hatte gehört, dass der Kaiser mit großem Gefolge in der Stadt weilte. Es würde leicht sein, die Tore zu passieren, wenn so viele Fremde ein und aus gingen. Vielleicht könnte er sich einer Gruppe von Pilgern anschließen.

Rainald hieb auf den Tisch. Sein Gesicht glühte vor Wut. »Ich will, dass er gefunden wird, noch heute!«

Nie hatte Heinrich den Erzbischof so außer sich gesehen. Fluchend ging Rainald im Zimmer auf und ab. Vor einer Stunde erst hatte er Nachricht erhalten, dass Ludwig vor drei Tagen aus seinem Kloster geflohen war. Er hatte daraufhin das Mittagsmahl mit dem Kaiser abgesagt und nach Ricardo und ihm schicken lassen.

»Der Bastard wird alles ausplaudern«, ereiferte sich der Erzbischof. »Ich bin mir sicher, dass er versucht, zum Kaiser zu gelangen, oder dass er morgen bei meiner Weihe irgendeine Schurkerei begehen will. Ihr müsst ihn finden! Und dann sorgt dafür, dass er nie wieder eine Gefahr werden kann.«

»Und wenn er gar nicht hierherkommt? Vielleicht sitzt er in irgendeinem Wirtshaus, eine Hure im Arm, und ist nur froh, dem Kloster entflohen zu sein«, gab Heinrich zu bedenken.

»Menschen verändern sich«, entgegnete Rainald zornig. »Außerdem wurde er in Bonna gesehen. Er ist auf dem Weg nach Cöln!«

»Aber wie sollen wir ihn finden?«, fragte Ricardo vorsichtig. »Hunderte Fremde sind in der Stadt, um morgen Zeugen Eurer Weihe zu werden. Alle Gasthäuser sind überfüllt. Vor den Mauern hat das Gefolge des Kaisers ein Zeltlager aufgeschlagen, und wer weiß, wie viele in dieser Nacht einfach auf den Wiesen schlafen.«

»Es ist mir gleichgültig, wie ihr ihn findet! Ihr könnt alle Stadtbüttel und Wachen aufscheuchen, um ihn zu suchen. Lasst euch etwas einfallen. Aber sorgt mir dafür, dass es unauffällig vor sich geht. Ich will nicht, dass der Kaiser Fragen stellt!«

»Die Stadtbüttel werden nicht einfach unseren Befehlen gehorchen«, wandte Heinrich ein. »Ihr kennt die Cölner, Herr. Sie haben ihren eigenen Kopf, und sie wüssten ja nicht einmal, dass wir in Euren Diensten stehen.«

»Die Cölner wissen, wie viel Gold die Pilger, die zu Ehren der Drei Könige kommen, ihnen in die Stadt tragen. Außerdem wünschen sie, dass ich den größten Teil des Geldes für die Brücke aufbringe, die sie über den Rhein schlagen wollen. Sie werden sich mir nicht widersetzen. Und was die Tatsache angeht, dass man euch nicht kennt …« Rainald öffnete ein silberbeschlagenes Kästchen, das vor ihm auf dem Tisch stand, und nahm etwas heraus. »Ich habe für jeden von euch einen Ring mit meinem Siegel. Wenn ihr mein Siegel tragt, wird niemand anzweifeln, dass ihr meine Vertrauten seid und eure Anweisungen unbedingt zu befolgen sind. Im Übrigen hat man euch oft genug mit mir gesehen.«

Heinrich nahm den schweren silbernen Siegelring entgegen. Darauf prangte ein münzgroßer Aufsatz, in den drei Kronen und elf Flammen geprägt waren. Der Ritter musste an das Begräbnis Rothers denken, an jenen Tag, als Rainald dem Jungen die drei Kronen aus dem Wappen gestohlen hatte.

»Ihr dürft euch nun zurückziehen. Und sobald ihr den Kerl habt, wünsche ich umgehend benachrichtigt zu werden.«

Heinrich verneigte sich. Wie vor einem Jahr trug er noch eine schwarze Mönchskutte. Er hatte sich an diese Kleidung gewöhnt; nur sie vermochte vollständig zu verbergen, was man seinem Leib angetan hatte. Zog er die Kapuze weit nach vorne, fiel es nicht sofort auf, dass er eine Maske trug, und verschränkte er die Arme vor der Brust, mochte er seine verstümmelten Hände in den weiten Ärmeln verbergen. Ricardo hingegen schien den größten Teil des Goldes, das ihm der Erzbischof für seine Dienste überließ, für kostbare Kleidung aufzuwenden. Er war nach der neuesten Mode des Hofs gewandet, trug eng anliegende Beinkleider und ein Wams mit weit ausgeschnittenen Ärmeln, die mit Pelz besetzt waren. Ein roter Gürtel mit Silberbeschlägen war um seine Hüfte geschlungen. Wie ein Ritter führte er Dolch und Schwert. Für einen Söldner hatte er es zweifellos weit gebracht.

Als sie den neuen Palast des Erzbischofs verlassen hatten, hielt Ricardo ihn zurück. Er lächelte gezwungen. »Lass uns unsere Fehde für heute vergessen.« Er streckte Heinrich die Hand entgegen. »Wenn wir Ludwig nicht finden, wird es uns beiden schlecht ergehen.«

Heinrich zögerte. »Hast du einen Plan?«

»Zunächst sollten wir die Mannschaften bei den Toren verständigen. Beginnen wir beim Hahnentor und folgen dann der Mauer. Danach wäre es wohl klug, wenn wir uns trennen. Das vergrößert die Aussicht auf Erfolg. Wenn der Kerl nicht dumm ist, sollte es ihm nicht schwerfallen, sich vor uns zu verbergen.«

»Wenn er hierher nach Cöln kommt, ist er dumm!« Heinrich ergriff die Hand des Söldners.

Auf der Pfaffenstraße, im Schatten des Doms, legte Heinrich eine Rast in einer Weinstube ein. Den ganzen Nachmittag war er durch die Stadt geirrt und hatte jedem, der ihm begegnete, ins Gesicht gestarrt. Vergebens! Ludwig auf diese Weise finden zu wollen, war aussichtslos! Nur er selbst hatte Aufsehen erregt. Die Menschen schraken zusammen, wenn sie seiner Ledermaske unter der schwarzen Kutte gewahr wurden.

Heinrich bestellte einen der sauren Weine aus dem Ahrtal und blickte zu den frisch vergoldeten Turmknäufen des alten Doms hinauf. Rainald hatte den Auftrag erteilt, zwei zusätzliche Türme anzubauen und im Inneren der riesigen Kirche etliche Seidenteppiche aufzuhängen, die zu seiner Kriegsbeute aus Mailand gehörten. Der alte Dom war ein prächtiger Bau. Vielleicht ein wenig zu grob und kantig, verglichen mit den Kirchen Italiens und Burgunds, aber ohne Zweifel eindrucksvoll. Eine gute Kulisse für eine pompöse Weihezeremonie. Aber hatte Rainald Recht mit seiner Besorgnis? Würde Ludwig tatsächlich versuchen, die Festlichkeiten zu stören? Es passte nicht zu dem Ritter, der immer ein Bänkelsänger hätte sein wollen, sich in die Intrigenspiele des Erzbischofs einzumischen!

Und wohin würde Ludwig sich wenden, wenn er nach Cöln käme? Heinrich wusste nicht, wen sein ehemaliger Gefährte in der Stadt kannte und wer ihm hier Obdach gewähren könnte, aber für gewöhnlich war es eine Frau, bei der er Schutz suchte. Vermutlich würde er sich bis zur Dämmerung versteckt halten. Und dann? Heinrich musste an Clara denken. Seit einem Jahr lebte sie beim Kaufmann Jacop Schnitter, in einem Haus am Heumarkt. Er, Heinrich, würde zu ihr gehen, wenn er in die Stadt käme!

Er setzte seinen Weinbecher ab und legte ein Kupferstück daneben. Warum nicht das Haus des Kaufmanns beobachten? Dieser Ort wäre so gut wie irgendein anderer, an dem Ludwig nicht erscheinen mochte! Außerdem würde er so vielleicht Clara zu Gesicht bekommen. Heinrich hatte sie noch nicht gesehen, seit er mit dem Erzbischof nach Cöln zurückgekehrt war. Wann immer er in die Stadt kam, beobachtete er das Haus am Heumarkt und holte Erkundigungen über das Mündel des Kaufherrn ein. Clara schien in ihrer neuen Familie glücklich zu sein.

Einmal hatte er sogar unter dem Vorwand, Tuche aus Flandern kaufen zu wollen, das Haus aufgesucht. Jacop hatte einen trefflichen Eindruck auf ihn gemacht. Der Kaufherr war nicht allzu groß, ein wenig korpulent und hatte ein freundliches, weltoffenes Gesicht, das von einem sorgfältig gestutzten, schon ergrauten Bart gerahmt wurde. Der Kaufmann war nicht vor seiner furchterregenden Erscheinung zurückgezuckt; im Gegenteil, sie hatten über eine Stunde über Stoffe und den Handel im Allgemeinen geplaudert. Und die Preise, die der Kaufherr für seine Waren einforderte, überstiegen nicht ein angemessenes Maß. Heinrich hatte ihn in der tröstlichen Gewissheit verlassen, dass Clara bei einem guten Menschen untergekommen war.

Mit gesenktem Haupt ging er über den Domplatz durch die enge Bechergasse zum Alten Markt. Überall drängten sich Fremde, die verzweifelt ein Quartier für die Nacht suchten. Die meisten Klöster und etliche Bürgerhäuser boten Schlafplätze an, um all die Schaulustigen unterzubringen, die morgen dem großen Ereignis beiwohnen wollten. Wer bis Sonnenuntergang keine Bleibe hatte, würde aus der Stadt gewiesen, um irgendwo am Rheinufer oder in den Feldern zu übernachten.

Unter Köster fand Heinrich sich von einer Schar fetter Gänse umringt, die ein barfüßiger Junge vor sich hertrieb. Die meisten der Bauten hier waren zumindest teilweise aus Stein errichtet, auch wenn die oberen Stockwerke in der

Regel aus Fachwerk bestanden. Viele Häuser waren bunt getüncht, in dunklem Rot, ockerfarben oder gelb. Sie prunkten mit Erkern aus schön geschnitzten Balken und bemalten Fensterläden, mit Satteldächern, die sich weit über die Gassen beugten, und Türen, die mit kunstvoll geschmiedeten Eisenbändern beschlagen waren. Bei den beiden Märkten war viel gebaut worden in den Jahren, die Heinrich in Italien und Outremer verbracht hatte. Etliche Häuser waren um Vorbauten erweitert oder gar neu und größer wiedererbaut worden. Dem Erzbischof war dies ein Dorn im Auge, denn die Bürger hatten die meisten Erweiterungen vorgenommen, ohne sein Einverständnis einzuholen, und Rainald von Dassel war kein Fürst, der einen Eingriff in seine Rechte duldete.

Heinrich trat in den Schatten eines vermauerten Tors und wartete. Er wusste, dass Clara zur Abendstunde stets in der nahe gelegen Pfarrkirche Sankt Brigiden zum Gebet weilte. Auch Jacop Schnitter hatte sein Anwesen erweitert. Ein neuer Lattenzaun schloss sich seitlich an das hohe Haus an, dahinter war ein Stall errichtet worden. Nun, solange Rainald in die große Politik und die Vorbereitung des nächsten Kriegszugs nach Italien eingebunden war, würde ihm wohl kaum die Zeit bleiben, sich um ein paar morsche Zäune zu kümmern.

Es war schon fast dunkel geworden, als Heinrich eine Gestalt auffiel, die sich am Eingang des Halbmondgässchens herumdrückte und ebenfalls den Heumarkt beobachtete. Wenn er an Sankt Brigiden vorbei über den Buttermarkt ging, würde er sich von hinten an den Kerl anschleichen können. Aber dann sah er Clara aus der Kirche zurückkehren und über den Marktplatz schreiten. Sie trug ein langes dunkelgrünes Kleid und hatte ein dünnes Tuch um die Schultern geworfen. Ihr Haar war offen und fiel ihr weit über die Schultern hinab. Clara hatte das Kleid gerafft, um den Saum nicht mit dem Schmutz der Gassen zu besudeln. An ihrer Seite ging eine ältere Frau. Offenbar ließ man sie nicht aus den Augen. Die Gassen von Cöln hatten nicht den besten Ruf.

Kurz bevor die zwei Frauen das Haus erreichten, löste sich der Schatten vom Eingang des Halbmondgässchens und eilte mit weiten Schritten über den Mark. Die Gestalt rief etwas, worauf die beiden sich umdrehten. Der Fremde trug eine schmutzige, abgerissene Mönchskutte. Sein Schädel war fast kahl geschoren. Das Gesicht wirkte hager, war aber im Zwielicht nicht deutlich zu erkennen.

Der schmutzige Mönch sprach mit Clara. Sie deutete auf das Haus, doch er schüttelte entschieden den Kopf. Schließlich schritt die ältere Frau zur Tür und verschwand. Nur Augenblicke später erschien Jacop Schnitter. Offenbar wiederholte er die Einladung an den Mönch. Es gab einen kurzen Disput, schließlich zog auch er sich achselzuckend zurück.

Der Fremde blickte immer wieder nervös um sich. Den Gesten, der Größe und vor allem der Kleidung nach zu urteilen, mochte es Ludwig sein, doch ganz sicher war Heinrich sich nicht.

Der Mönch deutete auf den Zaun. Schließlich gingen Clara und er hinüber und verschwanden in dem Stall, der bei dem Kaufmannshaus errichtet worden war.

Die Dämmerung war fast schon der Nacht gewichen. Vorsichtig und immer im Schatten der Häuser schlich Heinrich bis zum Zaun. Zwischen den Fugen des hölzernen Stalls leuchtete Licht. Wie konnte der Kaufherr Clara mit diesem schmutzigen Kerl allein lassen? Auch wenn er ein Mönchsgewand trug, so machte er doch einen verwahrlosten Eindruck.

Langsam schob Heinrich das Tor im Zaun auf und begab sich zur Rückwand des Stalles. Nun konnte er die Stimmen der beiden vernehmen, und durch ein Astloch in der Bretterwand sah er, dass Clara auf einem Fass saß. Der Mönch war vor ihr niedergekniet und hielt demütig das Haupt gebeugt, wie um zu beichten. Die Stimme war Heinrich wohlvertraut: Es war Ludwig, sein ehemaliger Gefährte. Er redete ohne Unterlass, so als wäre der Teufel hinter ihm her und ihm bliebe nicht viel Zeit. Von den Kämpfen um Mailand erzählte er, davon, wie die Drei Könige aus der Stadt geschafft worden waren und welchen Auftrag Claras Vater und die anderen beiden Ritter erhalten hatten. Auch von Heinrichs schwerer Verwundung berichtete er. Clara, die ansonsten schweigend zuhörte, bedrängte den Ritter, mehr über Heinrich zu erzählen. Schatten tanzten im Gesicht des Mädchens.

Hinter dem Zaun tastete Heinrich tief in seinen linken Ärmel. Er besaß noch immer ihr Tuch. Kein Abend verging, an dem er es nicht hervorholte und für Clara betete.

Tränen traten ihm in die Augen, als er hinter der Bretterwand stand und die Geschichte seines eigenen Schicksals hörte. Dann jedoch erfasste ihn Zorn. Begriff Ludwig denn nicht, was er Clara antat? Wenn der Erzbischof erfuhr, dass auch sie um das Geheimnis der Drei Könige wusste, dann war ihr Leben verwirkt. Er sollte einschreiten, bevor es zu spät war! Doch vermochte er nicht, hervorzutreten und sich in seiner jämmerlichen Gestalt zu erkennen zu geben! Clara vor ihm zurückschrecken zu sehen, würde ihm das Herz brechen. Und wie anders sollte sie reagieren … Jeder fürchtete den Mönch ohne Gesicht.

Wie gebannt lauschte Heinrich den Worten seines alten Weggefährten und beobachtete Clara, die ebenso verzaubert schien. Er fühlte sich ihr so nahe wie seit ihrem Abschied in Lodi nicht mehr, indem er gemeinsam mit ihr Ludwigs Erzählung folgte. Es war wahrscheinlich das letzte Mal in ihrem Leben, dass sie etwas teilten, ein letztes Mal, dass er nicht der von allen gemiedene schwarze Mönch war, sondern der junge Ritter Heinrich, der nicht begriffen hatte, um wie viel kostbarer als all seine Ideale die Liebe dieses Mädchens war.

Ludwig schonte Clara nicht. Er sprach von dem Verdacht, dass ihr Vater Zenon ermordet habe und daraufhin in den Wahn verfallen sei, ein schwarzer Mönch verfolge ihn. Er erzählte von dem Überfall der Sarazenen an der Ölpresse. Eindringlich warnte er sie vor dem Erzbischof und dessen Meuchler Ricardo. Stumm nahm Clara den Bericht über die Ermordung ihres Vaters hin. Zuletzt erzählte Ludwig von seiner ersten Liebe und warum er das Kloster verlassen hatte. Als er schließlich endete, blickte er voller Erwartung zu Clara auf. Wollte er ihre Vergebung? Oder würde er ihr zuletzt noch verraten, wer der schwarze Mönch war?

»Habt Ihr Heinrich sterben sehen?«, fragte Clara leise.

»Niemand konnte dieses Feuer überleben, Herrin.«

»Also habt Ihr nicht gesehen, wie er starb?«

»Nein, Herrin, aber …«

»Dann lebt er. Ich weiß es! Er hat versprochen, zurückzukehren und …« Ihr versagte die Stimme. Ihre Augen glänzten. »Er würde niemals seinen Eid brechen! Ohne Makel waren seine Ehre und sein Leben. Seit dem Tag, an dem ihr

Lodi verlassen habt, verbindet mich ein unsichtbares Band mit ihm, das stärker ist als jedes Ehegelübnis, und dieses Band besteht noch immer. Ich weiß, er lebt!«

Heinrich fühlte sich, als würde sein Herz in glühende Ketten geschlagen. Zugleich aber waren ihre Worte das Schönste, was er je gehört hatte. Einen qualvollen Augenblick lang wollte er aufstehen und sich ihr zu erkennen geben, aber dann besann er sich. Heinrich war tot, nur der Mönch mit der Maske war noch am Leben.

Heinrich fasste einen Entschluss. Er musste Clara retten. Nun, da sie die ganze Geschichte kannte, war auch ihr Leben nicht mehr sicher. Er sprang auf und trat an die Tür zum Stall. Clara stieß einen leisen Schrei aus, als sie ihn erblickte. Ludwig stellte sich schützend vor das Mädchen. Aus der Nähe sah er noch schmutziger und armseliger aus. »Tu ihr nichts! Ich komme mit dir, ohne Widerstand zu leisten. Bring mich zum Henker des Erzbischofs!«

»Dafür ist es zu spät, du Narr! Was glaubst du, was geschehen wird, wenn dich jemand in der Nähe des Hauses von Jacop Schnitter gesehen hat? Glaubst du denn, der Erzbischof würde lange zögern, auch sie ermorden zu lassen? Ein Verdacht würde ihm reichen! Er braucht keine Beweise! Ihr müsst fort von hier! Beide! Ich werde euch helfen.«

Ludwig starrte ihn ungläubig an. »Du willst uns helfen?«

»Ich war bei Claras Vater, als er starb. Seine letzten Worte galten seiner Tochter. Ich habe versprochen, auf sie achtzugeben, und sie wäre auch nicht in Gefahr, wenn du nicht zu ihr gekommen wärst!« Heinrich spürte den Blick Claras auf sich. Einen Moment lang war er versucht, nach seiner Maske zu tasten, um sicher zu sein, dass sie sich nicht verschoben hatte.

»Ihr wart bei meinem Vater?«

»Dafür ist jetzt keine Zeit«, unterbrach sie Heinrich barsch. Selbst seine Stimme hatte sich verändert. So bestand nicht die geringste Gefahr, von ihr erkannt zu werden, und doch meinte er zu spüren, dass Clara ahnte, wer vor ihr stand.

»Es gibt keinen Ort, an den man vor Rainald fliehen kann«, rief Ludwig aufgeregt. »Er ist der Reichskanzler, die rechte Hand des Kaisers!«

»Und deshalb müssen wir ihn mit seinen Waffen schlagen, mit Heimtücke und Erpressung! Erinnerst du dich an den Tag, als die Särge der Könige vom Karren gestürzt sind? Ich habe damals beobachtet, dass Anno als Erster den Hang hinuntergeklettert ist. Noch bevor er starb, hat er mir anvertraut, der dritte König habe zu ihm gesprochen. Ich war zu weit entfernt, um zu erkennen, was genau er mit dem dritten König tat. Erinnerst du dich an etwas?«

Ludwig schloss die Augen, als könne er auf diese Weise die Bilder der Vergangenheit wieder lebendig werden lassen.

Ricardo blickte den dreien nach, wie sie über den Heumarkt nach Norden gingen. Dieser Narr hatte tatsächlich geglaubt, er würde ihn ziehen lassen! Nicht einmal hatte sich Rainalds schwarzer Mönch umgesehen, so sicher schien er sich zu fühlen. Erst hatte Ricardo vermutet, der Kerl wolle die Lorbeeren allein einheimsen, indem er Ludwig ergriff und zum Erzbischof brachte. Doch was er dann belauscht hatte, war fast zu schön gewesen, um wahr zu sein. Nur schade, dass er den ersten Teil des Gesprächs verpasst hatte.

Die drei hatten den Markt überquert und verschwanden in einer Gasse. Es wäre klüger, einen anderen Weg zum Domplatz zu nehmen. Ricardo schritt durch das Markttor und dann vorbei an der Sankt-Lorenz-Kirche. So gelangte er geradewegs zur Rückseite des erzbischöflichen Palastes.

Er fand seinen Herrn in jener Kammer, in der Rainald seine Tagesgeschäfte zu erledigen pflegte. Ihm gegenüber hing über einer hohen Stuhllehne der festliche Ornat, den er morgen zu seiner Weihe als Erzbischof tragen würde.

Rainald hörte ihm mit versteinerter Miene zu. »Und jetzt sind sie im Dom?«, fragte er, als Ricardo mit seinem Bericht zu Ende gekommen war.

Der Söldner nickte.

»Auf heiligem Boden kann ich sie nicht festnehmen lassen. Wenn ich meine Waffenknechte trotzdem schicke, dann wird morgen in der halben Stadt bekannt sein, dass etwas im Dom geschehen ist. Weißt du, was sie dort suchen? Womit wollen sie mich erpressen?«

»Das konnte ich nicht verstehen. Es schien, als sei sich der Mönch selbst noch nicht darüber im Klaren, was er suchte. Lasst mich gehen, Herr. Mir könnt ihr trauen!«

Rainald bedachte ihn mit einem zweifelnden Blick. »Allein? Ich weiß, wer der Mönch früher war. Du hast selbst gesehen, wie leicht er damals Ludwig entwaffnete. Traust du dir wirklich zu, gegen ihn zu bestehen?«

»Nicht, wenn ich mit ihm die Klinge kreuze. Doch das wird nicht notwendig sein. Sorgt euch nicht, Herr. Ich werde diese drei Verräter zur Hölle schicken. Wenn Ihr morgen Eure Weihmesse begeht, wird ihr Tod mein Geschenk an Euch sein.«

Der Erzbischof machte ein nachdenkliches Gesicht. »Der

Mönch hat mehr Leben als eine Katze! Es genügt, wenn du die Verräter dazu bringst, aus dem Dom zu flüchten. Ich werde an allen Eingängen Wachen postieren. Sobald sie herauskommen, werden sie in Ketten gelegt, und bei Morgengrauen lasse ich sie in einem geschlossenen Wagen heimlich zur Arre-Burg schaffen. Der Graf dort stellt keine Fragen, wenn ich ihm ein paar Gäste für seine Felsenkeller überantworte. Sobald ich Cöln verlassen kann, will ich selbst Zeuge ihrer Hinrichtung sein. Ich will den Mönch tot sehen! Erst dann werde ich ruhig schlafen.«

»Ihr werdet nicht so lange warten müssen, Herr.«

31

Heinrich holte einen Schlüsselbund hervor und öffnete die kleine Seitenpforte zur südlichen Vorhalle des Doms. Es war alles ruhig auf dem Platz. Um diese Zeit war nicht mit Mönchen oder anderen Besuchern zu rechnen. Bis zur *vigilia*, dem Nachtgottesdienst, würden noch viele Stunden vergehen.

»Unter dem Dom führt ein geheimer Gang zum Bischofspalast«, erklärte er Clara und Ludwig, die ungläubig auf die offene Pforte starrten. »Wenn ich ungesehen zu Rainald gelangen wollte, benutzte ich stets diesen Weg. Der Tunnel ist nur einigen seiner engsten Vertrauten bekannt.«

Zögerlich folgten ihm die beiden. Sie vertrauten dem schwarzen Mönch ganz offenkundig nicht, aber das hatte

Heinrich auch nicht erwarten können. Ludwig hatte ihm sein Unglück zu verdanken, und Clara musste seine furchtbare Erscheinung abschrecken. Oder ahnte sie etwas? Er spürte ihre Blicke im Rücken.

Durch die Vorhalle gelangten sie ins südliche Seitenschiff. Vor einigen der Altäre brannten Kerzen, so dass es nicht völlig finster war. Die Decke der riesigen Haupthalle verlor sich jedoch in Dunkelheit. Der Duft kalten Weihrauchs hing in der Luft. Leise knisterten die alten Fahnen, die man dem Hauptschiff entlang aufgehängt hatte. Trophäen längst vergangener Siege der Cölner Erzbischöfe. Heinrich spürte einen Luftzug. Misstrauisch sah er sich um. Alles war ruhig.

Hinter dem Hochaltar erhoben sich die Särge der Drei Könige auf einem hölzernen Gerüst, so dass jeder sie morgen bei der Messe im Dom gut sehen konnte. Über ihnen hing ein mehrstufiger Leuchter von der Decke, der größer als ein Karrenrad war. Zum Fest hatte man ihn mit neuen Kerzen bestückt.

Heinrich ging zu den prächtigen Lehnstühlen, die etwas abseits des Hochaltars standen. Vermutlich waren sie für den Kaiser und die anderen hohen Würdenträger gedacht, die morgen der Zeremonie beiwohnen würden. Er nahm einen der Stühle und trug ihn zu den Königssärgen. Dann winkte er Ludwig heran.

Gemeinsam untersuchten sie die drei Sarkophage. Sie waren aus dunklem Holz gefertigt und mit reichem Schnitzwerk geschmückt. Man hatte sogar kleine Bilder der Könige in die Sargdeckel eingearbeitet. Der mittlere zeigte einen bärtigen, alten Mann. Entlang des Sargdeckels waren mehrere Siegel angebracht. Heinrich zog den Dolch, den er stets unter seinem Gewand verbarg, und durchschnitt das zähe Wachs. Mit Ludwigs Hilfe entfernte er den schweren Deckel. Dann schoben sie den Stuhl heran, damit Heinrich besser in das Innere des Sargs sehen konnte. Auch Clara war näher getreten und reckte neugierig den Hals. Sie sah besorgt aus, blieb aber stumm.

Fasziniert blickte Heinrich in das bärtige Antlitz. Wer war dieser Mann einst? Und wie hatte er zu Anno gesprochen? Heinrich streifte den Handschuh von seiner Rechten und tastete vorsichtig über das Gesicht des falschen Heiligen. Unter dem Bart fühlte er etwas. Man hatte das Kinn des Toten mit einer Binde aus frischem Leinentuch abgestützt, so wie man es auch bei ganz gewöhnlichen Leichen tat. Heinrich hob den Dolch und durchtrennte das Tuch mit einem raschen Schnitt.

»Was tust du da?«, zischte Ludwig aufgeregt.

»Ich versuche, einen Toten zum Sprechen zu bringen.«

Vorsichtig klappte er den Unterkiefer des Leichnams herab. Schweiß perlte ihm von der Stirn. »Hol eine Kerze, schnell!« Undeutlich konnte er einen winzigen, matt schimmernden Gegenstand im Mund des Königs erkennen. Vorsichtig holte er ihn hervor. Es war ein dünnes Stück Blei, das man aufgerollt hatte. Schriftzeichen waren in die angelaufene Oberfläche graviert. Aber es waren griechische Buchstaben. Er würde die Botschaft des falschen Königs nicht lesen können!

Mit einem dumpfen Schlag schloss sich eine Tür. Erschrocken fuhr Heinrich herum. Ein neuerlicher Luftzug ließ die alten Fahnen knistern. Die Kerzen im langen Kirchenschiff flackerten auf. Einige erloschen. Hastig legte er die winzige Bleiplatte in den Mund des Königs zurück. Argwöhnisch blickte er den Mittelgang des Kirchenschiffs hinauf. Niemand war zu sehen. Vorsichtig schob Heinrich den Kiefer des Toten zurück.

Schritte von genagelten Stiefeln hallten durch die Stille. »Sei gegrüßt, schwarzer Mönch!«

Mit einem Satz sprang Heinrich vom Stuhl und kauerte sich hinter den Sarg. Das war Ricardos Stimme! Wie in drei Teufels Namen hatte er sie hier gefunden?

Der Söldner musste stehen geblieben sein. Kein Geräusch war mehr zu hören. Heinrich gab Clara und Ludwig ein Zeichen, sich hinter den Särgen zu verstecken. »Bleibt hier!« flüsterte er dann.

»Aber wir sind doch in Gottes Haus. Was sollte er uns tun?«, fragte Clara ihn voller Angst.

»Der Gottesfriede gilt für ihn nicht. Bleibt hier, ich muss ihn finden.«

»Ich begleite dich!«, erwiderte Ludwig entschieden.

Heinrich reichte seinem ehemaligen Gefährten seinen Dolch. »Wenn sich Ricardo bewegt, werden wir es hören. Auf dem Steinboden hallen seine schweren Sohlen wie Trommelschlag. Uns jedoch wird er kaum hören.«

Ludwig nickte und nahm die Waffe. Geduckt liefen die beiden zur südlichen Vorhalle. Von dort war die Stimme erklungen. Die Mauerbögen zum Seitenschiff als Deckung nutzend, eilten sie voran. Heinrich ballte die Fäuste, und Klingen schnitten durch seinen linken Handschuh. Ricardo musste jetzt unmittelbar vor ihnen sein. Er hatte sich nicht von der Stelle gerührt.

Heinrich gab Ludwig einen Wink. Gemeinsam stürmten sie in das Seitenschiff, dort, wo sich die Tür zur Vorhalle befand, und blieben wie erstarrt stehen. Im Kerzenlicht deutlich zu erkennen, standen die Stiefel des Söldners auf dem Steinboden.

Ahnungsvoll wandte Heinrich sich um, als Ludwig ihm einen groben Stoß versetzte. »Dort …« Die Stimme des Ritters erstarb in einem Stöhnen. Ein Armbrustbolzen ragte aus seiner Brust. Hinter dem Dionysiusaltar stehend, entdeckte Heinrich den Lombarden. Voller Zorn stürmte er nach vorn, als Ricardo eine zweite Armbrust vom Altarstein hob und auf ihn anlegte. Ein dumpfer Schlag traf den schwarzen Mönch in die Brust. Heinrich taumelte zurück. Er war eine Handbreit über dem Herzen getroffen. Der Schmerz ließ ihn fast ohnmächtig werden, und doch versuchte er, seine Klingenfaust zu heben.

Ludwig lag reglos am Boden. Unter ihm breitete sich eine dunkle Blutlache aus. Ricardo war hinter dem Altar wieder in Deckung gegangen.

Heinrich blickte zum Seitenportal. Es war nur wenige Schritte entfernt. Er könnte entkommen, bevor Ricardo seine Armbrust neu gespannt hätte.

Entschlossen hastete er zum Hochaltar zurück. Niemals würde er Clara im Stich lassen!

Das Mädchen kauerte noch immer hinter den Särgen. »Zum Chor hinauf!«, keuchte er atemlos. Die Wunde in seiner Brust pochte im gleichen Rhythmus wie sein Herz. Gehetzt sah er sich um. Seitlich gab es eine Tür. Dahinter lag eine Treppe, die zum Chor hinaufführte. Wenn sie eine verriegelte Tür zwischen sich und den Söldner bringen konnten, würden sie Ricardo vielleicht entkommen.

Mit dumpfem Krachen schlug unmittelbar neben ihm ein Armbrustbolzen in einen der Särge. Geduckt stürmten sie zur Tür hinüber. Ricardo stand im Mittelgang. Er hatte die

Sehne der Armbrust in einen Haken an seinem Gürtel gelegt und stemmte sich in den Fußbügel, um die Waffe neu zu spannen. Ausgerechnet eine Armbrust. Die Waffe war als *deo odibilem*, von Gott gehasst, von den Kirchenfürsten mit dem Bannfluch belegt worden. Sie zu verwenden, um ihn im Dom zu ermorden, entsprach ganz der Art des zynischen Söldners!

Sie erreichten die Tür und warfen sie hinter sich zu. Hier, abseits der Kerzenlichter der Altäre, war es dunkel. Zitternd glitten Heinrichs Finger über das Holz. Es würde nicht mehr lange dauern, bis Ricardo sie erreichte. Und es gab keinen Sperrriegel!

»Lauf die Treppe hinauf, Clara!«

»Und Ihr?«

»Ich komme nach. Bitte, geh jetzt!« Er hörte, wie sich hinter ihm Schritte entfernten. Blind tastete er durch den engen Raum. Doch er fand nichts! Kein Möbelstück, keinen Balken, nichts, was helfen würde, die Tür zu versperren. Weiter oben gab es zwei Türen, die zu den seitlich gelegenen Glockentürmen führten. Vielleicht fanden sie dort eine Zuflucht?

Am Chor holte Heinrich das Mädchen ein. Sie hatte den Rock hochgeschlagen und in den Gürtel gesteckt, um eilig die Treppe hinaufsteigen zu können.

»Wer seid Ihr, Herr? Warum riskiert Ihr Euer Leben für mich?«

»Hör zu!«, sagte er keuchend. »Wir fliehen jetzt an einen Ort, von dem aus wir Hilfe rufen können. Wir werden dem Meuchler entkommen!«

Sie wählten den linken Turm, der näher am Aufgang zum Chor lag. Auch hier ließ sich die Tür nicht verriegeln.

Durch den offenen Glockenstuhl fiel blasses Mondlicht in den Turm. Es war gerade hell genug, die steile Wendeltreppe zu erahnen, die sich an der Turmwand in die Höhe schraubte. Zur Mitte hin offen und ohne ein Geländer, zog sie sich um einen Schacht, der sich nach unten hin in der Finsternis verlor. Vier Seile hingen in der Dunkelheit vor ihnen und bewegten sich sanft, wenn sich der Wind raunend im Gebälk des Glockenstuhls fing.

Vorsichtig tastete Heinrich nach der Wunde in seiner Brust. Sie blutete nicht mehr so stark, doch konnte er seinen linken Arm kaum bewegen. Er würde sich nicht gegen Ricardo wehren können!

Stumm stieg er hinter Clara die Treppen hinauf. Seine Kräfte ließen nach. Die Glocken würden das Mädchen retten, wenn sie lange genug hier oben aushielten. Heinrich blickte zurück, wartete auf den Schatten, der ihnen unweigerlich folgen würde.

Schließlich endete die Treppe auf einer hölzernen Plattform. Auch hier war in der Mitte eine weite Öffnung für die Seile der Glocken ausgespart, und wiederum gab es kein Geländer, nur nach außen hin war der Glockenstuhl mit einigen quer gesetzten Balken abgesichert.

Müde lehnte sich Heinrich an einen der Balken. »Beginn zu läuten«, sagte er erschöpft. »Zieh an den Seilen, so stark du kannst. Das Sturmgeläut wird die Bürger aus dem Schlaf schrecken und selbst dem Kaiser die Ruhe rauben. Man wird denken, dass ein großes Feuer ausgebrochen ist. Nicht lange, und man wird uns hier oben auf dem Turm finden. Vielleicht können wir Ricardo so auch ohne eine Waffe in die Flucht schlagen.«

»Aber ist unser Schicksal nicht ohnehin besiegelt? Wenn

wir dem Erzbischof in die Hände fallen, wird er uns dann nicht richten lassen?«

»Offen kann er gegen uns nicht vorgehen. Er weiß, dass ich ein Geheimnis kenne, mit dem ich ihm großen Schaden zufügen kann. Wir werden es schaffen, vertraue mir, Clara.«

Sie nickte ernst. Seine Worte schienen ihr neue Hoffnung zu geben. Mit beiden Händen griff sie nach einem der Seile und zog, so kräftig sie konnte. Widerstrebend begann eine der Glocken über ihnen sanft zu schwingen. Nur langsam wurden ihre Bewegungen ausgreifender, und dann erwachte der Schlegel in ihrem Inneren. Als er zum ersten Mal gegen die Bronze schlug, war es kaum mehr als ein Tasten. Doch mit jedem Seilzug schwang die Glocke höher, und ihre schläfrige Stimme erscholl zu einem lauten Rufen. Mit der Wucht eines Hammers begann der Schlegel in seinem bronzenen Gefängnis zu wüten.

Clara schien zur Gefangenen der Glocke zu werden. Noch immer klammerte sie sich tapfer an das Seil, doch die Wucht der schwingenden Bronzeglocke riss sie immer wieder von den Füßen.

Unten, um den Dom, liefen die ersten besorgten Bürger zusammen. Überall in der Stadt leuchteten Kerzenlichter auf, und Fensterläden wurden aufgestoßen.

Ein schmerzhafter Hauch strich Heinrich über die Wange und hinterließ eine blutige Spur. Erschrocken sah der Ritter zur Treppe hinab. Nur zwei Kehren unter ihnen stand Ricardo im Mondlicht. Er hatte die Armbrust zur Seite gelegt und zog sein Schwert.

Breitbeinig postierte sich Heinrich in den Treppenaufgang. Er biss die Zähne zusammen und hob die Klingenhand. Ein Schmerz schoss durch seine Brust, als sei er noch einmal von einem Armbrustbolzen getroffen worden.

Als Ricardo angriff, konnte Heinrich kaum dessen Waffe sehen. Mit zwei Finten trieb der Söldner ihn vom Treppenabsatz zurück. Ein Stich in den Oberschenkel ließ Heinrich straucheln, als Clara sich mit einem Wutschrei auf den Lombarden stürzte. Doch Ricardo wich geschickt aus und versetzte ihr einen Hieb mit dem Schwertknauf ins Gesicht. Wie von einem Blitzschlag gefällt, sank das Mädchen zu Boden. Ihre Augen blickten starr in den Nachthimmel.

Heinrich war es, als habe ihn der Hieb getroffen. In einem verzweifelten Aufbäumen riss er die Klingenhand hoch, um Ricardo die Dolche in den Leib zu rammen, doch der Söldner fing den Angriff mit Leichtigkeit ab. Ein Fußtritt warf Heinrich zu Boden. Mit einem Lächeln war der Lombarde über ihm und setzte ihm sein Schwert an die Kehle.

»Hier trennen sich unsere Wege«, sagte er vollkommen ruhig. Sein Gesicht zeigte nicht die geringste Regung. Er holte mit dem Schwert aus. Den Schatten, der plötzlich hinter ihm aufragte, sah er nicht. Eine blasse Hand schloss sich um seinen Waffengurt, und noch bevor der Söldner herumfahren konnte, sprang der Schatten zurück.

Für einen Herzschlag lang sah Heinrich Ludwigs Gesicht, erstarrt in einem müden Lächeln des Triumphs. Dann verschwanden er und Ricardo in der Finsternis und stürzten den Seilschacht hinab. Die große Glocke über Heinrichs Haupt begann erneut zu schwingen und ihren durchdringenden Ruf in die Nacht zu schicken.

Mit letzter Kraft zog sich Heinrich zum Rand des Schachts. Im grauen Licht des Turmes sah er Ludwig und Ricardo einen stummen Kampf austragen. Der Söldner klammerte sich an ein Glockenseil, und Ludwig hielt noch immer Ricardos Waffengurt umfasst. Eine Hand löste sich vom Gürtel. Ludwig schien zu stürzen, doch stattdessen gelang es ihm, nach dem Dolch am Waffengurt des Söldners zu greifen. Einen Herzschlag lang fing sich ein Abglanz des Mondlichts in der silbernen Klinge, dann verschwand sie. Ricardo stieß einen schrillen Schrei aus. Das auf und nieder gleitende Glockenseil riss sie hoch. Einen Moment konnte Heinrich den Griff des Dolchs erkennen, der aus dem Leib des Söldners ragte. Als das Seil zurücksank, löste sich Ricardos Griff, und die beiden stürzten, noch immer einander umklammernd, in die Tiefe.

Heinrich hörte noch einen dunklen, lauten Glockenton, dann schloss er die Augen und kauerte sich vor Schmerz zusammen. Er öffnete seine Augen erst wieder, als sich ein fremdes Gesicht über ihn beugte. Langsam hob er die Hand mit dem Siegelring. »Ich bin … ein Vertrauter des Erzbischofs … und habe dringende Nachricht … für den Kaiser.«

Das Antlitz des Fremden schien zu verwischen. Entkräftet sank der Ritter zurück.

Heinrich kam wieder zu sich, als ihm ein stechender Schmerz durch die Brust fuhr. Benommen erkannte er, dass man ihn aus dem Turm hinabgebracht hatte und über den Vorplatz zum Palast des Erzbischofs tragen wollte. Zwei Waffenknechte in den Farben Rainald von Dassels stützten ihn und hielten ihn zugleich mit eisernem Griff. Ein dritter Krieger trug Clara, die offenbar noch immer ohnmächtig war.

Vergeblich versuchte Heinrich sich aufzurichten. Wenn man sie durch das Portal des Palastes schaffte, dann wäre es um ihn und das Mädchen geschehen. Rainald würde schon dafür Sorge tragen, dass sie seine Residenz nicht mehr lebend verließen.

Stumm und so inbrünstig wie noch nie in seinem Leben, betete Heinrich zu Gott, wenigstens das Mädchen vor dem Tod zu retten. Doch kein Wunder geschah. Man brachte sie die Stufen des Palasts empor und in die Vorhalle, wo einige Edle und Geistliche versammelt waren. Fackeln brannten an den Wänden. Stimme waren zu vernehmen.

Heinrich erkannte den Erzbischof. Rainald stand bei einem stämmigen rotblonden Mann, der dem Ritter den Rücken zuwandte. Dies wäre die letzte Gelegenheit, das Schicksal vielleicht noch zu wenden.

»Der lombardische Meuchler ist tot, mein Fürst!«, rief Heinrich mit aller Kraft, die er noch besaß.

Sofort verstummten die Gespräche. Alle wandten sich den Wachen zu, auch der Mann, mit dem Rainald gesprochen hatte. Es war der Kaiser!

»Wovon redet Ihr da, Mönch«, fragte Friedrich, noch bevor der Erzbischof das Wort ergreifen konnte.

»Mein Kaiser!« Heinrich senkte den Kopf, um eine Verbeugung anzudeuten. »Am Grund des Glockenturms werdet Ihr den zerschmetterten Leichnam eines Mannes finden, der es verstanden hat, sich auf schändlichste Weise das Vertrauen des Erzbischofs zu erschleichen. Es geschah während der Reise zum englischen Königshof, dass ich ein Gespräch belauschen konnte, das der Lombarde in aller Heimlichkeit mit einem Gesandten Alexanders führte. Man versprach ihm eine stattliche Summe Goldes, wenn er Euch, mein Fürst, und den Erzbischof tötete. Stets war mir schon aufgefallen, wie prächtig sich der Lombarde kleidete. Prächtiger, als es der schmale Verdienst eines Waffenknechts erlaubte, selbst wenn er die besondere Neigung des Erzbischofs genoss. Dass er ein Verräter sein könnte, hätte ich nie geahnt, und selbst nachdem ich Zeuge seines Betruges wurde, wagte ich es nicht, ihn öffentlich anzuklagen, denn welchen Beweis, außer meinem Wort, hätte ich gegen ihn anführen können. Heute jedoch bemerkte ich eine außergewöhnliche Unruhe bei dem Lombarden. Den ganzen Tag beobachtete ich ihn, doch gegen Abend schaffte er es, mir zu entkommen, und hätten nicht jener Mönch und jene Jungfer, die ich ins Vertrauen gezogen hatte, bemerkt, wie er sich heimlich in den Dom schlich, so wäre mir wohl verborgen geblieben, auf welch hinterhältige Weise er den Anschlag auf Euer Leben durchführen wollte, mein Kaiser.«

Heinrich warf einen raschen Blick zum Erzbischof. Rainald lauschte mit versteinerter Miene. Es war gewiss klüger, ihn in diesem Lügengespinst mit einer rühmlichen Rolle zu bedenken, bevor er seine Fassung wiedergewann.

»Nachdem mich die Kunde von seiner Anwesenheit im Dom erreichte, benachrichtigte ich meinen Fürsten, den Erzbischof. Doch da er auf dem heiligen Boden des Doms keinen Streit mit Waffengewalt ausgetragen sehen mochte, sandte er mich und meine Gefährten, den Meuchler zu überzeugen, seinen schändlichen Plan aufzugeben. An den Portalen des Doms sollten ihn dann die Waffenknechte meines Herrn erwarten. Doch der Lombarde sträubte sich und kannte keine Scheu, in der Immunität der Kirche Blut zu vergießen. Sein Plan scheint gewesen zu sein, Euch, mein Kaiser, und auch den Erzbischof bei dem Weihefest morgen vor dem Hochaltar zu töten. Zu diesem Zwecke hatte er gleich zwei Armbrüste bereitgelegt. Diese Waffen setzte er nun, da er sich in die Enge getrieben sah, gegen mich und meine Gefährten ein. Und so kam es zu dem schrecklichen Kampf im Dome und dem Glockengeläut, das alle Bürger der Stadt aus dem Schlaf riss.«

»Nicht einmal im Herzen meines Reiches bin ich vor Alexander und der Wut der Lombarden mehr sicher«, sagte Friedrich leise. Dann fuhr er lauter fort: »Ich verdanke Euch mein Leben, und Eure tapfere Tat verdient mehr als nur Lob. Wie ist Euer Name, Bruder, und aus welchem Kloster kommt Ihr? Ich will den Besitz Eurer Bruderschaft erweitern und sehen, welchen Dienst ich Euch als Preis für mein Leben erweisen mag.«

»Vergebt, mein Kaiser, wenn ich widerspreche. Ich bin kein Ordensmönch und auch kein Priester. Ich war ein Ritter, der für Euch in Italien stritt und bei den Kämpfen um das Kloster Bagnole sogar an Eurer Seite focht. Danach trat ich eine lange Pilgerfahrt nach Outremer an und wurde im Kampf mit Sarazenen so grausam verstümmelt, dass ich Gesunde nicht mit meinem Anblick quälen mag. Ich trage dieses Gewand, weil es mich verhüllt und die Menschen keine Fragen stellen, wenn ich schweigsam bin und mich abseits halte. Für mich erbitte ich nichts mehr. Und doch gibt es einen Wunsch, der mir auf den Lippen brennt. Helft jenem Mädchen, das mir beigestanden hat. Sie ist von edler Geburt, doch hat sie mit dem Tod ihres Vaters Land und Einkommen eingebüßt. Sie diente einst Eurer Gemahlin, das Leben aber war grausam zu Clara von Sennberg und hat sie zur mittellosen Waisen gemacht. Seid gnädig zu ihr! Dies ist das größte Geschenk, das Ihr mir machen könnt, mein Kaiser.«

»Habt ihr das gehört?« Friedrich sprach so laut, dass jeder in der Halle ihn verstehen konnte. »Selten traf ich auf solchen Edelmut.« Er bedachte den Erzbischof mit einem vieldeutigen Blick. »Sosehr Ihr in der Wahl des Lombarden gefehlt habt, mein Freund, so sehr beneide ich Euch darum, diesen Mann im Gefolge zu haben.« Friedrich wandte sich wieder an Heinrich. »In Euch vereinen sich Mut und Ritterlichkeit in höchster Vollkommenheit. Wie ist Euer Name, mein Retter, ich möchte wissen, wem ich mein Leben verdanke.«

Heinrich zögerte einen Moment. Seinen wahren Namen zu nennen, hieße, wieder an seine Familie gekettet zu werden. Er würde heim, auf das Gut seines Vaters, gerufen werden. »Mein Name ist Ingerimm«, antwortete er ruhig. Es war ein Name, in dem sich der Zorn und die Traurigkeit spiegelten, die sein Gemüt mehr als alle anderen Gefühle bestimmten.

»Ingerimm«, wiederholte der Kaiser nachdenklich, so als versuche er sich zu erinnern, ob er je von einem Ritter mit diesem Namen gehört habe. »Es soll nicht Euer Schaden sein, so offen mit mir gesprochen zu haben. Ihr werdet einen Lohn erhalten, welcher der Größe Eurer Tat entspricht. Doch nun, da alles sich zum Guten gewendet hat, sollten wir uns zur Ruhe begeben, denn morgen wird ein großer Tag sein, der all unsere Kräfte fordert.«

»Verzeiht, mein Kaiser, wenn ich Euch noch um eine letzte Gunst ersuche. Es gibt einen, für den dieser Tag kein glückliches Ende nahm. Der Mönch, der zerschmettert am Fuß des Glockenturms liegt. Ich weiß von vielen, die schlecht von ihm sprechen, und ohne Zweifel hat er manche Verfehlung auf sich geladen. Doch zuletzt hat er selbstlos sein Leben geopfert. Erlaubt, ihn in Ehren auf einem

Cölner Friedhof zu bestatten. Ich fürchte, Herr, wenn Ihr nicht für ihn sprecht, so wird er auch im Tode noch für die Fehler büßen müssen, die er einst beging, und man wird ihn wie einen toten Hund auf einem namenlosen Acker verscharren.«

»Es steht mir nicht zu, mich in die Belange der Kirche einzumischen. Dies und alles Weitere soll morgen entschieden und besiegelt sein«, bekundete der Kaiser und zog sich nun endgültig zurück.

Rainald bedachte Heinrich mit einem langen Blick. Einen Moment lang fürchtete er, sein Fürst würde doch noch einen Weg finden, das Lügengespinst zu zerreißen, doch dann wandte auch der Erzbischof sich ab.

Kraftlos sank Heinrich in die Arme der beiden Waffenknechte zurück, die ihn die ganze Zeit über gestützt hatten. Zumindest für einen Tag war Clara gerettet. Erschöpft sah er sich um, doch der Söldner, der das Mädchen getragen hatte, war nirgends zu sehen.

»Am Tag des heiligen Lutgar, der den Gläubigen vor Besessenheit zu bewahren vermag, am zweiten Tage des Oktober also, im Jahr des Herren 1165, empfing Rainald von Dassel zu Cöln in Anwesenheit des Kaisers und der Kaiserin die Weihe zum Erzbischof. Dies geschah sechs Jahre, nachdem er in dieses Amt gewählt worden war.

Zwei Tage später wurden Heinrich und Clara mit den Rittergütern Waldeck und Kniprode belehnt. Beide standen fortan nicht mehr unter der Hoheit des Erzbischofs von Cöln. Ludwig aber wurde an einem regnerischen Nachmittag auf dem Friedhof des Klosters Brauweiler zu Grabe getragen, wo auch heute noch ein moosbewachsener Stein seine letzte Ruhestätte markiert.

Auch in den nächsten Jahren blieb dem Erzbischof nur wenig Zeit, in der Stadt zu verweilen, zu deren Fürsten man ihn erwählt hatte. Wieder reiste er rastlos im Dienste des Kaisers und beteiligte sich mit hundert Cölner Rittern an dessen viertem Italienzug. Doch nach dem Sieg bei Tusculum ereilte ihn wie auch so viele andere das Schicksal. Er war eines der Opfer, welche die große Seuche forderte, die im August des Jahres 1167 das Heer der Kaiserlichen lichtete. Seine Gebeine aber wurden wie die Drei Könige nach Cöln überführt, wo man ihm im Dom ein prächtiges Begräbnis bereitete.«

Am Ufer des Rheins, nahe Cöln, am fünften Januar 1189

Gegen Ende der Erzählung Ingerimms war Hartmann immer unruhiger geworden. Es hatte zu dämmern begonnen, und noch immer waren die hohen Türme des Cölner Doms nicht zu sehen. So stellte er keine Fragen, nachdem sein Weggefährte seine Geschichte beendet hatte, sondern trieb sein Pferd zu größter Eile an. Ingerimm aber fiel zurück. Als sich dann endlich der Schattenriss der Stadt gegen den abendlichen Himmel abzeichnete, stand zu vermuten, dass man ihnen keinen Einlass mehr gewähren würde. Ingerimm blieb bei einem großen Gasthaus zurück, vor dem etliche Karren abgestellt waren und aus dem fröhlicher Lärm bis weit auf den Weg hinaus klang. Hartmann aber ritt noch bis zum Eigelsteintor, nur um seine Befürchtungen bestätigt zu finden. Sie waren zu spät! Das Tor war bereits geschlossen. Sie würden bis zum nächsten Morgen warten müssen, und es war zweifelhaft, ob sie den Dom noch zur rechten Zeit erreichen würden, um zur Dreikönigsmesse einen Platz zu ergattern.

Enttäuscht kehrte der Ritter zum Gasthof zurück und versorgte sein Pferd. Es war wieder kälter geworden.

Hartmann fand Ingerimm an einem Ecktisch. Obwohl der Gasthof überfüllt war, saß der Maskierte allein da. Vor ihm auf dem Tisch stand ein Krug angewärmter Wein. Ingerimm deutete auf einen Becher. »Trink, Dickkopf! Es ist sinnlos, sich gegen das Offensichtliche aufzubäumen.«

»Du hast gewusst, dass wir es nicht schaffen würden.« Hartmann war zu enttäuscht, um sich zu streiten.

»Es bedeutet dir so viel? Nach allem, was ich dir erzählt habe?«

Der Ritter schwieg. Er hielt den warmen Tonbecher umklammert.

»Wir werden gleich Braten bekommen und frisches Brot. Wir müssen gewappnet sein. Es wird eine kalte Nacht«, erklärte Ingerimm.

»Wohin gehen wir?«

»In die Stadt.«

Der Ritter schüttelte verärgert den Kopf. »Hörst du mir nicht zu, alter Narr? Die Tore sind versperrt.« Er war zu müde, um noch länger die steifere Form der Anrede zu pflegen.

Ingerimm griff unter sein Wams und zog eine flache Ledertasche hervor. »Dies hier ist mein Erbe.« Die Tasche war weniger als einen Finger dick und so groß wie zwei Hände. Er öffnete sie und holte ein abgewetztes Pergament heraus. Es war voller dunkler Flecken, und die Schrift war so verblasst, dass man sie kaum lesen konnte. »Die ältere Fassung der Heiligenvita Helenas, die ich im Sankt Katharinenkloster gefunden habe«, erklärte Ingerimm. Er legte das Dokument vor Hartmann auf den Tisch.

Vorsichtig griff der Ritter nach dem Pergament. Ein Schauer durchfuhr ihn, als er es berührte. Er dachte daran, wie viel Leid die drei Ritter und Zenon hatten erleiden müssen, um dieses Schriftstück zu finden.

»Und dies hier ist eine Abschrift des Josephos.« Ingerimm zog ein zweites Dokument aus der Tasche. Es war goldgelb und ganz sauber. Winzige Buchstaben zogen sich über dünne Linien. »Ich habe mir erlaubt, es aus dem Griechischen zu übersetzen. Fast zwanzig Jahre habe ich dem Text nachgespürt. Josephos wird in unseren Klöstern zwar viel gelesen, doch was ich suchte, war nicht zu entdecken. Es gab in den Texten, die ich zunächst fand, keinen Bezug zu den Heiligen Königen. Ich habe lange gebraucht, um herauszufinden, dass wir ihm außer den *Antiquitates Iudaicae*, den *Judäischen Altertümern*, die allein schon zwanzig Bände umfassen, noch ein anderes Werk verdanken, *Die Geschichte des Judäischen Krieges*. Und hier habe ich endlich gefunden, was ich suchte. Ich musste Griechisch lernen und habe dann auch diese sieben Bücher mehrfach gelesen, bis ich begriff, denn auch hier wurden die Heiligen Könige nicht genannt.«

Die Hand des Alten glitt über die oberen Zeilen. »Dies hier ist aus dem zehnten Kapitel des ersten Buches über den judäischen Krieg: *Den gleichen Namen* – nämlich Herodeion – *gab er einem in Form einer weiblichen Brust künstlich aufgeworfenen, sechzig Stadien von Jerusalem entfernten Hügel, den er mit großer Pracht ausschmückte*. Diese Beschreibung entspricht der Form des Hügels, auf dem wir den dritten König fanden. Auch die Entfernungsangabe nach Jerusalem passt zu unserem Hügel. Warum das von Bedeutung ist, wirst du weiter unten lesen können, denn am Ende des ersten Buches wird die Festung Herodeion noch einmal erwähnt.«

Der Wirt stellte zwei Holzplatten mit gebratenem Fleisch vor ihnen auf den Tisch. Ingerimm nahm die Dokumente an sich und schob sie in die Ledertasche zurück. »Jetzt sollten wir uns besser stärken. Du kannst es lesen, wenn wir den letzten Beweis gefunden haben.«

»Das Bleistück im Mund des Heiligen?«

»Von solchen Dingen spricht man nicht beim Essen, junger Freund. Empfindlichen Gemütern könnte es den Appetit verderben.« Der Alte lachte leise.

Hartmann verspürte in der Tat großen Hunger. Gleichzeitig beobachtete er mitleidig den Alten. Hatte ihm die lange Suche den Verstand verwirrt? Begriff er nicht, dass die Stadttore versperrt waren? Doch er würde sich ihm fügen und die Narretei Ingerimms bis zum Ende mitspielen. Immerhin hatte er es ihm geschworen. Morgen aber würde er den Alten verlassen!

Sie folgten der Stadtmauer nach Osten, bis sie an die Eckbastion gelangten, die nahe dem Rhein lag. Hier gab es eine kleine Pforte. Nachdem sich endlich ein Wächter auf den Mauern gezeigt hatte, verlangte Ingerimm, den Kommandanten des Tors zu sprechen. Hartmann war die Angelegenheit peinlich. Er rechnete mit einem scharfen Verweis des Wachhabenden. Doch als sich das Tor öffnete und ein verschlafen wirkender Ritter barsch fragte, was ihr Begehr sei, hielt Ingerimm ihm einen silbernen Siegelring unter die Nase. Sofort wurde der Mann freundlicher. Trotz der späten Stunde durften sie passieren, ohne dass der Befehlshaber der Wache ihnen noch eine Frage stellte.

In der dunklen Stadt begaben sie sich nach Süden. Deutlich hoben sich die Türme des Doms gegen den frostklaren Nachthimmel ab. »Du hast noch immer den Ring des Erzbischofs?«

Ingerimm antwortete nicht. Am Sankt-Kunibert-Kloster

bogen sie auf die lange Sankt-Johannes-Straße ab, die fast bis zum Dom führte. Der Platz vor der großen Kirche war verlassen. Ingerimm führte Hartmann zu der Seitenpforte der Vorhalle. Diesen Weg hatte er auch mit Clara und Ludwig gewählt.

Der Ritter war nicht überrascht, als sein Gefährte einen Schlüssel hervorholte und die Pforte aufsperrte. »Jetzt wirst du deinen Schwur einlösen können«, sagte der Alte ernst.

Hartmann nickte nur. Durch die Vorhalle gelangten sie in den Dom. Er sah noch immer so aus, wie ihn Ingerimm beschrieben hatte. Die staubigen, zerrissenen Fahnen, die Seidenteppiche an den Wänden. Die hohe Balkendecke verlor sich in der Finsternis. An einigen Altären brannten Kerzen, die allerdings der Dunkelheit nur kleine Lichtkreise abtrotzten. Es roch nach Weihrauch und Staub, und beinahe schien es hier noch kälter zu sein als draußen.

Als sie das Hauptschiff erreichten, hielt Ingerimm ihn zurück. Aufmerksam spähte der Alte ins Dunkel. Wen erwartete er hier mitten in der Nacht? Fürchtete er die Geister der Vergangenheit? Schließlich gab er Hartmann einen Wink. »Wir sind allein. Sieh nur!« Er wies zum Hochaltar, neben dem ein riesiges goldenes Reliquiar aufgestellt war. Als sie näher traten, konnte man sehen, dass die Arbeit an dem Reliquienschrein noch lange nicht vollendet war. Das Figurendekor war unvollständig, von einer Schmuckborte waren erst die ersten beiden Stücke eingesetzt, und an manchen Stellen gab es Fassungen, in die aber noch keine Edelsteine eingefügt waren. Dennoch wirkte der goldschimmernde Schrein von weitem sehr eindrucksvoll. Seine Mängel wurden erst offenbar, wenn man näher an ihn herantrat.

Ohne Umschweife begann Ingerimm, den kostbaren Schrein abzutasten. Besorgt blickte Hartmann zurück in die lange Kirchenhalle. Wenn man sie hier entdeckte, ausgerechnet in der Nacht vor dem Dreikönigsfest, war es um sie geschehen!

Ein leises Knarren ließ ihn herumfahren. Ingerimm hatte es geschafft, den Schrein zu öffnen. Vorsichtig beugte er sich vor. Auch Hartmann ergriff Neugier. Er blickte in den goldenen Sarg. Im schwachen Kerzenlicht waren die Körper der Heiligen kaum zu erkennen. Sie waren in brüchige Gewänder gekleidet. Ein Knabe, ein Mann in mittleren Jahren und ein alter, bärtiger Mann lagen da. Es war ein Wunder, wie gut sie sich erhalten hatten. Selbst der Tod schien vor ihnen Respekt zu haben! Nur Ingerimm nicht. Er machte sich an dem bärtigen Heiligen zu schaffen. »Es ist noch da!« sagte er. »Niemand hat es entdeckt!«

Hartmann bekreuzigte sich. Mochte Gott ihm vergeben, dass er sich zu dieser schändlichen Tat hatte hinreißen lassen!

Vorsichtig schloss Ingerimm den Schrein. Dann trat er an eine der großen Weihkerzen, die auf mächtigen Bronzeständern ragten. Der Ritter folgte ihm.

»Es ist eine Tafel aus dünnem Blei«, erklärte Ingerimm. Das Metall war schwarz angelaufen. Ingerimm schüttelte den Kopf. »Bei diesem Licht ist nichts zu erkennen.« Er rieb die Tafel vorsichtig über sein Hosenbein, bis sich die dunklen, eingravierten Buchstaben deutlicher gegen die nun heller schimmernde Oberfläche abhoben. Angespannt starrte der Alte auf die fremdartigen Buchstaben. Hartmann blieb der Sinn des Textes verschlossen. Es waren sechs Zeilen.

Ingerimm murmelte leise etwas vor sich hin und stöhnte auf. »Ich habe es geahnt!« In seiner Stimme klang kein Triumph, kein Stolz darauf, das Rätsel endlich gelöst zu haben. »Ich wollte es nicht glauben, obwohl schon das Studium des Josephos-Textes keinen anderen Schluss mehr zuließ.«

»Was steht dort?«, drängte Hartmann.

Der Alte räusperte sich. Schließlich begann er mit feierlicher Stimme den Text zu übersetzen:

MÖGE DEIN STAMM VERLÖSCHEN,
MÖGE DEIN KÖNIGTUM ZERFALLEN,
UND MÖGE DEIN NAME FÜR ALLE ZEITEN
VOLL ABSCHEU GENANNT WERDEN,
HERODES,
AUS DEM GESCHLECHT DER HASMONÄER,
TYRANN VON JUDÄA.

Für einen Moment vermochte Hartmann keinen Gedanken zu fassen. »Das kann nicht sein«, flüsterte er dann atemlos.

Ingerimm schien nicht so entsetzt zu sein. »Wenn du den Josephos-Text liest, den ich in unserer Kammer in der Schenke zurückgelassen habe, wirst du akzeptieren müssen, dass es die Wahrheit ist. Josephos beschreibt den Tod des Herodes und wie seine Leiche in einem großen Trauerzug von Jericho ins Herodeion gebracht wird. An jenen Ort also, an dem Zenon, Anno, Ludwig und ich diesen Leichnam fanden. Und es muss auch der Ort sein, den die heilige Helena aufgesucht hat. Wenn du den Text ihrer Heiligenvita studierst, wirst du eine Beschreibung des ungewöhnlichen Hügels finden, der seltsam regelmäßig und wie von Menschenhand erschaffen scheint! Ein Irrtum ist ausgeschlossen. Ich bin Monate durch Outremer gereist. Nie habe ich einen anderen Hügel gesehen, auf den diese Beschreibung gepasst hätte! Dies hier ist Herodes! Seit fünfundzwanzig Jahren verehren die Cölner ihn, der den Mord am Christuskind befohlen hat und den man einen der bedeutendsten Propheten des Antichristen nennt, als Heiligen!« Ingerimm drückte ihm die Bleitafel in die Hand. »Dein Erbe, Hartmann. Du hast mir einen Eid geleistet! Wirst du dem Kaiser die Beweise vorlegen? Wirst du dieser Verhöhnung des Christentums ein Ende bereiten?«

Sosehr sich Hartmann dagegen sträubte, die Worte des Alten anzuerkennen, so unumstößlich erschienen die Beweise. Ingerimm hatte sein Leben für diesen Augenblick gelebt. »Warum hast du es nicht getan?«, fragte der Ritter. »Und warum bist du nicht früher hierher zurückgekehrt, um diese teuflische Bleiplatte zu holen?«

»Ich wollte wissen, was die Anmerkung *Josephos* in der Vita Helenas bedeutete.«

»Du hattest Angst! Gib es doch zu, alter Mann. Genauso, wie du Angst hattest, Clara zu sagen, wer du wirklich bist!«

»Sprich nicht von dem Mädchen!«

»Das Mädchen? Sie ist eine alte Frau geworden! Und sie hat ein Leben lang auf dich gewartet. Auf dich, der du selbstherrlich entschieden hast, dass sie dich nicht mehr haben will!«

»Hast du vergessen, wie entstellt ich bin?«

»Und wäre es nicht trotzdem ihre Entscheidung gewesen, dich zu verstoßen? Wenn sie es getan hätte, dann wäre sie befreit gewesen. Sie hätte noch ein Leben gehabt, wenn du dich ihr vor fünfundzwanzig Jahren gezeigt hättest. Und was wäre gewesen, wenn Clara dich nicht verstoßen hätte?

Dann hättest du euer beider Leben verschenkt, du verbitterter Greis!«

»Was weißt du schon vom Leben und vom Leiden?«

»Ich weiß, wer du bist, Ingerimm! Du hast es mir schließlich vier Tage lang erzählt. Du bist ein Mann, der fortläuft. Nicht vor Gefahren, denen man sich mit dem Schwert stellen könnte, sondern vor deiner Liebe zu Clara. Und nun lädst du dies bleierne Erbe auf meine Schultern! Fünfundzwanzig Jahre hast du es nicht gewagt, die Bleitafel zu holen, und doch jeden Tag darüber gebrütet, was auf ihr geschrieben stehen könnte, und was dein Freund Zenon in dem Grab herausgefunden hatte, das ihn das Leben kostete. Aber kaum hast du Gewissheit, gibst du dieses Erbe an einen anderen weiter!«

»Du hast deinen Eid geleistet! Du hättest nicht hierherkommen müssen. Ich habe dich nicht gezwungen!« Die Stimme des Alten zitterte vor Wut. Er hatte die Fäuste geballt, so dass die Klingen aus seinem zerrissenen Handschuh hervortraten.

»Willst du nun mich töten? Mich, den Erben der Last, die du nicht zu tragen bereit bist?«

»Nein!« Der Alte streckte die Hände, und die Klingen verschwanden. »Ich werde dich jetzt allein lassen. Nur so wirst du begreifen, was es heißt, diese Bürde zu tragen. Ich habe sie genauso wenig gewollt wie du. Und du hattest die Wahl!« Seine Stimme klang unendlich müde. Er wandte sich ab.

Lange stand Hartmann vor dem Hochaltar. Die Bleitafel lag in seiner Hand, als wolle sie ein Teil von ihm werden.

Schließlich verließ er den Dom. Bald würden die Mönche kommen, um ihr mitternächtliches Gebet zu verrichten. Müde irrte Hartmann durch die Straßen, unschlüssig, wohin er sich wenden sollte, bis die ersten Hähne heiser den neuen Tag begrüßten. Den Tag, der ganz im Zeichen der Heiligen Könige stehen würde.

Die Glocken der Stadt erklangen. Erst waren es nur einzelne, dann fielen immer mehr bronzene Stimmen in den majestätischen Chor ein. Bald waren die Straßen voller Menschen, und ohne es zu wollen, ließ Hartmann sich von ihnen mitreißen, bis er sich schließlich vor dem Dom wiederfand. Alle Portale der großen Kirche waren weit geöffnet, und aus ihrem Inneren erklang feierlicher Gesang. Ringsherum fielen die Menschen auf die Knie. Manche von ihnen stimmten in das *Te Deum* ein, andere summten nur die Melodie mit. Plötzlich aber wurde es von einem Augenblick zum anderen still. Die Glocken waren längst verstummt, und all die Tausende von Menschen, die sich versammelt hatten, schienen den Atem anzuhalten. Da erschien er. Hell wie eine zweite Sonne erstrahlte der große Heiligenschrein im kalten Winterlicht, als er auf einem hölzernen Podest durch das hohe Portal getragen wurde.

Die Menschen drängten ihm entgegen, schrien, jubelten und versuchten den kostbaren Reliquienschrein zu berühren. Vor dem Portal wurden Kranke und Krüppel hochgehoben. Wie Treibgut im Meer, so trieben sie auf der Menge der Leiber, gehalten von Hunderten Händen, die ihnen weiter nach vorne halfen, damit sie den kostbaren Schrein berühren konnten, um die Nähe der Heiligen zu spüren, die jegliche Pein beenden mochte.

Hartmann musste daran denken, was Zenon über den Sinn von Heiligen gesagt hatte. Sie waren dazu da, dem Volk Hoffnung zu geben. Sie waren das Öl für die Flamme der Frömmigkeit! War man nur überzeugt genug davon, dass die Gebeine der Heiligen in diesem Schrein Wunder wirken konnten, mochte dann der Glaube allein nicht die Kraft besitzen, ein Wunder Wirklichkeit werden zu lassen? War es also letztlich nicht gleichgültig, welche Gebeine in dem Reliquiar lagen? Und hatte er das Recht, die Hoffnungen all dieser Gläubigen zu zerstören, indem er ihnen ihre *Heiligen* nahm? Hartmann ballte die Hand, in der er die halbe Nacht die Bleitafel bei sich getragen hatte, zur Faust. Dann ließ er das dunkle Metall fallen.

Die Sonne war schon ein gutes Stück den Himmel hinaufgewandert, als er das Gasthaus vor den Toren der Stadt erreichte. Die Schankstube war fast leer. Müde ließ er sich auf der Bank vor dem Feuer nieder und streckte seine Hände den Flammen entgegen.

Der Wirt stellte eine große Schüssel dampfender Suppe neben ihn auf den Tisch und legte einen Kanten Brot dazu. Fragend blickte Hartmann auf.

»Euer Kamerad meinte, dass Ihr sicher durchgefroren und hungrig sein würdet, wenn Ihr zurückkehrt.«

Der Ritter sah sich verwirrt in der Schankstube um. Ingerimm war nirgends zu sehen. »Und wo ist er jetzt?«

»Hat er Euch denn nichts gesagt? Er ist kurz nach Sonnenaufgang davongeritten. Ich soll Euch noch etwas ausrichten. Er sprach von einem Ritter des Winters und … Ja, er meinte, es sei in der Tat klüger, ein Erbe von Seide anzutreten als eines von Blei. Seltsam, nicht wahr? Er hat auch etwas für Euch zurückgelassen.« Der Wirt eilte zur Theke, holte etwas dahinter hervor und legte es neben den Suppenteller.

Vorsichtig nahm Hartmann es auf. Es waren ein brüchiger nachtblauer Streifen Seide, auf den einzelne Schneeflocken gestickt waren, und ein speckiges dunkles Lederstück, in das man ovale Augenlöcher und einen schmalen Schlitz für den Mund geschnitten hatte.

Vielleicht hatten die *Heiligen* Könige in der letzten Nacht doch ein Wunder gewirkt? Vielleicht war Heinrich wiedergeboren worden.

NACHWORT

Im Frühjahr 1162 musste sich nach langer, grausamer Belagerung die Stadt Mailand dem Kaiser Friedrich I. (Barbarossa) ergeben. Zur Kriegsbeute gehörten die Gebeine der Heiligen Drei Könige. Auffällig ist in diesem Zusammenhang, dass, obwohl Mailand 1162 erobert wird, der Erzbischof und Reichskanzler Rainald von Dassel die Gebeine der Könige erst 1164 als Geschenk erhält. Über den Verbleib der Reliquien in den beiden Jahren dazwischen berichtet keine Quelle. Dies bleibt jedoch keineswegs die einzige Lücke in der Geschichte der Drei Könige.

In Mailand wurden diese »kostbaren« Kirchenschätze nicht etwa im Dom verwahrt, wie man es eigentlich hätte erwarten sollen. Erst vor der Belagerung durch Friedrich wurden sie ins Innere der Stadt gebracht. Vorher wurden sie in der kleinen und ihrer Bedeutung keineswegs angemessenen Kirche San Eustorgio vor den Toren der Stadt verwahrt. Der Heiligenkult um die Drei Könige wurde von den Mailänder Erzbischöfen zwar geduldet, jedoch erstaunlicherweise nicht gefördert.

Unglaublich erscheint auch die Geschichte darüber, wie die Könige nach Mailand kamen. Angeblich wurden sie einem Kaufmann oder Bischof der Stadt (es gibt zwei verschiedene Legenden, die beide im Roman vorgestellt sind) nach einem Wunder geschenkt. Bis zu diesem Zeitpunkt befanden sie sich in Konstantinopel, wohin sie von Helena, der Mutter Kaiser Konstantins, nach einem Besuch in Palästina gebracht worden waren.

Tatsächlich machte Helena im Jahr 325 eine Reise nach

Palästina, über die ein Bericht des Bischofs Eusebius von Cäsarea existiert, der zu ihren Reisebegleitern gehörte. Helena fand während der Pilgerfahrt das Kreuz Christi, die heiligste aller Reliquien. Außerdem stiftete sie die Geburtskirche in Bethlehem. Von den Drei Königen jedoch ist im Bericht des Bischofs Eusebius nicht die Rede.

Hier stellt sich auch die Frage, warum die Könige ausgerechnet in Palästina hätten begraben werden sollen. Schließlich ist das Heilige Land laut Bibel lediglich ihr Reiseziel, jedoch nicht ihr Heimatland.

Untersucht man die »Bibelzitate« in Bezug auf die Heiligen Drei Könige genauer, kommt man zu weiteren verblüffenden Erkenntnissen. Sie werden lediglich beim Evangelisten Matthäus erwähnt. Matthäus spricht jedoch keineswegs von Königen, sondern von »Magiern« (was auch als »Weise« übersetzt werden kann). Eine Zahl der Magier nennt er nicht! Es wird lediglich erwähnt, dass sie drei Geschenke bringen: Weihrauch, Gold und Myrrhe.

Auf die Zahl drei beginnt sich die Kirche erst im dritten nachchristlichen Jahrhundert festzulegen. Die Drei hat einen vielfachen symbolischen Charakter und steht unter anderem für die drei Menschenrassen (Semiten, Jafetiden und Chamiten), die drei damals bekannten Erdteile (Europa, Asien und Afrika), die Dreifaltigkeit und die drei Lebensalter (Jüngling, Mann und Greis).

In diesem Lichte betrachtet, kann es nicht verwundern, dass auch eine ganze Reihe unterschiedlicher Namen für die Könige existieren. Die heute allgemein gebräuchlichen *Kaspar*, *Melchior* und *Balthasar* beginnen sich erst seit dem 9. Jahrhundert durchzusetzen.

Im Jahre 1864 wurde der Schrein der Heiligen Drei Könige aus Anlass der Siebenhundertjahrfeier der *translocatio*, der Überführung der Heiligen, zum letzten Mal geöffnet. Laut Augenzeugenberichten befanden sich die balsamierten Gebeine eines circa zwölfjährigen Knaben, eines dreißigjährigen und eines circa fünfzigjährigen Mannes im Reliquiar (d.h. die Reliquien vertreten tatsächlich symbolisch die drei Menschenalter). Zur Achthundertjahrfeier 1964 wurde auf eine weitere Öffnung des Schreins verzichtet.

Für ein hohes Alter der Reliquien lassen sich folgende Beweise ins Feld führen. In ihrem Sarkophag wurde eine Münze aus der Regierungszeit des byzantinischen Kaisers Zenon I. (474–491) gefunden. Eine Untersuchung von Stofffragmenten, die angeblich aus dem Sarkophag stammen, ergab, dass das Gewebe zur Gruppe der seidenen Blöckchen-Damaste gehört, eines Stoffes, der seit dem 4. Jahrhundert nicht mehr gewebt wird. Des Weiteren fanden sich Spuren des extrem teuren Purpurfarbstoffes. In Purpur gefärbte Gewänder konnten sich im Altertum nur die wohlhabendsten Persönlichkeiten leisten.

So bleibt als Fazit, dass man über die Gebeine im Dreikönigsreliquiar lediglich mit einiger Sicherheit sagen kann, dass sie tatsächlich ein sehr hohes Alter haben. Hier nun setzen die Spekulationen des Romans an. Es scheint nicht unmöglich, dass die fromme Kaiserin Helena mehr als nur *eine* Reise nach Palästina unternommen hat, um dort die biblischen Stätten zu besuchen. So ließe sich erklären, warum Eusebius die Auffindung der Gebeine nicht erwähnt. (Möglicherweise geschah dies allerdings auch deshalb, weil die Reliquien schon zu Zeiten Helenas umstritten waren.) Während Helena überall im Kaiserreich Kirchen gründete, um das gerade zur Staatsreligion erhobene Christentum zu festigen, ließ ihr Sohn Konstantin zahllose alte Festungen entlang der Grenzen des römischen Imperiums erneuern. Möglicherweise wurde dabei auch die Festung Herodeion, die nur wenige Kilometer von Bethlehem entfernt liegt, wieder in einen verteidigungsbereiten Zustand versetzt. Laut dem antiken Historiker Flavius Josephus wurden in einer verborgenen unterirdischen Kammer dieser Festung die sterblichen Überreste Herodes des Großen beigesetzt. Anschließend wurde das Grab vermauert, um es unauffindbar zu machen.

Bei modernen Ausgrabungen unter der Leitung des Franziskanerordens konnte das Herodesgrab bislang nicht wiederentdeckt werden. Dennoch wäre es möglich, dass man die Grabkammer bei der Erneuerung der Festung schon vor Jahrhunderten fand. Denkbar wäre auch, dass die frühen Christen der Epoche Konstantins ein königliches Grab nahe Bethlehem mit den Heiligen Drei Königen in Verbindung gebracht haben. Bedenkt man außerdem, dass Herodes zehn Ehen geschlossen hat und eine Vielzahl von Kindern zeugte, so erscheint es auch nicht unwahrscheinlich, dass in einer so sicheren Grabkammer nicht nur er, sondern auch andere Familienmitglieder bestattet wurden.

Fluchtafeln wie jene, die im Roman im Mund des Herodes gefunden wird, waren in der Antike verbreitet. Auch wenn Herodes zur Zeit der Geburt Christi schon mehrere Jahre tot war und folglich keinen Kindermord in Bethlehem befohlen haben kann, war er ein alles andere als beliebter König. So ließ er noch kurz vor seinem eigenen Tod seinen Sohn Antipater hinrichten und befahl, im Hippodrom von Jericho 15 000 Judäer gefangen zu setzen, die am Tage seines Todes getötet werden sollten, damit jeder im Lande einen

Grund zu weinen habe, wenn er starb. Wen würde es also wundern, wenn man einen solchen König mit Flüchen in sein Grab schickte?

Viele Feinde hatte auch Rainald von Dassel, der sich 1164 auf seiner Rückreise aus Italien tatsächlich verkleiden und abseits der großen Straßen bewegen musste, um nach Köln zu gelangen. Zu seinen Gegnern gehörte Konrad, der Bruder des Kaisers, dessen Eid, den Mailänder Konsuln freies Geleit zu geben, Rainald ausnutzte, um die Gesandtschaft gefangen zu nehmen. Historisch ist auch der Streit, zu dem es daraufhin zwischen Konrad und Friedrich kam. Tatsächlich verweigerte der eigene Bruder dem Stauferkaiser die Gefolgschaft, und bei den Kämpfen um das Kloster Bagnole, das Friedrich nur mit geringen Entsatztruppen bestürmte, wurde der Kaiser verwundet. Ja, der erzürnte Konrad versuchte sogar, Rainald von Dassel zu erschlagen, als dieser ins kaiserliche Heerlager zurückkehrte. 1164 unternahm Konrad noch einen zweiten Versuch, des Erzbischofs habhaft zu werden. Er zog mit einem Heer gen Köln, musste aber der Übermacht der Kölner Ritterschaft weichen.

Aus heutiger Sicht ungewöhnlich erscheint auch, dass der Erzbischof in den Quellen, welche die Ankunft der Heiligen Drei Könige in Köln beschreiben, mit keinem Wort erwähnt wird. Hier ist lediglich von seinem Stellvertreter und späteren Nachfolger Philipp von Heinsberg die Rede. Sollte der so sehr in die weltliche Machtpolitik des Kaisers verstrickte Erzbischof, der zu diesem Zeitpunkt nicht einmal seine Priesterweihe empfangen hatte, womöglich ein göttliches Strafgericht für seinen Frevel, wissentlich falsche Reliquien in die Domstadt zu bringen, befürchtet haben? Oder war er wirklich schon wieder im Dienste seines Kaisers unterwegs und verzichtete deshalb auf einen triumphalen Einzug in Köln? Eine Frage, die wohl ebenso wenig zu beantworten sein wird wie die Frage danach, wessen Gebeine nun tatsächlich im Dreikönigsreliquiar des Doms zu Köln ruhen.

NACHTRAG

Anfang Mai 2007 präsentierte der israelische Archäologe Prof. Ehud Netzer der Weltpresse das Grab des Herodes. Ganz wie Flavius Josephus es beschrieben hatte, fand es sich am Hang des Herodeions. Entdeckt wurden die Überreste eines Sarkophags aus rotem Kalkstein, der mutmaßlich während des Aufstands gegen die römischen Besatzer um 70 nach Christus zerstört wurde. (Josephus, immerhin ein Zeitzeuge, erwähnt die Grabschändung in seinen überlieferten Werken allerdings nicht.) Eine Inschrift, die eine eindeutige Zuordnung des Grabes erlaubt, wurde nicht gefunden. Auch keine Überreste der Leiche. Allerdings weisen die stilistischen Merkmale der Steinmetzarbeiten des Sarkophags eindeutig in die Epoche des Herodes.

Fünfunddreißig Jahre lang suchte Prof. Ehud Netzer am Herodeion nach der letzten Ruhestätte des Herodes. Und wie es scheint, fand sich das wohlverborgene Grab in einer vermauerten Zisterne. Ein Grab, das geschändet war und keine Gebeine mehr enthielt. Ein Grab, wie es in diesem Buch beschrieben wurde, sieben Jahre, bevor man es entdeckte!

Dass die sterblichen Überreste des Herodes im Heiligenreliquiar des Kölner Doms liegen, bleibt freilich weiterhin nur Spekulation. Wenn auch eine Spekulation, die auf einer Kette historisch möglicher Ereignisse beruht.

Ketzerisch, diesmal in den Augen der Altgermanistik, mag auch sein, dass ich gleich zwei Persönlichkeiten der mittelhochdeutschen Dichtung zu handelnden Personen des Romans machte.

Da wäre zum einen der Archipoeta, der wohl berühmteste der Vagantendichter der Stauferzeit. Ein Poet, dessen wahre Identität nie geklärt werden konnte. Ohne Zweifel hat der Archipoeta in Rainald von Dassel einen Mäzen gefunden, den er in mehreren Dichtungen verherrlichte. Daraus, dass der Archipoeta von Dassel »electus coloniae« nennt, lässt sich ableiten, dass seine Gedichte zwischen 1159 und 1165 entstanden sein müssen, in jener Zeit also, da Rainald zwar schon zum Erzbischof erwählt, aber noch nicht geweiht war. Aus den dem Archipoeta zugeschriebenen Texten lassen sich keine Indizien ableiten, die auf ein Schaffen über 1165 hinaus schließen lassen. Über den Verbleib des Dichters nach diesem Datum ist nichts bekannt. Auch wenn der Archipoeta ohne Zweifel eine scharfe Zunge hatte und manche seiner Dichtungen von feiner Ironie durchzogen sind, gibt es keinen Hinweis darauf, dass er Rainald von Dassel verraten hätte. Dies geschah im vorliegenden Buch allein aus dramaturgischen Gründen. Möge mir der Dichter verzeihen. Alle Verse, die im Roman dem Archipoeta in den Mund gelegt werden, entstammen tatsächlich dem ihm zugeschriebenen Textcorpus.

Der zweite bedeutende Dichter, der Reisegefährte Ingerimms, ist kein Geringerer als Hartmann von Ouwe (auch von Aue geschrieben). Wie schon beim Archipoeta handelt es sich auch hier um eine Persönlichkeit, die historisch kaum greifbar ist. Außer Zweifel steht, dass es die Person Hartmanns gab und wir ihm einige der großartigsten mittelhochdeutschen Epen verdanken. Nahezu alles Weitere ist in der Altgermanistik mehr oder weniger umstritten.

Mutmaßlich befand sich Hartmann um 1189 am Beginn seiner Schaffensphase. Aus einigen von ihm überlieferten

Kreuzliedern wird abgeleitet, dass er womöglich tatsächlich an einem Kreuzzug teilgenommen hat, allerdings streitet die Forschung, ob es der Dritte Kreuzzug (1189) oder der »Kreuzzug« Heinrichs des IV. (1197) war, der aufgrund des Todes des Herrschers über seine Planung nicht hinaus kam. Ich bekenne mich schuldig, mich allein deshalb für die erste Variante entschieden zu haben, weil ich den Gedanken reizvoll fand, dass Hartmann im Gefolge des alten Barbarossa geritten sein könnte und so auch eine Anknüpfung zu den früheren Ereignissen des Romans entstand. Hartmann scheint tatsächlich dem Ritterstand angehört zu haben. Seine Werke liefern dafür einige Indizien.

In der Figur des Ritters Heinrich vermengt sich Biografisches zu Hartmann, mit dem Leidensweg einer seiner literarischen Figuren, dem »Armen Heinrich«, aus Hartmanns gleichnamigen Werk. Dies gilt besonders für die letzten Kapitel der »Könige der ersten Nacht«. Und Ingerimms letzte Entscheidung, die eine Geschichte um Lügen und Verrat mit der Hoffnung auf Liebe ausklingen lässt.

Bernhard Hennen,
Fushun, China, Mai 2010

DANKSAGUNG

Ich möchte all jenen danken, die dazu beigetragen haben, dass dieses Buch entstehen konnte.

Meiner Frau und meinen Freunden, die geduldig meine Launen ertrugen und dennoch immer für mich da waren, wenn ich sie brauchte.

Ingeborg Friebe (NRW Landtagspräsidentin a.D. und Vorstandsvorsitzende der Sparkassenstiftung zur Förderung rheinischen Kulturguts) sowie Dr. Karlheinz Bentele (Vorsitzender des Kuratoriums des rheinischen Sparkassen- und Giroverbandes), ohne deren Ermutigung, sich an den Dreikönigsstoff heranzuwagen, und deren Förderung während eines Jahres der Recherchen dieser Roman wohl nicht entstanden wäre.

Sowie Reinhard Rohn, meinem Lektor, der meinen mittelalterlichen Helden streng auf die Lippen sah, wenn sie sich auf *Gottes Erdenrund* wähnten, andererseits aber keine Mühen scheute, um aus dieser Geschichte eine runde Sache zu machen.

Auch Angela Kuepper, die während des neuerlichen Lektorats dafür sorgte, dass einige Lücken gefüllt wurden und die Sprache der Recken hier und da ein wenig mehr Schliff erhielt.